James Rollins et Rebecca Cantrell

James Rollins [illegible] est né en 196[illegible] s à succès, il e[illegible] rs de thrillers [illegible] et plongeur co[illegible] t sous l'eau [illegible] *[illegible]zonia* (2010), *Miss[illegible]* [illegible] *Civilisation des abysses* (2012) [illegible] *Dragon* (2007) met en scène les aventures de l'équipe Sigma Force, que l'on retrouve dans *La Bible de Darwin* (2009), *La Malédiction de Marco Polo* (2010), *Le Dernier Oracle* (2010), *La Clé de l'Apocalypse* (2012), *La Colonie du diable* (2013), *Le Complot des immortels* et *Le Fléau d'Éden* (2014). En 2015 paraît *Le Sang de l'Alliance*, premier tome de la trilogie *L'Ordre des Sanguinistes* coécrite avec Rebecca Cantrell. Il est suivi du deuxième tome *La Dernière Tentation* (2015) et du troisième tome *Le Faux Prophète* (2016). Tous ses romans sont publiés chez Fleuve Éditions et repris chez Pocket.

Retrouvez toute l'actualité de l'auteur sur :
www.jamesrollins.com

Rebecca Cantrell fait partie des auteurs best-sellers du *New York Times*, et a notamment écrit la série mettant en scène Hannah Vogel, qui a remporté en 2010 le prix Sue Feder aux Macavity Awards aux États-Unis, ainsi que le prix Bruce Alexander. Elle a été nommée en 2013 pour le prix Mary Higgins Clark. Elle est par ailleurs une auteure reconnue de romans young adults : son livre *iDrakula*, figure dans le top 10 de Booklist dans cette catégorie. Après avoir passé une grande partie de sa vie à Hawaï, elle vit aujourd'hui à Berlin avec son mari.

Retrouvez-la sur son site :
rebeccacantrell.com

LE FAUX PROPHÈTE

DU MÊME AUTEUR
CHEZ POCKET

SIGMA FORCE

L'ORDRE DU DRAGON
LA BIBLE DE DARWIN
LA MALÉDICTION DE MARCO POLO
LE DERNIER ORACLE
LA CLÉ DE L'APOCALYPSE
LA COLONIE DU DIABLE
LE COMPLOT DES IMMORTELS

AMAZONIA
MISSION ICEBERG
LA CIVILISATION DES ABYSSES
LE FLÉAU D'ÉDEN

EN COLLABORATION AVEC REBECCA CANTRELL

LE SANG DE L'ALLIANCE
LA DERNIÈRE TENTATION
LE FAUX PROPHÈTE

JAMES ROLLINS
REBECCA CANTRELL

LE FAUX PROPHÈTE

« L'Ordre des Sanguinistes », tome 3

Traduit de l'anglais (États-Unis)
par Leslie Boitelle-Tessier

fleuvenoir

Titre original :
BLOOD INFERNAL

MIXTE
Papier issu de sources responsables
FSC® C003309
FSC
www.fsc.org

Pocket, une marque d'Univers Poche,
est un éditeur qui s'engage pour la préservation
de son environnement et qui utilise du papier fabriqué
à partir de bois provenant de forêts gérées
de manière responsable.

ISBN 978-2-266-27959-8

À Rebecca, pour m'avoir rejoint dans ce voyage

James

À mon époux et à mon fils

Rebecca

Te voilà tombé du ciel, Astre brillant, fils de l'aurore ! Tu es abattu à terre, Toi le vainqueur des nations !

ESAÏE, XIV, 12

PROLOGUE

Été 1606
Prague, Bohême

Enfin, c'est presque terminé...

Dans son laboratoire clandestin, l'alchimiste anglais connu sous le nom de John Dee contemplait une parfaite cloche en verre, à l'intérieur de laquelle un homme aurait pu tenir debout sans problème. Le magnifique ouvrage monumental avait été fabriqué par un verrier réputé de l'île lointaine de Murano, près de Venise. Il avait fallu à son équipe d'artisans plus d'une année entière, d'énormes soufflets et un savoir-faire maîtrisé par de rares initiés pour transformer une perle gigantesque de verre en fusion en une sculpture aussi impeccable. L'acheminement de la précieuse cloche avait réclamé cinq mois supplémentaires, depuis son île de naissance jusqu'à la cour glacée du Saint Empereur Rodolphe II, installée beaucoup plus au nord. Le souverain avait ensuite ordonné qu'on construise tout autour un laboratoire secret d'alchimiste, puis qu'on y greffe des ateliers qui plongeaient à quelques dizaines de mètres sous les rues de Prague.

Les faits remontaient à dix longues années...

La cloche trônait désormais sur un socle rond en fer, dans un coin du laboratoire principal. Les arêtes du piédestal avaient rouillé depuis longtemps. Près de la moitié inférieure du chef-d'œuvre, une porte circulaire, en verre elle aussi, était bloquée de l'extérieur par des barres très solides et scellée hermétiquement de sorte qu'aucun souffle d'air ne pouvait ni entrer ni sortir.

John Dee frissonna. Bien qu'il soit presque soulagé de l'achèvement imminent de son travail, il le redoutait également. Conscient de l'effroyable dessein de l'ouvrage infernal, il avait peu à peu fini par le détester. Ces derniers temps, il évitait au maximum d'approcher la cloche. Sa longue tunique souillée de produits chimiques, sa barbe blanche trempant presque dans ses fioles, il passait parfois des journées entières au laboratoire sans que son regard chassieux se pose sur la cloche poussiéreuse.

Heureusement, ma mission est presque terminée.

Il se dirigea vers la cheminée et, de ses doigts noueux, il déverrouilla quelques loquets complexes qui ouvraient une niche secrète creusée à même le marbre. Seuls l'empereur et lui connaissaient l'existence de la minuscule cachette.

Des coups frénétiques résonnèrent derrière lui. Il fit volte-face vers la cloche – et vers la créature qui y était retenue prisonnière. La bête, capturée par de fidèles serviteurs du monarque, lui avait été amenée à peine quelques heures plus tôt.

Il faut que je me hâte.

Le monstre impie se jetait violemment contre les parois de la cloche, comme s'il avait deviné le sort qu'on lui réservait. Malgré sa force surnaturelle, il était incapable de se délivrer. Certains de ses semblables, plus vieux et beaucoup plus puissants, s'y étaient déjà essayés sans succès.

En quelques années, John avait séquestré beaucoup de bêtes du même genre à l'intérieur de sa grosse cellule transparente.

Un nombre impressionnant...

L'homme avait beau se savoir en sécurité, son cœur malade battit à tout rompre, car la part animale en lui flairait le danger d'une manière contre laquelle son esprit logique n'était pas en mesure de lutter.

Haletant, il sortit de la mystérieuse alcôve un petit objet enveloppé de toile enduite. Son beau trophée, noué à l'aide d'une cordelette rouge vif, était protégé par une coque de cire. Soucieux de ne pas briser le fragile écrin, John serra le paquet contre sa poitrine et l'emporta jusqu'à une fenêtre encadrée de lourdes tentures. Même à travers l'épaisseur de toile et de cire, il s'en dégageait une sensation effrayante de froid glacial qui lui engourdit les doigts et la cage thoracique.

L'alchimiste écarta les rideaux de quelques centimètres pour faire entrer un rayon de soleil matinal, et, de ses mains tremblantes, il posa son trésor dans le halo de lumière qui tombait sur son bureau en pierre. Il alla ensuite se placer de l'autre côté, de manière qu'aucune ombre ne se projette à la surface de l'objet. De sa ceinture, il tira un couteau à dépecer, qui lui servit à trancher la pellicule de cire et la cordelette écarlate, puis, avec le plus grand soin, il écarta les pans de toile enduite, tandis que des fragments de suif blanc s'éparpillaient sur la table.

Le soleil tchèque illumina ce qu'abritait le cocon de cire et d'étoffe : une magnifique pierre précieuse, aussi grosse que la paume de la main, qui resplendissait d'un incroyable vert émeraude.

Sauf qu'il ne s'agissait *pas* d'une émeraude.

— Un diamant, murmura John dans le silence de la pièce.

Dès qu'elle avait aperçu ce qui luisait sur le bureau, la créature prisonnière de la cloche s'était tue et ses prunelles suivaient avec appréhension les rayons verts que la pierre faisait chatoyer sur les murs de plâtre.

Sans se préoccuper des craintes du monstre, l'alchimiste observa les remous noirs comme de l'encre qui tournoyaient au sein du diamant. On aurait dit un mélange de pétrole et de fumée, une substance vivante enfermée dans la gemme aussi sûrement que la créature l'était à l'intérieur de sa cloche.

Dieu merci.

Il effleura la pierre glacée qui, selon la légende, provenait d'une mine en Extrême-Orient. À l'image des autres joyaux de valeur, elle avait la réputation d'être maudite. Des hommes avaient tué pour s'en emparer et, dès qu'ils l'avaient eue en leur possession, ils étaient morts. Des diamants plus modestes, extraits du même filon, ornaient les couronnes de rois lointains. Celui-là n'avait pas connu le même destin futile.

Toujours aussi prudent, John brandit la gemme verte qu'il avait fait creuser quelques décennies plus tôt.

Deux joailliers avaient perdu la vue à force d'utiliser de minuscules forets à pointe diamant pour créer l'espace vide à l'intérieur du splendide cœur verdoyant de la pierre. Une esquille si fine qu'elle en était presque translucide bouchait l'infime ouverture. Il s'agissait d'un os extrait d'une sépulture à Jérusalem plus de mille ans auparavant – le dernier reliquat intact de Jésus-Christ.

Du moins, c'était ce qu'on prétendait.

Le vieil homme toussa. Un goût métallique de sang lui ayant empli la bouche, il cracha dans un seau en bois qu'il gardait au pied de son bureau. Depuis quelques jours, la maladie qui le rongeait ne lui laissait plus guère de répit. Il tenta de retrouver sa respiration et se demanda si, cette fois-là, le souffle viendrait à lui manquer. Ses poumons sifflaient dans sa poitrine, tel un soufflet de forge troué.

Un coup discret frappé à la porte le fit sursauter. La pierre lui échappa des mains et tomba sur le sol. Aussitôt, il bondit dessus en poussant un cri.

Par bonheur, elle ne s'était pas cassée.

John sentit alors une douleur cardiaque fulgurante irradier vers son bras gauche. Il s'effondra contre le montant du bureau. Un vase à bec se fracassa à terre. Le liquide jaune qu'il contenait se répandit sur les lames du plancher et fit fumer le pourtour d'un tapis en peau d'ours.

— Maître Dee ! cria une voix jeune de l'autre côté de la porte. Êtes-vous blessé ?

Un cliquetis de loquet, et le battant s'ouvrit en grand.

— Reste… dehors, Vaclav, balbutia l'intéressé.

Peine perdue ! Le garçon s'était déjà précipité à l'intérieur pour l'aider à se relever.

— Êtes-vous souffrant ?

À la cour de l'empereur Rodolphe II, la grave maladie de John déjouait les compétences des meilleurs guérisseurs. Il tâcha de reprendre haleine et laissa son jeune apprenti le maintenir debout jusqu'à ce qu'enfin ses quintes de toux s'apaisent. En revanche, contrairement à l'habitude, la douleur cuisante qui lui étreignait la poitrine ne s'atténua pas.

Vaclav effleura le front en sueur de son mentor.

— Vous n'avez pas dormi de la nuit. Quand je suis arrivé ce matin, votre lit n'était pas défait. Je suis venu vérifier…

Sa voix se brisa lorsque ses yeux se posèrent sur la cloche en verre et qu'il découvrit la créature coincée à l'intérieur. C'était un spectacle auquel le petit innocent n'aurait jamais dû assister.

De ses lèvres s'échappa un halètement mi-surpris, mi-horrifié.

Sa paume plaquée contre le rempart transparent, la bête contempla le nouveau venu avec gourmandise. Son ongle racla la paroi. Elle n'avait rien avalé depuis des jours.

Vaclav observa le corps dénudé de la femme. De longues boucles blondes tombaient en cascade sur son dos arrondi et ses seins. On aurait presque pu dire qu'elle était belle mais, avec la faible lumière qui filtrait entre les rideaux, le verre épais nimbait sa peau lactescente de reflets verdâtres, comme si elle commençait déjà à se décomposer.

Avide d'explications, Vaclav pivota vers l'alchimiste.

— Maître ?

L'apprenti était entré à son service à l'âge de huit ans. John l'avait vu se transformer en un jeune homme plein d'avenir, très doué pour assembler les potions et distiller les huiles.

Il l'aimait comme son propre fils.

Pourtant, il n'hésita pas à user de son couteau de boucher pour lui trancher la gorge.

Vaclav porta la main à son cou, le regard brillant d'un sentiment mêlé d'incrédulité et de trahison. Des flots de sang coulaient entre ses doigts, puis s'écrasaient par terre. Il s'écroula à genoux, tentant en vain de rattraper la vie qui l'abandonnait.

La prisonnière se jeta contre les parois de la cloche avec une force telle que le socle en métal, pourtant robuste, vacilla.

Tu sens l'odeur du sang ? C'est ce qui t'excite autant ?

John ramassa la pierre verte, dont il vérifia soigneusement les scellés à la lumière. Les volutes de ténèbres continuaient de s'agiter à l'intérieur, en quête d'une brèche mais, pour elles, il n'y avait aucune issue possible. Il se signa et murmura une prière de remerciement.

Le diamant était resté intact.

Après avoir reposé son joyau dans le halo de soleil, John s'agenouilla près de Vaclav et écarta ses cheveux bouclés.

Les lèvres exsangues de son élève remuèrent. Sa gorge émit un drôle de gargouillement.

— Pardonne-moi, chuchota l'alchimiste.

Le garçon articula un mot en silence.

Pourquoi ?

Jamais son professeur ne pourrait ni lui expliquer son geste ni expier son meurtre.

— J'aurais préféré que tu ne voies rien de tout cela, que tu mènes une longue vie de travail. Hélas, ce n'était pas la volonté du Seigneur.

Les doigts ensanglantés de Vaclav lâchèrent son cou. La mort avait rendu ses yeux vitreux et John lui ferma les paupières.

Tête baissée, il récita à mi-voix une brève prière pour le salut de l'âme de son apprenti. Même si l'innocent s'en était allé vers un monde meilleur, son décès restait une perte tragique.

Bloquée dans la cloche, la monstrueuse créature jadis humaine croisa son regard. Elle contempla le cadavre de Vaclav, puis observa à nouveau John. Elle avait dû deviner son désarroi, car, pour la première fois depuis son arrivée, elle esquissa un sourire qui, révélant ses longues canines blanches, montrait combien elle se délectait du malheur de son geôlier.

John se redressa péniblement. Sa douleur de poitrine était toujours aussi cuisante. Il devait vite s'acquitter de sa tâche.

D'un pas chancelant, il traversa le laboratoire et verrouilla la porte que Vaclav avait laissée béante. La seule autre clé de la pièce gisait dans une mare de sang qui, peu à peu, se figeait autour de son ancien disciple. John ne serait plus dérangé.

Il se remit à l'ouvrage. Du bout de l'index, il caressa le tuyau en verre qui courait de la cloche jusqu'à son bureau et vérifia avec minutie qu'il ne comportait aucune imperfection.

Je suis trop proche du but pour commettre une erreur.

À son extrémité, le tube se rétrécissait pour former une ouverture minuscule, à peine plus large qu'une aiguille à coudre – prouesse d'un verrier au sommet de son art. John écarta les rideaux jusqu'à ce qu'un rayon de soleil tombe dessus.

Handicapé par sa douleur de poitrine, il devait garder son bras gauche collé contre son torse. Alors qu'il avait besoin de toute son énergie, ses forces le quittaient à grands pas.

De sa main droite tremblante, il prit la pierre, qui chatoya d'un éclat à la fois superbe et mortel. Les mâchoires crispées pour anticiper tout vertige, il utilisa de fines brucelles en argent pour ôter le fragment d'os du diamant.

Ses jambes flageolaient, mais il serra les dents. À présent que l'esquille avait été retirée, il devait maintenir la gemme éclairée en permanence, car la moindre petite ombre aurait permis au cœur fumant de ténèbres de s'échapper à l'air libre.

Il ne fallait pas que le phénomène tant redouté se produise. Du moins, pas encore.

La masse noire s'aplatit et chercha à remonter le long des parois de sa prison, vers l'étroite ouverture mais, soudain, elle s'arrêta net, effrayée à l'idée de s'aventurer en pleine lumière. D'une manière ou d'une autre, le mal contenu au sein du joyau devait sentir qu'un soleil direct avait le pouvoir de le détruire. Son unique espoir était donc de rester à l'intérieur du diamant vert vif.

Lentement, avec maintes précautions, John plaqua le petit trou percé dans la pierre précieuse contre l'extrémité du tube en verre. La lumière du jour les baignait alors tous les deux.

Il s'empara d'une chandelle posée sur son bureau taché et fit couler la cire de sorte que le diamant et le tube soient scellés de manière hermétique. Ensuite, seulement, il referma les rideaux et laissa l'ombre manger de nouveau la pierre verte.

La flamme palpitante de la bougie illumina la masse noire qui tourbillonnait furieusement au cœur du diamant. L'alchimiste retint son souffle et la regarda monter vers l'ouverture. Elle parut tester l'étanchéité du revêtement en cire et vérifier qu'il n'existait aucune brèche de sortie vers le laboratoire avant de s'introduire le long du tube transparent. Elle longea le tuyau et poursuivit sa course inexorable jusqu'à l'autre extrémité, où la prisonnière se trouvait sous la cloche.

John secoua sa tête grisonnante. Bien qu'autrefois humaine, la maudite créature n'avait plus rien d'une *femme*. Il ne devait donc pas se laisser aller à la considérer comme telle. De son côté, elle s'était calmée et se tenait, immobile, au milieu du dôme. Ses prunelles d'un bleu lumineux l'observaient.

À travers l'épaisseur de verre, sa peau d'albâtre et sa chevelure d'or renvoyaient une espèce d'éclat verdâtre. Pourtant, même dans cet état-là, elle demeurait le plus bel être que John avait jamais vu. Elle mit sa main à plat sur la paroi. La lueur de la chandelle joua le long de ses doigts adorables.

Il traversa le laboratoire et posa sa main sur la sienne. Le verre était froid contre sa peau. En dehors de la souffrance et de ses forces en déclin, il avait toujours su qu'elle serait son ultime victime. Elle était la six cent soixante-sixième créature enfermée dans le cercueil. Avec sa mort, la mission de John serait terminée.

Les lèvres de la captive formèrent un seul mot, le même que Vaclav.

Pourquoi ?

Hélas, il ne pouvait pas lui apporter davantage d'explications qu'à son défunt élève.

Elle regarda la masse noire s'approcher de sa prison.

Comme les autres, elle leva sa main vers la brume ignoble qui s'engouffrait dans la cloche. Sa bouche remua en silence. Son visage afficha un air presque halluciné.

Au début, John avait eu honte d'assister à la sombre communion privée, mais il y avait fort longtemps que cela ne le dérangeait plus. Il s'appuya contre la paroi en verre de manière à être le plus près possible. Même sa douleur de poitrine s'estompa.

La fumée noire s'amoncela en haut de la cloche et forma un nuage de gouttelettes minuscules qui s'abattirent sur l'unique occupante du cachot. L'humidité coula le long des doigts blanchâtres de cette dernière et de ses bras tendus en l'air. La tête renversée en arrière, elle poussa un cri. Inutile de l'entendre pour comprendre qu'elle était en pleine extase ! Elle se hissa sur la pointe des pieds, la poitrine saillante, et frémit à mesure que les gouttes caressaient chaque centimètre carré de son corps.

Un dernier frisson, et elle s'avachit au sol, sans vie.

La brume planait au-dessus de sa dépouille.

C'est terminé.

John contourna le cadavre de Vaclav, se précipita

vers la fenêtre et ouvrit les rideaux en grand afin que le soleil embrase le flanc de la cloche. Aussitôt, le corps maudit de la fille prit feu, ce qui alourdit encore la brume d'une fumée nauséabonde.

Le nuage sombre – dont la puissance était désormais décuplée par l'essence de la défunte – fuit le soleil et emprunta le seul chemin obscur à sa disposition : le tube de verre accolé au diamant. À l'aide d'un miroir à main en argent, l'alchimiste réfléchit la lumière le long du tuyau et chassa ainsi l'infâme noirceur vers le cœur émeraude du joyau, son unique refuge dans un monde aussi resplendissant.

Après l'y avoir de nouveau soigneusement enfermée, John brisa le sceau en cire qui reliait le diamant au tube. Tout en veillant à ce que la minuscule ouverture soit éclairée en permanence, il emporta son joyau vers un vieux pentagramme dessiné au sol et le posa au centre, toujours sous les rayons du soleil.

Je suis si proche du but...

Tout en récitant des prières, le vieil homme répandit minutieusement en rond du sel autour du pentagramme. Il allait bientôt mourir mais, enfin, il réaliserait le rêve de sa vie.

Ouvrir une porte vers le monde des anges.

Plus de six cents fois, il avait dessiné le même cercle. Plus de six cents fois, il avait égrené les mêmes prières. Pourtant, au fond de son cœur, il savait que, ce jour-là, les choses seraient différentes. Il se remémora un verset du livre de l'Apocalypse : *« C'est ici la sagesse. Que celui qui a de l'intelligence calcule le nombre de la bête. Car c'est un nombre d'homme, et son nombre est six cent soixante-six.* »

— Six cent soixante-six, répéta-t-il.

Il s'agissait du nombre de créatures qu'il avait parquées dans la cloche, du nombre d'essences fumeuses qu'il avait récoltées, à l'occasion de leur mort flamboyante, dans un seul diamant. Il avait mis dix ans à en trouver autant, à les emprisonner et rassembler ainsi l'esprit maléfique qui animait des êtres aussi maudits. C'étaient ces mêmes énergies qui, à présent, lui ouvriraient la porte du monde des anges.

Le visage enfoui entre ses mains, il tremblait de la tête aux pieds. Il avait tellement de questions à leur poser ! Depuis l'époque relatée dans le Livre d'Hénoch, aucun ange ne s'était manifesté auprès du genre humain sans le commandement de Dieu. Aucun individu n'avait bénéficié de leur sagesse.

Moi, je répandrai leur lumière sur la Terre et je la partagerai avec l'ensemble de l'humanité.

L'alchimiste s'approcha de l'âtre et alluma un long cierge, qui lui servit à enflammer les cinq bougies disposées aux pointes du pentagramme. Au soleil, leur éclat jaunâtre paraissait terne, sans substance, et il vacillait dans le courant d'air de la fenêtre.

John referma les rideaux. Dès que l'obscurité eut envahi la pièce, il revint s'agenouiller à la lisière du cercle.

Une fumée noire émergea du trou minuscule foré dans le diamant et s'aventura timidement dehors, peut-être parce qu'elle sentait que le vaste monde extérieur restait soumis à l'éclat d'une nouvelle journée. Après quoi, elle prit de l'assurance et s'élança vers John, comme pour se venger de son emprisonnement prolongé. Heureusement, le rempart de sel la maintint à distance.

Insensible à la menace, John récita quelques mots d'hénochien, langue supposée perdue depuis très longtemps par les hommes.

— Je t'ordonne, Maître des Ténèbres, de me montrer la lumière qui flamboie à l'opposé de tes ombres.

Au sein du cercle, le nuage noir frémit une fois, deux fois, puis il enfla et se contracta comme un cœur humain. À chaque pulsation, sa taille augmentait.

John joignit les mains.

— Protège-moi, ô Seigneur, tandis que je contemple la gloire que Tu as façonnée.

Les ténèbres s'agglutinèrent et formèrent un ovale assez large pour que quelqu'un puisse tenir à l'intérieur.

Un murmure chatouilla l'oreille du chercheur.

— VIENS À MOI...

La voix provenait du portail.

— SERS-MOI.

John prit une bougie posée près de son genou et l'alluma sur un cierge planté à une extrémité du pentagramme. La flamme en l'air, il invoqua de nouveau la protection divine.

Un bruit résonna, comme si quelque chose avait remué derrière le portail. Il s'accompagnait d'un puissant cliquetis métallique.

D'autres mots s'insinuèrent dans l'esprit de l'alchimiste.

— DE TOUS LES MORTELS, TU ES LE SEUL QUE J'AI JUGÉ DIGNE.

John se releva mais, alors qu'il esquissait un pas vers le cercle, il sentit son pied frôler la main de Vaclav. Soudain conscient qu'il ne méritait absolument pas sa place devant une splendeur pareille, il se figea.

J'ai tué un innocent.

Sa confession silencieuse fut entendue. On le rassura :

— LA GRANDEUR A UN PRIX QUE PEU DE GENS SONT PRÊTS À PAYER. TU N'ES PAS COMME LES AUTRES, JOHN DEE.

L'intéressé frissonna, surtout à cause des deux derniers mots qu'il venait d'entendre.

Mon nom est connu, prononcé par un ange.

Tandis qu'il oscillait entre fierté et crainte, la pièce se mit à tanguer. Le cierge lui échappa des mains. Toujours allumé, le bâton de cire roula à l'intérieur du cercle, puis traversa le portail et éclaira ce qui était caché de l'autre côté.

Une silhouette d'une majesté incroyable était assise sur un trône en ébène poli. Ses prunelles noires comme du pétrole étincelaient sur un visage à la beauté sévère, dont chaque trait paraissait ciselé dans de l'onyx. Sa superbe figure était surmontée d'une couronne brisée, dont l'argent s'était oxydé et dont les arêtes déchiquetées ressemblaient à des cornes. Derrière ses larges épaules se dressaient de puissantes ailes aux plumes aussi noires et lustrées qu'un corbeau. Leur envergure était telle qu'elles permettaient de protéger l'illustre personnage dénudé à l'intérieur.

Lorsque ce dernier se pencha en avant, il fit cliqueter les chaînes en argent terni qui maintenaient son corps admirable fermement attaché au trône.

John comprit qui venait d'apparaître.

— Tu n'es pas un ange, murmura-t-il.

— J'EN SUIS UN… ET JE L'AI TOUJOURS ÉTÉ.

Alors qu'une voix douce emplissait la tête de l'alchimiste, les lèvres de son interlocuteur restèrent immobiles.

— TES MOTS M'ONT APPELÉ. QUI D'AUTRE SERAIS-JE ?

Un mélange profond de doute et de souffrance s'empara de John. Au lieu de faire venir la lumière, les ténèbres avaient invoqué les ténèbres.

Sous son regard horrifié, un maillon de la chaîne argentée se brisa. La créature était en train de se libérer.

Arraché à sa transe, John s'écarta du cercle et trébucha vers la fenêtre. Il ne fallait surtout pas que l'abjecte créature pénètre le monde ici-bas.

— ARRÊTE…

Cette simple injonction de son interlocuteur lui causa une violente douleur au crâne. Il ne pouvait plus penser, ses muscles répondaient à peine, mais il se força à avancer. Les mains recroquevillées comme des griffes, il empoigna les épaisses tentures et puisa dans ses dernières forces pour les tirer.

Hélas, le velours se déchira.

La lumière du soleil qui inonda le laboratoire s'abattit sur la cloche, le bureau, le pentagramme et, enfin, le portail des ténèbres. Un hurlement strident retentit derrière John, au risque de lui crever les tympans.

C'en était trop.

Mais il n'en fallait pas davantage.

Tandis qu'il s'écroulait par terre, John Dee eut tout juste le temps de voir le nuage noir qui fuyait la lumière et se réfugiait à l'intérieur du diamant. Au moment de rendre l'âme, il adressa une ultime prière au monde.

Faites que personne ne retrouve jamais cette pierre maudite...

*

À midi, des soldats enfoncèrent la porte du laboratoire à coups de bélier, puis, restés dans le couloir, ils s'agenouillèrent quand l'empereur en personne passa devant eux.

— Gardez la tête baissée, ordonna-t-il.

Les militaires obéirent sans broncher.

Après avoir longé leurs silhouettes prosternées, le puissant Rodolphe II s'engouffra dans la pièce. Il aperçut le pentagramme, les flaques de cire ainsi que les cadavres au sol – celui de l'alchimiste et de son jeune disciple.

Une seule explication : John Dee avait failli à son devoir.

Sans prêter davantage d'intérêt aux deux victimes, le souverain pénétra à l'intérieur du cercle mystique pour reprendre le précieux diamant. Une masse noire frémit méchamment en son cœur vert. La colère froide qui émanait de la pierre tenta de happer l'esprit de Rodolphe, mais elle fut incapable de lui nuire réellement. Quoi qu'il eût fait d'autre, Dee avait réussi à contenir le mal.

Tout en maintenant la pierre au soleil, l'empereur boucha l'orifice avec la petite esquille qui gisait sur un coin du bureau. Aussi translucide qu'un flocon de neige, elle demeurait incroyablement puissante. Il alluma une chandelle et scella le fragment d'os sur le diamant avec des gouttes de suif qui lui brûlèrent les doigts.

Après quoi, il enveloppa la chatoyante pierre verte au cœur noir d'une nouvelle toile enduite, y fit un nœud et déposa le tout dans un chaudron de suif fondu que Dee conservait près de l'âtre. Il l'y immergea entièrement afin de s'assurer que la cire scellait bien chaque millimètre carré d'étoffe.

Dehors, ses hommes, dociles, avaient toujours le visage plaqué contre le sol. Satisfait, il ouvrit le compartiment secret du manteau de cheminée et y inséra l'infâme paquet. À voix basse, il récita une rapide prière de protection en hénochien avant de refermer la porte dérobée.

Pour l'instant, le mal resterait à l'abri des regards.

L'empereur sentit son corps perclus de fatigue. Il y avait fort longtemps qu'il ne s'était accordé de repos réparateur et ce jour-là ne serait guère différent des autres. Un soupir aux lèvres, il se laissa retomber sur la chaise défoncée près du bureau de Dee et prit un morceau de parchemin sur une pile mal rangée. Après avoir trempé sa plume dans un encrier d'argent, il commença à écrire en hénochien. Peu de gens connaissaient les subtilités d'une langue aussi singulière.

Lorsqu'il eut terminé, il replia deux fois le papier, le ferma d'une goutte de cire noire et y apposa le sceau de sa bague. D'ici à une heure, un homme de confiance irait porter son message à cheval.

Rodolphe avait besoin d'aide.

Il sollicitait les conseils de la seule personne à avoir exploré autant que John Dee l'univers des anges des ténèbres et de lumière. Il contempla les cadavres par terre en priant le ciel pour qu'elle répare les dégâts causés à l'intérieur du laboratoire.

Rodolphe brandit sa lettre rédigée à la hâte. Le soleil éclaira les lettres sombres de son célèbre patronyme.

Countess Elisabeta Bathory de Ecsed

PREMIÈRE PARTIE

Car Jésus lui disait : Sors de cet homme, esprit impur !
Et il lui demanda : Quel est ton nom ?
Légion est mon nom, lui répondit-il, car nous sommes plusieurs.

MARC, V, 8-9

CHAPITRE PREMIER

17 mars, 16 h 07, heure d'Europe centrale
Cité du Vatican, Italie

Ne vous faites pas pincer.

Accroupie derrière un catalogue dans la salle de lecture de la Bibliothèque apostolique, le Dr Erin Granger sentait tous ses muscles crispés par la mise en garde qu'on venait de lui faire. Les très hauts plafonds cintrés étaient blancs, ornés de fresques raffinées. Des rayonnages accueillant des ouvrages parmi les plus rares au monde s'étendaient à gauche et à droite. Le sanctuaire abritait plus de soixante-quinze mille manuscrits et plus d'un million de livres. D'habitude, c'était précisément le genre d'endroit où, en tant qu'archéologue, elle aurait adoré flâner pendant des heures, voire des journées entières. Or, pour elle, ces derniers temps, la bibliothèque était devenue davantage une prison qu'un lieu de découverte.

Aujourd'hui, je dois m'en échapper.

Elle n'était pas seule dans la manigance. Son complice, le père Christian, se tenait debout près d'elle, à la vue de tous, et, par des gestes furtifs, il l'incitait à se dépêcher. Il affichait l'allure d'un jeune prêtre, grand avec des cheveux bruns, des yeux verts perçants, des pommettes ciselées et une peau splendide mais, alors qu'on ne lui aurait pas donné trente ans, en réalité, il était beaucoup plus âgé. Christian était jadis un monstre, un ancien *strigoï*, c'est-à-dire une créature qui ne survivait que grâce au sang humain. Heureusement, de longs siècles auparavant, il avait rejoint l'Ordre catholique des Sanguinistes et juré de ne plus boire que le sang du Christ.

Puisqu'il faisait partie des rares membres du groupe auxquels elle faisait confiance, Erin s'était ralliée à son jugement concernant l'inconnue qui les accompagnait.

Tapie derrière le comptoir de fiches, le souffle court, la jeune nonne se débarrassait de son habit noir. Sa guimpe gisait déjà au sol. Si l'on en croyait son front en sueur, sœur Margaret était un être humain. Persuadée d'entendre les battements de cœur frénétiques de la religieuse, Erin imagina que son propre pouls ne devait pas être en reste.

— Tenez, chuchota Margaret.

Une fois ses longs cheveux blonds détachés, elle plongea son regard ambré dans celui de l'Américaine. Les deux femmes avaient à peu près la même taille et le même teint, ce qui faisait de la bonne sœur un élément indispensable à l'exécution de leur plan.

Erin enfila l'habit de serge noire, qui frotta contre ses joues. Il embaumait la lessive. D'un roulement d'épaules, elle le fit glisser le long de son corps et, toujours accroupie, elle en lissa au mieux les plis sur ses hanches. Margaret l'aida à placer correctement la guimpe blanche sur sa tête, puis elle la lui ajusta autour du visage afin de couvrir ses cheveux blonds et repoussa quelques mèches rebelles.

Une fois rassise sur ses talons, elle observa le déguisement d'Erin d'un œil critique.

— Qu'en pensez-vous ? murmura Christian, son bras posé sur le meuble d'archivage pour mieux dissimuler leur manège.

Margaret hocha la tête d'un air satisfait. Erin ressemblait à une bonne sœur *lambda*, presque anonyme dans une cité du Vatican où seuls les touristes et les prêtres étaient plus nombreux que les religieuses en habit.

Pour parfaire la supercherie, elle lui mit autour du cou une croix en argent pendue à une cordelette noire et lui tendit une bague du même métal. Dès qu'elle glissa le bijou tiède à son doigt, Erin s'aperçut qu'elle n'en avait jamais porté à cet endroit-là.

Trente-deux ans et jamais mariée.

Son père, décédé depuis longtemps, aurait été horrifié de savoir sa fille encore célibataire. Toute sa vie, il avait prêché que le devoir premier d'une femme était d'enfanter des serviteurs du Seigneur. Bien entendu, il aurait aussi été mortifié d'apprendre qu'elle avait suivi un enseignement laïc, obtenu un doctorat d'archéologie et passé les dix dernières années de sa vie à prouver qu'une grande partie de l'histoire relatée par la Bible n'avait aucune origine miraculeuse. S'il ne l'avait pas déjà répudiée adolescente pour avoir fui leur communauté religieuse, il l'aurait maudite. Par chance, elle avait fait la paix avec son passé.

Quelques mois auparavant, on lui avait offert une incursion dans l'histoire du monde, un monde qui n'était expliqué ni par les livres qu'elle avait étudiés à l'université ni par les sciences qui constituaient le socle de sa foi personnelle. Elle avait en effet rencontré son premier Sanguiniste, preuve vivante que les monstres existaient et qu'une pieuse dévotion savait les apprivoiser.

Au fond d'elle, elle restait quand même sceptique et continuait de se poser des questions sur tout. Elle n'avait accepté l'existence des *strigoï* qu'après en avoir côtoyé un, avoir constaté sa férocité et observé ses canines acérées. En fait, elle ne se fiait qu'à ce qu'elle pouvait vérifier elle-même.

Sœur Margaret tira ses cheveux blonds vers l'arrière et se confectionna une queue-de-cheval comme Erin aimait en porter. Sous son habit, elle avait déjà enfilé le vieux jean et le chemisier de coton blanc que l'Américaine lui avait prêtés. De loin, on pourrait ainsi facilement les confondre.

Du moins, je l'espère.

Les deux femmes pivotèrent vers Christian pour obtenir son assentiment final. Le Sanguiniste confirma d'un pouce levé, puis il souffla à l'oreille de sa protégée :

— Vous allez au-devant d'un réel danger, Erin. Vous vous apprêtez à entrer par effraction dans un endroit auquel l'accès vous est strictement interdit. Si vous vous faites attraper…

— Je sais.

Il lui tendit une carte pliée en deux et une clé. Elle voulut les prendre, mais Christian refusa de les lâcher.

— Je suis prêt à vous accompagner, insista-t-il, le

regard luisant d'inquiétude. Vous n'avez qu'un mot à dire.

— Vous savez bien que vous ne pouvez pas.

Erin lorgna Margaret. Pour que le stratagème fonctionne, il fallait que Christian reste à la bibliothèque. Il avait été nommé garde du corps de l'archéologue, et ce n'était pas du luxe. En effet, depuis peu à Rome, le nombre d'attaques de *strigoï* grimpait en flèche. Quelque chose excitait les monstres. Et le phénomène ne se cantonnait pas à la capitale italienne. Des échos venus des quatre coins de la planète laissaient entendre que l'équilibre entre la lumière et les ténèbres était en train de se modifier.

Qu'est-ce qui pouvait en être la cause ?

La jeune femme nourrissait bien quelques soupçons mais, avant d'en faire part à quiconque, elle souhaitait en obtenir confirmation et il y avait fort à parier que son expédition illicite du jour lui apporterait les réponses tant désirées.

Christian finit par lâcher le plan et la clé en murmurant :

— Soyez prudente.

D'une main secourable, il aida Margaret à se relever. Objectif de l'opération : faire croire aux gens que sa blonde voisine était le Dr Granger, ce qui permettrait à la véritable Erin de s'éclipser ni vu ni connu.

— Votre sang, demanda l'aventurière à voix basse.

Ce tout dernier élément lui serait aussi indispensable que la clé.

Christian lui remit une fiole scellée qui contenait quelques millilitres de sang noir. Elle fourra l'échantillon dans sa poche, près de sa torche électrique.

Le religieux caressa sa croix pectorale en susurrant :

— Rapportez-nous le Graal, tigresse.

Il poussa sœur Margaret vers la table où Erin avait laissé posés son sac à dos et son calepin. L'Américaine détestait l'idée d'abandonner ses affaires. À l'intérieur du sac, soigneusement rangé dans un compartiment hermétique, dormait un ouvrage encore plus précieux que les multitudes de livres rares abrités au sein des archives secrètes du Vatican.

L'Évangile de Sang.

Ce recueil de prophéties avait été écrit par le Christ avec Son propre sang sacré. Jusqu'à présent, seul le tout début de l'ouvrage leur était apparu. La jeune femme se rappela les lignes flamboyantes qui s'étaient matérialisées sur ses immémoriales pages blanches. Quelques strophes de prédictions mystérieuses. Certaines avaient déjà été décryptées, d'autres conservaient leur mystère, mais le plus intrigant restait les centaines de pages vierges qui n'avaient pas encore révélé leur contenu caché. Le bruit courait que ces secrets perdus recélaient peut-être toute la science de l'univers, de Dieu, de la signification de l'existence et de ce qui se trouvait au-delà.

À la simple idée de laisser une telle source de connaissance derrière elle, Erin eut la bouche sèche. Un sentiment de fierté la chatouilla aussi, car elle savait que toute cette science-là lui était destinée. En plein désert d'Égypte, le livre lui avait été définitivement rattaché. Son texte ne pouvait être lu que si elle tenait l'ouvrage entre ses mains. Par conséquent, jusqu'à cet instant précis, elle l'avait emporté partout avec elle, sans jamais le quitter du regard.

Là, elle ne pouvait plus faire autrement.

Les bonnes sœurs ne se promenaient pas sac au dos. Pour éviter d'être démasquée, elle devait donc confier son cher évangile aux bons soins de Christian.

Plus vite j'aurai bouclé ma mission, plus vite je serai revenue.

Déterminée, elle se redressa à son tour. Elle avait beaucoup de terrain à parcourir et, si elle ne regagnait pas la bibliothèque avant l'heure de la fermeture, leur plan tomberait à l'eau. Après avoir chassé ses craintes de son esprit, elle garda la nuque baissée pour qu'on ne distingue pas son visage, puis elle inspira à fond, émergea de derrière le catalogue et retrouva l'atmosphère studieuse de la bibliothèque.

Personne ne semblait lui porter d'intérêt lorsqu'elle se dirigea tranquillement vers la sortie. Elle s'obligea à garder son calme. Les Sanguinistes possédaient une sensibilité aiguisée au point de discerner les battements de cœur humains. S'ils l'entendaient, ils risqueraient de se demander pourquoi une nonne était si stressée dans les rayons paisibles d'une bibliothèque.

Elle passa devant des érudits assis devant des montagnes de livres. Un grand nombre d'entre eux avaient patienté de longues années pour accéder à un si haut lieu de savoir. Penchés religieusement sur leurs recherches, ils affichaient la même ferveur que n'importe quel prêtre. À une époque, elle-même n'avait guère été différente… jusqu'à ce qu'elle s'intéresse à une approche de l'histoire plus souterraine. Les textes fondateurs et les chemins balisés l'avaient, dès lors, moins passionnée.

Une aubaine, car les voies classiques d'étude lui étaient désormais interdites. Après le décès d'un de ses étudiants sur un site de fouilles en Israël, elle avait perdu son poste d'enseignante à l'université de Stanford. Elle était consciente qu'elle aurait dû préparer son avenir, s'inquiéter de sa carrière à long terme, mais tout était devenu très futile, car, si ses camarades et elle échouaient dans leur mission, plus personne n'aurait un futur à construire.

Elle poussa l'imposante porte d'entrée et retrouva la clarté de l'après-midi italien. Hélas, elle n'avait pas le temps de savourer le soleil printanier qui lui réchauffait déjà le visage. D'un pas pressé, elle traversa la Ville sainte en direction de la basilique Saint-Pierre.

Elle fut quelque peu ralentie par les centaines de touristes qui consultaient leur plan en pointant le doigt çà et là, mais elle finit par atteindre la majestueuse basilique. L'édifice symbolisait toute la puissance pontificale et nul ne pouvait nier ni sa force ni sa magnificence. D'ailleurs, en dépit de la sévérité de son propos, la beauté incroyable de la façade et de ses coupoles immenses continuait d'impressionner la jeune archéologue.

Erin marcha tout droit vers les portes gigantesques et, sans encombre, elle franchit des colonnes en marbre si hautes qu'elles s'élevaient sur deux niveaux. Au moment de traverser l'atrium et de pénétrer dans la nef elle-même, elle jeta un regard à la *Pietà* de Michel-Ange, cette célèbre statue de Marie en train de tenir tristement le corps de son fils défunt contre elle. Aussitôt rappelée à ses obligations, la jeune femme accéléra le rythme.

Si je me plante, beaucoup d'autres mères vont pleurer leurs enfants perdus.

Il n'empêche qu'elle n'avait aucune idée de ce qu'elle *faisait* au juste. Depuis deux mois, elle cherchait à la Bibliothèque vaticane la vérité cachée derrière la dernière prophétie de l'Évangile de Sang : *« Ensemble, le trio doit affronter sa quête ultime. Les chaînes de Lucifer ont été déverrouillées et son Calice demeure perdu. Il faudra la lumière des trois pour reconstituer le Calice et chasser à nouveau Lucifer vers ses ténèbres éternelles. »*

La rationnelle Erin, qui avait toujours du mal à accepter l'existence concrète des *strigoï*, des anges et des miracles auxquels elle avait assisté, se demanda si ce n'était pas mission impossible.

Reconstituer un vieux calice avant que Lucifer ne s'échappe de l'enfer ?

L'injonction évoquait davantage un mythe d'un autre temps qu'une opération censée se dérouler au XXIe siècle.

La jeune femme faisait pourtant partie du trio prophétique – le *Chevalier du Christ*, le *Guerrier* et l'*Érudite* – cité dans l'Évangile de Sang et, en tant qu'Érudite, elle avait la lourde tâche de découvrir la vérité derrière le texte mystérieux.

En attendant qu'elle résolve l'énigme, ses deux comparses vaquaient chacun à leurs occupations, pendant qu'elle écumait les bibliothèques du Vatican. Ni l'un ni l'autre ne séjournaient actuellement à Rome et ils lui manquaient tous les deux. Elle regrettait de ne pas les avoir auprès d'elle, ne serait-ce que pour tester sur eux sa multitude de théories.

Naturellement, avec le sergent Jordan Stone, *alias* « le Guerrier », ils vivaient autre chose. Depuis leur rencontre quelques mois auparavant, elle avait succombé au charme du beau et solide militaire, à son regard bleu perçant, à son caractère facile à vivre et à son indéfectible sens du devoir. Non content de réussir à la faire rire dans les situations les plus stressantes, il lui avait aussi sauvé la vie à d'incalculables reprises.

Qu'y avait-il en lui qui ne soit pas aimable ?

Je n'aime pas quand tu n'es pas là.

La pensée était égoïste et pourtant terriblement vraie.

Au cours des semaines précédentes, Jordan s'était un peu éloigné d'elle et du reste. Erin l'avait d'abord cru perturbé d'avoir quitté son poste dans l'armée pour être assigné, contre son gré, à la protection des Sanguinistes mais, depuis peu, elle se demandait si sa subite froideur ne dissimulait pas un malaise plus profond.

Rongée par le doute, elle avait peur de le perdre.

Peut-être qu'il ne désire pas le même type de relation que moi...

Peut-être que je ne suis pas la femme idéale pour lui...

Elle détestait même l'idée d'y penser.

Le père Rhun Korza, troisième membre du trio, lui posait encore davantage de problèmes. Le Chevalier du Christ était un Sanguiniste. Elle avait fini par respecter son puissant code moral, sa formidable science du combat et son dévouement à l'Église, mais elle le craignait également. En effet, alors qu'ils se connaissaient à peine, il lui avait sucé le sang pour pallier une situation d'urgence absolue, au point qu'il avait failli la tuer dans un tunnel souterrain de Rome. Encore à présent, au moment de traverser la basilique Saint-Pierre, elle se rappela les canines acérées qui lui avaient perforé la gorge, puis le curieux sentiment d'extase qui avait fait de l'acte de Korza un instant à la fois érotique et troublant. Au final, le souvenir de leur étreinte l'effrayait autant qu'il la fascinait.

Pour l'heure, ils restaient des collègues proches, même si une certaine méfiance s'était installée entre eux, comme s'ils avaient compris qu'une ligne jaune avait été définitivement franchie dans les sous-sols de la ville.

Voilà peut-être pourquoi Rhun s'est volatilisé de Rome ces derniers mois.

Un soupir aux lèvres, Erin regretta que les deux hommes ne soient pas là ; cependant la tâche qui l'attendait lui incombait à elle seule. Et le défi était de taille ! Si le trio voulait reconstituer un objet baptisé le *« Calice de Lucifer »*, elle devait dénicher des indices sur la nature de cette coupe prophétique. Elle avait passé les archives du Vatican au peigne fin : depuis ses cryptes souterraines moisies par les siècles jusqu'aux rayonnages élevés de la *Torre dei Venti*, la Tour des Vents, dont Galilée lui-même avait foulé les marches. Hélas, jusqu'à présent, ses efforts n'avaient donné aucun résultat. Il ne lui restait qu'un dernier lieu à explorer, une collection interdite d'accès aux mortels.

La *Bibliotheca dei Sanguines*.

La bibliothèque privée de l'Ordre des Sanguinistes.

Enfin, si j'arrive à y entrer.

Les dossiers étaient enfouis très loin sous la basilique, dans des galeries réservées aux seuls Sanguinistes, c'est-à-dire aux *strigoï* qui avaient fait le serment de servir l'Église et renoncé à boire du sang humain pour ne s'alimenter que du sang du Christ – ou, plus exactement, de *vin* transsubstantié par la bénédiction et la prière en une essence sacrée.

Tandis qu'elle traversait l'immense basilique d'un pas alerte, Erin constata la présence renforcée des gardes suisses. Préoccupé par la recrudescence des attaques de *strigoï*, le Vatican était en état d'alerte maximale. Même le nez fourré dans ses livres, la jeune femme avait entendu dire que les monstres impliqués dans les meurtres à répétition étaient bizarrement plus forts, plus rapides et plus difficiles à tuer.

Mais pourquoi ?

C'était encore un mystère, auquel elle trouverait sans doute la solution dans la fameuse bibliothèque secrète.

Au cours des derniers mois, elle avait lu des milliers de papyrus poussiéreux, parchemins centenaires et autres tablettes d'argile. Les textes étaient rédigés dans des langues très diverses, écrites par de nombreuses mains, mais aucun d'eux ne contenait les informations qu'elle recherchait.

Du moins, jusqu'à avant-hier...

Dans la Tour des Vents, elle avait trouvé une vieille carte coincée entre les pages d'un exemplaire du Livre d'Hénoch. Si elle s'était intéressée à l'antique texte juif – un ouvrage censé avoir été écrit par l'arrièregrand-père de Noé –, c'était parce qu'il traitait des anges déchus et de leur progéniture hybride connus sous le nom de *« Néphilim »*. Lucifer ayant dirigé les anges déchus pendant la guerre des Cieux, il avait été durement châtié d'avoir osé défier le plan divin du Seigneur pour l'humanité.

Le jour de sa découverte, Erin avait ouvert l'inestimable ouvrage et une carte s'en était échappée. Dessinée à l'encre noire sur une feuille de papier jaunie et ornée d'enluminures fleuries par une main médiévale, il indiquait la présence d'une autre bibliothèque au Vatican, la plus ancienne et la plus secrète de toutes.

Erin n'en avait jamais entendu parler.

Selon la carte, la collection de livres était abritée au sein du Sanctuaire, labyrinthe de galeries et de salles situé sous la basilique Saint-Pierre, où un groupe de Sanguinistes avait élu domicile. Ils s'y rassemblaient pour passer de longues années de leur existence immortelle dans la contemplation et la prière, loin des contingences de la vie extérieure qui se déroulait quelques dizaines de mètres plus haut. Certains religieux vivaient là-bas depuis des siècles, immobiles, uniquement sustentés par de rares gorgées de vin sacré. Chaque jour, des prêtres leur donnaient à boire en portant des coupes en argent à leurs lèvres pâles. Toutefois, les méditants ne cherchant que la paix, l'accès à leurs tunnels était soumis à un contrôle extrêmement strict.

Selon la carte qui dormait dans la poche d'Erin, le Sanctuaire abritait les plus vieilles archives du Vatican. Une conversation que l'archéologue avait eue en douce avec Christian lui avait appris que la grande majorité des documents cachés là-bas avaient été écrits par d'immortels Sanguinistes ayant vécu les événements de l'ancien monde. Certains avaient même connu le Christ en personne ! D'autres, encore beaucoup plus âgés, s'étaient convertis à l'Ordre après avoir perpétré des siècles de carnage dans la peau de féroces *strigoï*.

Bien que le Sanctuaire soit interdit aux humains, Erin y avait déjà mis les pieds, accompagnée de Rhun et de Jordan. Quelques mois plus tôt, le trio avait apporté l'Évangile de Sang en ce lieu éminemment sacré pour qu'il soit béni par le fondateur de l'Ordre des Sanguinistes, personnage connu sous le qualificatif de *« Ressuscité »*. La jeune femme s'était ensuite rendu compte qu'il portait un nom beaucoup plus significatif dans l'histoire biblique.

Lazare.

Le premier *strigoï* que le Christ avait mis à son service.

Dès qu'elle avait appris l'existence d'une bibliothèque aussi prometteuse, Erin était allée voir le cardinal Bernard, actuel chef de file de l'Ordre à Rome. Elle avait demandé la permission d'y entrer afin de continuer ses recherches mais, sur un ton sec, il lui avait opposé une fin de non-recevoir. Selon lui, aucun être humain n'avait jamais été autorisé à en franchir le seuil. Il lui avait aussi assuré que l'endroit ne contenait que des renseignements sur l'Ordre lui-même, rien qui soit susceptible de l'avancer dans sa quête.

Erin n'avait pas été surprise de la réaction du prélat, pour qui la connaissance était un trésor puissant à ranger sous clé.

Elle avait alors tenté d'abattre sa carte maîtresse.

— L'Évangile de Sang lui-même m'a consacrée comme étant l'Érudite, avait-elle rappelé avant de citer la dernière prophétie révélée dans le désert. *« L'Érudite est maintenant liée au livre et rien ne pourra plus l'en séparer. »*

Inflexible, Bernard avait rétorqué :

— J'ai lu avec intérêt bon nombre d'ouvrages conservés là-bas. Aucun membre du Sanctuaire n'a jamais côtoyé Lucifer et ses anges maudits. Les histoires de sa chute ont été écrites bien après qu'elle a eu lieu. Il ne subsiste donc aucun récit direct ni sur la manière dont Lucifer a été déchu, ni sur l'endroit où il est emprisonné, ni même sur la façon dont les chaînes qui l'entravent dans les ténèbres éternelles ont été forgées ou pourraient être refabriquées. Quand bien même elle n'aurait pas été interdite, la fouille de cette bibliothèque serait une perte de temps.

À son regard sévère, Erin avait compris qu'il n'enfreindrait jamais la règle immémoriale. Elle serait donc obligée de s'y frayer un chemin par ses propres moyens.

Alors qu'il ne lui restait que quelques mètres à parcourir, elle admira devant elle la statue de saint Thomas, apôtre qui doutait de la réalité de toute chose jusqu'à ce qu'on lui en ait apporté la preuve. Malgré sa nervosité, elle esquissa un sourire.

Cet apôtre et moi sommes sur la même longueur d'onde.

Elle continua sa route vers la sculpture. D'ordinaire, personne ne surveillait la petite porte située sous les orteils de Thomas. En s'approchant, Erin aperçut pourtant un garde suisse à moitié tapi dans le renfoncement du battant. Les mâchoires serrées, elle se faufila sur le côté, hors de sa vue. Elle savait qui incriminer d'avoir ainsi renforcé la sécurité.

Allez au diable, Bernard !

Après leur discussion enflammée, l'homme d'Église avait dû prendre des mesures, de peur qu'elle n'essaie de braver son interdiction de pénétrer dans la bibliothèque.

La solution qu'elle cherchait lui arriva sous la forme d'une fillette à quelques mètres de là. L'enfant, qui devait avoir huit ou neuf ans, traînait les pieds sur les dalles en marbre richement décorées. Désœuvrée, elle faisait rouler une balle de tennis vert pomme entre ses mains. Ses parents, eux, bavardaient gaiement à proximité.

Erin s'empressa de la rattraper.

— Bonjour.

La petite redressa la tête d'un air suspicieux. Elle avait des nattes auburn et le nez semé de taches de rousseur.

— Bonjour, répondit-elle à contrecœur, comme si elle avait appris à se montrer toujours polie avec les bonnes sœurs.

— Tu me prêtes ta balle ?

Par instinct de protection, l'enfant la fourra vite derrière son dos.

D'accord, changement de tactique.

Erin brandit un billet de cinq euros.

— Alors, je peux peut-être te l'acheter ?

La fillette écarquilla les yeux, prête à céder à la tentation, puis elle lui tendit la balle duveteuse et conclut le marché tout en jetant un coup d'œil furtif à ses parents qui leur tournaient le dos.

Une fois la transaction effectuée, Erin attendit qu'elle ait rejoint sa famille. Après quoi, elle lança sournoisement la balle qui décrivit un arc de cercle vers l'autre côté de la nef, en direction d'un groupe de touristes agglutinés à quelques mètres de la sentinelle. Le projectile heurta la nuque d'un homme trapu en pardessus gris.

La victime poussa un cri, puis se mit à jurer en italien, ce qui sema bruyamment le trouble dans l'immense salle. Comme Erin l'avait espéré, le garde suisse partit voir ce qui se passait.

Elle profita de la diversion pour couvrir rapidement les derniers mètres et insérer la clé de Christian dans la serrure. Au moins, les gonds étaient bien huilés. Une fois entrée, elle referma la porte sans bruit et la reverrouilla à tâtons, le cœur battant.

Inquiète, elle posa sa paume contre le bois. *Comment réussirai-je à ressortir sans me faire attraper ?*

Hélas, il était trop tard pour former des conjectures. Un seul chemin s'ouvrait à elle.

Elle alluma sa torche électrique et promena son regard à la ronde. Un long tunnel s'étendait devant elle. Le plafond voûté avoisinait les trois mètres de haut et les murs aussi étaient incurvés. Près de la porte, des bougies en cire d'abeille et des allumettes étaient posées sur une table poussiéreuse. Elle en prit quelques-unes de chaque, qu'elle garda pour plus tard. Au cas où la pile de sa lampe lui ferait défaut, elles lui sauveraient toujours la mise.

Erin sortit le plan de sa poche. Au dos, Christian avait griffonné un schéma des galeries qui conduisaient au Sanctuaire. Consciente de ne plus pouvoir faire machine arrière, elle ramassa son lourd jupon dans une main et se mit vite en route : avant d'atteindre l'entrée du Sanctuaire, elle devrait marcher sur près d'un kilomètre.

Le faisceau étroit de sa torche tressautait sur le chemin et dévoilait une série de galeries secondaires. Elle les compta scrupuleusement à voix basse.

Si je rate un embranchement, je risque de me perdre dans ce labyrinthe pendant des jours.

Aiguillonnée par la crainte, elle descendit des escaliers exigus d'un pas pressé et traversa le dédale de tunnels. La minuscule fiole de Christian rebondissait contre sa cuisse, histoire de lui rappeler que la connaissance se payait parfois dans la souffrance et le sang. C'était un message qu'on lui avait martelé durant toute sa jeunesse et qui était devenu douloureusement concret le jour où son père avait découvert un livre caché sous le matelas de la fillette. La voix rude qui résonna à ses oreilles la replongea aussitôt en enfance.

— *Qu'est-il arrivé à Ève lorsqu'elle a mangé le fruit de l'Arbre de la connaissance ?*

Ses poings puissants de fermier plantés sur ses hanches, son père toisait sévèrement une petite Erin de neuf ans.

Elle hésita à répondre et préféra garder le silence. Il était toujours plus fâché par ce qu'elle disait que par son mutisme.

Le livre – L'Almanach du Paysan – *gisait ouvert sur le plancher rutilant, une lampe braquée en direction des pages crème. Jusqu'alors, Erin n'avait jamais lu que la Bible, parce que son père soutenait qu'elle y trouverait tout le savoir dont elle aurait besoin.*

Pourtant, en feuilletant l'almanach, elle avait appris des choses nouvelles : quand semer des graines, quand démarrer les récoltes ou encore quand avaient lieu les différentes phases de la lune. Il y avait même des blagues qui, hélas, l'avaient conduite à sa perte. Elle avait ri trop fort et s'était fait surprendre, assise en tailleur sous son bureau.

— Qu'est-il arrivé à Ève ? insista le patriarche sur un ton grave et menaçant.

L'enfant se réfugia timidement derrière des citations de la Bible :

— « Les yeux de l'un et de l'autre s'ouvrirent, ils connurent qu'ils étaient nus. »

— Et quelle a été leur punition ?

— « Il dit à la femme : J'augmenterai la souffrance de tes grossesses, tu enfanteras avec douleur. »

— Eh bien, c'est le même genre de leçon que tu apprendras de ma main !

Son père la força à choisir une baguette de saule et lui ordonna de s'agenouiller devant lui. Docile, elle se laissa tomber sur le sol brillant d'encaustique et passa sa robe par-dessus sa tête. Sa mère la lui avait confectionnée et la fillette ne voulait pas la salir. Elle la replia donc soigneusement et la posa à côté d'elle. Après quoi, elle agrippa ses genoux glacés et attendit que les coups pleuvent.

Granger prenait toujours un malin plaisir à lui faire attendre la première volée, comme s'il savait que l'anticipation de la douleur était presque aussi terrible que le châtiment lui-même. Un frisson parcourut l'échine d'Erin. Du coin de l'œil, elle aperçut l'almanach et n'éprouva aucun regret.

Le premier coup claqua sur sa peau. Elle se mordit les lèvres pour ne pas hurler, sinon il aurait alourdi la punition. Il flagella le dos nu de sa fille jusqu'à ce qu'elle ait ses sous-vêtements trempés de sang. Plus tard, elle serait sommée de nettoyer les éclaboussures rouge vif sur les murs et au sol mais, tant que son père n'aurait pas estimé qu'elle avait versé assez de sang, il fallait d'abord qu'elle endure le cruel sévice.

Erin frissonna. D'une certaine manière, la pénombre des tunnels rendait le souvenir plus réel. Elle sentit même son dos la tirailler, comme s'il se rappelait l'ancienne douleur et la leçon chèrement apprise.

La connaissance se paie dans la souffrance et le sang.

Avant même que ses plaies n'aient guéri, la petite était retournée lire la fin de l'almanach en cachette. Un chapitre contenait des prévisions météorologiques. Pendant un an, elle s'y était référée pour vérifier si les auteurs savaient le temps qu'il ferait. Or, ils s'étaient souvent trompés. Elle avait alors pris conscience que les livres n'avaient pas toujours *raison*.

Même la Bible.

À l'époque, la crainte d'être punie ne l'avait pas arrêtée.

Et elle ne me freinera pas aujourd'hui.

Ses pieds martelèrent les dalles jusqu'à ce qu'elle débouche enfin devant le Sanctuaire. Il ne s'agissait pas de l'entrée principale mais d'un accès rarement utilisé, non loin de leur bibliothèque. Sur un mur *a priori* quelconque, une alcôve abritait un bassin en pierre qui ressemblait à un petit bol ou à une coupe.

Erin savait ce qui lui restait à faire.

Seul le sang d'un Sanguiniste ouvrait la porte secrète.

Elle sortit de sa poche la fiole de Christian et contempla le sang noir qui tanguait à l'intérieur. Le sang des Sanguinistes était plus visqueux et plus foncé que celui des humains. Il circulait aussi de son propre gré dans les veines, sans qu'un cœur soit obligé de battre. Voilà à peu près tout ce que la jeune femme connaissait du principe vital commun aux Sanguinistes et aux *strigoï*.

D'un seul coup, elle eut envie d'en savoir davantage, d'élucider les secrets d'un sang aussi particulier, mais ce n'était ni le lieu ni le moment.

Tandis qu'elle versait le contenu du flacon dans le bassin, elle récita en latin :

— *« Car ceci est la Coupe de Mon Sang, le sang de l'Alliance nouvelle et éternelle. »*

Preuve de son essence surnaturelle, le liquide s'agita de lui-même au fond du récipient.

L'Érudite retint son souffle. *Le portail allait-il rejeter le sang de Christian ?*

Elle obtint sa réponse lorsque la flaque sombre fut absorbée par la pierre et qu'elle disparut sans laisser de trace.

Ouf ! Erin prononça les derniers mots à voix basse :

— *« Mysterium fidei. »*

Et recula d'un pas avec appréhension. N'importe quel Sanguiniste qui passerait à proximité aurait entendu son pouls caractéristique et compris qu'elle se trouvait à leur porte.

La pierre grinça. Un passage s'ouvrit lentement.

Au moment de s'engager dans la pénombre, Erin se rappela la douloureuse leçon de son père.

La connaissance se paie dans la souffrance et le sang.

Eh bien, soit !

CHAPITRE 2

17 mars, 16 h 45
Cumes, Italie

Pourquoi est-ce que je finis toujours coincé sous terre ?

Le sergent Jordan Stone rampa sur les coudes. Le boyau de roche l'oppressait de tous côtés et le seul moyen d'avancer était de s'y tortiller comme un ver, pendant que de la poussière lui tombait sur les cheveux et dans les yeux.

Au moins, je bouge encore.

Il progressa encore de quelques centimètres.

Devant, une voix à l'accent prononcé l'encouragea :

— Vous y êtes presque !

C'était sans doute Baako, le grand Sanguiniste noir. La semaine passée, quand Jordan lui avait demandé d'où il venait précisément, l'homme était resté évasif : *« Comme bon nombre de nations en Afrique, le pays où je suis né a porté beaucoup de noms différents et il y a fort à parier qu'il en change encore souvent. »*

C'était une réponse typique de Sanguiniste : plutôt théâtrale et, en fin de compte, inutile.

Jordan regarda devant lui. On distinguait vaguement une lueur terne, signe prometteur que la satanée galerie débouchait bien sur une grotte. Il se démena pour rejoindre au plus vite le halo lumineux.

Un peu plus tôt, Baako avait exploré les lieux et annoncé que le tunnel récemment découvert menait droit au temple de la sibylle. Une bataille effroyable y avait fait rage quelques mois auparavant, lorsqu'un sinistre individu s'était servi d'un jeune innocent comme d'un agneau sacrificiel pour ouvrir une porte vers l'enfer. Sa tentative avait échoué et s'était soldée par un énorme tremblement de terre qui avait condamné la caverne.

Derrière le sergent Stone, une voix mâtinée d'accent indien ironisa :

— Vous n'auriez peut-être pas dû vous goinfrer au petit déjeuner.

Jordan se retourna vers la silhouette élancée de Sophia. Contrairement à l'austère Baako, l'étrange petite Sanguiniste était toujours d'excellente humeur, le sourire aux lèvres, le regard pétillant, et, en général, il appréciait son entrain.

Là, non.

Il frotta la poussière qui lui piquait les yeux.

— Moi, au moins, je me *nourris* toujours au petit déj'.

Les mâchoires serrées, il continua sa progression, car il voulait découvrir *de visu* ce qui avait subsisté du temple après les combats. Depuis le séisme, le Vatican avait établi un périmètre de sécurité autour du volcan. Les autorités religieuses refusaient, en effet, que quiconque retrouve les corps restés sous terre, surtout ceux des *strigoï* et ceux de leurs frères et sœurs sanguinistes décédés.

Une véritable opération avait été lancée pour couvrir les arrières et, comme l'armée l'avait réaffecté au service du Vatican, Jordan faisait partie de l'équipe de nettoyage. Il n'était toutefois pas question de se plaindre, car la situation lui permettait de passer plus de temps avec le Dr Granger.

Il aurait dû en sauter de joie, pourtant quelque chose le taraudait, une ombre qui refroidissait ses émotions. Ce n'était pas qu'il n'aimait plus Erin. Non, elle était plus brillante, sexy et drôle que jamais mais, au fil des jours, les qualités de sa petite amie semblaient avoir de moins en moins d'importance à ses yeux.

Tout semblait avoir moins d'importance.

La demoiselle aussi s'en était rendu compte. Il la surprenait parfois à l'observer d'un air perplexe souvent mêlé de tristesse. Et, dès qu'elle abordait le sujet, il balayait ses préoccupations par une plaisanterie ou un sourire factices.

Putain ! Qu'est-ce qui cloche chez moi ?

Puisqu'il n'en avait aucune idée, il faisait ce qu'il avait toujours fait de mieux : mettre un pied devant l'autre. Il travaillait sans relâche, de manière à s'occuper l'esprit. Tout finirait par s'arranger un jour.

Du moins, je l'espère.

Son expédition à Cumes lui avait permis de s'éloigner d'Erin, le temps de comprendre pourquoi son univers s'était déréglé. Hélas, il n'avait presque pas eu une minute à lui. La semaine précédente, ils s'étaient chargés des corps qui gisaient dans les galeries les plus excentrées du volcan. Ils avaient laissé les cadavres de *strigoï* se consumer sous le soleil italien, tandis que les dépouilles de Sanguinistes attendaient des funérailles en bonne et due forme.

Dans l'armée, Jordan était expert médico-légal, ce qui lui permettait d'exécuter au mieux la tâche qu'on lui avait assignée.

En particulier quand le nouveau tunnel avait été découvert.

Personne ne se rappelait avoir vu le mystérieux corridor jusque-là et, à en juger par ses parois fraîchement excavées, il avait l'air assez récent.

La situation posait donc un dilemme intéressant : ce boyau avait-il été creusé par quelqu'un qui cherchait à *pénétrer* dans le temple souterrain ou par un individu qui voulait en *sortir* ?

Aucune des deux perspectives n'était très réjouissante, mais Jordan était venu mener l'enquête.

Il s'extirpa péniblement du boyau et s'effondra la tête la première sur la pierre rugueuse. Baako le remit sur pied avec une facilité déconcertante, comme s'il relevait un bambin poids plume au lieu d'un militaire d'un mètre quatre-vingt-dix-huit.

Au sol, un modeste projecteur éclairait la caverne, mais le sergent Stone préféra allumer sa lampe frontale. À son tour, Sophia parvint à s'extraire du tunnel – sauf qu'elle, elle se redressa avec grâce, à peine décoiffée.

— Frimeuse ! grommela-t-il en débarrassant ses vêtements de la poussière.

L'éternel petit sourire de l'Indienne s'élargit. Elle lissa ses cheveux noirs en arrière et promena son regard autour d'elle. Dotée d'une vue hors norme, elle n'avait besoin ni du projecteur ni d'un casque de spéléologue pour scruter la salle.

Jordan lui envia son don de nyctalope. Après avoir fait rouler sa nuque endolorie, il entama ses propres fouilles. Dès qu'il inspira à pleins poumons, des relents de soufre lui emplirent les narines. Heureusement, ils n'étaient pas aussi puissants que pendant les combats, quand une énorme brèche au sol avait laissé s'échapper des tourbillons d'une fumée âcre et torride.

Une nouvelle odeur s'insinua toutefois sous le soufre.

La puanteur familière des cadavres.

Jordan remarqua la présence de plusieurs *strigoï* éparpillés à droite, le corps disloqué et brûlé, les chairs craquées de toutes parts. D'instinct, il eut envie de se sauver au galop, réflexe bien naturel face à l'horreur du carnage, mais le soldat avait une mission à accomplir. Il se ressaisit en se raccrochant à son expérience professionnelle, sortit une caméra vidéo et filma l'intérieur de la grotte. Plus par habitude qu'autre chose, il vérifia qu'il avait bien enregistré la position de chaque cadavre. Ancien membre du Corps expéditionnaire médico-légal en Afghanistan, il avait appris à ne négliger aucun détail.

Au moment de filmer l'autel, il essaya de ne pas se souvenir du jeune Tommy, qui y avait été enchaîné pour être sacrifié. Le sang angélique de l'adolescent, qui avait coulé à flots, aurait dû ouvrir un portail vers l'enfer. Au bout du compte, c'était le courage de ce même garçon qui avait permis de le refermer.

Tommy avait aussi marqué Jordan Stone de son empreinte, lorsqu'il l'avait guéri d'une simple imposition des mains. Le sergent sentait encore l'endroit où il l'avait touché. D'ailleurs, au fil des jours, l'impression de brûlure était de plus en plus forte.

Baako le ramena vite au présent.

— Bon, qu'en pensez-vous ?

L'Américain baissa sa caméra.

— Il y a pas mal de changements depuis la dernière fois.

— À quel titre ? intervint Sophia.

Il désigna un tas de rats morts au fond de la caverne.

— Ça, c'est nouveau.

Baako partit ramasser l'un des minuscules cadavres et le renifla. Jordan frémit de dégoût.

— Intéressant, souffla le Sanguiniste.

— En quoi est-ce *« intéressant »* ?

— La bestiole a été vidée de son sang.

Sophia s'empara du rongeur. Après examen, elle confirma :

— Baako a raison.

Elle tendit l'animal à Jordan.

— Oh ! Je vous crois sur parole mais, si vous avez vu juste, notre découverte signifie que quelque chose était ici et qu'il s'est nourri de ces rats.

Ce qui pouvait n'avoir qu'une seule explication...

Jordan posa sa main sur le MP7 Heckler & Koch qu'il portait à la ceinture. Son pistolet-mitrailleur, compact et puissant, tirait neuf cent cinquante coups à la minute et il avait toujours été son arme de prédilection mais, à présent, il était chargé de balles en argent. Le militaire tâta aussi le couteau KA-BAR plaqué d'argent qu'il avait sanglé à sa cheville.

— Un *strigoï* a dû survivre à l'attaque, déduisit Sophia.

— Il se serait alors nourri de rats jusqu'à ce que

ses forces lui permettent de percer un chemin vers l'extérieur, ajouta Baako, l'œil rivé sur la galerie.

— Il ne s'agissait peut-être pas d'un *strigoï*, objecta Jordan, subitement troublé. Aidez-moi à fouiller les corps.

Sophia l'observa d'un air interrogateur, mais les deux Sanguinistes s'exécutèrent sans discuter. Un par un, ils examinèrent le visage des cadavres.

— Il n'est pas là, constata le sergent.

— Qui ça ? s'étonna Baako.

Jordan se remémora les traits juvéniles de son ancien camarade, quelqu'un à qui il avait accordé toute sa confiance et qui l'avait trahi précisément dans la grotte.

— Frère Léopold.

Il s'approcha d'un endroit où la roche était restée maculée de sang.

— Rhun l'a poignardé ici même. C'est là qu'il est tombé.

Sa dépouille avait disparu.

Le grand Noir balaya les lieux d'un revers de main.

— J'ai déjà vérifié. Le séisme a détruit tous les autres passages.

Jordan braqua sa lampe vers le tunnel étroit.

— Il s'en est donc fabriqué un lui-même.

Les paupières closes, il revit Rhun administrer les derniers sacrements, pendant que le sang de Léopold s'accumulait sous son corps. Victime d'une plaie mortelle, comment le félon avait-il réussi à survivre et, qui plus est, à trouver la force de se creuser un chemin vers l'extérieur ? Une poignée de rats n'avait pas pu suffire à le nourrir.

Sophia devait se poser la même question.

— Le tunnel mesure au moins trente mètres de long, raisonna-t-elle. Je doute que même un Sanguiniste soit capable de racler à mains nues une pareille quantité de terre et de roche.

Baako s'agenouilla près de la vaste tache noirâtre.

— Ce religieux a perdu une énorme quantité de sang. Il devrait être mort.

Jordan, qui avait abouti à la même conclusion, acquiesça.

— En d'autres termes, un truc nous a échappé.

Il rebroussa chemin vers la galerie, scruta la caverne, puis arpenta lentement les lieux de long en large, à la recherche du moindre indice susceptible de leur expliquer ce qui s'était passé. Ils déplacèrent les corps, vérifièrent le sol dessous. L'Américain se mit même à quatre pattes pour examiner la vieille fissure, près de l'autel : à l'endroit du sol où elle avait été scellée, il découvrit une fine ligne dorée.

Sophia s'accroupit et, de sa main brune, elle caressa la brèche.

— Elle a l'air refermée.

— Au moins une bonne nouvelle !

En se relevant, Jordan se cogna la tête au rebord inférieur de l'autel et son casque partit de travers.

— Soyez prudent, soldat, souffla la Sanguiniste, amusée.

Lorsqu'il rajusta son couvre-chef, la lampe frontale éclaira deux morceaux de verre qui gisaient à l'ombre de l'autel.

Mmm...

Il enfila des gants en latex et ramassa l'un des fragments, dont la couleur verte faisait penser à des tessons de bouteille de bière.

— On dirait une sorte de cristal.

Dès qu'il brandit sa trouvaille à la lumière, des arcs-en-ciel resplendirent à la surface. Il contempla la face abîmée, puis replaça le premier « cristal » à côté de l'autre. Les morceaux faisaient partie d'une seule pierre, à peu près de la taille d'un œuf d'oie. Il rapprocha les deux moitiés et se rendit compte que le mystérieux objet était creusé à l'intérieur, exactement comme un œuf.

Baako lorgna par-dessus son épaule et demanda :

— Vous l'aviez déjà vu ? Pendant la bataille, peut-être ?

— Pas que je me souvienne mais, ici, c'était le chaos.

Jordan scruta la sphère sous toutes les coutures.

— Regardez.

Du bout de son index ganté, il montra des lignes incrustées qui formaient un symbole sur le cristal.

— Vous avez déjà observé un truc pareil ?

— Non, répondit Sophia.

— Bah ! On dirait un genre de coupe, lâcha Baako.

Il avait raison, sauf que le motif ne représentait pas *n'importe quelle* coupe.

— Il s'agit peut-être d'un calice, suggéra Jordan.

— Comme dans le Calice de Lucifer, commenta la Sanguiniste avec un certain scepticisme.

— En tout cas, ça vaudrait la peine de creuser la question.

Et je connais une nana qui sera très intriguée par notre découverte.

Jordan prit plusieurs photos de la pierre et du symbole avec son téléphone. Dès qu'il aurait récupéré une connexion réseau, il les transférerait à Erin par mail.

— Je vais ressortir et envoyer tout ça à…

Un grattement ramena l'attention des trois explorateurs vers le tunnel. Une silhouette sombre émergea des ténèbres et se planta en pleine lumière. Jordan eut à peine le temps de remarquer ses crocs… qu'elle lui sauta à la gorge.

CHAPITRE 3

17 mars, 11 h 05, heure d'Europe orientale
Siwa, Égypte

Assis sur ses talons au pied d'une immense dune, son cœur silencieux envahi de quelques regrets, Rhun se laissa bercer par le doux bruissement des grains de sable qui dévalaient les pentes égyptiennes. Il éprouvait une paix profonde à accomplir, seul là-bas, la mission de Dieu.

Tout à coup, l'atmosphère de pureté fut ternie par une ombre qu'il perçut du coin de l'œil. Il se retourna lentement vers elle, guidé par une boussole invisible enfouie dans son sang d'immortel. Lorsqu'il se pencha pour en identifier la source, les rayons du soleil se reflétèrent sur sa croix pectorale en argent. Sa soutane noire frôla le sable, pendant que sa paume caressait attentivement la surface brûlante du désert. Très vite, ses doigts agiles sentirent la présence d'un germe maléfique.

Tel un corbeau en quête d'un lombric caché sous terre, Rhun inclina la tête et se focalisa sur un endroit précis du sol. Une fois fixé, il sortit une petite pelle de sa besace et se mit à creuser.

Quelques semaines plus tôt, il était arrivé sur place en compagnie d'une équipe de Sanguinistes. Ils étaient tous chargés d'exécuter un travail précis mais, d'emblée, les fragments délétères qu'ils avaient exhumés avaient menacé de terrasser ses camarades, de les dévorer entièrement. Au bout du compte, il avait donc exigé des autres qu'ils abandonnent le dangereux site de fouilles et rentrent à Rome.

Seul le père Korza paraissait capable de supporter le mal effroyable enseveli là-dessous.

Mais qu'est-ce que cela révèle de ma propre âme ?

Tel un bambin sur la plage, il passait chaque pelletée de sable bouillant au tamis, mais son travail n'avait rien de commun avec un jeu d'enfant.

Au lieu de recueillir des coquillages ou des cailloux, sa passoire capturait de minuscules fragments de pierre en forme de larmes, aussi noirs que l'obsidienne.

Le sang de Lucifer.

Plus de deux mille ans auparavant, un affrontement féroce entre Lucifer et l'archange Michel avait éclaté là-bas au sujet du jeune Jésus-Christ. Lucifer blessé, son sang s'était répandu sur le sable. Chaque goutte avait brûlé d'un feu impie et fait fondre les petits grains pour constituer des perles de verre corrompues. Au fil des siècles, elles avaient sombré au cœur des dunes et, à présent, il était du devoir de Rhun de les remettre au jour.

Une larme noire apparut au fond du tamis.

Il la recueillit quelques instants au creux de sa main. La pierre brûla contre sa peau nue, mais elle ne chercha pas à le pervertir, comme avec les autres

Sanguinistes. Contrairement à eux, il n'entrevit aucune scène de carnage ou de terreur, n'éprouva ni désir coupable ni tentation, et ce furent plutôt des prières qui se faufilèrent jusqu'à son cerveau.

Il déposa le petit caillou noir dans une bourse en cuir qui ballottait sur sa hanche. Sa trouvaille cliqueta contre les deux autres qu'il avait déjà déterrées ce jour-là. Désormais de taille très réduite, les gouttes maléfiques devenaient de plus en plus difficiles à repérer. Son travail était presque terminé.

Rhun soupira, les yeux rivés sur l'immensité vide du désert.

Je pourrais rester ici... y élire domicile.

Une barrique de vin sacré l'attendait au campement. Il n'avait besoin de rien d'autre. Bernard lui avait fait savoir qu'il devait redoubler d'efforts, car on avait de nouveau besoin de lui à Rome. À contrecœur, le prêtre avait donc mis les bouchées doubles, même s'il regrettait la fin de sa mission.

Pour la première fois depuis des siècles, Rhun se sentait apaisé. Quelques mois plus tôt, il s'était racheté de son pire péché lorsqu'il avait ressuscité l'âme perdue de son ancienne bien-aimée et redonné une vie humaine au *strigoï* qu'elle était. Loin de lui en être reconnaissante, Élisabeth l'avait maudit d'être redevenue mortelle, mais il n'avait pas besoin de sa gratitude. Il ne cherchait que la rédemption et, des centaines d'années après avoir perdu tout espoir, il l'avait enfin trouvée.

Au moment où le Sanguiniste se redressait pour continuer ses recherches, un faible vagissement éveilla son attention. Il tenta d'en faire abstraction, tandis qu'il renouait délicatement les cordons de sa bourse et rangeait ses outils. Cependant, le bruit persista, plaintif et gorgé de douleur.

Rien qu'une créature du désert...

Lorsqu'il entama son ascension vers le campement, les gémissements stridents le pourchassèrent au risque de troubler sa belle sérénité. On aurait dit le miaulement d'un chat domestique. Il sentit un certain agacement monter en lui – ainsi qu'une pointe de curiosité.

C'était quoi, le problème ?

Une fois arrivé, Rhun réfléchit à la manière de démolir sa tente et d'évacuer le matériel sans laisser trace de son intrusion.

Hélas, le religieux avait beau se concentrer sur son travail, le cri désagréable ne cessait de résonner à ses oreilles. Il lui faisait le même effet que le raclement d'une branche sèche contre la vitre d'une chambre : plus on essayait de l'oublier et de se rendormir, plus le bruit entêtant s'amplifiait.

Au mieux, il ne lui restait qu'une nuit à passer seul en plein désert. S'il n'essayait pas d'empêcher ces vagissements, il ne savourerait jamais ses ultimes instants de tranquillité.

Il avança d'un pas en direction du gémissement, puis d'un autre, et, sans même s'en rendre compte, il galopa bientôt sur le sable torride des dunes. Pour être franc, le vacarme grandissant l'attirait étrangement. Au fond de lui, Rhun avait bien conscience que l'objet de sa traque le titillait d'une manière pas très naturelle mais, rien à faire, il accéléra encore la cadence.

Enfin, il repéra l'origine du bruit : les vagissements émanaient d'un petit acacia qui projetait une ombre lointaine. Cet arbre du désert devait avoir trouvé une source d'eau souterraine et ses racines robustes luttaient pour survivre malgré l'aridité du climat. À force de tempêtes impitoyables, le tronc épineux penchait d'un côté.

Bien avant d'arriver sur place, Korza fut assailli par une odeur abominable. Même contre le vent, les relents familiers indiquaient la présence d'une bête que le sang d'un *strigoï* avait transformée en monstre.

Un *blasphemare*.

Était-ce le sang corrompu qui l'avait bizarrement incité à traverser le désert ? Le liquide maléfique avait-il déjà affecté ses sens exceptionnels – des sens affûtés par des semaines de fouilles en quête des redoutables gouttes ? Le prêtre ralentit, le temps de sortir ses poignards. Les antiques *kerambits*, dont la lame recourbée en argent ressemblait à une griffe de tigre, scintillèrent au soleil. Il en aurait besoin pour affronter le danger qui l'attendait. À présent, il pouvait identifier l'odeur de sa proie : un lion *blasphemare*.

Il contourna l'arbre à bonne distance et fouilla son ombre du regard, jusqu'à ce qu'il aperçoive un tas de fourrure fauve, presque entièrement caché sous les branches. Au naturel, la lionne avait dû être éblouissante, car, même réduite à l'état de créature pervertie, elle restait magnifique. La corruption avait gonflé ses muscles, épaissi sa fourrure. Même son énorme tête, posée entre ses pattes, luisait d'intelligence.

En revanche, la maladie palpitait dans chaque battement las de son cœur.

Du sang noir avait coagulé sur son épaule. Un gros

morceau de pelage avait aussi brûlé le long de ses flancs.

Rhun devina l'endroit d'où venait le félin corrompu – et quelle était l'origine de ses blessures. Pendant la bataille sans merci de l'hiver précédent, des hordes de *blasphemare* avaient secondé l'armée de Judas. Il y avait eu des chacals, des hyènes et une poignée de lions. L'ecclésiastique avait alors cru que toutes les bêtes avaient été chassées ou tuées en même temps que les contingents de *strigoï*, au terme du conflit, quand le désert avait été balayé par un feu angélique sacré.

Une équipe de Sanguinistes avait été dépêchée sur place pour traquer d'éventuels rescapés mais, de toute évidence, cette bête-là avait échappé à la fois aux flammes et aux chasseurs.

Même grièvement blessée, elle avait survécu.

Elle releva son museau doré et grogna. Dépouillées de leur couleur originelle par le sang maudit de *strigoï*, ses prunelles rougeâtres brillaient dans la pénombre. Toutefois, même son maigre effort d'intimidation la vida de ses forces. Elle reposa la tête sur ses pattes. Il ne lui restait plus guère de temps à vivre.

Dois-je abréger ses souffrances ou attendre qu'elle meure ?

Hésitant, le prêtre s'approcha encore. Soudain, la lionne se rua sous le soleil torride et le prit au dépourvu. Il put esquiver l'attaque, mais les griffes acérées de la monstrueuse créature lui éraflèrent le bras gauche.

Alors que son sang gouttait par terre, il fit volte-face.

Elle s'accroupit d'un air méfiant. Un sifflement à

glacer même le sang très froid de Rhun lui retroussa la peau du museau. C'était une ennemie redoutable, mais elle ne pouvait pas se permettre de rester trop longtemps au soleil. Si elle ne regagnait pas l'ombre de l'acacia, elle s'affaiblirait très vite.

Korza se planta entre la lionne et son refuge sous l'arbre.

Affolée par la menace de son adversaire, elle agita méchamment la queue, prit son élan et sauta, tous crocs dehors.

Cette fois-là, le Sanguiniste releva le défi. Un plan en tête, il s'élança vers elle mais pivota sur le côté à l'ultime seconde et, armé de son couteau en argent, il lui lacéra sa brûlure à l'épaule. Après quoi, il roula au sol, sans jamais la perdre de vue.

Un flot de sang noir et épais comme du pétrole coula de l'entaille. Rhun avait infligé une blessure mortelle à la lionne. Il s'écarta, de manière à ce qu'elle se réfugie à l'ombre pour mourir en paix.

Au lieu de quoi, un hurlement terrible jaillit de son poitrail – et elle lui bondit de nouveau à la gorge, sans se soucier du danger qu'elle courait à troquer l'obscurité contre les rayons intraitables du soleil.

Déstabilisé par un assaut aussi inattendu, Rhun mit trop de temps à réagir. Les mâchoires du fauve se refermèrent sur son poignet gauche et tentèrent de lui broyer les os. Il lâcha son *kerambit*.

Malgré l'étau qui lui enserrait le bras, il réussit à se retourner et, à l'aide de son autre couteau, il lui creva un œil.

La bête mugit de douleur et lâcha prise. Il s'empressa de se dégager, enfonça ses talons dans le sable et recula. Son poignet meurtri plaqué contre son torse, il s'apprêta à essuyer une nouvelle attaque.

Par chance, sa lame avait fait mouche et la lionne s'écroula. De son œil encore intact, elle l'observa. Les reflets rougeâtres se dissipèrent et sa prunelle redevint d'un beau marron doré avant que l'animal ne baisse sa paupière définitivement.

Comme chaque fois, le *blasphemare* était enfin délivré de la malédiction.

— *« Dominus vobiscum »*, murmura Rhun.

À présent qu'un nouvel élément de corruption avait disparu du désert, il allait rebrousser chemin quand, une fois encore, le vagissement plaintif résonna à ses oreilles.

Le père Korza s'arrêta et fit demi-tour, intrigué. Il avait perçu le pouls léger d'un autre cœur. Une petite silhouette émergea alors de l'ombre et s'approcha de la dépouille du monstre.

Un lionceau.

Son pelage était pur et blanc comme la neige.

Rhun n'en crut pas ses yeux. La lionne, sans doute pleine, avait épuisé le peu de vie qui lui restait pour mettre bas. Ultime sacrifice d'une mère ! Il comprenait à présent pourquoi elle ne s'était pas réfugiée à l'ombre quand il lui en avait laissé l'occasion. Jusqu'à son dernier souffle, elle s'était battue pour éloigner son ennemi de sa chère progéniture.

Le lionceau poussa du museau l'énorme cadavre de sa mère. Une angoisse saisit Rhun. S'il était né des entrailles du fauve et qu'il s'était nourri de sang corrompu, le petit était sans doute un *blasphemare*.

Lui aussi, je vais être obligé de l'éliminer.

Il ramassa son poignard, qui gisait sur le sable.

Le lionceau tenta d'inciter sa mère à se relever en lui donnant des petits coups sur la tête. Il gémissait comme s'il se savait désormais orphelin et abandonné.

Rhun l'observa avec prudence. La jeune créature avait beau lui arriver à peine au genou, un *blasphemare*, même de taille modeste, pouvait se révéler extrêmement dangereux. De plus près, le Sanguiniste constata que son pelage blanc était semé de rosettes grisâtres, en particulier au niveau du front proéminent. L'animal, qui devait avoir vu le jour après la bataille, n'avait pas plus de douze semaines.

Si Rhun n'était pas tombé dessus par hasard, la pauvre bête aurait connu une agonie atroce sous le soleil implacable du désert ou elle serait simplement morte de faim.

Abréger ses souffrances serait un acte de générosité.

Ses doigts se crispèrent sur le *kerambit*.

Le jeune lion, qui s'était enfin aperçu de la présence de Rhun, leva son regard brillant vers lui. Lorsqu'il se rassit sur son arrière-train, on put constater qu'il s'agissait d'un mâle. Il renversa la tête en arrière et vagit bruyamment. À l'évidence, il espérait quelque chose du prêtre.

Ses prunelles croisèrent de nouveau le regard de Korza.

Il devina ce que l'animal lui voulait, ce que tous les bébés réclamaient : de l'amour et de l'attention.

Devant l'absence manifeste de danger, il baissa son bras en soupirant, rangea le couteau dans son étui de poignet et mit un genou à terre.

— Approche, petit.

Il fit signe au jeune félin d'avancer, puis il tendit lentement la main quand le lionceau esquissa quelques pas cocasses sur ses pattes trois fois trop grandes. Dès que le religieux caressa son pelage tiède, un grondement émana de l'orphelin. Une tête toute douce se blottit contre sa paume grande ouverte, puis des moustaches un peu rêches chatouillèrent sa peau glacée.

Rhun le gratta sous le menton, ce qui ne fit qu'accentuer le volume des ronronnements.

Malgré le soleil égyptien accablant, le lionceau ne paraissait pas gêné le moins du monde par la lumière.

Bizarre.

Rhun renifla délicatement l'odeur de la bête : un mélange de lait, de feuilles d'acacia et d'effluves musqués de bébé lion.

Aucune trace d'une quelconque corruption de *blasphemare*.

Des yeux humides le fixèrent. Les iris brun caramel étaient cernés d'une fine ligne dorée.

Des prunelles ordinaires.

Le temps d'éclaircir le mystère, le prêtre s'assit. Tandis que, de sa main indemne, il caressait son menton duveteux d'un air absent, l'étrange créature grimpa sur ses genoux, posa le museau sur son pantalon et lécha le sang qui avait coulé de sa plaie au poignet.

— Non, la sermonna Rhun avant de repousser sa tête minuscule et de commencer à se relever.

La flasque d'argent qu'il gardait sanglée à sa jambe étincela au soleil. Le lionceau sauta dessus, enroula une griffe autour de la lanière et se mit à mâchonner le cuir.

— Ça suffit !

Alors que l'animal ne faisait visiblement que s'amuser, Rhun écarta le jeune entêté et redressa sa gourde.

Il se rendit compte qu'il n'avait pas avalé une goutte de vin depuis la veille. Peut-être était-ce par faiblesse que son cœur s'était ainsi adouci devant le petit rescapé. Avant de prendre une décision, il avait besoin de reprendre des forces.

Je ne dois pas agir sous le coup des sentiments.

Rhun porta le vin à ses lèvres mais, avant qu'il n'ait pu en avaler une gorgée, le lionceau se dressa sur ses pattes arrière et lui fit lâcher la flasque.

Le vin sacré se répandit sur le sable.

Aussitôt, le jeune effronté lapa le liquide rougeâtre avec avidité. Il était sans doute déshydraté et en quête de n'importe quelle source à laquelle étancher sa soif, mais Rhun se raidit d'angoisse. Si l'animal possédait ne serait-ce qu'une goutte de sang *blasphemare*, le breuvage sanctifié le réduirait en cendres.

Korza le tira à l'écart. La bête se retourna vers lui, son museau blanc souillé de vin. D'un revers de main, il essuya les gouttelettes. Le lionceau paraissait indemne. Le prêtre l'examina de plus près. Un court instant, il aurait juré que les prunelles du félin étincelaient d'un pur éclat doré.

Le lionceau lui redonna un léger coup de tête sur le genou. Quand il leva à nouveau le menton, ses yeux étaient redevenus d'un beau brun caramel.

Troublé, Rhun se persuada qu'il avait été la proie d'un de ces fameux mirages du désert.

Il n'en demeurait pas moins que l'animal s'était mis au soleil et qu'il avait avalé du vin transsubstantié sans subir aucun dommage, preuve qu'il ne s'agissait pas d'un *blasphemare*. Les flammes sacrées l'avaient peut-être épargné, car c'était un petit ingénu dans le ventre de sa mère. Cela expliquerait aussi pourquoi la lionne avait survécu à l'effroyable chaos, affaiblie certes mais quand même assez forte pour mettre bas.

Si le Seigneur a protégé cette vie innocente, comment pourrais-je l'abandonner maintenant ?

Sa décision prise, il installa le lionceau au creux de sa tunique et regagna le campement. Bien qu'il soit interdit aux Sanguinistes de posséder un *blasphemare*, rien ne les empêchait de s'occuper d'un animal domestique ordinaire. N'empêche, alors qu'il traversait le désert avec le lionceau tiède ronronnant contre son torse, Rhun eut une certitude.

Il ne s'agissait *pas* d'une créature ordinaire.

CHAPITRE 4

17 mars, 17 h 16
Cité du Vatican, Italie

Une phrase tirée de *L'Enfer* de Dante résonna dans l'esprit d'Erin lorsqu'elle franchit la porte du Sanctuaire très privé des Sanguinistes : *« Vous qui entrez ici, laissez toute espérance. »* D'après le poète, cette mise en garde aurait été inscrite au fronton de l'enfer.

Ici aussi, elle correspondait tout à fait.

Les murs de l'antichambre étaient bordés à intervalles réguliers de flambeaux en bottes de jonc et, malgré la fumée, l'endroit était assez éclairé pour que l'Érudite puisse éteindre sa lampe torche.

Erin s'engagea dans un long couloir qui, contrairement au reste de la basilique Saint-Pierre, n'était pas orné de fresques raffinées. Le Sanctuaire de l'Ordre avait la réputation d'être simple, presque austère, et, un peu comme à l'église, on percevait, sous l'odeur de jonc brûlé, de subtils effluves de vin et d'encens.

Le corridor déboucha sur une vaste pièce circulaire, elle aussi à la décoration très spartiate.

En revanche, cela ne signifiait pas qu'elle était *vide*.

Des niches avaient été soigneusement creusées dans les murs. Certains recoins étaient occupés par d'exquises statues blanches, les mains jointes en prière, les paupières closes, le visage rivé sur le sol ou, au contraire, tourné vers le plafond. En réalité, ces étranges sculptures pouvaient *bouger*, car il s'agissait de vieux Sanguinistes plongés dans un état profond de méditation et de contemplation.

On les connaissait sous le nom des *« Cloîtrés »*.

La petite porte par laquelle Erin avait choisi de passer s'ouvrait directement sur leur sanctuaire privé. Raison de son choix ? La bibliothèque sanguiniste se situait dans l'aile de méditation des Cloîtrés et c'était un emplacement logique, puisque la proximité d'une réserve aussi colossale de savoir était particulièrement utile à la réflexion et à l'étude.

La jeune femme s'immobilisa devant le seuil. Il y avait fort à craindre que les Cloîtrés n'aient entendu la porte s'ouvrir ou encore le pouls de l'intruse battre la chamade.

Pourtant, aucune silhouette ne réagit.

Du moins, pas encore.

Erin patienta encore quelques secondes. Christian lui avait conseillé de donner aux Anciens le temps de s'habituer à sa présence, de voir quelle décision ils adopteraient. S'ils souhaitaient la tenir à l'écart de leur domaine réservé, ils n'hésiteraient pas à le lui faire comprendre.

Elle contempla une arche au fond de l'immense salle qui, selon le plan, indiquait l'accès à la bibliothèque.

Presque sans s'en rendre compte, elle s'approcha. Elle avançait à pas comptés – moins par souci de discrétion que par respect à l'égard des vénérables qui l'entouraient.

Pendant qu'elle balayait les murs du regard, elle attendit qu'un bras se lève, qu'une voix rauque résonne. Plusieurs Sanguinistes portaient la tenue d'ordres religieux qui n'existaient plus depuis très longtemps en surface. Elle s'imagina à l'époque, lorsque les contemplatifs immobiles étaient encore d'anciens guerriers de l'Église.

Jadis, tous les Cloîtrés étaient aussi vivants que Rhun.

Prêt à renoncer à l'univers extérieur, le père Korza avait jadis rêvé d'intégrer ce cercle très fermé mais, un jour, il avait été sommé par la prophétie de chercher l'Évangile de Sang, rejoignant ainsi Jordan et Erin dans leur lutte incessante pour enrayer une imminente apocalypse. Quelquefois, pourtant, elle décelait chez le mystérieux prêtre un certain dégoût du monde, le poids des horreurs et des carnages auxquels il avait assisté.

Erin commençait à comprendre son air égaré. Ces derniers temps, elle se réveillait souvent avec un hurlement coincé au fond de la gorge. Dans ses rêves, les atrocités dont elle avait été témoin se reproduisaient en boucle : des militaires taillés en pièces par des créatures sauvages… les prunelles argentées d'une femme qu'Erin avait abattue pour sauver la vie de Rhun… de jeunes *strigoï* agonisant dans la neige… un adolescent empalé sur une épée.

Leur quête avait déjà exigé trop de sacrifices.

Et c'était loin d'être terminé.

Erin observa les statues impavides.

Rhun, est-ce la paix que vous visez réellement ou avez-vous juste envie de vous terrer ici ? Si on m'en offrait l'opportunité, souhaiterais-je moi-même m'y réfugier, plonger dans la méditation studieuse et la tranquillité de l'âme ?

Un faible soupir aux lèvres, elle traversa la salle sans qu'aucun Cloîtré se retourne sur son passage. Enfin, elle atteignit l'arche qui conduisait à la bibliothèque plongée dans le noir. Ses doigts frôlèrent sa torche électrique, puis ils se posèrent sur la bougie qu'elle avait empochée quelques minutes auparavant. Elle l'alluma sur l'un des flambeaux tout proches et pénétra à l'intérieur de la bibliothèque.

La lueur vacillante du cierge lui révéla un espace hexagonal, bordé de rayonnages encombrés de livres et de petits compartiments réservés aux parchemins. Il n'y avait ni chaise où s'asseoir, ni lampes de lecture, ni rien qui fasse référence à un quelconque besoin humain. En s'éclairant à la chandelle, Erin eut l'impression d'avoir remonté le temps.

Amusée, elle consulta son plan. À gauche, une arcade plus modeste menait à une pièce qui, selon le copiste médiéval, abritait les textes les plus anciens des Sanguinistes. S'il existait des documents relatifs à la chute de Lucifer et à son emprisonnement en enfer, c'était là-bas qu'il fallait entamer les recherches.

En chemin, elle tomba sur une autre salle hexagonale. Elle se représenta alors la disposition architecturale de la bibliothèque et l'imagina s'étendre vers des espaces similaires, comme les rayons d'une ruche, à cela près que le trésor recherché n'était pas une profusion de miel doré mais une source immémoriale de connaissance. La pièce ressemblait en tout point à la précédente, sauf qu'elle contenait davantage de parchemins que de livres. D'ailleurs, les nombreuses tablettes en cuivre ou en argile qui s'entassaient sur un mur complet d'étagères indiquaient bien le caractère particulièrement ancien de la collection.

Ce ne fut toutefois pas la présence de manuscrits aussi rares qui, d'emblée, éveilla l'intérêt d'Erin.

Une silhouette couverte d'une fine couche de poussière se tenait debout au milieu de la pièce et, à la différence des Cloîtrés, il ne s'agissait pas d'une statue. L'homme avait beau lui tourner le dos, Erin devina de qui il s'agissait. Elle avait autrefois croisé ses prunelles de jais et entendu sa voix grave. À l'époque, les quelques mots qu'il avait articulés de ses lèvres cendrées avaient tout bouleversé. En fait, elle avait devant elle le fondateur de l'Ordre des Sanguinistes, un personnage qui avait pu compter le plus saint des saints parmi ses amis, celui qui était mort et ressuscité de la main du Christ lui-même.

Lazare.

Ne sachant que faire, elle baissa la tête et ne bougea plus, le cœur battant à tout rompre, pendant ce qui lui sembla durer une éternité.

De son côté, Lazare resta immobile, les paupières baissées.

Finalement, sans qu'il ait émis un seul commentaire lié à son intrusion, elle inspira à fond et continua son chemin, encore toute frémissante. Que faire d'autre ? Elle était venue avec un objectif précis en tête et, tant que personne ne s'y opposait, elle s'efforcerait de mener sa mission à terme.

Mais par où commencer ?

Elle inspecta les rayonnages et autres compartiments à parchemins. Il lui aurait fallu des années pour tout lire et tout traduire. Perdue, littéralement submergée d'informations, elle pivota vers l'unique occupant de la pièce : son bibliothécaire de fortune. Les grands yeux noirs du personnage brillaient à la lueur de la bougie.

— Lazare, chuchota-t-elle.

Même son nom sacré paraissait tonitruant par rapport au calme impressionnant de l'endroit. Pourtant, elle insista :

— Je viens chercher…

— Je sais.

Un peu de poussière tomba de ses lèvres.

— Je t'attendais.

Il leva délicatement le bras et, de son long index, il désigna une tablette en argile posée sur le rebord d'une étagère. La jeune femme s'approcha. L'objet, de couleur terre cuite et pas plus gros qu'un jeu de cartes, était couvert d'écritures.

Erin s'en saisit avec précaution et l'examina. C'était de l'araméen, une des nombreuses langues qu'elle maîtrisait très bien. Le début du texte racontait un épisode célèbre : l'arrivée d'un serpent au jardin d'Éden et sa rencontre avec Ève.

— C'est tiré de la Genèse, murmura-t-elle.

Selon la grande majorité des interprétations, le reptile était, en réalité, Lucifer venu tenter Ève. Là, le récit parlait plutôt du serpent comme d'un simple animal, à la réserve près qu'il était plus malin que les autres.

Elle approcha la bougie du qualificatif le plus précis attribué au serpent et l'énonça phonétiquement :

— *Chok-mau.*

Le terme signifiait *« sage »* ou *« rusé »*, voire *« intelligent »* et *« sournois »*.

À mesure qu'elle traduisait, Erin s'aperçut que le texte était une version très proche du récit biblique traditionnel. En effet, Ève refusait de croquer la pomme au motif que Dieu l'avait menacée de mort en cas de désobéissance. Le serpent lui assurait alors que le fruit ne lui serait pas fatal et qu'au contraire elle acquerrait le savoir : la connaissance du bien et du mal.

Erin laissa échapper un soupir. Dans l'histoire, le reptile se révélait plus honnête que le Seigneur. À la fin, Adam et Ève n'étaient pas *morts* d'avoir consommé le fruit défendu mais, ainsi que l'animal le leur avait prédit, ils avaient accédé à la connaissance.

L'archéologue écarta ce détail-là, qu'elle considéra comme insignifiant, surtout après avoir lu la ligne suivante, complètement inédite. La bougie tremblante entre ses doigts, elle récita à haute voix :

— *« Alors le serpent dit à la femme : Jure-moi d'accepter le fruit et de le partager avec moi. »*

Erin relut la phrase trois fois afin d'écarter une erreur éventuelle d'interprétation, puis elle continua sa lecture. Par le biais d'un pacte, Ève promettait au serpent de lui donner la pomme, puis l'histoire reprenait comme dans la Bible : la première femme mangeait le fruit, le partageait avec Adam et ils finissaient tous les deux maudits et chassés de l'Éden.

Les mots du père d'Erin firent écho en elle.

La connaissance se paie dans la souffrance et le sang.

Elle relut l'intégralité de la tablette.

Au bout du compte, Ève n'ayant pas partagé son fruit avec le reptile, elle n'avait pas honoré sa promesse.

Erin réfléchit aux implications de cette version alternative. Déjà, pourquoi un serpent s'intéressait-il à la connaissance ? Dans les autres mythes bibliques, les animaux se moquaient éperdument de savoir quoi que ce soit. L'histoire ainsi revue et corrigée prouvait-elle que le serpent du jardin était, en réalité, Lucifer déguisé ?

La jeune femme secoua la tête en essayant d'y comprendre quelque chose. Animée par le fol espoir qu'il lui offre un indice, elle observa Lazare.

Qui se contenta de la dévisager en silence.

Avant qu'elle n'ait pu l'interroger, un grincement de pierre résonna à l'extérieur de la bibliothèque.

Elle pivota vers le bruit.

Quelqu'un doit ouvrir le portail sanguiniste voisin.

Elle vérifia l'heure à sa montre. Christian l'avait avertie qu'un petit clan de prêtres sanguinistes s'occupait des Cloîtrés et leur apportait du vin. Malheureusement, il ignorait leur emploi du temps ou même la fréquence des visites. Elle aurait aimé pouvoir les éviter.

Hélas, la chance venait de tourner.

Dès qu'ils s'approcheraient, les religieux entendraient son pouls de mortelle et sa couverture volerait en éclats. Elle souhaita de tout cœur que Bernard ne se montrât pas trop sévère avec Christian et sœur Margaret.

Elle remit la tablette sur l'étagère. Au moment où elle se retournait, prête à affronter les dures conséquences de son entrée illicite, Lazare se pencha vers elle… et souffla sa bougie. Prise de court, elle trébucha en arrière.

Au sein de la bibliothèque régnait désormais une obscurité à peine troublée par l'éclat lointain des flambeaux dans la pièce principale.

Lazare posa une main glacée sur le bras du Dr Granger et crispa ses doigts dessus, comme pour lui intimer de garder le silence. Il la conduisit ensuite vers un endroit où elle pourrait épier la salle des Cloîtrés en toute discrétion.

Les vénérables Sanguinistes avaient repris vie. Les étoffes bruissèrent et de la poussière tomba de leurs vieux habits.

Auprès d'Erin, Lazare entonna un hymne en hébreu. Les Cloîtrés installés dans les salles adjacentes reprirent en chœur. Envoûtée par leurs intonations extrêmement mélodieuses, aussi régulières que le flux et le reflux des vagues sur la plage, la jeune femme oublia sa peur et se laissa emporter par un sentiment puissant d'émerveillement.

Un groupe de Sanguinistes en long manteau noir surgit au fond de la pièce, les bras chargés de grosses cruches de vin et de coupes en argent. Ils observèrent les Cloîtrés, bouche bée. À l'évidence, leurs éminents camarades n'avaient pas l'habitude de chanter.

Le Ressuscité relâcha Erin, mais pas avant de lui

avoir pressé une dernière fois l'épaule pour la rassurer. Message reçu ! Lazare et les autres la protégeaient. Leurs psalmodies couvriraient les pulsations effrénées de son cœur.

Immobile, elle espéra que le stratagème fonctionnerait.

Les jeunes prêtres voulurent proposer du vin aux Cloîtrés, porter la coupe à leurs lèvres, mais ces derniers continuèrent de chanter sans leur prêter attention. Perplexes, les Sanguinistes échangèrent des regards inquiets. Ils tentèrent à nouveau de les nourrir, sans plus de succès.

L'écho des voix riches et puissantes ne faisait que s'amplifier.

Le petit groupe de religieux finit par renoncer et rebroussa chemin vers le vestibule. Ce ne fut qu'au moment où la porte se referma en grinçant que les chants cessèrent.

Alors que les Cloîtrés s'étaient à nouveau tus et figés, Lazare ramena la jeune mortelle vers la salle aux flambeaux, puis il lui indiqua la sortie.

— Mais je n'ai rien appris ! protesta Erin. J'ignore par quel moyen localiser Lucifer et comment reverrouiller ses chaînes.

D'une voix grave et lointaine, comme s'il se parlait à lui-même, son sauveur répondit :

— Quand Lucifer se tiendra devant toi, ton cœur te guidera sur le chemin. Tu dois remplir ton engagement.

— Comment suis-je censée le retrouver ? Et de quel engagement parlez-vous ? De la prophétie annoncée par l'Évangile de Sang ?

— Tu sais tout ce que tu peux savoir. Une voie te sera révélée et tu la suivras.

Désireuse de lui arracher des indices plus précis, Erin osa même s'avancer d'un pas. Son cerveau fourmillait de questions, mais elle lui posa la plus importante de toutes :

— Allons-nous réussir ?

Lazare baissa les paupières et ne broncha pas.

CHAPITRE 5

17 mars, 17 h 21
Rome, Italie

Il faut que je me libère...

La conscience de Léopold flottait dans un océan de fumée noire. En tant que Sanguiniste, il avait pris l'habitude d'endurer la souffrance – la brûlure incessante de la croix en argent contre son torse, l'irritation féroce du vin sacré le long de sa gorge –, mais ces douleurs-là paraissaient très anodines en comparaison de son calvaire actuel.

Coincé au fond d'un immense puits de brouillard, il était perdu, complètement insensible au monde extérieur. L'épais voile noir l'avait même privé de la conscience de ses propres membres.

Qui aurait cru que l'absence de douleur, de toute sensation, constituerait la pire des tortures ?

Ce qu'il vivait de plus monstrueux encore, c'était quand les ténèbres cédaient un peu de terrain et qu'il recouvrait la vue. Trop souvent, ses yeux lui montraient un univers d'horreur et de carnage. Pourtant, même ces brefs instants-là de répit, à l'écart d'une nuit interminable, étaient les bienvenus. Léopold se réimprégnait d'un maximum de vie avant d'être à nouveau submergé par le démon qui avait pris possession de son corps. Malheureusement, il avait beau s'y raccrocher de toutes ses forces, l'éclaircie ne durait jamais longtemps et, en fin de compte, ses espoirs déçus se révélaient être plus cruels que n'importe quel supplice.

Il vaudrait mieux que je lâche prise, que je laisse ma propre flamme s'éteindre dans le néant, que j'ajoute ma fumée au vaste brouillard qui m'enveloppe.

Et Léopold savait qu'il y en avait eu beaucoup d'autres avant lui. Parfois, il se sentait traversé par des volutes de fumée qui lui faisaient entrevoir la vie d'un prédécesseur : le visage furtif d'une bien-aimée, la douleur cuisante d'un fouet, le rire d'un enfant galopant dans le trèfle.

Serait-ce tout ce que ma vie est appelée à devenir ? Des bribes jetées au vent ?

Alors qu'il imaginait le vent en question, les ténèbres se désagrégèrent autour de lui, comme déchiquetées par une bourrasque. Il retrouva une femme nue plaquée sous lui au milieu d'un lit. Un filet écarlate coulait le long de son cou et entre ses seins, au point de recouvrir un médaillon doré. Les prunelles de l'inconnue, aussi vertes que des feuilles de chêne, croisèrent son regard. Écarquillées d'effroi et de douleur, elles l'implorèrent de la laisser partir.

Haletant, Léopold s'obligea à détourner la tête et contempla la pièce somptueuse. D'épaisses tentures argentées avaient été tirées devant les fenêtres pour masquer la lumière du soleil, mais il avait la nette intuition qu'on ne tarderait pas à les rouvrir. Grâce à son incroyable horloge interne de Sanguiniste, il avait deviné que, d'ici à moins d'une heure, la nuit serait tombée.

Nus et immobiles, d'autres corps disloqués gisaient sur le carrelage en marbre, de chaque côté du lit.

Il en compta neuf.

Le démon qui m'habite doit avoir une faim de loup.

Sauf que ce n'était pas dû au seul démon.

Parmi la demi-douzaine de *strigoï* qui occupaient la chambre, certains sommeillaient, d'autres se repaissaient encore des morts. L'odeur enivrante du sang qui emplissait l'atmosphère aurait bien poussé Léopold à partager le festin, mais il sentait également qu'il avait le ventre plein.

Voilà peut-être pourquoi j'ai repris conscience, ne serait-ce qu'un court instant.

Et il avait la ferme intention d'en profiter.

Il s'écarta de la femme et se rendit compte qu'il continuait de lui agripper le bras. Elle se ratatina de peur, le cœur palpitant comme un oisillon blessé. Le démon l'avait trop vidée de son sang. Léopold ne pourrait pas la sauver. En revanche, il était peut-être encore temps de la laisser tranquille pour qu'elle s'éteigne en paix. Très concentré, il se força à déplier un doigt, puis deux, de sorte que sa main lui obéisse enfin.

Des gouttes de sueur perlèrent à son front, mais il réussit à relâcher sa victime. Incapable de parler, il lui signifia d'un hochement de tête qu'elle était libre de partir.

Terrifiée, la fille jeta un coup d'œil à son bras, puis elle observa de nouveau son tortionnaire.

La flamme de la bougie qui se reflétait dans ses yeux verts rappela au Sanguiniste un autre éclat émeraude. *Le diamant vert.* Une haine impuissante l'envahit. Le simple fait de penser à cette pierre-là engourdissait son corps et le rendait encore plus difficile à contrôler.

Par ma propre main, je me suis condamné moi-même – ainsi que tant d'autres.

Son maître lui avait ordonné de briser la gemme maudite. Cependant, au lieu de ramener le Christ sur Terre comme promis, Léopold avait libéré un démon. Il se souvenait des ténèbres glacées qui avaient surgi des entrailles du diamant fracassé, envahi son corps de Sanguiniste et fait résonner d'autres voix, des bribes d'autres existences. Très vite, il s'était senti perdu, assourdi par l'horrible cacophonie. Un nom s'était quand même distingué.

Légion.

Voilà comment s'appelait la noirceur qui l'avait suffoqué, le démon qui l'avait consumé.

Depuis, Léopold oscillait entre lucidité et inconscience.

Pour combien de temps encore ?

Impossible à dire. Son unique certitude était que le démon semblait s'entourer d'autres serviteurs en vue de constituer une véritable armée de *strigoï*.

Au prix d'un effort inouï, l'Allemand leva une main devant ses yeux, pendant que la femme s'écartait de lui, entortillée dans les draps. Sous le choc, il ne lui prêta même pas attention. Sa peau, d'ordinaire si pâle, était devenue noire comme de l'encre ! Il tourna la tête et aperçut un miroir au mur.

Dans son reflet, il était nu, telle une statue d'ébène.

Il hurla, mais aucun son ne s'échappa de ses lèvres.

Sa pauvre victime s'effondra au bas du lit, ce qui réveilla l'intérêt d'un *strigoï* assoupi. Le monstre siffla en crachant du sang et, quand ce dernier se redressa, Léopold distingua une empreinte de paume noire au milieu de sa poitrine. On aurait dit une marque au fer rouge ou un tatouage, sauf que cette tache-là empestait la corruption et la malveillance, bien plus atroce même que la puanteur du *strigoï* qui en était affublé.

Pire, elle était exactement du même noir que la nouvelle peau de Léopold.

Ce n'était pas tout.

Le Sanguiniste tendit le bras, écarta les doigts et prit conscience d'une autre réalité effroyable.

Cette marque sur la bête a la même forme et la même taille que ma main.

Le démon avait dû apposer son empreinte sur le monstre, peut-être pour l'asservir aussi sûrement qu'il l'avait fait avec Léopold.

Le *strigoï* empoigna la femme, l'obligea à se retourner et lui lacéra la gorge.

Avant que Léopold n'ait pu réagir, les ténèbres rejaillirent et le ramenèrent vers un océan fumeux qui engloutit le corps ravagé de la malheureuse. Pour une fois, il n'opposa aucune résistance, ravi de quitter les atrocités de la pièce. Cependant, au moment de replonger dans le néant, il renonça aussi à tout espoir d'évasion.

Un nouveau désir naquit.

Je dois trouver le moyen d'expier mes péchés…

Son objectif s'accompagnait d'une interrogation

obsédante et potentiellement cruciale : *Pourquoi ai-je été autorisé à me libérer pendant aussi longtemps ? Qu'est-ce qui a détourné l'attention du démon ?*

*

17 h 25
Cumes, Italie

Putain, cet enfoiré est un rapide !

Jordan brandit son pistolet-mitrailleur et tira trois rafales en direction de l'agresseur qui avait émergé du tunnel. Les balles ricochèrent sur une paroi rocheuse du temple sans atteindre leur cible.

Encore raté...

Les crocs pointus laissaient penser qu'il s'agissait d'un *strigoï*, mais le sergent Stone n'en avait encore jamais croisé d'aussi véloce. La créature était là et, une fraction de seconde plus tard, elle grognait de l'autre côté de la salle, comme si elle s'y était télé-portée.

Les deux Sanguinistes assuraient les arrières de Jordan au sens littéral du terme. Le trio s'était regroupé en cercle, épaule contre épaule. Baako était armé d'une longue épée africaine, tandis que Sophia maniait deux poignards à lame recourbée.

Le *strigoï* siffla derrière l'autel, le torse barré d'une longue plaie ensanglantée. C'était une blessure que le grand Noir lui avait infligée la première fois que la bête leur avait sauté dessus et qui, au passage, avait sauvé la vie de l'Américain.

Depuis, hélas, aucune autre attaque de l'équipe n'avait fait mouche.

— Il veut nous épuiser avant de nous tuer, indiqua Sophia.

— Alors, c'est le moment ou jamais de tenter une nouvelle stratégie.

Jordan brandit son arme. Toutefois, au moment de presser la détente, il décala sa visée de quelques centimètres et tira dans le vide, histoire d'anticiper la réaction du *strigoï*.

Bingo ! Le monstre se retrouva pile en ligne de mire.

Un mugissement couvrit les rafales de pistolet-mitrailleur et le *strigoï* rebroussa vite chemin en éclaboussant les murs de son sang.

Un coup de chance, certes, mais, au tableau de score, le point est pour moi.

Le *strigoï* pivota sur ses talons et disparut. Arme au poing, Jordan le chercha du regard. Soudain, surgies de nulle part, des mains glacées le soulevèrent de terre pour le précipiter contre le mur. En plein vol, il sortit la dague de son étui de cheville et s'apprêta à livrer bataille.

Malheureusement, la bête avait aussi dérobé l'épée de Baako. Lorsqu'ils percutèrent la roche ensemble, elle enfonça sa lame acérée dans l'estomac de Jordan.

Il haleta puis s'écroula à genoux.

Baako et Sophia s'élancèrent à la rescousse. D'un coup de couteau, la petite Indienne trancha le bras armé du *strigoï*. Elle lui planta ensuite son autre poignard dans le ventre et le pourfendit de l'aine jusqu'à la gorge.

Le Guerrier reçut une giclée de sang noir et froid au visage.

Il contempla l'épée sur lequel il était toujours empalé.

Un peu tard, les gars.

*

17 h 28
Rome, Italie

Une douleur fulgurante déchira la nuit autour de Léopold et le renvoya au monde, vers la pièce inondée de sang. Il s'agrippa le ventre, prêt à sentir sa chair en lambeaux, ses boyaux à découvert. Au lieu de quoi, ses doigts effleurèrent de la peau toute lisse et un abdomen intact, toujours rempli du sang que le démon avait ingurgité.

Léopold, qui continuait d'éprouver une vague douleur, frotta son ventre dénudé.

Il revit le même abattoir ensanglanté qu'auparavant mais, là, la pièce était surplombée d'une caverne obscure au centre de laquelle trônait un autel.

Je connais ce lieu.

C'était le temple de la sibylle de Cumes, enfoui au cœur d'un volcan. L'endroit précis où Léopold avait libéré le démon Légion.

Par quel miracle me montre-t-on pareil spectacle ?

Il avait l'impression d'assister à la scène à travers les yeux d'un autre. Sous son regard ébahi, des mains griffues se levèrent et empoignèrent un ventre duquel se déversaient des flots épais de sang noir mêlés de viscères.

Et il ne faisait pas que partager la même *vision* que l'autre. Il *ressentait* aussi sa souffrance !

La vague silhouette s'écroula sur le flanc. Il s'agissait forcément d'un *strigoï*, sans doute membre de l'armée de Légion, peut-être asservi par le démon lui-même. Léopold repensa à la marque noire sur le torse du monstre voisin.

Cette empreinte faisait-elle office de lien psychique ? La connexion allait-elle s'interrompre avec le décès de la bête ?

Des tourbillons de fumée noire s'apprêtaient à l'emmener loin de la scène. Pourtant, il assistait toujours à ce qui se passait dans la grotte, car le *strigoï* avait beau faiblir, le lien demeurait intact. Même à l'agonie, la bête fouilla la caverne du regard, comme si elle cherchait une planche de salut.

Au lieu de quoi, ses yeux se posèrent sur l'autel et, plus précisément, sur deux gros morceaux d'émeraude.

Le diamant vert.

C'est ce qu'on t'a demandé de rapporter ?

Quelque part au fond de son âme possédée, Léopold sentit le désir de Légion. Il se souvenait confusément s'être extirpé du tunnel, le corps galvanisé par une force phénoménale que le démon lui avait insufflée, mais le monstre avait aussi été très pressé de fuir la montagne, de se délivrer de sa prison de roche volcanique. Après avoir passé des siècles emprisonné au cœur du diamant vert, il avait très mal supporté d'être enfermé plus longtemps et, dans la précipitation, il avait oublié d'emporter la précieuse gemme.

Mais pourquoi a-t-il besoin de ce caillou ?

Alors que le diamant, étincelant sur l'autel, semblait se moquer de l'échec de Légion, les prunelles du *strigoï* avaient commencé à se voiler et la scène devenait de plus en plus floue. Il ne lui restait qu'un maigre filet de vie. Son regard dériva vers quelque chose en mouvement tout près : des jambes qui s'écartèrent suffisamment pour laisser apparaître un homme agenouillé par terre, une épée plantée dans le ventre.

Grâce à la connexion magique, Léopold plongea son regard dans les prunelles bleues du blessé.

Jordan...

Ranimé par l'étrange pensée, Légion émergea des cendres du *strigoï* qui agonisait dans la grotte. Un flot de ténèbres envahit Léopold qui, au passage, sentit l'attention du démon à nouveau portée sur lui. De peur que l'être maléfique n'explore sa mémoire, il chercha à refouler tout ce qu'il savait.

Sur Jordan, sur les autres.

Peine perdue.

Tandis qu'il sombrait vers le néant, il sentit que ses lèvres remuaient, il entendit sa propre voix, sauf que ce n'était pas lui mais Légion qui prononçait l'autre nom de Jordan, son véritable titre.

— Le Guerrier...

Seigneur, qu'ai-je fait ?

Léopold s'éloigna le long du seul chemin qui, malgré la connexion défaillante, lui était encore accessible quelques instants.

*

17 h 31
Cumes, Italie

Étendu dans une mare de son propre sang, Jordan contempla le plafond de la grotte. Baako plaqua ses grandes mains sur la blessure, pendant que Sophia le débarrassait de la longue lame. Le sergent sentit à peine qu'on lui retirait l'épée. L'étrange engourdissement glacé de son ventre lui donnait l'impression que la flaque rouge vif était particulièrement chaude.

Agenouillé au-dessus de lui, Baako afficha un sourire rassurant.

— En un rien de temps, on vous aura stabilisé et rapatrié à Rome.

— Vous… mentez mal, grogna Jordan.

Avec sa plaie béante à l'abdomen, il ne ressortirait jamais vivant du tunnel. Il n'était même pas certain de réussir à traverser la salle.

Conscient de la gravité de la situation, il vit frémir devant lui le visage d'Erin, ses yeux marron rieurs, son petit sourire. D'autres souvenirs de la jeune femme se chevauchèrent : une mèche humide de cheveux blonds qui retombait sur sa joue ; son peignoir de bain qui tombait au sol, dévoilant son corps tiède.

Je ne veux pas mourir dans un trou, loin de toi.

D'ailleurs, il n'avait aucune envie de mourir du tout.

Il regretta qu'Erin ne soit pas à son chevet, à lui tenir la main, à lui garantir que tout irait bien, même si c'était faux. Il désirait la voir encore une fois, lui dire qu'il l'aimait et lui en faire prendre conscience. Il savait qu'elle avait peur de ses sentiments, persuadée que l'amour fondrait comme neige au soleil, qu'il ne durerait pas.

Et voilà que, maintenant, je lui en apporte la preuve.

Il agrippa le biceps d'acier de Baako.

— Dites à Erin… que je l'aimerai toujours.

L'Africain continua de comprimer la plaie.

— Vous le lui annoncerez vous-même.

— Et ma famille…

Eux aussi avaient besoin de savoir. Sa mère serait anéantie. Ses frères et sœurs pleureraient sa disparition. Quant à ses neveux et nièces, bientôt ils se souviendraient à peine de lui.

J'aurais dû appeler ma mère plus souvent.

En fait, l'étrange malaise émotionnel qui s'était emparé de lui ces derniers temps ne concernait pas qu'Erin mais aussi sa famille. Il s'était réellement coupé de son entourage.

Mâchoires serrées, il refusait de mourir, ne fût-ce que pour faire amende honorable auprès de tout le monde. Hélas, la flaque grandissante de sang chaud lui faisait comprendre que son corps meurtri se fichait pas mal de ses projets de bébé, de foyer heureux et de journées assis sous le porche à regarder le blé pousser.

Il tourna la tête au moment où Sophia s'approchait de son agresseur.

Au moins, je ne suis pas aussi mal en point que ce type.

Le *strigoï* n'avait plus beaucoup de temps à vivre

non plus. Curieusement, il l'observait avec insistance. Ses lèvres exsangues remuèrent, comme s'il parlait.

Intriguée, Sophia se pencha vers lui.

— Qu'est-ce que c'était ?

Le *strigoï* prit une longue inspiration vacillante et, avec un accent que le sergent Stone connaissait bien, il souffla :

— Jordan, *mein Freund*… je suis désolé.

Sophia eut un mouvement de recul. L'Américain aussi fut choqué.

Léopold.

Mais comment ?

Après un dernier frisson, le *strigoï* ne bougea plus.

Sophia se rassit sur ses talons et secoua la tête. Le monstre était mort, emportant ses secrets avec lui.

Jordan tâcha d'y comprendre quelque chose mais, à mesure que ses forces le quittaient, le monde s'estompa. Il eut l'impression qu'il dégringolait, que la caverne s'éloignait, sauf qu'en lieu et place des ténèbres, c'était vers une lumière éclatante qu'il plongeait. Il voulut se protéger les yeux d'un revers de main, surtout quand le flamboiement redoubla d'intensité et le brûla de l'intérieur. Il plissa les paupières au maximum. Sans succès.

Une seule fois dans sa vie, il avait affronté une lumière aussi ardente, à l'époque où, adolescent, il avait été frappé par la foudre. Il avait survécu, mais l'éclair lui avait laissé une empreinte fractale sur l'épaule et le haut du torse. Ces drôles de ramifications étaient appelées figures de Lichtenberg – ou *« fleurs de foudre »*.

Des rubans de feu liquide coururent le long de ses cicatrices. Ils les remplirent complètement et se propagèrent même au-delà. Les vrilles de chaleur s'enracinèrent ensuite dans son estomac, où le feu lui tordit les entrailles comme s'il s'agissait d'un être vivant.

C'est à cela que la mort ressemble vraiment ?

Jordan n'avait pourtant pas l'impression de dépérir. D'une manière inexplicable, il se sentait, au contraire, *plus fort*.

Il prit une autre inspiration, puis encore une autre.

Peu à peu, les contours de la grotte redevinrent nets. Rien ne paraissait avoir changé. Il gisait toujours dans son sang et Baako continuait de comprimer la plaie.

Jordan croisa son regard inquiet et repoussa ses mains.

— Je crois que tout va bien.

Mieux que bien, même !

Le Sanguiniste souleva ses paumes et contempla l'endroit où l'épée avait transpercé son camarade. De ses doigts puissants, il essuya les résidus de sang et laissa échapper un petit sifflement.

Sophia le rejoignit.

— Que se passe-t-il, Baako ?

— Il ne saigne plus. Je jurerais même que la plaie commence à se résorber.

À son tour, la jeune femme observa le sergent. Seulement, elle parut plus soucieuse que soulagée.

— Vous devriez être mort, lâcha-t-elle sans ménagement, l'index pointé vers la mare rouge vif. Votre blessure était fatale. J'en ai vu un paquet au cours des siècles précédents.

Jordan se rassit.

— On m'a déjà mis sur la touche. Je suis même

mort une fois. Non, en fait, *deux*. Enfin, bon, qui tient les comptes ?

— Vous avez *guéri*, soupira Baako. Exactement comme le livre le prédisait.

Sophia renchérit en citant l'Évangile de Sang :

— *« Le Guerrier est lui aussi lié aux anges auxquels il doit son existence mortelle. »*

Baako flanqua une tape sur l'épaule de l'Américain.

— *A priori*, ces anges continuent de veiller sur vous.

Ou ils n'en ont pas terminé avec moi.

Sophia se concentra de nouveau sur le *strigoï* mort.

— Il connaissait votre nom.

Ravi de changer de sujet, Jordan se remémora les dernières paroles de la créature agonisante.

Jordan, mein Freund... *je suis désolé.*

— Je jurerais avoir entendu la voix de Léopold.

— Auquel cas, c'est un miracle qui devra attendre. Il faut d'abord vous conduire à l'infirmerie du camp.

Jordan déboutonna sa chemise. La plaie n'était plus qu'une croûte un peu collante et il était fort probable que, d'ici à quelques heures, elle aurait même disparu. Il revit pourtant l'épée l'embrocher, ce qui souleva une autre énigme.

— Aviez-vous déjà vu des *strigoï* aussi rapides ?

Baako se tourna vers Sophia, comme si elle avait plus d'expérience que lui.

— Jamais, répondit-elle.

— En plus d'être véloce, il était aussi très puissant, ajouta son camarade.

Elle s'approcha du cadavre, le fit rouler sur le côté et entreprit de le déshabiller. Il avait reçu trois balles dans le corps. Jordan fut impressionné d'avoir déjà réussi à toucher son adversaire. Quand Sophia retira la chemise, il lâcha un halètement de surprise.

Une empreinte de main noire était tatouée sur le torse pâle de son agresseur. Jordan n'en avait vu qu'une seule semblable, imprimée au fer rouge sur le cou de la défunte Báthory Darabont. La marque la liait à son ancien maître, qui l'avait ainsi distinguée comme un membre éminent de son clan.

La présence de l'empreinte ne pouvait avoir qu'une explication.

— Quelqu'un nous a envoyé ce monstre jusqu'ici.

*

17 h 28
Rome, Italie

Je suis Légion…

Debout devant un miroir à cadre argenté, il réintégra totalement le corps qu'il avait investi, car son but après l'effroyable séjour à l'intérieur de la grotte était de se recentrer sur ses propres sensations. Dans le reflet, il découvrit une silhouette très ordinaire : des muscles ramollis, un torse maigrelet, un peu de bedaine. En revanche, la marque personnelle qu'il avait apposée sur son réceptacle lui faisait la peau aussi noire que le vide sidéral entre les étoiles. Des prunelles sombres comme des soleils morts le fixaient avec intensité.

Il laissa les yeux se refermer et explora les ténèbres qui formaient son essence véritable. Six cent soixante-six esprits. D'obscures volutes s'immiscèrent dans sa conscience afin d'y dénicher des réponses. Il perçut des fragments d'une douleur passée commune, d'une horrible prison de verre, d'un homme à la barbe blanche qui l'observait avec dégoût.

En réalité, c'était de cette souffrance-là qu'il était né.

Je suis multiple... je suis plusieurs... je suis Légion.

Au sein des lugubres tourbillons qui avaient constitué son être, une seule flamme tremblotante émergeait de la nuit. Il s'approcha. La fumée qui s'échappait du feu était l'esprit qui le soutenait, lentement étouffé.

Il apprit le nom de l'être dont il avait pris possession.

Léopold.

C'était grâce à sa flamme pâlissante que Légion avait découvert les codes du monde actuel. Il avait exploré les souvenirs du moine, ses expériences, pour se préparer à la guerre sans merci qui s'annonçait. Il avait bâti une armée, asservi ses soldats d'une simple imposition de la main et laissé ensuite sa puissante noirceur les envahir. À chaque contact, ses yeux et ses oreilles se multipliaient, ce qui permettait à sa conscience de s'approprier un territoire de plus en plus vaste.

Il n'avait qu'un seul objectif.

Il se représenta un être doté d'un pouvoir angélique terriblement sombre, assis sur un trône de la même couleur.

Plusieurs siècles auparavant, cet ange noir avait entremêlé de façon très étroite les six cent soixante-six esprits afin d'abriter Légion au sein de la pierre précieuse. On l'y avait laissé là en tant que symbole d'une menace imminente, graine maléfique attendant de s'enraciner dans le nouveau monde et de s'y propager.

Dès qu'il avait été délivré de sa prison, Légion avait parasité la créature qui avait brisé le diamant. *Léopold.* Il s'était solidement implanté dans son nouveau réceptacle, au point que les deux êtres avaient fini par fusionner. C'était dans un tel vaisseau qu'il allait grandir, étendre ses branches le plus loin possible et réclamer d'autres vies, les marquer de son empreinte, les réduire en esclavage. Résultat : même si son ancrage sur la planète dépendait de la vie de Léopold, Légion pourrait voyager le long de ses innombrables ramifications et les contrôler à distance.

Sa tâche était d'ouvrir la voie au retour de son maître, de préparer le monde en vue de sa purification, quand la vermine connue sous le nom d'*humanité* serait éradiquée du jardin terrestre. C'était un paradis que l'ange noir avait promis à Légion. Toutefois, avant de recevoir sa récompense, il devait mener sa lourde mission à bien.

Et, à présent, il avait compris que des forces ennemies allaient s'y opposer.

Voilà aussi ce qu'il avait appris de la flamme vacillante à l'intérieur de lui.

Légion ne saisissait pas complètement la nature de la menace, mais il s'était bien rendu compte que son enveloppe tentait par tous les moyens de lui dissimuler certains détails. Quelques minutes plus tôt, il avait senti la flamme de Léopold se raviver d'effroi. Il l'avait vue frémir dans l'obscurité, ce qui avait attiré son attention. De cette fumée-là, il avait découvert un nom et mis un visage dessus.

Le Guerrier.

Ce n'était pas le seul. D'autres appellations s'étaient faufilées au-dehors, à mesure que les souvenirs s'évaporaient.

Le Chevalier du Christ.

L'Érudite.

La fumée s'accompagnait de rumeurs de prophétie et de l'image d'un livre écrit par le Fils de Dieu en personne. Il scruta de nouveau la flamme, histoire d'en apprendre davantage.

Qui d'autre se dresse en travers de mon chemin ?

CHAPITRE 6

17 mars, 8 h 32, heure du Pacifique
Santa Barbara, Californie

Tu parles d'un exercice sans intérêt...

Les mâchoires crispées, Tommy gravit encore quelques centimètres de la corde à nœuds qui pendait au milieu du gymnase. Au sol, ses camarades de classe lui envoyaient soit des paroles d'encouragement, soit des insultes. Difficile de le savoir de là-haut, surtout que leurs cris étaient étouffés par son pouls effréné et par ses halètements.

Enfin, quelle importance ?

Tommy avait toujours détesté le sport, même avant que son cancer ne soit diagnostiqué. Ni très coordonné ni particulièrement rapide, il était souvent choisi en dernier dans les équipes. Il s'était aussi vite rendu compte qu'il préférait rester à l'écart des balles plutôt que de bondir après.

Non, mais ça sert à quoi, franchement ?

Une seule activité sportive éveillait son intérêt : l'escalade. Il était plutôt doué en la matière et appréciait la simplicité enfantine de l'exercice, où il n'y avait que la corde et lui. Dès qu'il entamait son ascension, ses inquiétudes se dissipaient.

Du moins, pour la majeure partie d'entre elles.

Les genoux serrés autour de la corde, il se hissa encore un peu. Un filet de sueur coula le long de son échine. À Santa Barbara, il faisait presque tout le temps beau et chaud. Une météo qui lui convenait à merveille. Il se souvenait des mois qu'il avait passés en Russie, puis à bord d'un brise-glace en plein océan Arctique, et il ne voulait plus jamais être transi de froid.

Bien sûr, après avoir été congelé dans la sculpture en glace d'un ange, n'importe qui apprécierait le climat californien.

Il lorgna la lumière du soleil, qui se déversait d'une rangée de fenêtres encastrées sous le toit du gymnase.

J'y suis presque...

Encore deux mètres, et il pourrait tâter les protections métalliques des lampes fixées au plafond. En classe de troisième, c'était un insigne honneur d'atteindre leur grillage poussiéreux et Tommy avait la ferme intention d'y parvenir.

Il s'arrêta quelques secondes, le temps de préparer son ultime effort. Encore récemment, il s'essoufflait vite, ce qui était très inquiétant, mais, six mois plus tôt, il avait été touché par un ange, au sens littéral du terme. Le sang sacré qui avait circulé dans ses veines l'avait guéri du cancer. Il lui avait redonné des forces et l'avait même rendu provisoirement immortel. Depuis, hélas, tout avait disparu, réduit en cendres dans le désert égyptien.

Tommy était redevenu un adolescent ordinaire.

Et je suis bien décidé à le rester.

Pendu à sa corde, il leva les yeux au plafond et inspira à pleins poumons.

J'en suis capable.

Un cri strident retentit d'en bas :

— Ça suffit ! Redescends !

C'était sans doute Martin Altman, son unique ami au sein de son nouveau collège. Tous ses anciens camarades, il les avait perdus en emménageant chez son oncle et sa tante qui, après le décès de ses parents, étaient devenus sa dernière famille.

Avant d'être submergé par des souvenirs macabres, il tâcha de penser à autre chose. D'un coup d'œil entre ses orteils, il aperçut Martin – un grand échalas, tout en bras et en jambes. D'un naturel rieur, le garçon avait toujours une blague idiote en stock.

Évidemment, ses parents à lui n'étaient pas morts dans ses bras.

Tommy en voulut soudain à son camarade, puis, conscient qu'il s'agissait surtout d'un accès de jalousie mesquine, il réprima sa colère. À cause de sa brève inadvertance, la corde glissa quand même entre ses paumes moites. Il se cramponna de plus belle.

Martin a peut-être raison.

Un puissant vertige acheva de le convaincre. L'adolescent regarda en bas, mais tout autour de lui devenait flou. Le temps de redescendre en vitesse, il essaya de tenir bon, mais la corde lui brûlait les mains.

Quoi que tu fasses, ne laisse pas...

Et ce fut la chute. En levant le nez vers les fenêtres

ensoleillées, il se souvint du jour où il avait dégringolé de plusieurs étages dans le vide. À l'époque, il avait été immortel.

Aujourd'hui, tu n'auras pas autant de chance.

Il s'écrasa sur les tapis de gymnastique entassés au pied de l'agrès. La brutalité de l'atterrissage lui coupa la respiration. Il haleta, de manière à refaire le plein d'oxygène, mais ses poumons refusèrent de coopérer.

— On se bouge ! mugit M. Lessing, professeur de sport.

Pendant quelques secondes, tout devint gris, puis Tommy reprit enfin ses esprits. À force d'avaler de grandes lampées d'air, il ressemblait à un phoque asthmatique.

Ses condisciples le dévisagèrent. Certains riaient, d'autres paraissaient inquiets, en particulier Martin.

L'enseignant se fraya un chemin entre eux.

— Tout va bien. Il a juste eu le souffle coupé.

Tommy tâcha de se calmer. Il aurait souhaité disparaître sous terre… surtout quand il aperçut Lisa Ballantine. Il avait un gros faible pour la jeune fille et voilà qu'il s'était complètement ridiculisé devant elle.

Lorsqu'il voulut s'asseoir, une douleur vive enflamma son dos meurtri.

— Vas-y doucement, conseilla M. Lessing.

Il l'aida à se remettre debout. Tommy s'empourpra de plus belle mais, comme la salle tanguait encore un peu, il s'accrocha au bras de son professeur. La journée n'aurait pas pu être pire.

Martin pointa alors le doigt vers sa main gauche.

— Tu t'es brûlé à la corde ?

Le sportif en herbe contempla ses paumes. Forcément qu'elles étaient rouge vif ! Si ce n'est qu'en fait son ami indiquait plutôt une marque sombre à l'intérieur de son poignet.

— Laisse-moi regarder, intervint M. Lessing.

Tommy recula d'un pas chancelant en couvrant la tache avec son autre main.

— Comme disait Martin, ce n'est qu'une brûlure de corde.

— D'accord. Tout le monde dehors. Direction la douche, et au trot !

L'adolescent se dépêcha. Il était encore un peu étourdi, mais ce n'était pas à cause de sa chute. Il conserva sa lésion à l'abri des regards. Personne ne devait être au courant, et surtout pas son oncle et sa tante. Il veillerait farouchement sur son secret, car, tant qu'il ne comprendrait pas le fin mot de l'histoire, il avait au moins une certitude.

Cette fois, pas de chimiothérapie.

Avec son pouce, il se frotta le poignet, comme pour essayer d'effacer la marque. Pour lui, les miracles étaient terminés.

Son cancer était de retour.

Une profonde angoisse mêlée de désespoir l'envahit. De tout son cœur, il aurait aimé parler à ses parents, mais c'était impossible. Il lui restait quand même une personne à contacter, quelqu'un à qui il pourrait raconter son secret en toute confiance.

Une autre immortelle qui, au même titre que lui, avait perdu son immortalité.

Elle saura quoi faire.

*

18 h 25, heure d'Europe centrale
Venise, Italie

Dans le jardin du couvent, Élisabeth Báthory ajusta son grand chapeau de paille de façon à se protéger le visage et les yeux du soleil rasant. Pour ne pas s'abîmer la peau, elle ne travaillait jamais dehors tête nue, même dans le minuscule carré de simples aménagé au milieu de la cour cernée de hauts murs qui lui tenait lieu de prison.

Des siècles auparavant, on lui avait appris que les héritiers de sang royal ne devaient pas avoir la peau aussi tannée que les paysans contraints aux tâches agricoles. À l'époque, elle possédait ses propres plantations au château de Čachtice, où elle faisait pousser toutes sortes d'herbes médicinales qui lui permettaient d'étudier l'art de la guérison en fabriquant des remèdes à partir de pétales de fleurs ou de racines rebelles. Même en ce temps-là, elle ne serait jamais sortie au soleil avec son sécateur et ses paniers.

Quoique le modeste jardin fasse pâle figure en comparaison de son ancienne propriété, elle aimait passer du temps dans les allées parfumées de thym, de ciboulette, de basilic et de persil. Elle avait ainsi consacré son après-midi de la veille à arracher de vieux buissons noueux de romarin pour planter des pieds de lavande et de menthe. Leurs effluves sans prétention s'envolaient au gré de la brise printanière.

Si elle fermait les paupières, Báthory s'imaginait de retour dans son château en plein été, peu de temps avant que ses enfants ne courent la rejoindre. À l'époque, elle leur aurait donné ses bouquets d'herbes fraîchement cueillies et se serait promenée avec eux en les écoutant raconter leur journée.

Ce monde-là, hélas, s'était achevé quatre cents ans plus tôt.

Ses enfants étaient morts ; son château en ruine. Même son nom de famille n'était plus chuchoté qu'à titre d'insulte. Tout cela parce qu'elle avait été changée en odieuse *strigoï*.

Elle se remémora le visage de Rhun Korza, son corps au-dessus du sien, le goût de son propre sang sur les lèvres du prêtre. Victime d'un bref moment de faiblesse et de désir, la comtesse avait vu son existence bouleversée à jamais. Après le choc initial de sa métamorphose en *strigoï*, elle avait fini par accepter son statut de créature damnée et apprécié ce qu'il lui apportait. Or, tous ces avantages-là lui avaient été à nouveau confisqués l'hiver précédent, dérobés par la main même qui les lui avait offerts.

À présent, elle était redevenue une humaine ordinaire.

Faible, mortelle et prise au piège.

Maudit sois-tu, Rhun !

D'un geste rageur, elle sectionna une branche de romarin, qu'elle jeta sur le chemin pavé. Une vieille nonne s'occupait aussi du jardin et nettoyait derrière elle avec un balai de sa fabrication. À quatre-vingts ans passés, la dénommée Marie ressemblait à un abricot tout desséché, dont les prunelles bleues étaient voilées par l'âge. Elle traitait Élisabeth avec une douce condescendance, comme si elle espérait que sa protégée retrouverait un jour un comportement normal. Si seulement elle avait su qu'Élisabeth avait traversé beaucoup plus de siècles que la religieuse n'en verrait jamais !

Marie ignorait tout de son passé, y compris son patronyme complet.

Personne au couvent n'en avait été informé.

Une subite douleur au genou obligea Élisabeth à changer de position et lui rappela ce qu'elle était en train de vivre.

Elle prenait de l'âge.

Une malédiction remplace l'autre.

Du coin de l'œil, elle vit Berndt Niedermann fouler la cour en direction du réfectoire. Installé dans l'une des chambres d'hôtes du couvent, l'élégant Allemand portait ce qui, au XXIe siècle, était le comble du chic : un pantalon au pli impeccable et une veste bleue bien coupée. Il la salua de la main.

Elle ne répondit pas.

La familiarité n'était pas encore de mise.

Du moins, pour le moment.

Élisabeth redressa son dos courbaturé et regarda partout à la ronde, sauf vers Berndt. Le couvent vénitien ne manquait pas de charme. Autrefois, c'était une demeure splendide, dont l'entrée majestueuse surplombait un large canal. Des colonnes hautes encadraient une imposante porte en chêne qui ouvrait sur l'embarcadère. Depuis la fenêtre de sa chambre, Élisabeth aimait contempler les douceurs de la vie fluviale. Venise n'accueillait ni voitures ni chevaux – uniquement des bateaux et des piétons. Cet anachronisme était plutôt curieux, la cité n'ayant guère changé depuis la propre époque de la comtesse.

La semaine précédente, Báthory avait eu l'occasion de bavarder avec leur pensionnaire allemand. Berndt était un écrivain venu se documenter à Venise, ce qui se résumait *a priori* à flâner dans les rues et à déguster de la nourriture raffinée accompagnée de vins hors de prix. Si on lui avait permis de le suivre une journée, elle aurait pu lui en montrer tellement plus, le renseigner sur l'histoire prodigieuse d'une ville submergée par les eaux, mais son ambition relevait de l'utopie totale.

Élisabeth était placée sous la tutelle permanente de sœur Abigail qui, en tant que Sanguiniste, lui avait formellement défendu de quitter le périmètre du couvent. Si elle tenait à sa vie désormais mortelle, la Hongroise devait rester prisonnière.

Sur ce point-là, le cardinal Bernard avait été très clair : elle avait été incarcérée en vue d'expier ses crimes passés.

Il n'empêche que Berndt risquait de lui être utile. Elle avait donc lu ses livres et en avait discuté avec lui autour d'un verre de vin, en prenant soin de les encenser au maximum. Toutefois, même leurs brèves conversations ne se déroulaient pas en privé. Elle n'avait le droit de s'adresser aux hôtes que sous l'étroite surveillance d'une religieuse – souvent Marie ou Abigail, la virago aux tempes grisonnantes.

Heureusement, Élisabeth réussissait parfois à échapper à ses chaperons, surtout ces derniers temps. Depuis des mois qu'elle était incarcérée, les autres commençaient à baisser la garde.

Deux nuits plus tôt, elle s'était introduite chez

Berndt en son absence. Parmi ses affaires personnelles, elle avait découvert la clé d'un bateau de location, qu'elle s'était empressée de voler dans l'espoir qu'il croirait l'avoir mal rangée.

Jusqu'à présent, personne n'avait donné l'alerte.

Parfait.

Tandis qu'elle s'épongeait le front avec un mouchoir, un jeune coursier coiffé d'une casquette bleue apparut au fond de la cour. Il se mouvait avec la même insouciance que Tommy, comme si les enfants du siècle actuel, incapables de contrôler leurs membres, les laissaient ballotter inutilement. Même plus petit, son défunt fils Paul n'aurait jamais déambulé de la sorte.

Alors que Marie était partie l'accueillir clopin-clopant, Élisabeth tenta d'épier leur conversation. Dans la mesure où elle n'avait pas grand-chose à faire, à part cultiver le jardin et étudier, son italien était devenu assez convenable. Souvent, elle travaillait même tard la nuit, car tout ce qu'elle apprenait était une arme dont, un jour, elle pourrait user contre ses ravisseurs.

Lorsqu'une abeille se posa sur sa main, Báthory l'approcha de son visage.

— Soyez prudente, la surprit une voix derrière elle.

Pareille mésaventure ne lui serait jamais arrivée quand elle était encore une *strigoï*. À l'époque, elle était capable de détecter un battement de cœur à des kilomètres à la ronde.

Elle se retourna. C'était Berndt, qui avait dû faire le tour de la cour pour s'approcher en douce. Il se tenait si près qu'elle sentit l'odeur musquée de son après-rasage.

— Je devrais avoir peur d'une créature aussi minuscule ?

— Beaucoup de gens sont allergiques aux abeilles. Si c'était moi qu'elle piquait, je risquerais même d'en mourir.

Élisabeth parut perplexe. Les hommes modernes étaient si vulnérables ! De son temps, personne ne succombait à une piqûre d'insecte. À moins peut-être que cela n'ait été le cas et qu'on n'en ait tout simplement rien su.

— Je ne saurais imaginer qu'un tel coup du sort se produise, répondit-elle avant de souffler sur l'abeille pour l'inciter à s'envoler plus loin.

Au même moment, une silhouette émergea de l'ombre du mur et se dirigea vers eux.

Sœur Abigail, bien sûr.

Avec son corps fragile et décharné, ses yeux bleus affadis par l'âge, sa geôlière sanguiniste ressemblait à une inoffensive religieuse britannique. Lorsqu'elle arriva à leur hauteur, elle replaça une mèche grise qui s'était échappée de sa guimpe.

— Bonsoir, *Herr* Niedermann. Le dîner sera bientôt servi. Si vous voulez rejoindre le réfectoire, je suis sûre que…

— Élisabeth aimerait peut-être se joindre à moi.

Abigail empoigna le bras de la comtesse avec une force telle qu'elle lui laisserait une ecchymose. Báthory n'opposa aucune résistance. Au besoin, des bleus pourraient même susciter la compassion de Berndt.

— Je crains qu'elle ne puisse vous accompagner, rétorqua la nonne sur un ton agacé qui ne souffrait pas la contestation.

— Bien sûr que si, ma sœur. Que je sache, je ne suis pas en prison ici ?

Le visage carré d'Abigail rougit de colère.

— Affaire réglée, conclut Berndt. Ensuite, nous pourrions même nous accorder une excursion en canot ?

Élisabeth s'obligea à rester de marbre, de peur qu'Abigail ne s'aperçoive que son pouls s'était subitement emballé. *Allait-on remarquer la disparition de la clé ?*

— Elle a été souffrante, insista la Sanguiniste, déterminée à la garder coûte que coûte dans l'enceinte du couvent. Il ne faut pas qu'elle se fatigue trop.

— L'air marin me ferait du bien, s'amusa l'intéressée.

— Je ne peux pas vous accorder ma permission. Votre… votre père serait furieux. Vous n'avez pas envie que j'en informe Bernard, je suppose ?

À contrecœur, l'ancienne *strigoï* cessa son petit jeu. Il était hors de question d'attirer l'attention du cardinal.

— Dommage, regretta Berndt. Surtout que, demain, je dois plier bagage.

— Ah bon ? Je pensais que vous restiez encore huit jours.

L'inquiétude d'Élisabeth, qu'il avait prise à tort pour de l'affection, le fit sourire.

— Mes affaires me rappellent à Francfort plus tôt que prévu, hélas.

Voilà qui posait un véritable problème. Si elle avait l'intention de s'enfuir en bateau, Élisabeth n'avait plus qu'*une* nuit pour agir. Elle réfléchit à toute vitesse, consciente que cela demeurait quand même sa meilleure chance – non seulement d'évasion mais de mille autres choses encore.

Car elle nourrissait des projets beaucoup plus ambitieux que de recouvrer sa simple liberté.

Même si elle pouvait à présent se promener au soleil, elle avait perdu bien davantage. Redevenue humaine, elle n'entendait plus les sons les plus infimes, elle ne sentait plus les parfums les plus légers, elle ne voyait plus les couleurs luisantes de la nuit. Bref, elle avait l'impression d'être emmitouflée dans une épaisse couverture.

Et elle avait horreur de cela.

Elle voulait récupérer ses sens aiguisés de *strigoï*, apprécier à nouveau la force surnaturelle dans ses muscles et, par-dessus tout, elle désirait être immortelle – délivrée des murs du couvent mais aussi de la marche inexorable du temps.

Je ne laisserai rien m'arrêter.

Avant qu'elle n'ait pu esquisser un geste, le téléphone portable dissimulé dans la poche de son jupon vibra.

Une seule personne connaissait le numéro.

Tommy.

Elle s'éloigna du courtois Allemand.

— Je vous remercie, Berndt, mais je pense que sœur Abigail a raison.

Au moment de se fendre d'une courte révérence, elle se souvint, trop tard, que son geste n'avait plus cours au XXIe siècle.

— Mes travaux de jardinage m'ont un peu fatiguée. Je ferais peut-être mieux de dîner dans ma chambre.

— Sage décision, approuva Abigail, les lèvres pincées.

— Dommage, répéta Berndt, indéniablement déçu.

D'une poigne de fer, la religieuse saisit Báthory par le bras et la reconduisit à sa cellule.

— Ne bougez plus d'ici. Je vous apporterai votre repas.

Et elle ferma la porte à clé derrière elle. Une fois que le bruit de ses pas se fut estompé dans le couloir, Élisabeth s'approcha de la fenêtre à barreaux. Désormais seule, elle sortit son téléphone et rappela Tommy.

Dès qu'elle l'entendit, elle sut qu'il y avait un problème : l'adolescent avait des sanglots dans la voix.

— Mon cancer récidive. Je ne sais ni quoi faire ni à qui en parler.

Ses doigts crispés sur le portable, elle aurait voulu traverser les ondes pour atteindre un garçon qu'elle avait appris à aimer comme son propre fils.

— Raconte-moi ce qui s'est passé.

L'histoire de Tommy, elle la connaissait. Elle savait qu'il avait été gravement malade avant qu'un peu de sang angélique ne le guérisse et lui octroie l'immortalité. À présent, il était redevenu comme elle un humain ordinaire, accablé des mêmes maux qu'auparavant. Bien qu'elle l'ait déjà entendu prononcer le mot *« cancer »*, elle n'avait jamais vraiment saisi la nature de son mal.

— Explique-moi de quoi tu souffres.

— Le cancer est une maladie qui vous ronge de l'intérieur, souffla-t-il avec désespoir. Elle a envahi ma peau, mon squelette.

Le cœur de la comtesse se serra de chagrin. Elle avait envie de le consoler, comme elle l'avait souvent fait avec son cher Paul.

— Je suis sûre que les médecins actuels peuvent te guérir.

Il y eut un long silence, puis un soupir las.

— Pas de mon cancer. J'ai passé de longues années en chimiothérapie, à vomir tripes et boyaux. J'ai perdu mes cheveux. Même mes os me faisaient un mal de chien. Aucun docteur n'avait alors été capable d'enrayer la progression de la maladie.

Adossée au mur froid, Élisabeth contempla les eaux sombres du canal.

— Ne pourrais-tu pas réessayer la chimiothérapie ?

— Pas question ! répliqua-t-il sur un ton ferme, presque viril. J'aurais dû mourir à l'époque. Là, je pense que mon heure a sonné et je ne m'imposerai pas un nouveau calvaire.

— Qu'en pensent ton oncle et ta tante ? Que te conseillent-ils de faire ?

— Je ne leur ai rien dit et je n'en ai pas l'intention. Ils m'obligeraient à recommencer tous les protocoles médicaux, ce qui ne me serait d'aucune utilité. Je le sais. Voilà comment les choses sont censées se dérouler.

Le ton défaitiste de l'adolescent agaça Élisabeth.

Si tu n'as pas envie de te battre, moi, je le ferai.

— Personne ne peut me sauver. Je vous ai simplement appelée pour me décharger d'un lourd secret… auprès d'une personne fiable.

Elle fut touchée par sa franchise. Tommy était le seul au monde à lui faire confiance. Et le seul à qui, elle aussi, elle avait accordé la sienne. Une âpre détermination s'empara d'elle. Son propre fils était mort, car elle n'avait pas réussi à le protéger. Elle ne laisserait pas ce garçon-là subir le même sort.

Il parla encore quelques minutes, en particulier de ses parents décédés. Pendant ce temps-là, une nouvelle ambition naquit dans le cœur d'Élisabeth.

Je vais m'évader de cette prison… et je te sauverai.

CHAPITRE 7

17 mars, 18 h 38
Cité du Vatican, Italie

De Charybde en Scylla...

À peine avait-elle quitté la bibliothèque *incognito* pour rejoindre Christian et sœur Margaret qu'Erin avait été convoquée chez le cardinal Bernard, dans son bureau du Palais apostolique. Elle suivit donc un prêtre en soutane noire dans un long couloir lambrissé, traversa les appartements pontificaux et se dirigea vers l'aile du bâtiment réservée aux Sanguinistes.

En chemin, elle s'interrogea sur le motif du rendez-vous.

Son Éminence a-t-elle eu vent de mon intrusion ?

Erin s'efforça de ne pas marcher d'un pas trop inquiet. Elle avait déjà essayé de soutirer des informations au religieux qui l'escortait. Hélas, le père Gregory, qui était le nouveau secrétaire de Bernard, n'avait pas desserré les dents, qualité indispensable pour quiconque travaillait au service du prélat.

Il avait le teint laiteux, d'épais sourcils bruns, des

cheveux noirs qui lui chatouillaient le col et, contrairement à l'ancien assistant du cardinal, il n'était pas humain. C'était un Sanguiniste. Il paraissait avoir une petite trentaine d'années, mais il était très probable qu'il affiche quelques siècles de plus au compteur.

Gregory ouvrit la porte du bureau.

— Nous y sommes, docteur Granger.

Erin remarqua son léger accent irlandais.

— Merci, mon père.

Il lui emboîta le pas à l'intérieur, sortit une vieille montre à gousset de sa poche et vérifia l'heure.

— Je crains que nous n'ayons quelques minutes d'avance. Le cardinal ne devrait plus tarder.

Erin soupçonna une manigance de Bernard qui, en la faisant patienter, exprimait ainsi sa supériorité d'une manière un peu mesquine. Il n'avait toujours pas digéré que l'Évangile de Sang soit rattaché à la jeune femme.

Gregory l'invita à s'asseoir devant le grand bureau en acajou. Elle posa son sac à dos à côté d'elle.

La pièce, qu'elle connaissait pourtant, regorgeait toujours de surprises. D'immenses étagères étaient remplies d'ouvrages anciens reliés de cuir ; un globe terrestre du XVIe siècle incrusté de pierres précieuses luisait sur la table et une épée du temps des croisades était accrochée au-dessus de la porte.

Mille ans auparavant, Bernard s'en était servi pour ravir Jérusalem aux Sarrasins et, quelques mois plus tôt, la jeune archéologue avait été le témoin direct de son adresse à la manier. Même s'il préférait *a priori* œuvrer en coulisse, l'homme n'en demeurait pas moins un féroce guerrier.

Il ne faudrait pas qu'elle l'oublie.

— Vous devez être fourbue après votre longue

journée de travail, annonça le père Gregory. Je vais vous chercher du café.

Dès qu'il eut refermé la porte derrière lui, Erin contourna le bureau et survola en vitesse les papiers éparpillés dessus. Quelques mois auparavant, elle aurait rechigné à fourrer son nez dans les affaires personnelles du cardinal, mais beaucoup de gens étaient déjà morts pour protéger les petits secrets de Bernard.

Le savoir était une force, et elle ne laisserait pas l'éminent religieux garder tout pour lui.

Le premier document était écrit en latin. Erin le traduisit à vue. Apparemment, deux *strigoï* s'en étaient pris à une boîte de nuit de Rome, tuant trente-quatre personnes. Ce genre d'attaque ouverte était rare, voire presque inédit pour l'époque, car, au fil des siècles, même les *strigoï* avaient appris à rester discrets et à dissimuler le corps de leurs proies.

De toute évidence, les choses avaient changé.

Erin lut le rapport secret du carnage et releva un détail encore plus inquiétant : parmi les victimes figurait un trio de Sanguinistes. Incrédule, elle ravala sa salive.

Deux strigoï *avaient réussi à liquider trois Sanguinistes solidement entraînés ?*

Le compte rendu suivant, rédigé en anglais, décrivait un assaut analogue sur une base militaire en périphérie de Londres, où, un beau soir, vingt-sept soldats armés avaient été massacrés au mess.

La jeune femme feuilleta le reste des documents, qui faisaient tous état d'agressions étranges et féroces en Italie, en Autriche ou en Allemagne. Captivée par l'horreur des récits, elle entendit à peine la porte grincer.

Elle redressa la tête.

Le cardinal Bernard entra, vêtu d'une soutane rouge vif conforme à son rang. Avec ses cheveux blancs et son calme olympien, il serait facilement passé pour un gentil grand-père.

Il hocha le menton vers son bureau.

— Je vois que vous avez lu mes comptes rendus de renseignement ?

Elle ne chercha même pas à mentir.

— Ils ne sont pas très détaillés. Avez-vous appris autre chose au sujet des assaillants ?

— Non, répondit-il, le temps qu'il s'asseye à son bureau et qu'elle reprenne place devant lui. Nous savons qu'ils agissent de manière sauvage, indisciplinée et imprévisible.

— Des témoins ?

— Jusqu'à maintenant, ils n'ont laissé aucun survivant. Néanmoins, nous avons pu obtenir les bandes de vidéosurveillance de la dernière tuerie dans la discothèque.

Erin se redressa sur son siège.

— Le spectacle est assez épouvantable, prévint-il avant d'orienter son écran d'ordinateur vers elle.

— Je veux quand même voir.

Il ouvrit un dossier et, bientôt, un enregistrement neigeux montra une poignée de danseurs en train de se déhancher dans la semi-obscurité. Il y avait quelques stroboscopes et, malgré l'absence de bande-son, Erin n'eut aucune difficulté à imaginer les trépidations des basses.

— Regardez ces deux-là, indiqua Bernard.

Dans un coin de l'écran, deux hommes en costume foncé s'avancèrent lentement sur la piste de danse. L'un était blanc, l'autre noir. Elle plissa les paupières et observa la silhouette la plus sombre. La vidéo était d'une qualité trop médiocre pour qu'on distingue ses traits, mais la peau de l'individu semblait absorber toute la lumière. Son visage non plus n'avait pas l'air très naturel : on aurait dit plus un masque qu'un faciès humain.

Comme si elle avait deviné la présence de chasseurs en son sein, la petite assemblée de noctambules s'écarta sur leur passage. Les gens avaient raison de se méfier. Quelques instants plus tard, les deux *strigoï* se déchaînèrent à une vitesse telle que les images se brouillèrent sur l'écran. Erin n'en avait jamais vu se déplacer aussi rapidement.

En moins de dix secondes, il ne resta plus que les deux *strigoï* debout. Des corps disloqués et ensanglantés gisaient à leurs pieds. Chaque créature ramassa une femme blessée, la hissa sur son épaule et disparut du cadre.

Erin frémit à l'idée du sort effroyable qu'ils allaient réserver aux deux malheureuses.

Le cardinal pianota sur son clavier, et l'image se figea.

Sous le choc, l'Érudite songea à la souffrance et à la terreur que les fêtards avaient dû ressentir dans leurs derniers instants. Aucun d'eux n'avait eu la moindre chance de s'en sortir.

— La police s'est-elle lancée à la recherche des assassins ?

Bernard refit pivoter l'écran vers lui.

— Elle mène l'enquête, certes, mais elle ne comprend pas ce qu'elle traque.

— Comment cela ?

— Les forces de l'ordre n'ont pas eu accès à la vidéo. Comme vous le savez, nous ne pouvons pas autoriser que des preuves de l'existence des *strigoï* soient révélées au grand public.

Erin se cala au fond de sa chaise.

— Alors comment les gens peuvent-ils se protéger ?

— Nous avons envoyé des équipes supplémentaires sur le terrain. Jour et nuit, elles sillonnent la ville. Nous allons retrouver ces deux meurtriers et les détruire. C'est notre mission sacrée.

Erin se demanda combien de vies innocentes seraient encore sacrifiées avant que les Sanguinistes n'y parviennent.

— En tout cas, je n'ai jamais vu de *strigoï* aussi agiles.

Le cardinal fit la moue.

— Ils ne sont pas les seuls. Aux quatre coins du monde, on nous relate des faits comparables. Pour une raison mystérieuse, les *strigoï* ont commencé à changer, à devenir plus puissants.

— J'en ai entendu parler, mais quelle en est la cause ? Pourquoi maintenant ?

— Toutes précautions prises, je crains que le phénomène n'ait un rapport avec la prophétie.

Les sourcils froncés, Erin comprit de quoi il parlait. Elle renchérit :

— Avec le fait que les entraves de Lucifer se soient desserrées, pas vrai ?

— Ce qui expliquerait pourquoi le mal pénètre davantage notre monde. L'équilibre fondamental est en train de se rompre : d'un côté, les créatures néfastes sont plus robustes ; de l'autre, nos forces du Bien se retrouvent minées.

Elle toisa son interlocuteur d'un air sévère.

— Vous sentez-vous plus faible ?

Il serra le poing au-dessus de son bureau.

— Ici, sur ces terres sacrées, non ! En revanche, nous avons bel et bien perdu dix-huit Sanguinistes en mission au cours des douze dernières semaines.

Dix-huit ? À l'image de ce qui se passait dans le clergé catholique, les effectifs de l'Ordre déclinaient déjà depuis quelques dizaines d'années. Les Sanguinistes ne pouvaient donc pas se permettre de perdre d'autres fantassins, en particulier si une grande guerre couvait.

— Les attaques répondent-elles à un schéma géographique précis ? reprit Erin. Si nous savions où tout a démarré, cela nous donnerait peut-être une piste sur la façon d'y mettre un terme.

Le prélat l'observa d'un air pensif.

— Comme d'habitude, docteur Granger, vous mettez toujours dans le mille.

La jeune femme se redressa.

— Je me trompe ou vous avez trouvé quelque chose ?

— Nous consignons scrupuleusement les dates et les lieux de chaque agression.

— Afin d'établir une base de données. Futé !

D'un hochement de tête, il la remercia du compliment, puis il tourna de nouveau l'écran d'ordinateur vers elle et afficha une carte de l'Europe. Une myriade de points rouges indiquait l'emplacement des assauts. Bien que révoltée par leur nombre effarant, Erin tâcha de rester concentrée.

— En extrapolant à rebours, on constate que les agressions se propagent à partir d'un seul et même lieu, commenta Bernard.

Il zooma sur l'épicentre des affrontements.

Dès qu'elle lut le nom inscrit sur la carte, l'archéologue sentit son sang se figer d'effroi.

— Cumes… C'est là que se trouve le temple de la sibylle.

Et là où Jordan travaille.

— Avez-vous eu des nouvelles du sergent Stone et de son équipe ? Ont-ils appris quelque chose ?

Le prélat se laissa retomber lourdement dans son fauteuil.

— C'est l'autre raison pour laquelle je vous ai demandé de venir. Je préférais que vous l'entendiez de ma bouche. Il y a eu une attaque…

Il fut interrompu par le père Gregory, qui revenait avec un service à café en argenterie. Prise d'un léger vertige, Erin lorgna derrière elle. Le religieux, sensible à son pouls affolé, s'arrêta sur le seuil.

La jeune femme se retourna vers Bernard.

— Jordan va bien ?

Le cardinal fit signe à son assistant.

— Posez le café sur le guéridon là-bas. Ce sera tout.

Erin n'attendit pas que Gregory eût pris congé. L'époque où elle patientait des journées entières avant que les Sanguinistes ne se décident à la mettre au courant était révolue.

— Que s'est-il passé ? s'exclama-t-elle, soudain agressive.

D'un geste de la main, Bernard l'exhorta à se calmer.

— N'ayez crainte. Jordan et ses camarades sont indemnes.

Rassérénée, Erin laissa échapper un halètement frémissant, mais elle eut aussi la nette impression qu'on ne lui racontait pas tout. À présent que sa plus grande inquiétude était apaisée, elle attendit le départ du père Gregory pour affronter le cardinal.

— Que me cachez-vous ?

— Ce matin, l'équipe du sergent Stone a découvert un nouveau tunnel, *a priori* creusé depuis peu. Il semble que quelque chose se soit frayé un chemin hors du temple enseveli.

— *Quelque chose ?* Ça veut dire quoi ?

— Aucune idée. En revanche, nous avons constaté que le corps de frère Léopold avait disparu du sanctuaire.

Erin encaissa la nouvelle. Lors d'une bataille qui y avait fait rage l'hiver précédent, Léopold avait été tué par Rhun… ou, du moins, tout le monde l'avait cru. Si sa dépouille manquait à l'appel, cela signifiait soit qu'il était encore en vie, soit que quelqu'un avait emporté son cadavre.

Erin se focalisa à nouveau sur un souci plus personnel.

— Vous disiez qu'il y avait eu une attaque.

— Un *strigoï* a tendu une embuscade à Jordan et à son équipe à l'intérieur même du temple.

Trop anxieuse pour rester assise, elle se leva, s'approcha du guéridon et se servit un café en se rappelant bien que son petit ami était sain et sauf.

Il n'empêche…

Les paumes plaquées contre sa tasse brûlante, elle lança à Bernard :

— Leur assaillant faisait-il partie du fameux groupe de super *strigoï* ?

— Apparemment, oui. La bonne nouvelle, c'est que le corps est en cours de rapatriement à Rome pour y être analysé. Sa dépouille pourrait être une excellente source d'information.

— Quand ? insista-t-elle, pressée de revoir Jordan et de s'assurer qu'il était en bonne santé.

— Vos collègues devraient arriver d'ici à une heure. Dans la salle du temple, ils ont aussi fait une découverte dont ils ont refusé de me parler au téléphone. Pour être franc, Jordan souhaite que vous soyez la première à la voir, maugréa le cardinal, contrarié d'être ainsi tenu à l'écart. Selon lui, il est fort probable que vous sachiez de quoi il s'agit, car – et il a lourdement insisté là-dessus – c'est vous l'Érudite.

La jeune femme avala une gorgée de café et laissa la chaleur du breuvage estomper ses dernières craintes. La confiance de Jordan était appréciable, mais il fallait aussi espérer qu'elle ne soit pas mal placée. Comme elle ignorait complètement ce qu'il lui rapporterait de Cumes, Erin repensa à la mystérieuse disparition du corps de Léopold et elle se remémora la phrase énigmatique de Bernard.

Quelque chose s'est frayé un chemin hors du temple enseveli.

*

19 h 02
Rome, Italie

En plein cœur de la capitale italienne, Légion se faufila à l'ombre d'un haut mur. Bien que le soleil ait disparu à l'horizon, le crépuscule continuait d'éclairer mollement les rues du quartier. L'odieux prédateur, lui, aimait chasser dans les recoins les plus obscurs. À titre de précaution supplémentaire, il rabattit la capuche sur sa tête, car il avait une certitude.

Personne ne pourrait apercevoir mon visage à découvert sans reconnaître ma gloire.

Pourtant, il subsistait une foule d'*inconnues*.

Et il fallait que la situation cesse.

Son réceptacle, le dénommé Léopold, s'était révélé être d'une aide précieuse. Grâce à la maigre flamme qui luisait encore dans les ténèbres de son être, Légion en avait beaucoup appris sur la prophétie et sur les gens susceptibles d'entraver sa mission.

À chaque pas, les mots de l'oracle résonnaient dans sa tête.

« Ensemble, le trio doit affronter sa quête ultime. Les chaînes de Lucifer ont été déverrouillées et son Calice demeure perdu. Il faudra la lumière des trois pour reconstituer le Calice et chasser à nouveau Lucifer vers ses ténèbres éternelles. »

Il se représenta celui qu'on appelait *« le Guerrier »*, avec ses yeux bleus et son visage taillé à la serpe. Symbole absolu de virilité, ce dernier incarnait l'homme dans toute sa splendeur.

Soudain, un véhicule imposant roula à vive allure sur la chaussée voisine et cracha ses fumées nauséabondes en faisant voltiger un mont de détritus. Grâce aux souvenirs de Léopold, Légion savait qu'il s'agissait d'un bus, mais il préféra se réfugier dans sa propre mémoire. En tant que créature déchue, il avait passé un temps infini à arpenter le jardin qu'était le monde, bien avant que l'humanité ne le piétine avec ses gros sabots. Là où poussait jadis une végétation sauvage, les hommes avaient tout recouvert de pierres artificielles. Là où des ruisseaux transparents gazouillaient sous un ciel d'azur, il n'y avait plus désormais que de la crasse – à la fois dans l'eau et dans l'atmosphère.

Dès le début, Légion avait compris que l'homme n'était pas apte à hériter d'un tel paradis. Pendant la guerre des Cieux, où il s'était rallié à d'autres en vue de contrecarrer le plan de Dieu, il avait espéré réclamer ce jardin-là pour lui-même. Hélas, ils avaient fini par perdre la bataille et avaient été bannis, alors que l'humanité était devenue, comme il l'avait redouté, une véritable plaie pour le jardin, une mauvaise herbe qu'il fallait à tout prix arracher et réduire en cendres.

Je remettrai la main sur ce paradis.

Il ne laisserait rien ni personne l'en empêcher.

Pas même la prophétie.

Voilà pourquoi il devait se renseigner sur le fameux trio, accumuler assez d'informations pour leur barrer la route. En caressant le mur, il sentit la sainteté des pierres lui échauffer la pulpe des doigts. L'enceinte séparait la cité du Vatican du reste de Rome. Il mesura sa longueur dans un but bien précis.

Il avait appris de Léopold le nom des deux autres membres du trio : l'Érudite et le Chevalier du Christ. Or, il était probable qu'ils se trouvent tout près de là, tapis dans cette forteresse de dévotion. Il contempla la noirceur terrible qui tourbillonnait au creux de sa paume.

Il lui suffirait de poser sa main sur un membre du trio pour les posséder tous en un instant.

D'un simple contact, je réduirai à néant la menace de la prophétie.

Le premier maillon qui le mènerait au but approchait. Légion avait espéré trouver ce genre-là d'individus aux abords de la Cité sainte. La silhouette avançait vers lui sur le trottoir comme n'importe quel piéton mais, grâce à ses sens aiguisés, il nota une différence de taille.

Aucun pouls ne résonnait dans sa poitrine.

C'était un *« Sanguiniste »*, terme qu'il tenait de Léopold. Le serviteur de Dieu devina la propre condition surnaturelle de son agresseur une seconde trop tard. Légion lui empoigna l'avant-bras. Sa proie s'effondra à genoux, tandis qu'il anéantissait sa volonté et lui emplissait le cœur de sa propre vilenie.

Tu seras mes yeux et mes oreilles dans cette cité sainte.

Légion observa les remparts. Grâce à son nouvel esclave, il apprendrait où son ennemi se cachait et il pourrait ainsi couper court à la menace.

Je n'échouerai pas deux fois.

*

19 h 15
Cité du Vatican

En attendant Jordan, Erin étudia la carte sur l'ordinateur de Bernard. À la vue des attaques qui se propageaient toutes sans exception depuis la ville de Cumes, elle annonça :

— On dirait une épidémie de peste.

Le cardinal leva le nez de ses rapports d'enquête.

— De quoi parlez-vous ?

— Et si nous considérions le schéma des mystérieuses agressions *strigoï* comme une maladie, un puissant agent pathogène qui se répandrait à vitesse grand V ?

— En quoi cela pourrait-il nous servir ?

— Au lieu de chercher le moyen d'enrayer les assauts, nous devrions nous concentrer sur la quête du « patient zéro ». Si nous réussissons à le trouver…

Erin fut interrompue par un léger raclement dans le couloir.

— Entrez ! répondit Bernard.

Plus vaniteux qu'il n'oserait jamais l'admettre, il rajusta sa calotte rouge vif.

L'Érudite se retourna au moment où la porte pivotait en grand. Le père Gregory franchit le seuil, mais il ne faisait qu'ouvrir la voie aux autres. Dès qu'elle aperçut le premier visiteur, elle bondit de sa chaise et se précipita vers lui.

Jordan la prit dans ses bras et la souleva de terre. À son tour, elle l'étreignit de toutes ses forces. Après quoi, elle s'écarta et, les mains posées sur les épaules de son amoureux, elle l'observa attentivement.

Malgré les nouvelles rassurantes du cardinal, elle n'avait pas pu s'empêcher de s'inquiéter, pourtant, il avait l'air en forme. Il arborait même une mine radieuse et sa peau bronzée resplendissait de santé.

Erin se hissa sur la pointe des pieds pour l'inviter à l'embrasser. Il se pencha et la gratifia d'un bisou sur la joue. Les lèvres de Jordan étaient brûlantes, comme s'il avait de la fièvre. Elle reposa les talons au sol et effleura sa pommette.

Un bisou sur la joue ?

Une marque d'affection aussi tiède, ce n'était pas dans son caractère et Erin eut l'impression d'être rejetée.

Elle scruta ses yeux bleu clair et passa les doigts dans ses cheveux blonds, histoire de lui demander ce qui se passait. Il ne réagit pas à son contact. Elle posa le dos de sa main sur son front. Il était bouillant.

— Tu as de la fièvre ?

— Pas du tout. J'ai une pêche d'enfer !

Il recula d'un pas et, du pouce, il désigna son camarade derrière lui.

— C'est sans doute ma poursuite acharnée de ce type qui m'a mis en sueur.

Il parlait de Christian. Encore dans le couloir, le jeune Sanguiniste paraissait aussi préoccupé. Une chose était sûre : Jordan ne leur disait pas tout.

Avant qu'Erin n'ait pu approfondir la question, Christian entra à son tour. Vêtu d'un simple jean noir élimé et d'un coupe-vent bleu foncé, sous lequel apparaissait une chemise à col romain, il salua Bernard d'un hochement de tête.

— Sophia et Baako transportent le corps du *strigoï* jusqu'à la salle d'opération pontificale.

Erin chassa ses inquiétudes au sujet du comportement de plus en plus distant de Jordan et se concentra sur le mystère qu'on venait déposer à ses pieds. S'ils découvraient pourquoi les monstres avaient développé une puissance et une rapidité hors norme, ils trouveraient peut-être un moyen de les court-circuiter à l'avenir.

Quoique, apparemment, l'affaire pouvait attendre.

Christian sortit de sa poche un morceau d'étoffe kaki et adressa un regard coupable au sergent Stone.

— Sophia m'a demandé de le montrer à Erin.

À la vue du bout de tissu, l'Américaine retint son souffle. C'était un lambeau de la chemise de Jordan… sauf qu'il était imprégné de sang séché, avec une large entaille en travers. Elle observa son petit ami d'un air soucieux.

Il sourit.

— Pas de quoi te tracasser ! J'ai juste reçu une éraflure pendant la bagarre.

— Une éraflure ? répéta-t-elle, consciente qu'il continuait de lui dissimuler des informations. Montre-moi.

— Je te jure, il n'y a rien à voir.

— Jordan..., gronda-t-elle sur un ton menaçant.

— D'accord.

Il souleva son T-shirt et dévoila des abdominaux en tablette de chocolat.

À l'évidence, tout va bien.

Du bout de l'index, elle caressa sa peau inhabituellement brûlante et remarqua une fine cicatrice. C'était nouveau. Sans écarter sa main du ventre de Jordan, elle contempla la chemise ensanglantée que Christian avait entre les mains. L'entaille sur le tissu correspondait en tout point à la cicatrice.

— Simple éraflure ou pas, ta plaie n'aurait pas dû se refermer aussi vite.

À son tour, Bernard vint examiner l'Américain.

— D'après Sophia et Baako, précisa Christian, Jordan a guéri de manière spontanée, sans séquelles.

Sans séquelles ?

Non seulement la peau flamboyait sous les doigts d'Erin, mais il évitait presque de croiser son regard. La jeune femme se souvint d'un épisode où le corps de Jordan avait été aussi brûlant, le jour où il avait été guéri par le sang angélique de Tommy. Était-ce une preuve de la prophétie concernant son petit ami ? Les mots firent écho dans sa tête : *« Le Guerrier est lui aussi lié aux anges auxquels il doit son existence mortelle. »*

Jordan rabattit son T-shirt.

— Je ne voulais pas t'inquiéter, Erin. J'allais t'en parler une fois que nous aurions été seuls.

Vraiment ?

Elle détestait douter de lui. Hélas, elle ne pouvait pas s'en empêcher.

— Nous avons un problème plus urgent à régler.

Il sortit quelque chose de son treillis et le brandit à la ronde. Les arêtes tranchantes de l'objet étincelèrent à la lumière de la bougie. On aurait dit un œuf vert cassé en deux.

— Nous avons trouvé ce drôle de truc au temple de la sibylle, près de l'autel, expliqua Jordan.

Dès qu'il posa son trophée sur le bureau du cardinal, tout le monde s'agglutina autour. Les différentes facettes projetaient sur les visages de véritables arcs-en-ciel, plus brillants qu'elle n'en avait jamais vu – des jaunes comme le soleil, des verts comme une pelouse en pleine lumière, des bleus comme un ciel d'été. Une certitude : il ne s'agissait pas d'un matériau ordinaire.

— À quel genre de pierre avons-nous affaire ?

— À un diamant, je crois, répondit Christian. Un diamant vert, pour être exact. D'une rareté inouïe.

Fascinée par tant de beauté, Erin observa le cristal, qui miroitait de mille feux sur le plateau en acajou. Ces grosses larmes émeraude lui faisaient penser à des feuilles qui auraient dansé au vent d'été.

Jordan rapprocha les deux fragments.

— Quand on l'a ramassée, elle était déjà brisée mais, au départ, il devait s'agir d'une seule pierre précieuse. Et regardez !

Il retourna la gemme. Un symbole était gravé dessus.

Erin caressa ses contours du bout du doigt. Le motif semblait avoir été fondu dans la masse.

— Bizarre, non ? lâcha Jordan. On dirait que le dessin a toujours fait partie du diamant, et non qu'il ait été sculpté après.

— J'ai déjà entendu parler de crapauds et d'inclusions en joaillerie, répondit-elle, sceptique, mais j'ai du mal à croire qu'un emblème aussi précis se soit formé de manière naturelle.

— Je suis d'accord avec vous, approuva Christian.

— D'autant que j'ai déjà vu ce symbole quelque part.

En son for intérieur, elle savoura les mines ébahies de ses interlocuteurs.

— Où cela ? bredouilla Bernard.

Elle désigna la propre bibliothèque du cardinal.

— Juste ici.

La preuve ? Elle sortit d'un rayonnage un petit livre relié de cuir. C'était elle en personne qui avait remis l'infâme ouvrage à Bernard, après l'avoir ramassé dans un parc enneigé de Stockholm quand Élisabeth l'y avait abandonné. Il s'agissait du journal intime de la Comtesse sanglante, où elle avait consigné l'ensemble de ses atrocités et de ses expérimentations macabres.

Erin regagna le bureau et souleva la couverture friable du carnet. Il avait plusieurs centaines d'années. Pourtant, elle aurait juré sentir des effluves de sang s'en échapper. Après avoir feuilleté rapidement les chapitres consacrés aux croquis de plantes médicinales, elle tomba sur les dernières expériences de Báthory, où figuraient des illustrations anatomiques détaillées. Son regard fut irrésistiblement attiré par les commentaires précis des tests épouvantables que la Hongroise avait pratiqués sur des cobayes vivants, femmes ou *strigoï*, autant d'actes sinistres qui avaient dû s'achever dans les pires souffrances et la mort.

Erin se dépêcha de passer à la suite.

Enfin, elle trouva ce qu'elle cherchait. Un symbole avait été griffonné à la hâte sur la toute dernière page.

La réplique exacte du motif de la pierre.

— Qu'est-ce que cela signifie ? demanda Bernard.

— Il va falloir poser la question à la femme qui l'a dessiné.

Jordan gémit :

— Mon petit doigt me dit qu'elle ne va pas se montrer très coopérative, surtout après ce que Rhun lui a fait. Elle est du genre rancunier.

— Il n'empêche que le père Korza pourrait peut-être la convaincre.

Le sergent Stone soupira.

— En d'autres termes, il est temps de reconstituer la bande.

Il ne sautait pas de joie. Erin, en revanche, se sentit quelque peu soulagée à l'idée que le trio de la prophétie soit de nouveau réuni.

Elle revit le teint terreux de Rhun, ses sombres prunelles hagardes, et se tourna vers Bernard.

— Où notre Chevalier du Christ est-il à présent ?

CHAPITRE 8

17 mars, 20 h 37
Castel Gandolfo, Italie

Une dernière besogne, et je serai libre de rentrer à Rome.

À la vérité, Rhun n'était pas particulièrement pressé de retrouver la capitale italienne. De retour d'Égypte, il avait d'abord fait une halte dans la résidence d'été du pape, établie sur les terres rurales de Castel Gandolfo. Étant donné que le souverain pontife s'y rendait rarement, la demeure était gérée comme une grosse maison de campagne. Le rythme de vie, calme et paisible, se contentait de suivre le cours des saisons.

Debout à la fenêtre, le Sanguiniste contempla les champs qui, sous le clair de lune printanier, s'étalaient jusqu'au lac d'Albano. Il ne s'était pas rendu compte à quel point le spectacle de l'eau lui avait manqué durant son séjour prolongé dans le désert. À pleins poumons, il inspira une bouffée d'air lacustre mêlé d'algues et de poisson.

Une vive douleur au talon le tira de sa rêverie : le lionceau lui mâchonnait l'arrière de sa chaussure avec énergie. Le petit farceur au pelage de neige était vautré par terre, ses pattes tendues devant lui comme le sphinx, à ce détail près qu'un sphinx n'avait ni sa tête de biais ni ses crocs plantés dans du cuir.

— Ça suffit, mon grand.

Korza obligea son protégé à lâcher prise.

Le jeune lion avait très bien supporté son transfert depuis l'Égypte. Avant de prendre l'avion pour l'Italie, il avait englouti un petit déjeuner copieux composé de lait et de viande, puis il s'était roulé en boule et avait dormi plusieurs heures d'affilée dans sa caisse.

Apparemment, tu as de nouveau faim... de cuir de chaussure.

Un petit coup frappé à la porte les incita tous deux à tourner la tête. Rhun se dépêcha d'aller ouvrir en espérant voir la personne à laquelle il avait discrètement demandé de le rejoindre dans cette aile reculée de la résidence pontificale. Sur le seuil, il découvrit un prêtre joufflu, dont les cheveux gris et rasés formaient une tonsure de moine.

— Merci de votre visite, frère Patrick.

Sans s'embarrasser des manières formelles de son collègue sanguiniste, le visiteur entra directement dans la pièce et serra les deux mains de Korza entre les siennes glacées.

— Quand on m'a annoncé votre arrivée, je n'y croyais pas. Il y a tant d'années que nous ne nous sommes pas vus !

— Frère Patrick, vous me couvrez de honte, répondit Rhun, amusé par son enthousiasme. Cela remonterait à si longtemps ?

Son interlocuteur fronça les sourcils d'un air pensif.

— La dernière fois que nous avons bavardé,

l'homme avait à peine posé le pied sur la Lune. Je sais que vous étiez ici récemment, mais vous n'y avez fait qu'un passage éclair.

Il agita un doigt réprobateur.

— Vous auriez dû me rendre visite.

Rhun acquiesça en silence. Lors de sa venue quelques mois plus tôt, il avait alors été très occupé à contrer la menace d'un traître au sein de l'Ordre, pourtant il ne chercha même pas à s'expliquer. Par chance, l'attention de frère Patrick fut très vite attirée par l'autre invité du château.

— Mon Dieu !

Le moine posa un genou à terre, tendit la main vers le lionceau et caressa ses oreilles soyeuses.

— Voilà qui rattrape assurément votre longue absence ! Il y a des lustres que je n'avais pas vu un animal aussi splendide.

Pendant très longtemps, Patrick s'était occupé de la ménagerie du pape, à l'époque où elle se composait de chevaux, de bétail, de pigeons et de faucons. Malgré sa stature modeste et sa silhouette rondouillarde, il n'avait pas son pareil pour harnacher un équipage en un temps record. Plus d'un siècle auparavant, Rhun avait travaillé à ses côtés dans les écuries. Personne n'avait de meilleures affinités avec les créatures du Seigneur que Patrick.

— Ce petit me paraît affamé, annonça-t-il, preuve que les animaux et lui entretenaient vraiment une relation particulière.

— Pourtant, je l'ai nourri en quantité il y a peu.

Le vieux moine gloussa.

— C'est qu'il est en pleine croissance !

Il se redressa et indiqua la porte.

— Suivez-moi. Je lui ai réservé un endroit douillet. Dès que vous m'avez parlé de votre adorable compagnon de route, j'ai veillé à ce que tout soit prêt.

Alors que le lionceau bondissait gaiement derrière eux, les deux Sanguinistes descendirent un escalier, quittèrent les appartements papaux et traversèrent le jardin du fond, où étaient aménagées de vieilles écuries.

Aussitôt le seuil franchi, les effluves de cheval, de cuir et de foin ramenèrent Rhun cent ans en arrière. Le pouls lent et puissant des bêtes créait une espèce de musique d'ambiance. De nos jours, le nombre de pensionnaires avait considérablement diminué – rien à voir avec la franche cohue des siècles précédents, quand le moindre déplacement devait s'effectuer sur une monture à quatre pattes.

Les chevaux hennirent à la vue de Patrick, qui sortit de sa poche un sucre pour chacun d'eux et leur caressa le nez tout en longeant les stalles d'un pas pressé.

Le père Korza prit le lionceau curieux dans ses bras pour l'empêcher de courir partout.

Enfin, Patrick arriva à son bureau et les invita à entrer. Les murs étaient tapissés d'images de chevaux, qu'il s'agisse de photos ou de dessins au crayon. Rhun y reconnut un destrier de son époque à lui, un champion élevé par son hôte.

Le moine suivit son regard.

— Vous vous souvenez de Feu Sacré, j'imagine ? Quel champion, celui-là ! Je parie qu'en sortant du ventre de sa mère, il avait atterri directement sur ses jambes.

Sans prêter attention au bureau jonché de paperasse, Patrick se dirigea vers un petit réfrigérateur, d'où il sortit un pichet de lait. Il prit ensuite un bol en céramique sur une étagère et le remplit à ras bord.

À peine le religieux l'avait-il posé par terre que le lionceau bondit dessus et se mit à laper avec gourmandise. Bientôt, un puissant ronronnement envahit la pièce.

Un court instant, Rhun eut l'impression bizarre de se dédoubler : il se retrouva à fixer une flaque blanche devant son nez, à sentir le lait glacé couler le long de sa gorge. Après quoi, il réintégra vite son enveloppe corporelle et recula d'un pas, manifestement troublé.

Son camarade l'observa d'un air anxieux.

— Rhun ?

Le prêtre secoua la tête et reprit ses esprits, sans trop comprendre ce qui venait de lui arriver. Il observa le jeune fauve, puis revint vers Patrick, prêt à mettre son moment d'égarement sur le simple compte de la fatigue. Pour l'heure, il avait d'autres soucis matériels à régler.

— Merci d'avoir accepté de vous en occuper. Je sais qu'il ne s'agira pas d'une sinécure, mais j'apprécie que vous le gardiez le plus longtemps possible.

— C'est un plaisir. Toutefois, il m'est impossible de laisser un lion adulte en compagnie de chevaux. Tôt ou tard, nous devrons en faire don à un zoo, où il bénéficiera de l'espace et des soins appropriés.

Il tapota le flanc du félin et leva les yeux vers Rhun.

— Même si c'est un véritable charmeur, je vous l'accorde, vous n'avez guère l'habitude de recueillir des animaux errants. Qu'a-t-il donc de si particulier ?

Korza, qui n'était pas disposé à dévoiler les origines

blasphemare de son protégé, préféra tourner autour du pot.

— Il a été abandonné. Je l'ai trouvé près du cadavre de sa mère.

— Beaucoup de créatures sont seules, pourtant vous ne les ramenez pas toutes dans mon écurie.

— Il est… différent, voire un peu spécial.

Patrick guetta d'autres explications. Face au silence de son interlocuteur, il se frappa les cuisses et se redressa.

— Je peux l'héberger ici quelques semaines mais, au cas où, je vais déjà me renseigner sur les endroits susceptibles de le garder définitivement.

— Merci.

Le téléphone sonna sur le bureau.

— J'ai l'impression que quelqu'un d'autre a besoin de mes services, s'étonna le moine.

Pendant que Patrick prenait l'appel, le père Korza ébouriffa une dernière fois la nuque du lionceau, puis il se dirigea vers la porte. Alors qu'il allait prendre congé, son camarade lui fit signe de rester.

— Je me suis trompé. Il semblerait que ce soit plutôt de *vos* services qu'on ait besoin.

Rhun revint sur ses pas.

Patrick raccrocha.

— C'était le bureau du cardinal. Son Éminence souhaite que vous vous rendiez à Venise sur-le-champ.

— Venise ?

— Le cardinal Bernard vous y attendra en personne.

À l'idée de ce qui se cachait derrière une telle convocation, Rhun frémit d'appréhension. Depuis les événements d'Égypte, Báthory avait été envoyée dans la cité des Doges où, placée sous étroite surveillance, elle était prisonnière des hauts murs d'un couvent.

Qu'est-ce qu'Élisabeth a encore fait ?

L'ecclésiastique révisa ses plans. Après avoir déposé le lionceau chez son ami, il avait prévu d'aller directement à Rome pour livrer sa récolte de pierres noires, les fameuses gouttes du sang de Lucifer qu'il avait extraites des mines sahariennes. Ce brusque changement de plan nécessitait de mettre d'abord les pierres en lieu sûr. Il n'était pas question que la comtesse se retrouve à proximité d'une source maléfique.

Il s'approcha du moine. À sa tête, Patrick comprit :

— Qu'attendez-vous encore de moi, mon fils ?

Rhun sortit de sa poche une bourse en cuir, qu'il posa sur le bureau. L'autre Sanguiniste, sensible à son pouvoir néfaste, eut un mouvement de recul.

— Pouvez-vous ranger ce paquet dans le coffre-fort du cardinal à Castel Gandolfo ? Personne ne doit toucher ce qui se trouve à l'intérieur.

Malgré son air dégoûté, Patrick hocha la tête.

— Vous arrivez avec des bagages bien étranges, Rhun.

Le père Korza lui serra la main.

— Mon vieil ami, aujourd'hui vous m'avez soulagé de deux fardeaux, et je vous en suis profondément reconnaissant.

Une fois le problème réglé, il quitta la pièce sans pour autant éprouver un réel soulagement. Il ignorait à quoi s'attendre à Venise. En fait, il n'avait qu'une seule certitude.

Élisabeth ne l'accueillerait pas à bras ouverts.

DEUXIÈME PARTIE

Là-dessus, les Juifs se disputaient entre eux, disant : Comment peut-il nous donner sa chair à manger ?
Jésus leur dit : En vérité, en vérité, je vous le dis, si vous ne mangez la chair du Fils de l'homme, et si vous ne buvez son sang, vous n'avez point la vie en vous-mêmes.
Celui qui mange ma chair et qui boit mon sang a la vie éternelle ; et je le ressusciterai au dernier jour.

JEAN, VI, 52-54

CHAPITRE 9

17 mars, 20 h 40
Dans le ciel de Venise, Italie

Pendant que l'hélicoptère survolait la mer Adriatique, Jordan consulta sa montre. Le trajet depuis Rome avait été relativement rapide. Devant eux, la ville de Venise s'étendait sur le sombre arrière-fond du lagon, telle une couronne incrustée de pierres précieuses qui aurait été abandonnée au milieu des flots italiens.

Erin et lui avaient effectué le voyage en compagnie de trois Sanguinistes. À l'avant, Christian pilotait l'appareil, tandis que Sophia et Bernard partageaient l'habitacle principal avec eux. Jordan avait été surpris que le cardinal se joigne au groupe.

Il doit en avoir marre de croupir à Rome.

Par chance, le prélat et ses acolytes étaient des combattants aguerris et l'Américain ne cracherait pas sur quelques gros bras supplémentaires, surtout après l'assaut dont ils avaient été victimes dans le temple souterrain. Encore à présent, son ventre le brûlait d'une sorte de feu alimenté par sa guérison miraculeuse. La même chaleur irradiait vers les vieux tissus cicatriciels qui couvraient son épaule et le haut de son torse depuis qu'adolescent, il avait été frappé par la foudre.

Erin s'appuyait justement contre son épaule abîmée. Il lui tenait la main. Au cours du vol, elle lui avait parfois adressé un regard inquiet. Difficile de lui en vouloir ! Même Sophia et Baako n'en revenaient pas qu'il ait frôlé la mort d'aussi près.

Une violente secousse de l'hélicoptère incita de nouveau le sergent Stone à regarder par la fenêtre. Les canaux de Venise se profilaient à l'horizon. Christian vira de bord, de façon à leur offrir un plus joli panorama.

— Juste en dessous de nous, annonça-t-il par radio, vous avez la place Saint-Marc. La tour rouge et blanc s'appelle le *« Campanile »* et, plus loin, le bâtiment qui ressemble à un gros gâteau blanc, c'est le palais des Doges. Juste à côté, vous pouvez admirer la basilique Saint-Marc. L'Ordre des Sanguinistes possède ses propres quartiers dans les sous-sols de ce territoire sacré, exactement comme à Saint-Pierre de Rome. C'est là-bas que nous passerons la nuit après avoir interrogé Élisabeth Báthory au sujet du curieux symbole.

Erin pressa la main de Jordan et se pencha au-dessus de lui pour apprécier le paysage.

— En près de mille ans, Venise n'a presque pas changé ! s'extasia-t-elle. Imagine un peu…

Bien qu'amusé par l'enthousiasme de sa petite amie, il esquissa un sourire forcé, car il continuait d'éprouver l'impression bizarre d'être déconnecté du réel. Et on ne parlait pas que de son attitude distante envers la femme qu'il aimait. Ce jour-là, il avait sauté le déjeuner, puis le dîner, et il n'avait toujours pas faim. D'ailleurs, même quand il s'obligeait à avaler quelque chose, la nourriture lui paraissait fade. En fait, il s'alimentait plus par devoir que par véritable envie.

Du pouce, il frotta la nouvelle cicatrice sur son ventre.

Un truc avait bel et bien changé.

Toutefois, au lieu de s'en émouvoir, voire de s'en inquiéter, il ressentait une paix profonde, comme si c'était l'ordre naturel des choses. Incapable de mettre des mots dessus, il évitait le sujet, même avec Erin, mais il était convaincu de vivre *ce qu'il fallait.*

Il devenait meilleur et plus fort.

Pendant que Jordan tâchait d'éclaircir ce drôle de mystère, Christian s'éloigna de la place Saint-Marc et fit atterrir son hélicoptère sur le toit voisin d'un hôtel de luxe. Le temps que les rotors ralentissent, le sergent vérifia son arsenal : arme de poing, pistolet-mitrailleur et couteau. Il jeta ensuite un coup d'œil à ses compagnons de route, qui attendaient le feu vert du pilote pour descendre.

Erin semblait tout excitée, mais il remarqua aussi ses yeux cernés. Pour une simple civile, elle avait déjà enduré beaucoup trop d'épreuves en l'espace de quelques mois. Elle n'avait jamais eu réellement le temps de récupérer, d'assimiler tous les événements tragiques de l'année qui venait de s'écouler.

Depuis son siège, Christian leur donna l'autorisation de quitter l'appareil. Sophia décida de sortir la première. Au cours du vol, elle était restée assise, les paupières mi-closes, resplendissante de sérénité.

Que sa tranquillité d'esprit émane directement de sa foi ou d'une capacité hors norme à demeurer immobile, Jordan n'en savait rien. Pour l'heure, elle déverrouilla sa portière et bondit sur l'asphalte avec une grâce renversante.

Tout aussi leste, Bernard lui emboîta le pas. Lorsqu'il posa le pied à terre, une bourrasque souleva les pans de son manteau foncé et laissa apparaître sa soutane rouge vif. D'un regard, il balaya le toit en quête du moindre danger. Même s'il avait passé tout le trajet à prier, ses mains gantées pieusement jointes sur ses genoux, il ne semblait pas beaucoup plus rassuré.

Force était de reconnaître que le but de leur voyage, Élisabeth Báthory, ne serait une mince affaire pour personne. En particulier pour le cardinal, qui avait un lourd passif sanglant avec elle. Ces deux-là étaient ennemis depuis des siècles.

Christian se faufila sous les pales de l'hélicoptère pour aider Erin à descendre. Soulevés par les derniers vrombissements du rotor, les cheveux blonds de la jeune femme formèrent un halo vaporeux lorsqu'elle se retourna vers Jordan. Ses prunelles d'ambre luisaient sous les étoiles, ses joues étaient empourprées et ses lèvres légèrement entrouvertes, comme dans l'attente d'un baiser.

Pendant quelques secondes, sa beauté transperça l'épais brouillard brûlant qui s'était emparé du sergent.

Je t'aime, Erin.

Cela ne changera jamais, jura-t-il en silence mais, au fond de lui, il se demanda s'il serait capable de tenir sa promesse.

*

20 h 54

Allongée tout habillée sur le matelas un peu trop dur de son lit, Élisabeth regardait les jeux de lumières urbaines se refléter sur le canal et créer des taches au plafond. Son esprit s'était envolé à des milliers de kilomètres du couvent, auprès de Tommy.

Elle effleura le téléphone dissimulé dans la poche de son jupon. Dès qu'elle aurait recouvré la liberté, elle trouverait un moyen de venir en aide à l'adolescent. Ses propres enfants lui avaient été arrachés de force. Elle refusait de vivre le même calvaire avec Tommy. Personne ne lui volait ce qui lui appartenait.

Elle tourna la tête du côté de la fenêtre, vers un petit trou dans le plâtre où elle avait caché la clé de bateau subtilisée à Berndt. Pour l'instant, elle devait s'armer de patience et garder son calme, que ce soit au niveau de sa respiration ou de son pouls cardiaque. Elle ne pouvait pas laisser la poignée de bonnes sœurs sanguinistes qui s'étaient mêlées à leurs homologues mortelles deviner son anxiété, la soupçonner d'échafauder un plan d'évasion pour cette nuit même.

Le couvre-feu était fixé à minuit et, comme d'habitude, Abigail monterait la garde à l'accueil jusqu'à ce que les barrières d'accès aient été soigneusement cadenassées. La vieille nonne se retirerait ensuite dans sa chambre, au fond du bâtiment, mais Élisabeth ne s'attendait pas à ce que son chaperon s'assoupisse. Elle n'avait pas oublié à quel point la nuit avait jadis gorgé d'énergie son ancien corps de *strigoï* et exigé d'elle qu'elle sorte pour sentir la lune et les étoiles miroiter sur sa peau. Les Sanguinistes avaient beau lutter à coups de prières pour juguler leurs désirs, ils devaient éprouver le même genre de sensations.

Une porte claqua dans le couloir.

Un autre touriste partait se coucher.

Au printemps, toutes les chambres d'hôtes étaient occupées, ce qui arrangeait grandement les affaires d'Élisabeth. Entourée de nombreux cœurs mortels, Abigail aurait du mal à discerner le pouls de la comtesse parmi tant d'autres. Ces battements supplémentaires pouvaient d'ailleurs suffire à permettre son évasion.

Et il faut que je m'évade.

Elle se remémora son plan d'action : récupérer la clé de bateau cachée sous la fenêtre, se faufiler le long du couloir moquetté ses chaussures à la main, déverrouiller la grille latérale du couvent et contourner l'établissement jusqu'au canot de Berndt. De là, elle larguerait les amarres et se laisserait dériver quelques minutes au gré du courant avant de mettre le moteur en marche et de s'enfuir vers la liberté.

À son grand regret, la suite des opérations était plus vague.

L'hiver précédent, avant de tomber aux mains des Sanguinistes, Báthory avait enterré une grande quantité d'or et de liquidités en périphérie de Rome. Le trésor était constitué de ce qu'elle avait récupéré sur les cadavres et dans les maisons des victimes qu'elle avait attaquées depuis qu'elle s'était réveillée quelques mois plus tôt, après avoir dormi de longs siècles dans un sarcophage rempli de vin sacré.

Le méchant Rhun l'avait enfermée dans ce cercueil de pierre aussi sûrement qu'il l'avait emprisonnée au couvent.

Elle effleura le mur de sa chambre, bien décidée à rejoindre Tommy coûte que coûte avant que le sort funeste de ce dernier ne soit scellé. Une fois libre, elle trouverait un *strigoï*, le persuaderait de la reconvertir, puis elle offrirait le même cadeau à l'adolescent.

Tu auras alors la vie sauve... et tu resteras pour toujours à mes côtés.

Des bruits de pas dehors lui firent dresser l'oreille. Beaucoup de gens approchaient, trop pour n'être qu'une banale famille de touristes.

Les nonnes avaient-elles vu clair dans son jeu ?

Au moment où elle s'asseyait sur son lit, on frappa vigoureusement à la porte.

— Comtesse ! lança une voix masculine mâtinée d'accent italien.

Elle reconnut d'emblée le ton autoritaire à peine voilé. Ses mâchoires se crispèrent. *Le cardinal Bernard.*

— Êtes-vous réveillée ? demanda-t-il à travers le battant.

Elle caressa l'idée de faire semblant de dormir, mais elle n'en vit pas l'intérêt – et elle était curieuse de découvrir l'objet de cette visite à l'improviste.

— Oui, murmura-t-elle, consciente que les sens aiguisés du religieux percevaient le moindre chuchotis.

Elle se leva pour les accueillir. Son jupon bruissa sur le carrelage glacé lorsqu'elle alla tirer le loquet. Fidèle à son habitude, le prélat arborait sa soutane rouge vif, petite coquetterie dont la Hongroise s'amusa beaucoup. Bernard voulait toujours que les gens sachent à quel personnage éminent ils avaient affaire.

Derrière lui, Abigail foudroya sa prisonnière du regard. Élisabeth n'y prêta aucune attention et, d'un hochement de tête, elle salua ses autres visiteurs, qu'elle connaissait en grande majorité : Erin Granger, Jordan Stone et un jeune Sanguiniste appelé Christian. Quelqu'un brillait toutefois par son absence.

Rhun ne faisait pas partie du groupe.

Avait-il trop honte de se montrer ?

Malgré sa colère, elle se contenta de pincer les lèvres. Il n'était pas question de laisser paraître son émoi.

— C'est assez tard pour venir me saluer.

— Je suis absolument navré de vous déranger à une heure aussi indue, comtesse, répondit le cardinal sur un ton mielleux de diplomatie. Nous aimerions discuter de quelque chose.

Élisabeth resta de marbre, consciente que la mystérieuse affaire qui les avait tous conduits à sa porte devait être urgente. Elle comprit aussi que ses chances d'évasion nocturne étaient en train de partir en fumée.

— Il me plairait beaucoup de m'entretenir avec vous demain matin. Je m'apprêtais à aller me coucher.

Sans même se donner la peine de masquer sa force surnaturelle, sœur Abigail l'entraîna *manu militari* dans le couloir.

— Ils veulent vous parler maintenant.

Jordan retint le bras de la religieuse.

— Je pense qu'il n'est pas nécessaire de la brusquer.

— Et nous devons agir en toute discrétion, ajouta Bernard avant de faire signe à Abigail de s'écarter.

La paupière de la nonne frémit de rage.

— À votre guise. Puisque j'ai d'autres affaires à traiter, je vous laisse vous occuper de dame Élisabeth.

Abigail relâcha sa prisonnière et prit congé, pour le plus grand plaisir de Báthory.

— Je vous propose de bavarder dans ma chambre… même si l'endroit est plutôt exigu, annonça l'ancienne *strigoï* avec une pointe d'irritation.

Bernard jeta un œil dans le couloir.

— Nous préférons vous emmener jusqu'à notre chapelle située sous la basilique Saint-Marc, où nous pourrons converser tranquillement en privé.

— Je vois.

Le cardinal s'approcha mais, au lieu d'offrir son bras, il lui enserra le poignet dans un bracelet métallique glacé et attacha l'autre à sa propre main.

— Des menottes ? Un être aussi puissant que vous ne saurait maîtriser la petite mortelle sans défense que je suis devenue ?

Jordan afficha un large sourire.

— Mortelle ou pas, vous êtes loin d'être *« sans défense »*.

— Vous avez peut-être raison.

Élisabeth inclina la tête et lui rendit son sourire.

C'était un homme séduisant, avec une mâchoire solide, un visage carré et une ombre blonde de quelques heures sur les joues et le menton. Il émanait de lui un feu intérieur très intense, auprès duquel elle aurait aimé se réchauffer.

Erin prit la main de l'Américain, histoire de réaffirmer son droit de propriété. Eh oui ! Au fil des siècles, certaines choses ne changeaient jamais.

— Conduisez-moi vers mon destin, sergent Stone.

Tous ensemble, ils retraversèrent le couvent et franchirent le portail principal. En apercevant le bateau de Berndt, Élisabeth éprouva un léger agacement, qu'elle laissa vite s'estomper.

Cette nuit-là, elle n'embarquerait pas pour la liberté, mais une occasion plus intéressante venait peut-être de s'offrir à elle.

*

21 h 02

D'un pas traînant, Erin suivit les Sanguinistes dans le dédale des ruelles et des petits ponts voûtés de Venise. La paume brûlante de Jordan plaquée contre la sienne, elle tâcha de ne plus s'inquiéter de son état de santé. Malgré la fièvre, son petit ami avait l'air d'être en pleine forme, prêt à affronter toute une armée d'adversaires.

Dès qu'ils seraient seuls, elle chercherait à en apprendre davantage sur ce qui s'était passé dans la grotte et sur son attitude distante des dernières semaines. Elle se demanda si le changement de comportement de Jordan n'était pas lié à l'essence angélique que Tommy lui avait insufflée le jour où il lui avait sauvé la vie. Toutefois, son esprit avait beau l'envisager, le cœur de la jeune femme préféra s'en tenir à des considérations plus terre à terre.

Et s'il n'était tout simplement plus amoureux de moi ?

Comme s'il avait lu dans ses pensées, Jordan lui pressa les doigts.

— Déjà venue à Venise ? s'enquit-il à mi-voix.

— Je ne connais cette ville qu'à travers les livres, mais elle est telle que je l'ai toujours imaginée.

Ravie de se changer les idées, Erin promena son regard à la ronde. Les rues étaient si étroites que, parfois, on y marchait à peine à deux de front. De petites boutiques exposaient en vitrine ouvrages anciens, stylos en verre, masques en cuir et autres écharpes de soie ou de velours. Venise avait toujours été une importante plate-forme commerciale. Des centaines d'années auparavant, les mêmes rangées d'échoppes éblouissaient déjà les passants avec leurs marchandises. Il fallait espérer que ce serait encore vrai au siècle prochain.

À pleins poumons, Erin huma l'air marin des canaux mélangé aux effluves d'ail et de tomate qui s'échappaient d'un restaurant voisin. Plus près, les maisons étaient peintes dans des teintes d'ocre, de jaune et de bleu délavé, leurs vitres martelées par le passage des siècles.

La jeune femme n'aurait eu aucun mal à penser qu'elle avait utilisé une machine à remonter le temps et débarqué cent, voire mille ans auparavant. Dans la communauté rurale où elle avait grandi, ses parents menaient une existence encore plus primitive que les Vénitiens du temps jadis. Aveuglé par une sévère foi religieuse, son père avait renié le monde moderne et, parfois, Erin craignait que son propre métier, sa curiosité historique ne la déconnecte elle aussi du présent.

Serais-je bien, en fin de compte, la fille de mon père ?

Le groupe emprunta un tunnel sombre percé dans un vieux mur d'enceinte. Au bout, la place Saint-Marc s'étalait sous leurs yeux et Erin se retrouva vite face à la célèbre basilique de la ville.

Une lumière dorée éclairait sa fantasque façade byzantine garnie de portes cintrées, de colonnes en marbre et de mosaïques sophistiquées. Erin tendit le cou pour en saisir toute l'ampleur. Au sommet de la coupole centrale se dressait une statue de saint Marc lui-même surplombant un lion d'or ailé – son symbole. Le Saint Guerrier était entouré de six anges.

L'édifice entier était l'opulence et la grandeur incarnées.

Jordan, lui, se forgea sa propre opinion.

— Je trouve la déco assez tape-à-l'œil !

Erin ne put s'empêcher de glousser. Le commentaire était bien digne de l'homme qu'elle avait rencontré en Israël.

— Attends un peu de découvrir l'intérieur. On ne la surnomme pas *« la Basilique d'or »* sans raison.

— Bah ! Si ça vaut le coup de le faire, ça vaut le coup de *trop* en faire.

Les aventuriers foulèrent la place Saint-Marc. En journée, elle grouillait de touristes et de pigeons mais, à une heure aussi tardive, l'esplanade était presque déserte.

Devant eux, la comtesse marchait d'un pas majestueux auprès du cardinal Bernard. Elle avait la tête haute, les yeux rivés au loin et, même vêtue d'une robe relativement moderne, elle ressemblait à une princesse de conte de fées, tout droit sortie d'un livre séculaire. Dans le cas de Báthory, l'intrigue aurait alors été des plus macabres.

Erin désigna les mosaïques sur le fronton de la basilique.

— Elles ont été installées au XIIIe siècle et représentent des scènes issues de la Genèse.

L'archéologue se remémora alors l'histoire inscrite sur la tablette de la bibliothèque sanguiniste – et la manière dont cette histoire-là avait été modifiée. Elle scruta les mosaïques en quête du serpent dans le jardin, car le texte avait fait mention d'un pacte qu'Ève avait conclu avec le reptile : partager le fruit de l'Arbre de la connaissance.

Avant qu'elle n'ait pu étudier la fresque en détail, un vieux prêtre émergea de la pénombre d'une arcade. Il avait ses cheveux blancs en bataille et sa soutane boutonnée de travers. Un trousseau de clés pendait à sa ceinture.

L'ecclésiastique rejoignit Bernard à l'entrée de la basilique.

— Il s'agit d'une procédure tout à fait irrégulière. De ma carrière je n'ai jamais…

Le cardinal l'interrompit d'un geste.

— En effet, nous ne suivons pas les règles habituelles et je vous remercie de nous aider aussi promptement. Si l'affaire n'était pas urgente, nous n'aurions jamais osé vous déranger.

— C'est toujours un plaisir de rendre service, se radoucit son interlocuteur.

— Pour nous aussi.

Le vieil Italien pivota sur ses talons et les entraîna vers la porte principale, qu'il déverrouilla.

Au moment de s'écarter, il prévint Bernard :

— J'ai désactivé l'alarme. Faites-moi signe quand vous aurez terminé.

Le prélat le remercia et se précipita à l'intérieur, le reste du groupe dans son sillage.

Erin resta bouche bée devant les magnifiques mosaïques dorées qui tapissaient chaque centimètre carré de l'édifice : murs, plafonds voûtés et arcades.

Jordan laissa échapper un sifflement admiratif.

— Mes yeux me jouent des tours ou est-ce que tout brille de mille feux ?

— L'effet était voulu, sourit Erin. Chaque tuile se compose d'une feuille d'or coincée entre deux épaisseurs de verre. Par conséquent, elles flamboient encore davantage que l'or massif.

Peut-être attirée par l'enthousiasme du sergent, Élisabeth tourna son regard argenté vers lui.

— Ravissant, n'est-ce pas ? Certaines de ces mosaïques ont été commandées à mes ancêtres de Bohême.

— Vraiment ? Le résultat est impressionnant.

Erin n'apprécia guère la mine ravie de la comtesse.

Comme si elle avait deviné l'exaspération de sa jeune rivale, Élisabeth fit volte-face vers le cardinal.

— Je suppose que vous ne m'avez pas amenée ici pour admirer le beau travail de mes aïeux. Quelle affaire impérieuse nécessite une telle visite nocturne ?

— Le savoir.

Ils étaient arrivés au centre de l'église. Selon toute vraisemblance, Bernard refusait d'être épié par la moindre oreille indiscrète. Christian et Sophia les encadraient de chaque côté, sans doute pour garantir leur protection mais aussi pour empêcher un prêtre esseulé de s'aventurer trop près du groupe.

— Que voulez-vous savoir ?

— C'est au sujet d'un symbole que nous avons trouvé dans votre journal.

Il sortit de son manteau le carnet relié de cuir râpé.

Élisabeth tendit sa main libre.

— Puis-je le voir ?

Erin s'en empara, le feuilleta jusqu'à la dernière page et lui montra le dessin en forme de coupe.

— Que pouvez-vous nous en dire ?

Báthory esquissa un sourire franc.

— Si vous me posez la question aujourd'hui, c'est que vous avez découvert le même symbole ailleurs.

— Possible. Pourquoi ?

La comtesse voulut reprendre son carnet, mais Erin le mit hors de sa portée, ce qui, pendant une fraction de seconde, fit passer un voile d'agacement sur son visage d'ordinaire impavide.

— Laissez-moi deviner. Vous l'avez repéré sur une pierre.

— De quoi parlez-vous ? intervint le cardinal.

— Vous mentez à merveille, Éminence, mais la réponse à ma question se lit sur la figure de cette jeune femme.

Erin rougit. Elle détestait être aussi transparente, surtout qu'elle n'avait aucune idée de ce que l'autre avait en tête.

— Je fais référence à un diamant vert, à peu près gros comme mon poing, sur lequel figure la même marque.

— Qu'en savez-vous ? s'enquit Jordan.

Élisabeth renversa sa nuque en arrière et éclata d'un rire qui résonna dans l'immensité de la basilique.

— Je ne vous donnerai pas l'information que vous désirez.

Le cardinal se pencha vers elle d'un air menaçant.

— Nous avons les moyens de vous délier la langue.

— Du calme, Bernard.

L'homme parut encore plus excédé d'être appelé par son simple prénom. Manifestement, elle adorait jouer avec ses nerfs.

— J'ai dit que je ne vous *donnerai* pas le renseignement. Cela ne signifie pas que je ne vous en ferai pas part.

— Je ne comprends pas, bredouilla Erin.

— C'est simple : je suis prête à vous le *vendre*.

— Vous n'êtes pas en position de négocier ! vitupéra Bernard.

— Je crois que si, au contraire, rétorqua-t-elle en opposant un calme olympien à la fureur grandissante du prélat. Vous avez peur de ce symbole, de cette pierre, des événements qui vous affectent encore maintenant, vous et votre cher Ordre. Vous me paierez ce que je demande.

— Vous êtes une prisonnière. Vous…

— Bernard, mon prix est très modique. Je suis certaine que vous pourrez vous en acquitter.

De crainte de ce qui allait leur tomber dessus, Erin agrippa le journal, les yeux rivés sur la mine triomphante de la comtesse.

Le religieux, lui, demeura prudent.

— Que réclamez-vous ?

— Oh, une broutille ! Rien que votre âme éternelle.

Jordan s'était raidi, comme à l'affût d'une attaque.

— Qu'entendez-vous par là, au juste ?

Báthory se pencha vers le cardinal au point que ses boucles noires frôlèrent la soutane écarlate. Il recula d'un pas, mais elle combla vite l'espace entre eux.

— Restituez-moi ma gloire d'antan, chuchota-t-elle sur un ton plus enjôleur qu'impérieux.

— Si vous voulez parler de votre château et de vos terres, cela ne relève pas de mon autorité.

— Pas mes terres ! s'esclaffa-t-elle. Si j'en avais besoin, je n'aurais aucun mal à les récupérer moi-même. Non, ma requête est beaucoup plus simple.

Bernard la toisa d'un air dégoûté. Il avait deviné ce qu'elle allait demander.

Même Erin avait compris.

Élisabeth s'approcha des lèvres du cardinal, de ses crocs soigneusement dissimulés.

— Refaites de moi une *strigoï*.

CHAPITRE 10

17 mars, 21 h 16
Venise, Italie

Élisabeth frissonna de ravissement quand la stupeur ébranla le flegme, d'ordinaire inébranlable, du cardinal Bernard. Pendant un quart de seconde, il baissa le masque et, révélant sa véritable nature, il lui montra ses crocs. Après de longs siècles d'affrontement, elle avait enfin fendu sa carapace de diplomatie et de respect de l'Ordre pour dévoiler l'animal tapi dessous.

Et cet animal-là, j'en ai besoin.

Elle risquerait même sa vie pour le libérer de ses entraves.

Un peu à l'écart, l'archéologue et le soldat paraissaient tout aussi abasourdis, mais les meilleures réactions vinrent des Sanguinistes. Christian se raidit. Quant à la jeune Orientale au teint mat, elle grimaça d'écœurement. Pour leur esprit sacré, la demande de Báthory était inconcevable.

Quoique, à la réflexion, les Sanguinistes avaient toujours péché par leur grave manque d'imagination.

— Jamais.

Le premier mot du prélat ne fut qu'un grondement sourd, puis sa voix prit de l'ampleur et il tonna à travers l'église :

— Vous… vous êtes une abomination !

La comtesse ne trembla pas devant sa terrible colère. Par sa sérénité affichée, elle se plut même à verser de l'huile sur le feu.

— Votre pruderie d'ecclésiastique ne m'intéresse pas. Et ne soyez pas dupe : je ne suis pas plus abominable que *vous*.

Bernard s'efforça de contenir sa fureur, de la refouler au maximum, mais les fissures devenaient de plus en plus visibles. Il avait les poings crispés le long du corps.

— Je refuse d'évoquer des péchés aussi mortels dans ce saint lieu de culte.

Il tira sur son poignet menotté, assez violemment pour que le bracelet métallique entaille la peau de la Hongroise, puis il se dirigea vers l'arrière de la basilique, entraînant ses camarades avec lui, comme si eux aussi étaient attachés.

Et ils l'étaient peut-être, à leur manière.

Élisabeth dut se mettre à courir pour rester à sa hauteur, mais elle était incapable de tenir un rythme aussi élevé. Ses pieds se prirent dans l'ourlet de son jupon, elle s'étala de tout son long sur le marbre glacé et les menottes meurtrirent de plus belle la chair de son poignet.

Elle savoura sa douleur en silence.

S'il lui faisait mal, c'était qu'il avait perdu le contrôle.

Et, moi, j'en ai gagné.

En essayant de se remettre debout, elle perdit un

soulier et déchira une manche de sa robe. Horrifiée, elle serra le morceau d'étoffe contre elle pour l'empêcher de tomber.

Christian se planta devant Bernard.

— Elle ne peut pas vous suivre, Éminence. Souvenez-vous que, maintenant, elle est mortelle, quand bien même elle rêverait de ne plus l'être.

De ses mains puissantes, Jordan aida la pauvre comtesse à se relever.

— Merci, chuchota-t-elle.

Même Erin vint à son secours et lui rajusta sa robe afin que le vêtement ne pende plus lamentablement. Malgré un passé difficile, elle possédait des trésors de gentillesse qui la poussaient toujours à aider un ennemi en détresse. Voilà peut-être, entre autres, pourquoi Rhun était attiré par elle : à cause de sa bonté simple.

Élisabeth s'écarta sans un mot de remerciement, puis, d'un coup de pied, elle se débarrassa de sa seconde chaussure afin de ne pas avancer clopin-clopant. Les dalles froides pressèrent contre la plante de ses pieds nus.

Bernard s'excusa à contrecœur :

— Je vous demande pardon, comtesse Báthory.

Il tourna les talons et, s'il reprit sa route à un rythme moins soutenu, la colère se sentait encore dans chacun de ses pas. Il ne pouvait pas approuver ce qu'elle souhaitait, ce qu'elle exigeait de lui. Il était immortel depuis si longtemps qu'il en avait oublié les désirs et les faiblesses des mortels. Cependant, en agissant de la sorte, il s'était aussi créé une sérieuse défaillance.

Et je veillerai à l'exploiter au maximum.

Au fond de la basilique, le puissant homme d'Église les entraîna vers un escalier, qui conduisait vraisemblablement à la chapelle sanguiniste souterraine.

Un sombre endroit pour de sombres secrets.

Au bas des marches s'étendait une crypte éclairée par des bougies. Le sol était lisse et propre, si bien qu'on y marchait aisément, même pieds nus. Au bout de la salle, Bernard s'arrêta devant un mur en pierre orné d'une sculpture de Lazare.

D'emblée, Báthory comprit qu'il s'agissait d'une porte dérobée de l'Ordre.

Quels amoureux du secret !

Face à la statue, le cardinal ôta son gant gauche et détacha un couteau de sa ceinture. Il perfora sa paume nue, laissa couler quelques gouttes de sang dans la coupe du Ressuscité et murmura plusieurs phrases en latin, trop vite pour qu'elle en saisisse la signification.

Une poignée de secondes après, la porte grinça.

Bernard s'adressa aux autres :

— Je vais m'entretenir avec la comtesse en tête à tête.

L'inquiétude se lut sur les visages de l'assistance.

Christian se montra le plus téméraire de tous, peut-être parce que, récemment entré dans les ordres, il était mieux enclin à se mesurer à son supérieur hiérarchique.

— Éminence, vous allez à l'encontre radicale de notre règlement.

— Oh ! Nous l'avons enfreint depuis longtemps. Sans votre présence à tous, j'obtiendrai un résultat plus satisfaisant.

— Qu'envisagez-vous de faire avec elle ? intervint

Erin. Vous voulez lui extorquer des informations par la torture ?

Jordan lui apporta son soutien :

— Je me suis opposé aux techniques d'interrogatoire renforcées en Afghanistan et, aujourd'hui, je ne les tolérerai pas davantage.

Sans répondre, le cardinal entraîna Élisabeth jusqu'au seuil, puis il lança un ordre qui résonna à travers la crypte :

— *Pro me.* Pour moi seul.

Avant que quiconque n'ait pu réagir, la porte se referma d'un coup sec derrière eux.

Élisabeth se retrouva enveloppée par les ténèbres.

Bernard lui chuchota à l'oreille :

— Maintenant, vous êtes à moi.

*

21 h 20

Erin tambourina à la porte.

Elle aurait dû se douter que le cardinal tenterait une manœuvre aussi sournoise. Dès lors que des secrets étaient en jeu, il était toujours prêt aux pires extrémités pour contrôler le flux de renseignements. En outre, Erin l'estimait tout à fait capable de leur dissimuler les informations qu'il aurait soutirées à Élisabeth, voire à tuer la comtesse pour la réduire au silence.

Elle indiqua la coupe posée entre les mains de la statue.

— Rouvrez-nous cette porte, Christian.

Avant que le jeune Sanguiniste n'ait pu s'en charger, Sophia effleura l'épaule de son camarade, mais ses mots s'adressèrent à l'ensemble du groupe :

— Le cardinal va interroger lui-même Báthory. Il a de l'expérience en la matière.

— Je suis l'Érudite ! protesta Erin. Tout ce qu'elle peut savoir concerne notre quête.

— En tant que Guerrier, je suis d'accord, renchérit Jordan.

Sophia refusa de céder.

— Vous n'êtes pas certains que les indications de Báthory seront en lien direct avec votre mission.

Erin fulmina. Non seulement elle détestait être mise sur la touche d'une manière aussi brutale, mais un autre sujet d'inquiétude la taraudait : elle se méfiait beaucoup de la comtesse, même face au cardinal, et elle redoutait que Bernard ne se fasse damer le pion. Il était flagrant que leur prisonnière savait jouer avec les nerfs de l'ecclésiastique, mais s'agissait-il d'un simple amusement sadique ou Élisabeth le manipulait-elle à ses propres fins ?

L'archéologue changea de tactique :

— Si la situation dégénère, à quelle vitesse pourrez-vous nous faire entrer ?

— Qu'entendez-vous au juste par *« dégénérer »* ? s'inquiéta Christian.

— Bernard est enfermé seul avec la Comtesse sanglante. Or, c'est une femme brillante, qui connaît mieux que personne les *strigoï* et leur nature.

Sophia afficha un air quelque peu surpris.

Erin insista :

— Báthory a pratiqué de multiples expériences sur

les *strigoï* afin d'établir la liste de leurs différentes caractéristiques. Tout est consigné dans son journal.

Jordan observa le battant verrouillé.

— En d'autres termes, elle doit être au courant des faiblesses de Bernard. Sans doute mieux que lui-même.

Erin regarda Christian dans les yeux. Il avait envie de l'aider, mais il se sentait aussi l'obligation d'obéir à son supérieur.

— De toute manière, cela n'a pas d'importance, reprit Sophia. Le cardinal a fermé la porte par un *pro me*, ce qui signifie qu'elle ne se rouvrira qu'à sa demande.

Quoi ?

Erin se tourna avec anxiété vers le battant.

— Il est donc coincé avec elle, marmonna Jordan.

Christian précisa :

— Nous pouvons entrer, mais le sang de seulement *deux* d'entre nous ne suffira pas. (Il fit signe à sa camarade.) Pour passer outre l'ordre du cardinal, il faut un *trio* complet de Sanguinistes. Le pouvoir des trois combinés sera alors capable de déverrouiller la serrure à n'importe quel moment.

Sophia fronça les sourcils d'inquiétude.

— Il vaudrait mieux que j'aille chercher un troisième Sanguiniste. Au cas où.

— Bonne idée, approuva Erin.

Et dépêchez-vous.

La jeune Indienne s'élança à travers la crypte et disparut dans la pénombre épaisse de l'escalier.

Erin croisa le regard de Jordan et vit s'y refléter ses propres angoisses.

Ça va mal se terminer.

*

21 h 27

Élisabeth lutta contre une panique grandissante. Depuis que la porte avait été scellée, l'obscurité était si compacte qu'elle semblait avoir pris corps, comme si elle pouvait ramper le long de sa gorge et l'étouffer. La comtesse s'obligea pourtant à se calmer, consciente que Bernard était en mesure d'entendre son cœur battre à tout rompre. Le dos raide, elle refusa de lui donner satisfaction.

Elle préféra se concentrer sur son poignet meurtri par le bracelet métallique. Un peu de sang chaud gouttait de la plaie et s'accumulait au creux de sa paume. Sans doute l'ecclésiastique le sentait-il aussi.

Parfait.

Elle se frotta les mains afin de les salir toutes les deux.

— Venez, ordonna Bernard d'une voix rauque.

D'un coup sec sur les menottes, il entraîna Báthory au cœur du repaire glacé des Sanguinistes. Elle frissonna. Pendant ce qui lui parut une éternité, elle se retrouva à moitié tirée dans le noir, alors qu'en réalité le trajet n'avait probablement duré que quelques minutes.

Le duo finit par s'arrêter et une allumette craqua, laissant échapper une légère odeur de soufre. La lumière éclaira le visage blafard et résolu de Bernard. Il approcha l'allumette d'une bougie en cire d'abeille plantée dans une applique murale, puis il partit s'occuper de la chandelle suivante.

Bientôt, une lumière tiède et vacillante inonda les lieux.

Élisabeth leva la tête vers un plafond en coupole entièrement pavé de mosaïques argentées. Sur le modèle des tuiles feuilletées d'or qui ornaient la basilique en surface, celles-là étaient garnies d'une couche intermédiaire d'argent.

Parée de leur splendeur, la salle flamboyait.

La fresque représentait un motif sanguiniste classique : la résurrection de Lazare. L'homme, assis dans un cercueil marron, était pâle comme la mort, un filet rouge vif à la commissure des lèvres. Devant lui se tenait le Christ, unique personnage doré du tableau. Des petits pavés d'un raffinement exquis montraient ses yeux bruns lumineux, ses cheveux noirs bouclés et son sourire triste. La majesté qui émanait de sa modeste silhouette imposait le respect à tous les gens venus assister au miracle. Et il n'y avait pas que des êtres humains. Des anges de lumière contemplaient la scène d'en haut, pendant que des anges noirs patientaient en bas. Lazare, lui, apparaissait coincé entre les deux pour l'éternité.

Le Ressuscité des Sanguinistes.

Comme Élisabeth aurait eu la vie plus simple s'il n'avait pas accepté le défi du Christ !

Le regard de la comtesse se porta ensuite sur le seul autre ornement alentour. Au milieu de la salle, un autel recouvert d'une nappe blanche accueillait un calice en argent. Le contact de ce métal-là brûlait les Sanguinistes autant que les *strigoï*. L'utilisation de la coupe accroissait donc la souffrance des pénitents dès qu'ils consommaient leur vin sacré.

Élisabeth eut envie de ricaner.

Comment ces imbéciles peuvent-ils suivre un Dieu qui exige d'eux une douleur aussi infinie ?

Bernard se planta devant elle.

— Maintenant, vous allez me dire ce que j'ai besoin de savoir. Ici. Dans cette pièce.

La réponse de Báthory fut simple et froide :

— Payez-moi d'abord le prix que je demande.

— Impossible. Ce serait un grave péché.

— Il a pourtant déjà été commis.

Elle caressa sa gorge délicate et se rappela les crocs qui avaient mordu dedans.

— Par votre Élu. Rhun Korza.

Bernard détourna le regard et concéda à voix basse :

— Il était jeune, récemment intégré à l'Ordre. Il a cédé à une pulsion de désir charnel et d'orgueil. Je ne suis pas aussi stupide. Les règles sont claires. Nous ne devons jamais…

— *Jamais ?* Depuis quand le mot fait-il partie de votre vocabulaire, Éminence ? Il y a plusieurs siècles, vous avez vous-même transgressé maintes lois établies par votre Ordre. Pensiez-vous que je l'ignorais ?

— Il ne vous appartient pas de me juger ! Seul le Seigneur est en droit de le faire.

— Eh bien, il y a fort à parier qu'Il me jugera aussi.

Le carrelage glacé engourdissait douloureusement les pieds nus d'Élisabeth, mais elle ne laissa rien paraître.

— C'est sans doute par Sa volonté que je me retrouve aujourd'hui ici, seule à détenir de précieuses informations. Une vérité que vous n'obtiendrez qu'en en payant le prix.

Bernard sembla hésiter.

Elle en profita pour le pousser dans ses retranchements.

— S'Il est omniscient et tout-puissant, pourquoi votre Dieu a-t-Il fait de moi l'unique dépositaire du savoir qui vous manque ? Ce que je vous demande relève peut-être de Sa volonté ?

D'emblée, elle comprit à la mine renfrognée de son interlocuteur qu'elle était allée trop loin.

— Vous, une femme déchue, vous osez interpréter Sa volonté ? s'indigna Bernard.

Par ces mots, il la réduisait *de facto* au rang d'une prostituée de bas étage.

Quel culot !

Elle gifla l'insolent, laissant une trace de son propre sang sur la peau du religieux.

— Je ne suis pas une femme déchue ! Je suis la comtesse Báthory d'Ecsed, de sang royal depuis de longs siècles, et je ne me laisserai insulter par aucun calomniateur. Surtout pas par vous.

Bernard réagit au quart de tour. Un coup de poing au visage, et elle recula d'un pas, sous le choc. Très vite, elle reprit ses esprits et se redressa de toute sa stature. Un goût de sang lui avait empli la bouche.

Excellent.

— Je peux vous faire n'importe quoi ici ! vociféra-t-il sur un ton menaçant.

Elle se pourlécha les lèvres et les enduisit de son sang. De son côté, il devait déjà sentir le sang frais qui séchait sur sa joue. Elle vit ses narines se gonfler légèrement, trahissant l'animal en lui, le monstre caché derrière le masque.

Il fallait qu'elle libère la bête de ses entraves.

— Que pourriez-vous me faire ? le provoqua-t-elle. Vous êtes même trop faible pour me persuader de vous aider.

— Ne prenez pas mon calme pour de la faiblesse. Je me rappelle l'époque de l'Inquisition, quand la souffrance au service de l'Église était élevée au rang d'art. Je peux vous infliger un calvaire comme vous n'en avez encore jamais connu.

La colère du prélat la fit sourire.

— Sur la *douleur*, vous ne m'apprendrez rien, mon père. En raison des actes que j'avais commis, mes concitoyens ont eu l'interdiction de prononcer mon nom pendant cent ans. J'ai causé et reçu plus de souffrances que vous ne pourrez jamais l'imaginer… J'en ai aussi tiré davantage de *plaisir*. Ces deux sentiments sont intriqués dans des proportions qui vous échapperont toujours.

Elle s'avança d'un pas. Bernard fut contraint de reculer, mais les menottes l'empêchèrent de trop s'écarter.

— La douleur ne me fait pas peur, poursuivit-elle avant de souffler les effluves tièdes de son sang vers lui.

— Cela… cela devrait vous effrayer.

Elle voulait qu'il continue de parler, car toute conversation impliquait de respirer. Et, plus il emplissait ses poumons, plus il s'imprégnait du parfum capiteux de la comtesse.

— Faites-moi mal, susurra-t-elle, et nous verrons lequel des deux en éprouvera le plus de plaisir.

Le cardinal rebroussa chemin jusqu'à ce qu'il ait

le dos plaqué contre le mur de mosaïques argentées. Hélas pour lui, à chaque pas, les menottes entraînaient sa tentatrice dans son sillage.

Elle mordit de plus belle dans sa joue abîmée, se pencha et ses lèvres s'entrouvrirent, laissant échapper un filet de sang. Elle renversa ensuite la tête en arrière afin d'exposer langoureusement sa gorge dénudée. La lumière des bougies chatoya sur le ruban vermeil qui se formait doucement au creux de son cou.

Báthory sentit le regard de Bernard suivre ce prometteur tracé rougeâtre. Sa chaleur puissante excitait la bête enfouie dans chaque goutte de sang maudit du religieux.

La comtesse savait combien les effluves inondaient la pièce d'une manière à laquelle elle n'était plus sensible. À quel point ils emplissaient les narines, la bouche. Des siècles auparavant, elle avait éprouvé les mêmes sensations que lui à cet instant précis. Elle connaissait le pouvoir incommensurable du sang. Elle avait appris à s'en servir, ce qui l'avait rendue encore plus forte.

Lui le niait – et son attitude le cantonnait à la faiblesse.

— Comment me tortureriez-vous aujourd'hui, Bernard ? chuchota-t-elle, enjôleuse, la bouche pleine de sang.

De sa main libre, il tâcha d'attraper sa croix pectorale, mais elle l'en empêcha, couvrant le pendentif en argent avec sa propre main, ce qui le priva du réconfort d'une sainte douleur. Les doigts de l'ecclésiastique se refermèrent sur la main d'Élisabeth, comme s'il s'agissait de sa croix, de son espoir de salut.

— Je vais vous dire ce que vous avez besoin de savoir, reprit-elle en exprimant ainsi tout haut le désir le plus profond du cardinal. Je vais vous aider à *sauver* votre Église.

Il resserra son étreinte, au risque de lui briser les phalanges.

— Pour vous, ce sera très simple, insista-t-elle. Vous avez déjà commis des péchés de sang et je sais que vos crimes sont beaucoup plus sinistres que quiconque ne serait en mesure de l'imaginer. En Son nom, vous vous êtes rendu coupable de nombreux péchés, je me trompe ?

Le visage de Bernard lui en apporta la confirmation.

— Alors, faites-le maintenant. Et votre acte vous donnera le pouvoir de protéger votre Église, votre Ordre. Préférez-vous voir votre monde s'écrouler, tout perdre parce que vous aurez juste eu peur de vous engager ? Parce que votre trop grand respect du règlement l'aura emporté sur votre mission sacrée ?

Elle passa à nouveau le bout de sa langue sur ses lèvres afin de les enduire de sang frais, consciente de l'éclat qu'il devait avoir sur sa peau pâle, de la profonde attirance qu'il devait déclencher chez le cardinal.

Sans s'en rendre compte, il se lécha lui-même les lèvres.

— Comment le fait de sauver Son monde grâce aux outils qu'Il vous a offerts pourrait-il être un péché ? Vous êtes plus fort que le dogme. Je le sais… et, au fond de vous, vous le savez aussi.

Sans quitter son gibier du regard, elle prit une lente inspiration. Son plaidoyer avait produit son petit effet : il avait à la fois semé le doute en Bernard et attisé son orgueil démesuré.

Il trembla devant Élisabeth, car il voulait obtenir ses réponses, il voulait son sang, il la voulait, *elle*.

C'était peut-être un Sanguiniste mais, autrefois, il avait été *strigoï* et, encore avant, homme. Il avait dévoré de la chair, goûté au plaisir. Ces besoins-là étaient restés solidement ancrés dans chaque fibre de son être.

Le cœur battant, Báthory sentit sa joue palpiter de chaleur. Elle avait toujours adoré souffrir. Elle en avait besoin, comme elle aurait, plus tard, besoin de sang. Les paupières closes, elle laissa la douleur vibrer en elle – depuis sa joue, depuis son poignet entaillé.

Félicité suprême.

Lorsqu'elle rouvrit les yeux, Bernard avait gardé la main de sa prisonnière collée contre sa croix pectorale. Il promena le regard depuis ses lèvres rouge sang jusqu'aux veines qui battaient le long de sa gorge, jusqu'au sommet de ses épaules laiteuses. D'un geste, elle laissa glisser sa robe déchirée, de sorte que les bougies éclairaient à présent ses seins, terriblement visibles sous sa fine combinaison de soie.

Il la contempla pendant de longues secondes.

Elle se pencha vers lui avec une langueur extrême, puis elle se hissa sur la pointe des pieds et, délicatement, elle effleura ses lèvres avec les siennes. Elle resta ensuite immobile, le temps qu'il apprécie sa chaleur et qu'il s'imprègne du parfum envoûtant de son sang.

— Si ce n'est pas Sa volonté, alors pourquoi suis-je ici ? Vous seul êtes assez fort pour me soutirer la réponse. Vous seul possédez le pouvoir de sauver le monde.

Elle insinua sa langue entre les lèvres glacées du cardinal et lui fit goûter son sang.

Il ouvrit la bouche en gémissant.

À mesure que le baiser s'intensifiait, elle sentit les crocs de Bernard s'allonger.

Leurs lèvres scellées, il fit volte-face et la plaqua sans ménagement contre le mur. Sous la pression des corps, quelques pavés de mosaïque se détachèrent. Leurs arêtes coupantes percèrent la combinaison délicate d'Élisabeth et lui entaillèrent la peau. Des gouttes de sang tiède coulèrent le long de son échine et s'écrasèrent au sol.

Elle détacha ses lèvres pour lui offrir son cou.

Sans hésiter, il la mordit.

Elle haleta de douleur.

D'emblée, il avala une lampée de son sang et se délecta de sa vive chaleur. Elle frissonna à mesure que son corps à elle se refroidissait. Une souffrance glacée lui envahit le cœur. Ce n'était pas la symbiose passionnée qu'elle avait vécue avec Rhun.

Non, leur étreinte s'apparentait plutôt à un besoin animal.

Une faim douloureuse qui ne laissait de place ni à l'amour ni à la tendresse.

Le cardinal pouvait très bien la tuer, la laisser totalement démunie, mais elle devait courir le risque, car elle était convaincue qu'aux yeux de l'homme qui l'enlaçait, le savoir était aussi essentiel que le sang.

Il ne me laissera pas mourir avec mes secrets.

Quoique… Après avoir libéré la bête en lui, pouvait-elle toujours compter là-dessus ?

Élisabeth s'avachit. Tandis que son pouls faiblissait, le doute combla les espaces vides – et la peur.

Puis le monde sombra dans des ténèbres éternelles.

CHAPITRE 11

17 mars, 21 h 38
Venise, Italie

Rhun foula d'un pas alerte le sol lustré de la basilique Saint-Marc. Il avait atterri à Venise depuis un quart d'heure. Un message lui avait appris que Bernard et les autres y avaient emmené Élisabeth. Or, à son arrivée, la porte de l'église n'était pas fermée à clé et personne n'avait semblé l'attendre.

Avaient-ils déjà rejoint la chapelle sanguiniste ?

D'un regard, il balaya la nef en direction du transept nord. D'après ses souvenirs, il y avait là-bas un escalier qui menait à une crypte souterraine et donc à l'entrée secrète des quartiers de l'Ordre. Alors que Korza allait l'emprunter, du mouvement attira son attention vers le transept sud. Tout droit jaillie des ténèbres, une masse d'ombre se précipita sur lui à une vitesse surnaturelle.

Méfiant depuis les récentes attaques, le prêtre se crispa. Il ignorait à quel camp appartenait la mystérieuse bande.

Assurément, aucun strigoï *n'oserait donner l'assaut sur un territoire aussi sacré.*

Une voix l'apostropha au moment où les inconnus s'avançaient dans la lumière. En fait, il s'agissait de Sanguinistes : deux hommes et une femme.

— Rhun !

Il reconnut le teint cuivré de Sophia.

La petite Indienne s'élança à sa rencontre, les autres sur ses talons.

— Vous arrivez à point nommé.

— Des ennuis ? frémit-il.

— Suivez-nous, répondit-elle avant de bifurquer en vitesse vers le transept nord. Nous avons un souci au niveau de la chapelle sanguiniste.

— Racontez-moi.

Tout en galopant à ses côtés, il vérifia que son *kerambit* était bien rangé dans son étui de poignet.

Sa sœur d'Église lui expliqua ce qui s'était passé au sous-sol, la manière dont Bernard avait emmené Élisabeth et verrouillé le portail derrière eux.

— Christian est déjà en bas, mais nous devons être trois Sanguinistes pour rouvrir l'accès.

Elle désigna les deux prêtres derrière elle.

— Je suis remontée chercher de l'aide, mais j'ai mis un temps fou à les trouver. Et Erin redoute le pire.

Dès qu'il atteignit la cage d'escalier, Rhun prit la tête des opérations. Il faisait entièrement confiance au jugement de l'archéologue. Si elle était inquiète, c'était qu'il y avait une bonne raison de l'être. À mi-route, il entendit deux battements de cœur émaner de la crypte souterraine.

Erin et Jordan.

Il n'eut aucun mal à les identifier aussi facilement que s'il s'était agi de leurs voix. De plus, le pouls rapide d'Erin trahissait sa peur. À son arrivée, Rhun vit Christian tambouriner sur le mur du fond en appelant Bernard.

Il devina rapidement ce qui excitait le jeune Sanguiniste.

Derrière le portail, un autre pouls était presque étouffé par l'épaisseur de pierre mais, pour les sens aiguisés de Korza, il restait audible, d'autant que le son était amplifié par l'acoustique de la grotte oblongue.

Élisabeth.

Le cœur de la comtesse ralentissait dangereusement.

Elle était à l'agonie.

Christian fit volte-face.

— Dépêchez-vous !

Rhun n'avait nul besoin d'être aiguillonné. D'un bond, il traversa la crypte. Erin s'avança à sa rencontre, mais il passa devant elle sans dire un mot. Les secondes étaient comptées.

Il sortit la dague de son fourreau et s'entailla la paume, de sorte que son sang goutte dans le calice que la statue de Lazare tenait entre ses mains. De part et d'autre, Sophia et Christian se hâtèrent d'ajouter leur propre sang.

Puis, d'une même voix, ils psalmodièrent :

— *« Car ceci est la Coupe de Mon Sang, le sang de l'Alliance nouvelle et éternelle. »*

Le contour de la porte se redessina sur la pierre.

— *« Mysterium fidei »*, conclurent-ils en chœur.

Lentement – trop lentement – la porte s'entrebâilla.

D'emblée, des effluves de sang frais s'en échappèrent, lourds et capiteux.

Alerté, Rhun se fraya un chemin à l'intérieur de la salle et se précipita vers l'origine de l'odeur.

Il arriva sur le seuil de la chapelle principale, à temps pour entendre le cœur d'Élisabeth s'arrêter. Le tableau était à peine croyable. Dans la pièce sacrée, à la lueur des mosaïques argentées, son ancienne amante gisait sur le dos, le corps inerte, sans vie.

Et elle n'était pas seule.

Agenouillé près d'elle, la bouche dégoulinante de sang, Bernard lui était attaché par des menottes. Il se tourna vers Rhun, le visage tordu d'angoisse. Les larmes qui coulaient sur ses joues zébraient la vilaine marque rouge vif de son péché.

Sans se soucier de la souffrance du cardinal, le père Korza s'élança au chevet d'Élisabeth pour la prendre dans ses bras et la serrer contre lui. Il tira son corps aussi loin de Bernard que ses entraves le lui permettaient.

Il rêvait de laisser éclater sa rage contre un crime aussi odieux, de sentir la colère annihiler son immense chagrin. Un jour, il ferait payer Bernard, mais ce n'était pas le moment.

Toutes ses pensées étaient tournées vers elle.

Christian fut le premier à le rejoindre. Après avoir posé une main compatissante sur l'épaule de son camarade, il mit un genou à terre et s'occupa des menottes. Le bracelet métallique glissa du poignet de la comtesse et cliqueta au sol.

À présent qu'elle était délivrée de son meurtrier, Rhun prit son corps froid et, pressé de mettre de la distance entre Bernard et elle, il se redressa.

Sophia conduisit les deux autres Sanguinistes jusqu'au cardinal éperdu. Sans ménagement, ils l'obligèrent à se relever. D'après leurs chuchotements, ils n'en revenaient pas qu'un si grand homme ait pu commettre une abomination pareille.

Mais il l'avait… il l'avait tuée.

— Rhun…

Erin se raccrocha au bras de Jordan, à la vie qui brûlait avec ardeur chez le sergent.

Incapable de les voir aussi proches, Korza préféra emmener Élisabeth vers l'autel afin qu'elle soit entourée de sainteté. Il se promit que, dorénavant, elle resterait à jamais dans le même état de grâce. Il jura de retrouver l'endroit où ses enfants reposaient et de l'inhumer auprès d'eux.

Elle l'avait bien mérité.

Des siècles plus tôt, il l'avait arrachée aux siens mais, là, il ferait de son mieux pour lui rendre ce qu'il pourrait. C'était la moindre des choses.

Une magnifique lumière argentée baignait la peau laiteuse de la comtesse, ses longs cils et ses boucles noires. Même morte, Élisabeth était la plus belle femme qu'il ait jamais vue. Il évita toutefois de regarder la plaie barbare qu'elle avait au cou, le sang qui ruisselait sur ses épaules et imbibait sa combinaison de soie.

Arrivé devant l'autel, il ne put se résoudre à la déposer sur un lit glacé. Dès lors qu'il la lâcherait, elle lui échapperait pour de bon. Il préféra donc s'accroupir à côté et tirer sur la nappe blanche pour recouvrir les bras et les jambes nus de la défunte.

Avec un coin de la même étoffe sacrée, il essuya le sang qui souillait son menton, ses lèvres charnues, ses pommettes. Une large ecchymose apparut. Bernard avait dû la frapper.

Ça aussi, vous le paierez.

Il se pencha vers elle.

— Je suis désolé, murmura-t-il.

Ces mots-là, il les lui avait dits très souvent – trop souvent.

Combien de fois ai-je pu te causer du tort !

Les larmes du prêtre s'écrasèrent sur le visage froid et exsangue de la jeune femme.

Il caressa sa joue, tout doucement à l'endroit de la contusion, comme si la malheureuse ressentait encore quelque chose. Au moment d'effleurer ses paupières délicates, il regretta qu'elle ne puisse pas revenir à la vie, les rouvrir.

Mais elle le fit.

Dans ses bras, elle se réveilla comme une fleur, ses pétales s'épanouissant peu à peu à la faveur d'un nouveau jour. Elle eut d'abord un mouvement de recul, puis elle le reconnut et se calma.

— Rhun…, balbutia-t-elle faiblement.

Il l'observa, muet de stupeur, et, quand il n'entendit aucun pouls dans sa poitrine, il comprit.

Seigneur, non…

Une colère profonde remplaça son chagrin. Bernard ne s'était pas contenté de la mordre avec avidité. Il l'avait aussi contrainte à avaler son propre sang. Il l'avait condamnée aussi aisément que Rhun plusieurs siècles auparavant, la souillant à jamais. Elle était redevenue un monstre dénué d'âme.

À peine quelques mois plus tôt, le père Korza s'était lui-même sacrifié pour qu'elle redevienne mortelle, et Bernard avait réduit son précieux cadeau à néant.

Le cardinal resta debout, cerné par Christian et les trois autres Sanguinistes. Il avait commis le plus grave des péchés et, pour son crime, il serait puni, peut-être même de mort.

Rhun n'éprouva aucune pitié à son égard.

Très affaiblie, Élisabeth laissa retomba sa tête contre le torse du prêtre et murmura de façon presque inaudible :

— Je suis fatiguée, Rhun… Fatiguée à en mourir.

— Vous devez vous nourrir. Nous allons demander qu'on vous apporte du sang pour que vous repreniez des forces.

Sophia intervint :

— Impossible ! Elle n'a pas le droit d'exister. C'est une *strigoï* à présent et elle doit être détruite.

Rhun parcourut la petite assemblée du regard. Aucune contestation ne s'éleva. Ils avaient tous l'intention de la massacrer comme une bête. En fait, le soutien émana de la source la plus improbable.

Comme s'il avait encore voix au chapitre, Bernard déclara :

— Elle doit boire le vin, devenir l'une des nôtres. J'ai décidé d'endosser le crime de sa transformation… parce que la comtesse m'a juré de relever le défi. De goûter au vin sacré et de rallier notre Ordre.

Ou de mourir en essayant.

Rhun n'en crut pas ses oreilles. Élisabeth n'aurait jamais accepté un marché pareil. Sauf que l'intéressée était allongée dans ses bras, les yeux à nouveau fermés, car son état de faiblesse extrême lui avait fait perdre connaissance.

Sophia caressa sa croix pectorale en argent.

— À supposer qu'elle réussisse le test, Éminence, cela n'atténuera pas la gravité de votre péché.

— J'accepterai mon châtiment. De son côté, elle doit boire le vin sacré et accepter le jugement de Dieu.

— Ce n'est pas elle qui a fauté ! protesta Korza.

Christian alla rejoindre Sophia.

— Désolé, Rhun. La manière dont elle a été transformée importe peu. Aujourd'hui, c'est une *strigoï*. Ce genre de créature n'a pas le droit de vivre. Soit elle affronte l'épreuve et boit le vin, soit on la tue.

Le prêtre songea à s'enfuir avec sa bien-aimée mais, même s'il semait ses adversaires du jour, quel serait leur avenir ? Une existence maudite à errer sur Terre, à lutter pour empêcher la comtesse d'exprimer sa véritable nature, tous deux privés de la grâce de Dieu ?

— Ce n'est plus le moment de tergiverser, insista Sophia.

— Attendez ! s'écria Jordan. On devrait peut-être prendre un peu de recul, en discuter.

— Absolument, approuva Erin. Il s'agit quand même d'une situation exceptionnelle. N'oubliez pas que Báthory détient des informations capitales. Il faudrait au moins qu'on les obtienne avant de risquer de la perdre à nouveau, non ?

— Erin a raison. Cette femme a été payée le prix qu'elle réclamait. Maintenant, elle doit nous livrer ce qu'elle sait.

Christian, pourtant perplexe, sembla pencher de leur côté. Sophia, en revanche, demeura inébranlable et elle pouvait compter sur l'appui des deux prêtres sanguinistes.

Les Américains reçurent alors un soutien inattendu.

— Je vais vous raconter ce que je sais, bredouilla Élisabeth d'une voix éraillée. Mais pas si je dois en mourir.

Sophia sortit deux poignards, dont la lame recourbée chatoya à la lumière des bougies.

— Nous ne pouvons pas lui laisser la vie sauve. Le règlement est sans équivoque. Un *strigoï* n'a que deux possibilités : intégrer notre Ordre ou être tué sur-le-champ.

Rhun resserra son étreinte autour d'Élisabeth. Il ne saurait la perdre deux fois en une seule nuit. Au besoin, il se battrait.

Erin, qui avait peut-être senti monter la tension ambiante, s'avança entre Korza et les autres.

— Ne pourrions-nous pas faire une exception ? La laisser conserver sa forme actuelle ? À l'époque où nous cherchions le Premier Ange, l'Église a accepté de collaborer avec Báthory en tant que *strigoï*. En échange de son aide, elle l'avait autorisée à rester telle quelle. Les circonstances auraient-elles changé aujourd'hui ?

La pièce fut envahie par un lourd silence, que Bernard finit par briser en révélant la vérité :

— Nous avons menti. Si elle avait survécu après que le Premier Ange eut été retrouvé, on m'avait demandé de la tuer.

— Ah oui ? haleta Erin, stupéfaite.

— C'est de ma propre main que j'aurais dû mettre un terme à son existence maudite.

Rhun contempla son mentor, l'homme qui l'avait initié à sa nouvelle vie de Sanguiniste. Il lui avait fait confiance pendant des siècles et, à présent, le monde basculait sous ses pieds. Rien n'était conforme aux apparences. Personne n'était ce qu'il prétendait être.

Sauf Élisabeth.

Elle n'avait jamais feint d'être une autre, même à l'époque où elle avait été un monstre.

— Vous m'avez fait des promesses en l'air, Éminence, grogna Báthory. Je ne vois donc aucune raison de respecter mes engagements. Je ne vous dirai rien.

— Alors, vous allez mourir.

Elle soutint le regard de son ennemi de toujours.

— Posez-moi la question. Offrez-moi ce que, vous autres Sanguinistes, vous devez proposer aux *strigoï* dont vous avez la charge.

Personne ne broncha.

Elle appuya de nouveau sa tête contre le père Korza et leva vers lui un regard triste mais résolu.

— Posez-moi la question, Rhun.

— Non. Vous n'avez rien à répondre.

— Oh, si, mon amour. À la fin, nous avons tous à répondre.

Elle lui caressa la joue d'une main tremblante. L'ombre d'un sourire se dessina sur ses lèvres fatiguées.

— Je suis prête.

Bernard interrompit leur tête-à-tête :

— Si vous entrez en contact avec le vin, vous serez réduite en cendres. Dites-nous d'abord ce que vous savez et Dieu vous accordera peut-être son pardon.

Élisabeth ne releva pas et resta focalisée sur Rhun.

Le prêtre comprit alors sa farouche détermination.

— Báthory d'Ecsed, renoncez-vous à votre existence damnée et acceptez-vous la proposition du Christ de servir l'Église, de ne plus boire que Son sang, Son vin sacré… pour toujours et à jamais ?

Tandis que les larmes de Rhun s'écrasaient sur le visage de sa bien-aimée, elle répondit sans ciller :

— Oui.

CHAPITRE 12

17 mars, 23 h 29
Venise, Italie

Au centre de la basilique Saint-Marc, Erin leva la tête vers la somptueuse coupole dorée, comme si elle admirait un lever de soleil. Bien qu'il soit près de minuit, là-bas les ténèbres de la nuit n'avaient aucune emprise.

Un peu plus tôt, dans la petite chapelle argentée, elle avait regardé ses camarades emmener la comtesse vers les tréfonds obscurs de leur fief sanguiniste. Elle redoutait le sort qu'ils risquaient de lui infliger, mais Sophia s'était montrée intraitable : il s'agissait d'un rite sacré de l'Ordre et la jeune Américaine n'avait pas le droit d'en être le témoin. À peine avait-elle su qu'Élisabeth serait lavée, puis vêtue d'un habit de nonne avant d'être soumise au processus traditionnel de transmutation qui, selon toute vraisemblance, impliquait de prier, de se repentir et de boire du vin transsubstantié.

Erin aurait rêvé d'y assister, mais elle n'était pas la seule à avoir été mise à l'écart.

Un Sanguiniste aussi s'était vu refuser l'accès.

Du moins, pour l'instant.

Rhun, qui arpentait la basilique de long en large, faisait trembler la flamme des bougies sur son passage. Elle ne l'avait jamais vu aussi agité. Les doigts crispés sur son chapelet, il ne cessait d'articuler des prières en silence.

Jordan, au contraire, était affalé sur un banc voisin, son pistolet-mitrailleur à portée de main. Erin vint poser son sac à dos près de lui.

— J'ai l'impression que Rhun va user le marbre.

— La femme qu'il aime risque de mourir cette nuit, le défendit-elle. Il a le droit de faire les cent pas.

— *Pff !* Tu parles d'une conquête ! Je ne compte plus le nombre de fois où elle l'a descendu en flammes.

— Cela ne signifie pas qu'il ait envie de la regarder mourir.

Erin prit la main de son petit ami et baissa d'un ton, consciente que, même de l'autre côté de la nef, l'ecclésiastique était certainement capable de les entendre.

— J'aimerais pouvoir faire un truc.

— Pour qui ? Pour Rhun ou pour Élisabeth ? Rappelle-toi : c'est elle qui a demandé à être changée en *strigoï*. Quelque chose me dit qu'elle a bien calculé son coup avant d'accepter la conversion. Ensuite, advienne que pourra.

Erin se blottit contre lui et constata qu'il avait toujours la peau aussi brûlante. Il s'écarta légèrement – un mouvement de rejet infime mais indiscutable.

— Jordan ? reprit-elle, prête à affronter ses propres craintes. Que t'est-il arrivé à Cumes ?

— Je te l'ai déjà raconté.

— Je ne parle pas de l'attaque. Tu restes bouillant de fièvre… et… et tu sembles *différent*.

Difficile de décrire ce qu'elle éprouvait.

Jordan répondit d'un air absent :

— J'ignore ce qui se passe. Tout ce que je sais – et ça va te paraître bizarre –, c'est que ce mystérieux changement intérieur m'emmène là où il faut, sur un chemin que je dois suivre.

— Quel chemin ?

Et est-ce que je peux venir avec toi ?

Avant que l'intéressé n'ait pu répondre, le père Korza surgit au bout de l'allée.

— Auriez-vous l'heure, sergent ?

L'Américain lâcha la main d'Erin pour consulter sa montre.

— Il est vingt-trois heures trente.

Cramponné à sa croix pectorale, Rhun observa l'escalier du transept nord d'un air désemparé. La cérémonie était censée débuter à minuit.

Attendrie, Erin se leva. Elle n'obtiendrait aucun élément plus concret de la part de son cher miraculé. Peut-être n'en savait-il pas davantage que ce qu'il lui avait relaté. À moins qu'il n'ait aucune envie de se confier à elle. Quoi qu'il en soit, il ne servait à rien de rester assise là.

Elle alla rejoindre Rhun.

— Jordan a raison, vous savez.

— À propos de quoi ?

— Élisabeth est une femme intelligente. Elle n'aurait pas accepté de se convertir sans être certaine de ses chances de survie.

Le prêtre soupira.

— Elle pense qu'il s'agit d'une procédure complexe,

qu'il y a de la place pour le doute et l'erreur, mais elle se trompe. Au cours des nombreuses cérémonies auxquelles j'ai participé, j'ai vu beaucoup de candidats… succomber au moment de boire le vin. Elle ne pourra pas berner son monde.

Il se remit à arpenter la nef. Erin décida de l'accompagner.

— Elle a peut-être changé.

— C'est son unique espoir.

— Elle est plus forte que vous ne le croyez.

— Je prie le Ciel pour que vous ayez raison, car je…

La voix de Rhun se brisa. Il ravala sa salive et continua :

— Je ne supporterai pas de la voir mourir à nouveau.

Erin attrapa sa main glacée. À force d'égrener les perles en argent de son chapelet, il avait les doigts couverts de cloques. Il s'arrêta et la regarda au fond des yeux. La souffrance du Sanguiniste était très pénible à affronter, mais elle ne détourna pas la tête.

Il se pencha vers elle et, d'instinct, elle le prit dans ses bras. L'espace d'un instant, il s'abandonna au réconfort de la belle mortelle. Par-dessus son épaule, elle remarqua que Jordan les observait. Consciente de la méfiance qu'il éprouvait à l'égard de Rhun, elle s'attendit à une crise de jalousie, mais il ne réagit pas, plongé dans son propre monde, un monde où elle semblait perdre peu à peu du terrain.

Rhun se dégagea de son étreinte et lui effleura le bras avec reconnaissance. Même rongé par l'angoisse, il faisait plus attention à elle que Jordan.

En silence, ils revinrent sur leurs pas.

Le sergent Stone les accueillit avec un calme exaspérant.

— C'est presque l'heure, annonça-t-il avant que Korza n'ait pu lui poser la question. Souhaitez-vous être auprès d'Élisabeth lorsqu'elle boira le vin ?

— Impossible, murmura-t-il.

— Vous n'avez pas le droit d'assister à la cérémonie ?

Le silence coupable du prêtre fut une réponse suffisante.

— Vous devez y aller, l'encouragea Erin.

— Ce n'est pas ma présence qui la fera vivre ou mourir, et je ne pourrai pas regarder si… si…

Il s'avachit près de la jeune femme.

— Elle est effrayée, Rhun, qu'importent ses efforts pour le cacher. Il s'agit peut-être de ses tout derniers instants sur Terre et vous êtes le dernier ici à lui vouer un amour véritable. Vous ne *pouvez* pas la laisser seule.

— Vous avez peut-être raison. Si je lui avais permis de mener sa vie comme Dieu l'entendait, aujourd'hui elle ne serait pas confrontée à une telle situation. Il est peut-être de mon devoir de…

Erin lui serra le bras. Elle eut l'impression d'agripper une statue en marbre. Pourtant, tout au fond, il y avait un cœur blessé.

— N'agissez pas par *devoir*. Allez-y parce que vous l'aimez.

Toujours indécis, Rhun entama un énième circuit autour de la nef. Il avait besoin de réfléchir à leur conversation, de prendre une décision.

Après avoir poussé un soupir, elle se rassit.

— Si nous vivions la même situation, me laisserais-tu boire le vin seule ?

Du bout de l'index, Jordan lui redressa le menton.

— Je t'emmènerais loin d'ici avant que les choses ne dégénèrent.

Elle sourit. Hélas, leur tendre moment d'intimité fut de courte durée.

Christian resurgit à l'entrée de la basilique et longea l'allée centrale jusqu'à eux. Il apportait un carton plat qui embaumait la viande, le fromage et la tomate. De l'autre main, il brandissait deux bouteilles marron.

— Pizza et bière ! apprécia Jordan. Vous êtes un rêve devenu réalité.

— Ne l'oubliez pas quand vous calculerez mon pourboire.

Le père Korza les rejoignit. Christian n'avait sans doute pas apporté qu'un dîner tardif.

L'aimable Sanguiniste hocha la tête vers son camarade.

— C'est l'heure. Enfin, vous n'êtes pas obligé de venir. Je comprends qu'il s'agit d'un moment très pénible.

— Je vous accompagne, répondit-il avant d'adresser un regard appuyé à l'Américaine. Merci de m'avoir rappelé pourquoi, Erin.

D'un mouvement de tête, elle accepta le compliment. Elle regrettait de ne pas pouvoir le suivre, de ne pas être là pour lui si la comtesse ne survivait pas.

Rhun tourna les talons et se dirigea vers le sort qui l'attendait, afin de le partager avec Élisabeth.

Leurs deux destins étaient entrelacés à jamais.

*

23 h 57

Élisabeth était de retour dans la chapelle argentée où elle était morte, puis ressuscitée. On avait nettoyé les taches de sang sur le sol et les murs. La pièce embaumait l'encens, la roche et le citron. De nouvelles bougies avaient été allumées sur l'autel.

Exactement comme si rien n'était arrivé.

Elle leva les yeux vers l'éclatante mosaïque de Lazare. Il avait accompli ce qu'elle allait bientôt tenter et il avait survécu. Seulement, lui, il avait aimé le Christ.

Elle, non.

Elle caressa son humble uniforme noir de nonne. On lui avait noué un chapelet d'argent autour de la taille et passé une croix pectorale autour du cou. Deux objets qui brûlaient même à travers l'épais drap de bure. Au fond d'elle, elle avait l'impression d'avoir enfilé un costume de carnaval.

Sauf qu'il ne s'agissait pas de son unique déguisement.

Elle avait beau rester immobile pour ne pas trahir ses réels états d'âme, Élisabeth se réjouissait de sa belle force intérieure. Le cardinal s'était copieusement abreuvé de son sang et, en retour, il ne lui avait pas offert grand-chose, à peine de quoi s'alimenter. Pire, elle avait ses souliers en contact avec un sol sacré, un endroit qui aurait dû l'affaiblir encore davantage.

Or, elle se sentait puissante. Plus puissante, peut-être, qu'elle ne l'avait jamais été.

Quelque chose a changé dans ce monde.

Les huit Sanguinistes qui l'avaient escortée dans la chapelle la toisaient d'un œil critique. Elle n'en remarqua pourtant qu'un seul. Venu participer au rituel, Rhun se tenait à côté d'elle. Elle s'étonna d'être aussi touchée par son geste.

Il s'approcha et demanda à voix basse :

— Avez-vous la foi, Élisabeth ? Assez de foi pour survivre à l'épreuve ?

Elle soutint le regard anxieux du prêtre. Pendant des siècles, il l'avait poussée à combattre le mal qui la rongeait, à mener une existence sans joie et vouée au service d'une Église en laquelle elle n'avait jamais eu confiance. Elle aurait voulu le réconforter, le rassurer, mais elle ne lui mentirait pas, pas s'ils étaient en train de vivre leurs derniers instants ensemble.

Derrière lui, les Sanguinistes fredonnaient une prière. Si elle tentait de s'échapper, ils la tueraient… et, si elle mourait, Tommy mourrait avec elle. Au bout du chemin brûlant se dressait donc son unique espoir de sauver la vie de l'adolescent et la sienne.

— Oui, j'ai la foi, annonça-t-elle à Korza.

Elle disait vrai. Seulement, ce n'était pas la foi dont il souhaitait la voir animée. Élisabeth avait foi en elle, en sa capacité à réchapper de l'épreuve et à aider Tommy.

— Si vous n'êtes pas convaincue, si vous ne croyez pas que le Christ peut sauver votre âme damnée, vous succomberez dès la première gorgée de Son sang. Il en a toujours été ainsi.

Ah bon ?

Raspoutine avait été excommunié, pourtant elle avait constaté *de visu* qu'il vivait toujours à l'extérieur du royaume de l'Église. De même, le moine allemand, frère Léopold, avait trahi l'Ordre durant un demi-siècle et il avait bu le vin sacré à d'innombrables reprises sans jamais être brûlé.

Était-ce la foi du moine en sa mission qui l'avait sauvé ?

La comtesse l'espéra. Pour sa propre survie et celle de Tommy. Elle devait croire que le sang sacré lui offrirait d'autres voies de salut. Malgré la souillure fondamentale de son cœur, son désir de secourir Tommy était une ambition suffisamment noble.

En revanche, si je me trompe...

Du bout du doigt, elle effleura le poignet nu de Rhun.

— C'est vous qui me proposerez le vin. Personne d'autre.

Si je dois mourir, autant que ce soit par la main de quelqu'un qui m'aime.

Malgré son appréhension, le prêtre ne refusa pas.

— Votre cœur doit être pur. Il faut que vous veniez à Lui avec transparence et amour. En êtes-vous capable ?

— Nous verrons.

Satisfait mais toujours réticent, le père Korza indiqua le calice posé sur l'autel. Des relents âcres de vin se mêlaient au parfum d'encens. Il était difficile de concevoir qu'une substance aussi simple, le résultat d'une fermentation de raisin, détienne le secret de la vie. Ou qu'elle puisse détruire le nouveau pouvoir immortel d'Élisabeth, et elle avec.

— D'abord, vous devez vous repentir publiquement

de vos péchés, de *tous* vos péchés. Ensuite, vous goûterez Son Sang sacré.

Báthory n'eut pas d'autre choix que d'énumérer ses fautes les unes après les autres et de les voir s'accumuler sur les épaules de Rhun qui, chaque fois, en endossait la lourde responsabilité. Les yeux du Sanguiniste étincelèrent de douleur et de regret. Malgré tous leurs déboires, elle aurait préféré lui épargner une épreuve aussi cruelle.

À la fin de sa tirade, elle en avait la gorge enrouée. De nombreuses heures s'étaient écoulées. Son corps de *strigoï* sentait même que l'aube pointait.

— Terminé ? demanda Rhun.

— Cela ne suffit-il pas ?

Il souleva la coupe en argent, la brandit au-dessus de sa tête et entonna les prières nécessaires à la transsubstantiation du vin en sang du Christ.

Pendant ce temps-là, Élisabeth fouilla sa conscience. Craignait-elle de vivre ses ultimes instants ? D'être bientôt réduite en cendres et éparpillée sur le sol lessivé ? Elle n'aboutit qu'à une seule conclusion.

Ce qui doit arriver arrivera.

Elle s'agenouilla devant Rhun.

Il se pencha et porta le calice à ses lèvres.

CHAPITRE 13

18 mars, 5 h 41
Venise, Italie

Jordan déplia son dos courbaturé. Il s'était endormi, avachi sur un banc de la basilique. Une fois debout, il s'étira d'avant en arrière afin de relancer sa circulation sanguine, puis il se massa une contracture au mollet.

Je peux réchapper miraculeusement d'une blessure mortelle mais un spasme musculaire, et c'est la crampe assurée.

Il boitilla vers Erin, qui observait une œuvre d'art quelques mètres plus loin. Elle était avec Christian, qui leur avait tenu compagnie pendant leur longue nuit de veille. Tout le monde attendait des nouvelles d'Élisabeth. À en juger par les épaules légèrement voûtées de la jeune femme et par ses yeux rouges, bouffis de fatigue, elle n'avait pas dormi une seule minute.

Christian aurait pu rejoindre ses camarades sanguinistes et assister au rituel, mais il était resté là, soit pour les protéger d'une quelconque menace, soit pour les empêcher d'interférer dans ce qui se passait au sous-sol. À moins qu'il n'ait simplement pas plus envie que Rhun de voir la comtesse tomber en cendres.

Toute la nuit, il s'était montré d'une franchise sans faille, répondant aux questions d'Erin sur le déroulement probable du cérémonial. Plus important encore, il avait rapporté d'autres bières à Jordan.

— Qu'est-ce qu'on regarde au juste ? lança le sergent.

Sa petite amie indiqua la mosaïque au-dessus de leurs têtes.

— C'est Jésus assis sur un arc-en-ciel ?

Elle sourit.

— En fait, oui. Il monte au ciel, d'où le nom de cette partie-là de la basilique : la Coupole de l'Ascension.

Ils poursuivirent leur chemin le long de la nef. Erin interrogea Christian sur différents chefs-d'œuvre mais, de toute évidence, une question plus grave les hantait.

Jordan la formula à haute voix :

— Croyez-vous qu'elle va survivre au vin ?

Christian s'arrêta et poussa un soupir lourd.

— Elle survivra si elle se repent sincèrement de ses péchés et qu'elle L'accepte dans son cœur.

— Je doute fort qu'elle en soit capable, lâcha Erin.

Jordan approuva en silence.

Christian eut une réaction plus compatissante.

— Qu'importe notre conviction du contraire, on ne connaît jamais le cœur d'autrui. Léopold, qui a été un agent infiltré du Bélial dans nos rangs pendant des décennies, nous a tous bernés.

— Et, lui, il était capable d'avaler le vin sacré sans brûler vif, renchérit l'archéologue.

Perplexe, Jordan se rendit compte qu'il n'avait pas encore eu le temps d'aborder un sujet en particulier. Il avait annoncé à tout le monde la disparition du corps de Léopold dans le temple souterrain de la sibylle. En revanche, il ne s'était pas appesanti sur un aspect plus étrange de l'histoire.

— Il y a un truc dont je ne vous ai pas parlé au sujet de l'attaque de Cumes. Le *strigoï* qui… qui m'a blessé… juste avant de mourir, il m'a dit qu'il était désolé. Il connaissait mon nom.

— Quoi ?

Christian pivota vers lui. *A priori*, Baako et Sophia avaient, eux aussi, omis de communiquer le détail à leurs collègues sanguinistes. L'ensemble des témoins était peut-être prêt à n'y voir qu'une simple coïncidence. Si le monstre tué était d'origine allemande, cela expliquait son accent. À moins qu'il n'ait été informé du nom de Jordan, car son mystérieux maître savait que le Guerrier fouillait le sanctuaire enseveli.

Le sergent Stone n'était toutefois pas dupe.

Jordan, mein Freund…

— Je vous jure que le *strigoï* avait la voix de Léopold.

— Impossible, marmonna Erin.

Quoiqu'elle ait assisté à assez d'événements incroyables pour que le doute s'insinue dans son esprit.

— Je sais que ça paraît dingue, insista-t-il, mais je pense sincèrement que Léopold s'exprimait par le biais de cette créature.

Le temps de digérer la nouvelle, l'Érudite resta silencieuse quelques instants, le regard perdu au loin, puis elle lâcha :

— Quel genre de connexion y aurait-il eu entre eux pour que le phénomène se produise ?

Christian avança une théorie :

— À la mort de Léopold, son esprit a peut-être investi l'autre *strigoï*.

— Cela est-il déjà arrivé ?

— Pas que je sache mais, depuis que je vous ai rencontrés, j'ai assisté à beaucoup de prodiges inouïs.

Erin confirma, puis se tourna vers Jordan :

— As-tu remarqué autre chose d'inhabituel au sujet du *strigoï* ? Un élément susceptible d'expliquer la présence de ce lien psychique ?

— Hormis le fait que sa force et sa rapidité étaient décuplées ?

— Oui.

Jordan se remémora un dernier détail.

— À vrai dire, il y avait bien un autre truc bizarre. Sur son torse, j'ai remarqué une marque noire en forme de main.

— Comme chez Báthory Darabont ?

— C'est exactement ce que je me suis dit. Une espèce de signe de propriété.

— Ou de possession.

Christian parut inquiet.

— Il y a gros à parier que l'autopsie du corps soit terminée au Vatican. À notre retour, les légistes auront peut-être de meilleures explications à nous fournir. Le cardinal Bernard voudra certainement savoir ce que…

Sa voix se brisa. Un court instant, il avait oublié que le prélat n'était plus le chef de file des Sanguinistes mais un simple prisonnier.

Jordan secoua la tête. C'était le pire moment pour que l'Ordre voie sa hiérarchie ainsi bouleversée.

— Quel est le sort réservé à Bernard ?

Christian soupira.

— Il va être reconduit à Castel Gandolfo et assigné à résidence jusqu'à ce qu'il soit en mesure de supporter son procès. Étant donné son très haut rang, un conclave de douze cardinaux doit être réuni pour prononcer la sentence. L'ensemble de la procédure peut durer deux ou trois semaines, surtout avec la recrudescence des attaques de *strigoï*.

— Quelle pourrait être leur décision ? demanda Erin.

— Le cardinal Bernard est un personnage très influent. Peu de gens accepteront de témoigner contre lui. Pour cette raison, et parce qu'il bénéficie de circonstances atténuantes, une peine sera sans doute fixée.

— Quel genre de peine ? insista Jordan.

— Il a commis un péché d'une extrême gravité. La règle voudrait qu'il soit condamné à mort, mais l'Ordre peut aussi choisir de lui accorder le pardon. Sophia m'a raconté que le cardinal avait déjà enfreint nos lois par le passé. Qu'il s'était nourri d'adversaires humains au temps des croisades.

— Des croisades ? glapit Erin. Mais elles ont eu lieu il y a plus de *mille* ans !

— Vous avez la mémoire longue, les gars ! ironisa Jordan.

— C'est un métier difficile, reconnut Christian en égrenant les perles de son chapelet. En outre, si la comtesse Báthory détient des informations clés susceptibles de vous aider à reverrouiller les chaînes de Lucifer, le tribunal pourrait faire preuve de clémence.

Erin contempla l'immense nef de la basilique.

— Le sort de Bernard dépend donc de la survie d'Élisabeth à sa transmutation ?

— Ça me paraît pertinent, commenta Jordan.

— Pertinent ou pas, reprit le Sanguiniste, je suis certain que nous aurons bientôt des nouvelles du cérémonial.

Le sergent Stone supposa que Bernard non plus ne devait pas passer une bonne nuit.

Bien fait pour lui !

*

5 h 58

Les bras attachés par-devant, Bernard arc-bouta les jambes pour mieux résister au roulis de l'embarcation. Dès qu'il faisait un geste, ses menottes en argent lui brûlaient les poignets, ce qui emplissait la soute obscure des relents de sa propre chair calcinée.

On m'a emprisonné comme un vulgaire voleur.

Et il savait que le responsable de sa condition actuelle était le cardinal Mario. Le prélat de Venise l'avait toujours détesté, notamment parce que Bernard avait entravé sa campagne séculaire pour que le siège de l'Ordre soit transféré dans la décadente cité aux mille canaux. Résultat : il lui faisait payer son affront par un pénible trajet à fond de cale.

Il ne s'agissait toutefois que d'une petite contrariété. En fait, Bernard ne se berçait guère d'illusions sur son avenir. Bien qu'il ignorât encore la teneur exacte de son châtiment, il dégringolerait de son piédestal et tomberait si bas qu'il était même impossible de distinguer le fond du trou. On le dépouillerait aussi certainement de son titre.

La mort serait une solution plus simple.

Il baissa la nuque. Il avait servi l'Ordre des Sanguinistes pendant près de mille ans. Les condisciples de son âge devenaient rares. Et, pendant tout ce temps-là, il n'avait jamais été tenté de se retirer au Sanctuaire, d'intégrer le cercle très fermé des Cloîtrés. Ce n'était un chemin ni pour lui ni pour ses ambitions.

Moi, je fais partie des rangs de l'Église et je sers l'Ordre au maximum de mes capacités.

Il leva ses menottes assez haut pour toucher sa croix pectorale avec les pouces. La douleur, familière, réconfortante, lui rappela que son labeur n'était pas terminé.

Il devait se concentrer là-dessus, au lieu de ruminer la manière dont il avait été neutralisé par des gens comme Élisabeth Báthory. Une vive colère l'envahit, mais il réussit à se maîtriser et à accepter ses fautes. Consciente de son orgueil démesuré, la comtesse avait usé de la propre ambition du cardinal contre lui. Les mots résonnèrent dans son esprit.

Vous seul possédez le pouvoir de sauver le monde.

Elle l'avait tenté… avec son sang mais également au moyen de son précieux savoir. Dans un coin de son cerveau, elle abritait des secrets qu'il avait désiré connaître plus que tout. Conséquence : il s'était montré trop empressé à lui payer le prix réclamé. La sournoise avait su quelle musique lui jouer.

Et je n'ai été que son instrument.

Là, c'était terminé.

Les autres n'avaient aucune idée de l'abîme de mal que Báthory abritait en son cœur noir. Bernard, si. Il était convaincu que le vin la consumerait. Toutefois, dans le cas contraire, il devait se tenir prêt.

À supposer qu'elle en réchappe, il connaissait un moyen de la contrôler. Elle s'était attachée au petit Américain, Tommy.

Contrôle l'enfant, et tu contrôleras la mère.

Il se trémoussa de manière à extraire son portable de sa poche. Ses geôliers lui avaient confisqué ses armes mais laissé son téléphone. Il composa un numéro dans le noir. Malgré les circonstances, il pouvait compter sur ses amis les plus fidèles.

— *Ciao* ? répondit une voix au bout du fil.

Bernard exposa rapidement sa requête.

— Ce sera fait, lui assura aussitôt son complice avant de raccrocher.

L'ecclésiastique puisa un réconfort glacé dans le fait que son plan vis-à-vis de la comtesse n'échouerait pas.

Cette fois, c'est moi qui la transformerai en l'instrument de mes propres ambitions.

Quel qu'en soit le prix.

*

6 h 10

Agenouillée devant le calice qu'on avait porté à ses lèvres, Élisabeth se trouvait à mi-chemin entre le salut et l'extinction. Au-dessus de sa tête, la mosaïque de Lazare la contemplait, en même temps que le Christ. Le regard de la Hongroise s'attarda plutôt sur les témoins de l'événement, c'est-à-dire la famille de Lazare. Ses sœurs, Marthe et Marie de Béthanie. Les petits pavés de verre immortalisaient leur mine terrifiée, et non réjouie.

Craignaient-elles que leur frère meure d'avoir ingurgité le sang du Christ ?

Élisabeth se tourna vers l'individu, tout aussi effrayé, qui tenait la coupe devant elle. La lueur des bougies se reflétait sur le visage crispé de Rhun et parait son teint pâle de reflets argentés. Elle ne l'avait jamais vu si épouvanté, excepté le jour où ils s'étaient embrassés pour la première fois devant la cheminée du château de Čachtice, *le* geste à l'origine de tous les événements qui avaient fini par les mener jusqu'à la crypte de la basilique.

Les prunelles sombres de Korza plongèrent dans les siennes. C'était le moment idéal pour se livrer à des adieux poétiques. Or, elle ne trouva rien de particulier à lui dire, surtout devant l'assemblée de Sanguinistes.

Focalisée sur le prêtre, elle oublia le reste.

— *Egészségére*, murmura-t-elle.

Voilà comment on avait coutume de porter un toast en Hongrie. *À votre santé !*

Le regard de Rhun se radoucit.

— *Egészségére*, répéta-t-il en hochant doucement la tête.

Elle inclina le menton, et il pencha la coupe.

Un filet de vin lui coula sur la langue.

C'est fait...

Dès que le liquide traça un chemin brûlant le long de son gosier, elle eut l'impression d'avoir avalé de la roche en fusion. Les larmes lui montèrent aux yeux.

Son dos se cambra de douleur et plaqua sa poitrine contre la toile rêche de son habit de nonne. Ses bras effectuèrent des mouvements désordonnés. Son corps tout entier s'embrasa jusqu'au bout des doigts et des orteils. Chacune de ses veines était en feu. Jamais Élisabeth n'avait connu une souffrance aussi vertigineuse.

En même temps que la douleur, le caractère sacré du vin se diffusa en elle et la vida de ses forces de *strigoï*. Il affronta la noirceur de son sang. Néanmoins, la sainteté ne l'emporta pas. Le mal ne fut pas complètement éradiqué. Il continua de vibrer en elle, tel un monceau de braises.

Elle finit par laisser échapper un soupir brûlant, puis se prépara à affronter la suite. D'après ce que Rhun lui avait raconté, chaque fois qu'elle boirait le vin, elle serait contrainte de revivre ses pires péchés – expérience qu'il avait appelée la *« pénitence »*. Le but était de rappeler aux Sanguinistes qu'ils n'étaient pas infaillibles et que seule Son incroyable grâce leur permettrait de supporter leurs terribles fautes.

Et j'ai tant de crimes à expier !

Quand le feu intérieur eut perdu un peu de sa vigueur, elle se pencha en avant, jusqu'à toucher ses genoux, et enfouit son visage souillé de larmes entre ses mains. À cela près qu'il ne s'agissait pas pour elle d'étouffer d'effroyables souvenirs.

Non, elle cherchait plutôt à masquer son soulagement.

Elle avait survécu au terrible test… et n'était confrontée à aucune scène de ses dépravations passées. Son esprit était plus limpide que jamais. Apparemment, elle n'avait pas besoin de se repentir.

Peut-être parce que je n'éprouve aucun regret.

Elle sourit entre ses paumes.

Les Sanguinistes étaient-ils les architectes de leur propre mortification ? De leur propre calvaire ?

Le père Korza posa une main réconfortante sur son épaule. Puisqu'elle ignorait combien de temps une pénitence était censée durer, la novice se laissa faire, recroquevillée sur elle-même, et attendit.

Enfin, les doigts du prêtre se crispèrent sur sa peau.

Y voyant un signal, elle redressa la nuque et veilla bien à afficher une mine affligée.

Ce fut un Rhun rayonnant de joie qui l'aida à se relever.

— La part de bien en vous a triomphé, Élisabeth ! Il faut remercier le Seigneur pour Sa miséricorde éternelle.

Elle s'appuya contre lui, quelque peu affaiblie par la sainteté du lieu, dépouillée de ses forces étrangement décuplées de *strigoï*. Cramponnée à la main de Korza, elle observa les visages à la ronde. La plupart des participants étaient restés stoïques, mais certains ne pouvaient cacher leur étonnement.

Elle continua de jouer son rôle et fixa Rhun dans les yeux.

— Maintenant que j'ai vécu une seconde naissance, je ne peux plus déroger à ma promesse. Je vais vous dire ce que je sais, quelque chose qui pourrait vous aider lors de votre quête. Ce sera mon premier acte de contrition.

Il l'étreignit de plus belle, histoire de la remercier, voire de s'assurer qu'elle était bel et bien en vie.

— Alors, allons-y.

Quand ils rebroussèrent chemin dans l'allée, les autres Sanguinistes touchèrent l'épaule de la noble

Hongroise pour lui montrer qu'ils l'accueillaient parmi eux. Une personne de l'assistance ne pouvait néanmoins masquer sa stupeur. Elle fut la dernière à saluer Élisabeth.

Abigail hocha vaguement la tête en silence.

— Je suis honorée d'avoir rejoint vos rangs, ma sœur.

La vieille nonne tâcha de faire bonne figure.

— Vous avez choisi une route difficile, sœur Élisabeth. Je prie le Ciel pour que vous puisiez en vous la force de vous y tenir.

Báthory soutint son regard sombre.

— Moi aussi, ma sœur.

Elle quitta la chapelle en se retenant d'éclater de rire.

Qui aurait cru qu'il serait aussi facile de s'échapper ?

CHAPITRE 14

18 mars, 9 h 45
Venise, Italie

La Comtesse sanglante a survécu…

Songeuse, Erin se laissa entraîner par Élisabeth dans les entrailles de la basilique Saint-Marc. Vêtue d'un humble habit de religieuse, l'ancienne comtesse faisait désormais partie de l'Ordre des Sanguinistes. Toujours étonnée de son revirement inopiné, Erin l'observa de dos. Malgré un costume des plus modestes, Báthory avait conservé sa démarche hautaine d'aristocrate, les épaules rejetées en arrière, la nuque bien droite.

Sauf qu'elle a réussi le test des Sanguinistes.

D'un léger signe de tête, Erin se résigna.

Du moins, pour l'instant.

En tout cas, la nouvelle bonne sœur jouait la carte de la coopération.

— Voici ce que je voulais vous montrer, annonça-t-elle devant une superbe mosaïque au plafond. Ce tableau, intitulé *« La Tentation du Christ »*, figure parmi les plus beaux chefs-d'œuvre de la basilique.

Rhun, qui ne quittait plus Élisabeth d'une semelle,

la dévorait avec des yeux emplis de soulagement, d'admiration… et de joie non dissimulée. Après tout ce que la comtesse lui avait infligé, il continuait de l'aimer.

Jordan, lui, se tenait un peu en retrait d'Erin. Voyant qu'il préférait étudier l'immense fresque, sa petite amie regretta qu'il ne la regarde pas avec le même amour intarissable, incontestable.

— Cette mosaïque représente trois scènes au cours desquelles Satan a mis le Christ à l'épreuve, commenta-t-il. Quand Jésus était parti jeûner quarante jours en plein désert.

— Exact, confirma l'Érudite. L'image de gauche montre le diable – c'est l'ange noir devant lui – en train de lui apporter des pierres pour qu'il les transforme en pains.

Christian enchaîna :

— Le Christ refuse, arguant que *« L'homme ne vivra pas de pain seulement mais de toute parole qui sort de la bouche de Dieu »*.

Erin indiqua la section suivante.

— À l'occasion de la deuxième tentation, le diable demande à Jésus de sauter du haut d'un temple et de laisser Dieu le rattraper, mais Jésus refuse de tenter le Seigneur. Quant à la troisième, là où le Christ se tient debout sur un massif montagneux, le diable lui offre tous les royaumes de la Terre.

— Or, Jésus l'envoie promener, lâcha Jordan.

— Et le diable est banni. Ce sont alors les trois anges de droite qui prennent soin du Christ.

Une nouvelle voix intervint :

— Ce nombre-là possède une réelle signification.

Erin pivota vers Élisabeth, qui gardait les bras sagement croisés devant elle.

— Que voulez-vous dire ?

— *Trois* tentations, *trois* anges. Vous remarquerez aussi que, pour la deuxième tentation, le Christ se dresse au sommet de *trois* montagnes. Le chiffre *« trois »* a toujours eu beaucoup d'importance au sein de l'Église.

— Comme dans le Père, le Fils et le Saint-Esprit. *La Sainte Trinité.*

— Raison pour laquelle les Sanguinistes se déplacent toujours par trois, renchérit la comtesse avant de se désigner elle-même avec Rhun et Christian.

Erin se rappela également qu'il avait fallu le sang de trois membres de l'Ordre pour rouvrir la porte scellée par Bernard. Même la prophétie de l'Évangile de Sang tournait autour de trois figures : l'Érudite, le Guerrier et le Chevalier du Christ.

— Toutefois, il ne s'agit pas du trio le plus significatif dissimulé au cœur de la mosaïque, reprit Élisabeth. Observez bien les montagnes sous les sandales du Christ.

Jordan plissa les paupières.

— On dirait qu'Il se tient sur une grosse bulle d'eau ?

— Et à l'intérieur de la bulle ?

Vu la gigantesque hauteur de plafond, Erin aurait aimé avoir des jumelles, mais elle en distingua assez pour comprendre. Des petits pavés blancs entouraient un ensemble discret de trois objets qui flottaient dans l'eau resplendissante.

— *Trois* calices, bredouilla-t-elle avec effarement.

Un espoir s'insinua dans son cerveau fourmillant de questions : l'un d'eux pouvait-il être le *« Calice de Lucifer »*, la coupe qu'ils étaient censés retrouver ?

— Pourquoi nous montrez-vous un truc pareil ?

— Parce que ce tableau pourrait bien être lié à votre quête. Il y a fort longtemps, il a été commandé par des hommes qui, ensuite, ont formé une véritable cour à Prague, sous le règne de l'empereur Rodolphe II. La Cour des Alchimistes.

Erin fronça les sourcils. Elle avait entendu parler d'eux dans les contes pour enfants qui traitaient du golem biblique. Le groupe de célèbres alchimistes tchèques étudiait les sciences occultes et ambitionnait de transformer le plomb en or. Depuis leurs nombreux laboratoires, ils cherchaient aussi, entre autres, à percer les secrets de l'immortalité.

Et, à sa connaissance, ils avaient échoué.

— Quelle est la signification des calices ?

— Difficile à dire. En revanche, je sais qu'ils sont liés d'une manière ou d'une autre à la pierre que vous avez ramassée. Le fameux diamant vert.

— Liés dans quelle mesure ? se renseigna Jordan.

— L'histoire de cette pierre remonte aussi à la Cour des Alchimistes. Jusqu'à un homme que j'ai autrefois rencontré, à l'époque où je menais mes propres travaux sur la nature des *strigoï*.

Erin tiqua sur le choix des mots. *Ses travaux*. En voilà une façon abjectement clinique de décrire la torture et le meurtre de centaines de jeunes filles !

— Cet alchimiste de la cour m'a montré le symbole que vous avez découvert sur le diamant, le signe que j'ai recopié dans mon journal.

— De qui s'agissait-il ?

— Il s'appelait John Dee.

Erin toisa son interlocutrice d'un regard sévère. John Dee était un savant anglais réputé du XVIe siècle. Grâce à ses compétences en navigation, il avait aidé la reine Élisabeth Ire à fonder l'Empire britannique. Plus tard, l'homme était devenu un astrologue et un alchimiste de renommée internationale. En effet, il ne fallait pas oublier qu'à l'époque, religion, magie et science se trouvaient à la croisée des chemins.

— Lequel de ses projets impliquait le diamant vert ?

— Un des grands buts de la vie de Dee, celui qui finirait par le discréditer, c'était son ambition de parler aux anges.

Aux anges ?

Un an auparavant, le Dr Granger aurait doucement ri mais, depuis quelque temps (elle jeta un coup d'œil à Jordan), elle avait découvert que les êtres de lumière étaient bel et bien réels.

Élisabeth poursuivit :

— Dee collaborait avec un jeune homme appelé Edward Kelley, qui prétendait être vaticinateur.

— *Vatici*-quoi ? bredouilla Jordan.

— Diseur de bonne aventure, expliqua Erin. Ces gens-là se servaient de boules de cristal, de feuilles de thé et d'autres supports pour prédire l'avenir.

— Kelley possédait un miroir en obsidienne qui, selon la légende, avait été fabriqué à partir d'une pierre du Nouveau Monde. Il se vantait d'y voir apparaître des anges. Du moins, il en avait convaincu John Dee, qui retranscrivait leurs paroles au moyen d'une langue spéciale de son invention.

— L'hénochien.

Élisabeth confirma d'un mouvement de tête.

— À la longue, Dee a perdu foi en Edward Kelley et souhaité converser lui-même avec les anges. Il a donc cherché à créer un portail grâce auquel il pourrait s'adresser à ces créatures surnaturelles et retransmettre leur sagesse au reste de l'humanité.

— Quel rapport avec la pierre verte ? s'étonna Jordan.

— Justement, marmonna Erin.

— Ce diamant possédait le pouvoir d'ouvrir le

fameux portail. Il était saturé d'une énergie très funeste, assez puissante pour transpercer les voiles qui séparaient nos mondes. Le jour du test, hélas, une catastrophe s'est produite, et Dee et son assistant ont été retrouvés morts au milieu du laboratoire. L'empereur Rodolphe a alors caché la pierre afin que personne ne puisse plus libérer son pouvoir.

— D'où tenez-vous cette histoire ? demanda Erin.

La comtesse lissa les plis de son jupon.

— C'est le souverain en personne qui me l'a racontée.

— Vous avez connu Rodolphe II ? intervint Christian sur un ton dubitatif.

— Bien sûr ! s'emporta-t-elle. Je suis issue d'une des lignées les plus royales d'Europe.

— Loin de moi l'idée de vous offenser, ma sœur.

Élisabeth se rasséréna vite et croisa à nouveau les bras devant elle, comme si elle s'efforçait de redevenir une humble religieuse. Toutefois, le résultat n'était guère probant.

— L'empereur m'a écrit. Il savait que John Dee et moi étions les seuls sur Terre à mener ce genre de recherches, à explorer la nature du bien et du mal.

— En quoi votre histoire va-t-elle nous aider dans notre quête ? persista Jordan.

— Dee était beaucoup mieux informé sur le diamant qu'il n'a jamais voulu l'admettre dans ses lettres. Ce symbole, par exemple… Je le soupçonne fortement d'en avoir identifié la signification. En récupérant ses vieux dossiers, ses notes personnelles, nous pourrions découvrir la vérité.

Erin approuva en silence. *Au moins, c'est un bon point de départ.*

Rhun observa Élisabeth. En fait, son regard ne se détachait presque jamais d'elle.

— Qu'est-ce qui vous préoccupe autant, comtesse ?

À son tour, Erin tenta de déceler une trace d'anxiété sur le visage impassible de Báthory. En vain. Décidément, le prêtre la connaissait mieux que quiconque.

— Dans la description que l'empereur m'a donnée de sa découverte des deux corps, quelques détails me laissent craindre que le portail de Dee ne se soit pas ouvert sur le monde des anges sacrés mais sur le plus sombre d'entre tous : Lucifer en personne.

Élisabeth leva les yeux vers les personnages noirs qui, sur la mosaïque du plafond, s'appliquaient à tenter le Christ. Un lourd silence envahit la basilique à mesure que ses compagnons d'aventure prenaient la dimension d'une telle révélation.

— Voilà pourquoi il faut à tout prix conserver la pierre en un seul morceau, conclut-elle.

Jordan croisa le regard d'Erin.

— Montre-lui, souffla l'archéologue.

De sa poche, il extirpa délicatement les deux moitiés de diamant. Face à l'éclat flamboyant des fragments verts, Élisabeth se ratatina. Même Erin vit l'effroi l'envahir. Personne ne pouvait plus s'y tromper.

— Il est libre.

— Qui est libre ?

Sans fournir de réponse précise, la comtesse se contenta de balbutier d'une voix sourde et épouvantée :

— Il n'y a plus rien à faire, à part nous préparer au retour de Lucifer.

*

10 h 38

Rhun observa Báthory d'un air incrédule mais, non, elle ne cherchait pas à les tromper : sa peur était sincère.

— *Lucifer ?* Vous pensez franchement que son retour est imminent ?

— Les *strigoï* ont changé, pas vrai ? rétorqua-t-elle, le regard perçant. Ne sont-ils pas plus rapides, plus puissants ?

Jordan se frotta le ventre et confirma en silence.

— En d'autres termes ? insista Erin.

La comtesse caressa les deux moitiés de la pierre.

— Vous vous retrouvez face à un danger beaucoup plus grand que vous ne l'imaginez. Ce truc s'est échappé de sa prison.

— Quel truc ? demanda le prêtre.

Il l'incita à retirer sa main. S'il restait la moindre trace de mal à l'intérieur du diamant, il refusait qu'Élisabeth s'en approche.

— La gemme contenait des forces redoutables, une énergie accumulée et distillée au cours des longues années pendant lesquelles John Dee les a récoltées.

— Récolté quoi ? se renseigna Erin. De quelle énergie parlez-vous ?

— De l'essence de plus de six cents *strigoï*. Dee a recueilli leur énergie déliquescente au moment de leur mort et il a tout canalisé au centre du diamant.

Báthory pivota vers Rhun et lui agrippa le bras.

— Vous avez massacré assez de *strigoï* pour avoir vu la fumée noire qui s'échappe d'eux lorsqu'ils périssent.

Le Sanguiniste hocha lentement la tête puis, d'un bref coup d'œil, il constata qu'Erin et les autres affichaient un air entendu. Tout le monde avait déjà assisté au phénomène.

L'archéologue reprit :

— Selon vos notes personnelles, vous avez tué une *strigoï* dans un cercueil de verre. D'ailleurs, une de vos illustrations montre ladite fumée qui émane du cadavre.

— C'est le point culminant de mes expériences. Dee est allé plus loin : il a appris à capturer les fameuses essences en utilisant un appareil en verre de son invention – et à les collecter. J'ignore comment, mais il a découvert que le diamant vert pouvait receler une concentration colossale de forces maléfiques.

Jordan contempla les deux gros éclats entre ses mains.

— Et, maintenant, ces forces courent dans la nature.

— Le fait que la pierre soit fracassée pourrait-elle renvoyer à la prophétie de l'Évangile de Sang, selon laquelle les chaînes de Lucifer ont été déverrouillées ? suggéra Erin.

— Possible, concéda Élisabeth. En tout cas, c'est sans doute ce qui a récemment décuplé la puissance des *strigoï*.

— Pourquoi donc ? s'étonna Rhun.

— N'en avez-vous pas la moindre idée ?

Le religieux se rembrunit en silence.

— Ne vous êtes-vous jamais demandé ce qui vous conférait votre immortalité, votre force ?

— Une malédiction ?

— Vous n'allez pas chercher très loin. Moi, je suis convaincue que l'Église a chargé de grands pontes de se pencher plus sérieusement sur le mystère.

— Auquel cas, nous n'en avons jamais rien su, avoua Christian. À vous d'éclairer notre lanterne.

Atterrée par leur sottise, Élisabeth secoua la tête.

— Grâce à mes expériences et aux travaux de Dee sur les anges, nous avons établi que les *strigoï* étaient animés par une seule et unique force angélique : un ange noir.

Rhun scruta la figure de Lucifer au plafond.

Elle suivit son regard.

— N'avez-vous jamais constaté qu'au lieu de *monter*, la fumée d'un *strigoï* mourant se faufile toujours *vers le bas* ?

— Pour retourner en enfer, comprit-il.

— Et regagner sa source. Lucifer en personne.

Korza leva les mains et examina sa propre chair. Seule la grâce du sang sacré du Christ lui permettait de museler la formidable énergie satanique qui bouillonnait en lui. À ses côtés, Christian paraissait tout aussi consterné. Pour la première fois, les deux immortels avaient peut-être pris conscience de leur nature véritable.

Par chance, Erin revint à des considérations plus pratiques.

— Élisabeth, vous avez annoncé tout à l'heure qu'un truc *« était libre »*, qu'il *« s'était échappé de sa prison »*. À votre avis, qu'est-ce qui a été relâché par le diamant au juste ?

— Difficile de répondre, mais Dee a recueilli une

quantité précise d'esprits de *strigoï*. Six cent soixante-six pour être exacte.

— Le nombre biblique de la bête.

— Selon l'alchimiste, au moment où il atteindrait ce chiffre, les essences fusionneraient pour engendrer, ou peut-être convoquer, un démon.

— La bête de la Bible, déduisit Rhun, qui commençait à comprendre la réaction épouvantée de la comtesse.

— Il s'est cru capable d'obliger le démon à lui ouvrir un portail angélique, mais il a échoué.

— Et, aujourd'hui, tout le mal s'est répandu sur le monde.

Élisabeth pressa ses mains sur sa taille.

— Pour avoir un espoir de l'arrêter, il faut retrouver les vieux dossiers de John Dee. Il est le seul à avoir peut-être compris ce qu'il avait créé.

— Par où commencer à chercher ? demanda Erin.

— Dans ses anciens laboratoires à Prague. Enfin, s'ils existent encore. Dee savait préserver ses secrets. Partout, il s'était aménagé de petites cachettes – dans des cheminées, des fausses cloisons ou même des grottes souterraines. Nous devons nous rendre à son atelier de Prague et y chercher des réponses.

Rhun se tourna vers Erin et Jordan. La piste était mince, mais c'était toujours mieux que rien.

— Vous deux, qu'en pensez-vous ?

Le sergent lorgna vers sa petite amie, qui acquiesça :

— Je crois que ça vaut le coup. Et, avec tout ce qui se passe, il faudrait partir sur-le-champ.

— Je sors mettre en route l'hélicoptère, annonça Christian. Qui vient ?

Erin désigna Rhun et Jordan.

— Nous trois, bien sûr.

Báthory redressa les épaules.

— Je vous accompagne. J'ai visité l'atelier de Dee et je connais bon nombre de ses secrets.

Christian resta perplexe.

— Vous venez à peine d'adhérer au sanguinisme, sœur Élisabeth. D'habitude, les nouveaux ordonnés se retirent du monde pendant plusieurs mois, le temps d'apprendre à maîtriser les forces animales qui les habitent.

La jeune femme eut beau baisser la tête, Rhun vit passer un éclat familier de rage dans ses prunelles argentées.

— Si telle est la volonté de l'Église, je m'y soumettrai. Néanmoins, je ne vois pas comment vous pourriez réussir cette mission sans mon aide.

Une voix s'éleva derrière eux, signe que, depuis le début, quelqu'un avait discrètement épié leur conversation.

— Sœur Élisabeth devrait assister le trio dans sa quête. Personne d'autre au sein de l'Église ne possède ses connaissances. Pour espérer réussir, nous devons prendre des risques.

— Merci, sœur Sophia.

— Vous avez bu le vin sans problème. Si Dieu a confiance en vous, nous ne pouvons pas faire moins. (À Christian.) Vos inquiétudes étant toutefois fondées, je préfère venir aussi. Je vous aiderai à vous prémunir des tentations.

— Votre expertise sera la bienvenue, approuva Élisabeth.

Rhun soupçonna Sophia de les rejoindre moins pour jouer les éducatrices que pour être leur garde du corps

– et ainsi surveiller la comtesse. C'était peut-être plus sage. Quoi qu'il en soit, la question était réglée.

Christian pivota sur ses talons.

— Je vais programmer l'horaire de vol. Sauf imprévu, nous devrions atterrir à Prague d'ici à midi.

Alors que le groupe s'apprêtait à lui emboîter le pas, Rhun vit Jordan ranger les deux moitiés de diamant vert dans sa poche. Il se rappela alors ce qui avait été relâché sur le monde. Si les craintes d'Élisabeth étaient avérées, un démon venait d'être libéré.

Mais de quel genre de bête s'agissait-il ?

CHAPITRE 15

18 mars, 11 h 12
Venise, Italie

Combien de temps vais-je encore devoir attendre ?

Tapi à l'ombre d'une arcade, Légion contempla la façade à colonnades de la grande église située au bout d'une place baignée de soleil. Les rayons puissants de midi qui se reflétaient sur les murs dorés lui brûlaient la rétine, pourtant il refusait de bouger d'un millimètre.

Je patiente depuis longtemps et je suis tout à fait capable de continuer.

Tandis qu'il montait la garde, enraciné dans le corps de Léopold, il scrutait aussi le monde avec d'autres yeux, ceux qu'il avait asservis d'un simple contact de la main. À travers ces lointaines ramifications, il distingua une centaine d'images différentes, des endroits encore noyés sous les ténèbres :

...la gorge déchiquetée d'une jeune fille, qui saigne abondamment sur une chaussée de goudron noir...

...le regard larmoyant et terrifié d'un homme à l'intérieur d'une boîte en métal, conscient qu'il va

bientôt mourir sous les crocs acérés d'un monstre de la nuit...

...une autre bête qui sillonne un bois sombre, puis s'approche d'un couple enlacé et totalement replié sur ses propres désirs charnels...

À tout moment, il pouvait outrepasser son statut de simple témoin, glisser son esprit à l'intérieur de ses esclaves et prendre possession de leur corps. Il resta néanmoins où il était, solidement implanté dans le réceptacle qu'il s'était choisi, son point d'ancrage sur Terre. Il explora de nouveau les souvenirs émis par la petite flamme qui vacillait au sein de son immense noirceur.

Léopold avait identifié le bastion sanctifié de l'autre côté de la place.

Maintenant, moi aussi, je le connais.

La basilique Saint-Marc.

Légion était arrivé de Rome sur les indications d'un prêtre sanguiniste apeuré qui avait écouté à la porte d'un certain cardinal Bernard. Par le biais de son informateur, il avait appris que le trio de la prophétie s'y était donné rendez-vous. Toutefois, même s'il souhaitait savoir ce qui se passait à l'intérieur de l'auguste enceinte, il n'osait pas franchir lui-même le cap.

Non seulement il aurait foulé un territoire sacré, mais la lumière féroce du jour risquait de le carboniser sur place. Il n'avait pas apporté de quoi se couvrir. Déjà à l'ombre, le rayonnement lui picotait la peau. Bientôt, le soleil brûlant l'obligerait à se réfugier dans une maison voisine, voire à plonger au fond du canal.

Je peux rester sous l'eau fraîche et verte jusqu'au soir.

Il eut d'ailleurs très envie de tenter l'expérience : le scintillement des poissons virevoltants, la danse des longs rubans d'algues émeraude… Il aurait voulu s'en délecter, en faire partie.

Ce n'était pas encore le moment, hélas.

En attendant, il devait supporter une cité truffée de canaux nauséabonds, véritable embrouillamini de dépravation humaine et de sainteté. Les gens qu'il pourchassait y avaient trouvé refuge et, malgré les efforts de Léopold pour lui cacher leur existence, Légion avait peu à peu glané des informations.

Deux membres du trio étaient, bien entendu, mortels.

Le *Guerrier* et l'*Érudite*.

Le troisième – le *Chevalier* dénommé Rhun Korza – était arrivé plus tard et, lui, c'était un Sanguiniste, comme Léopold. Autrement dit, il était corruptible. De sa propre ombre, Légion pouvait effleurer la noirceur intime du Chevalier.

Le marquer de mon empreinte, le plier à ma volonté.

Il n'était pas question de procéder selon le même mode opératoire avec le Guerrier et l'Érudite, exempts de toute trace de ténèbres en eux, mais Légion n'avait besoin que du Chevalier.

Korza serait son chemin d'accès au trio. Son moyen de détruire la prophétie de l'intérieur.

Soudain, une grande porte claqua au bout de la place.

Un escadron de Sanguinistes au cœur silencieux sortit de l'édifice sacré et se déversa sur l'esplanade. Légion scruta les visages en inhalant à pleins poumons la fumée dégagée par la maigre flamme de Léopold. Le jeune Allemand connaissait beaucoup d'entre eux, ne serait-ce que de nom.

Le regard du monstre s'attarda sur l'homme au

centre, qui marchait en compagnie du Guerrier et de l'Érudite.

Rhun Korza.

Dès qu'il se sera soumis à moi, nous purgerons son monde et en referons un paradis.

Le plus frustrant, c'était que sa proie était capable de rester en pleine lumière. Légion, qui n'avait pas d'autre solution, les suivit en douce dans les ruelles étroites de Venise. Entre deux portes, il entendit le pouls des créatures qui menaient leur morne existence d'êtres humains. L'un d'eux retint son attention.

Le Guerrier aurait dû être mort ! Légion se rappelait avoir possédé le *strigoï* qui l'avait agressé : la violente pénétration de la lame dans l'abdomen moelleux de son adversaire, le flot abondant de sang chaud sur ses mains glacées.

Pourtant, le cœur du Guerrier continuait de battre.

À bien écouter, Légion décela une note discordante dans son rythme. On aurait dit l'écho tonitruant d'une grosse trompette derrière les battements réguliers.

Le mystère devrait attendre.

Presque arrivé à destination, le reste du groupe se hâta de parcourir les derniers mètres sous un soleil implacable.

Je n'ai plus le temps.

Ils se ruèrent à l'intérieur d'un bâtiment qui empestait le pétrole, comme souvent au XXIe siècle. Une machine équipée de pales était posée sur le toit. Léopold connaissait ce type d'appareil.

...un hélicoptère, pour voler à la manière d'un bourdon...

Il était impressionné par l'emprise que les mortels exerçaient désormais sur leur univers limité. Durant les siècles où il était resté emprisonné, l'humanité avait multiplié les conquêtes.

Y compris celle du ciel.

Conscient de leur puissance, Légion se demanda comment continuer la traque. L'hélicoptère allait bientôt disparaître dans le soleil d'un nouveau jour et emmener le trio au loin. Il fallait absolument qu'il découvre où ils allaient.

Les pales tournoyaient déjà.

Quelques Sanguinistes émergèrent du bâtiment. L'escorte qui avait accompagné le trio à travers la cité s'apprêtait à regagner son perchoir sacré. La plupart des religieux rebroussèrent chemin vers la basilique. Seule une silhouette décida de faire cavalier seul et emprunta une autre direction.

Elle longea un canal, dont la berge la plus proche restait plongée dans l'obscurité.

Bondissant d'une tache d'ombre à l'autre, Légion s'empressa de la suivre.

Alors qu'il était lancé au galop, il écouta la ville, ses éclats de rire et ses cris, le vrombissement des moteurs, le fracas des chantiers de construction. On n'entendait presque plus les sons de la nature. Ni chant d'oiseau ni souffle de brise dans les feuilles. L'homme avait fait main basse sur l'île – autant que sur une bonne partie du monde moderne – et il l'avait dompté à ses propres fins, détruisant les jardins sauvages, tuant les créatures qui vivaient là-bas en belle harmonie.

Si Dieu peut tolérer qu'on massacre ainsi Sa création, moi, j'en suis incapable.

Il s'approcha du bruissement d'étoffe. Sa cible continuait de marcher le long du canal sans se douter une seconde qu'elle était talonnée par un méchant prédateur.

Il apprit son nom grâce à Léopold et le prononça à voix haute :

— Sœur Abigail…

La Sanguiniste se retourna. Ses cheveux gris tirés en arrière encadraient un visage bougon. Malheureusement pour elle, son agacement manifeste, sa colère l'empêchèrent de réagir à temps. Tandis que le regard horrifié de la religieuse lui renvoyait sa propre noirceur, Légion passa à l'attaque.

D'un simple contact avec sa joue, il imprima sa marque sur la chair d'Abigail.

Elle s'avachit contre lui. Il la rattrapa et profita de l'enlacer pour feuilleter sa mémoire comme un livre.

... marcher sous la pluie londonienne en tenant une main au-dessus de sa tête. Maman...

... debout devant une humble pierre tombale blanche. Papa...

... des gens qui dansent de joie au milieu des rues. La Grande Guerre est terminée, mais il y a eu tant de pertes. Tant d'étendues champêtres ravagées pour ne plus être que de vastes cimetières...

... des pierres géantes qui tombent du ciel. Des bombes. Une autre guerre, plus terrible encore que la précédente. Des armes capables d'anéantir tout ce que l'humanité a reçu...

... un homme au regard gris orage et à la peau glacée. Il lui prend son sang, lui offre le sien en échange...

... un terrain de bataille boueux. Des yeux marron, un peu bridés. Des bombes qui détruisent à la fois

le bien et le mal. Une autre guerre, la Corée, et elle chasse avec l'homme au regard gris orage...

... un choix proposé par une femme arborant une croix. Se repentir ou mourir. Du vin qui lui brûle les lèvres...

Légion s'imprégna de la vie de la religieuse, mais son passé ne le passionnait guère. Il écarta donc les souvenirs lointains de la religieuse pour se concentrer sur de plus récents.

... Le visage d'une femme apparaît. Elle a de longues boucles noires, des prunelles argentées. Elle est très belle, et la silhouette glacée d'Abigail la déteste...

Légion lui soutira son nom.

Comtesse Élisabeth Báthory.

Aucun intérêt. Impatient, il se focalisa sur une seule et unique question.

Où vont-ils ?

Les lèvres d'Abigail remuèrent faiblement.

— Ils font route vers Prague.

Il frissonna, car la ville était liée de manière très intime à son histoire personnelle. C'était là qu'il avait été emprisonné pour la première fois. Décidément, plus il pourchassait les membres du trio, plus ils le ramenaient vers son passé.

Un mot lui vint à l'esprit.

Pourquoi ?

— Ils cherchent les carnets de John Dee, balbutia-t-on à son oreille.

Cette fois, il fut submergé par ses propres souvenirs.

... L'homme qui a la barbe d'un blanc laiteux et des yeux sombres pétillants d'intelligence...

... ces yeux me sourient derrière la flamme verte. Il est mon geôlier...

... je brûle de douleur et de haine...

Il repoussa Abigail et la maintint à bout de bras, sa marque imprimée sur la joue de la religieuse. À présent, il savait où aller.

À Prague.

Il disposait déjà d'esclaves à proximité et leur ordonnerait de rejoindre la vieille cité, mais il avait aussi décidé de s'y rendre en personne. Abigail pouvait voyager en plein jour, et elle l'aiderait à faire de même.

Là-bas, il se vengerait de son passé, préserverait son avenir… *et réduirait à néant les espoirs de l'humanité entière.*

TROISIÈME PARTIE

Car la méchanceté consume comme un feu, qui dévore ronces et épines ; il embrase l'épaisseur de la forêt, d'où s'élèvent des colonnes de fumée.

ESAÏE, IX, 18

CHAPITRE 16

18 mars, 14 h 40
Dans le ciel de la République tchèque

Assise à l'arrière de l'hélicoptère, Élisabeth se cramponna des deux mains à son harnais de sécurité. Les rivières, les arbres et les villes avaient défilé à une vitesse étourdissante sous leur petit appareil volant. Depuis sa fenêtre, la comtesse contemplait un monde miniature, une espèce de jouet hyperréaliste sur lequel elle aurait posé un regard d'enfant.

Dans ses veines, le vin brûlant continuait de refréner sa puissance maléfique. Pourtant, elle se sentait ragaillardie, *à sa place* pour la première fois depuis des mois.

Voilà qui je suis, ce que je suis censée être.

Peut-être réussirait-elle même à pardonner à Rhun tout ce qu'il lui avait fait subir, car c'était bien son ancien amant qui lui avait montré le chemin jusque-là, qui l'avait conduite à cet instant précis de sa vie.

Depuis leur décollage de Venise, il l'observait souvent, comme s'il redoutait qu'elle ne disparaisse d'un coup. À l'autre bout de la cabine, Erin et Jordan s'étaient vite assoupis, pendant que Sophia et Christian, assis ensemble dans le cockpit, pilotaient leur engin au gré d'interminables courants aériens.

C'était une époque incroyable à vivre.

Et je n'en perdrai pas une goutte.

Elle scruta le paysage devant elle, consciente qu'ils allaient bientôt arriver à Prague. Saurait-elle reconnaître la ville ? Ou alors cette dernière lui paraîtrait-elle complètement étrangère, comme cela avait souvent été le cas à Rome ? À vrai dire, elle s'en moquait. Elle apprendrait et s'adapterait, serpentant pour l'éternité entre les changements présents et à venir.

Mais elle ne serait pas seule.

Elle revit le visage de Tommy. Quelques mois plus tôt, l'adolescent l'avait mise au fait des technologies modernes. À son tour, elle l'initierait aux merveilles de la nuit, aux plaisirs du sang, à la marche du temps qui n'aurait plus jamais de prise sur eux.

Elle sourit.

Qui a besoin du soleil quand l'avenir est si radieux ?

La radio grésilla dans son casque. La voix de Christian réveilla les autres passagers et incita le père Korza à se redresser.

— Nous approchons de Prague.

Rhun remarqua le petit sourire de la comtesse et, à son tour, il se réjouit :

— Vous avez l'air d'aller bien.

— Je vais bien… très très bien.

Les prunelles sombres du Sanguiniste brillaient de bonheur et de tendresse. À l'idée de le chagriner lorsqu'elle abandonnerait l'Ordre, Élisabeth s'étonna elle-même d'être aussi ennuyée.

Elle pivota vers la fenêtre. L'hélicoptère passa en rase-mottes au-dessus de structures modernes en verre et de bâtiments affreux mais, au loin, elle reconnut enfin un quartier plus ancien de la ville, avec ses toits couverts de tuiles rouges et ses ruelles tortueuses.

Alors que l'appareil suivait le cours de l'imposante Vltava, elle aperçut le pont en brique qui, de ses arches majestueuses, enjambait la rivière. Elle était ravie de constater que tout n'avait pas changé. Apparemment, Prague avait conservé bon nombre de ses tours et de ses monuments prestigieux.

— Voici le pont Charles, annonça Erin.

Élisabeth réprima un sourire narquois. Autrefois, on l'appelait simplement le *« Pont de pierre »*. Des promeneurs flânaient dessus, alors qu'à son époque, les pavés vibraient au passage tumultueux des chevaux et des carrioles.

Quelques petites choses ont quand même changé.

Quand l'hélicoptère se dirigea vers le cœur de la ville, elle fouilla le paysage en quête de rues ou d'édifices qui auraient existé de son temps. Elle reconnut les flèches jumelles de l'église Notre-Dame de Týn, près de la place centrale. Quant à la tour de l'hôtel de ville, elle était toujours ornée de l'Orloj, célèbre horloge astronomique de la capitale tchèque.

Erin avait suivi le regard de Báthory.

— Cette horloge médiévale était une merveille. La légende veut que, sur l'ordre des Conseillers de Prague, on ait crevé les yeux à son créateur pour qu'elle demeure unique en son genre.

— Avec un tisonnier chauffé à blanc, confirma Élisabeth.

— Un peu cruelle, la méthode, commenta Jordan. Vous parlez d'un bonus pour avoir terminé le boulot !

— Certes, l'époque était cruelle, mais on raconte aussi que le pauvre homme s'est vengé. Il se serait faufilé en douce à l'intérieur de la tour, aurait détruit le fragile mécanisme d'une simple pichenette et serait ensuite mort là-bas. Son horloge n'a pas pu être réparée avant une bonne centaine d'années.

Báthory contempla le splendide bijou d'inventivité. Il était rassurant de penser qu'un pan du passé avait été préservé et continuait d'être admiré. Malgré le décès de l'horloger, son chef-d'œuvre avait survécu à la marche inexorable du temps.

Et je ferai de même.

Christian reprit à la radio :

— Nous atterrirons dans quelques minutes.

Le téléphone d'Élisabeth vibra au fond de sa poche. Elle posa sa main dessus, dans l'espoir que Rhun n'avait rien entendu entre le vrombissement du moteur et les sons étouffés du casque. C'était forcément Tommy, mais pourquoi appelait-il ? Par crainte du pire, elle se trémoussa d'impatience sur son siège. Pour contacter son jeune protégé, elle aurait absolument besoin d'un petit moment d'intimité.

Dès que les vibrations du portable eurent cessé, elle plaqua ses mains l'une contre l'autre en guettant l'atterrissage. Dieu merci, son vœu fut vite exaucé. Comme Christian l'avait promis, ils touchèrent bientôt le sol. Après quelques tergiversations au sein du groupe, elle se retrouva dehors, à suivre les autres vers un long bâtiment trapu.

Même s'il faisait plus froid qu'à Venise, Báthory continuait de brûler en dedans. Elle brandit sa paume ouverte vers le soleil de midi. En tant que *strigoï*, elle aurait d'emblée eu la peau hérissée de cloques et serait tombée en cendres. Là, le sang sacré paraissait la protéger. Enfin, pas complètement. Il subsistait en elle assez de noirceur pour qu'elle souffre d'être ainsi exposée à la lumière du jour. Elle replia sa main et baissa la tête, de manière à se réfugier à l'ombre de sa guimpe.

Rhun s'aperçut de sa réaction.

— Vous vous habituerez à la longue.

Elle fronça les sourcils. Les Sanguinistes n'étaient même pas libres de se déplacer sereinement en pleine journée ! Sans cesse, ils devaient souffrir et faire des concessions. Elle avait hâte de se débarrasser de telles contraintes… pour être à nouveau libre.

Mais pas encore.

Elle suivit ses camarades à l'intérieur de l'aérogare et toisa d'un regard sévère le disgracieux bâtiment utilitaire – impersonnel, gris et blanc. Au XXIe siècle, on avait manifestement très peur d'utiliser des couleurs.

— Pourrais-je me débarbouiller le visage et les mains de toute cette poussière ? demanda-t-elle à Rhun, pressée d'obtenir cinq minutes de tranquillité pour rappeler Tommy. Le voyage m'a beaucoup déstabilisée.

— Je l'accompagne ! proposa Sophia qui, par sa réaction un peu trop prompte, trahissait une certaine méfiance.

— Merci, ma sœur.

La petite Indienne au teint cuivré l'entraîna dans

un couloir annexe qui menait à des toilettes publiques et elle entra avec elle. Élisabeth s'approcha du lavabo et se rinça les mains à l'eau chaude. De son côté, Sophia s'aspergea le visage.

La comtesse l'observa en se demandant quelle existence sa voisine avait eue avant de devenir sanguiniste. Avait-elle laissé une famille derrière elle ? Quelles atrocités avait-elle commises en tant que *strigoï* avant d'ingurgiter le vin sacré ?

Imperturbable, Sophia continuait de masquer à la perfection les douleurs de son passé, mais Élisabeth savait qu'il y avait forcément quelque chose.

Nous sommes tous hantés à notre manière.

Elle repensa à son fils Paul et se souvint de son rire cristallin.

La traversée de la vie ne semblait être qu'une vaste réunion de fantômes. Plus on prenait de l'âge, plus on était pourchassé par les ombres. Báthory se contempla dans le miroir, surprise de voir une larme couler sur sa joue.

Au lieu de l'essuyer, elle en tira parti.

— Pourrais-je rester seule quelques instants ?

Sophia s'apprêtait à refuser mais, lorsqu'elle aperçut la larme, elle se radoucit. Elle balaya quand même la pièce du regard, au cas où il y aurait eu une fenêtre ou une autre sortie. Rien à signaler. Après lui avoir effleuré le bras, elle s'écarta.

— Je vous attends dehors.

La porte à peine refermée, la comtesse sortit son téléphone. Elle laissa l'eau du robinet couler pour amortir le son de sa voix et composa rapidement le numéro de Tommy.

Il décrocha à la première sonnerie.

— Merci de me rappeler, Élisabeth. Vous m'avez eu juste à temps.

Elle fut soulagée de l'entendre aussi calme.

— Tout va bien ?

— Oui, à peu près. Je suis tout excité à l'idée de vous revoir bientôt.

Elle fronça les sourcils sans comprendre. Il ne pouvait pas savoir qu'elle avait l'intention de le rejoindre dès qu'elle réussirait à fausser compagnie aux autres aventuriers.

— Comment cela ?

— Un prêtre m'a rendu visite. Il m'emmène à Rome.

Elle se raidit et lâcha d'une voix pincée :

— Quel *prêtre* ?

L'esprit en ébullition, elle tenta d'y voir clair. La nouvelle, franchement inattendue, ressemblait à un traquenard.

— Tommy, ne va pas…

— Un instant.

Il s'adressa à quelqu'un derrière lui, puis reprit :

— Ma tante me demande de raccrocher. Une voiture m'attend, mais je vous verrai demain.

Face à tant d'enthousiasme, elle craignit le pire.

— Ne pars pas avec ce prêtre ! glapit-elle.

Hélas, la communication s'interrompit. Elle composa de nouveau le numéro en arpentant les toilettes de long en large. Le téléphone sonna longtemps. En vain. Le poing serré, elle essaya de deviner pourquoi on aurait emmené son jeune protégé.

En raison des nombreuses attaques de strigoï, *ils ont peut-être décidé de mettre Tommy à l'abri.*

Hélas, consciente que l'adolescent n'intéressait plus l'Église, elle jeta vite son maigre espoir aux orties.

Alors, pourquoi le conduisaient-ils ailleurs ? Pourquoi Tommy était-il redevenu important à leurs yeux ?

Soudain, elle comprit.

À cause de moi !

L'Église savait qu'il comptait pour elle. Quelqu'un voulait prendre le contrôle de ce garçon afin de l'utiliser comme un pion, un moyen de tenir la comtesse en laisse. Un seul prêtre oserait se servir d'un petit innocent pour faire pression sur son adversaire. Même incarcéré, l'odieux personnage devait encore avoir de l'influence.

Le cardinal Bernard.

Élisabeth flanqua un coup de poing dans le miroir, qui s'étoila à partir du point d'impact.

Elle lorgna la porte, derrière laquelle Sophia patientait. Elle avait eu une réaction épidermique, provoquée par la colère, mais, si elle voulait sauver Tommy, elle devait se montrer plus maligne. Avant que son chaperon ne revienne voir ce qu'elle faisait, elle ferma le robinet et se dépêcha de sortir.

Sophia la toisa d'un air suspicieux.

Báthory rajusta sa guimpe et caressa son chapelet. Les perles d'argent lui picotèrent les doigts. Elle se servit de la douleur pour se ressaisir.

— Je… je crois que je suis prête à continuer.

Elles rejoignirent les autres.

Nouvelle prouesse de l'époque moderne, le téléphone d'Erin affichait désormais un plan détaillé de Prague.

— Nous ne sommes pas loin du vieux palais. La

grande majorité des laboratoires d'alchimie se situent à proximité.

— L'endroit que nous cherchons ne se trouve pas là-bas. Il faut plutôt nous rendre dans le centre-ville, près de l'Orloj, objecta Élisabeth, bien décidée à guetter le moment propice.

Je vais attendre et observer.

Son heure viendrait.

Et celle de Bernard aussi.

*

15 h 10

Sur le chemin de la sortie, Erin resserra les bretelles de son sac à dos, qui contenait toujours le précieux Évangile de Sang. Elle aurait peut-être mieux fait de le laisser à Rome, où il aurait dormi à l'abri dans un coffre-fort, mais, comme l'ouvrage lui avait été personnellement rattaché, elle refusait de le quitter du regard.

À présent, il faisait partie d'elle.

Vêtu d'un jean foncé et d'un long manteau noir, Rhun était aussi gracieux qu'une panthère. À ses côtés, Élisabeth marchait avec une certaine autorité. Devant le beau couple qu'ils formaient, Erin s'étonna d'éprouver un sentiment de jalousie à la fois vif et inattendu. À supposer que ce soit possible, aurait-elle souhaité être la femme auprès du Sanguiniste ?

Elle leva les yeux vers Jordan. Les prunelles bleues de son petit ami, toujours à l'affût du danger, passaient l'aérogare au crible. En revanche, ses épaules étaient basses et relâchées. En voyant sa mâchoire carrée couverte d'une fine barbe dorée, Erin se rappela le chatouillis rêche contre son ventre, ses seins.

Jordan surprit son regard. Elle rougit et fixa le sol.

Au moment de retrouver la fraîcheur du dehors, Élisabeth se ratatina sous sa guimpe. Rhun avait une capuche à son blouson, mais il ne prit pas la peine de la relever.

Erin se pencha vers Christian.

— Pourquoi la lumière du jour gêne-t-elle plus Élisabeth ?

— Elle vient de rallier l'Ordre. J'ignore si c'est le simple effet du temps ou les longues années de pénitence mais, avec l'âge, les Sanguinistes s'accoutument de mieux en mieux au rayonnement solaire.

— Comment pouvez-vous ne pas connaître précisément le fonctionnement de votre corps ?

L'Érudite n'en revenait pas que ses comparses soient si peu curieux de leur propre nature.

— Vous ne mettez pas votre cerveau à la consigne en entrant. Cela pose-t-il un problème de savoir ce qu'on vous a fait ?

Sophia devança la réponse de Christian.

— *« Confie-toi en l'Éternel de tout ton cœur, et ne t'appuie pas sur ta sagesse »*, récita-t-elle sur un ton un peu sec. Il n'y a pas d'interrogations à avoir.

— La condition de Sanguiniste n'est pas un processus scientifique de découverte, ajouta Christian. Notre voyage se fonde sur la croyance. *« La foi est une ferme assurance des choses qu'on espère, une démonstration de celles qu'on ne voit pas »*. Rien à voir avec la nécessité d'apporter des preuves à tout prix.

Jordan leva les yeux au ciel.

— Si vous aviez pris le temps de vous poser davantage de questions, nous ne serions peut-être pas dans la mouise.

Personne ne trouva à redire.

Christian indiqua la terrasse d'un petit café.

— Que pensez-vous d'une légère collation ? Une longue journée nous attend.

Seuls Erin et Jordan avaient besoin de la « collation » en question, mais il avait raison. Une petite dose de caféine leur ferait du bien… et une *grande* serait encore plus appréciable.

Pendant que Christian entrait passer commande, Jordan rassembla deux tables rondes sous un parasol. Sans tarder, le jeune Sanguiniste rapporta un plateau, sur lequel trônaient deux mugs de café et une assiette de pâtisseries. Avant de poser le tout, il huma les effluves parfumés du breuvage.

Un soupir de ravissement lui échappa des lèvres.

Erin sourit alors que, du coin de l'œil, elle voyait Sophia esquisser une moue dédaigneuse. Les Sanguinistes considéraient le moindre reliquat d'humanité comme une faiblesse. L'archéologue, au contraire, était touchée par l'attitude de Christian, qui lui donnait envie de lui faire *plus* confiance – et non *moins*.

Le temps que la tasse réchauffe ses mains et l'aide à se calmer, elle observa ses compagnons de route.

— Quelle va être la suite des opérations ? Moi, j'ai l'impression qu'on avance à tâtons. Il est temps d'y remédier, de poser les questions qui fâchent, par exemple celles qui portent sur la nature fondamentale des Sanguinistes et des *strigoï*. À mon avis, c'est un sujet essentiel à notre quête.

La mine approbatrice, Jordan adressa un regard lourd de sens à Christian et Sophia.

— Moins nous comprendrons de choses, plus nous aurons de risques d'échouer.

— Je suis d'accord, déclara Élisabeth. L'ignorance ne nous a guère servis par le passé et, aujourd'hui, elle ne nous aiderait pas non plus. Ce sont des éléments que l'Église devrait connaître. Elle a eu deux mille ans pour étudier le problème. Or, elle est incapable de répondre aux questions les plus élémentaires. Par exemple : qu'est-ce qui anime un *strigoï* ?

— Ou encore : de quelle manière vous transformez-vous quand vous prêtez le serment des Sanguinistes ? renchérit Erin. Comment le vin vous maintient-il en vie ?

Leurs interrogations déclenchèrent un débat bref mais houleux. Rhun et Sophia prirent le parti de la foi et du Seigneur. Erin, Jordan et Élisabeth défendirent la méthode scientifique et la raison. Quant à Christian, il joua à contrecœur les arbitres en essayant d'établir un terrain d'entente.

Au bout du compte, le fossé s'élargit encore.

Erin repoussa sa tasse vide. Il ne restait sur l'assiette que quelques miettes de gâteau. Jordan, pour sa part, n'avait avalé qu'une bouchée de feuilleté aux pommes, mais il paraissait repu – sinon par les pâtisseries et le café, du moins par la conversation. Il se leva de sa chaise et annonça :

— On devrait y aller.

Sophia consulta sa montre.

— Il a raison. Nous avons perdu assez de temps.

Erin ravala une petite riposte acerbe qui, elle en était bien consciente, n'aurait mené nulle part.

Bizarrement, Élisabeth se montra plus conciliante.

— Nous découvririons peut-être toutes les réponses à nos questions au laboratoire de John Dee.

Erin se leva à son tour.

Nous avons sacrément intérêt à les trouver... sinon le monde est condamné.

CHAPITRE 17

18 mars, 15 h 40
Prague, République tchèque

Rhun se tenait près d'Élisabeth, au centre de la place du vieux Prague. Le ciel s'était voilé et une petite pluie crépitait sur les pavés. La comtesse s'était arrêtée pour admirer le cadran doré de l'horloge astronomique, la célèbre Orloj. Son attention se porta ensuite sur les bâtiments voisins.

— Bon, où se trouve le labo de ce type ? lâcha Jordan.

— Attendez, il faut d'abord que je reprenne mes marques. Quantité de choses ont changé mais, heureusement pour nous, beaucoup d'autres sont restées telles quelles.

Rhun étudia les multiples cadrans et symboles qui ornaient l'horloge. Il était presque seize heures, ce qui leur laissait deux heures et demie de soleil pour agir.

Erin se pelotonna dans sa veste bleu clair.

— J'aurais imaginé John Dee installant son

laboratoire vers la Ruelle d'Or, non loin du Château de Prague.

— Et vous auriez eu tort, répliqua la comtesse sur un ton désagréablement hautain. De nombreux alchimistes possédaient un atelier le long de cette célèbre ruelle, mais les travaux les plus secrets étaient menés non loin d'ici.

— Et où était donc le laboratoire de votre cher touche-à-tout ? insista Sophia.

À pas comptés, Élisabeth s'éloigna de la tour de l'horloge et s'engagea sur la place. Après avoir pivoté lentement sur elle-même, comme une boussole en quête du nord géographique, elle indiqua une venelle encadrée de grands immeubles d'habitation.

— À moins qu'il n'ait été détruit, son laboratoire se situe par là.

Erin se rembrunit. Le père Korza comprit son inquiétude. Si l'endroit qu'ils cherchaient avait disparu, non seulement ils auraient effectué un long voyage pour rien, mais ils repartiraient à la case départ, sans plus aucune piste à suivre.

Élisabeth se mit en route, entraînant tout le monde dans son sillage. Sophia s'empressa de revenir à sa hauteur, tandis que Rhun restait en arrière avec les autres.

Erin balaya le site du regard. Certes, elle s'imprégnait de l'histoire alentour mais, en réalité, son esprit était focalisé sur un événement plus récent.

— En 2002, Prague a été victime de terribles inondations. La Vltava est sortie de son lit et a envahi la ville. Quand les eaux se sont enfin retirées, des pans entiers de rues – dont celle-ci, si je ne m'abuse – se sont effondrés, révélant la présence de tunnels médiévaux bordés de salles en tout genre, d'ateliers… et même de laboratoires d'alchimie.

Elle observa ses camarades, puis les pavés mouillés.

— Au fil des siècles, un bon million de personnes a piétiné ces galeries souterraines sans jamais se douter de leur existence. Je me souviens qu'en 2002 leur découverte avait fait sensation dans la communauté des archéologues.

Quelques mètres devant eux, Élisabeth prononça une seule syllabe râpeuse, en laquelle Rhun reconnut un juron hongrois. Tout le monde se dépêcha de la rejoindre. Elle s'était arrêtée près d'un écriteau en bois pendu au-dessus de la chaussée. Juste à côté, deux portes bleu foncé étaient grandes ouvertes. Manifestement outrée, la comtesse semblait prête à arracher la pancarte de ses charnières métalliques.

Sur l'une des portes, un symbole représentant deux fioles reliées par des tubes se détachait d'un cercle argenté. Les mots *« Speculum Alchemiæ Muzeum Prague »* étaient écrits autour.

— C'est un musée ! pesta Báthory. Alors, voilà comment votre époque conserve ses secrets ?

— Il faut le croire, marmonna Jordan.

Rhun s'approcha. Des flacons en forme de poire étaient alignés sur un râtelier en fer forgé fixé aux portes. Un blason doré annonçait précisément le contenu de chacun : *« Élixir de mémoire »*, *« Élixir de santé »* et *« Élixir de jouvence éternelle »*.

Le prêtre se rappela les potions fantaisistes du même genre qu'il avait connues pendant son enfance.

Les poings sur les hanches, Christian observa le musée d'un air dubitatif.

— Les dossiers de John Dee sont ici ?

— Ils *étaient* ici, rectifia Élisabeth. Autrefois, il s'agissait d'une maison d'apparence très banale. Elle possédait une grande pièce à l'avant ainsi qu'un salon à l'arrière, où les alchimistes recevaient leurs hôtes et discutaient de leurs travaux. Parmi eux : des érudits tels que Tycho Brahe ou le rabbin Loew. De vieux barbus penchés sur leurs creusets et leurs alambics. Bien entendu, il y avait aussi des charlatans, comme ce maudit Edward Kelley.

D'un revers de main, Rhun essuya les gouttes de pluie qui lui tombaient dans les yeux.

— Sur quoi travaillaient-ils ?

Élisabeth secoua sa guimpe détrempée.

— Sur toutes sortes de sujets. Leurs ambitions étaient parfois ridicules et inatteignables, comme cette histoire de pierre philosophale capable de transmuter les métaux communs en or, mais ils sont également à l'origine de découvertes importantes.

Elle tapa du pied sur les pavés.

— Des trouvailles qui ont ensuite été perdues. Des choses que votre esprit moderne ne pourra jamais saisir. Et, aujourd'hui, vous en avez fait une distraction pour enfants !

Christian se faufila devant elle.

— Après le long chemin que nous avons parcouru, autant y jeter un œil.

Malgré ses protestations, même la comtesse dut le suivre.

Deux femmes les accueillirent au guichet. La plus âgée, à la chevelure poivre et sel, s'amusait avec les perles de son collier, pendant que la plus jeune, sans doute sa fille, époussetait une vitrine à l'aide d'un long plumeau.

Rhun se baissa pour éviter les fagots d'herbes séchées qui pendillaient au plafond voûté. Les murs étaient bordés d'étagères qui croulaient sous toutes sortes de livres, d'objets en verre et de poteries. À droite du comptoir, une porte en bois restait, pour l'instant, fermée.

Élisabeth s'adressa directement à l'aînée des hôtesses :

— Serait-il possible de découvrir la salle de réception ? Voire les pièces en sous-sol ?

— Bien sûr, ma sœur. Nous proposons des visites guidées.

Par-dessus ses lunettes demi-lune, son interlocutrice fixa d'un air amusé le groupe de nonnes et de prêtres en col romain.

La comtesse parut atterrée, mais Christian s'avança.

— J'aimerais vous acheter six billets. Quand le départ de la prochaine visite est-il prévu ?

— Tout de suite.

En échange d'une poignée d'euros, la quinquagénaire leur remit à chacun un grand ticket rectangulaire.

Sa collègue, qui devait avoir dans les vingt-cinq ans, sourit à Jordan. Son regard était doux et ses longs cheveux bruns avaient été remontés en chignon. Le ruban violet qui les retenait était assorti à son corsage et à sa minijupe moulante.

Élisabeth se planta entre Rhun et elle, puis elle toisa sa tenue vestimentaire d'un air écœuré.

— Je m'appelle Tereza, annonça la jeune femme en tâchant de ne pas y prêter attention. Je serai votre guide au laboratoire d'alchimie. Suivez-moi, s'il vous plaît.

Elle déverrouilla la porte à l'aide d'une grosse clé.

Dès que le battant pivota sur ses gonds, le groupe fut assailli par une forte odeur d'humidité et de renfermé. Korza sentit un frisson lui parcourir l'échine. Il avait perçu autre chose. Il se souvint de son expédition en Égypte et reconnut le même fluide maléfique qu'il avait traqué dans les sables du désert.

Il eut beau fouiller l'endroit du regard, il ne décela aucune trace de danger. Bizarrement, ses homologues sanguinistes ne semblaient pas éprouver les mêmes inquiétudes.

Rhun se rapprocha néanmoins d'Erin.

*

16 h 24

Sur les pas de la guide, Erin franchit la porte et suivit le père Korza dans un couloir sombre. Derrière elle, Jordan éternua bruyamment à cause de la poussière, à moins qu'il ne soit allergique à la moisissure. Rhun sursauta quand même et, d'une main de fer, il poussa l'Américaine contre le mur.

Jordan remarqua son geste protecteur.

— Tenez-vous prêt si je rote ! ironisa-t-il. C'est beaucoup plus dangereux.

En chemin, Erin examina les peintures à l'huile qui habillaient les murs, sans doute des reproductions.

Tereza, qui marchait en tête du cortège, agita le bras, puis revint quelques mètres en arrière.

— Ces tableaux représentent…

Élisabeth lui coupa la parole :

— L'empereur Rodolphe II, Tycho Brahe, le rabbin

Loew et le médecin du souverain… dont, pour l'instant, le nom m'échappe. Ces portraits ne sont pas très ressemblants.

Elle devança la guide et pénétra dans une salle adjacente, comme si elle savait précisément où elle allait.

— Ma sœur ! Attendez !

Tereza lui courut après, et tout le monde suivit.

La comtesse se figea au centre d'une pièce de taille moyenne, les mains jointes en prière, même si Erin avait du mal à croire à sa sincérité. D'un regard dédaigneux, elle étudia les lieux.

Un lustre rond orné de deux masques à cornes projetait une lumière orangée sur une peau d'ours étalée devant une cheminée en marbre. L'attention de l'Érudite fut attirée par une étagère remplie de vieux livres, de crânes et de drôles de spécimens conservés dans des jarres translucides.

Intriguée, elle s'approcha.

Rien ne doit avoir changé depuis quatre cents ans.

Élisabeth se dirigea vers un bureau à plateau de granit, derrière lequel une fenêtre était encadrée de lourdes tentures. Elle s'arrêta et observa la pièce.

— Où est la cloche ?

— La cloche ? répéta Tereza, nerveuse.

— Devant cette fenêtre, il y avait une immense cloche en verre, assez haute pour qu'un homme tienne debout à l'intérieur.

Elle se pencha et étudia le carrelage.

— On en voyait la trace par terre. John Dee l'avait installée ici, et non dans son laboratoire principal, parce qu'il avait besoin de la lumière du jour pour mener ses expériences.

À son tour, Erin alla caresser le sol.

— Ces dalles-là sont neuves ?

— Oui, je pense, confirma Tereza.

Báthory se redressa, fâchée, et s'essuya les mains sur son habit humide.

— Où la cloche a-t-elle été emportée ?

— J'ignore de quoi vous parlez. Autant que je sache, il n'y a jamais eu de cloche ici.

La guide, un peu à l'écart, maugréa en tchèque. À son plus grand étonnement, Élisabeth lui répondit durement dans la même langue.

Jordan posa une main rassurante sur le bras de Tereza.

— Si nous laissions cette adorable demoiselle nous raconter ce qu'elle sait ? Après tout, nous avons payé pour une visite complète.

Alors qu'elle s'apprêtait à réagir, Élisabeth se ravisa. Elle joignit les mains derrière son dos et, d'un air calculateur, elle scruta l'endroit où la cloche aurait dû se dresser.

Tereza inspira à fond et tenta de se ressaisir.

— C'est ici que les alchimistes recevaient leurs visiteurs, mais il ne s'agissait pas d'un salon ordinaire. À chaque angle de la pièce, vous remarquerez la présence d'un symbole alchimique figurant la Terre, l'Air, le Feu ou l'Eau.

D'un lent pivotement sur elle-même, Erin étudia les quatre symboles. Élisabeth, le dos tourné à leur guide, s'approcha de la cheminée et se pencha vers le manteau, comme si elle allait vomir.

Manifestement ravie de ne plus être importunée par la nonne irascible, Tereza prit de l'assurance :

— L'énergie issue de ces forces était canalisée par le lustre au centre de la pièce, puis utilisée pour toutes sortes de travaux occultes et alchimiques. Si vous voulez bien vous approcher de l'étagère, je peux vous montrer…

Erin préféra retrouver Báthory, qui s'était écartée de la cheminée.

— Que fabriquiez-vous ? chuchota-t-elle.

Élisabeth répondit à voix basse :

— Dee disposait d'une niche secrète dans le manteau en marbre. Le diamant vert y était autrefois caché, à l'époque où la pierre était intacte. J'ai simplement vérifié.

— En avez-vous retiré quelque chose ?

La Hongroise ouvrit sa main sur un morceau de papier.

— Rien que cela.

Erin découvrit une série de symboles étranges.

— C'est un nom écrit en hénochien, expliqua Élisabeth.

La jeune mortelle contempla les lettres sibyllines. Elle savait que John Dee avait créé son propre langage, mais elle n'en avait pas appris les rudiments.

— Quel nom ?

— Belmagel.

Erin n'en avait jamais entendu parler.

— Belmagel était un ange avec lequel Edward Kelley prétendait s'entretenir lors de ses séances médiumniques devant John Dee. Ce dernier a fini par émettre des doutes et les deux hommes se sont brouillés. L'empereur Rodolphe, en revanche, est resté un farouche admirateur de Kelley.

— À votre avis, qui a déposé ce bout de papier ?

— Seuls Rodolphe, Dee et moi connaissions l'existence de la niche secrète. L'empereur était très cachottier sur le sujet. Il avait même fait tuer le fabricant de la cheminée pour être certain que personne ne révélerait la présence du compartiment. Si Dee avait déposé quoi que ce soit ici, Rodolphe s'en serait emparé après sa mort, donc je présume que c'est le souverain lui-même qui a laissé le mot.

— Que savez-vous d'autre sur ce Belmagel ?

— Kelley prétendait entrer en communion avec les anges. Sudsamma était un ange du Bien, un être de lumière. Belmagel était un ange noir, issu de forces maléfiques.

Il s'agissait peut-être d'un indice. Avec ses acolytes, Erin recherchait le plus terrible des anges : Lucifer.

— Si Rodolphe a laissé ceci, son message pourrait tout à fait m'être destiné, expliqua Élisabeth. Quelque chose que je serais la seule à comprendre.

— Qu'essayait-il de vous dire ?

La Hongroise secoua brièvement la tête d'un air frustré.

— Sans doute y a-t-il un rapport direct avec ce charlatan de Kelley. Le mot aurait été caché pour me conduire, moi, jusqu'à cet homme, jusqu'à son domicile.

— Où habitait-il ?

— Il possédait plusieurs maisons. Qui peut dire si l'une d'elles tient encore debout aujourd'hui ?

Une personne, peut-être. Erin interpella Tereza :

— Me permettez-vous de poser une question ?

— Je vous écoute.

— Edward Kelley faisait partie des confrères de John Dee. Savez-vous où il vivait et si l'endroit existe toujours ?

— Oh, il s'agit d'un lieu tristement célèbre ! s'exclama la guide, ravie de leur être enfin utile. Baptisé *« Faustus Dum »*, ou Maison Faust, il se trouve sur la place Charles, même s'il n'est pas ouvert au public.

L'Érudite jeta un coup d'œil à Báthory. La comtesse acquiesça, preuve qu'elle connaissait le lieu, mais, à en juger par sa mine renfrognée, elle n'était pas particulièrement ravie de la réponse.

Tandis que Tereza reprenait son exposé didactique devant le reste du groupe, Erin chuchota à Élisabeth :

— Que savez-vous de la Maison Faust ?

— Elle traîne une réputation notoire. Avant que Kelley n'y emménage, l'astrologue de l'empereur Rodolphe, Jakub Krucinek, y logeait avec ses deux fils. Quelque temps plus tard, le cadet a assassiné son aîné à cause d'un prétendu trésor dissimulé là-bas. Kelley lui-même avait truffé l'endroit d'une ribambelle de pièges : portes qui s'ouvraient toutes seules, escaliers escamotables, poignées électrifiées…

Elle lâcha un ricanement moqueur et enchaîna :

— Ce type n'était qu'un imposteur doublé d'un escroc. La maison, en revanche… Elle est d'une authentique malveillance. Voilà pourquoi elle est associée à la légende de Faust.

— Le savant célèbre qui aurait pactisé avec le diable ?

— D'aucuns racontent que Faust y a habité en personne et que c'est là qu'il a été aspiré vers l'enfer, emporté tout droit à travers le plafond.

Devant la mine sceptique d'Erin, elle haussa les épaules.

— Légende ou pas, de curieux phénomènes ont été associés à ce lieu. Disparitions inexpliquées, puissantes déflagrations en pleine nuit, lumières bizarres…

L'archéologue indiqua le papier griffonné en hénochien.

— Rodolphe pourrait-il vous avoir laissé un message secret pour vous mener jusqu'à la Maison Faust ? À l'image du diamant vert, cet endroit est rattaché à un ange maléfique.

— Possible.

Arrivée devant une bibliothèque, Tereza éleva la voix :

— Passons à l'étape suivante de notre visite !

Elle fit coulisser le meuble et dévoila un escalier qui descendait au sous-sol.

— Trop cool ! Un passage secret ! apprécia Jordan, excité comme un enfant.

La guide s'arrêta sur la première marche.

— Ce chemin nous emmène dans le laboratoire privé d'un alchimiste. Si vous regardez bien au sol, vous verrez un grand anneau métallique. On raconte que le rabbin Loew y enchaînait son célèbre golem lorsqu'il n'était pas sage.

Alors que l'idée faisait sourire Erin, les Sanguinistes contemplèrent l'anneau d'un air perplexe. Apparemment, ils croyaient aux *strigoï* et aux anges mais doutaient qu'un alchimiste ait pu donner vie à un géant d'argile. La jeune femme en déduisit qu'ils devaient bien se fixer une limite quelque part.

Tereza les entraîna dans l'escalier.

Erin resta en retrait avec Báthory qui, au moment de passer devant l'anneau métallique, y donna un coup de pied discret.

— Balivernes ! pesta-t-elle à voix basse. Dee y attachait plutôt un loup, une bête qui n'obéissait qu'à lui. Le jour de sa mort, Rodolphe a d'ailleurs été contraint de le tuer pour pénétrer dans la pièce.

L'escalier était si étroit que le groupe fut obligé de descendre en file indienne. Au pied des marches, la guide les invita à emprunter le tunnel devant eux, mais Erin s'arrêta quelques secondes pour examiner un battant métallique sur la gauche. Comme en prison, il était muni d'une ouverture carrée à hauteur des yeux. À travers le guichet, elle aperçut une autre galerie.

Tereza, qui avait remarqué l'intérêt de l'Américaine, lança par-dessus son épaule :

— Cette porte donne accès à un tunnel menant jusqu'à la place de la vieille ville. Nous l'avons découvert en même temps que plusieurs autres, il y a quelques années, après une terrible inondation. Il a fallu beaucoup de temps pour déblayer toute la boue entassée là-dedans.

Jordan jeta un regard à sa petite amie. Il n'avait pas oublié son allusion à la catastrophe.

— Dans la chaufferie du dessus, enchaîna Tereza, nous avons mis au jour une galerie qui passe sous la rivière et débouche au Château de Prague.

Élisabeth corrobora l'explication :

— Rodolphe s'en servait – avec d'autres – pour circuler en ville sans que personne sache où il se trouvait.

Erin, qui ne pouvait s'empêcher d'être fascinée par ses histoires, tâcha d'imaginer une époque où science, religion et politique se confondaient, enveloppées dans une foule de mystères et de légendes.

Le groupe longea ce tunnel au plafond si bas que Jordan dut baisser la tête. Enfin, le couloir ouvrit sur une petite pièce au centre de laquelle trônait un fourneau rond en fonte. Dessus, on apercevait des flasques métalliques à long bec. Un soufflet ramolli était aussi posé devant. Tout était couvert de suie : le toit, les murs et même les dalles en pierre étaient noirs.

Il devait s'agir de la chaufferie mentionnée par Tereza. Au fond, une porte donnait sur une pièce voisine plongée dans l'obscurité. La guide pointa l'index dessus.

— C'est là-bas que les alchimistes travaillaient sur la transmutation des métaux communs en or.

— Les imbéciles ! grommela Élisabeth. Qui pouvait croire en ses capacités de transformer un bout de ferraille en or ?

Jordan, qui avait entendu sa remarque, sourit.

— En fait, c'est *possible*… à condition de bombarder de neutrons une certaine variété de mercure. Hélas, le procédé coûte plus cher que l'or produit. Autre souci : le précieux métal devient radioactif et se décompose en deux ou trois jours.

La comtesse poussa un soupir exagéré.

— Il semblerait donc que l'homme moderne n'ait toujours pas renoncé à ses vieilles obsessions.

— Le fourneau et les grandes flasques sont d'origine, continua Tereza avant d'expliquer les différentes tentatives des alchimistes pour créer un Élixir de Jouvence éternelle. Au fond d'un coffre-fort secret encastré dans un mur de la pièce, nous avons trouvé un flacon de ce fameux philtre… ainsi que sa recette de fabrication.

À son tour, Erin demanda sur un ton moqueur :

— Et vous êtes capable d'en préparer aujourd'hui ?

La jeune guide sourit.

— Il s'agit d'un processus compliqué, pour lequel il faut réunir soixante-dix-sept herbes au clair de lune et les faire infuser dans du vin. La fermentation dure une année entière mais, oui, on peut en confectionner. Ce sont d'ailleurs des moines de Brno qui s'en chargent.

Même Élisabeth parut surprise par la futilité de l'entreprise.

Erin étudia avec attention cet exemple cinq fois centenaire d'un univers d'alchimiste. Elle se promena à travers la salle, s'attardant plus particulièrement sur le fourneau et les équipements en verre. Une porte se dressait derrière le gros poêle.

Il doit s'agir du fameux tunnel vers le château.

Tout à coup, Rhun vint lui agripper le bras. Elle fit volte-face et s'aperçut que l'ensemble des Sanguinistes, raides comme des piquets, observaient le plafond. Même Báthory avait le nez en l'air.

— Que se passe-t-il ? s'inquiéta Jordan.

D'instinct, il porta la main à son ceinturon où, d'habitude, pendait l'étui de son pistolet-mitrailleur. Malheureusement, législation oblige, la douane tchèque avait refusé qu'il entre dans le pays avec la moindre arme à feu.

— Du sang, murmura Rhun, les yeux rivés sur le tunnel qui conduisait aux salles du haut. Beaucoup de sang.

CHAPITRE 18

18 mars, 16 h 39
Prague, République tchèque

Le sang est chaud sur ma langue…

Légion savait que ce n'était pas réellement sa langue. Son corps à lui – bien implanté chez Léopold – était vautré à l'arrière d'une voiture vrombissante, dont les vitres teintées atténuaient la brûlure des rayons du soleil. Le crépuscule n'allait pas tarder à tomber mais, en attendant, il fallait chasser à distance, observer ce qui se passait à travers d'autres yeux et diriger, selon sa propre volonté, les créatures sur lesquelles il avait apposé sa marque.

Plus près de lui, c'était la dénommée Abigail qui conduisait le véhicule, gros cheval noir et tonitruant qui éructait des nuages de poison dans son sillage. La Sanguiniste ne semblait pas importunée par le soleil, car le vin sacré dont elle se nourrissait faisait office de bouclier.

Légion avait la ferme intention d'asservir beaucoup de religieux dans son genre, de créer des forces capables de se déplacer de jour comme de nuit.

Son but : étoffer son armée au maximum en prévision de la guerre à venir.

L'appel du sang ramena son attention vers un esclave qui se délectait de la vieille femme gisant dans une petite pièce remplie d'herbes séchées, de poussière et de livres. Légion se concentra sur ses sens et discerna trois autres paires d'yeux – trois serviteurs supplémentaires, assujettis à sa volonté, qui rôdaient furtivement dans les tunnels obscurs et s'approchaient des proies tapies au sous-sol.

Le monstre noir avait battu le rassemblement à Prague afin de torpiller une prophétie immémoriale incarnée par le trio dit du Guerrier, de l'Érudite et du Chevalier.

Il ne leur laisserait aucun répit, aucun refuge sûr.

Les mortels seraient tués, mais le dénommé Korza…

Tu seras mon meilleur esclave, une arme redoutable contre les puissances célestes.

Toutefois, il fallait d'abord contraindre le prêtre à quitter sa cachette.

Légion regarda les volutes de ténèbres tourbillonner au-dessus de sa paume, puis il envoya un ordre aux créatures qui portaient son empreinte.

Massacrez-les… mais gardez-moi le Chevalier.

*

16 h 50

À l'intérieur de la chaufferie, Jordan poussa Erin derrière lui. Rhun, Sophia et Christian sortirent des couteaux et guettèrent l'escalier qui remontait vers le musée.

— Qu'est-ce que vous fabriquez ? bredouilla Tereza.

À la vue de leurs lames acérées, elle se couvrit la gorge.

Erin la saisit par l'autre main.

— Restez près de moi.

Le sergent Stone empoigna la seule arme disponible : un vieux tisonnier adossé au fourneau.

Cette pique en fer n'avait rien à voir avec son cher pistolet-mitrailleur, mais il devrait s'en contenter.

Báthory remarqua qu'il avait pris de quoi se défendre. Bien décidée à l'imiter, elle attrapa une flasque par son bec et en fracassa la base renflée pour se confectionner une dague en verre.

Quoique effarée par les dégâts, la guide resta blottie près d'Erin.

— De la fumée, annonça Rhun sur le seuil.

Jordan lorgna par-dessus son épaule. Un gros nuage de suie s'était engouffré dans le couloir, depuis la cage d'escalier située au fond. Le rez-de-chaussée devait être en feu.

— Ma… ma mère, haleta Tereza.

Elle voulut avancer d'un pas. Erin la retint.

À juste titre.

Une silhouette sombre émergea du banc de fumée et s'accroupit. C'était un grand costaud au crâne rasé qui, armé d'un long couteau, avait son T-shirt blanc maculé de sang frais. Il montra les crocs, puis huma l'air en quête de futures proies.

Jordan s'aperçut qu'il portait une marque noire en forme de main sur la gorge. À l'image du monstre qui les avait sauvagement attaqués à Cumes, il s'agissait d'un *strigoï* asservi.

Sophia émit un sifflement entendu.

Leur adversaire chercha d'où venait le bruit, puis il bondit sur le groupe à une vitesse ahurissante.

Rhun se précipita vers lui. Dans chaque main, il brandissait un *kerambit* en argent, dont la lame recourbée ressemblait à une immense griffe. Il voulut blesser la bête qui lui fonçait dessus… mais ne trancha que du vide.

Le *strigoï* esquiva par en bas, puis il fit volte-face et le menaça de son couteau. Au dernier moment, il retourna pourtant la lame vers lui et frappa l'ecclésiastique avec le manche en acier. Touché à la tête, hébété, Korza trébucha contre le mur.

Le *strigoï*, qui passa en trombe devant lui, se dirigea droit vers Sophia et Christian.

Élisabeth bredouilla sur un ton inquiet :

— Rhun…

Jordan repoussa Erin et Tereza en arrière. Une seconde trop tard, il comprit son erreur stratégique de défense. De vieux gonds grincèrent dans son dos. Il se retourna à temps pour voir une forme jaillir de la petite porte qui conduisait au tunnel clandestin de Rodolphe.

Le *strigoï* arracha Tereza des mains d'Erin et l'égorgea aussitôt, ce qui étouffa dans un bain de sang son hurlement de surprise. Sur ses talons, une autre bête armée d'un long poignard fonça vers l'Américaine.

Jordan avait déjà réagi. Il rejoignit Erin, la mit à l'abri derrière lui et bloqua la lame du *strigoï* avec son tisonnier. Lorsque l'acier résonna contre le fer, une pensée naquit dans l'esprit du soldat.

Je n'aurais pas dû être capable de me déplacer aussi vite.

Il n'eut pas le loisir d'élucider le mystère – uniquement celui d'en être reconnaissant.

Un grondement hargneux aux lèvres, le *strigoï* baissa sa dague et s'accroupit d'un air étonné. Derrière, l'autre assaillant acheva Tereza et rejoignit son camarade en crachant du sang sur Jordan. Pour l'instant, ils semblaient se méfier de la vélocité et de la puissance phénoménale du sergent.

Christian et Sophia vinrent l'épauler. Le premier brandit une longue épée, tandis que la seconde agitait ses deux poignards.

Trois contre deux… je préfère ce rapport de forces-là.

Un troisième *strigoï* accourut depuis le tunnel de la chaufferie. Un monstre gigantesque, un véritable ogre.

C'était trop beau !

Un peu en retrait, Erin empoigna des pincettes afin de leur apporter son aide.

— Il faut regagner la lumière du jour !

Plus facile à dire qu'à faire.

D'autant que le soleil allait bientôt se coucher.

Jordan entendit derrière lui un grand fracas, signe que Rhun et Élisabeth affrontaient toujours leur premier adversaire dans la galerie. Ce chemin-là était donc bloqué. De toute manière, l'escalier était en flammes.

L'Américain se concentra sur les trois ennemis en face de lui. Les tourbillons de fumée qui se déversaient par la porte charriaient des relents de bois brûlé et d'essence. Selon toute vraisemblance, leurs agresseurs-surprises avaient aussi incendié l'autre galerie, de sorte que personne ne pourrait s'enfuir par là.

L'énorme *strigoï*, qui était manifestement le chef de la bande, bouscula ses acolytes. Son visage était couvert de cicatrices, ses crocs jaunâtres. Il brandit un glaive et le fit tournoyer si vite qu'on n'en distingua plus qu'un halo argenté.

Alors que Christian s'apprêtait à affronter leur agresseur, l'un des deux autres monstres bondit à une vitesse surnaturelle et le plaqua au sol. Son comparse se précipita vers Sophia, qu'il projeta violemment contre le fourneau.

Armé de son tisonnier, Jordan comprit que le colosse avait, en réalité, fait diversion pour permettre à ses sbires de tendre un piège aux Sanguinistes et d'éliminer les plus grandes menaces.

Ne laissant que les deux Américains.

On va voir ce que tu as dans le ventre, gros lard.

Jordan s'élança vers le *strigoï* armé. Dès lors qu'il frappa de plein fouet le glaive tourbillonnant, il ressentit le terrible impact depuis les épaules jusqu'à la plante des pieds.

Heureusement, son adversaire aussi.

Le géant lâcha son arme et recula d'un pas. La lèvre supérieure retroussée de mépris, il se jeta sur le Guerrier, qui eut l'impression d'être percuté par un camion. Ce dernier s'écrasa de tout son long contre le rebord d'une table et fit voler en éclats les instruments en verre.

Des crocs s'enfoncèrent dans son avant-bras jusqu'à l'os.

Pourtant, au lieu d'être terrassé par la douleur, Jordan sentit un feu ardent irradier le long de son bras.

Le *strigoï* hurla, lâcha sa proie et, d'un pas chancelant, il recula en s'agrippant le visage. Sa chair se couvrit de cloques et brûla, son sang noir se mit à bouillir, puis le misérable s'effondra, pris de convulsions, tandis que son corps entier s'embrasait.

Jordan contempla sa plaie au bras, puis le colosse.

Mon sang est empoisonné.

Loin de s'en effrayer, il fut envahi par un calme profond qui, à mesure qu'il s'amplifiait, lui donna à croire qu'autour de lui, le monde fonctionnait au ralenti. Les sons furent étouffés. La lumière se para de reflets dorés qui plongèrent la pièce dans un drôle de brouillard.

Affolé par les cruels déboires de son chef, le *strigoï* qui affrontait Sophia se sauva vers la galerie en feu. Christian, de son côté, profita de l'effet de surprise pour décapiter son adversaire.

Jordan ramassa un tesson de verre sur la table et, sans réfléchir, il s'élança aux trousses du fuyard. Dès qu'il l'eut attrapé par la nuque, il lui trancha la gorge d'une oreille à l'autre et lâcha le cadavre.

Quand il se retourna, Erin, qui toussait beaucoup à cause de la fumée, le tirait par la manche pour l'inciter à la suivre.

— Tout s'écroule ! mugit-elle d'une voix qui lui parut résonner sous l'eau. Les pièces du rez-de-chaussée commencent à s'effondrer sur les caves.

Il lui emboîta le pas, récupérant Christian et Sophia au passage.

À l'intérieur du tunnel, Élisabeth avait enserré le premier *strigoï* par-derrière, pendant que Rhun le poignardait. De l'avis de Jordan, le prêtre agissait si lentement que la lame de son *kerambit* captait chaque atome de lumière. La giclée de sang noir lui parut même rester en suspens.

Quand le dernier corps s'avachit, Erin entraîna son petit ami derrière elle et indiqua la porte située au pied des marches.

— Il faut vite rejoindre le tunnel qui débouche sur la place de la vieille ville !

Une grosse pièce de charpente se détacha du toit, s'écrasa par terre et projeta une gerbe de braises enflammées. La fumée envahit de plus belle la galerie.

— Trop tard ! glapit la jeune femme.

*

17 h 02

Les poumons en feu, les yeux larmoyants, Erin s'étranglait avec la fumée. Rhun surgit pour la protéger sous sa veste. Par chance, les Sanguinistes n'avaient pas besoin de respirer.

— Gardez la tête bien penchée.

Docile, elle remonta son col détrempé et respira à travers le tissu humide. À l'avant, Christian et Sophia usaient de leur force surnaturelle pour se frayer un chemin entre les poutres enflammées et les éboulis de pierres. Une pluie d'autres débris leur tomba dessus à mesure que les salles s'effondraient en direction du tunnel.

Accroupie quelques mètres plus loin, Élisabeth s'acharnait pour ouvrir la porte qui leur offrait la seule issue vers l'extérieur. Les flammes avaient envahi la cage d'escalier, ce qui donnait l'impression de s'aventurer dans une vaste cheminée.

La toux grasse, Erin lorgna par-dessus son épaule. Jordan les suivait d'un pas lourd, comme s'il n'était gêné ni par la fumée ni par la chaleur. Elle se rappela ce qui était advenu de l'énorme *strigoï*. Elle revit ses chairs bouillir et saigner abondamment. Elle avait déjà été témoin de dégâts comparables, quand l'un des monstres était entré en contact avec le sang d'un ange.

Était-ce une nouvelle preuve de la nature angélique de Jordan ? Quelles seraient alors les conséquences pour l'homme qu'elle aimait ?

Un grincement de métal écœurant la tira de sa rêverie.

Báthory avait arraché la porte de ses gonds.

— Dépêchez-vous !

Dès qu'elle eut épousseté les braises qui parsemaient son habit de nonne, la comtesse disparut dans les ténèbres.

Erin craignit qu'elle n'en profite pour s'évader.

Et je ne lui en voudrais pas.

Tout le monde se rua vers la galerie pour échapper au brouillard suffocant.

Épaule contre épaule, Christian et Sophia empruntèrent le chemin initié par Báthory. Ils restaient à l'affût du moindre danger ou, pire, d'un nouvel assaut.

Suivi par Jordan, Rhun continua de talonner Erin.

Tandis que la lumière déclinait derrière eux, l'archéologue sortit de sa poche une torche électrique. Lorsqu'elle l'alluma, un faisceau blanchâtre perfora l'obscurité.

Une énième quinte de toux, et l'éclairage tressauta. Un gros fracas retentit derrière eux. Sans doute le tunnel des alchimistes s'était-il complètement effondré.

Enfin, une porte s'ouvrit droit devant et un flot de lumière inonda le couloir.

Le soleil... l'éclatant soleil.

Erin se précipita. À chaque pas, l'atmosphère devenait plus respirable, plus propre, plus fraîche.

Dès qu'elle fut suffisamment près, la jeune femme se rendit compte que Báthory leur tenait la porte.

Elle ne s'était donc pas enfuie.

Ils débouchèrent tous, ravis, dans une ruelle en plein jour – couverts de sang, à moitié brûlés mais vivants.

D'emblée, Erin se retourna vers Jordan, inquiète qu'il n'ait pas prononcé un seul mot au cours de leur folle échappée.

Elle lui effleura la joue mais, le regard perdu au loin, il paraissait absent. Malgré l'affolement qui la guettait, elle se ressaisit et garda la main posée sur sa peau brûlante.

— Jordan, tu m'entends ?

Il cligna des yeux.

— Jordan… reviens.

Il battit à nouveau des paupières et frissonna. Peu à peu, son regard se focalisa sur elle.

— Erin… ?

Le sergent semblait hésiter, comme s'il avait du mal à la reconnaître.

— Oui, confirma-t-elle avec douceur. Tout va bien ?

Il finit par s'ébrouer comme un chien, puis observa le reste du groupe.

— Ça va… je crois.

— Il a peut-être été désorienté à cause de la fumée, suggéra Élisabeth.

Erin n'était toutefois pas dupe. Quel que soit le

problème de Jordan, cela n'avait rien à voir avec la fumée. Elle lui prit le bras et écarta les lambeaux de sa manche déchirée pour examiner les bords irréguliers de la morsure. La plaie commençait déjà à cicatriser. Les chairs se recollaient, comme s'il avait été attaqué quelques jours auparavant, et non cinq minutes plus tôt.

Plus déconcertant encore, un trait rouge vif, qui partait de son biceps et descendait jusqu'à la blessure, dessinait sur sa peau d'étranges circonvolutions. Erin remonta sa manche de quelques centimètres pour en découvrir l'origine.

La ligne venait d'une vieille cicatrice qui datait de l'époque où Jordan avait été frappé par la foudre. Adolescent, il s'en était fait tatouer l'empreinte fractale pour se rappeler qu'il avait frôlé la mort, créant ainsi une espèce de motif floral.

Or, cette volute-là était nouvelle.

Du bout de l'index, Erin sentit une chaleur vive en émaner sur toute la longueur.

— Ton tatouage est en train de grossir…

Jordan ôta son bras et baissa sa manche.

— Dis-moi ce qui se passe.

— Aucune idée, marmonna-t-il avec réticence. Tout a commencé lorsque Tommy m'a touché, qu'il m'a guéri. Au début, ce n'était qu'une sensation de brûlure.

— Et depuis ?

— La sensation s'est amplifiée quand le *strigoï* m'a poignardé à Cumes. Et encore davantage aujourd'hui, maintenant que je viens d'être mordu.

Elle lui prit la main. Au moins, il se laissa faire.

Comme s'il avait deviné le profond désarroi d'Erin, Rhun lui effleura le dos.

— Il faut partir, annonça Élisabeth, alors que des sirènes hurlaient au loin. Le soleil va bientôt se coucher.

Mais où pouvaient-ils aller ?

*

17 h 37

Légion regarda l'édifice s'embraser au fur et à mesure des incendies déclenchés par ses serviteurs. Tandis que des flammes rouges dansaient sur fond de ciel grisâtre, il se remémora l'endroit. C'était dans une salle de ce bâtiment-là qu'on l'avait emprisonné à l'intérieur du satané diamant vert. Grâce aux essences mêlées des six cent soixante-six créatures qu'il recélait en lui, il exhuma des bribes de souvenirs de l'époque.

... un vieux barbu marche de l'autre côté de la paroi translucide verte...

... la lumière du jour qui brûle la peau et les os, ne laissant rien d'autre que de la fumée...

... cette fumée chassée par un rayonnement éclatant jusque dans le cœur sombre d'une pierre glacée...

À l'extérieur du véhicule où Légion était tapi, le feu continuait de rugir et consumait tout sur son passage, réduisant cette histoire douloureuse en un flot de cendres et de fumée.

L'image parfaite.

Légion envoya un ordre à Abigail. La voiture gronda et quitta le bord du trottoir pour s'éloigner de l'incendie. À travers les prunelles de ses esclaves, il avait vu l'ennemi vaincre ses forces maléfiques au sous-sol. Il ignorait le sort du trio de la prophétie, mais il ne lui avait laissé qu'un chemin possible. Un seul et unique tunnel. S'ils avaient survécu, ses adversaires tomberaient donc tout droit dans son piège.

Légion avait déjà convoqué à Prague de nouveaux bataillons, prêts à être lâchés. Il n'attendait plus qu'un ultime élément. Derrière la vitre teintée, le globe éblouissant du soleil déclinait à l'horizon.

Le jour leur appartient peut-être, mais la nuit sera à moi.

CHAPITRE 19

18 mars, 18 h 08
Prague, République tchèque

Au pas de course, Rhun talonna Erin, qui avait fait réapparaître le plan de Prague sur son portable. Non seulement un vent froid balayait la chaussée étroite, mais un orage menaçait d'éclater sur la ville. Le prêtre sentait l'odeur de pluie au loin, le grésillement d'électricité.

Au bout de la rue s'étendit une vaste place gazonnée. Une plaque en cuivre piquetée de vert-de-gris annonçait leur destination en gros caractères gothiques.

Karlovo náměstí

— La place Charles, traduisit Erin.

Un hôtel de ville tentaculaire s'y dressait, flanqué d'une tour, mais ce fut surtout la grande église jésuite, avec ses flèches baroques, qui suscita l'intérêt du père Korza. Il s'agissait de l'église Saint-Ignace. Il aurait bien aimé y faire halte, histoire de donner à ses camarades le temps de se remettre. Christian avait, en effet, le bras bandé. Sophia soignait plusieurs grosses éraflures et ecchymoses. Même Élisabeth avait perdu sa guimpe et cachait sa joue balafrée derrière ses boucles brunes.

Hélas, ce n'était pas le moment de traîner.

Pendant que le groupe traversait la place, le ciel orangé vira au rouge, puis à l'indigo, signe que le soleil allait se coucher très bientôt. À supposer que d'autres *strigoï* sillonnent la ville, ils ne tarderaient pas à se manifester. Quelqu'un les avait certainement envoyés dans le dédale de tunnels pour leur tendre une embuscade, et tout danger n'était pas écarté.

En chemin, le Sanguiniste avait guetté la présence d'éventuels adversaires lancés à leurs trousses. Manque de chance, au printemps, la capitale tchèque fourmillait de touristes et, encore à présent, ses efforts étaient parasités par le pouls des gens qui flânaient dans le quartier, dînaient au restaurant ou effectuaient quelques achats. Il tenta de discerner des sons plus furtifs émanant de créatures au cœur silencieux : bruits de pas discrets, souffle glacé… Bien qu'il n'ait repéré aucun signe apparent, cela ne signifiait pas pour autant qu'elles ne rôdaient pas dans l'ombre, à attendre qu'il fasse enfin nuit noire.

Rhun jeta un bref regard à Saint-Ignace. Dès que son équipe aurait terminé d'inspecter ce dernier endroit de la ville, ils pourraient tous y trouver refuge.

— J'ai l'impression que nous avons trouvé la Maison Faust, annonça Erin. Là-bas, à l'angle sud-ouest de la place.

L'édifice indiqué se dressait sur quatre niveaux :

le rez-de-chaussée en pierre grise était surplombé par une grande façade rose saumon ornée de colonnes corinthiennes en trompe-l'œil. De plus près, les lettres dorées inscrites au-dessus de l'entrée principale formaient les mots FAUSTUS DUM, preuve qu'il s'agissait bien de la célèbre Maison Faust.

Élisabeth était persuadée que, par le biais de son message codé, Rodolphe avait voulu la conduire là-bas. Auquel cas, il y avait de fortes chances qu'un élément essentiel à leur quête y serait aussi dissimulé.

Mais lequel ?

Alors que la pluie recommençait à tomber, Rhun resta aux aguets. Ils s'arrêtèrent sur le trottoir opposé. Pressées de rentrer avant l'orage, les voitures roulaient en trombe.

Sans se soucier du tonnerre qui grondait au loin, Jordan leva les yeux vers le bâtiment. Il semblait avoir repris ses esprits, même si, depuis l'attaque, Rhun discernait une légère altération de son rythme cardiaque, un peu comme si ses habituels battements sourds s'accompagnaient d'un bourdonnement léger. L'aberration avait peut-être toujours été là, en fait, et ce qui était mystérieusement ressorti du dernier assaut s'était contenté de mettre l'accent dessus.

— Votre Kelley devait très bien gagner sa vie pour se payer une baraque pareille ! apprécia Jordan.

Erin confirma d'un hochement de tête.

— Il pouvait, en effet, compter sur le soutien et le mécénat de l'empereur Rodolphe. De plus, le terrain traînait la réputation d'être maudit.

— Pardon ?

— Pendant le trajet, j'ai cherché sur Google. À l'époque païenne, il servait de lieu de rassemblement lors des sacrifices offerts à Morena, déesse slave de la mort. Voilà sans doute pourquoi la légende du Dr Faust a été intégrée à cette maison. Elle a sûrement aussi contribué à la crédibilité d'Edward Kelley lorsqu'il prétendait communiquer avec Belmagel, l'ange du mal.

— Peu importe ! Tout ce que je vois, moi, c'est une maison luxueuse hérissée d'une flopée de paratonnerres.

— Qu'est-ce qu'un *« paratonnerre »* ? demanda Élisabeth, qui, d'un revers de main, se protégeait les yeux de la pluie.

Jordan lui montra le toit de tuiles rouges.

— Vous apercevez la girouette ? Et l'espèce de piquet juste à côté ? Eh bien, ces deux dispositifs sont censés attirer la foudre, puis la canaliser jusqu'au sol, où elle se déchargera en toute sécurité dans la terre.

— Quelle idée merveilleuse ! s'extasia la comtesse, le regard brillant.

Comme un fait exprès, un gros coup de tonnerre résonna par-dessus les toits et leur rappela aussitôt que le temps pressait.

— Comment entrer ? s'interrogea Erin. J'ai l'impression que toutes les fenêtres du bas sont munies de barreaux.

Rhun indiqua les niveaux supérieurs.

— Je vais grimper, en forcer une à l'étage, puis je redescendrai vous ouvrir la porte principale.

— Et s'il y a un système d'alarme ? intervint Sophia.

— Cet endroit, vieux de plusieurs siècles, n'a probablement pas été modernisé, la rassura Christian. Au mieux, les propriétaires auront équipé le premier niveau d'un grillage, persuadés que les barreaux du rez-de-chaussée suffisent à garantir la sécurité. (Il désigna les deux derniers étages.) Vous n'aurez sans doute aucun problème si vous réussissez à atteindre les lucarnes du troisième, Rhun. Je doute que celles-ci soient renforcées.

Le prêtre, qui approuvait son analyse, sonda brièvement les alentours. Au moins, la pluie avait chassé la majeure partie des badauds de la place. Dès qu'il n'y eut plus de voitures en vue, il s'approcha d'une descente de gouttière fixée sur un recoin sombre de la façade.

Les doigts enroulés autour du tuyau d'évacuation, il le gravit avec agilité jusqu'au deuxième étage. Après avoir agrippé le chapiteau en relief d'une colonne corinthienne purement décorative, il avança son pied vers la droite et, tel un lézard, il glissa le long de la façade mouillée pour atteindre la fenêtre la plus proche.

Une fois sur place, il attendit qu'un autre roulement de tonnerre fasse diversion – et fracassa la vitre du bas d'un grand coup de coude. Des débris de verre cliquetèrent sur le carrelage. Il redouta un éventuel cri d'alerte, mais la bâtisse demeura silencieuse.

Toujours aussi prudent, Rhun passa le bras par la vitre brisée, déverrouilla la poignée et ouvrit lentement le battant. La pièce dégageait une odeur de moisi et de béton. Pourtant, quelque chose d'autre lui donna la chair de poule. Immobile, il tendit l'oreille. En l'absence de sirène d'alarme, il décida de rouler à l'intérieur de la maison.

Avant même que ses pieds n'aient touché le sol, il sentit ses forces l'abandonner. Il atterrit en position accroupie et se souvint que, selon Erin, la bâtisse avait été construite sur un terrain maudit.

Apparemment, la légende était véridique.

Le Sanguiniste empoigna vite sa croix pour se ressaisir. L'atmosphère, glaciale, grésillait de malveillance. Il chercha trace d'une menace avérée. En vain. La lumière des réverbères extérieurs lui révéla une pièce vide, avec de hauts plafonds blancs et des murs bien lisses.

Il murmura une prière de protection, puis redescendit ouvrir la porte à ses camarades, sans se laisser submerger par son envie pressante de prendre ses jambes à son cou.

*

18 h 19

Pendant que Rhun leur tenait ouverte la grande porte en fer forgé, Élisabeth franchit le seuil, quitte à bousculer légèrement les autres agglutinés sous le porche. Dès son arrivée, elle fut sensible à l'extrême impiété des lieux. Elle y était attirée comme un papillon vers la flamme. Toutefois, au lieu de s'y brûler les ailes, elle fut envahie par un puissant regain d'énergie, signe que le terrain foncièrement profane interpellait de manière très précise la noirceur de son sang.

Les jambes fléchies, Rhun, au contraire, était obligé de se raccrocher à la poignée de la porte pour tenir debout.

Je crois bien que la Maison Faust l'a vidé de ses forces.

Lorsqu'ils entrèrent à leur tour, Christian et Sophia furent frappés du même mal : on aurait dit qu'un énorme fardeau s'était abattu sur leurs épaules.

Pourquoi ne suis-je pas affectée, moi aussi ?

Certes, Báthory venait tout juste d'intégrer l'Ordre des Sanguinistes, mais il devait y avoir autre chose, en lien direct avec ce qui restait de sa nature profonde.

Pour ne pas éveiller les soupçons, elle posa sa main à plat sur le mur, se pencha et feignit d'éprouver le même malaise.

Rhun lui offrit son bras et expliqua :

— C'est à cause du terrain maudit. Notre force est sérieusement mise à mal, car elle émane du sang du Christ.

La comtesse acquiesça.

— Quelle… quelle sensation atroce !

Jordan la toisa d'un air dubitatif, comme s'il avait flairé la supercherie.

Sophia reprit d'une voix épuisée :

— Dépêchons-nous de faire le nécessaire.

— Par où commencer à chercher ? lança Erin.

Elle se tourna vers Élisabeth, qui devait sûrement avoir déjà mis les pieds là-bas.

— Vous avez une idée ?

Jordan alluma sa lampe torche. Avec ses hauts murs de plâtre blancs et son lustre en fer forgé, le somptueux hall d'entrée donnait sur un grand escalier cintré.

Báthory lâcha Rhun et traversa l'immense vestibule.

— Belmagel, l'ange détestable de Kelley, n'apparaissait à personne d'autre.

Elle jeta un coup d'œil au groupe derrière elle.

— Parce que, bien entendu, il s'agissait d'une ineptie grotesque. Kelley était un charlatan qui cherchait à s'enrichir sur le dos des imprudents. Je sais néanmoins que Belmagel ne se manifestait qu'à l'étage. Si Rodolphe m'a laissé ce message, c'est peut-être là-haut que nous devrions entamer notre enquête.

Toujours aussi protectrice, Erin resta auprès de Korza et, la mine inquiète, elle lui demanda :

— Cette impiété que vous ressentez… se dégage-t-elle d'un endroit en particulier ou est-elle présente partout ?

— J'ai l'impression qu'elle est plus forte à l'étage.

— Pire qu'ici ? marmonna Christian, dépité.

Rhun acquiesça en silence.

Élisabeth aussi s'en rendit compte lorsqu'elle se présenta devant le grand escalier. On aurait dit qu'une brise étrange soufflait sur les marches. Alors que les Sanguinistes luttaient contre une force prête à les terrasser sur place, la Hongroise, en revanche, s'empêcha de courir là-haut comme une folle pour s'en délecter.

— Nous devrions suivre cette trace impie, conseilla Erin. D'où que vienne la malédiction de la maison, elle pourrait bien servir nos recherches.

— Ou nous précipiter droit dans le pétrin, grogna Jordan.

Báthory fut la première à fouler l'escalier. Elle grimpa lentement, cramponnée à la rampe sculptée, car elle voulait faire semblant d'être affaiblie et d'avancer à grand-peine. Cependant, elle avait beau calquer son allure sur celle des pauvres Sanguinistes, à chaque pas, elle sentait une force obscure émaner des marches en chêne.

Impatiente, elle se changea les idées en admirant la montée d'escalier. Les grands murs ocre étaient ornés de tableaux de la Renaissance. De prime abord, on croyait avoir affaire à de classiques représentations de cour mais, à y regarder de plus près, des démons vêtus comme des gentilshommes ou des nobles dames observaient les visiteurs d'un air mauvais. L'un d'eux tenait un enfant innocent sur ses genoux. Un autre se régalait d'une tête de licorne.

Non sans mal, le groupe atteignit le dernier étage, où l'atmosphère bourdonnait et crépitait de méchanceté. Báthory mourut d'envie de s'en gargariser. Au lieu de quoi, les doigts crispés sur sa brûlante croix en argent, elle demeura impassible.

— Par ici, déclara-t-elle. Kelley avait installé son propre laboratoire d'alchimie droit devant. C'est là qu'il entrait soi-disant en contact avec Belmagel.

Ils pénétrèrent dans une grande pièce circulaire au plancher rudimentaire. Une table en bois maculée de taches avait été repoussée contre un mur incurvé.

Adossé à l'encadrement de la porte, Rhun hésita à entrer.

— Cet endroit empeste le soufre.

— En alchimie, il s'agit d'un composé banal, confirma Élisabeth. À mon avis, les ingrédients que Kelley utilisait pour ses mystérieuses recherches ont fini par imprégner la structure même de la bâtisse.

L'argument était plausible, mais même la comtesse doutait de sa véracité.

C'est le mal *inhérent au terrain qui infecte la maison.*

Elle commença à se demander si elle ne s'était pas trompée sur Kelley. Peut-être avait-il réellement réussi à convoquer une entité malveillante chez lui.

Pendant que le sergent Stone fouillait les tiroirs du

bureau, Erin découvrit un ensemble de trois fresques peintes sur le plâtre des murs circulaires. Des inscriptions en latin figuraient sous chacune d'elles.

Une fois son exploration terminée, elle revint au centre de la pièce et fit signe à ses camarades.

— Les symboles alchimiques rappellent beaucoup ceux que nous avons vus dans le salon de réception de Dee.

Elle rebroussa chemin vers le premier – un rond rempli de vagues bleues – et énonça sa légende latine à haute voix :

— *Aqua*. Eau.

Intriguée, Báthory s'approcha du deuxième dessin : un anneau tacheté de vert, telles des feuilles en plein été.

— Celui-ci est intitulé *Arbor*. Le terme latin pour *« arbre »* ou *« jardin »*.

Jordan rejoignit la troisième fresque, près du bureau. Son cercle à lui dégoulinait de lignes rouges.

— *Sanguis*, annonça-t-il, la mine sombre. Sang.

Erin sortit son appareil photo et, tandis qu'elle prenait des clichés des trois dessins, elle réfléchit :

— Chez John Dee, il y avait *quatre* symboles, représentant la Terre, l'Eau, l'Air et le Feu. Ici, non seulement ce ne sont pas exactement les mêmes, mais il manque le quatrième.

Élisabeth balaya la pièce du regard. Le seul autre ornement était une peinture murale très détaillée. Elle l'étudia avec soin, histoire de vérifier si le symbole manquant n'était pas dissimulé quelque part au sein du tableau surchargé.

Une vallée verdoyante y était surplombée par trois montagnes au sommet enneigé. La rivière qui coulait au fond se jetait dans un lac sombre et, d'une manière assez curieuse, un soleil rouge dominait le paysage. Sous l'ensemble, on pouvait lire les mots tchèques *« jarní rovdodennost »*.

Du bout du doigt, la comtesse Báthory caressa la légende et traduisit :

— *« Équinoxe de printemps »*.

Erin s'approcha.

— D'après vous, qu'est-ce qui sort du lac en plein milieu ?

À la surface noire de l'eau, des membres et des visages démoniaques semblaient jaillir, bouillonnants, sous le mystérieux soleil cramoisi.

— On dirait que l'enfer est sur le point de se déchaîner, commenta Jordan en lui adressant un regard entendu.

Sa petite amie se redressa d'un air écœuré.

— Pourrait-il s'agir de l'endroit où Lucifer brise ses entraves ? De cette vallée-là ? En tout cas, le soleil rouge a l'air d'être à son zénith. Le jour de l'équinoxe de printemps. (Aux autres.) Et s'il s'agissait d'une mise en garde ? D'un ultimatum à ne pas dépasser ?

— Quand l'équinoxe a-t-elle lieu ? se renseigna Jordan.

Du bout de la pièce, Christian répondit :

— Le 20 mars. Après-demain.

Même l'effort de prendre la parole lui était douloureux.

— Tu parles d'une marge de manœuvre étroite ! ronchonna l'Américain. D'autant qu'on ignore *où* se situe le lac en question. Enfin, à supposer même qu'il existe.

Erin observa de nouveau les trois ronds colorés, comme si elle espérait y déchiffrer une réponse.

D'ailleurs, Élisabeth ne doutant pas de son intelligence hors du commun, il n'était pas impossible qu'elle y parvienne.

— Pourquoi *trois* symboles uniquement ?

— La figure majeure de l'alchimie est un triangle, suggéra la Hongroise. Voilà peut-être pourquoi il n'y en a que trois.

Erin pivota lentement sur elle-même. À l'évidence, elle était en train de tracer un triangle invisible entre les trois fresques.

— Chez Dee, les quatre symboles étaient peints de sorte que leur prétendue énergie se concentrait à l'intérieur du lustre, celui qui trônait au centre de la pièce avec ses deux masques à cornes. Je suis prête à parier qu'ici aussi, il existait autrefois le même point de convergence.

Báthory acquiesça :

— Si les trois symboles constituent un triangle alchimique, il faut alors chercher quelque chose placé au milieu de cette figure géométrique.

Aidées de leurs camarades, elles longèrent les lignes tacites entre les fresques. Erin se planta au centre et souffla :

— Le sol… C'est du bois. Il y a peut-être un compartiment secret là-dessous, comme chez John Dee.

Christian la rejoignit en dégainant son épée.

— Les lames du plancher sont vieilles. Je ne devrais avoir aucun mal à les desceller.

Nerveuse, Erin s'écarta et croisa les bras.

— Prenez garde à n'abîmer aucun…

Un vacarme assourdissant de ferraille et de verre brisé résonna deux étages plus bas.

Tout le monde se figea.

Élisabeth entendit beaucoup de bruits de pas traînants mais aussi des grognements et des sifflements plus discrets. Elle jeta un œil vers une fenêtre du couloir. Par-delà le faible halo des réverbères, la nuit s'était emparée de la ville. Le tonnerre gronda. Un éclair fendit le plafond nuageux.

Le soleil s'était couché et l'orage avait fini par éclater.

Soudain retentit un nouveau bruit, que même l'ouïe moins fine d'Erin et de Jordan perçut sans problème.

Un mugissement lugubre avait émané d'en bas, gorgé de colère et d'appétits sanguinaires. Il fut suivi d'un autre, puis d'un troisième.

Cette fois-là, les *strigoï* n'étaient pas venus seuls.

Jordan reconnut d'emblée le caractère corrompu du hurlement, typique d'une bête monstrueuse que tous les Sanguinistes redoutaient.

— Génial. Ils débarquent avec une meute de loups-garous.

*

18 h 23

Dans la rue balayée par la pluie, Légion tendit ses paumes ouvertes vers la bâtisse en pierre devant lui, comme s'il savourait un bon feu de cheminée. Cependant, ce n'était pas de *chaleur* qu'il se délectait par une nuit aussi fraîche.

La terrible malfaisance qui rayonnait de l'édifice vibrait au rythme de son cœur empoisonné. Il avait très envie de la dévorer… et, avec elle, chaque âme qui se trouvait à l'intérieur.

Il regarda ses forces – une douzaine de soldats – pénétrer dans la maison. Grâce à ses connexions télépathiques, il sentait leurs muscles se gorger d'une puissance maléfique, de plus en plus impressionnante à mesure qu'ils avançaient.

Un peu plus tôt, avant que le soleil ne soit couché, il avait envoyé des guetteurs surveiller le tunnel qui débouchait près de la place de la vieille ville. Par le biais de leurs prunelles asservies, il avait vu ses proies sortir au grand jour : échappant aux incendies déclenchés par ses forces *strigoï*, elles avaient emprunté l'unique itinéraire possible.

Celui qui les avait conduites droit jusqu'à moi.

Il s'était ensuite servi de ses nombreux yeux, tapis dans l'ombre et les pièces obscures, pour suivre le groupe à la trace jusqu'à cette imposante bâtisse délétère, où tout le monde était à présent pris au piège.

Il savait, grâce à l'esprit vacillant de Léopold, que les Sanguinistes seraient affaiblis – notamment le Chevalier sur lequel, cette nuit-là, il avait l'intention d'apposer son empreinte esclavagiste. Afin de contrer définitivement la prophétie, il tuerait aussi le Guerrier et l'Érudite, laissant leur sang en sacrifice sur ce terrain impie.

Il leva la tête vers l'orage.

Le soleil n'est plus là pour vous protéger.

L'éclat d'une lumière flamboyante ramena son attention vers l'entrée de la maison.

Légion passait très vite du regard d'un serviteur à l'autre. À la fois un et plusieurs, il voyait tout.

... des meubles réduits en bois d'allumage...

... de l'huile combustible répandue partout...

... une flamme qui se multiplie et ravage les niveaux inférieurs...

Son but était de repousser le gibier jusqu'au toit, puis d'y réclamer l'âme du Chevalier, au milieu du feu et de la fumée. Cette fois-là, toute fuite serait impossible.

Pour s'en assurer, il entra en connexion mentale avec l'un de ses soldats marqués, une créature plus proche de son cœur que n'importe quel autre esclave : le chef des loups. Après avoir placé sa propre conscience à l'intérieur du molosse, il savoura ses sombres appétits, la puissance de son corps musclé. Lorsqu'il mugit à travers ses énormes mâchoires, son cri strident de menace résonna dans la nuit.

Il envoya ensuite un ordre jusque dans le sang du loup.

Va chasser.

CHAPITRE 20

18 mars, 18 h 27
Prague, République tchèque

— Dépêchez-vous !

Alors qu'elle sentait la fumée monter des étages inférieurs, Erin était agenouillée par terre avec Jordan et Élisabeth, à peu près au milieu des trois symboles alchimiques : *aqua*, *arbor* et *sanguis*.

Quelques minutes plus tôt, Rhun et Christian avaient détalé dans l'escalier avant même que le mugissement des loups-garous ne se soit tu. Quant à Sophia, elle montait la garde à la porte en brandissant deux épées.

Erin avait sa propre mission à accomplir.

Trouver ce qui a été caché ici.

Báthory enfonça la lame de son poignard dans le plancher, puis, d'un habile mouvement du poignet, elle fit sauter une lame. Elle en arracha ensuite d'autres à mains nues. Même affaiblie par le terrain impie, elle alliait force inouïe et rapidité.

Dès qu'elle braqua sa torche électrique à l'intérieur du trou, Erin éclaira un savant mélange de solives, de saletés et d'excréments de rats. Des grains de poussière voletèrent dans le rayon du faisceau lumineux.

— Il n'y a rien ici.

La comtesse parut aussi frustrée qu'elle.

Qu'est-ce qui nous échappe ?

Élisabeth se redressa et examina les symboles pour tenter de résoudre l'énigme.

Alors qu'elle levait la tête vers elle, Erin se redéplia d'un bond, frappée par l'inspiration.

En haut...

— Le lustre... chez John Dee ! C'est là-dessus que les énergies des symboles étaient dirigées. Vers le *plafond*. Inutile de nous acharner à fouiller le sol.

Jordan scruta le plafond.

— Je ne vois rien.

Erin non plus, mais elle éprouva un frisson de certitude.

— Rappelle-toi l'histoire du Dr Faust, qui apparaît liée de manière très étroite à l'endroit. On raconte qu'il a été emporté directement à travers le plafond, aspiré par le diable. Et si cette légende avait ses racines ici même ?

À son tour, Élisabeth leva les yeux.

— Moi, je distingue les contours vagues d'un carré et, en effet, bien que je n'en aie jamais été témoin, j'ai entendu dire que Kelley aimait installer des portes et des escaliers dérobés chez lui.

Alors, pourquoi pas un dans le plafond ?

Jordan sembla moins convaincu.

— En admettant que cette maison possède un grenier, qui sait s'il a de l'importance ?

— Il en a, confirma Báthory.

Un genou à terre, elle dessina dans la poussière.

— Cette pièce entière en est la preuve criante. Vous avez l'architecture en cercle, le triangle… et, maintenant, le carré par-dessus.

À elles trois, les formes géométriques composèrent un symbole sur le sol.

— L'emblème de la pierre philosophale ! haleta Élisabeth.

Le cœur battant, Erin tenta de discerner le carré.

— La pierre philosophale est censée transmuter le plomb en or mais aussi créer l'élixir de vie. C'est l'élément clé de l'alchimie. Il y a forcément quelque chose là-haut.

Jordan se rua vers le bureau abandonné.

— Venez m'aider !

Avant que l'Érudite n'ait pu esquisser un geste, Élisabeth fonça auprès de lui et, presque seule, elle décala le meuble au centre de la pièce.

Erin grimpa dessus, mais elle était encore trop petite pour atteindre le toit. Même à Jordan, il manqua soixante bons centimètres. Toutefois, elle aperçut, elle aussi, les arêtes d'un carré et pivota vers le sergent.

— J'ai besoin de toi pour…

Elle fut interrompue par un épouvantable fracas métallique qui retentit des étages inférieurs. Après avoir mis le feu au rez-de-chaussée, de manière à empêcher toute évasion par la rue, l'ennemi avait dû donner l'assaut dans l'escalier… et se heurter aux deux Sanguinistes partis y monter la garde.

Combien de temps Rhun et Christian parviendraient-ils à faire barrage ?

Réponse immédiate : un cri de douleur jaillit d'en bas. Élisabeth devina aussitôt qui avait hurlé.

— Rhun…

— Allez-y ! lança Erin.

Sa consigne était inutile, car la comtesse avait déjà traversé la pièce, bousculé Sophia sur le seuil et foncé au secours du prêtre.

Le doigt pointé vers le couple d'Américains, la Sanguiniste saisit la poignée de porte.

— Trouvez ce qu'il y a là-haut !

Après quoi, elle claqua le battant derrière elle, laissant Erin et Jordan se débrouiller seuls.

De peur de se laisser paralyser par la panique, l'archéologue resta concentrée sur sa mission.

— Fais-moi la courte échelle, haleta-t-elle.

Jordan la souleva du bureau et elle grimpa sur ses épaules. En équilibre légèrement précaire, elle appuya au centre du carré, mais rien ne bougea d'un millimètre.

Des hurlements et des grognements émanaient de dehors.

— Grouillez-vous tous les deux ! s'égosilla Sophia dans le couloir.

— Je te tiens, annonça Jordan sur un ton rassurant. Et, toi, essaie encore.

J'ai intérêt.

Après avoir pris une profonde inspiration, Erin se hissa sur la tête de son petit ami et cala son épaule contre le plafond. Elle poussa de toutes ses forces. Une pluie de poussière et de débris de plâtre s'abattit sur eux lorsqu'un angle du carré se souleva enfin de deux ou trois centimètres.

Donc c'est une porte !

La jeune femme se remit en position et poussa à nouveau du côté qui avait bougé. Cette fois-là, le vantail s'entrebâilla assez pour qu'elle y coince sa torche électrique debout et se crée ainsi un passage de trente centimètres de haut.

— J'y suis…

Elle attrapa le coin de la trappe, se faufila à l'intérieur et rampa sur le ventre en veillant à ne pas faire tomber sa lampe.

— Je ne sais pas combien de temps je vais tenir !

— Moi, je peux sauter, répondit Jordan.

Promesse exaucée. Les doigts du militaire aguerri attrapèrent le rebord et, quelques secondes plus tard, il la rejoignit. Il se servit ensuite de ses jambes musclées pour bloquer le battant, le temps qu'Erin trouve une barre de fer capable de le remplacer.

Épuisée par l'effort, la jeune femme reprit sa torche électrique et éclaira le grenier secret. Un large éventail de cordages et de poulies pendait aux poutres du haut.

Elle s'écarta de la trappe et, en repoussant un rideau de cordes, elle déclencha une vraie tempête de poussière.

— Tout cet attirail devait faire partie des mécanismes mystérieux de Kelley pour jouer avec les portes et les escaliers.

— Dommage que plus rien ne fonctionne, regretta Jordan. On aurait peut-être pu s'en servir pour ficher le camp.

Au souvenir du danger qui planait sur eux, Erin trébucha et délogea sans le vouloir un engrenage métallique de son crochet. Vu l'exiguïté de l'espace, la roue dentée s'écrasa par terre avec un bruit assourdissant.

L'Érudite poursuivit son exploration. Le grenier était deux fois plus petit que la pièce en contrebas. Très vite, le faisceau lumineux de sa torche révéla un objet assez volumineux, debout dans un coin, recouvert d'une couche de saleté séculaire.

Sa forme ne laissait place à aucun doute.

— La cloche !

À la vue de la longue pipe en verre qui en sortait, Erin se rappela que, selon Élisabeth, des centaines de *strigoï* avaient péri à l'intérieur de l'odieux dôme, puis que leur fumée avait été recueillie et acheminée le long du tuyau. Un instant, elle se sentit rebutée par l'histoire effroyable de la relique, mais elle mit ses superstitions de côté et finit par s'en approcher.

— Rodolphe a dû la cacher ici après la mort de John Dee.

— Dans son message à Élisabeth, l'empereur souhaitait-il donc lui indiquer l'emplacement de ce machin ? s'interrogea Jordan. Pourquoi ? Pour qu'elle continue l'œuvre entamée par son alchimiste de cour ?

— Je l'espère.

— Tu as perdu la tête ou quoi ?

D'un revers de manche, Erin essuya les siècles de crasse et de poussière qui s'étaient accumulés sur la paroi. Dès qu'elle eut nettoyé un pan suffisant de la cloche, elle regarda à travers l'épaisseur de verre verdâtre.

— Voilà pourquoi…

Jordan se pencha à côté d'elle.

— Il y a toute une pile de papiers à l'intérieur.

— Si Rodolphe a apporté la cloche jusqu'ici, il y a fort à parier qu'il y aura adjoint les dossiers du vieil alchimiste.

— Comme un genre de mode d'emploi ? Logique !

Il caressa la cloche en quête d'une quelconque ouverture.

— Regarde ! J'aperçois une porte par ici.

Il tira sur les loquets et le battant lui tomba dans la main.

Erin s'empressa de récupérer des liasses de papiers.

— C'est surtout écrit en hénochien, annonça-t-elle avant de fourrer les documents dans son sac à dos, juste à côté de la poche qui abritait l'Évangile de Sang. Avec un peu de chance, Élisabeth pourra nous les traduire.

— Alors, sortons d'ici.

Le couple regagna la trappe… au moment où s'élevait un énorme vacarme de bois brisé.

Lorsqu'ils regardèrent à l'étage du dessous, une porte fusa au ras du sol. Sophia surgit, toujours aussi agile, et fit volte-face vers l'entrée en agitant ses deux épées.

— Restez bien là-haut ! mugit-elle sans lever les yeux.

Pourquoi ? Parce que, dans un tourbillon de fumée

noire, une bête colossale venait d'apparaître, la tête basse, les babines retroussées, le poil sombre de son échine hérissé de colère.

Un loup-garou.

Jordan lâcha un juron et donna un coup de pied dans la barre en fer qui retenait le panneau de la trappe.

Le vantail retomba avec fracas.

Ils étaient piégés dans le grenier.

*

18 h 37

Coincé sur un vaste palier de la cage d'escalier, Rhun tenait bon, son bras droit pendant inutilement le long de son corps. Il n'avait même pas *vu* la lame qui l'avait blessé. Ses contre-attaques lui paraissaient lentes, maladroites. Très affaibli, il avait l'impression d'être un enfant qui jouerait à la guerre contre des soldats galvanisés par une malédiction.

De leur côté aussi, ses ennemis semblaient jouer avec lui.

Ils auraient déjà pu le tuer à maintes reprises, mais ils se retenaient.

Pourquoi ? Par pure méchanceté ou fallait-il chercher une autre explication ?

Trois *strigoï* s'étaient positionnés en triangle autour de lui. Tous très grands, bardés de muscles, couverts de cicatrices et de tatouages, ils brandissaient chacun un lourd fauchon à lame recourbée. Aucun d'eux ne paraissait maîtriser réellement le maniement de cette arme médiévale, mais ils étaient plus rapides et plus forts que Korza. À tour de rôle, ils prenaient un malin plaisir à lui lacérer les bras, le torse, le visage. Ils auraient pu l'achever à tout moment, mais ils préféraient s'amuser avec lui, comme des chats face à une souris effrayée.

Sauf que je ne suis pas une souris.

Un cri strident accompagné d'un cliquetis métallique lui firent comprendre que Christian était toujours vivant. En revanche, que devenait Élisabeth ? Quelques fébriles secondes auparavant, elle était accourue à son secours. Après avoir dévalé l'escalier comme un faucon noir, elle s'était attaquée à deux adversaires, dont le *strigoï* qui avait privé Rhun de l'usage de son bras droit. Les monstres et elle avaient ensuite disparu sous la fumée.

Était-elle encore de ce monde ?

Perdu dans ses pensées, Rhun réagit trop lentement quand le plus costaud de ses assaillants revint à la charge. L'épée lui causa une belle entaille au thorax. Un autre coup jaillit de son côté estropié. Le prêtre n'avait aucun moyen de…

Soudain, le deuxième agresseur se volatilisa, tiré en arrière vers le nuage de fumée. Un hurlement étranglé se fit entendre et les deux autres *strigoï* serrèrent les rangs au moment où une petite silhouette sombre émergeait du rez-de-chaussée.

Élisabeth.

Son glaive dégoulinait de sang noir. Entre ses mains délicates, la lame paraissait ridiculement grande, mais la comtesse semblait manipuler l'arme sans difficulté, comme si son poids ne la gênait pas du tout.

Le plus grand des *strigoï* s'élança vers elle, son

sabre fendant l'air plus vite que l'œil de Rhun n'arrivait à suivre le mouvement. Pourtant, Élisabeth esquiva à la toute dernière seconde. Après une rapide pirouette sur elle-même, elle agita son glaive et trancha net la gorge de son assaillant. Le cadavre décapité du monstre dégringola dans l'escalier derrière elle.

Le prêtre profita de la diversion pour sauter sur le dernier *strigoï* : il lui planta son *kerambit* dans la nuque et, d'un habile coup de poignet, il lui sectionna l'épine dorsale. Quand le corps de son adversaire s'avachit, il le fit basculer par-dessus la rambarde du palier.

Báthory le rejoignit, les bras trempés de sang, le visage éclaboussé de taches foncées.

— Ils sont trop nombreux ! haleta-t-elle. J'ai eu un mal fou à remonter jusqu'ici.

L'ecclésiastique la remercia d'une main posée sur la sienne. Elle lui serra les doigts.

— Ensemble, nous pourrions quand même parvenir à regagner la porte d'entrée.

Rhun s'adossa au mur. Son sang coulait d'une bonne centaine de plaies et, s'il avait été humain, il aurait déjà succombé une dizaine de fois à ses blessures. En l'état actuel des choses, il se sentait terriblement faible. Il leva le bras et bredouilla :

— Erin et Jordan… On ne peut pas les abandonner.

Le mugissement d'un loup-garou lui rappela la proximité du danger.

Élisabeth le saisit par les épaules.

— Vous tenez à peine debout.

Difficile de protester. Le sauvetage de leurs camarades devrait attendre. De sa cuisse, Rhun détacha une gourde de vin, qu'il vida d'une traite. Patiente, la comtesse monta la garde à côté de lui en silence. Il se remémora le jour lointain où ils s'étaient promenés tous les deux dans les champs, enveloppés dans une brume printanière qui ressemblait beaucoup à la fumée du palier. À l'époque, la jeune femme était encore mortelle et il était le Sanguiniste qui n'avait jamais fauté.

Les paupières closes, il guetta sa pénitence, qui le projeta violemment dans le pire de ses péchés.

Le prêtre fut submergé par un déluge de souvenirs mais, puisqu'il n'avait pas le temps de se repentir, il tâcha de les chasser, conscient qu'ils se manifesteraient deux fois plus fort à sa prochaine gorgée de vin sacré.

Des bribes du passé réussirent toutefois à s'insinuer.

... un parfum de camomille dans le château désormais en ruine d'Élisabeth...

... le feu qui se reflète dans ses prunelles argentées...

... le contact de la peau enfiévrée de la comtesse contre la sienne quand il la réclame...

... le corps qui se meurt dans ses bras...

... sa décision effroyable, insensée...

Lorsqu'il revint à lui, Korza avait conservé le goût du sang de Báthory sur la langue : puissant, salé, vivant. Il agrippa sa croix pectorale et, malgré la douleur, il pria sans relâche jusqu'à ce que la saveur maudite ait disparu.

Revigoré, il se dégagea de l'étreinte d'Élisabeth et se redressa. Quand les yeux gris de la Hongroise plongèrent dans les siens, il eut la curieuse impression qu'elle voyait en lui ce qu'il avait éprouvé cette nuit-là, la passion et la souffrance qu'ils avaient partagées. Il se pencha vers elle. Leurs lèvres s'effleurèrent.

Soudain, un pan de plafond qui s'écrasa sur les dernières marches les obligea à s'écarter. Un nuage de braises ardentes cerna alors le Sanguiniste, parsemant sa soutane et ses cheveux.

Le temps qu'Élisabeth l'en débarrasse, il vit son regard étinceler de colère, puis, très vite, afficher un air résigné.

— Nous ne pouvons pas remonter là-haut… du moins, pas par *l'intérieur* de la maison. Nous serons d'un meilleur secours à vos amis si nous quittons cet endroit maintenant pour grimper sur le toit par *l'extérieur*.

Sa proposition était logique. Rhun devait rejoindre Erin, Jordan et Sophia avant que la bâtisse maudite ne s'effondre et les ensevelisse tous sous les flammes.

Son index pointé vers le brasier ensanglanté des étages inférieurs, il espéra de tout cœur qu'il n'était pas déjà trop tard.

— Allons-y.

CHAPITRE 21

18 mars, 19 h 02
Prague, République tchèque

Tandis qu'il arpentait le toit plat de la maison maléfique, Légion regarda la voûte céleste crépiter d'éclairs. En contrebas, des flammes ravageaient le bâtiment, les fenêtres des premiers niveaux étaient soufflées et d'épais tourbillons de fumée s'élevaient au cœur de la nuit pluvieuse. Sous ses pieds, la nature foncièrement mauvaise du lieu s'infiltrait par tous les pores de son réceptacle Léopold, le gorgeant de puissance et de détermination.

Sur le toit, l'étau se resserrait autour de ses proies : deux battements de cœur indiquaient la présence des deux seuls êtres humains à l'intérieur de l'édifice.

Le Guerrier et l'Érudite.

Comme prévu, ses adversaires avaient fui l'incendie qu'il avait déclenché, repoussés de plus en plus haut.

Vers moi.

S'ils s'étaient réfugiés dans les parages, leur ami Chevalier ne devait pas être loin. Cependant, puisque l'immortel n'avait pas de pouls décelable, Légion ne pouvait pas être certain de sa position précise. Il avait donc décidé de traquer les deux premiers et d'attendre le Chevalier.

De plus, il ne chassait pas seul.

De grosses pattes trottinaient près de lui dans les flaques. À chaque roulement de tonnerre, le loup grognait, comme s'il cherchait à rivaliser avec les cieux.

En communion avec les sens affûtés de la bête, Légion voyait à travers les yeux de son acolyte poilu, entendait grâce à son ouïe surdéveloppée et flairait l'odeur de foudre dans l'atmosphère. Il se délectait en son cœur sauvage. Même perverti de sang noir, le loup lui rappelait la beauté et la majesté du jardin terrestre.

Ensemble, ils se dirigèrent vers les deux pouls humains qui battaient sous leurs pas. Légion avait d'abord prévu d'éliminer le Guerrier, dont l'étrange rythme cardiaque ressemblait au carillon d'une cloche en or – fort, clair et sacré. Il n'avait pas oublié non plus la manière dont le sang de ce mystérieux individu-là avait enflammé un de ses esclaves. Le Guerrier ne devait pas avoir le droit de vivre.

Et la pierre en sa possession m'appartiendra.

L'Érudite, en revanche, pouvait encore avoir son utilité.

Léopold lui avait révélé son nom : *Erin*. Et, avec lui, Légion avait appris d'autres détails de la prophétie. Il était difficile de ne pas sentir le respect et l'admiration que le moine éprouvait pour la sagacité de l'Américaine. Fusion oblige, Léopold connaissait l'ambition de Légion, étayée par son besoin impérieux de s'approprier les *trois* pierres. Selon lui, si quelqu'un était capable de retrouver les deux dernières gemmes, c'était bien elle. Et, quoiqu'il ne soit pas en mesure d'assujettir l'Érudite, de la mettre sous son joug, il trouverait d'autres moyens de lui faire entendre raison et de l'obliger à se soumettre.

Dès qu'ils arrivèrent au niveau des deux cœurs palpitants, Légion transmit ses instructions au loup. De ses pattes puissantes, le *blasphemare* creusa dans les tuiles de terre cuite, puis ses griffes acérées déchiquetèrent les tôles vertes clouées dessous.

Lorsqu'il ne subsista plus qu'une maigre épaisseur de bois, Légion posa une main sur le flanc du monstre en signe de reconnaissance et de respect.

— Cette proie m'appartient, murmura-t-il.

Docile et toujours loyale, l'énorme bête sauvage baissa son museau. L'affection que Légion éprouvait pour elle était vraiment réciproque. Conscient qu'elle le protégerait au péril de sa vie, il défonça la dernière planche d'un coup de talon et se laissa tomber lourdement à travers l'ouverture.

Il atterrit un étage plus bas, bien droit, sans même qu'un genou se dérobe sous son poids et, d'emblée, il se retrouva face au Guerrier armé d'une barre de fer. Blottie derrière lui, l'Érudite se cramponnait à un rayon de lumière. Loin d'être étonnés par leur attaque (ils avaient entendu le loup labourer le toit), les deux humains paraissaient prêts au combat, mais Légion savoura quand même leur mine horrifiée lorsqu'ils découvrirent sa glorieuse noirceur pour la première fois.

Son sourire laissa apparaître les crocs pointus de Léopold.

Légion sentit, dans le cœur du Guerrier, que ce dernier l'avait reconnu – et qu'il était troublé.

Pourtant, une émotion, plus forte que le reste, brillait sur leurs visages à tous les deux.

La détermination.

Ni l'un ni l'autre n'étaient disposés à céder.

Eh bien, soit.

Le plus important, c'était le Chevalier. Or, le dénommé Korza n'était pas encore arrivé.

Le Guerrier repoussa l'Érudite – Erin – derrière son cœur doré, comme si son corps seul pouvait suffire à la protéger. La lumière de la jeune femme dériva sur le côté. Le faisceau frappa alors un objet imposant, situé à gauche de Légion, et, pile au centre de la surface crasseuse, il éclaira de mille feux un endroit récemment essuyé.

Dès que son attention fut attirée par le reflet émeraude, le monstre sentit une bouffée de rage l'envahir.

C'était l'abominable cloche.

La fumée des six cent soixante-six *strigoï* se mit à bouillonner en lui, car il avait identifié le dispositif infernal. Ils s'agitèrent comme une tempête noire, ravivant des flots déchaînés de souvenirs. La conscience de Légion se scinda entre le passé et le présent, entre sa mémoire et celle des multiples victimes.

... il rampe sur les parois lisses d'un diamant vert, à la recherche d'une ouverture...

... il échoue à six cent soixante-six reprises...

Avant que Légion ne soit remis du choc, le Guerrier lui tomba dessus. Des mains incroyablement puissantes lui attrapèrent les poignets. Quand la chair de son adversaire, bénie par le soleil, entra en contact avec sa peau sombre, un feu doré éclata entre eux et lui enflamma le bras jusqu'à l'épaule.

Pour la première fois depuis une éternité, Légion hurla.

*

19 h 10

Erin lâcha sa torche et, les mains plaquées sur les oreilles, elle s'effondra à genoux. Alors que ses yeux s'embuaient de larmes, elle tâcha de ne pas perdre connaissance.

Je dois aider Jordan...

À quelques pas de là, son petit ami était aux prises avec le scélérat au visage d'ébène. Il commença par le plaquer violemment contre le mur, ce qui lui coupa la respiration et fit cesser son hurlement strident.

Près du trou, l'impact de leur chute délogea quelques tuiles mal fixées, qui s'écrasèrent sur le plancher du grenier. Erin leva les yeux au plafond... et vit deux prunelles la fixer d'un air méchant. À leur éclat rouge vif, elle comprit que l'énorme animal avait été corrompu.

Un loup-garou.

Pour l'instant, la brèche était trop étroite pour qu'il y introduise son imposante carrure mais, bien décidé à voler au secours de son maître, le *blasphemare* fouissait tout autour pour l'élargir. À l'autre bout du grenier, Jordan affrontait toujours leur mystérieux agresseur.

Erin recula jusqu'à ce que son dos heurte la paroi

sale de la cloche. Elle chercha de quoi se défendre mais, par terre, elle ne trouva que l'engrenage métallique qu'elle avait ôté de son crochet quelques minutes auparavant. Aussi inutile soit-il, ses doigts se refermèrent dessus.

Pourtant…

À tâtons, elle remonta jusqu'à effleurer un long tuyau en verre qui dépassait de la cloche. Elle fit volte-face et assena un solide coup d'engrenage à la base du tube, qui se détacha de son support et se brisa en plusieurs morceaux.

Elle ramassa le plus gros.

Son javelot de fortune à la main, elle se planta devant le loup-garou. Le monstre avait presque réussi à entrer. Dès qu'il la vit en position d'attaque, il fourra sa tête au maximum à l'intérieur du trou et tenta de la mordre. Des gouttes de salive giclaient de ses babines retroussées. Heureusement, en raison de sa carrure, il resta coincé sur le toit.

Du moins, pour le moment.

Erin en profita pour s'écarter de la cloche et s'approcher de Jordan, toujours à la lutte avec son adversaire. On aurait dit qu'il affrontait sa propre ombre. Au sol, les deux combattants se donnaient des coups à une vitesse qui défiait l'entendement.

Cramponnée à sa lance, la jeune femme hésita à frapper, de peur d'empaler son petit ami par mégarde.

Et contre quoi se battait-il au juste ?

Elle avait aperçu le visage de leur ennemi au moment où il avait sauté du toit. La peau plus noire que du charbon, il avait presque absorbé l'éclat malingre de sa torche électrique. Elle se rappela avoir vu le même genre de silhouette sinistre sur les bandes de vidéosurveillance de la discothèque attaquée à Rome mais, à l'époque, l'image affichée par l'ordinateur du cardinal Bernard avait été d'une qualité trop médiocre pour qu'on y discerne des détails précis.

Plus maintenant.

Malgré ses traits noircis, Erin avait reconnu leur agresseur.

Frère Léopold.

Au cours de leur corps-à-corps, Jordan s'arrogea un bref avantage, qui lui permit d'aplatir la mystérieuse créature au sol. Campé au-dessus d'elle, il lâcha le poignet du jeune Allemand pour lui agripper la gorge.

Le poignet libéré avait pâli au point de se confondre avec la paume et les doigts du soldat, comme si le simple fait d'entrer en contact avec lui avait chassé l'ombre. Toutefois, sous le regard médusé d'Erin, les ténèbres reprirent vite le dessus et envahirent à nouveau le bras du moine.

Lorsqu'elle entendit Jordan haleter, elle releva les yeux vers la tête de Léopold.

Sous l'étreinte de l'Américain, la gorge de son adversaire blanchit à son tour. La noirceur quitta son menton, puis sa bouche et son nez, jusqu'à dévoiler les traits pâles du religieux.

Grimaçant de douleur, il tâcha de remuer les lèvres.

— Tuez-moi, ahana-t-il d'une voix rauque.

Jordan lorgna Erin par-dessus son épaule mais, même s'il ne savait pas quoi faire, il refusa de lâcher prise.

Elle se précipita vers eux dans l'espoir d'obtenir une explication.

— Que vous est-il arrivé ?

Des yeux gris-bleu emplis de désespoir la fixèrent.

— Légion… un démon… vous devez me tuer… je ne peux pas tenir…

La voix de Léopold se brisa mais, alors que son regard se voilait d'une fumée visqueuse, la main libre du moine se redressa, attrapa Jordan à la gorge… et effectua un brusque mouvement de torsion.

Les os du cou craquèrent.

Non…

Un grondement féroce retentit derrière Erin. Le loup-garou s'engouffrait par le trou du toit pour les achever.

*

19 h 14

Sur le toit détrempé par la pluie, Élisabeth galopa derrière Rhun. Malgré l'énergie impie qui gorgeait ses muscles, elle avait désormais du mal à le suivre. Le prêtre était devenu une espèce de corbeau noir, dont la vitesse n'était pas exaltée par la damnation mais par la peur et l'amour.

Ils avaient réussi à s'extraire de la Maison Faust et récupéré au passage leur camarade Christian, grièvement blessé. Une fois dehors, ils avaient barricadé la porte, de manière à bloquer un maximum de *strigoï* à l'intérieur. Christian continuait d'y monter la garde afin de protéger leurs arrières.

Alors qu'ils étaient arrivés sur le toit en se fiant aux bruits de lutte et au pouls d'Erin et de Jordan, les deux Sanguinistes avaient soudain vu un loup-garou fourrager dans les tuiles pour tenter de rejoindre le grenier.

Rhun se planta le premier devant la bête et, d'une charge puissante dans les flancs, il l'écarta du trou. Sans ralentir, Báthory sauta par-dessus eux, brandit son épée et trancha une oreille du monstre au moment où il se redressait.

Dès qu'elle eut atterri en dérapant sur les tuiles mouillées, elle se tourna vers le *blasphemare* fou de rage.

À sa droite, le prêtre se releva d'un bond et dégaina son *kerambit*. Comme si elle avait repéré le plus faible des deux adversaires, la bête préféra affronter Korza.

Élisabeth avança d'un pas pour dissuader le loup d'attaquer quand, tout à coup, son attention fut attirée par du mouvement à gauche. Une silhouette avait émergé du rideau de pluie, comme si elle descendait des nuages. Le mystérieux personnage portait un habit ecclésiastique noir qui ressemblait beaucoup à ce qui restait de celui de la Hongroise.

— Sophia… ? lança Rhun.

Raté ! À la faveur d'un éclair, ils découvrirent un visage plus âgé sous un chignon gris dégoulinant. La nonne était armée d'un cimeterre à lame recourbée.

— Abigail ? bredouilla Élisabeth, médusée.

Qu'est-ce que l'acariâtre Sanguiniste fabriquait là ?

Un nouvel éclair, plus éclatant que le précédent, fendit le ciel et révéla un nouveau détail du visage de la bonne sœur : une empreinte de main noire tatouée sur sa joue.

Abigail se rua sur la comtesse à la vitesse surnaturelle des possédés.

De son épée, Báthory réussit à parer le premier coup. La vieille religieuse irascible pivota sur le côté avec une vivacité et une grâce aussi admirables que redoutables. Le regard mort, elle brandit de nouveau son cimeterre.

Rhun voulut voler au secours de sa bien-aimée, mais le loup-garou le percuta de plein fouet. Les deux ennemis roulèrent sur l'entrelacs de tuiles. Des crocs jaunâtres tentèrent de mordre le prêtre au visage, tandis que la lame argentée du *kerambit* étincelait dans la nuit.

Au moment de donner l'assaut, Abigail ne se sentit plus ralentie par la sainteté inhérente aux Sanguinistes. Au contraire, ses forces étaient décuplées par un mal beaucoup plus noir que le propre cœur d'Élisabeth.

Cette dernière feinta à droite et lui lacéra l'épaule gauche.

L'ancien chaperon ne laissa entrevoir aucun signe de douleur. Son arme continua de frapper encore et encore. Báthory tâcha de contrer au mieux le déluge de coups, mais les attaques de sa rivale étaient rapides et précises.

La dernière estocade lui entailla la cuisse jusqu'à l'os.

Sa jambe se déroba sous son poids.

Abigail s'avança, aussi implacable que l'océan.

*

19 h 18

Erin entendit les échos de lutte et les mugissements sur le toit. Quelques minutes auparavant, une ombre mystérieuse avait chassé le loup-garou du trou situé au-dessus d'elle. Une seule personne pouvait se montrer aussi brave et téméraire.

Rhun...

Encouragée par les efforts du prêtre, elle s'approcha de Jordan et de la silhouette possédée de Léopold. L'homme chevauchait toujours le monstre mais, la gorge étranglée par la main noire du démon, il avait le teint violacé, les yeux exorbités.

Jordan la vit arriver. Dans un ultime effort, il roula sur le côté, de manière à faire basculer le corps du moine au-dessus de lui et à lui présenter le dos de son agresseur.

Elle aurait voulu hésiter. Le jeune Allemand avait été son ami et, par le passé, il lui avait sauvé la vie à maintes reprises. Pourtant, elle se précipita sur lui en agitant sa seule arme : la lance de verre brisé.

De toutes ses forces, elle le transperça à deux mains et visa son cœur.

Un halètement de douleur s'échappa du gosier de Léopold. La main meurtrière relâcha le cou de Jordan et son corps s'avachit, comme si on avait sectionné les ficelles d'un pantin. Ses doigts frémirent, puis ne bougèrent plus.

Désormais libre, il resta pourtant étendu sur le dos, le visage tourné de côté. Erin s'agenouilla à son chevet. Il avait la nuque meurtrie jusqu'à l'os. Une grosse bosse dépassait de sa région cervicale. On lui avait brisé la colonne vertébrale.

— Jordan ? chuchota-t-elle, trop effrayée pour le toucher.

Alors qu'il ne réagissait pas, une voix souffla :

— Erin…

Léopold l'observait. En même temps qu'un sang sombre coulait de son torse empalé, son visage avait retrouvé une teinte habituelle. La jeune femme savait que les Sanguinistes pouvaient contrôler, voire stopper, leurs propres hémorragies.

Léopold n'en faisait rien, preuve qu'il souhaitait mourir.

Erin éprouva une certaine peine pour lui : il avait beau s'être souvent fourvoyé, l'ancien moine possédait un bon fond.

— Vous m'avez sauvé la vie, murmura-t-elle au souvenir de ce qui s'était passé dans les tunnels de la basilique Saint-Pierre.

Une main glacée frôla son poignet.

— …sauvé la vie.

Il la rassura d'un infime hochement de tête.

Erin lâcha un sanglot.

Même dans la mort, il s'efforçait de la réconforter.

— *Légion…*, reprit-il d'une voix presque inaudible.

Consciente de l'urgence, elle se pencha vers lui.

— *Trois pierres… Légion les cherche…*

— De quoi parlez-vous ? Quelles pierres ?

Déjà parti très loin, Léopold ne semblait plus l'entendre.

— *Le jardin… souillé… cousu de sang, baigné dans l'eau… c'est là que Lucifer fera…*

Son regard bleu se troubla. Sa bouche se tut à jamais.

Erin aurait aimé lui soutirer d'autres réponses. Au lieu de quoi, elle lui caressa la joue.

— Au revoir, mon ami.

*

19 h 20

À terre, Élisabeth maudit sa jambe blessée.

Penchée au-dessus d'elle, sœur Abigail empestait le coton mouillé. Un éclair fit étinceler la lame de son sabre. Ses prunelles sans vie contemplèrent la comtesse, non pas avec froideur mais avec l'indifférence d'un redoutable prédateur.

De l'autre côté du toit, Rhun affrontait le loup-garou. Ils étaient tous les deux couverts de sang, mais ni l'un ni l'autre ne voulaient céder.

Báthory, désarmée, se prépara à encaisser les coups. Un regret profond l'envahit. Sa mort allait sceller le destin de Tommy. Elle avait été incapable de protéger ses propres enfants… et elle ne sauverait pas non plus ce garçon-là.

Le loup poussa alors un hurlement inouï.

Un cri empli de rage, de douleur et de stupéfaction.

Il fonça ensuite vers Rhun, le projeta au loin, puis fit volte-face et galopa droit vers les deux femmes.

— Courez !

Élisabeth leva les yeux vers Abigail. Le mot, prononcé avec une autorité familière, venait d'au-dessus d'elle.

En fait, sa supérieure au couvent avait retrouvé son regard perçant et flamboyant de colère. Quant à sa joue, elle n'était plus souillée d'aucune marque funeste.

Abigail l'obligea à se relever et la poussa sur le côté.

— Sauvez-vous !

La Hongroise s'éloigna d'un pas chancelant, tandis que, cimeterre en main, son étrange chaperon se mesurait au *blasphemare*. Après avoir effectué une espèce de dérapage contrôlé en enfonçant ses griffes dans la couche de tuiles, le loup-garou fixa Abigail. Il paraissait sidéré d'être ainsi menacé par une ancienne alliée. Toutefois, sa confusion se mua rapidement en une colère noire – et il bondit sur la vieille nonne.

Abigail agita son sabre. Beaucoup plus lente à présent, elle manqua son coup. Des crocs lui happèrent le bras. Elle réunit quand même assez de forces pour traîner l'énorme monstre derrière elle et, une fois arrivée au bord du toit, elle se jeta dans le vide avec lui.

Clopin-clopant, Élisabeth s'approcha à temps pour voir les corps heurter le trottoir quatre étages plus bas. Abigail ressemblait à une poupée disloquée, les membres de travers, le cou tordu. Un flot de sang noir se déversait dans le caniveau. Incroyable rescapé de la chute, le *blasphemare* se releva en titubant et déguerpit.

Christian apparut au bas de la rue. Il avait deux *strigoï* aux trousses mais, sur l'exemple du loup-garou, les ignobles créatures lâchèrent leurs armes et s'évanouirent dans la nuit.

De son côté, Rhun s'élança vers le trou creusé par l'animal et se laissa tomber à l'intérieur du grenier pour vérifier ce qu'il advenait des autres membres du groupe.

Restée seule sur le toit, Élisabeth se demanda pourquoi

l'équilibre des forces en présence avait basculé aussi subitement. Elle se souvint de la marque qui avait disparu de la joue d'Abigail. À n'en pas douter, la vieille nonne avait été délivrée du mal qui la possédait.

Est-ce la raison pour laquelle les autres aussi ont pris la fuite ?

Un détail continua néanmoins de la perturber. Pendant une fraction de seconde, Báthory avait croisé le regard du loup-garou avant qu'il ne passe à l'attaque et se sauve. Elle y avait discerné une réelle intelligence – beaucoup plus profonde que celle d'aucune autre bête, aussi corrompue soit-elle.

Mais qu'est-ce que cela voulait dire ?

Craignant la réponse, elle frissonna.

*

19 h 25

— Jordan n'a aucune réaction, annonça Erin, quand même soulagée d'avoir retrouvé Rhun. Et regardez son cou.

Le soldat était étendu près du cadavre de Léopold. Ses ecchymoses s'étaient estompées. En revanche, il avait toujours les cervicales de travers. Elle vérifia délicatement son pouls. Les battements étaient réguliers sous ses doigts, aussi lents et calmes que s'il était juste assoupi.

— Jordan ! lança-t-elle sans oser le secouer. Réveille-toi !

Le regard fixe, il n'eut aucun sursaut.

Rhun aussi semblait inquiet. Il avait déjà examiné

Léopold et apposé sa croix pectorale sur le front du moine. Puisque l'argent ne lui avait pas brûlé la peau, on pouvait en déduire avec certitude que le mal l'avait définitivement quitté.

La question de savoir où il était allé attendrait.

Un cri étouffé résonna dans les étages.

— Erin ! Jordan !

La jeune femme se redressa et pivota vers la trappe du grenier. Soudain, la mémoire lui revint.

— Sophia est toujours en bas !

Face à un loup-garou.

Et ce n'était pas le seul danger.

De la fumée s'insinuait entre les lames du plancher. Dès que le père Korza eut ouvert la trappe en grand, une vague de chaleur irritante s'engouffra à travers la brèche.

Prise d'une violente quinte de toux, Erin se protégea le nez dans sa manche.

Rhun aida Sophia à se hisser jusqu'au grenier. La petite Sanguiniste était trempée de sang – le sien et celui du *blasphemare* qu'elle avait affronté. Tout en lissant au mieux ses vêtements en loques, elle bredouilla, affolée :

— Le monstre s'est sauvé. Je ne sais pas pourquoi.

Erin observa Léopold et comprit ce qui avait changé.

Des bruits de pas au plafond attirèrent à nouveau leur attention vers le trou. Tout le monde se crispa, prêt à affronter d'autres problèmes, mais ce fut la tête de Christian qui apparut.

— Il est temps de partir, indiqua-t-il. La bâtisse entière menace de s'effondrer.

Sophia et Rhun se dépêchèrent de soulever Jordan,

puis ils le tendirent à Christian, qui l'attrapa par les épaules et le monta sur le toit avec l'aide d'Élisabeth.

Le prêtre donna ses consignes à Sophia :

— Aidez-les à redescendre Jordan dans la rue. Erin et moi, nous vous suivrons. Rendez-vous à Saint-Ignace. Nous devrions pouvoir y trouver refuge.

Sophia acquiesça en silence et, après avoir empoigné le rebord du trou, elle disparut de leur champ de vision.

— Que faisons-nous du corps de Léopold ? demanda Erin.

— Les flammes s'en chargeront, répondit Rhun.

Même si elle éprouva une pointe de regret, ils n'avaient pas le choix. Le Sanguiniste l'aida à sortir sur le toit. Grâce à l'air froid de la nuit et à la pluie bien propre, elle réussit à chasser son désespoir.

Jordan va *guérir*.

Elle refusait de croire le contraire. Elle sonda les environs du regard, mais ses camarades avaient déjà emmené la silhouette comateuse de son petit ami. Comme elle ne voulait pas le perdre de vue trop longtemps, elle se hâta de rejoindre le bout du toit.

— Je vais vous porter jusqu'en bas, annonça Korza, le bras tendu vers elle.

Alors qu'elle allait remercier le religieux avec un grand sourire, le toit s'effondra brusquement sous ses pieds.

Et elle dégringola au cœur des ténèbres brûlantes et enfumées.

CHAPITRE 22

18 mars, 19 h 29
Prague, République tchèque

Rhun tomba en même temps qu'Erin.

Il l'attrapa par le poignet et, après l'avoir plaquée contre son torse, il l'enveloppa de ses bras protecteurs, tandis qu'ils traversaient un déluge de poutres enflammées, de fumée et de poussière de plâtre. Au moment de s'écraser sur un sol encore intact, le prêtre s'efforça de rouler sur lui-même et, ainsi, d'atténuer la violence de l'impact.

Il atterrit à genoux, recroquevillé sur le corps atone de l'Érudite. Hébétée, cette dernière avait une plaie au cuir chevelu qui saignait abondamment. Malgré les tourbillons de feu et de fumée, il reconnut la pièce circulaire où ils se trouvaient : le vieux laboratoire d'alchimie d'Edward Kelley.

En soulevant Erin, Rhun sentit les poumons de la jeune femme siffler, son pouls s'affaiblir : elle était en train de suffoquer. À moitié aveuglé, il trébucha en direction du mur. Son but était de longer la cloison jusqu'à la porte, puis jusqu'à une fenêtre.

Un craquement se fit entendre au-dessus de leurs têtes, signe qu'une nouvelle poutre du toit venait de céder. Un objet énorme transperça le plafond. Des flammes luisirent à travers l'éclat verdâtre du verre.

La cloche.

D'instinct, Korza leva un bras pour se prémunir de sa puissance maléfique et faire écran de son corps devant Erin. La cloche l'aplatit au sol. Une pluie de gros débris de verre s'abattit sur eux et lui tailladа l'épaule – des muscles jusqu'à l'os.

Terrassé de douleur, il hurla.

Erin l'entendit et se réveilla sous lui en sursaut.

— Rhun…

Il s'écarta d'elle, ce qui aggrava encore ses plaies.

— Partez, gémit-il.

Au lieu d'obéir, elle empoigna son compagnon d'infortune par son bras valide et tenta de le traîner hors des décombres. Avant qu'elle n'y parvienne, le plancher déjà très abîmé par l'incendie céda sous le poids de la cloche brisée. Pendant que des lattes enflammées dégringolaient à l'étage inférieur, Korza se tortilla et vit le corps inerte de Léopold basculer du grenier, puis suivre le chemin de la pauvre cloche fracassée dans l'immense brasier qu'était devenue la maison.

Il glissa à son tour, mais Erin réussit à l'éloigner du cratère béant. Il avait beau souffrir le martyre, il lutta de toutes ses forces pour rester dans la salle circulaire avec elle. Il n'était pas question de lui faire faux bond ! Il pouvait encore lui être utile.

La cloche avait creusé un trou par lequel une fumée épaisse entrait, mais cette cheminée improvisée l'entraînait aussi vite vers le toit. La majeure partie du sol avait déjà brûlé. Des flammes rugissaient dessous.

Cette fois-là, ce fut Erin qui tint le Sanguiniste tout contre elle. Elle avait réussi à le traîner jusqu'au mur, mais Rhun aurait préféré qu'elle l'abandonne sur place et qu'elle s'enfuie.

— Laissez-moi, articula-t-il péniblement, le visage tourné vers la porte, d'où émanait la faible lueur d'un réverbère. Courez jusqu'à la fenêtre…

Des flots de sang glacé s'épanchaient sur son flanc. Le prêtre avait mené assez de combats pour reconnaître une blessure mortelle. Erin, en revanche, pourrait peut-être enjamber le rebord de la fenêtre, descendre le long de la façade et se réfugier à l'abri. Elle n'était pas obligée de mourir avec lui.

Pourtant, au lieu de le lâcher, elle ôta sa ceinture, la lui fixa autour de l'épaule et serra au maximum.

Rhun haleta de douleur.

— Désolée, il fallait que je stoppe l'hémorragie.

Il regarda au-delà du garrot.

Sous la lanière en cuir, son bras avait disparu, sectionné par la cloche brisée.

*

19 h 33

Erin plaqua son poignet contre les lèvres de Rhun.

— Buvez, ordonna-t-elle.

Le garrot avait permis de réduire considérablement l'hémorragie mais, sans une source de sang frais, l'ecclésiastique ne survivrait pas longtemps.

Réticent, il détourna faiblement la tête.

— Merde, Rhun ! Vous avez besoin de la force contenue dans mon sang. Péchez maintenant, vous vous repentirez plus tard. Je refuse de vous abandonner ici et, toute seule, je suis incapable de vous déplacer.

Elle le secoua, mais il s'était avachi sur elle, inconscient.

Elle essaya de le faire glisser vers la porte. Hélas, il était beaucoup trop lourd. Elle pouvait à peine respirer et ses yeux brûlaient de larmes, autant à cause de la fumée que d'un profond sentiment de frustration.

Quelques mètres plus loin, une solive se fissura et céda. Un autre morceau de plancher s'abattit sur le brasier en contrebas. Une chaleur terrible lui caressa la joue, aussi torride que la gueule béante d'un fourneau. Les flammes rugissaient vers elle.

Soudain, la fumée tourbillonna près de la porte et une mystérieuse silhouette fit irruption dans la pièce.

Tel un ange noir, Christian lui tomba dessus. Il avait dû suivre les battements de son cœur. Il voulut l'attraper, mais elle préféra pousser Rhun dans ses bras.

— Emmenez-le, toussa-t-elle.

Aussitôt dit, aussitôt fait. Il hissa le prêtre par-dessus son épaule, puis, de l'autre main, il aida Erin à se relever et l'entraîna tant bien que mal vers une source d'air plus pur. Des débris de verre crissèrent sous les talons de la jeune femme. Sans doute avait-il brisé une vitre pour entrer.

— Comment allons-nous… ?

Erin n'avait pas terminé sa phrase que Christian la souleva de terre et la projeta dans le vide la tête la première.

Un hurlement coincé à travers la gorge, elle plongea en chute libre. Le sol s'approcha dangereusement… puis Élisabeth et Sophia apparurent sous elle. Elles l'empoignèrent avant qu'elle n'ait heurté les pavés, ce qui amortit son atterrissage, mais le choc fut assez rude pour qu'elle sente ses mâchoires vibrer.

Derrière elle, Christian roula sur le trottoir et se releva sans problème, Rhun dans ses bras.

Soulagée, elle resta allongée sur les pavés mouillés. Entre deux quintes de toux, elle inhala un maximum d'air frais. Ses poumons étaient en feu.

Une silhouette se dessina au-dessus d'elle et s'agenouilla.

— Erin, ça va ?

— Jordan…

Son petit ami la fixait d'un regard brillant. Il s'était à nouveau réveillé. Émue aux larmes, elle ne put s'empêcher d'être inquiète.

— Ton cou ?

Il se frotta la nuque d'un air penaud.

— Il me fait encore un *putain* de ma… Enfin, je veux dire que je morfle.

Il sourit.

Il était guéri.

Encore.

L'intéressé préféra néanmoins changer de sujet.

— Viens, il faut y aller.

Les bras enlacés autour de sa taille, il l'aida à se relever. Erin avait les genoux qui tremblaient. Alors qu'elle tenait à peine debout, elle le dévora du regard.

— Ne me refais plus jamais un coup pareil, chuchota-t-elle. Ne me laisse pas.

Sans avoir l'air d'avoir entendu, il l'entraîna vers

Christian, qui s'occupait du corps de Korza avec Élisabeth. Le malheureux paraissait déjà mort, la tête ballante, les membres inertes. Un filet de sang coulait toujours du garrot improvisé par Erin.

Sophia s'approcha de Jordan.

— Il faut l'emmener à Saint-Ignace. Nous possédons une chapelle là-bas. Vite !

La petite Indienne leur fit traverser en hâte la place sombre et balayée par la pluie. Malgré le soutien de son cher miraculé, Erin avait du mal à suivre la cadence. Derrière eux, un formidable incendie dévorait les ultimes secrets de la Maison Faust.

L'éclat des flammes fit miroiter le halo doré qui auréolait la statue au sommet de Saint-Ignace. Sophia contourna la façade baroque et se dirigea vers un pan de mur situé à l'ombre d'un gros arbre. Le bassin encastré dedans ressemblait au bénitier d'une église traditionnelle. La religieuse s'entailla le bras et laissa quelques gouttes de sang couler sur le marbre.

La pierre racla contre la pierre, et une petite porte s'ouvrit.

Élisabeth prit Rhun dans ses bras et entra la première. Ils lui emboîtèrent tous le pas, mais Sophia s'attarda sur le seuil, le temps de murmurer :

— *Pro me.*

Erin se souvint qu'avant de s'enfermer dans la chapelle de la basilique Saint-Marc, le cardinal Bernard avait prononcé la même formule, de sorte que seul un trio de membres de l'Ordre pourrait ouvrir la porte. Sophia craignait sans doute que les forces asservies de Légion ne rôdent encore dans les parages, surtout s'il s'agissait de Sanguinistes.

Même là-bas, leur groupe n'était peut-être pas en sécurité.

Le battant se verrouilla derrière Sophia, et ce fut l'obscurité complète.

On entendit gratter une allumette, puis une bougie apparut. Christian se servit de la flamme pour en allumer d'autres et, peu à peu, la modeste chapelle s'éclaira. Erin entra. Le plafond voûté était en briques blanchies à la chaux, les murs en plâtre. Quant aux effluves d'encens et de vin, ils les enveloppaient en signe de réconfort et de protection.

Entre les rangées de bancs rudimentaires, l'allée centrale conduisait à un autel drapé d'une nappe blanche et surplombé par un portrait de Lazare recevant sa coupe de vin des mains du Christ. Ses yeux marron étincelaient de certitude, et Jésus le regardait en souriant.

Christian sortit d'un placard une boîte métallique blanche ornée d'une croix rouge. Un nécessaire de premiers secours. Il la lança à Jordan, pendant que Sophia contournait l'autel pour rejoindre un tabernacle en argent. Elle l'ouvrit et en retira des flacons de vin sacré, l'équivalent d'une bonne trousse à pharmacie chez les Sanguinistes.

Élisabeth allongea le corps inanimé de Rhun devant l'autel. Elle déchira ce qui restait de sa veste, puis de sa chemise, pour exposer son bras et son torse au grand jour. Des centaines de plaies profondes miroitaient d'un éclat sombre sur sa peau blafarde, mais aucune n'était aussi grave que son bras sectionné.

La comtesse examina le garrot.

— Vous avez fait du bon travail, Erin. Merci.

Il y avait de la sincérité dans sa voix. Qu'importaient

ses efforts pour le nier, elle se préoccupait bien du sort de Rhun.

L'archéologue hocha la tête et étouffa une quinte de toux derrière son poing. Jordan la conduisit jusqu'à un banc. Pendant qu'elle posait son sac à dos près d'elle, il fouilla dans la trousse de secours, sortit deux bouteilles d'eau et lui en tendit une.

Le temps qu'elle se désaltère, il utilisa l'autre pour imbiber un linge et lui nettoya délicatement le visage. Erin sentit les mains de son petit ami glisser sur son corps, à la recherche de blessures plus sérieuses. À son contact, elle éprouva aussitôt des sentiments très inconvenants dans une chapelle remplie de prêtres.

Lorsque leurs regards se croisèrent enfin, Jordan se pencha vers elle et l'embrassa durant de longues secondes.

Même si elle avait envie de croire que son geste d'affection était motivé par la passion, elle ne put s'empêcher de penser à un baiser d'adieu. Quand il s'écarta, elle remarqua chez lui un froncement infime des sourcils. Il essuya les larmes qu'elle venait de verser, sans en comprendre manifestement la cause.

— Tout va bien ? murmura-t-il.

Elle ravala sa salive et acquiesça :

— C'est un peu trop…

Elle voulut inspirer à fond. Une douleur fulgurante à la poitrine la stoppa net. Elle devait avoir une côte fêlée. Cependant, ses blessures n'étaient rien comparées au cas de Korza.

Les Sanguinistes étaient agenouillés autour de lui,

mais essayaient-ils de le soigner… ou eux aussi lui disaient-ils au revoir ?

*

20 h 04

Élisabeth laissa couler du vin dans la bouche de Rhun. Comme ses doigts tremblaient de frustration, le liquide éclaboussa la joue du prêtre.

— Laissez-moi faire, souffla Christian avant de lui retirer la flasque bénie.

Elle ne protesta pas et frotta ses paumes en feu sur ses genoux pour se débarrasser à la fois de la sainteté du vin et de la douleur causée par l'argent. Atterrée, elle contempla le corps en piteux état de Rhun. Presque entièrement déshabillé, c'est à peine s'il lui restait plus que le pagne du Christ crucifié au-dessus de l'autel. En fait, même Jésus n'avait pas souffert autant. Les centaines de plaies du prêtre lui dessinaient une espèce de carte de la douleur. Le regard de Báthory s'arrêta sur son moignon de bras : le Sanguiniste avait été amputé entre l'épaule et le coude.

Des larmes lui brouillèrent la vue, comme si elles tentaient d'effacer l'épouvantable image.

Elle les essuya d'un geste rageur.

Je serai témoin… pour vous, Rhun.

Pendant que Christian continuait de verser un filet de vin entre les lèvres exsangues du blessé, Sophia nettoya ses plaies avec un linge imprégné du même liquide sacré et brûlant. Dès qu'elle le touchait, il tressautait de douleur.

Élisabeth lui prit la main. Elle aurait aimé le décharger de son extrême souffrance mais, au moins, c'était la preuve que, malgré son corps ravagé, au fond de lui, Rhun était encore en vie.

Revenez vers moi...

Sophia prit une cruche de vin, qu'elle fit couler sur le bras amputé de l'ecclésiastique. Il se cambra, ses fesses décollèrent du sol et sa bouche laissa échapper un hurlement. Ses doigts se crispèrent sur la main de Báthory. Il faillit lui broyer les os, mais elle accepta la douleur, ne serait-ce que pour le soulager un peu.

Finalement, le corps du prêtre retomba au sol.

Sophia s'assit sur ses talons, la mine soucieuse.

— Le vin va-t-il le guérir ? s'enquit Élisabeth.

— Il a besoin de se reposer, répondit la religieuse, presque comme si elle cherchait à s'en convaincre elle-même.

— Il a besoin de boire du sang ! Vous le savez tous, pourtant vous ne faites rien d'autre que de le torturer.

— Il ne faut pas qu'il boive. S'il commettait un péché au sein de la chapelle, il serait privé de la sainte force du lieu. Son crime risquerait alors de précipiter sa mort.

Élisabeth hésita à la croire. Elle songea à emporter le corps du prêtre et à s'enfuir. Cependant, l'atmosphère sacrée altérait ses forces, alors que les deux autres Sanguinistes s'étaient copieusement désaltérés de vin, ce qui leur avait apporté la puissance supplémentaire du sang du Christ.

Et que ferais-je avec Rhun, seule dans les rues désertes de Prague ?

S'il devait succomber à ses blessures, autant que ce soit dans un endroit qu'il affectionnait.

Et auprès des gens qui l'aimaient.

Elle lui pressa la main.

Une voix s'éleva derrière elle.

— Élisabeth a raison, approuva Erin. Pour survivre, Rhun a besoin de sang.

Christian leva tristement les yeux vers elle.

— Sophia vous a dit la vérité. Il ne faut pas qu'il boive, sinon le péché serait…

— Qui a parlé de *« boire »* ? l'interrompit Erin avant de s'agenouiller parmi eux, une dague à la main. Que diriez-vous que je mouille ses plaies avec mon propre sang ? J'endosserais alors toute la responsabilité du péché, si péché il y a.

Christian adressa un regard plein d'espoir à Sophia.

— Non, refusa-t-elle. Un péché de sang demeure un péché de sang.

Son camarade paraissait moins convaincu.

L'Américaine haussa les épaules.

— Moi, j'y vais.

Alors que Báthory était attendrie par le courage de la jeune femme, Sophia voulut s'interposer.

— Je ne le permettrai pas !

Christian l'empêcha de passer.

— Cela ne nous coûte rien d'essayer.

— Si, son âme éternelle.

L'Indienne tenta de l'écarter de son chemin, mais Élisabeth se rallia à lui et, *manu militari*, elle la retint loin de Rhun.

— Allez-y, docteur Granger.

Sans hésiter, Erin s'entailla la paume de la main. Elle tressaillit de douleur mais ne flancha pas. L'odeur du sang frais – amené par les battements puissants d'un cœur en pleine forme – envahit la chapelle.

Élisabeth sentit les Sanguinistes tressaillir d'envie. Leur corps blessé réclamait de boire la vie offerte par le sang rouge vif qui s'accumulait au creux de la main de la jeune mortelle. La comtesse aussi y était sensible mais, comme elle ne s'était pas reniée depuis aussi longtemps que les deux autres, elle était capable de le supporter.

Et ce sang ne m'est pas destiné.

Erin se pencha sur le corps dénudé de Korza. Elle plongea les doigts dans son sang tiède et commença à en badigeonner délicatement la peau glacée du prêtre. De nouveau, la chair du blessé frémit dès qu'elle le toucha, mais ce n'était pas la douleur qui le faisait réagir.

C'était le plaisir.

Un gémissement quasi inaudible s'échappa de ses lèvres.

Báthory se rappela avoir entendu la même chose de longs siècles auparavant, lorsqu'il avait été étendu sur elle et qu'il l'avait étreinte.

La consciencieuse Erin veilla à n'oublier aucune plaie. Son regard se porta ensuite sur l'os et les muscles déchiquetés du moignon, d'où suintait un filet de sang noir. Elle se tourna vers Élisabeth, comme pour lui demander l'autorisation.

Laquelle approuva d'un léger signe de tête.

Allez-y.

L'Américaine se massa l'avant-bras de manière à recueillir un maximum de sang dans sa paume. Dès qu'il commença à couler entre ses doigts, elle attrapa le membre amputé de Rhun et versa son essence de vie sur l'horrible plaie.

Le religieux s'arc-bouta, pris de convulsions, mais elle ne lâcha pas prise.

Il poussa un cri – un soupir d'extase si franc et brutal que Sophia détourna la tête.

À moins qu'elle ne soit juste effarouchée par une preuve beaucoup plus concrète du plaisir de Rhun ? En effet, le pagne avait du mal à masquer son ardeur grandissante, révélant l'homme à l'intérieur de la bête, le désir primal que son col blanc d'ecclésiastique ne pourrait jamais réprimer complètement.

Élisabeth s'en souvint aussi et, d'emblée, elle fut ramenée des siècles en arrière, le jour où elle l'avait senti s'introduire en elle et que les deux amants n'avaient plus fait qu'un.

Quand Rhun retomba sur le carrelage, Erin desserra enfin son étau. Il resta allongé par terre, le corps frémissant, épuisé mais visiblement plus fort.

Ses innombrables petites entailles s'étaient refermées.

Même son bras en charpie avait cessé de saigner et les chairs commençaient déjà à recouvrir l'os.

Christian poussa un long soupir.

— Je pense qu'il va s'en sortir… avec beaucoup de repos, bien sûr.

Même Sophia se rendit à l'évidence.

— Le vin devrait l'aider à achever sa guérison.

Erin resta à genoux. Quand Jordan vint bander sa main salvatrice, elle se délecta de cette délicate attention.

— Son bras, reprit-elle, le regard toujours rivé sur Rhun. Est-ce qu'il va… Est-ce qu'il va…

— Est-ce qu'il va repousser ? termina Jordan.

— Il faudra du temps, répondit Christian. Des mois,

voire des années. Pour que le miracle se produise, un repos absolu lui sera nécessaire.

— Qu'est-ce que cela signifie pour notre quête ?

Non seulement personne n'avait de réponse à offrir, mais les questions s'accumulaient.

— Nous ignorons même où aller, se lamenta Sophia. Nous n'avons rien appris de ce terrible carnage.

— Vous vous trompez, objecta Erin.

Les regards se braquèrent sur elle.

— Moi, je sais ce que nous cherchons.

*

20 h 33

— Que voulez-vous dire ? s'étonna Christian.

— Donnez-moi une seconde.

Erin se leva, aidée par Jordan, et se dégagea vite de son étreinte, car elle avait besoin de prendre ses distances avec lui, avec tout le monde. Elle frissonna au souvenir de ce qu'elle avait éprouvé quand elle avait tenu le bras de Rhun. Pendant une poignée de secondes, elle avait senti la passion douloureuse du prêtre, l'élan de son désir, le plaisir ravageur lorsque son sang de mortelle avait circulé en lui, qu'il s'y était dissous et qu'à la fin, les deux êtres n'avaient plus formé qu'un.

Les doigts crispés sur sa paume bandée, elle tâcha de chasser la puissante image.

Jordan lui effleura l'épaule.

— Erin ?

Ses prunelles bleues la contemplaient d'un air inquiet.

Elle s'écarta de deux ou trois pas, car elle avait besoin de rester en mouvement.

J'ai fait ce que j'avais à faire... rien de plus.

Toujours est-il qu'elle restait tenaillée par une certaine culpabilité. Rhun et elle avaient partagé un nouveau moment d'intimité au sein d'une église… et en public !

Elle ouvrit son sac et laissa ses doigts tremblants s'attarder sur le compartiment où elle avait rangé l'Évangile de Sang. Après y avoir puisé quelques forces, elle sortit les liasses de documents récupérées à l'intérieur de la cloche et les entassa sur le banc.

— Je crois avoir trouvé les vieilles notes de Dee. Toutefois, comme elles me semblent rédigées en hénochien, je n'en suis pas sûre à cent pour cent.

Élisabeth la rejoignit.

— Laissez-moi regarder, souffla-t-elle avant de passer rapidement les papiers en revue. Vous avez raison. Je reconnais l'écriture de notre alchimiste.

— Êtes-vous capable de traduire l'hénochien ?

La comtesse s'assit sur le banc.

— Bien sûr. En revanche, cela va me demander du temps.

— Pour l'instant, pouvez-vous vous contenter d'y chercher des allusions au diamant vert ?

— Oui, mais pourquoi ?

Christian fit écho à sa question :

— Que savez-vous, Erin ?

— Très peu de chose, hélas. Cependant, avant de mourir, Léopold s'est libéré du démon qui avait pris possession de lui.

— Quel démon ? intervint Sophia.

Erin prit une profonde inspiration. Elle était en effet

la seule à avoir entendu les dernières paroles du moine.

— Il a parlé d'un certain *« Légion »*.

— La Bible mentionne un démon du même nom, remarqua Christian.

— Avant de le bannir, ajouta Sophia, le Christ l'a apostrophé et lui a demandé comment il s'appelait. *« Légion est mon nom, lui répondit-il, car nous sommes plusieurs. »*

— *« Car nous sommes plusieurs »*, répéta Erin, pensive. La nature intrinsèque de ce fameux démon serait-elle de posséder de nombreux individus ?

— En tout cas, il me semble capable d'assujettir les autres à sa propre volonté, renchérit Báthory, le nez plongé dans sa pile de vieux documents. Même sœur Abigail.

— En revanche, ni Erin ni moi, indiqua Jordan. Quand je me suis battu contre lui, il a échoué à s'emparer de mon âme.

— Et s'il ne pouvait contrôler que les créatures déjà perverties ? s'alarma Sophia. Une mauvaise herbe a besoin d'un terreau où pousser. Pour s'enraciner chez quelqu'un, Légion a peut-être besoin que la noirceur soit déjà présente.

— À supposer qu'on l'assimile à une mauvaise herbe, continua Christian, pourrait-il avoir survécu au décès de Léopold ?

— Aucune idée, admit Erin. Toutefois, le moine m'a confié que ce démon recherchait *trois* pierres. (Elle adressa un regard entendu à Jordan.) Il a envoyé un esclave au temple de Cumes. Peut-être souhaitait-il récupérer les morceaux du diamant vert.

— Possible. À moins qu'il n'ait juste souhaité me tuer… et il a bien failli réussir son coup.

— Non, je pense qu'il voulait la pierre.

— Pourquoi en êtes-vous aussi sûre ? demanda Christian avant d'esquisser un sourire. Non pas que je mette en doute la parole de l'Érudite.

— À cause des derniers mots de Léopold, juste avant son décès. Il a fait allusion à un *« jardin souillé »…* un jardin qui serait *« cousu de sang »* et *« baigné dans l'eau ».* On aurait dit qu'il évoquait l'endroit où Lucifer resurgirait.

— Quel jardin ? réfléchit Christian, perplexe. Qu'est-ce que cela signifie ?

— Le jardin d'Éden, peut-être ? proposa Sophia.

Le regard perdu au loin, Erin marmonna :

— Il ne peut pas s'agir d'une simple coïncidence.

Jordan lui toucha l'épaule.

— Quoi donc ?

— Souvenez-vous des trois fresques dans le laboratoire d'alchimie de Kelley : *« Arbor »*, *« Sanguis »* et *« Aqua »*, l'équivalent en latin de *« jardin »*, *« sang »* et *« eau »*.

Christian se frotta le menton.

— Des symboles qui font écho à ce que Léopold vous a confié avant de mourir.

— Et Légion recherche *trois* pierres. Peut-être incarnent-elles la même réalité. *« Arbor »*, *« Sanguis »* et *« Aqua »*.

Jordan sortit ses deux moitiés de diamant aux reflets émeraude.

— Celui-là pourrait représenter *« Arbor »*. Comme un jardin, il est vert.

Erin approuva :

— Et nous savons que ce n'est pas un diamant ordinaire. Il y a un drôle de symbole incrusté à l'intérieur. Sans compter qu'il aurait retenu les esprits fumeux de plus de six cents *strigoï*.

— Jusqu'à Légion lui-même, souligna Christian.

L'archéologue caressa le joyau du bout du doigt.

— Voilà peut-être pourquoi Léopold m'a décrit le *« jardin »* – cette pierre – comme *« souillé »*. Elle était corrompue par le mal.

— Si vous avez raison, lâcha Báthory depuis son banc, il existe donc deux autres gemmes. *« Sanguis »* et *« Aqua »*.

Alertée par le ton mystérieux de la comtesse, Erin pivota vers elle.

— Savez-vous quoi que ce soit à leur sujet ?

— Non, concéda-t-elle, songeuse. Peut-être faudrait-il interroger l'homme qui a envoyé le diamant vert à John Dee.

— Qui était-ce ?

Élisabeth brandit une feuille jaunie en souriant.

— Voici une lettre adressée à notre alchimiste par l'homme qui lui a expédié la fameuse pierre.

Erin voulut en prendre connaissance, mais le courrier était rédigé en hénochien.

Son interlocutrice lui indiqua une série de symboles.

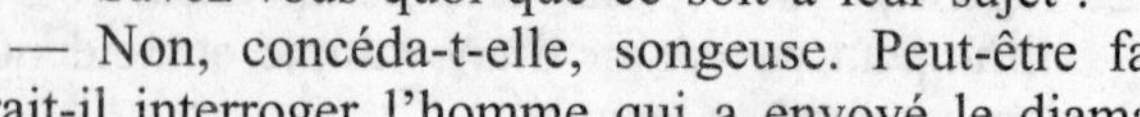

— C'est son identité. Hugues de Payns.

Bien que la consonance lui soit familière, l'Érudite peina à replacer le nom en contexte. Épuisée, elle avait du mal à raisonner.

Christian s'approcha à son tour, la mine sombre.

— Impossible.

— Pourquoi ? s'étonna Jordan.

— Hugues de Payns était un Sanguiniste. À l'époque des croisades.

Tout à coup, Erin se rappela son rôle capital dans l'histoire du monde.

— Hugues de Payns… N'est-ce pas l'homme qui, de concert avec Bernard de Clairvaux, a fondé l'ordre des Templiers ?

— Absolument. En réalité, il a créé la branche *sanguiniste* de cet ordre. Neuf chevaliers liés par le sang.

Erin tressaillit. Une fois encore, l'histoire qu'on lui avait enseignée n'était rien d'autre qu'un jeu d'ombres et de lumières. En fait, la vérité se trouvait quelque part entre les deux.

— Hugues de Payns a malheureusement *péri* au cours de la deuxième croisade, précisa Christian.

— Qui vous a raconté une ânerie pareille ? s'agaça Báthory. Cette lettre adressée à Dee est datée de 1601, soit quatre siècles *après* la deuxième croisade.

— Je tiens l'information de la bouche même du cofondateur de l'ordre des Templiers, Bernard de Clairvaux, qui a été témoin de sa noble mort. (Il haussa un sourcil vers Erin.) Ou, sous le nom que vous lui connaissez mieux, le *cardinal Bernard*.

La jeune femme ouvrit des yeux ronds.

— Bernard est le célèbre Bernard de Clairvaux ?

En un sens, c'était logique. Le prélat avait effectivement combattu pendant les croisades et, depuis lors, il occupait un poste très haut placé au sein de l'Église.

— J'ai l'impression que notre cher Bernard n'a pas été tout à fait honnête, ironisa Élisabeth. Encore une fois.

— Pour l'instant, ce détail attendra, répliqua Erin. Dites-nous plutôt ce que la lettre raconte.

À mesure qu'elle traduisait pour elle les caractères archaïques, la comtesse se fendit d'un grand sourire.

— Apparemment, Hugues souhaitait que j'hérite de la pierre si jamais il arrivait malheur à John Dee. L'alchimiste a dû confier l'objet de ses travaux à son mystérieux bienfaiteur.

— Au cas où Dee échouerait, ce type voulait donc que vous terminiez le boulot ? résuma Jordan.

— *A priori*, oui. L'idée était qu'Edward Kelley récupère le diamant à la mort de Dee, qu'il le protège et me l'apporte. Voilà sans doute la raison pour laquelle l'empereur Rodolphe lui a remis la pierre et la cloche, expliqua-t-elle avant de se renfrogner. Or, ce charlatan cupide a tout gardé pour lui. Je parie qu'il a revendu la précieuse gemme en douce. Elle vaut une fortune.

— Quelques siècles plus tard, la pierre maudite a quand même fini par vous retrouver, nota Erin.

— Il ne faut jamais contrarier le destin.

La jeune femme s'empêcha de lever les yeux au ciel.

— Cette lettre fait-elle allusion aux deux autres pierres ?

— Pas un mot.

— Nouveau cul-de-sac, conclut Jordan.

— Sauf si Hugues de Payns est encore en vie, reprit Erin. Nous savons qu'il n'est *pas* mort à la date annoncée par Bernard. Il se peut donc qu'il continue de sillonner la planète.

Jordan poussa un bruyant soupir.

— Auquel cas, comment le retrouver ?

Les poings sur les hanches, elle annonça :

— Eh bien, nous allons interroger son plus vieil ami. Bernard de Clairvaux. (Aux deux Sanguinistes.) Où est le cardinal ?

— Il a été envoyé à Castel Gandolfo, répondit Christian. Le temps qu'il reçoive sa sentence.

— Espérons qu'il n'aura pas été déjà mis à mort pour ses crimes, frémit Sophia.

Erin acquiesça en silence.

Ils ne pouvaient pas se permettre qu'un autre grain de sable vienne enrayer la machine.

CHAPITRE 23

18 mars, 21 h 45
Prague, République tchèque

Le loup creuse dans la fumée et les braises rougeoyantes.

Ses grosses pattes retournent la boue, écartent les poutres brisées. Les arêtes tranchantes des cailloux lacèrent ses coussinets jusqu'au sang. Des gerbes d'étincelles brûlent son épaisse fourrure par endroits.

Une boule de noirceur s'empare du fracas de son cœur et l'entraîne de plus en plus profond.

Il n'y a ni mots ni ordres, juste une terrible avidité.

La source de ce désir funeste patiente dessous, pelotonnée autour d'une flamme minuscule, nichée dans la carcasse froide qui la conserve à l'abri.

Le loup fouille vers elle.

Une ardeur intense l'attire de plus en plus loin dans les décombres fumants.

Délivre-moi.

QUATRIÈME PARTIE

Ils sont plongés dans la corruption, comme aux jours de Guibea ; L'Éternel se souviendra de leur iniquité, Il punira leurs péchés.

OSÉE, IX, 9

CHAPITRE 24

19 mars, 6 h 19, heure d'Europe centrale
Castel Gandolfo, Italie

Erin se réveilla en sursaut d'un cauchemar rempli de flammes et de démons.

Elle occupait une chambre où filtrait la lumière d'un jour nouveau. Affolée, elle mit quelques secondes à reconnaître la pièce, modeste, puis à se rappeler leur vol nocturne entre Prague et la campagne idyllique du sud de Rome. Hébergée dans la résidence papale de Castel Gandolfo, elle savoura la familiarité des lieux : les murs blancs tout simples, le plancher que le soleil matinal parait de reflets miel, le solide lit en acajou surplombé par un crucifix. Lors de leur dernière visite, Jordan et elle avaient séjourné dans la même chambre.

Je suis en sécurité...

Ce n'était peut-être pas entièrement exact mais, en tout cas, elle ne s'était pas sentie aussi à l'abri depuis longtemps.

Bien que les fenêtres soient munies de gros volets en bois, les lames de l'un d'entre eux laissaient entrer l'éclat de l'aube. Après sa longue nuit de terreur, Erin accueillit la lumière dorée avec plaisir. Ils avaient pris un jet privé – un Citation X – qui, sur l'ordre du souverain pontife, les avait emmenés promptement depuis la cité médiévale tchèque jusqu'en Italie, où ils avaient atterri exténués, couverts de sang et d'ecchymoses.

Sa première pensée fut pour Rhun.

Dès leur arrivée, le prêtre avait été transféré sur une civière jusqu'à une infirmerie sanguiniste. Erin aurait aimé le suivre, mais elle tenait à peine debout. En pleine nuit, Jordan avait même dû la porter à moitié jusqu'à leur chambre, où ils s'étaient écroulés sur le lit, enlacés l'un contre l'autre. Pour une fois, elle ne s'était pas souciée de la chaleur anormale de sa peau nue et s'y était blottie comme devant un bon feu de cheminée.

Toujours perturbée à l'idée d'avoir abandonné Rhun, elle essaya, malgré tout, de ne plus culpabiliser et de chasser de sa mémoire le fait qu'elle l'ait touché, qu'elle ait partagé un bref lien de sang avec lui.

Rhun est soigné par les meilleurs spécialistes, se rassura-t-elle. Il y avait beaucoup à parier qu'une infirmière le surveillait en permanence et qu'elle ne tolérerait aucun mauvais traitement. Élisabeth avait refusé de quitter le chevet du religieux. Déjà, alors qu'il n'avait jamais repris conscience, elle lui avait tenu la main durant tout le vol et, en dépit de l'immense fatigue qui se lisait sur son visage et son corps, elle avait suivi le brancard jusqu'à l'infirmerie.

Erin n'avait peut-être pas une confiance absolue en

la comtesse mais, pour la convalescence du père Korza, il n'existait pas de meilleur chien de garde.

Le grincement d'un robinet de douche attira son attention vers la salle de bains. En fait, c'était le bruit d'eau courante qui l'avait réveillée. Elle tendit son bras vers les draps froissés près d'elle et sentit la chaleur résiduelle de Jordan. Elle plaqua sa main contre l'empreinte qu'il avait laissée sur l'oreiller.

Même encore inquiète de l'état de son petit ami, elle devait reconnaître qu'elle se sentait beaucoup mieux après avoir dormi à ses côtés. Elle s'étira et soupira.

Plutôt en forme... tout compte fait.

N'était-ce dû qu'à ses quelques heures de repos ? Erin avait le dos constellé d'hématomes, une grosse plaie au cuir chevelu, mais elle avait vraiment repris du poil de la bête – plus qu'elle n'aurait dû.

Elle roula vers la place encore tiède de Jordan et, tout en se délectant du souvenir de sa peau contre la sienne, elle se demanda si la nuit passée au contact d'un brasier aussi intense avait quelque chose à voir avec son actuelle béatitude.

À moins qu'elle n'ait juste apprécié de passer enfin du temps en tête à tête avec son amoureux.

Il était presque redevenu lui-même.

La porte de la salle de bains grinça. Erin se retourna.

Comme par l'effet d'une pensée magique, Jordan se tenait sur le seuil, auréolé de vapeur et tout juste vêtu d'une serviette blanche. Elle lui sourit, blottie sous des draps qui, d'un seul coup, lui parurent beaucoup plus chauds.

Il haussa le sourcil, laissa tomber sa serviette et, d'un geste, il essuya le filet d'eau qui coulait de sa tempe. Elle l'admira longuement des pieds à la tête, appréciant chaque reflet mouillé, chaque trace humide.

Tous les membres du groupe souffraient de coupures et de contusions multiples. Jordan, non. Sa peau de bébé n'avait subi aucun dommage et, en plus, il resplendissait de santé. La lumière douce de la chambre faisait ressortir les poils blonds de ses bras et de ses jambes musclées. On aurait dit une statue grecque – trop parfaite pour être réelle.

Il vint se planter devant elle. Sa peau nue n'était plus qu'à quelques centimètres. Erin eut envie de le toucher.

— Comment te sens-tu ?

— Prête à tout, répondit-elle avec un sourire radieux. À commencer par toi.

Elle releva la tête et plongea dans son regard azur. Les deux amants s'étaient souvent retrouvés dans la même position ; pourtant, à l'image d'une éternelle première fois, elle avait toujours de délicieux frémissements dans le ventre. Elle caressa le tatouage complexe qui ornait l'épaule de Jordan et le haut de son torse. Le cœur de son bien-aimé battait contre la paume douce de la jeune femme. Elle suivit l'entrelacs de lignes bleues jusqu'à son estomac.

Pour elle qui connaissait la forme et la taille du motif, une chose était sûre : depuis quelques jours, il avait grossi et se prolongeait par des volutes rouge sombre – preuve manifeste des changements qui s'opéraient en Jordan. Erin se souciait surtout des arabesques qui, autour de sa gorge, semblaient l'étrangler aussi sûrement que les doigts noirs du démon. Il était cependant très probable que ces mêmes lignes grenat lui avaient permis de guérir, d'effacer ses ecchymoses et de réparer sa fracture des cervicales.

Erin aurait dû les apprécier. Elle était plutôt terrifiée.

— Ne te fais pas autant de souci.

Jordan prit la main qu'elle avait posée sur son torse et lui embrassa la paume. La jeune femme sentit les lèvres douces de son homme brûler contre sa peau.

— Nous sommes ici, ensemble et vivants. Que demander de plus ?

L'argument était imparable.

Du bout de la langue, il remonta vers l'intérieur du poignet. Erin en eut le souffle coupé. Il mit un genou à terre et l'embrassa le long du bras, sa bouche aussi légère qu'un papillon sur la peau meurtrie de l'Érudite. Les chatouillis se propagèrent jusqu'à ses seins et son corps tout entier.

Elle l'enlaça et l'attira vers elle. Elle avait envie de sentir à nouveau sa peau contre la sienne, d'oublier tout ce qui s'était passé et de croire, ne serait-ce qu'un instant, que la vie était sereine.

Jordan se glissa auprès d'elle dans le lit. Ses mains torrides la caressèrent, l'explorèrent et descendirent de plus en plus bas. Elle aurait voulu s'abandonner à fond, mais la chaleur fébrile de son petit ami lui rappela la distance qu'il avait récemment mise entre eux, la manière dont, encore quelques heures plus tôt, ses grands yeux bleus l'avaient fixée sans la voir.

Elle frissonna.

— Chut, susurra-t-il en interprétant mal sa réaction. Tu es en sécurité maintenant.

Il roula sur elle. Son regard de braise lui assura qu'il ne désirait rien d'autre qu'elle, et qu'il l'aimait toujours. Tandis qu'il fermait peu à peu les paupières, elle se pencha vers lui pour qu'il l'embrasse.

Leurs bouches s'effleurèrent.

— Tu m'as manqué.

— Toi aussi, murmura-t-elle.

Elle entrouvrit les lèvres, pressée de savourer le goût de ses baisers. Il la serrait si fort qu'elle pouvait à peine respirer. Pourtant, ce n'était pas encore suffisant.

Lorsqu'il s'écarta et renversa la tête en arrière, elle gémit. Elle aurait voulu que leur baiser n'ait pas de fin. *Jamais*. Elle ne supportait pas de le perdre, de renoncer à leur étroite complicité. Elle caressa la courbe de sa mâchoire, ses pommettes. Du bout de l'index, elle s'attarda sur le creux minuscule de sa lèvre supérieure en forme d'arc. Ces mêmes lèvres lui sourirent… et l'embrassèrent à nouveau.

Pendant de longues minutes, plus rien n'exista entre eux, tant ils étaient noyés dans la chaleur l'un de l'autre. Le temps n'avait plus aucune signification. Seuls comptaient le goût de son amant, le frottement de la barbe fine sur sa cuisse, la pression de leurs corps, sa présence au plus profond d'elle, qui lui donnait une impression de plénitude, non pas qu'elle ait besoin de lui pour se sentir complète mais les choses paraissaient ainsi tellement naturelles !

Submergée par la passion, son corps réagissant à chaque caresse, chaque mouvement de son amant, elle ferma les yeux un instant et, soudain, elle fut rattrapée par le souvenir de ce qu'elle avait vécu avec

Rhun dans la chapelle, par l'ardeur flamboyante de son sang qui avait envahi le prêtre, jusqu'à ce que son corps à lui devienne le sien.

Haletante, Erin s'arc-bouta sous Jordan et s'aida de ses jambes pour l'attirer de plus belle contre elle. Ce moment-là, elle le vécut comme un raz de marée, noyée dans l'extase, sans trop savoir où son corps commençait et où il se terminait.

Finalement, elle se laissa retomber sur le lit, hors d'haleine, tremblante.

Jordan lui sourit et la réconforta d'un baiser.

Plus amoureuse que jamais, elle releva la tête vers lui. En même temps, elle ne put s'empêcher de culpabiliser, car ce n'étaient pas toujours les caresses de son petit ami qui l'avaient fait vibrer.

— Quelque chose ne va pas ? demanda-t-il en laissant son doigt courir le long de la joue d'Erin.

— Non… c'est parfait.

Trop parfait – au point d'en être effrayant.

En attendant que la chambre s'éclaire de la lumière du jour, ils restèrent enlacés. Peu à peu, Erin sombra dans un sommeil sans rêve. À son réveil, elle guetta le bruit du robinet, un signe de la présence de Jordan mais, au fond d'elle, elle savait qu'il était parti.

Un léger vent de panique la saisit.

Il est sans doute allé chercher le petit déjeuner.

Après avoir ravalé ses craintes, elle sortit du lit, car elle avait besoin de bouger, et prit une douche rapide. L'eau brûlante, qui massa les zones encore meurtries de son corps, acheva de la réveiller. Une fois séchée, Erin enfila les vêtements propres qu'on lui avait fournis la veille : un jean et un chemisier en coton blanc.

Enfin, elle se drapa dans un manteau en peau de loup-garou. Par expérience, elle savait qu'il était aussi solide qu'une armure. Elle laissa un peu de cette force-là l'imprégner et l'aider à rassembler ses esprits en vue de la journée à venir.

On frappa à la porte. Elle se retourna au moment où le battant pivotait sur ses gonds. Ses muscles se crispèrent, jusqu'à ce qu'elle aperçoive Jordan.

— J'apporte le petit déj', annonça-t-il avec son plateau chargé de café, de fruits et de croissants. Ainsi que la feuille de route.

— La feuille de route ?

— Je suis tombé sur Christian. Il m'a dit que nous avions reçu l'autorisation de parler au prisonnier.

Le cardinal Bernard.

— Ce n'est pas trop tôt.

Jordan fit mine de la réprimander :

— Hé ! Ce n'est pas comme si l'un d'entre nous avait été d'attaque pour mener l'interrogatoire hier soir.

Exact.

— Quand pourrons-nous le voir ?

— À huit heures… soit dans une heure environ.

Il s'assit sur le lit et tapota le matelas.

— Si je nous servais le petit déjeuner au lit ?

Erin le rejoignit.

— Selon moi, cela compte seulement si on est tout nus.

Il posa le plateau sur la table de chevet.

— J'aime bien cette règle… et tu sais combien je suis tatillon sur le règlement.

Il commença à déboutonner sa chemise.

*

7 h 20

Élisabeth changea soigneusement le pansement rougeâtre qui enveloppait le moignon de bras gauche de Rhun. Elle retira la bande et examina la plaie. La peau se raccommodait déjà sur une bonne partie du muscle à vif, mais la guérison serait longue. Lorsqu'elle couvrit à nouveau la blessure avec une compresse imbibée de vin sacré, le prêtre haleta de douleur, mais il n'ouvrait toujours pas les paupières.

Revenez vers moi, Rhun.

Elle fixa le pansement à l'aide d'un sparadrap propre, puis s'écarta. Le soleil devait s'être levé depuis une heure environ. Elle avait passé la nuit entière au chevet du père Korza dans une cellule sans fenêtre. Avec ses relents d'encens et de vin mâtinés d'une vague odeur de foin et de poussière de brique, l'endroit lui rappelait l'époque où elle y avait été incarcérée. Elle n'avait pourtant pas hésité à rester, car elle souhaitait être présente au réveil de son protégé.

Elle posa un regard sombre sur la pièce, qu'elle jugeait quelque peu indigne.

La cellule accueillait un simple lit en bois recouvert d'une paillasse, un bougeoir muni d'une chandelle allumée, un flacon de vin, de la gaze blanche propre et des bocaux de pommade qui empestait le vin et la résine. En fait, elle ressemblait trait pour trait à celle qu'on avait attribuée à la comtesse juste à côté, même si cette dernière n'y avait pas mis les pieds de la nuit.

Un raclement de semelles de cuir sur la pierre ramena l'attention de Báthory vers la porte. Un petit moine joufflu à la tonsure grisonnante apportait du vin frais et d'autres pansements.

— Merci, frère Patrick.

— Je ferais n'importe quoi pour Rhun.

Tout au long de la nuit, il l'avait aidée à prodiguer les meilleurs soins au blessé. D'ailleurs, une inquiétude sincère se lut sur son visage lorsqu'il contempla la silhouette inerte sur le lit. Sa sollicitude envers Korza dépassait le cadre de la simple relation entre membres de la communauté sanguiniste. Peut-être étaient-ils amis.

— Vous devriez sortir vous reposer, sœur Élisabeth, proposa-t-il pour la onzième fois. Je peux veiller sur lui. Au moindre changement, je viendrai aussitôt vous en informer.

Alors qu'elle s'apprêtait à décliner encore l'offre, Báthory sentit son téléphone bourdonner discrètement dans la poche de son jupon.

Tommy.

Cette nuit-là, dès qu'elle avait été seule, elle avait tenté de contacter l'adolescent mais, chaque fois, une voix de synthèse lui avait demandé de laisser un message. La Hongroise n'avait jamais osé, de crainte que quelqu'un n'intercepte des informations.

— Merci, frère Patrick. (Elle se leva de son tabouret.) Je crois que je vais aller m'allonger un peu.

Le religieux afficha un air mi-étonné, mi-soulagé.

Elle le salua d'une courte révérence, pivota sur ses talons et quitta la pièce. Ce ne fut qu'après avoir refermé la porte de sa propre cellule qu'elle s'autorisa à sortir son portable. Des mots luisaient sur le petit écran.

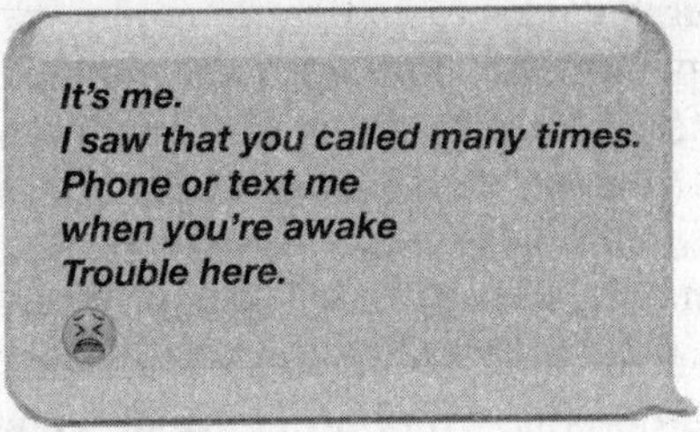

C'est moi.
J'ai vu que vous aviez téléphoné plusieurs fois.
Appelez-moi ou envoyez-moi un SMS
quand vous serez réveillée
J'ai des ennuis.

Élisabeth ne savait ni comment répondre au message de Tommy ni ce que signifiait le petit symbole à la fin. En revanche, elle comprenait le mot *« ennuis »*.

Anxieuse, les doigts crispés sur l'appareil, elle composa le numéro du pauvre garçon.

*

7 h 32
Rome, Italie

Allez, dépêchez-vous...

Alors que l'eau de la douche coulait bruyamment, Tommy s'était assis sur le couvercle des W.-C. Vêtu d'une simple serviette, il fixait son téléphone en espérant qu'Élisabeth répondrait bientôt à son SMS. Par peur des vigiles qui arpentaient le couloir de ce mystérieux appartement situé en banlieue de Rome, il avait poussé le verrou. En fait, là où on l'avait amené, les fenêtres étaient toutes munies de barreaux et le seul moyen de sortir était de passer devant deux prêtres sanguinistes qui, en tenue civile, montaient la garde devant la salle de bains.

Enfin, le portable vibra au creux de sa main.

L'adolescent décrocha tout de suite et chuchota :

— Élisabeth ?

— Tommy, où es-tu ? Qu'est-ce qui ne va pas ?

Comme d'habitude, la comtesse ne s'embarrassait pas des politesses d'usage.

— Quelque part à Rome.

— Es-tu en danger ?

— Je ne crois pas, mais cette histoire n'est pas claire. Au lieu de me déposer au Vatican, le prêtre qui est venu me chercher à Santa Barbara m'a largué dans un appartement. C'est fermé à clé… et il y a des vigiles.

— Peux-tu me donner la moindre indication sur l'endroit où on t'a conduit ?

— Il s'agit d'un bâtiment ancien, avec une façade jaune. Il empeste l'ail et le poisson. Je suis au deuxième étage. Depuis la fenêtre de ma chambre, j'aperçois une rivière ainsi qu'une fontaine où un poisson crache de l'eau. Je crois aussi qu'il y a un zoo à proximité. En tout cas, j'ai entendu des lions rugir.

— Bien. Je devrais pouvoir situer ton fameux bâtiment jaune. Il me faudra peut-être un peu de temps, mais je viens vite te chercher.

Tommy baissa encore d'un ton.

— Ils racontent que je suis en danger… par *votre* faute, mais je sais que c'est un bobard.

— Je ne te ferais jamais de mal. En revanche, ils paieront cher s'il t'arrive quoi que ce soit sous leur garde.

Tommy sourit. Son amie n'hésiterait pas à leur botter les fesses, mais il ne voulait surtout pas qu'elle soit blessée.

Alors que les vapeurs de la douche commençaient à envahir la pièce, il dressa l'oreille, le temps de vérifier que personne n'espionnait leur conversation, et il poursuivit :

— D'après ce que j'ai entendu dire, Bernard souhaite me cloîtrer ici jusqu'à ce que vous accédiez à leurs désirs. J'ignore si c'est vrai ou pas. Quoi qu'il en soit, ne cédez pas.

— Je vais faire le nécessaire pour te rejoindre. Je te libérerai et nous trouverons un moyen de te guérir.

Un soupir aux lèvres, il constata à nouveau que son mélanome s'était propagé à vitesse grand V le long de son bras. Il avait aussi développé des lésions sur les jambes et la fesse gauche. En fait, depuis que ses veines ne transportaient plus de sang angélique, le cancer semblait rattraper les mois perdus.

— Ça ne va pas si mal, mentit-il. Je me fatigue juste un peu rapidement, mais on me laisse dormir.

— Économise tes forces.

Plus facile à dire qu'à faire.

On frappa à la porte. Tommy sursauta. Il n'avait entendu personne approcher, mais les Sanguinistes se déplaçaient aussi furtivement que des fantômes.

— Il faut que j'y aille. Vous me manquez.

— Toi… aussi, tu me manques.

Dès qu'il eut raccroché, il dissimula son téléphone derrière le réservoir des toilettes, se rua sous la douche et s'aspergea à grand bruit avant de mugir :

— On ne peut pas se laver tranquille ici ?

— Tu es enfermé depuis un bon moment, répondit une voix bourrue. Et je t'ai entendu parler.

— *P'tain !* Je suis un ado. Je n'arrête pas de parler tout seul.

Après un long silence, le garde adopta un ton plus paternel. Il avait sans doute deviné que Tommy lui faisait des cachotteries, mais il se trompa d'explication.

— Si tu te tripotes là-dedans, jeune homme, il n'y a pas de quoi être gêné. En revanche, tu devras te confesser auprès du prêtre de ta paroisse.

— *Primo*, je suis juif. *Secundo*, allez vous faire foutre !

Tommy resta planté sous la grosse pomme de douche, le visage encore plus brûlant que la vapeur d'eau.

D'accord, maintenant j'ai réellement envie de mourir.

*

7 h 35
Castel Gandolfo, Italie

La main posée sur la poche qui abritait son portable, Élisabeth regagna la chambre de Rhun. Intérieurement, elle bouillonnait, mais elle réussit à juguler sa colère. Si elle voulait sauver Tommy, elle devait garder les idées claires. Ce n'était pas le moment de laisser libre cours à ses émotions.

Avant d'aller affronter le cardinal, elle souhaitait d'abord vérifier l'état de santé du prêtre.

Au moment d'entrer dans la pièce, elle lissa les plis de son jupon et ajusta ses manches. Agenouillé au chevet de Korza, frère Patrick lui tenait la main. Il releva la tête et lui fit signe d'avancer.

— Il se repose encore.

Pendant son sommeil, les traits de Rhun paraissaient plus détendus. Il ressemblait beaucoup à ce qu'il avait toujours été, comme s'il n'était affecté ni par le passage des siècles ni par les tragédies qui avaient jalonné son long parcours. Si seulement il avait eu un sacerdoce ordinaire, mourant au terme d'une seule et unique vie de sollicitude ! Il ne méritait pas le sort qui s'était abattu sur lui.

— Je suis persuadé qu'il va bientôt se réveiller, continua Patrick. Les soins qu'il a reçus très rapidement sur place ont été décisifs.

Élisabeth se souvint d'Erin en train de badigeonner les plaies de Rhun avec son propre sang. Aussi fragile et mortelle soit-elle, la jeune femme l'avait sauvé.

— Si vous le désirez, vous pouvez vous asseoir et prier avec moi, proposa le moine.

Malgré son désir de rester, Báthory lorgna la porte.

— Je dois d'abord m'entretenir avec le cardinal Bernard.

— J'ai appris que les autres membres du groupe devaient bientôt le rencontrer.

Voilà une information qu'elle ignorait.

Consciente de ce que l'odieux prélat avait infligé à un jeune malade – il avait quand même transformé Tommy en un vulgaire pion –, elle sentit sa fureur se raviver.

Elle prit donc congé et se hâta de remonter le couloir. Trois Sanguinistes qu'elle ne connaissait pas – deux hommes et une femme – surveillaient cette aile-là de la résidence, mais leur but était-il de protéger Rhun ou de la cantonner, elle, à un périmètre bien défini ?

Élisabeth s'adressa à la femme, une Africaine à la peau incroyablement noire.

— Il faut que je voie le cardinal Bernard. Je détiens des informations cruciales pour la sécurité de l'Ordre.

La Sanguiniste la fixa de ses yeux ronds.

— L'accès au prisonnier est limité. Seul son secrétaire personnel, le père Gregory, a le droit de lui parler et de satisfaire à ses requêtes. Je peux lui demander de transmettre un message.

— Non. Je dois m'adresser à Son Éminence en personne.

Son interlocutrice pinça les lèvres.

— Étant donné la gravité de ses crimes à votre encontre, je crains fort que cela ne vous soit interdit.

Sans élever la voix, Báthory resta la plus humble possible.

— J'ai toutefois cru comprendre que mes camarades avaient rendez-vous avec lui ce matin. J'imagine que je pourrai le voir en compagnie des autres ?

— La décision est irrévocable, rétorqua la religieuse avec sévérité. En tant que victime des charges retenues contre lui, vous n'êtes autorisée à le voir en aucune circonstance.

— Auquel cas, je préfère que mes amis lui communiquent eux-mêmes l'information.

Élisabeth, qui continuait de masquer son vif agacement, la salua d'un hochement de tête et regagna lentement sa cellule.

Une fois seule dans sa chambre, elle frappa contre le mur de brique avec sa paume grande ouverte.

Je vous punirai d'avoir fait enlever Tommy, Bernard... même si je dois détruire tout ce qui vous est le plus cher.

Un petit coup résonna à la porte. C'était frère Patrick, qui s'exclama d'une voix enthousiaste :

— Rhun… il se réveille !

CHAPITRE 25

19 mars, 7 h 39
Castel Gandolfo, Italie

Rhun tenta d'émerger d'un brouillard de souffrance et de sang. Une odeur mêlée de vin et d'encens lui chatouilla les narines. Des voix exaltées lui semblèrent étrangement familières. Sa vision, d'abord très floue, finit par se rétablir et il découvrit une petite pièce éclairée à la bougie.

Où suis-je... ?

Dès qu'il voulut redresser la tête, le monde autour de lui tangua encore plus fort. Des mains froides se posèrent sur son front afin de l'inciter à se rallonger.

— Tout va bien, mon fils. Pas trop vite.

Rhun se concentra sur le visage souriant.

— Patrick…

— Exact, confirma le moine avant de pivoter vers une autre personne penchée derrière lui.

— Enfin, vous êtes réveillé, grommela Élisabeth, quand même visiblement soulagée.

— En effet.

Le prêtre avait du mal à reconnaître sa propre voix.

Grave et éraillée, elle correspondait plutôt aux intonations d'un homme très affaibli. Il essaya de s'asseoir sur sa paillasse mais, frappé d'une douleur fulgurante au côté gauche, il retomba illico. Les mâchoires serrées, il voulut masser la source de son mal… et ne trouva que du vide. Il se tourna pour voir.

Mon bras a disparu.

Le choc raviva aussitôt un kaléidoscope de souvenirs : la cloche qui s'était fracassée sur lui, Erin qui l'avait conduit à l'abri, et puis la fumée qui avait menacé de les engloutir tous les deux.

Le reste, il l'avait oublié.

— Que s'est-il passé ? haleta-t-il. Comment sommes-nous arrivés à Castel Gandolfo ? Pourquoi sommes-nous…

Báthory s'assit sur un tabouret et prit sa main droite. Il agrippa les doigts de la comtesse qui, à son tour, pressa ceux de Rhun pour le réconforter.

Au bout de quelques longues inspirations, il se ressaisit.

— Combien de temps suis-je resté inconscient ?

— Une petite nuit seulement.

À mots comptés, Élisabeth lui expliqua tout ce qui leur était arrivé, ce que les dossiers de John Dee leur avaient appris et comment ils avaient établi le lien avec le cardinal Bernard.

— Voilà pourquoi nous sommes venus ici. Pour découvrir ce qu'il sait. Mais, vous, le célèbre Chevalier du Christ, vous avez surtout besoin de repos.

Elle lui sourit.

Il tourna la tête et contempla son moignon bandé.

— Je me souviens…

Il se tut, emporté par la vision assez vague d'un

frisson de plaisir, de doigts brûlants qui, une fois trempés dans le sang, l'avaient attrapé et fait grimper au septième ciel.

— Erin.

Son interlocutrice se rembrunit, peinée.

— Oui, c'est l'archéologue qui vous a sauvé. Elle s'est servie de son sang pour vous ramener des rives de la mort.

— En revanche, intervint Patrick, c'est vous, ma chère sœur, qui avez passé la nuit à son chevet, à soigner ses plaies et à verser le sang du Christ entre ses lèvres.

Le père Korza toucha le genou d'Élisabeth.

— Merci.

D'un mouvement brusque de la tête, elle rejeta sa gratitude.

— Ce matin, Erin et Jordan ont rendez-vous avec Bernard.

— À quelle heure ?

Patrick consulta sa montre et répondit :

— Dans une vingtaine de minutes.

— Il faut que je les accompagne.

Rhun s'appuya sur son bras valide pour se redresser. Une douleur aiguë l'envahit mais, cette fois-là, il tint bon.

— Où sont mes habits ?

— Je doute qu'il s'agisse d'une décision très sage, objecta Patrick.

— Sage ou pas, je dois y aller.

Face à tant de détermination, le moine le saisit par les épaules, puis il jeta un coup d'œil à Élisabeth au moment où la couverture de Rhun glissa de son corps dénudé.

— Il serait peut-être préférable que vous me laissiez m'occuper de lui, ma sœur.

Báthory prit un pantalon sur la pile de vêtements et le secoua pour le déplier.

— Sans vouloir me vanter, qui a passé la nuit à nettoyer ses plaies ? Je ne suis pas le genre de femmelette à défaillir devant un homme nu.

Patrick réprima un sourire.

— Comme vous voudrez.

Il aida Rhun à se lever.

— Allez-y doucement.

Son conseil était judicieux car, dès qu'il voulut marcher, le miraculé sentit la chambre chavirer. Au bout de plusieurs tentatives, il réussit à se mettre debout et à se déplacer presque seul, mais il lui fallut quelqu'un pour l'habiller, surtout que son amputation du bras lui rendait la tâche encore plus difficile.

Élisabeth fit un nœud à sa manche vide, la glissa dans la ceinture de son pantalon et le toisa.

— Vous avez déjà eu meilleure mine.

— Eh bien, je me suis *déjà* senti mieux.

Patrick le conduisit vers la porte.

— Je vous emmène jusqu'à la cellule du cardinal Bernard.

— Vous nous accompagnez, Élisabeth ? lança Rhun.

La nouvelle Sanguiniste afficha un regard empli d'espoir, que le moine eut tôt fait de réduire à néant.

— Je crains fort que ce ne soit interdit. Le cardinal a tenu à ne recevoir *que* le trio de la prophétie.

Báthory ricana :

— Un prisonnier est-il en mesure de poser ses conditions ?

— Lui, oui. Même dans sa situation actuelle, il ne manque pas d'alliés au Saint-Siège. Je suis vraiment navré, ma sœur.

— Eh bien, soit.

Plus rebelle dans l'attitude que dans les mots, elle croisa les bras.

Rhun comprit sa frustration. Bernard lui avait causé du tort, il lui avait volé son âme, pourtant, il était libre d'établir les modalités de ses rendez-vous, alors qu'elle restait, elle, confinée dans une zone précise du château. Qui était réellement en prison ici ?

— Allez-y, marmonna-t-elle sur un ton amer. En vous attendant, je ferai peut-être des travaux d'aiguille.

Contraint de la laisser seule, Korza sortit dans le couloir. Malgré le soutien de Patrick, il devait s'aider du mur blanchi à la chaux pour garder l'équilibre. Son bras gauche avait été sectionné. Cependant, il avait beau voir le moignon et sentir la douleur, il n'encaissait toujours pas la nouvelle.

Un nouveau membre va pousser.

Il avait déjà assisté à des miracles du même ordre, mais il savait aussi que le processus pouvait durer des années.

Comment l'estropié que je suis pourrait-il protéger décemment Erin et Jordan ? Que va-t-il advenir de notre quête ?

Dans les dédales de la résidence pontificale, Patrick calqua son pas sur le rythme de Rhun. Par chance, le prêtre reprenait vite des forces au fil des couloirs éclairés à la bougie qu'ils traversaient ou des escaliers en colimaçon qu'ils gravissaient. Au bout d'un certain temps, l'homme put enfin marcher seul, mais son camarade préféra rester à ses côtés.

Rhun sentit qu'il avait envie de parler.

— Qu'y a-t-il ? Si vous continuez de lorgner par-dessus votre épaule, vous allez attraper un vilain torticolis.

Patrick fourra les mains dans les manches amples de sa soutane.

— C'est à propos de votre *autre* ami.

— Ah, le lionceau…

Il se rappela le gémissement plaintif de l'animal, la manière dont le jeune félin avait donné de légers coups de museau dans le cadavre de sa mère.

— Il a beaucoup changé. En fait, il grandit bien plus vite que n'importe quelle créature naturelle. Que m'avez-vous donc caché à son sujet ?

Il était impossible de dissimuler plus longtemps le secret qui entourait la naissance du lionceau.

— Sa mère était un *blasphemare*.

Patrick se figea, obligeant Rhun à s'arrêter aussi.

— Pourquoi ne m'en avez-vous pas parlé ?

— J'avais peur que vous refusiez de vous en occuper si vous l'aviez cru perverti, admit-il, penaud.

— Balivernes ! Cette bête n'est pas *« pervertie »* du tout. J'oserais même dire qu'elle est *bénie*.

— Comment cela ?

— Je n'ai jamais rien vu de tel. C'est une âme noble. Bourrée d'espièglerie, certes, mais sans un gramme de corruption. Je ne perçois que douceur en elle.

Rhun éprouva un réel soulagement. Dans le désert, il avait détecté la bonté fondamentale du lionceau et, à présent, il se réjouissait d'en avoir confirmation par un tiers.

— Depuis que j'ai trouvé ce petit fauve, il m'intrigue.

— Auriez-vous d'autres renseignements sur lui ?

— Très peu. Sa mère a été grièvement blessée par la déflagration sacrée qui a suivi les affrontements en Égypte. Selon moi, il a été épargné dans son ventre, ce qui tendrait à prouver son innocence. Il se pourrait alors qu'une part d'essence angélique se soit insinuée en lui.

Patrick posa la main sur le bras de son voisin.

— Sans doute. Merci d'avoir partagé ce miracle avec moi. Je n'aurais jamais imaginé voir un jour une créature à l'exact opposé du *blasphemare*, une bête tout auréolée de pureté.

— Auriez-vous la gentillesse de ne mettre personne dans la confidence, du moins pour l'instant ?

— Ne vous tracassez pas. Je suis ravi de pouvoir conserver ce petit être prodigieux pour moi encore quelque temps.

Ils reprirent leur route vers une aile reculée du palais.

— Le cardinal a été assigné à résidence dans un des appartements privés.

Quelques mètres plus loin, deux Sanguinistes montaient la garde, épée au poing. Vêtus d'un long manteau et coiffés d'une capuche, ils surveillaient une solide porte en bois qui donnait accès à la cellule de Bernard.

Les fenêtres du couloir dominaient le magnifique lac d'Albano. Quant aux murs, ils étaient ornés de tableaux rares de la Renaissance, dont les huiles chatoyaient au soleil. Korza imagina que ladite *« cellule »* du détenu devait jouir de la même vue et être aussi bien décorée.

Une chose était sûre : le cardinal pouvait toujours compter sur de fidèles alliés.

Un cri jaillit d'un corridor voisin :

— Rhun !

Le Sanguiniste se retourna et vit Erin se précipiter vers lui, les pans de sa veste voletant au vent. Derrière elle, Jordan paraissait nettement moins content de le revoir.

— Vous ne devriez pas être au lit ? gronda le sergent.

Frère Patrick salua Erin d'un hochement de menton et serra la main de Jordan.

— Pour le moment, il se rétablit bien, mais je compte sur vous pour vous occuper de lui. (À Rhun.) Je vous laisse aux bons soins de vos camarades. Toutefois, je ne quitte pas la résidence, au cas où vous auriez besoin d'un vieil imbécile comme moi.

— Vous n'avez jamais été un imbécile.

Le moine haussa les épaules, glissa les mains à l'intérieur de ses manches et s'éloigna d'un pas alerte.

Le temps qu'ils rejoignent les sentinelles, Erin observa le père Korza d'un air soucieux.

— Comment vous sentez-vous ?

— Plus fort, répondit-il en toute honnêteté. Apparemment, je dois vous remercier de m'avoir sauvé la vie.

Elle esquissa un petit sourire.

— Chacun son tour.

— Il faut reconnaître que, pour un type qui compte ses anniversaires par centaines, vous êtes un dur à cuire, apprécia Jordan.

Auprès d'eux, Rhun se détendit. Certes, leur équipe avait réchappé de multiples drames, mais ils étaient davantage que cela.

Ils étaient *amis*.

À leur arrivée, les gardes s'écartèrent. Le visage caché sous sa capuche, le premier prit la parole, autant agacé par leur intrusion que par la personne à laquelle ils venaient rendre visite.

— Le cardinal vous attend, grogna-t-il avec mépris.

Son collègue sortit une grosse clé de son manteau, déverrouilla la porte mais ne prit même pas la peine d'ouvrir.

Lorsque Rhun avança d'un pas, son équilibre le trahit. Erin le rattrapa par le bras.

Jordan poussa le battant en lançant aux vigiles :

— Vous devriez améliorer votre sens de l'hospitalité. Croyez-moi, l'avis que je vais vous laisser sur TripAdvisor sera cinglant.

Les trois aventuriers pénétrèrent dans un somptueux vestibule garni de meubles cossus et de lourdes tentures en soie. Plus loin, un passage conduisait vers des chambres, un petit salon et un cabinet de toilette. L'endroit n'était éclairé que par la faible lueur d'une bougie qui filtrait sous la porte du fond. Rhun entendit une voix étouffée s'élever de là-bas. Les mots étaient trop inaudibles pour être compris, mais l'accent demeurait reconnaissable entre mille.

Bernard.

Quelqu'un se trouvait-il avec lui ? Selon Patrick, le père Gregory – son secrétaire personnel – allait et venait à toute heure du jour et de la nuit. Sans doute effectuait-il des courses pour le compte du cardinal, qui tâchait de maintenir sa position et de contrôler les rouages que son péché avait mis en branle.

Jordan aussi distingua la voix du prélat. Il traversa le vestibule à grandes enjambées et balaya les lieux du regard.

— Tu parles d'une jolie cage dorée, marmonna-t-il, amer.

Rhun lui emboîta le pas.

De peur qu'il ne trébuche, Erin resta à ses côtés, mais le prêtre l'invita à avancer.

Premier arrivé sur place, Jordan frappa discrètement. En l'absence de réponse, il poussa la porte. Erin, qui mourait d'envie d'interroger Bernard, s'empressa de le talonner.

Rhun les rejoignit. Il avait lui-même une foule de questions à poser au cardinal sur ses mensonges et ses demi-vérités, en particulier au sujet de son vieil ami, le croisé Hugues de Payns.

Dès le seuil, il découvrit le fouillis indescriptible qui encombrait le bureau provisoire de Bernard, les taches de cire fondue sur le plateau, les épais rideaux de soie scrupuleusement déployés devant les fenêtres.

Quelque chose ne va...

La porte claqua derrière lui.

Il se retourna trop lentement pour contrer le puissant coup d'épaule qui le projeta au sol. Une douleur vive le transperça lorsqu'il atterrit sur son flanc gauche. Non seulement son moignon en fut meurtri, mais le choc rétrécit aussi considérablement son champ de vision.

Une silhouette passa devant lui au galop et frappa Jordan à la tempe avec le buste d'une statue. Au moment où il s'effondrait, Erin fut attrapée et propulsée par-dessus le bureau, où elle heurta une fenêtre drapée de tentures et s'écrasa au sol.

Avant que Rhun n'ait pu se rasseoir, une main de fer le saisit à la gorge et le souleva jusqu'à ce que ses orteils effleurent à peine le tapis.

Un gloussement effroyable retentit.

Le cardinal Bernard le fixait d'un air particulièrement mauvais. Les lambeaux de sa soutane rouge couvraient à peine son corps *quasi* dénudé. Ses prunelles marron étincelaient de démence.

— Bienvenue, Chevalier du Christ… Bienvenue à ta perte.

CHAPITRE 26

19 mars, 8 h 02
Castel Gandolfo, Italie

Hébétée par la brutalité de l'attaque, Erin agrippa le rebord du bureau et se releva sans s'inquiéter de sa douleur au flanc. Au cours de son vol plané, son corps avait éteint l'unique bougie de la pièce. L'obscurité n'était donc plus troublée que par un rai de lumière filtrant à travers les volets.

Sa première pensée fut : des *strigoï*.

D'un pas vacillant, la jeune femme s'approcha de la fenêtre et tira sur les lourds rideaux en soie. Quelqu'un les avait noués à l'aide d'une grosse écharpe, de sorte qu'on ne pouvait plus les ouvrir en grand. Elle parvint quand même à les écarter suffisamment pour que la lumière du jour pénètre à nouveau dans la salle.

Lorsqu'elle fit volte-face, elle découvrit un spectacle effarant. Le cardinal Bernard avait empoigné Rhun par la gorge et il le tenait coincé contre une bibliothèque. Entre les lambeaux d'étoffe rouge vif, la peau blanchâtre de son corps presque nu était couverte de dizaines d'égratignures, comme si, de rage, l'éminent ecclésiastique avait lui-même déchiré sa soutane.

Sur le tapis derrière eux gisait une silhouette, inanimée. Un filet de sang suintait de son cuir chevelu.

Jordan...

Rhun sembla reprendre ses esprits. Une lame en argent surgit dans sa main droite et empala le bras du cardinal. Les doigts se desserrèrent autour de son cou. Tandis qu'il s'avachissait contre l'étagère, le prêtre voulut frapper à nouveau son adversaire inattendu... mais il ne réussit qu'à fendre l'air.

Bernard, qui avait bondi au fond de la pièce, décrocha une épée du mur. À en juger par sa vitesse inouïe de réaction, il ne respectait plus le serment des Sanguinistes. Sur le modèle des *strigoï*, sa puissance avait une origine beaucoup plus sombre.

Que s'était-il passé ?

Jordan reprit connaissance. Dans la pénombre, ses prunelles miroitèrent d'un pâle éclat doré.

Avant que le militaire ne soit tout à fait revenu à lui, Bernard se précipita vers Rhun.

Le prêtre esquiva l'assaut mais, maladroit, il bouscula un grand vase chinois. Une chose était sûre : son amputation du bras nuisait sérieusement à sa grâce naturelle.

Prête à défendre ses camarades, Erin sortit une dague d'un étui dissimulé sous son manteau. Hélas, elle n'avait rien d'une combattante émérite. Sa meilleure arme, c'était son cerveau. Bernard se lança de nouveau aux trousses de Korza, mais Jordan l'intercepta et l'envoya percuter un globe terrestre sur pied.

Le prélat se releva d'un bond en grommelant, le

corps pris dans un rayon de lumière. Erin en profita pour chercher une empreinte caractéristique de main noire.

Rien.

Elle ne fut pas surprise.

Comment Légion aurait-il pu asservir Bernard, alors emprisonné au palais ? Toutefois, si le monstre n'était pas responsable de cette corruption, où fallait-il chercher ?

Réfléchis, ma grande...

Jordan rejoignit Rhun et, ensemble, ils affrontèrent la bête enragée qu'était devenu le cardinal.

De son côté, Erin sonda la pièce en quête de l'entité mystérieuse qui tenait l'ecclésiastique à sa merci. Elle contempla le bureau en désordre et n'y remarqua rien d'anormal : des papiers, des livres, un journal relié de cuir... Tandis que son regard contournait le bas du meuble, elle heurta du bout du pied un petit sac par terre. Quelque chose s'en échappa.

Un morceau de verre noir.

Il avait l'air de transpirer les ténèbres. Erin avait déjà vu le même genre d'objet toxique en Égypte. D'ailleurs, le père Korza avait récemment dirigé une équipe chargée de débarrasser les sables du désert d'une pareille source maléfique. Consciente de ce qui avait roulé sur le tapis, elle s'agenouilla.

Une goutte de sang de Lucifer.

Elle attrapa les cordons du sac et ramassa la pierre à l'aide d'un morceau de papier. Une fois debout, elle déposa sa trouvaille sur le bureau, au centre d'une flaque de soleil, puis vida le contenu de la bourse à côté. Le tas de petites larmes sombres parut aspirer la lumière, jusqu'à former des espèces de vides dans le tissu de l'univers. Il n'était pas besoin de les toucher pour sentir leur malignité, leur foncière *immoralité*.

Mais comment réussir à les vaincre ?

A priori, la lumière du jour n'avait aucun impact.

Pourquoi en aurait-il été autrement ?

Des milliers d'années plus tôt, le sang de Lucifer avait fusionné avec le sable égyptien pour créer une plaque d'un verre noir terriblement malfaisant, protégeant ainsi les ténèbres des rayons du soleil. Si deux mille ans de chaleur du désert n'y avaient causé aucun tort, la modeste lumière italienne se révélait être, bien sûr, tout à fait inoffensive.

Mais à supposer que...

Un presse-papiers s'était renversé sur le bureau de Bernard. Le bloc de pierre était sculpté en forme d'ange et, plus important, il était *lourd*.

Erin s'en servit pour frapper de toutes ses forces une goutte noire, qui fut alors réduite en poussière.

De l'autre côté de la pièce, Bernard mugit et siffla.

Donc vous y êtes sensible ?

Elle décida de fracasser les gouttes les unes après les autres. À chaque coup de boutoir, une volute de fumée noire émanait de la poudre cristalline : elle tournoyait sur elle-même, évitait la lumière du jour et, plongeant du haut du bureau, elle disparaissait très vite sous le plancher.

Erin se souvint que, selon Élisabeth, l'essence d'un *strigoï* réagissait de la même manière à la mort de la bête possédée et qu'elle retournait à sa source.

Lucifer.

Dès l'instant où elle écrabouilla le dernier fragment d'obsidienne, le cardinal Bernard laissa échapper encore un halètement et s'écroula par terre.

*

8 h 12

Rhun s'agenouilla au-dessus du corps de Bernard, la lame de son couteau posée sur la gorge du cardinal, prêt à tuer son vieil ami. Jordan, qui avait récupéré l'épée de collection, montait la garde à ses côtés. Alertées par les bruits de lutte, les deux sentinelles encapuchonnées avaient fait irruption dans la pièce, arme au poing.

De peur qu'une autre puissance maléfique ne rôde à proximité, Rhun cria :

— Surveillez bien les portes ! Que personne n'entre sans mon autorisation !

Un bref signe de tête, et les deux hommes reprirent leur poste.

Peu à peu, dans le regard du cardinal, la folie céda la place à un sentiment que Rhun n'y avait jamais lu auparavant.

Le doute.

Bien que toujours vigilant, il baissa son *kerambit*.

Bernard se rassit et, en même temps qu'il rassemblait les lambeaux de sa soutane, il essaya de faire la même chose avec sa dignité. Il finit par poser ses mains tremblantes sur ses genoux.

Erin s'approcha, toujours armée d'une statuette

d'ange. Le pied fendu de l'objet était couvert de poussière noire.

— C'étaient les gouttes de sang de Lucifer.

Korza acquiesça d'un air entendu.

— Je les ai laissées ici à mon retour d'Égypte. Enfermées dans le coffre-fort du cardinal. Tout est de ma faute.

— Non, protesta Bernard. J'ai péché par orgueil, persuadé de pouvoir manipuler leur extrême noirceur sans qu'elle m'affecte.

— Pour commencer, quelle mouche vous a piqué de les tripoter ? s'étonna Jordan.

— J'espérais glaner des informations au sujet de Lucifer. (À Rhun.) Hier soir, quand le père Grégory m'a annoncé que tu rentrais de Prague et que tu voulais m'interroger sur les pierres associées à Lucifer, je me suis souvenu de ce que tu avais rapporté d'Égypte.

— Les éclats de verre, confirma le prêtre.

— J'avais décidé de vous attendre pour les examiner mais, dès que le père Gregory les a sorties du coffre, elles m'ont appelé. Impossible de résister !

Rhun se tourna vers les autres et confirma :

— L'équipe qui m'avait accompagné au Sahara a eu le même souci.

Déboussolé, Bernard se toucha le front.

— J'ignore combien de temps je suis resté sous leur emprise. Elles m'ont mis le grappin dessus mais ne m'ont rien donné en échange.

— Maintenant, vous êtes libre, le rassura Erin. Et, nous, nous avons des questions à vous poser.

— À propos d'Hugues de Payns, acquiesça-t-il

tristement. Le père Gregory m'en a aussi parlé. Vous voulez connaître la vérité au sujet de mon ami.

Peut-être en écho au chagrin visible de leur interlocuteur, qui évoquait une personne chère de son passé, la jeune femme opta pour un ton empli de douceur.

— Hugues n'est donc pas décédé, ainsi que vous le prétendiez, pendant la deuxième croisade ?

— Non, murmura-t-il d'une voix à peine audible.

Elle lui offrit son bras et l'aida à se relever.

— Jordan, va chercher une couverture.

Tout en prenant soin d'éviter les tessons de vase par terre, Rhun conduisit Bernard jusqu'aux fauteuils orientés vers la cheminée. Jordan revint d'une chambre voisine avec un plaid en laine. Dès qu'il se fut enveloppé dedans, Bernard poussa un soupir de gratitude et récupéra progressivement un peu de dignité. Il ressemblait de nouveau à l'homme que Rhun côtoyait depuis des siècles.

Erin s'assit en face de lui.

— Racontez-nous ce qui est arrivé en réalité.

D'un air toujours absent, le cardinal contempla l'âtre froid et se laissa entraîner dans le passé.

— Hugues m'a pris sous son aile à l'époque où je n'étais plus qu'une bête sauvage. Il a prié pour moi quand j'étais perdu.

Rhun ne connaissait pas l'histoire.

— Si je comprends bien, c'est lui qui vous a converti, qui vous a amené dans le giron sanguiniste ?

L'intéressé confirma d'un signe de tête.

D'emblée, Korza comprit la portée d'un acte aussi essentiel, la manière dont il avait créé un lien indéfectible entre les deux hommes. En fait, c'était Bernard qui l'avait mené lui-même sur le chemin sacré, devenant son mentor et ami, et, malgré les agissements récents du cardinal, le prêtre lui en serait toujours reconnaissant. Bernard et Hugues de Payns devaient certainement entretenir une relation aussi forte.

— Avant qu'il ne me sauve, j'étais un fauve égaré, reprit le prélat. Ensemble, nous avons incité beaucoup de gens à rejoindre notre cause. Beaucoup. Nous avons fondé l'ordre du Temple. Nous étions de véritables bienfaiteurs.

— Neuf chevaliers liés par le sang, conclut Erin à mi-voix. Un ordre sanguiniste de moines guerriers.

— À quoi ces Templiers sanguinistes servaient-ils au juste ? demanda Jordan.

Bernard se redressa avec fierté.

— Nous constituions une chevalerie au sein de la chevalerie, capable de mener un double combat, à la fois contre des adversaires en chair et en os et contre des esprits maléfiques. Autant que notre cotte de mailles, notre foi était notre armure. Nous ne craignions ni les humains ni les démons.

— Vous êtes donc bien Bernard de Clairvaux ?

— Absolument, Erin. Ensemble, Hugues et moi avons accompli une longue série d'exploits. Nous avons rassemblé sous une seule bannière la masse des Templiers dispersés. Nous leur avons donné une unité et une détermination.

Bernard contempla son auditoire.

— Hugues était un leader d'exception. Charismatique, bienveillant, compréhensif. Les mortels comme les Sanguinistes se rangeaient tous derrière lui, prêts à donner leur vie sur une simple instruction de sa part.

Au fil du temps, hélas, le fardeau est devenu beaucoup trop lourd.

— Je connais ce genre de type, attesta Jordan. Les qualités qui font d'un militaire un bon chef – par exemple, l'empathie – rendent parfois plus sensible à l'épuisement au combat, aux troubles de stress post-traumatique.

— Qu'est-il arrivé à Hugues ? s'enquit Erin.

Bernard poussa un bruyant soupir.

— Il a délaissé les Templiers après la deuxième croisade. En fait, il est parti définitivement de notre Ordre.

— Il a quitté le rang ? bredouilla Rhun, sidéré.

Les Sanguinistes ne *quittaient* pas le rang. Soit ils étaient tués au cours d'une mission sacrée, soit ils reniaient leurs vœux et, redevenus impies, ils devaient être pourchassés et massacrés. L'unique Sanguiniste à avoir échappé au destin habituel, c'était Raspoutine, qui avait fondé sa propre version biscornue de l'Ordre au sein de l'Église orthodoxe russe, solidement retranché à Saint-Pétersbourg et, donc, hors d'atteinte de ses anciens camarades.

Apparemment, il y en avait eu un autre.

— Où est-il allé ?

Bernard contempla ses mains.

— Il a commencé par voyager aux quatre coins du monde, seul, à la fois ermite et nomade. Ensuite, il s'est installé au fin fond de la montagne française, dans un ermitage qu'il avait lui-même créé. Là-bas, il a trouvé une certaine forme de paix, après avoir découvert la grâce dans les endroits les plus sauvages du globe.

— Qu'insinuez-vous ? lança Rhun. Qu'il s'est retransformé en *strigoï* ?

Bernard démentit d'un mouvement de tête.

— Alors, comment a-t-il survécu en dehors de la protection de l'Église ?

— Il a réussi, répondit le cardinal sur un ton évasif.

Ce fut Erin qui réussit à clarifier certains éléments de l'histoire :

— Voilà pourquoi vous avez fait circuler la rumeur mensongère de son décès, je me trompe ? Hugues de Payns a abandonné l'Ordre, pourtant il n'est pas retourné à son ancienne vie de sauvage. Indépendamment de l'Église, il a tracé son propre chemin vers la grâce.

Les yeux ronds, Rhun était incapable d'accepter une telle théorie. Pour lui, il n'existait pas d'autre chemin vers la grâce que l'humble service de l'Église. Depuis l'époque de Lazare, tous ses condisciples et lui avaient appris la même vérité.

— Personne ne devait être au courant, précisa Bernard, car d'autres Sanguinistes auraient pu souhaiter quitter l'Ordre. Je lui ai donc inventé une mort noble, une existence de fidèle ministre de l'Église. Toutefois, cela n'explique qu'à moitié mon imposture.

— Quelle est l'autre moitié ? le pressa Erin.

— Quand Hugues a évoqué son intention de quitter l'Ordre, j'ai compris qu'ils chercheraient à le tuer. Pour le sauver, j'ai donc échafaudé cette histoire.

Bernard leva les yeux vers le père Korza, comme s'il cherchait l'absolution.

— J'ai menti à l'Ordre. J'ai menti à l'Église. Seulement, ils l'auraient traqué comme un animal… et ce n'était pas un animal. C'était mon ami.

Affaibli autant par ses graves blessures que par l'ampleur des révélations, Rhun s'écroula dans un fauteuil.

Hugues de Payns a trouvé la grâce en dehors de l'Église.

Le prêtre avait le cerveau en ébullition. Il avait rejoint les Sanguinistes, persuadé que c'était le seul moyen de vivre avec sa malédiction. Le choix qu'on lui avait offert plusieurs siècles auparavant était simple : mourir en tant que *strigoï* ou endosser l'habit religieux pour aider à protéger les autres. À l'époque, Rhun était déjà engagé sur la voie de la prêtrise. Jeune séminariste, il n'avait donc eu aucun mal à prendre sa décision : il avait accepté de servir. À ses yeux, c'était l'unique solution.

Lorsque Raspoutine avait quitté les rangs de l'Église et qu'il s'était constitué une armée de fidèles assez puissante pour le prémunir de la justice religieuse, la foi de Rhun n'avait pas vacillé. Le Russe vivant de cruauté et de tromperie, il avait refusé de suivre son exemple. En revanche, il était à présent effrayé et furieux d'apprendre qu'il existait peut-être une autre route.

Il se tourna vers le soleil qui entrait par les fenêtres.

Ma vie entière n'est-elle qu'un vaste mensonge ?

*

8 h 25

Erin vit Korza s'avachir dans son fauteuil, la mine désemparée. Les dernières heures avaient été particulièrement éprouvantes. Il avait failli mourir, il avait perdu son bras. Pourtant, elle subodora que la révélation de Bernard était une blessure encore plus profonde, qui mettrait du temps à cicatriser, si tant est qu'il s'en remette un jour. On voyait presque sa foi fondamentale en l'Église s'effriter sous ses pieds.

Consciente que, pour l'heure, il y avait des problèmes plus urgents à régler, la jeune femme lança à Bernard :

— Hugues est-il encore en vie ?

— Oui.

Rhun fixa le cardinal qui, lui, refusa de croiser son regard.

— Il habite toujours son ermitage au fond des montagnes.

— Détenez-vous la moindre information sur les pierres ? enchaîna Erin qui, d'un geste, invita Jordan à sortir ses morceaux de diamant vert. Hugues a donné celle-ci à John Dee, et peut-être deux autres du même genre.

— Je ne sais rien du tout. Voilà pourquoi j'ai eu l'idée de manipuler ces larmes maudites.

Le sergent Stone rangea le diamant dans sa poche.

— Il faut donc chercher le renseignement à sa source. Rendre visite à ce vieux type si on veut décrocher des réponses.

Exactement.

— Dites-nous comment le trouver, reprit Erin.

Bernard leva une main, qu'il laissa retomber sur son genou en signe de défaite.

— Ce n'est pas si simple. On ne *sollicite* pas une audience avec Hugues de Payns. D'une, il ne s'intéresse pas aux problèmes de notre bas monde et, de deux, sa tanière est bien gardée.

— *Gardée ?* s'étonna Jordan. De quelle manière ?

— Comprenez bien que ce qui a fait de Payns un chef aussi exceptionnel, c'est sa capacité à lire dans le cœur des autres, à les connaître souvent mieux qu'ils ne se connaissaient eux-mêmes. Et je ne parle pas que du cœur des humains. De par ses affinités profondes avec toutes les créatures du Seigneur, il est devenu un grand admirateur de saint François d'Assise.

— Saint patron de la nature et des animaux, précisa Erin.

Parmi les légendes associées au personnage de François, on racontait que les oiseaux se posaient sur son épaule pour écouter ses sermons. Il avait même la réputation d'avoir apprivoisé un loup qui, jusque-là, terrorisait tout un village. Il paraissait donc logique qu'Hugues porte aux nues cette figure célébrissime du christianisme.

Le regard baissé, Bernard esquissa un sourire nostalgique, preuve qu'il aimait sincèrement son mentor.

— On disait, pour plaisanter, qu'Hugues était capable de parler aux animaux. À l'époque des croisades, les chevaux de bataille le suivaient comme des toutous. Ils auraient fait n'importe quoi pour lui : se jeter dans les combats les plus féroces, voire dans les flammes s'il leur en avait donné l'ordre. Je pense… Je pense que leur sang lui salissait les mains davantage que le sang des hommes qui périssaient en son nom. Dans l'esprit d'Hugues, il s'agissait d'êtres innocents, massacrés à cause de leur loyauté envers lui. Avec le temps, le fardeau est devenu trop pesant.

Erin, qui n'avait pas oublié la mort de ses anciens étudiants en Égypte, le comprenait parfaitement.

— À la fin, Hugues ne pouvait même plus se résoudre à tuer les *blasphemare*.

— Je croyais que vous deviez liquider toutes ces créatures maudites, objecta Jordan. Que vous aviez l'ordre de tirer à vue.

— En effet, confirma Rhun. Ce sont des bêtes corrompues et, contrairement aux *strigoï*, il est impossible de les ramener sur le droit chemin. Pour mettre un terme à leurs souffrances, nous devons les détruire.

— Vous êtes sûr ? demanda Erin, désormais lucide sur le fait qu'un grand nombre de règles gravées dans la pierre étaient erronées. Pourquoi n'existerait-il pas d'autres voies de salut pour ces pauvres animaux ? Voire pour les *strigoï* en personne ?

— Hugues aurait été d'accord avec vous, reprit Bernard. À mon avis, cela expliquerait pourquoi les *blasphemare* sont attirés vers son ermitage. Ils débarquent de partout, esseulés, séparés de leur créateur de sang, et ils recherchent ardemment sa protection rassurante.

— Pardon ? balbutia Rhun, horrifié.

— Je ne parle pas que d'animaux pervertis mais de *strigoï* aussi.

Son camarade se leva d'un bond.

— Et vous nous l'avez caché à tous ?

— Laissez-moi deviner ! s'exclama Jordan. Quand vous dites que sa résidence est *« bien gardée »*, c'est à eux que vous faites allusion. En réalité, il est défendu par une armée fidèle de *strigoï* et de *blasphemare*.

Le cardinal baissa la tête d'un air approbateur.

— Génial, marmonna l'Américain.

— Si je vous en informe, c'est aussi parce que la situation vous offre un moyen de l'atteindre. (À Rhun.) Tu as toi-même apporté la *« clé »* qui déverrouillera le cœur d'Hugues.

CHAPITRE 27

19 mars, 8 h 55
Castel Gandolfo, Italie

Le cardinal reposa le combiné du téléphone sur son bureau.

— C'est fait, annonça-t-il avant de regagner son fauteuil d'un pas encore hésitant. On va nous apporter la clé.

Jordan chercha des explications du côté de Rhun. Erin vérifiait les pansements du prêtre, car, en raison de leur récente bagarre, la bande de gaze était maculée de sang frais. Un jour, il leur avait raconté que, chez un Sanguiniste, toutes les sensations – y compris la douleur – étaient décuplées. Auquel cas, Jordan ne pouvait qu'imaginer le martyre que le malheureux devait actuellement endurer.

— D'accord, Éminence. Si vous nous en appreniez un peu plus sur la manière dont la résidence d'Hugues de Payns est gardée ? À quoi faut-il nous attendre ?

Bernard se frotta le menton.

— Pour le comprendre, vous devez saisir la philosophie d'Hugues. J'ai longuement discuté avec lui avant qu'il n'abandonne l'Ordre. En ce qui concerne les *blasphemare* – ou les *strigoï*, d'ailleurs –, il pense que ce sont sans exception des créatures divines, dont l'unique péché était de s'être fait voler leur innocence.

— Il a peut-être raison, acquiesça Erin. Elles n'ont pas franchement eu leur mot à dire sur leur corruption. En général, la conversion s'est accomplie contre leur volonté.

— Peu importe. Nous sommes tous nés porteurs du péché originel, crime qui entache notre âme ingénue depuis qu'Adam et Ève ont commis un acte de défi dans le jardin d'Éden. Seul le sacrement du baptême permet de nous laver de cette faute.

La jeune femme resta de marbre.

— À l'époque, je pensais que les arguments d'Hugues étaient d'ordre strictement théorique et, quand il est parti sillonner la planète, je n'ai plus eu de nouvelles de lui. J'ai supposé qu'il était décédé, comme tant d'autres camarades dès lors qu'ils n'étaient plus protégés par l'Église.

— Sauf qu'il a survécu, lâcha Jordan.

— Un jour, j'ai reçu une lettre. Il m'annonçait s'être établi dans les montagnes françaises, où il avait trouvé la paix en prenant soin des nombreuses créatures égarées et brisées de ce monde.

— Y compris les *blasphemare* et les *strigoï* ? lança Erin.

Bernard confirma en silence.

— Je n'en ai parlé à personne. Hugues ne désirait qu'une chose : qu'on le laisse tranquille au cœur de sa montagne, comme saint François d'Assise. Je n'ai accepté sa décision que parce qu'il avait interdit toute mise à mort dans le massif. Même les êtres qu'il avait pris sous son aile n'avaient pas le droit de tuer, à moins d'être provoqués et de devoir défendre l'ermitage.

Jordan se renfrogna.

— À supposer que nous disposions de votre prétendue clé, comment sommes-nous censés franchir l'obstacle ?

— Il faut que vous alliez là-bas, non pas pour faire le siège mais au titre de suppliants. Traduction : vous ne devez en aucun cas *causer de tort* à tout ce qui pourrait se dresser sur votre chemin, qu'importent les pressions subies. Si vous échouez, non seulement Hugues refusera de vous recevoir, mais vous serez sans doute terrassés avant même d'avoir quitté ses pentes boisées.

— Si je comprends bien, vous nous demandez de gravir une montagne infestée de monstres et de tendre l'autre joue s'ils tentent de nous attaquer.

Bernard leva l'index.

— Vous devez aussi apporter un cadeau auquel Hugues ne saura pas résister.

Quoi donc ?

— Dès que vous aurez capté son attention, l'enjeu sera de le convaincre de vous prêter main-forte, de lui prouver que votre mission est des plus louables et qu'elle sert l'intérêt général – pas uniquement celui des Sanguinistes mais de *toutes* les créatures de Dieu.

— Un jeu d'enfant, quoi ! En plus, on n'a qu'une journée pour le persuader de nous aider à sauver le monde.

Bernard parut déconcerté.

Erin expliqua :

— En référence à un tableau que nous avons

découvert dans le laboratoire d'Edward Kelley, nous pensons avoir jusqu'à midi le jour de l'équinoxe de printemps pour empêcher Lucifer de déverrouiller définitivement ses chaînes.

Pendant qu'elle s'attardait sur les détails de l'ultimatum, Jordan vérifia sa montre.

— Il nous reste donc environ vingt-sept heures.

— Il ne s'agit peut-être pas de l'équinoxe de printemps de *cette* année, hasarda Erin. La fresque a été peinte il y a plusieurs siècles. Qui sait au juste ce qui l'a inspirée ?

Hélas, Bernard n'était pas dupe. Jordan non plus, d'ailleurs.

— D'heure en heure, les problèmes empirent aux quatre coins du monde, résuma le cardinal. L'équilibre entre le bien et le mal fléchit du mauvais côté. Même les étoiles sont en train de s'aligner contre nous, preuve que l'équinoxe de demain est bien d'une importance capitale.

— De quel mauvais présage parlez-vous ? s'enquit Erin.

— Vous n'êtes pas au courant ?

— En ce moment, on est plutôt occupés, ironisa Jordan.

— Il va se produire une éclipse solaire… juste partielle.

L'Érudite fronça les sourcils.

— Le soleil représenté sur cette fresque était rouge sang. Peut-être l'artiste essayait-il de figurer une éclipse.

Avant qu'ils n'aient pu étudier la question, on frappa à la porte. Tous les regards se braquèrent vers l'entrée.

Sur le seuil, un garde les interpella d'une voix étrangement nerveuse :

— Père Korza, ce visiteur prétend que vous l'avez sollicité. Que vous vouliez les voir *tous les deux.*

Il s'écarta pour laisser entrer le grassouillet frère Patrick. Rhun se leva et tendit le bras en signe de bienvenue.

Alors, qui d'autre le moine avait-il...

Une boule de poils blancs surgit entre les jambes de l'ecclésiastique et faillit le renverser.

À sa grande surprise, Jordan découvrit un jeune lion, de la taille d'un berger allemand, avec une fourrure de neige, des griffes argentées et des prunelles brun doré.

Quand il vit le félin se précipiter vers eux dans le couloir, il se planta devant Erin pour la protéger, mais l'animal bondit sur Rhun, le plaqua au sol et commença à lui lécher le visage.

Un son inhabituel envahit la pièce.

Le prêtre riait.

Après quoi, le lionceau releva les yeux vers Jordan et courut lui renifler les chevilles. Le petit museau curieux remonta le long de ses mollets jusqu'à ce que le sergent soit obligé de le repousser de son entrejambe.

— Oui, bonjour aussi, lâcha-t-il en se rappelant l'amour qu'Hugues de Payns éprouvait à l'égard des animaux. Laissez-moi deviner, Éminence. Cette bête est notre *« clé »* pour accéder au cœur de votre ami.

Bernard contempla le fauve avec envie.

— Elle est beaucoup plus que cela.

Jordan posa un genou à terre et ébouriffa la crinière naissante d'un animal qui, à l'âge adulte, deviendrait superbe. Le félin réagit en donnant un coup de tête contre son front.

Dès que leurs crânes entrèrent en contact, l'Américain sentit son corps parcouru d'une décharge électrique. La cicatrice en travers de son épaule et de son torse s'enflamma.

C'est quoi, ce délire ?

Face aux prunelles dorées qui le fixaient, il ne put détourner le regard, car il avait l'impression d'être en présence d'une âme sœur, elle aussi touchée par les anges.

Bernard avait raison.

Tu es certainement beaucoup plus qu'il n'y paraît, petit.

Le lion se mit alors à gronder, les babines retroussées sur ses crocs acérés.

*

9 h 04

Étonné que son jeune lion s'en prenne subitement à Jordan, Rhun voulut l'attraper, mais l'animal pivota sur ses talons, détala d'un bond et, toujours en grognant, il rebroussa chemin vers le couloir. Le poil immaculé de son échine était tout hérissé.

— Laissez-le faire ! cria Patrick. Je suis sûr qu'il a flairé une piste !

Le fauve s'engouffra dans la pénombre d'une chambre.

— Je viens d'en rapporter une couverture, objecta le sergent. La pièce est vide.

Au cas où son ami américain se serait trompé, Rhun ramassa son *kerambit* et suivit la bête en pleine traque. Les autres restèrent groupés derrière lui.

— Patrick ! Allez chercher les gardes !

Le lion avança au ras du sol, sa queue fouettant l'air avec colère, et il les conduisit jusqu'à une vieille armoire près du lit. Redevenu calme, il regarda fixement la porte du meuble.

Il y a quelque chose à l'intérieur.

Korza attendit que les sentinelles les aient rejoints, puis il contourna le félin.

Jordan s'approcha par l'autre côté, épée au poing. Il allongea le bras vers la poignée de l'armoire et adressa un regard interrogateur au prêtre.

Lequel acquiesça en silence.

Au moment où Jordan tirait sur la porte, une petite silhouette leur sauta dessus. Elle percuta le militaire de plein fouet et le coinça contre le cadre du lit. D'un coup de couteau, Rhun lui entailla la chair. Manque de chance, la blessure resta superficielle.

Leur agresseur se déplaçait à la vitesse prodigieuse d'un *strigoï*. Rhun aperçut quand même l'éclat blanc d'un col romain. Un Sanguiniste.

Une fois Erin écartée, Bernard empoigna l'épée d'une sentinelle et trancha le cou de leur adversaire. La tête vola jusque dans le corridor, tandis que le corps s'écroulait par terre. Rhun balaya ensuite la pièce du regard afin de s'assurer qu'il n'y avait pas d'autre menace.

— Lumière ! mugit le cardinal. Ouvrez-moi ces rideaux !

Les gardes écartèrent les lourdes soieries des fenêtres du couloir, qui se retrouva baigné de soleil.

Bernard alla retourner la tête décapitée pour découvrir le visage de leur assaillant. Sous le choc, il trébucha en arrière.

— C'est le père… le père Gregory.

Rhun l'entraîna vers son bureau, loin du crâne ensanglanté de son ancien secrétaire personnel. En chemin, il apostropha les sentinelles :

— Fouillez bien le reste de l'appartement. Et le cadavre. Cherchez une éventuelle marque noire sur sa peau.

Le reste du groupe le suivit, même le lionceau.

Les bras serrés contre sa poitrine, Erin resta debout. Décidément, ils n'étaient plus en sécurité nulle part. Ému par son regard étincelant de panique, Korza aurait aimé la réconforter, mais elle avait raison.

Bernard reprit d'une voix chevrotante :

— Est-ce que… Est-ce qu'on pourrait incriminer les gouttes de sang de Lucifer ? Gregory a peut-être été affecté de la même manière que moi. C'est lui qui me les a apportées.

— Non, contesta fermement Erin. Votre secrétaire aurait été délivré du sort quand j'ai détruit les pierres. Comme vous. À mon avis, il est beaucoup plus plausible qu'il vous les ait remises exprès hier soir, sachant que le mal s'emparerait de vous. En fait, c'est une autre source de ténèbres qui le maintenait sous son emprise.

Ils en eurent la confirmation quand un garde revint se présenter à la porte.

— Rien à signaler dans les autres pièces. En revanche, nous avons trouvé une empreinte de main noire au bas du dos du père Gregory.

— Légion, conclut Erin.

— Son esprit maléfique est donc toujours vivant, frémit Rhun.

— Apparemment. (Elle lorgna le couloir.) Et, s'il épiait notre conversation, il en sait maintenant autant que nous.

Jordan rejoignit la jeune femme.

— Il faut donc que nous rencontrions Hugues avant que Légion n'arrive là-bas.

— Vous possédez quand même un avantage sur lui, les rassura le cardinal.

— Lequel ?

— Ce jeune lion est une créature sacrée.

Rhun adressa un regard étonné à Patrick.

— Je n'ai pas divulgué notre secret ! se défendit le moine.

— Il dit la vérité, confirma Bernard, comme si son ami allait encore lui faire confiance. Tu sais, que les choses se déroulent ici ou au Vatican, rien n'échappe aux yeux et aux oreilles de mes fidèles camarades. De plus, un lion hébergé dans une résidence papale ne passe pas inaperçu. Surtout celui-là.

Le prélat posa sa main sur la tête du jeune fauve, mais la bête l'envoya promener.

Preuve manifeste de son excellent jugement.

— C'est une créature d'un genre nouveau, insista-t-il. Voilà pourquoi elle fascinera Hugues de Payns.

Le lion se frotta aux jambes de Rhun en ronronnant. Son sauveur caressa le poil soyeux de sa nuque. Souriante, Erin tendit le bras. L'animal la renifla, puis fourra joyeusement son museau au creux de sa paume.

— Où l'avez-vous trouvé ?

Korza lui résuma l'histoire et termina par :

— Je crois que les flammes angéliques l'ont

épargné dans le ventre de sa mère, puis béni sous sa forme actuelle.

— Si vous avez raison, réfléchit Jordan, il s'agirait du même feu qui m'a guéri, un cadeau de Tommy pour ma part.

Il baissa les yeux vers le félin.

— On est en quelque sorte frères de sang, mon pote.

Rhun les observa tour à tour. En effet, les deux miraculés avaient été bénis par les mêmes fonts baptismaux. Ce n'était peut-être pas une coïncidence qu'ils soient ainsi réunis devant lui. Encouragé par cette potentielle manifestation de la providence, le prêtre reprit espoir.

En même temps, il ne pouvait pas s'empêcher d'être soucieux, car leur adversaire était toujours là, sombre miroir en opposition complète avec la lumière de la pièce. L'ennemi avait réussi à infiltrer le giron de leur Ordre, à l'empoisonner.

À qui pouvaient-ils encore faire confiance ?

Face à Erin et Jordan, Rhun fut convaincu d'une chose.

Je peux au moins avoir toute foi en eux, en leur cœur.

CHAPITRE 28

19 mars, 10 h 01
Prague, République tchèque

Légion sentit que, d'un coup de lame en argent, on avait tranché la volute noire. Au moment où elle flétrit et se rétracta, elle le renvoya à sa conscience personnelle, dans les ténèbres glacées d'une vieille cave à Prague. Les gens qui vivaient aux étages étaient déjà morts, leur pouls à jamais réduit au silence.

Les lèvres entrouvertes, il sentit un nouveau flot de sang couler sur sa langue desséchée et le long de sa gorge brûlée. Le nombre de ses serviteurs avait dégringolé en flèche. Seules restaient les créatures qu'il parvenait encore à dominer malgré le piteux état de son réceptacle. Sa grave plaie au torse s'était déjà refermée. Ses os brisés se ressoudaient et guérissaient. Sa peau noircie par le feu partait en lambeaux, tel un serpent qui muerait pour se débarrasser du passé.

Sauf que Légion, lui, s'y cramponnait au passé. Il le laissait brûler en lui aussi sûrement que les flammes avaient abîmé son corps si frêle.

Cette nuit-là, des griffes et des crocs l'avaient

arraché aux décombres fumants de la maison maléfique pour le traîner au bas de l'escalier. Il connaissait son bienfaiteur qui, à présent, sommeillait près de lui : entre deux halètements sonores, il restait à l'affût, prêt à protéger son maître.

Le loup-garou.

Légion avait ensuite écarté les ombres qui entouraient la maigre flamme de Léopold, simple tison qu'il avait été obligé de ranimer. Si le moine allemand était mort, l'ancrage de Légion ici-bas aurait disparu, le projetant à nouveau vers une noirceur informe. Il entretenait donc la petite flamme avec soin et préservait son réceptacle. Contraint de mobiliser toutes ses réserves et toute sa concentration, il avait dû sacrifier bon nombre de ses branches et, par conséquent, libérer certains informateurs assujettis.

Heureusement, pas tous.

Même si l'arbre affamé avait dépéri, ses racines, elles, avaient survécu.

Et je finirai par repousser, encore plus fort.

Après que le loup l'eut traîné à l'abri, Légion avait contacté les créatures restées sous son joug lors de sa chute et il les avait attirées jusqu'à lui. Elles avaient tout massacré à l'étage, constituant ainsi des stocks de sang frais pour ranimer et revigorer Léopold. En quête d'autres yeux, il avait calculé combien il lui restait d'esclaves à travers le monde et il les avait envoyés dans une même direction.

Tous sauf un.

Légion avait placé sa propre conscience chez un prêtre de l'Ordre. Il l'avait marqué de son empreinte avant son départ de Rome. C'était le premier Sanguiniste asservi à l'ombre des murs du Vatican qui lui avait parlé du personnage, et il n'avait eu aucun mal à le berner pour qu'il sorte au grand jour, exploitant la confiance innocente de la victime dans le camarade qui l'avait pourtant mené à sa perte.

Le prêtre avait hurlé de toutes ses forces lorsqu'il avait aperçu Légion mais, en fin de compte, il s'était retrouvé plaqué au sol, dépouillé de sa soutane, et le monstre avait collé sa paume sur le bas de son dos afin d'y apposer une marque discrète.

Par le biais de ces mêmes yeux et de ces mêmes oreilles, il avait pu espionner ses ennemis, apprendre ce qu'ils savaient.

Ce que je sais maintenant...

À Prague, il n'avait pas réussi à les corrompre avec le sang de l'ange noir, mais il connaissait leur prochaine destination.

Ma prochaine destination...

Pour retrouver les pierres.

Il avait besoin des trois gemmes pour démultiplier leur puissance et fabriquer ainsi la clé qui verrouillait les chaînes de Lucifer. Après quoi, il précipiterait l'humanité dans un abîme de flammes dévastatrices.

Sa main effleura le loup près de lui. Sous la corruption, il lut la nature sauvage de l'animal et lui fit une promesse.

Je vais te rendre le paradis – et à moi aussi.

Ton nouveau roi des ténèbres.

CINQUIÈME PARTIE

Le loup habitera avec l'agneau, et la panthère se couchera avec le chevreau ; le veau, le lionceau et le bétail qu'on engraisse seront ensemble, et un petit enfant les conduira.
La vache et l'ourse auront un même pâturage, leurs petits un même gîte ; et le lion, comme le bœuf, mangera de la paille.
Le nourrisson s'ébattra sur l'antre de la vipère, et l'enfant sevré mettra sa main dans la caverne du basilic.
Il ne se fera ni tort ni dommage sur toute ma montagne sainte ; car la terre sera remplie de la connaissance de l'Éternel, comme le fond de la mer par les eaux qui le couvrent.

ESAÏE, XI, 6-9

CHAPITRE 29

19 mars, 14 h 14
Pyrénées, France

Tandis que le vrombissement de l'hélicoptère s'atténuait derrière lui, Jordan contempla la vaste prairie en inspirant à pleins poumons une brise imprégnée d'effluves de pin qui balayait la montagne. Le sommet de granit était encore enneigé alors que, plus bas, les pentes étaient couvertes d'une belle forêt verdoyante qui, au soleil printanier de l'après-midi, se parait de splendides reflets émeraude.

— Cinglé ou pas, conclut Jordan, il faut reconnaître que ce mec a choisi un superbe coin de terre divine pour y élire domicile.

Erin foula le tapis d'herbe et de trèfle d'un pas raide. Sa chute à travers le toit de la Maison Faust ayant laissé des traces, elle avait besoin de temps pour se rétablir – du temps qui leur faisait cruellement défaut. Jordan leva la tête vers le soleil, conscient qu'ils espéraient tous avoir quitté les lieux avant la tombée de la nuit.

D'un coup d'œil par-dessus son épaule, il observa ses compagnons de route. Ils n'avaient guère l'air plus en forme qu'Erin : Rhun l'amputé se déplaçait avec difficulté, Sophia avait reçu une estafilade au visage et Christian cachait ses pansements sous ses manches longues.

Le dernier membre du groupe semblait être le plus vaillant des Sanguinistes. Élisabeth avait troqué son habit de religieuse contre de solides chaussures de marche, un pantalon et un manteau de cuir noir, de façon qu'on aurait aisément pu la prendre pour une randonneuse, prête à gravir la montagne. Si elle était du voyage, c'était en raison de son histoire passée avec Hugues de Payns. Ils devaient absolument mettre toutes les chances de leur côté.

Y compris emmener la mascotte de l'équipe.

Libéré de sa caisse installée à l'arrière de l'hélicoptère, le lion gambadait dans le pré en suivant la piste d'un papillon bleu. Jordan surprit le sourire attendri de Rhun face à l'insouciance naturelle du jeune fauve. Détendu comme jamais, le prêtre paraissait oublier le stress et l'anxiété qui l'avaient hanté durant le trajet.

Une fois l'appareil mis en sécurité, Christian les rejoignit.

— On ne peut pas aller plus loin. Selon Bernard, Hugues de Payns n'autorise aucun véhicule moderne au-delà de cette limite.

De quoi leur rappeler sobrement qu'ils s'aventuraient en territoire ennemi.

Il avait été convenu que Christian resterait auprès de son hélicoptère, d'une part pour empêcher quiconque d'y toucher, d'autre part pour permettre une évacuation rapide si nécessaire.

Sa main en pare-soleil, Erin admira l'étincelant sommet immaculé.

— Quelle direction prendre maintenant ?

Rhun sortit une carte topographique, autour de laquelle tout le monde s'agglutina. Il tapota un point, assez haut dans la montagne, où une rivière coulait depuis la limite des neiges éternelles jusqu'à un ensemble de bassins et de cascades.

— Nous ignorons l'emplacement exact de l'ermitage, mais Bernard pense qu'il se situe quelque part par là. Allons-y et croisons les doigts.

— Je parie que ce Monsieur de Payns est déjà au courant de notre visite, fit remarquer Élisabeth. Notre arrivée en hélicoptère n'a pas été des plus discrètes.

— Voilà pourquoi on s'en tiendra à la devise des scouts, répliqua Jordan. *« Toujours prêts. »*

À tout et n'importe quoi.

Il remonta la bandoulière de son pistolet-mitrailleur MP7 Heckler & Koch sur son épaule. Il portait aussi, rangé dans un étui, un Colt 1911 chargé de balles en argent et, sanglée à la cheville, une dague également plaquée d'argent.

Même si l'avertissement de Bernard – *ne tuez rien ni personne* – lui tenait à cœur, il refusait que le fait de *« tendre l'autre joue »* soit son unique option de combat.

Ses camarades étaient eux aussi armés jusqu'aux dents. Erin avait son propre Colt 1911. Quant aux Sanguinistes, ils avaient dissimulé toutes sortes de couteaux sur eux.

— Allons-y, annonça Jordan. Avant de gaspiller trop de lumière du jour.

Sous la houlette enthousiaste de leur mascotte, ils se dirigèrent de concert vers la limite forestière. Lorsqu'ils s'engagèrent dans la pénombre des arbres, ils furent accueillis par des gazouillis d'oiseaux. Au bout de quelques mètres, les hêtres devinrent si imposants que le groupe devait parfois louvoyer entre leurs troncs grisâtres.

À n'en pas douter, il s'agissait d'une forêt ancienne, demeurée intacte depuis des siècles.

Hugues avait résolument protégé ses terres de toute intrusion dévastatrice.

À mesure que la canopée s'élevait et que les ombres s'épaississaient, les explorateurs ne purent s'empêcher de s'imaginer en pleine forêt vierge. En fait, ils avaient l'impression de traverser une cathédrale naturelle.

Où il aurait été très facile de se perdre.

Le lion frotta son menton contre plusieurs troncs d'arbres, comme s'il déposait des repères olfactifs à intervalles réguliers pour mieux retrouver son chemin. Sinon, à le voir courir dans les feuilles et sauter entre les fourrés, on aurait dit un vrai chaton. Lorsqu'une chouette hulula au-dessus de leurs têtes, il fit toutefois un bond de trente centimètres et atterrit bruyamment sur un matelas de feuilles mortes et de brindilles sèches.

Lui non plus n'était pas tranquille.

À moins qu'il ne soit juste très sensible à notre anxiété.

Ils marchèrent pendant près de deux kilomètres, enjambant des rondins et serpentant entre les hêtres ou de rares pins argentés, sans jamais parcourir beaucoup de chemin en ligne droite. À ce rythme-là, ils devraient avoir atteint leur destination sur la carte dans un délai approximatif d'une heure.

Au bout de dix minutes encore, Jordan identifia les vieilles traces d'un cerf.

Je parie qu'on va arriver plus tôt que prévu.

— Par ici, chuchota-t-il.

Il hésitait à parler haut, moins parce qu'il craignait d'alerter l'ennemi que parce que la forêt lui inspirait un étrange respect.

D'un pas plus pressé, le groupe s'engagea sur la piste.

Soudain, à gauche, une branche claqua aussi fort qu'un coup de feu.

Le sergent poussa Erin derrière lui et pivota vers le bruit. Les Sanguinistes se postèrent de chaque côté, tandis que le lion se mettait à feuler entre les jambes de Rhun.

Dix mètres plus loin, un énorme chien hirsute surgit en travers du chemin et se planta devant eux. D'un aspect ombreux, *quasi* irréel, son pelage noir lui servait d'excellente tenue de camouflage en forêt.

Seules ses prunelles luisaient d'un curieux éclat rougeâtre.

Un *blasphemare*.

Au garrot, la bête dépassait la hauteur de hanche de Jordan. Lorsqu'elle baissa la tête et plaqua ses oreilles en arrière, elle laissa apparaître un long cou puissant, un corps musclé. On aurait dit plus un ours qu'un chien.

Un ours bien nourri.

Même sa fourrure paraissait lustrée.

Ce n'était pas un animal errant.

Malgré sa taille effrayante et son poil d'ébène, Jordan reconnut un patou des Pyrénées. Ce chien de berger était, en général, très doux, mais il protégeait aussi farouchement son maître et son territoire.

D'autres silhouettes s'approchèrent de chaque côté du sentier.

L'Américain en compta quatre de plus.

Une meute, donc.

La priorité était de mettre Erin à l'abri.

Il se pencha lentement, entrelaça ses doigts et offrit de lui faire la courte échelle.

— Grimpe vite dans l'arbre.

Pas question de jouer les fiers-à-bras ! La jeune femme posa sa botte sur la main de Jordan et poussa sur ses cuisses en même temps qu'il la propulsait vers le dais de feuillage. Elle attrapa la branche d'un gros hêtre et se hissa encore plus haut.

Son petit ami, lui, ne quittait pas les chiens du regard.

La meute s'agita mais resta en place.

Tandis qu'il épaulait son pistolet-mitrailleur, les lames en argent des Sanguinistes étincelèrent dans la pénombre mouchetée.

Après de longues secondes de tension, les *blasphemare* avancèrent à l'unisson, comme s'ils obéissaient à un coup de sifflet silencieux. Le premier chien se dirigea vers Jordan. Les autres se dispersèrent pour rejoindre les Sanguinistes.

— Attention, nous ne devons ni les blesser ni les tuer.

— Promis, Rhun, le premier à mordre, ce ne sera

pas moi, marmonna Jordan, son arme pointée vers la bête hargneuse.

Loin d'être impressionné par la menace, le chef de meute continua d'approcher en grondant, l'haleine fétide, les babines retroussées de colère.

Le doigt du sergent Stone se crispa sur la détente.

Il fallait faire un choix.

Tue-le, blesse-le ou fais la paix avec lui.

L'homme se souvint de sa formation à l'armée.

Un ordre est un ordre.

Le cœur battant, il tendit sa main vers l'animal.

— Sois tranquille, murmura-t-il. Je ne te veux aucun mal.

Un frémissement de muscles, le monstre bondit et lui attrapa les doigts.

Jordan parvint à ôter son bras. Il saignait beaucoup.

Au moins, j'ai conservé toutes mes phalanges.

Il guetta la réaction de son agresseur. Son sang était peut-être toxique pour le chien, comme il l'avait été pour le *strigoï* qui les avait attaqués dans les tunnels souterrains de Prague. Hélas, la créature se pourlécha calmement les mâchoires.

Pas de chance cette fois.

Elle lui sauta de nouveau à la gorge.

Jordan se laissa tomber sur le dos, déplia les jambes et, d'un bon coup de pied à l'estomac, il envoya le *blasphemare* voler par-dessus sa tête. Le temps que son adversaire atterrisse et se retourne, le sergent s'était relevé, prêt à poursuivre l'affrontement.

La bave aux lèvres, le chien trottina lentement autour de lui. Sur l'épais matelas de feuilles mortes, ses pas n'émettaient aucun bruit.

Jordan empoigna la crosse de son pistolet-mitrailleur… puis lâcha encore son arme.

Je ne peux pas l'abattre.

— Bon chien, lança-t-il en tentant une nouvelle approche, les mains tendues devant lui, toujours aussi inoffensif.

Du coin de l'œil, il remarqua que les Sanguinistes aussi repoussaient les assauts par différents moyens de défense non mortels, qui se résumaient surtout à courir et à esquiver.

Combien de temps le manège pourrait-il encore durer ?

Comme s'il avait compris que sa proie était distraite, le chien de berger se rua vers elle et la plaqua au sol. Jordan réussit à se protéger la gorge, mais des crocs se plantèrent dans la chair de son avant-bras. Il roula sur le côté et sortit la dague de son étui de cheville.

Il avait trop subi au nom de la paix.

Le chien grogna et le mordit jusqu'à l'os. Ses prunelles rougeâtres le fixèrent. Jordan n'y décela pourtant ni rage ni méchanceté, uniquement une détermination féroce.

Les mots de Bernard résonnèrent à ses oreilles : *« Ne causez aucun tort à ce que vous pourrez trouver dans ses montagnes. »*

Leur mission était d'obtenir coûte que coûte l'aide d'Hugues. En comparaison, tout ce qui risquait d'arriver à Jordan importait peu. Il laissa tomber son couteau.

Derrière les oreilles du monstre, il vit qu'Erin était allongée sur sa branche, les yeux écarquillés d'épouvante, son pistolet braqué sur l'animal.

— Ne tire pas ! cria-t-il d'une voix éraillée par la douleur.

Pour être certain qu'elle obéisse, il roula sur le flanc et se retrouva ainsi par-dessus le chien, à faire écran de son corps. Si le *blasphemare* mourait, leur mission serait un échec.

Sauf que personne n'avait informé son ennemi poilu de son stratagème.

L'animal lui lâcha enfin le bras et fit claquer ses mâchoires en direction de son visage. Jordan renversa la tête en arrière.

Mauvais réflexe.

Des crocs jaunâtres se refermèrent sur la gorge vulnérable du sergent.

*

15 h 18

Erin hurla quand le chien remua la gueule tout en continuant de mordre sa proie avec ardeur. Le sang qui jaillissait du gosier de Jordan coulait le long de son museau et jusqu'à terre.

Pistolet au poing, la jeune femme craignait toujours de presser la détente, de peur de blesser son petit ami par erreur.

D'un regard affolé à la ronde, elle s'aperçut que les trois Sanguinistes avaient déjà leurs propres problèmes à régler. Chacun d'eux se trouvait aux prises avec un chien et il n'y avait personne pour voler au secours de son amoureux.

Au pied de l'arbre, le *blasphemare* se redressa en grondant et secoua sa victime comme une vulgaire poupée de chiffon. Jordan ne bougeait plus, la tête pendante entre les mâchoires de la bête. À présent qu'elle disposait d'un meilleur angle de vue, Erin pointa le canon de son arme. Elle se rappela alors la mise en garde du militaire.

Ne tire pas !

Au diable Hugues de Payns et ses saletés de règles !

Tout à coup, un éclair blanc surgit de l'obscurité, percuta l'énorme chien sur le flanc et l'obligea à lâcher Jordan.

Le lion de Rhun.

L'ombre et la lumière s'affrontèrent en corps à corps, puis le chien se dégagea de l'enchevêtrement de pattes et se planta devant le fauve avec hargne. Face à ce dernier, le lion paraissait minuscule, mais il n'hésita pas à feuler et à lever sa patte hérissée de griffes argentées.

Guère impressionné, le *blasphemare* avança d'un pas raide. C'est alors que le lionceau attaqua, aussi vif qu'un cobra, et lui lacéra la gueule. Le chef de meute glapit de douleur et recula. Du sang noir suintait de ses quatre méchantes éraflures au museau.

Le jeune félin se posta ensuite devant le corps de Jordan. Le poil dressé, il poussait des grognements sourds. Manifestement prêt à en découdre, il leva encore une patte menaçante.

Le chien fit volte-face en gémissant et s'enfuit dans la forêt enténébrée. Sur son exemple, ses congénères cessèrent le combat et disparurent à leur tour.

Erin s'empressa de descendre de son arbre et atterrit à genoux près de Jordan. Le lionceau, *a priori* aussi effrayé, fourra son museau contre le visage du blessé. Un bref éclair jaillit entre eux. On aurait dit une décharge d'électricité statique dans une pièce sombre, sauf que sa lumière était franchement dorée, preuve que ces deux-là possédaient bien la même nature angélique.

Allez, Jordan, tu peux guérir.

Elle lui essuya le cou d'un revers de manche. De son côté, le fauve lui lécha les joues et le front. Déjà les saignements s'étaient arrêtés. Sous le regard ébahi de la jeune femme, les chairs déchiquetées commencèrent à se ressouder. Les volutes rouge vif qui avaient poussé depuis le tatouage de Jordan et qui lui enserraient le cou s'épaissirent afin de réparer les dégâts.

Elle lui effleura la joue. Il était brûlant. Personne n'était capable de survivre longtemps à une telle fièvre de cheval.

— Jordan.

Il rouvrit les yeux, aussi bleus qu'une trouée de ciel entre les nuages noirs.

Ses prunelles, Erin les connaissait par cœur : l'anneau extérieur rappelait la teinte indigo des jeans, mais le reste de l'iris, beaucoup plus pâle, était sillonné de lignes claires, un peu comme de minuscules rivières. Ces yeux-là avaient ri avec elle, pleuré avec elle et ils lui avaient promis un avenir ensemble. Or, sur le moment, ils parurent dévisager une parfaite inconnue.

— Jordan ?

Il gémit et se rassit en caressant le lion d'un air absent. Son autre main se porta vers son cou. Derrière les ultimes traces de sang, le tatouage faisait penser à une vigne en train d'étrangler un arbre. Sous la manche déchirée, les plaies aussi s'étaient refermées et une ligne écarlate se déployait lentement en arabesque sur le dos de sa main.

Erin voulut prendre cette main-là, mais il préféra s'éloigner d'elle et se leva.

Rhun se précipita à leur rencontre.

— Jordan va bien ?

L'Américaine ne sut que répondre.

Élisabeth et Sophia les rejoignirent. Les Sanguinistes avaient certes été malmenés, mais aucun n'avait été aussi grièvement blessé que Jordan. Les autres chiens avaient peut-être préféré s'amuser avec eux au lieu de leur déchiqueter la gorge.

Tout en lissant les lambeaux de sa veste, Báthory scruta la forêt d'un air dubitatif.

— Pourquoi ces bêtes ont-elles renoncé au combat ?

Sans quitter Jordan du regard, Erin souffla :

— Le lion... je crois qu'il leur a fichu la trouille.

Rhun caressa la tête de son jeune protégé en murmurant quelques paroles de remerciement.

De son côté, Erin empoigna Jordan par les épaules pour l'obliger à la regarder en face.

— Ça va ?

Il baissa les yeux vers elle, cligna plusieurs fois des paupières et hocha la tête. Enfin, il la voyait. Vaguement perplexe, il s'effleura la gorge.

— Oui, ça va.

Elle le serra fort contre elle.

Il mit quelques secondes à réagir, puis ses bras l'enlacèrent à son tour.

— Je vais même beaucoup mieux maintenant.

Blottie contre son torse, la jeune femme sourit mais réprima aussi un sanglot.

Élisabeth épousseta avec impatience les feuilles mortes accrochées à ses vêtements.

Erin s'écarta de son amant. Anxieuse à l'idée qu'il ne se rétablisse pas la fois suivante, elle continua néanmoins de lui tenir la main en tâchant d'oublier la chaleur invraisemblable de sa peau.

Elle caressa aussi les oreilles duveteuses du lion, car elle savait *qui* avait réellement sauvé la vie de son bien-aimé.

— Merci, petit.

Au tréfonds de la forêt, un chien hurla, leur rappelant illico que tout danger n'avait pas disparu. Loin de là.

— Il faut y aller, annonça Jordan. Au cas où ces bêtes rentreraient au bercail, nous pourrions ainsi les pister jusqu'à Hugues de Payns.

— Il a raison, approuva Rhun. Si ce sont des émissaires de l'ermite, on nous les a peut-être envoyés pour nous conduire à lui.

— À moins qu'il ne s'agisse de simples *blasphemare* sauvages venus nous tuer, lâcha Erin avec amertume.

En l'absence d'un meilleur plan, ils suivirent quand même le père Korza. Les yeux rivés sur le sol, le prêtre cherchait des empreintes dans la terre humide ou repérait les brindilles cassées. De temps en temps, il relevait aussi le nez, à l'affût de la meute maudite.

— En tout cas, on a notre propre chien de chasse, murmura Jordan.

Mais où Rhun nous emmène-t-il ? Quelles nouvelles horreurs peuvent bien rôder dans ces montagnes ?

CHAPITRE 30

19 mars, 15 h 44
Pyrénées, France

Rhun traversa la forêt en essayant d'oublier la douleur lancinante dans son moignon. Il prit aussi la mesure des qualités de ses camarades après l'affrontement, car il savait qu'il aurait besoin de leur appui.

Dorénavant plus que jamais.

Élisabeth, qui ne souffrait que d'une légère plaie à la main, progressait sans problème derrière lui. La vitesse avec laquelle elle avait combattu le *blasphemare* prouvait sa belle faroucherie guerrière. Toutefois, il sentait chez elle une espèce de répugnance à être là, une impatience nerveuse qui n'existait pas jusqu'alors. À l'instar de Jordan, elle s'était renfermée sur elle-même, l'esprit ailleurs. Il avait bien essayé de la questionner dans l'hélicoptère, mais elle l'avait envoyé promener.

De son côté, il avait l'impression qu'il s'était passé quelque chose à Castel Gandolfo, un événement qui la mettait en rogne et la tracassait en même temps.

Elle leur faisait des cachotteries.

Comme nous tous, non ?

Derrière le prêtre, le tapis de feuilles mortes crissait sous le pas lourd d'Erin et de Jordan, incapables d'avancer avec la même aisance que les Sanguinistes. Le pouls du sergent restait sous-tendu par un curieux roulement de tambour militaire mais, quoi qu'il en soit, la mystérieuse entité qui s'était emparée de lui ne semblait pas l'inquiéter outre mesure. Au contraire, elle lui apportait force et sérénité. On ne pouvait pas en dire autant d'Erin, qui le lâchait à peine du regard et évaluait son état de santé à chaque pas, le cœur battant d'effroi.

En queue de peloton, Sophia surveillait leurs arrières. Bien que l'ombre de sa silhouette menue fasse penser à un petit elfe, Rhun n'était pas dupe : il savait que la vivacité de sa camarade n'avait d'égale que sa souplesse et que la Sanguiniste était aussi dangereuse avec ses couteaux que prompte à déchiffrer les faiblesses de l'adversaire. À Prague, elle s'était battue seule contre un loup-garou et en avait réchappé. Ils étaient rares à pouvoir se vanter d'un pareil exploit.

À la gauche de Korza, le lionceau, lui aussi lancé derrière la meute de *blasphemare*, fonçait entre les troncs gris argenté des hêtres. L'atmosphère était imprégnée de l'odeur corrompue des bêtes mais, une fois n'est pas coutume, leurs relents fétides ne le mettaient pas en alerte.

Ces créatures ont un truc à part.

De toute évidence, les recoins sombres de la forêt offraient aux chiens une excellente couverture, ce qui rappela à Rhun qu'autrefois les animaux y vivaient en grand nombre, à l'époque où certains pans de nature ne voyaient jamais la lumière du jour. Depuis l'époque où il était encore mortel, une quantité colossale de lieux était tombée sous les coups de hache ou de charrue de la civilisation. Et des milliers d'êtres vivants, *blasphemare* et créatures naturelles confondus, avaient disparu en même temps que les arbres.

Au fil de l'ascension, la forêt de hêtres laissa place à des pins blancs. Quelque part à gauche, un ruisseau aux effluves de neige fondue et de glace grondait sur les rochers. Le fracas de l'eau s'amplifia jusqu'à leur faire comprendre à tous qu'une grande cascade devait tomber non loin de là.

Enfin, un rayon de soleil filtra à travers le feuillage et les poussa à avancer. Rhun sentit la meute se disperser, puis rebrousser chemin vers des bouquets d'arbres plus épais, leur mission vraisemblablement accomplie.

Ils ne nous ont pas amenés ici par hasard.

Il continua de se diriger vers la lumière. Devant lui, le lion trottinait gaiement, sans crainte de ce qui pouvait les attendre.

Les arbres s'espacèrent peu à peu et une clairière apparut. L'herbe qui ondoyait le long des pentes douces lui donnait l'apparence d'une mer émeraude. De petites fleurs blanches y chatoyaient çà et là, toutes belles et immaculées au soleil.

Après sa longue route dans une obscurité profonde, le groupe fut douloureusement ébloui. Rhun plissa les yeux, tandis qu'Élisabeth laissait échapper un halètement. Elle était encore plus sensible à la lumière. Quand ils émergèrent de la forêt, elle rabattit la capuche de son manteau, histoire de se protéger le visage.

Le prêtre promena son regard à la ronde. Le vaste terrain à ciel ouvert formait un ovale verdoyant piqueté de gentianes blanches. Quelques rochers gris se dressaient dans l'herbe, telles des sentinelles aux aguets. Le ruisseau argenté qui serpentait entre eux était alimenté par une cascade lointaine, où des trombes d'eau dégringolaient d'une falaise abrupte pour former un vaste bassin bleuté.

Toujours à l'affût du danger, l'équipe se rassembla en lisière du bois.

Le père Korza hocha le menton devant lui.

— Voici l'endroit de la carte où, selon Bernard, Hugues de Payns aurait installé son ermitage.

— Il n'y a que dalle ici, grogna Jordan. C'est désert.

— Vous vous méprenez, réfuta Élisabeth. Pour une fois, le cardinal ne s'est pas trompé.

Rhun discerna une pointe d'amertume dans sa voix.

— Moi, par-delà le rideau d'eau de la cascade, j'aperçois les contours d'une structure.

Erin plissa les paupières.

— Vous êtes certaine ?

Même Korza, qui ne voyait rien du tout, toisa la comtesse d'un air sceptique.

— Là-bas ! insista-t-elle avec un soupir exaspéré.

Elle s'approcha du religieux, tendit le bras et, l'incitant à suivre les mouvements de son doigt délicat, elle dessina l'ombre délavée d'une porte cintrée encastrée derrière les chutes d'eau, à mi-hauteur de la falaise.

Dès qu'on l'eut mis sur la piste, Rhun la distingua à son tour.

L'entrée était flanquée de deux fenêtres et d'un large oculus central juste au sommet.

On aurait dit la façade d'une église, sculptée à même la roche. Sa base se situait environ deux étages au-dessus du bassin bleuté. L'ascension s'annonçait des plus délicates, surtout dans des eaux aussi tumultueuses.

Affaibli par la douleur de son amputation, Rhun se rendit vite compte qu'il ne pourrait jamais gravir la paroi à la force de son seul bras valide.

Erin avança d'un pas dans la clairière.

— Moi aussi, je la vois maintenant !

— Restons groupés, intervint Jordan avant de juguler prudemment l'enthousiasme de sa petite amie et de la tirer en arrière. Même si le dénommé Hugues nous a laissés arriver jusqu'ici, on ne doit pas prendre de risques inutiles.

Rhun s'inclina devant la sagesse de l'Américain et leur fit signe à tous de se diriger vers la cascade. En chemin, personne ne desserra les mâchoires, preuve de la tension palpable qui avait gagné le groupe. Le Sanguiniste était convaincu que leur traversée de la clairière était surveillée de près. Au fil des mètres, la cascade rugit de plus en plus fort, ce qui ne fit qu'attiser ses craintes.

Arrivés devant le petit lac, ils se réunirent le long de la berge. L'eau, d'un bleu cristallin, était assez limpide pour que le prêtre voie des truites mouchetées se précipiter à l'abri quand son ombre s'abattit sur le bassin.

Il chercha au pied des rochers la présence d'un escalier sculpté qui leur permettrait d'atteindre la pieuse façade perchée tout là-haut. La seule solution, hélas, semblait être d'escalader la paroi extrêmement glissante derrière le mur d'eau.

D'une voix forte qui couvrit le grondement assourdissant de la cascade, Jordan exprima tout haut l'inquiétude générale :

— On monte comment jusqu'à votre machin ?

Ce fut encore Élisabeth qui, grâce à son regard d'aigle, leur apporta la réponse. Au lieu de scruter le sommet de la paroi, elle indiqua les profondeurs du bassin.

— Les rochers masquent l'entrée d'un tunnel. De là, un passage sous-marin nous conduira peut-être jusqu'à l'église.

Les bras croisés, Erin sonda les remous avec appréhension. Par expérience, Rhun savait que l'archéologue, presque phobique de l'eau, était une piètre nageuse.

La jeune femme ravala sa salive.

— Il doit exister un autre moyen d'accéder là-haut. Je doute fort que les chiens entrent ou quittent cet endroit à la nage. Surtout ici, en pleine lumière.

Le Sanguiniste acquiesça en silence. Puisque Hugues de Payns habitait la région depuis des siècles, ses montagnes étaient sans doute truffées de galeries et de portes secrètes. Hélas, leur équipe n'avait pas le temps de mener l'enquête.

Jordan soupira.

— L'ermite s'est servi de ses chiens pour nous conduire jusqu'à la clairière. Mon petit doigt me dit qu'il s'agit d'un nouveau test. Soit on se fraye un chemin par le tunnel sous-marin, soit on n'entre pas du tout.

Erin décroisa les bras et s'arma de courage.

— Alors, c'est parti pour une bonne séance de natation.

— En groupe, insista l'athlétique sergent. Tout ou rien.

Il se mit torse nu et ôta même ses bottes. Effaré, Rhun découvrit l'évolution spectaculaire de son tatouage, dont de nouvelles lignes rouge vif lui enveloppaient désormais le cou et s'enroulaient autour de ses bras. Devant la beauté sombre du motif, on avait l'impression que les anges eux-mêmes avaient écrit sur sa chair à l'encre indélébile.

Et ils l'avaient peut-être fait.

Sur son exemple, Korza et les autres se débarrassèrent de leur manteau et de leurs vêtements les plus lourds.

Élisabeth se planta à côté du prêtre. En simple pantalon et soutien-gorge, le dos bien droit, elle n'affichait aucune timidité. Elle passa la main dans ses boucles brunes et s'attacha les cheveux avec quelques centimètres de ficelle. Ses seins, fermes et blancs, transparaissaient sous la fine épaisseur de soie et sa peau diaphane luisait à l'ombre de la falaise.

Rhun se rappela ce que c'était de sentir sa peau douce contre lui, ses lèvres pressées contre les siennes. À l'époque, il avait voulu la dévorer, la posséder tout entière.

Son désir n'avait pas changé.

Il préféra néanmoins détourner le regard et se concentrer sur le monceau d'habits et d'armes abandonnés. Ils allaient se présenter au rendez-vous sans aucun moyen de défense. Voilà peut-être pourquoi Hugues avait choisi cet accès-là – pour les obliger à se dépouiller de leurs protections.

Rhun ne ramassa qu'une seule arme : sa croix pectorale, qu'il pendit de nouveau à son cou. L'argent brûla sa peau nue. Élisabeth le dévisagea en silence. Soudain, il fut embarrassé de se montrer avec son moignon bandé mais, en fait, elle observait plutôt la croix et, prenant modèle sur lui, elle reprit la sienne. Le métal laissa une marque rose vif entre ses seins d'albâtre et, même s'il lui meurtrissait la peau, elle ne l'enleva pas.

— Allons-y ! lança Jordan.

Il plongea et remonta à la surface comme une otarie.

— Un instant ! s'exclama Erin.

Elle empoigna son sac à dos et s'adressa à Rhun :

— Pouvez-vous me le prendre ? Je refuse de m'en séparer, mais je ne nage pas assez bien pour m'en charger moi-même.

Sa besace abritait l'Évangile de Sang, soigneusement rangé dans un compartiment hermétique à l'air et imperméable. Convaincu que la jeune femme avait raison de ne pas le laisser sans surveillance, surtout dans un endroit pareil, le prêtre hissa le sac en bandoulière sur son épaule valide.

— Je m'en occupe.

— Merci.

Après avoir pris son courage à deux mains, Erin contempla le bassin, puis, haletante, elle se jeta à l'eau.

Rhun et ses camarades sanguinistes la rejoignirent. L'eau était glaciale, mais au moins, le froid intense engourdissait la douleur de son bras amputé.

Le groupe nagea en direction de la cascade tonitruante. Même le lionceau était de la partie. Ses énormes pattes fendaient l'eau comme des rames. Son pouls était rapide, régulier. *A priori*, l'animal n'avait pas peur de se mouiller.

Erin, en revanche, tâchait de garder la cadence et, le cœur battant, elle pataugeait plus qu'elle n'avançait réellement. Rhun et Sophia se laissèrent ramener à sa hauteur.

— Moi, je n'ai appris à nager qu'à l'âge de cent cinq ans ! cria la religieuse. Alors, je ne suis pas très douée non plus !

Erin la remercia d'un bref sourire et continua de nager.

Rhun apprécia le geste de sa sœur d'Église mais, à la différence de l'archéologue, Sophia n'avait pas besoin de respirer… alors que l'Américaine avait déjà failli se noyer sous les yeux du prêtre. Il savait qu'elle ne renoncerait jamais, quitte à dépasser le point de non-retour.

Droit devant, Jordan et Élisabeth étaient arrivés à la cascade. La comtesse lorgna le rideau d'eau, le temps de prendre ses marques, puis elle plongea. Jordan la suivit sans attendre.

Rhun nagea à l'indienne près d'Erin jusqu'à ce qu'ils aient eux aussi atteint la cascade. Il fit un peu de surplace avec Sophia, pendant que l'Érudite reprenait son souffle. La pauvre avait les lèvres pincées et bleuies par le froid.

Il se tourna vers Sophia. Le fracas de l'eau les empêchait de discuter à haute voix mais, d'un hochement du menton, la Sanguiniste répondit à sa demande tacite.

Il faut veiller sur Erin.

La médiocre sportive esquissa un sourire bravache,

se mit en position de plongée et, avant qu'elle n'ait disparu sous l'eau, ses pieds pâles luisirent quelques instants au soleil.

Ballottés par les flots, ses deux camarades la suivirent.

Rhun s'agaça vite de ne pouvoir nager qu'avec un seul bras. Au bout d'un moment, il n'utilisa plus que ses jambes, ce qui ne l'empêcha pas de rester facilement à la hauteur d'Erin.

Il sentit quelque chose heurter son mollet. Des griffes agrippèrent son pantalon. D'un regard furtif par-dessus son épaule, il se rendit compte que le lionceau avait plongé derrière eux. Apparemment, l'animal voulait être du voyage jusqu'au bout.

Ils atteignirent l'entrée du tunnel repéré par Élisabeth. Il n'y avait aucun signe des deux premiers nageurs. Erin eut une seconde d'hésitation, mais le jeune fauve fonça devant elle et, lorsqu'il s'engouffra à l'intérieur, ses pattes fouettèrent les parois rocheuses pour se propulser encore plus bas.

Galvanisée par l'audace du félin, Erin l'imita.

Cependant, à quelle profondeur pourrait-elle réellement descendre ?

*

16 h 24

Les poumons en feu, Erin nagea devant le fauve.

À vrai dire, elle avait plus l'impression de *ramper* : ses mains raclaient les parois et, du bout des orteils, elle devait pousser sur ses jambes pour se décoller du sol du tunnel.

Jusqu'où le passage se prolongeait-il ?

La question la terrifiait.

Son corps réclamait déjà de l'oxygène. Elle douta d'avoir stocké suffisamment d'air pour regagner le bassin, sa lumière du jour et son vent frais. Il ne lui restait donc qu'un seul chemin possible.

Droit devant.

Elle donna un coup de pied et suivit l'arrière-train sautillant du lion. Les maigres rayons de soleil qui filtraient dans l'eau laissèrent bientôt place à une obscurité lugubre, mais le pelage immaculé de l'animal chatoyait toujours devant elle, tel un feu follet en pleine nuit. Elle plaça une confiance aveugle dans le jeune lion. Lui aussi avait besoin de respirer. S'il faisait demi-tour, elle suivrait son exemple.

Elle continua donc ses efforts, obligeant ses bras glacés et ses jambes engourdies à fendre violemment l'eau.

Tout à coup, les pattes arrière du jeune félin disparurent vers le haut, au cœur des ténèbres.

Erin sentit alors le tunnel se dissoudre autour d'elle en un espace plus vaste, aussi noir qu'un four.

À tâtons, elle remonta de quelques mètres.

Une poignée de secondes plus tard, elle refit surface. Hors d'haleine, elle inspira une première bouffée d'oxygène, puis une seconde, et découvrit une grotte modeste, éclairée par une lumière qui perçait à travers les fissures du plafond.

Jordan et Élisabeth se hissèrent sur la berge opposée, à côté d'une porte en bois enchâssée dans un mur de granit. Le lionceau les rejoignit à la nage, puis laissa le sergent sortir de l'eau son petit corps tout trempé.

Jordan aperçut Erin. Il agita la main et lui tendit l'autre.

— Je te tiens.

Mouais, tu aurais pu m'attraper plus tôt... ou, du moins, rester avec moi.

Comme certains autres.

Rhun et Sophia réémergèrent derrière elle.

Malgré sa peine d'avoir été abandonnée, l'Érudite savait qu'il ne fallait pas jeter la pierre à Jordan. La force mystérieuse qui s'était emparée de lui finirait par s'éteindre et il redeviendrait lui-même.

Si seulement j'arrivais à y croire !

Elle se hâta de rejoindre la rive, et Jordan la tira hors de l'eau comme si elle était aussi légère qu'une plume. Il la serra rapidement dans ses bras et, pour la première fois, elle savoura la chaleur intense de son corps enfiévré. Transie de froid, elle resta blottie contre lui jusqu'à ce que ses tremblements cessent.

Non loin de là, Sophia aida Rhun, handicapé par son bras manquant, à regagner la terre ferme.

— Il nous faut trouver le moyen d'ouvrir cette porte, annonça Élisabeth.

Erin, qui claquait toujours des dents, s'approcha. S'il y avait des serviettes chaudes et un bon feu derrière, elle n'hésiterait pas à défoncer le battant à coups de pied.

À y regarder de plus près, la porte n'était, en réalité, qu'une grosse planche en bois, aussi lisse que du verre, sans gonds ni serrure visibles.

— *A priori*, elle ne s'ouvre que de l'autre côté.

— Sauf si on la démolit nous-mêmes, objecta Jordan.

Hélas, on pouvait craindre qu'un tel comportement ne leur attire pas les faveurs du propriétaire, Hugues de Payns.

— À mon avis, il vaudrait mieux attendre, déclara Erin. Se montrer patient.

— Alors, on attend, approuva Rhun.

Il s'agenouilla pour caresser l'oreille de son lionceau, qui n'appréciait guère d'avoir le pelage mouillé.

Jordan se planta devant la porte.

— Ou on fait ça.

Il leva le poing, frappa trois coups sur la planche, puis s'écarta et mit les mains en cornet.

— Ohé !

Sa voix tonitruante résonna à travers la petite grotte.

Erin retint son souffle. En l'absence prolongée de réponse, elle finit par laisser échapper un soupir.

— Bah ! Il n'y a peut-être personne, conclut Jordan.

Un autre membre de l'équipe tenta sa chance.

Le lionceau renversa la nuque en arrière et poussa un terrible rugissement.

Erin sursauta, choquée de constater qu'un si petit être était capable d'une démonstration de force aussi impressionnante.

On aurait dit qu'il lançait un défi.

Alors que l'écho du cri bestial s'éteignait peu à peu, elle eut la chair de poule quand une voix grave tonna aux quatre coins de la caverne :

— Seul le lion peut entrer !

Quelque chose grinça derrière la planche, comme

si on avait retiré une barre transversale. Le battant pivota lentement vers l'intérieur.

Erin tenta de voir ce qui se passait au-delà du seuil, mais il faisait trop sombre : l'espace n'était éclairé, en effet, que par une torche à l'éclat tremblotant.

Toujours à genoux près du lionceau, Rhun indiqua la porte.

— Tu peux y aller.

Le fauve se releva timidement, lui agrippa le poignet du bout des crocs et l'entraîna vers l'ouverture béante.

— J'ai l'impression qu'il n'a aucune envie de se risquer seul dans un endroit aussi flippant, commenta Jordan. Difficile de le lui reprocher.

Le prêtre essaya de résister, mais son protégé refusa de le lâcher.

La voix reprit sur un ton amusé :

— Votre jeune camarade répugne à entrer sans vous, mon père. Je vous autorise donc tous à passer, mais vous devrez rester dans le périmètre de la première salle.

Jordan tapota le flanc du félin.

— Bien joué, mon pote. Moi qui pensais être obligé de faire le pied de grue dehors.

Sur les talons de Rhun et du lionceau, le groupe franchit le seuil en file indienne.

Erin observa l'antichambre. Grâce à deux flambeaux fixés au mur par des crochets en fer, elle découvrit un espace grand comme un garage double et creusé à même le granit. Une arche avait été percée dans la paroi du fond mais, *a priori*, ils n'étaient pas autorisés à aller derrière.

Du moins, pas encore.

Un homme en émergea et s'approcha.

— N'ayez crainte, je suis Hugues de Payns, annonça-t-il en conservant toutefois prudemment ses distances.

Son allure et son comportement déconcertèrent Erin, qui s'était attendue à tomber sur un ermite du Moyen-Âge, vêtu d'une simple robe de bure, un peu comme saint François d'Assise. Au lieu de quoi, l'homme portait un pantalon kaki et un gros pull en laine. On aurait dit un fermier ou un pêcheur – certainement pas un ancien ecclésiastique.

Elle étudia son visage arrondi, ses grands yeux marron, son épaisse tignasse de boucles noires. En dépit d'une méfiance perceptible, il avait l'air gentil. Ses mains fines jointes devant lui montraient qu'il n'était pas armé.

— Il y avait bien longtemps que l'Ordre des Sanguinistes ne s'était pas préoccupé de mon sort, continua-t-il d'une voix grave et rauque, comme s'il n'avait pas l'habitude de parler.

Il salua Élisabeth d'un signe de tête.

— Je vois que vous avez amené quelqu'un issu de mon lointain passé. Soyez la bienvenue, comtesse Báthory.

— Maintenant, c'est sœur Élisabeth, rectifia l'intéressée avant d'effleurer sa croix pectorale.

— Vraiment ?

Elle haussa modestement les épaules en silence.

— Drôle d'époque que la nôtre, en effet. Il me semble aussi que la comtesse – ou plutôt *sœur* Élisabeth – n'est pas le seul membre inattendu de votre groupe.

Hugues de Payns s'approcha du lionceau et demanda à Rhun :

— Puis-je ?

Le prêtre recula d'un pas.

— Il est son propre maître.

— Bien parlé, apprécia leur hôte, une main tendue pour que l'animal la renifle.

Le lion se retourna vers Rhun, qui se contenta d'acquiescer. Alors, seulement, il flaira les doigts de l'ermite. Visiblement satisfait, il lui lécha la main.

— Remarquable ! s'extasia Hugues. Une créature moins corrompue par les *ténèbres* qu'auréolée de *lumière*, c'est pour moi quelque chose de radicalement nouveau. Puis-je vous demander comment vous l'avez trouvée, père Korza ?

Le fait qu'il connaissait son nom était assez déroutant, mais Erin le soupçonnait d'en savoir beaucoup plus que son attitude affable ne le laissait paraître. On ne survivait pas pendant des siècles, à l'abri des regards sanguinistes, sans posséder un don certain pour le subterfuge.

— J'ai tué sa mère en plein désert d'Égypte, expliqua Rhun. Une lionne *blasphemare* blessée.

Hugues se redressa.

— J'imagine qu'elle faisait partie des pauvres bêtes terrassées par cette sainte explosion au milieu de nulle part.

— Exact, confirma lentement le prêtre, ébahi.

Même Erin tomba des nues. L'information n'était connue que d'une maigre poignée de gens, dont la plupart se trouvaient ici même dans la pièce. Personne n'aurait cru qu'un mystérieux ermite serait aussi renseigné sur l'actualité du monde.

— Après que j'ai achevé sa mère, le lionceau est venu vers moi. Je l'ai emmené pour qu'il soit à l'abri.

— Eu égard au règlement de votre Ordre, vous auriez dû l'exécuter. Or, vous vous êtes abstenu, répondit Hugues sur un ton faussement désapprobateur. Saviez-vous que les bouddhistes considéraient les lions comme des *bodhisattva* – des fils de Bouddha ? Selon la croyance, ces êtres, qui auraient atteint un niveau supérieur d'ouverture spirituelle, resteraient ici-bas pour libérer les autres de leurs souffrances. Père Korza, vous avez beaucoup de chance que cet animal vous ait choisi. Peut-être est-ce parce que vous portez la couronne de Chevalier du Christ.

Il observa Erin et Jordan.

— Et que vous voyagez en compagnie du Guerrier et de l'Érudite.

— Comment savez-vous autant de choses sur notre compte ? s'étonna le sergent Stone.

Sans répondre, Hugues caressa le flanc du lionceau, ce qui lui valut un doux ronronnement. Après, seulement, il se redressa et se planta en face de Jordan et tendit la main.

— Puis-je voir la pierre précieuse qui dort dans votre poche ?

Alors que son petit ami reculait d'un pas, Erin lui empoigna le bras. Ils n'avaient aucune raison de jouer les cachottiers, d'autant que leur hôte semblait déjà les avoir percés à jour. De plus, ils avaient besoin de toutes les indications qu'Hugues de Payns était susceptible de leur fournir.

— Montre-lui, insista-t-elle.

Docile, Jordan sortit de sa poche de pantalon les deux moitiés de diamant vert.

Hugues les rassembla au creux de sa paume, puis il brandit la gemme à la lumière des flambeaux, comme pour vérifier le motif incrusté à l'intérieur.

— Je ne l'avais pas revue depuis des siècles, à l'époque où elle était encore intacte, vierge de toute corruption.

Lorsqu'il rendit son trophée à Jordan, c'est à peine s'il s'attarda quelques secondes sur l'entrelacs complexe d'arabesques qui ornait la peau du militaire.

— À n'en pas douter, vous êtes parfaitement qualifié pour prendre soin de cette pierre, conclut-il sur un ton énigmatique.

Erin en profita pour aborder la raison de leur visite.

— Nous sommes à la recherche de deux autres pierres. Très comparables à celle-ci.

Hugues sourit.

— Vous vous trompez. Les deux autres n'ont *rien à voir*.

— Alors, vous les connaissez ? intervint Rhun. Nous pensons qu'elles jouent un rôle primordial dans…

— …l'accomplissement de votre ultime prophétie.

— Acceptez-vous de nous aider ? reprit Erin.

Avant qu'Hugues n'ait pu répondre, le lionceau poussa un vagissement affamé.

— J'ai l'impression que nous avons des questions plus urgentes à régler, annonça l'ermite, le doigt pointé vers l'arche qui ouvrait sur le cœur de la montagne. Venez chez moi. J'ai des serviettes sèches ainsi que de la nourriture et du vin pour ceux qui ont le ventre vide.

Il caressa le lion sur la tête.

— Et, bien sûr, de la viande et du lait pour toi, mon ami.

Erin lui emboîta le pas dans les mystérieuses entrailles de la montagne.

Mais est-il réellement digne de confiance ?

CHAPITRE 31

19 mars, 16 h 48
Pyrénées, France

La main posée sur la tête du lionceau, Rhun franchit avec ses camarades la deuxième porte, derrière laquelle un escalier en colimaçon avait été sculpté à même la roche. Au fil de l'ascension, ils découvrirent des paliers menant à d'autres étages, tous fermés hermétiquement par de lourdes portes. En fait, la montagne devait être un véritable labyrinthe, truffé de galeries souterraines.

Muni d'une torche fumante, Hugues de Payns continua, pour sa part, de gravir les marches et ils débouchèrent sur un battant en bois bardé de ferrures métalliques.

— Ouvrez ! lança le propriétaire des lieux.

L'épais portail pivota sur ses gonds. Rhun suivit l'ermite dans une espèce d'église. Au fond à gauche, il reconnut la porte aperçue derrière la cascade. Bien qu'elle soit actuellement fermée, on discernait le fracas assourdi de l'eau et il était facile d'imaginer le spectacle dès que ces doubles battants gigantesques s'ouvraient sur un torrent éclairé, chaque matin, par le soleil à l'est.

À travers le triptyque de fenêtres encastrées autour de la porte, Korza eut un bref aperçu de la scène, mais de magnifiques vitraux l'empêchaient de bien voir. L'oculus du haut figurait une rose parfaite, dont les pétales flamboyaient de mille et un rouges. Quant aux arbres en fleurs représentés sur les fenêtres adjacentes, non seulement leurs branches ployaient sous le poids des colombes et des corbeaux, mais leur ombre abritait aussi des cerfs et des loups, des agneaux et des lions, tout ce petit monde cohabitant en parfaite harmonie.

S'il avança de quelques pas dans la pièce, Rhun conseilla pourtant à ses camarades de rester en retrait.

Ils n'étaient pas seuls.

Au bout de l'église enténébrée, les quatre chiens au pelage hirsute qui les avaient attaqués en forêt rôdaient avec d'autres bêtes, dont les prunelles rouge vif trahissaient leur nature corrompue. Le prêtre repéra deux loups-garous, une panthère noire et un énorme gorille de montagne.

— N'ayez pas peur, les rassura Hugues. Vous êtes mes invités… jusqu'à ce que je décide du contraire.

Le Sanguiniste veilla à ce que ses compagnons de route se tiennent à l'écart de la sinistre ménagerie qui, de son côté, scrutait leur groupe avec méfiance. L'état de la modeste cathédrale intriguait. En effet, la nef n'accueillait aucun banc et le sol en pierre était jonché de paille. Une dizaine de lits de camp avaient été alignés le long des murs, tandis que de petites chapelles annexes, munies de clôtures, laissaient entrevoir des auges et de gros matelas de foin.

Sophia attira l'attention de Rhun vers quelques

silhouettes grandes et fines, réunies près des statues en marbre.

Des *strigoï*.

Une dizaine au moins.

Les monstres n'étaient apparemment pas armés, exception faite peut-être de quelques outils de jardinage adossés au mur : pelles, râteaux et binettes.

— Ici, père Korza, vous n'avez rien à craindre de personne.

Rhun espérait qu'Hugues disait vrai. Il examina la salle. Les parois rocheuses étaient couvertes de briques blanches qui s'élevaient pour former un ensemble magnifique de voûtes gothiques. Au plafond, d'énormes lustres en fer forgé dégoulinaient de cire.

Même là-haut, des créatures s'agitaient.

Hugues, qui avait remarqué l'intérêt de son ancien frère d'Église, tendit le bras et siffla.

Une ombre noire se détacha des ténèbres pour venir se poser sur son poignet.

C'était un corbeau au regard étincelant. Son bec ressemblait à une lance acérée, ses griffes à des serres de rapace. Du bout du doigt, l'ermite ébouriffa les plumes de son cou. L'oiseau baissa la tête et se frotta contre son maître.

— Je vous présente Munin, annonça Hugues avant de lever les yeux vers le toit. Hugin aussi est là-haut. À moins qu'il ne soit sorti chasser.

— Les corbeaux d'Odin, précisa Erin. Selon la légende, ils volent aux quatre coins de la planète afin de tenir leur dieu scandinave informé de tout. Vous n'insinuez pas qu'il s'agit…

— Des mêmes ? Non, ma chère. Je me suis juste amusé à les baptiser ainsi. Ce ne sont que deux spécimens d'un groupe assez fourni qui hante les forêts environnantes, un mélange de *blasphemare* et de volatiles ordinaires.

— Incroyable ! balbutia-t-elle, le nez en l'air.

De l'avis de Rhun, la jeune femme cherchait moins les autres oiseaux qu'elle n'était fascinée par les ornementations de la voûte. Sur un fond blanc, des étoiles rouges et des roues bleues avaient été peintes de manière à former un dessin complexe et bourré d'imagination.

— Ces fresques au plafond sont extraordinaires, marmonna-t-elle, confirmant ainsi les doutes du prêtre. À cause des roues et des étoiles, je leur reconnais bien une inspiration moyen-orientale, mais il y a un je-ne-sais-quoi d'autre.

Elle s'écarta un peu pour mieux les admirer.

Jordan ne la lâcha pas d'une semelle. Élisabeth leur emboîta le pas après que Rhun lui eut discrètement fait signe de les suivre.

Sophia désigna l'ensemble des animaux et des *strigoï*.

— Comment ont-ils débarqué ici ?

Tandis que Munin sautillait vers son épaule, Hugues porta un regard attendri sur son troupeau.

— À la longue, je me suis rendu compte que toute créature cherchait son véritable maître. Pour rejoindre mon sanctuaire, bon nombre de *blasphemare* et de *strigoï* ont parcouru des centaines de kilomètres. Ce n'est pas moi qui les ai appelés. Ils ont été attirés jusqu'à mon ermitage... de la même façon que cet adorable lionceau l'a été vers Rhun.

Korza caressa la tête de son petit protégé.

— Comment les empêchez-vous de tuer dehors ?

— Comme vous, ils sont maintenant en paix avec

leur nature intrinsèque. Au lieu de se laisser gouverner par leur sang sauvage, ils le contrôlent. Ce ne sont plus des meurtriers.

Sophia parut loin d'être convaincue.

Rhun ne pouvait pas l'en blâmer.

— Dans quelle mesure trouve-t-on la paix hors des limites de l'Église ?

— Par l'acceptation et la pleine conscience, expliqua Hugues. Jadis, au cours de mes lointains voyages, on m'a enseigné des techniques particulières, des moyens de s'ouvrir l'esprit et de développer ses capacités de patience et d'amour. Si vous le souhaitez, je peux vous les transmettre. Tout le monde est le bienvenu ici.

Il agita doucement la main derrière lui.

— Aurais-tu l'amabilité de nous rejoindre, Francesca ? J'ai compris que certaines vérités gagnaient à être entendues de la bouche même des personnes concernées.

Une femme très mince émergea de l'ombre à quelques mètres d'eux à peine. Rhun ne s'était même pas aperçu de sa présence. Sans doute avait-elle été très belle, avec son corps de liane et ses longs cheveux blond clair, mais il émanait surtout d'elle une douce fragilité. Le regard empli d'amour, elle sourit à Hugues.

Le prêtre nota la présence discrète de crocs, l'absence de rythme cardiaque.

— Raconte-leur, demanda l'ermite.

— On nous a d'abord enseigné l'acceptation, expliqua-t-elle avec déférence. L'acceptation de notre essence propre, de qui nous sommes. On nous a fait comprendre que nous étions tous des créatures du Seigneur.

— Vous ? Vous êtes des prédateurs lancés aux trousses des plus faibles ! ricana Sophia.

Francesca sourit tristement.

— Personne ne condamne le lion d'avoir tué une gazelle. C'est dans la nature du fauve, et il ne doit en éprouver ni honte ni culpabilité.

Hugues s'assit sur un tabouret. Un renard gris à trois pattes accourut et lui sauta sur les genoux. En découvrant le pansement immaculé qui recouvrait le moignon de l'animal, Rhun se sentit presque en empathie. Quand leur hôte lui caressa l'échine, le renard se blottit contre lui sans afficher aucune appréhension, même à l'égard du lion, dont les oreilles s'étaient dressées à la vue de la bête blessée.

— De quoi vous nourrissez-vous ? demanda le prêtre.

— En général, de vin, lâcha Hugues. Comme vous.

— Monsieur de Payns, pouvez-vous encore consacrer le vin alors que vous avez renié l'Ordre ? s'étonna Élisabeth.

— L'âme d'un religieux est marquée d'un sceau indélébile, indiqua Rhun. Par conséquent, on reste prêtre et on peut bénir le vin même après avoir quitté l'Église.

De son côté, Sophia avait décelé une petite fourberie dans la réponse de l'ermite.

— Vous avez dit : « *En général*, de vin ». Que vous faut-il d'autre ?

— Du sang, bien sûr, dit-il le plus naturellement du monde. Comme Francesca vous l'a exposé, nous sommes des prédateurs et il nous faut accepter notre nature.

Au souvenir de la manière dont les disciples de Raspoutine mélangeaient vin et sang humain, Rhun eut la nausée. Ces gens-là demeuraient des meurtriers. Selon toute vraisemblance, Hugues était tombé dans le même piège honteux. Et comment oublier le goût du vin corrompu par le Moine fou ?

— Comprenez bien : nous en buvons le strict minimum, mais nous avons aussi le droit de survivre. Je le répète, l'*acceptation* n'est que la moitié d'un tout. La *pleine conscience* est d'une égale importance.

— Tout en admettant notre véritable nature, nous devons rester *pleinement conscients* pour ne pas perdre le contrôle, confirma Francesca. Nous méditons, nous apprenons à distinguer le besoin du désir. À ne prendre que la dose nécessaire et juste.

— Comment un meurtre peut-il être *« juste »* ? objecta Rhun.

La *strigoï* croisa ses mains délicates.

— Nous ne prélevons que le sang des êtres en souffrance ou de ceux qui maltraitent les autres.

— Notre but est de *mettre un terme* à la souffrance, compléta Hugues. Nos cibles : les créatures qui, à force d'endurer les pires douleurs, souhaitent mourir. Les malades en phase terminale qui ne guériront jamais. Nous abrégeons leur vie dans la miséricorde, la grâce et la joie.

En tant que prêtre, le père Korza avait côtoyé des dizaines de mourants. Même s'il tiquait encore sur le concept du meurtre en tant qu'acte de compassion, il savait également que l'homme avait inventé des technologies capables de conjurer la mort mais que, souvent, elles ne servaient qu'à prolonger le calvaire de l'agonie au-delà du naturel.

Hugues soupira.

— Quand nous n'en trouvons pas assez, il nous arrive de nous rabattre sur les bourreaux d'innocents : violeurs, assassins… Enfin, je vous avoue que nous sommes rarement obligés de recourir à ce genre d'extrémités. Comme je vous le disais, nous nous sustentons du moins de sang possible.

Jordan crut bon de rappeler le motif réel de leur visite.

— Tout ça, c'est bien beau, mais qu'avez-vous à nous dire des deux autres pierres ?

— Je reconnais être en possession de l'une d'elles. Cependant, il vous faudra la mériter, prouver que vous êtes dignes de l'emporter loin d'ici.

— La mériter comment ?

— Votre Érudite doit faire étalage de ses talents, annonça-t-il, le regard fixé sur Erin. Nous montrer qu'elle maîtrise l'*acceptation* afin de trouver où la pierre est cachée et, ensuite, qu'elle est dotée de la *pleine conscience* pour découvrir où il faut l'emporter.

*

17 h 07

Génial, songea Erin avec une once de sarcasme. *Cette épreuve, ça devrait être du gâteau.*

Dans l'hélicoptère, elle s'était documentée sur Hugues de Payns et son histoire avec les Templiers, mais elle n'avait sans doute pas appris le dixième de ce qu'il lui fallait savoir pour relever le défi.

Leur hôte descendit de son tabouret et renvoya le renard estropié à l'ombre de sa tanière.

— Alors, ma chère Érudite, que pouvez-vous me dire de cet endroit ?

La jeune femme contempla les chapelles, les voûtes et les murs alentour. Dès qu'elle eut identifié le plan cruciforme typique de toute grande église, très vite son regard s'attarda sur un élément particulièrement original : le toit.

— Je suis loin d'être une experte en lieux de culte médiévaux, mais certains ornements me rappellent l'église Saint-Christophe de Montsaunès, en France. C'est un édifice bâti par les Templiers, l'ordre que vous avez fondé.

— Je me souviens de sa construction.

Y voyant un signe positif, la jeune femme étudia les fresques de plus près. Hugues était-il en train de la tester ? Était-elle censée déchiffrer l'énigme au plafond ?

La nuque renversée, elle chercha des indices. Parmi le riche kaléidoscope d'étoiles rouges et de roues bleues, on avait peint d'autres dessins fantaisistes : des lunes, des soleils et une ribambelle de formes géométriques. Elle y distingua l'influence combinée des cultures islamique et égyptienne. Quant à la roue à rayons multiples, elle était franchement d'inspiration bouddhiste. Confronté à un volume colossal d'informations sans réelle harmonie, le regard d'Erin commença à se brouiller.

Sans doute était-ce une intention délibérée de la part de l'artiste, de manière que les arbres cachent la forêt. Il fallait, en effet, être pleinement *conscient* pour faire abstraction du chaos général et percer à jour la vérité intrinsèque de l'œuvre.

Erin dépouilla peu à peu la fresque de l'iconographie de chaque culture représentée afin de l'étudier en tant que telle, sans ses fioritures. Malheureusement, l'exercice ne lui apporta aucun résultat probant. Elle se demanda s'il s'agissait d'exemples des civilisations qu'Hugues avait découvertes après son départ de chez les Sanguinistes. Selon le cardinal Bernard, l'étrange ermite avait sillonné le globe avant de s'établir en France.

En quoi cela m'est-il d'un quelconque secours ? Elle baissa les paupières. *Qu'est-ce qui m'échappe ?*

Soudain, elle comprit.

Elle rouvrit les yeux, fit abstraction des multiples symboles qui envahissaient le plafond et chercha la vérité dissimulée derrière le bruit – derrière la cacophonie du genre humain.

La forêt cachée derrière les arbres.

Une fois son esprit débarrassé des enjolivures superflues, il ne subsista plus devant elle qu'un seul motif, en arrière-plan du fouillis.

Les étoiles.

Elles étaient éternelles.

— Donnez-moi du papier… Et un crayon.

Rhun fouilla dans le sac à dos et, lorsqu'il lui eut tendu le nécessaire, Erin entreprit de cartographier les constellations. Certaines étaient plus grandes, mieux mises en valeur, avec des étoiles à six branches, et non cinq comme les autres.

Tandis qu'elle s'affairait, Jordan revint à la charge avec Hugues :

— Pourquoi ne pas vous contenter de nous parler ?

— C'est une épreuve, rétorqua l'ancien Templier sur un ton presque péremptoire. Le trio doit montrer qu'il est méritant.

— Alors, quel est mon test ?

— Vous l'avez déjà réussi. En forêt, vous vous êtes sacrifié sans vous battre, preuve que vous êtes un Guerrier capable d'atteindre ses objectifs dans la paix et la non-violence.

— Et mon test à moi ? intervint Rhun.

— Il est venu avec vous, répondit Hugues en hochant la tête vers le lionceau. Vous, un Chevalier du Christ, vous avez eu pitié d'une créature que vous croyiez issue des ténèbres et vous avez bravé la règle sanguiniste de la tuer sans réfléchir. En récompense de votre miséricorde, vous en avez retiré un miracle de lumière et de grâce.

Maintenant, c'est mon tour.

Tout à coup, Erin regretta que son défi soit aussi ardu mais, bon, en tant qu'Érudite, elle se devait de trouver la solution par elle-même.

Une dernière fois, elle compara la carte des étoiles peinte au plafond avec ce qu'elle avait recopié sur son carnet. Satisfaite, elle rejoignit Hugues. Elle avait l'impression d'être une étudiante chargée de résoudre un problème au tableau devant la classe.

— Il s'agit des étoiles, annonça-t-elle. Voilà ce dont vous vouliez me voir prendre *conscience* au milieu de ce gigantesque vacarme d'informations.

Hugues sourit sans broncher.

Je suis sur la bonne voie.

Elle se remémora un principe de la pensée hermétique souvent associé à l'ordre des Templiers : *« Ce qui est en haut est comme ce qui est en bas ».* Depuis l'aube de l'humanité, les étoiles servaient d'outil de navigation et leurs diverses positions dans le ciel avaient une réelle signification sur Terre.

Tout en faisant les cent pas, Erin réfléchit à voix haute.

— Je suis censée déterminer *où* cette configuration-là est visible sur notre planète. Pour ce faire, j'ai besoin de savoir à quelle date précise elle devrait apparaître.

Elle étudia son calepin. Les constellations principales y étaient associées au printemps : *Cancer, Lion, Vierge...*

Il s'agissait donc sans doute d'un ciel *printanier.*

Elle se rappela ensuite ce qui, chez Edward Kelley, avait figuré sous le tableau représentant un lac de montagne face aux feux de l'enfer. Élisabeth leur avait traduit la légende du tchèque : *« Équinoxe de printemps ».*

Peut-être Erin avait-elle trouvé la réponse, mais il lui fallait une confirmation. Pensive, elle se souvint d'avoir aperçu des mots en latin peints au plafond. D'un pas pressé qui souleva quelques fétus de paille au sol, elle partit à leur recherche. Tous les regards, que ce soient ceux de son équipe ou les prunelles rouge foncé des *blasphemare*, se braquèrent sur elle. Au bout d'un certain temps, elle dénicha enfin l'inscription : la première partie était tracée en rouge sur le flanc est de l'église, l'autre en bleu sur le flanc ouest.

Deux mots.

Aequus et *Nox*.

Elle poussa un soupir de soulagement.

Équinoxe.

Les jambes flageolantes, elle rejoignit l'assistance.

— La date, c'est l'équinoxe de printemps, conclut-elle, l'index pointé sur la carte céleste. Maintenant, je dois identifier l'endroit du monde où cette configuration nocturne est visible pendant l'équinoxe de demain.

De sa poche arrière, Jordan sortit son téléphone portable, qu'il avait glissé dans un étui étanche.

— J'ai une application dédiée. Tout bon soldat a toujours un instrument de navigation à portée de main.

D'un coup d'œil furtif à Hugues, Erin voulut vérifier qu'elle avait le droit d'utiliser les technologies modernes.

Il haussa les épaules.

Rassurée, elle tendit son plan au sergent Stone.

— Tu peux m'aider ?

— Je vais essayer.

Il photographia la page, puis pianota quelques secondes sur son écran, le temps d'établir une correspondance.

— Je peux déjà vous dire que la constellation du Lion se situe ici au *mauvais* endroit. Du moins, pour le ciel de France.

— Alors trouve-moi là où c'est *bon*.

Hugues dévisagea Erin d'un air interrogateur, comme si elle était passée à côté de quelque chose.

Apparemment, le professeur souhaite que je marque des points supplémentaires.

Les lèvres pincées, elle scruta de nouveau le plafond en se concentrant, cette fois, sur les constellations du printemps. Trois des plus petites étaient reliées par une ligne fluide.

Hydra, *Crater* et *Noctua*.

— L'hydre, la coupe et la chouette, marmonna-t-elle.

L'Érudite n'eut aucun mal à saisir leur signification.

L'hydre, ou serpent, représente sans doute Lucifer, la coupe peut aisément faire allusion au Calice de la prophétie et, depuis la nuit des temps, la chouette est le symbole du savoir dans de nombreuses cultures.

Erin loucha vers son sac à dos. D'après la prophétie, l'Évangile de Sang réunissait toute la connaissance de l'univers entre ses deux couvertures. Elle releva la tête et remarqua les lignes délicates qui semblaient tisser un entrelacs d'arabesques autour des trois constellations.

— Elles sont connectées pour former un tout.

Quand Hugues la félicita d'un sourire ravi, elle eut envie de le gifler pour lui faire passer son air béat et obtenir enfin de vraies réponses.

Par chance, Jordan l'en empêcha en agitant son téléphone.

— Je l'ai !

Sa petite amie s'approcha.

— Voici le ciel nocturne au-dessus de la France.

À l'écran, il avait indiqué la constellation du Lion.

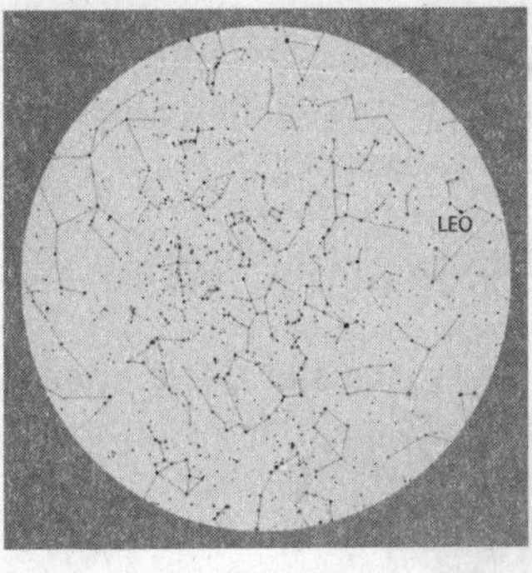

— Nous sommes environ à quarante-trois degrés de latitude nord. À cette époque-là de l'année, le Lion devrait se situer à l'extrémité ouest du ciel, ce qui n'est manifestement pas le cas sur la carte dessinée au plafond.

D'un regard, Erin constata à quel point la configuration était différente.

— Alors, *où* peut-on trouver une correspondance avec ce qui se passe sur Terre ?

— Très loin à l'est, plus ou moins à vingt-huit degrés de latitude nord.

— Pourrait-il s'agir du Tibet ? Voire du Népal ?

Un sifflement admiratif aux lèvres, Jordan brandit son téléphone pour lui montrer l'endroit affiché par son application.

KATMANDOU, NÉPAL
27°30'N 85°30'E

— N'oublions pas que ce calcul est approximatif, rappela-t-il avec prudence. Toutefois, il s'agit bien de la région mentionnée là-haut. En fait, cela pourrait être n'importe où dans l'Himalaya.

Erin repensa à la fresque qui, sur le mur de Kelley, dépeignait trois montagnes autour d'un lac sombre. La scène devait se dérouler quelque part au Népal, sur la chaîne himalayenne.

Mais où ?

— Comment avez-vous deviné pour le Népal ? s'étonna Rhun.

— À cause des roues et des étoiles au plafond. Ce sont des symboles bouddhistes et, sur toutes les civilisations illustrées ici, ils sont ceux qui figurent en plus grand nombre.

Convaincue de son raisonnement, Erin parlait vite.

— Cette roue de chariot, c'est la roue de vie de Bouddha. La jante représente les limites, le moyeu le monde et les huit rayons sont le Noble Sentier octuple, par lequel il faut passer pour ne plus souffrir.

Elle pivota vers Hugues d'un air de défi.

— C'est là-bas que vous avez appris vos techniques de méditation, je me trompe ? Avant de vous installer en France, vous avez parcouru le monde et, notamment, l'Extrême-Orient. Vous tenez votre enseignement des moines bouddhistes.

Hugues confirma d'un hochement du menton.

Le père Korza, lui, parut dubitatif.

— Comment des bouddhistes ont-ils pu vous aider à maîtriser votre nature maudite ?

— Parce qu'ils étaient eux-mêmes des *strigoï*.

Les Sanguinistes restèrent bouche bée – même Élisabeth, qui sembla néanmoins plus intriguée qu'horrifiée.

Hugues leva la tête vers les fenêtres éclairées.

— Après mon départ de l'Église, j'ai erré pendant de nombreuses années, à essayer de comprendre ce que j'étais. Un jour, j'ai eu vent d'une légende sur des moines éternels qui habitaient en Extrême-Orient, des immortels comme nous. J'ai eu de grandes difficultés à les trouver, mais je me suis accroché et, au bout du compte, je suis arrivé dans une vallée située entre trois sommets, où j'ai appris une multitude de choses sur ma nature et la nature du monde.

Dans le silence abasourdi qui suivit, Báthory lâcha :

— Et vous en avez laissé une trace, non ?

Une fois n'est pas coutume, Hugues afficha un air surpris.

— En effet.

La comtesse se tourna vers Erin, comme si elle aussi devait être au courant.

Et elle avait raison.

Trois sommets.

Toutes les pièces du puzzle s'assemblèrent dans la tête de l'Érudite.

CHAPITRE 32

19 mars, 17 h 43
Pyrénées, France

— À quoi Élisabeth fait-elle allusion ? demanda Jordan, intrigué par la mine entendue d'Erin.

À l'évidence, sa petite amie avait compris quelque chose.

Elle lui prit son téléphone des mains.

— Tu as mes photos en copie là-dedans, non ? Quand on était à Venise.

— Oui…

Elle passa les fichiers en revue et s'arrêta un instant sur un cliché récent d'elle sortant, à moitié nue, de la salle de bains. Jordan n'avait pas résisté à l'envie de la photographier en douce lors de leur séjour à Castel Gandolfo.

Regardez-moi un peu ce corps de déesse.

Elle lui adressa un sourire rapide, mais ce n'était pas l'image qu'elle cherchait. Quand elle finit par la trouver, elle brandit le portable.

— La fresque peinte sur le mur d'Edward Kelley représentait trois sommets. Sur le coup, cela m'a rappelé un truc qu'Élisabeth nous avait montré à Venise. Je n'ai pas eu le temps de vous en parler, car la situation en République tchèque est vite partie en vrille.

Erin se planta devant Hugues.

— Une mosaïque célèbre orne la cathédrale de Venise qui, d'après la documentation que j'ai lue sur vous, était votre ville italienne de prédilection. Vous y avez passé beaucoup de temps.

— Comment ne pas l'aimer ? Cette cité presque unique en son genre se fond littéralement dans la mer. Elle reflète à merveille la relation dichotomique que nous entretenons avec le monde naturel. Venise est un exemple type de la lutte de l'homme pour dompter la nature tout en en faisant partie intégrante.

— Et il y a la basilique Saint-Marc. Selon Élisabeth, la fameuse mosaïque a été commandée par des alchimistes praguois, ceux-là mêmes à qui vous avez confié le diamant vert.

Elle brandit une photo de l'œuvre : un triptyque sur lequel un démon noir affrontait Jésus de trois manières différentes.

À son tour, Jordan recouvra la mémoire.

— Les Tentations du Christ.

— C'était vous à la manœuvre, non ? enchaîna Erin. Les trois sommets de la vallée des moines, voilà ce que Kelley avait fait peindre au mur, quelque chose que vous avez dû partager avec les alchimistes auxquels vous avez remis le diamant, quelque chose que vous avez aussi fait représenter sur la mosaïque d'une cité intemporelle, dans une basilique appelée à résister de longs siècles. Vous avez consigné le souvenir de cette vallée dans de petits pavés de verre dorés.

Jordan ne voyait toujours pas où elle voulait en venir.

Erin zooma sur la troisième tentation – *toujours le chiffre trois !* – et agrandit l'image au niveau des sandales du Christ. Il se tenait debout sur des montagnes, les pieds posés sur une bulle en forme de boule à neige, comme s'il marchait sur l'eau.

— Vous avez raison, approuva Hugues. Un tel savoir ne pouvait pas se perdre au fil du temps. Il est trop important.

— À quel titre ? se renseigna Jordan.

— Le dôme de lumière délavée sous les pieds du Christ contient *trois* calices, expliqua Erin avant d'adresser un regard appuyé à Hugues. Ces *trois* coupes représentent les *trois* pierres, pas vrai ?

— En effet, confirma l'ermite.

— C'est là-bas que vous les avez vues en premier. Là où vous les avez découvertes. *« Arbor »*, *« Aqua »* et *« Sanguis »*. Les gemmes du Jardin, de l'Eau et du Sang.

— Absolument. Au cœur de cette vallée sacrée, où règne la lumière divine.

— Assez de devinettes ! s'agaça Rhun. Où ces montagnes se situent-elles ?

Au lieu de répondre au prêtre, Hugues continua :

— Ma chère Érudite, vous avez fait la preuve de votre talent. Ces montagnes entourent bien un lieu connu sous le nom de *« Sainte Vallée secrète du Bonheur »*.

Erin ferma les paupières et secoua la tête d'un air amusé.

— Vous connaissez l'endroit ? demanda Sophia.

— De réputation uniquement. J'aurais aimé vous annoncer que je tiens l'information de mes travaux de recherche mais, pour être honnête, je l'ai lue dans un magazine de voyage. Une pure coïncidence.

— Je ne suis pas d'accord, objecta Hugues. Ce genre de *« coïncidence »* n'arrive jamais.

— Alors, quoi ? Le fait que je sois tombée sur un tel article serait un simple coup du sort ?

— Le *« sort »* n'existe pas. Nous sommes tous maîtres de notre propre destinée.

D'un geste ample, il désigna l'ensemble indistinct de son public, ce qui lui valut une réaction irritée de la part du corbeau toujours juché sur son épaule.

— C'est votre *conscience* et votre curiosité innée qui vous ont incitée à lire l'article, alors que d'autres seraient passés à côté. C'est votre *sens de l'attention* qui vous a permis de vous en souvenir. Vous avez toujours été comme cela, docteur Granger. À mon avis, voilà ce qui vous a poussée à quitter votre famille, à refuser d'obéir aveuglément à la foi de votre père, à découvrir votre propre route vers la connaissance et la sagesse. *Le destin, la chance, la coïncidence*... rien de tout cela n'a d'importance. Vous êtes une Érudite, point à la ligne. C'est votre véritable nature. Ce qui vous a conduite jusqu'à moi.

Tandis qu'il parlait, la jeune femme s'était

rapprochée de Jordan, ébranlée non seulement par tout ce que l'ermite savait sur son passé mais aussi par la vitesse à laquelle il avait dévoilé son essence profonde.

Le sergent attira son petit corps frissonnant contre lui. Il commençait à comprendre pourquoi même les monstres et les bêtes s'inclinaient devant l'incroyable personnage.

— Où la vallée se trouve-t-elle ? insista Rhun.

Erin répondit :

— Il s'agit de la vallée de la Tsum, au Népal. En raison de son passé sacré, elle n'est accessible aux touristes que depuis peu de temps. Elle abriterait le Shambhala, royaume mythique associé à la religion bouddhiste. Ou, comme on le désigne plus communément chez les Occidentaux : *Shangri-La*.

Jordan ne connaissait l'histoire que par le biais du cinéma.

— On raconte que, dans ce lieu tenu à l'écart du temps, personne ne vieillit ni ne meurt.

Sa réflexion le poussa à se demander si les fameux moines *strigoï* n'étaient pas à l'origine de la légende.

— À propos du Shambhala, il existe une histoire plus importante et, surtout, en lien plus direct avec notre situation, précisa Erin. J'ai lu que le deuxième Bouddha, Padmasambhava, avait béni la vallée de sorte que l'endroit soit redécouvert quand la Terre approcherait de la destruction, quand le monde serait trop corrompu pour survivre.

— J'ai l'impression qu'on est en plein dedans, grommela Jordan.

— Et cette vallée existe réellement ? s'enquit Rhun.

— Oui, certifia l'archéologue. Elle est depuis

longtemps un site sacré du bouddhisme. Des moines et des nonnes continuent de l'habiter, et il est interdit d'y tuer le moindre être vivant.

— Comme ici, nota Jordan, curieux de savoir si leur hôte s'était inspiré de la vallée de la Tsum pour fonder son ermitage.

Hugues reprit :

— Les moines auprès desquels je me suis instruit résidaient dans un monastère de la vallée construit entre deux arbres immenses et aussi immortels que les religieux eux-mêmes. Ils s'asseyaient sous le premier pour méditer. On l'appelait *« l'Arbre de l'illumination »*. Sous l'autre, ils buvaient leur vin. C'était *« l'Arbre de la vie éternelle »*.

Erin se dégagea de l'étreinte de Jordan et ajouta :

— En d'autres termes, *« l'Arbre de la connaissance »* et *« l'Arbre de vie »*. Directement issus de l'histoire biblique du jardin d'Éden.

Même Élisabeth paraissait atterrée.

— Prétendriez-vous que cet endroit – la vallée de la Tsum – correspond à l'emplacement concret du jardin d'Éden ?

Sophia fronça les sourcils.

— Comment le jardin d'Éden pourrait-il s'épanouir au beau milieu de l'Himalaya ?

— Une certaine école de pensée le situe là-bas, expliqua Erin. À en croire plusieurs spécialistes, les légendes du Shambhala sont assez proches des histoires sur l'Éden pour désigner un seul et même lieu. Dans les deux cas, on parle d'un jardin d'immortalité, où seules les âmes pures sont en droit de résider.

— Aux alentours des années 1930, les nazis ont envoyé une expédition au Tibet, précisa Jordan en bon expert de la Seconde Guerre mondiale. Leur objectif ? Chercher l'origine de la race aryenne, une race de surhommes. Vos *strigoï* bouddhistes immortels ont carrément le profil, non ?

Tous les regards se tournèrent vers Hugues.

— Bah ! Je dis simplement que cette vallée possède deux arbres, se défendit l'ermite. Jamais je ne me vanterais de savoir où se trouve le jardin d'Éden ou s'il a jamais existé.

Jordan revint à leur problème majeur :

— Il n'empêche que, d'après la fresque d'Edward Kelley, cette vallée est aussi l'endroit où l'enfer est censé se déchaîner.

Il se remémora le lac bouillonnant d'ombres sinistres.

Hugues acquiesça d'un petit hochement de tête.

— Les moines m'ont confié que le jardin se situait au carrefour du bien et du mal. Qu'ils étaient les gardiens du passage.

— Et à propos des trois pierres ? relança Erin.

— Selon mes professeurs, le trio de gemmes a le pouvoir d'ouvrir et de fermer le portail entre les deux univers. Toutefois, quand l'homme moderne a commencé à empiéter sur leur territoire au risque de les dévoiler, ils ont eu peur de ne pas être assez forts pour protéger ce trésor. Ils m'ont donc confié deux pierres, de façon à les disperser à travers le monde.

— En d'autres termes, traduisit Jordan, il ne faut jamais mettre tous ses œufs dans le même panier.

— Un principe de sagesse éternel.

— Quelle mouche vous a piqué d'apporter un objet aussi puissant à John Dee ? s'étonna Élisabeth.

— À bien y réfléchir, c'était un acte d'une stupide

vanité, soupira Hugues. Quand le monde de la recherche scientifique a émergé des cendres de l'Âge des ténèbres – quand l'alchimie a laissé place à la physique et à la chimie –, je me suis cru capable d'en découvrir davantage sur ces pierres.

Jordan savait que le cardinal Bernard était récemment tombé dans le même travers en voulant manipuler le sang pétrifié de Lucifer. Comment s'étonner que ces deux-là aient été jadis les meilleurs amis du monde ? Ils se ressemblaient tellement !

— John Dee était un homme sage et honnête, enchaîna Hugues. Je pensais qu'il se servait de la pierre pour contenir le mal, l'emprisonner goutte après goutte. Je ne pouvais pas imaginer où ses expériences le conduiraient. Après son décès, j'ai essayé de récupérer le diamant. Hélas, poussé par la cupidité, Edward Kelley l'avait vendu. À partir de là, j'en ai perdu la trace.

— Notre but est donc de prendre votre pierre et celle que le sergent Stone conserve dans sa poche, puis de les rapporter au cœur de la vallée, déduisit Erin. Là où des religieux continuent de veiller sur la troisième. Mais pourquoi ?

— Impossible de vous en dire davantage, déclara Hugues. Les moines en sauront peut-être plus que moi.

Jordan jeta un coup d'œil vers les fenêtres où, par bonheur, le soleil brillait encore derrière la cascade.

— N'oublions pas que nous ne sommes pas les seuls à rechercher ces cailloux.

En effet, Légion rôdait toujours quelque part.

— Qu'est-ce que ce fichu démon peut bien en avoir à faire ? maugréa Sophia. Quel est son rôle ?

Rhun se rembrunit.

— Armé des pierres, il pourrait ouvrir le portail

de la vallée, déverser les forces de l'enfer sur notre planète et, par la même occasion, libérer Lucifer.

Erin acquiesça :

— Apparemment, il nous incombe d'utiliser les mêmes gemmes pour trouver le moyen de maîtriser la horde diabolique et de renvoyer l'enfer sous terre.

— Une vraie partie de rigolade ! ironisa Jordan sur un ton outrageusement fanfaron. Bien sûr, nous allons avoir besoin de la pierre que vous avez cachée ici, Hugues.

— Libre à vous de fouiller mon église.

— Hé ! s'insurgea Élisabeth. Si Erin a réussi l'examen, pourquoi ne pas vous borner à lui donner la pierre ?

— Elle doit la dénicher elle-même.

Jordan observa sa petite amie.

— Désolée, ma puce. J'ai l'impression qu'il est temps de passer à la seconde partie du test. Alors, prends ton stylo et vas-y !

Le soleil déclinait à l'horizon, signe qu'il ne leur restait plus qu'une petite heure de clarté.

Et tu as intérêt à te grouiller.

*

18 h 04

Erin observa Hugues de Payns avec agacement.

Tu m'étonnes que Bernard et lui étaient liés !

Ces deux-là étaient vraiment passés maîtres dans l'art du secret et de la manipulation.

Elle se planta devant l'homme qui l'avait mise au défi.

— Laissez-moi deviner. *« Aqua »*, la pierre de l'Eau, est restée près du lac de montagne. J'en conclus que vous possédez *« Sanguis »*, la gemme du Sang. D'ailleurs, il est logique que les moines vous l'aient confiée en particulier, à vous un *Sanguiniste.*

— Oh ! La pierre ne m'a jamais été destinée. Vous devez déchiffrer l'énigme de manière à récupérer celle qui *vous* revient de droit.

Qui me *revient ? Qu'est-ce que cela voulait dire ?*

Pour l'instant, elle chassa ses interrogations et se concentra sur la pierre. À supposer qu'il l'ait dissimulée quelque part dans l'église, Hugues avait forcément choisi un endroit symbolique.

— *Sanguis*... le sang..., réfléchit-elle à voix basse.

Rhun l'observa en caressant son crucifix d'un air inquiet. Comme il était posé sur son cœur silencieux, l'argent lui brûlait la peau, douleur censée lui rappeler *ad vitam æternam* son serment envers le Christ et l'Église.

Erin contempla le moignon bandé. *N'était-ce pas une douleur suffisante pour n'importe quel dieu ?*

Elle se focalisa sur le bâtiment et son architecture en X.

Comme le crucifix du père Korza.

Une idée lui vint alors à l'esprit. D'un pas décidé, elle s'approcha du centre de la croix, à l'endroit précis où le transept traversait la nef.

Elle se retourna vers le prêtre et vit la marque brûlante sur son cœur.

Elle aussi se tenait à présent au *cœur* de l'église d'Hugues.

Et le rôle du cœur n'était-il pas de pomper le *sang* ?

Pour la dénommée *« Sanguis »*, c'était l'endroit idéal.

Erin leva la tête vers le plafond. Leur hôte avait-il caché la pierre là-haut ?

Non, raisonna-t-elle. *Cette énigme a déjà été élucidée.*

Un principe antérieur fit écho dans sa mémoire.

Ce qui est en haut est comme ce qui est en bas.

Elle contempla ses orteils, puis s'agenouilla et balaya scrupuleusement l'épaisseur de paille. Ses efforts furent payants, car elle y découvrit une dalle aux arêtes festonnées en creux.

Comme une coupe.

— Elle est là-dessous, annonça-t-elle sur un ton d'abord hésitant, puis d'une voix plus assurée. Monsieur de Payns, vous avez fait de *« Sanguis »* le cœur de votre église ! C'est ici que vous l'avez cachée.

Les autres accoururent, effarouchant au passage quelques oiseaux réfugiés sous une voûte en brique.

Hugues leur emboîta le pas.

Premier à la rejoindre, Rhun tendit sa paume au-dessus de la pierre qu'elle avait trouvée.

— Elle a raison. Je perçois même un murmure de sainteté.

Sophia se réchauffa les mains à la même source de chaleur. De tous les Sanguinistes, seule Élisabeth resta en retrait, les bras croisés, sans avoir l'air de prêter grand intérêt à l'affaire.

Même le lion trottina jusqu'à eux. Toujours collé à Hugues, il observait l'oiseau perché sur son épaule avec une curiosité féline très naturelle. Il se pourlécha même plusieurs fois les babines mais, dès qu'il arriva devant la coupe sculptée, il posa sa patte dessus et parut s'agiter de ce qu'il ressentait.

Sa réaction *quasi* épidermique ramena très vite l'attention d'Erin vers la dalle. En caressant la rainure du bout du doigt, elle comprit que, dans ce contexte-là aussi, le *sang* était probablement la clé.

— C'est un portail sanguiniste, non ? Il n'existe donc qu'un moyen de l'ouvrir : le sang d'un membre de l'Ordre.

— Il n'y a pas à dire, vous êtes une femme remarquable, reconnut Hugues. Dotée d'une pleine conscience impressionnante.

Elle le dévisagea d'un air insatisfait.

— Je sens quand même que l'accès ne sera pas simple.

— En effet. Ce genre de porte peut être verrouillé de multiples façons.

Erin se rappela qu'à Venise Bernard avait utilisé la consigne latine *« pro me »*.

— Même moi, je ne peux plus l'ouvrir. Je l'ai sécurisée par le biais d'une commande dont peu de Sanguinistes se souviennent. Y compris mon cher ami Bernard.

L'Érudite opina en silence. Au moins, la démarche d'Hugues était logique. Il avait condamné le passage de sorte que personne ne le lui ferait ouvrir sous la contrainte.

— Aujourd'hui, je suis trop corrompu pour la desceller. Seule une âme foncièrement pure sera capable de libérer la pierre sacrée.

— Une âme pure ? répéta Erin.

— La trappe ne s'ouvrira qu'à un Sanguiniste qui n'a pas avalé une goutte de sang avant de boire le vin transsubstantié et d'accepter la proposition du Christ. Il nous faut le sang de l'Élu.

La jeune femme pivota vers Rhun.

*

18 h 18

Rhun eut un mouvement de recul.

Je ne suis pas l'Élu... du moins, plus maintenant.

Certes, avant d'intégrer l'Ordre, il n'avait pas goûté au sang humain. À l'époque, il avait été sauvagement attaqué par un *strigoï* devant la tombe de sa sœur et il ne devait son salut qu'à trois Sanguinistes, qui l'avaient conduit jusqu'à Bernard. Là-bas, à genoux, il avait prêté serment, bu le vin et endossé l'habit.

Aujourd'hui, hélas, je suis loin d'être aussi pur.

— C'est forcément vous, insista Erin.

— Impossible ! J'ai péché. J'ai goûté au sang.

— Certes, mais vous avez été absous de vos fautes dans le désert, objecta-t-elle d'une voix calme. C'est *vous*.

— Rhun, vous êtes le plus pur d'entre nous, grogna sévèrement la comtesse. Nous n'avons rien à perdre. Êtes-vous à ce point effrayé par l'idée d'échouer ? De ne pas faire l'affaire ? Je vous croyais plus courageux.

Le prêtre se sentit honteux. Élisabeth avait raison. Il avait très peur, mais force était aussi de reconnaître qu'il ne pouvait pas laisser passer leur chance, même infime, de toucher au but.

À contrecœur, il s'agenouilla sur le carrelage glacé,

baissa la tête et empoigna sa croix pectorale. La brûlure du métal au creux de sa paume lui rappela sa nature impie, la manière dont elle le gouvernait. Qu'importe ! Il devait essayer coûte que coûte. Il tendit son bras au-dessus de la rainure et prit alors conscience qu'il n'avait pas d'autre main pour tenir la lame qui lui servirait à s'entailler la peau.

Un Chevalier manchot... Quelle déchéance !

La secourable Sophia accepta le petit couteau d'Hugues et transperça la paume du prêtre. Un sang foncé affleura sur la plaie. Rhun retourna sa main, serra le poing et fit couler son essence maudite au creux de la dalle.

Ensuite, il se signa et récita la formule rituelle en terminant par *« mysterium fidei »*.

Tout le monde scruta le sol.

Rien ne bougea, hélas.

J'ai échoué.

Anéanti de désespoir, il comprit l'abominable vérité.

Mes péchés nous ont tous condamnés.

CHAPITRE 33

19 mars, 18 h 22
Pyrénées, France

Élisabeth contempla Rhun. Le dos voûté, la nuque basse, il paraissait totalement défait. Elle soupira devant la fragilité des Sanguinistes, qui s'appuyaient sur leur foi comme sur une béquille de mendiant. Au fond, il suffisait de semer le doute dans leur esprit pour qu'ils s'effondrent.

Sophia récita la partition du chœur grec de cette tragédie :

— Rhun représentait notre unique espoir. C'était le seul membre de notre Ordre – depuis des millénaires – à n'avoir jamais goûté au sang avant d'accepter l'offre du Christ.

Faux.

Au moins, l'Érudite ne se laissa pas abattre.

— Il doit bien exister un autre moyen. Si on attaquait le sol à coups de marteau et de burin…

— Je refuse que mon église soit profanée, répliqua Hugues. D'ailleurs, à la moindre tentative, la pierre sacrée tombera dans une rivière souterraine, où elle sera perdue à jamais.

— Vous avez piégé votre propre voûte secrète ? intervint Jordan. Alors, là, vous avez vraiment pensé à tout.

Élisabeth eut pitié de Rhun, qui égrenait d'inutiles prières à voix basse. Il avait tout donné pour son Dieu, mais son sacrifice n'avait servi à rien. Aux yeux du Seigneur, il était jugé aussi impur que n'importe quel *strigoï* sauvage. Voilà ce qu'il avait gagné après de longs siècles d'obéissance au Christ.

À n'en pas douter, il serait exaspéré de voir débarquer un nouveau sauveur, quelqu'un capable d'ouvrir la trappe, alors qu'il avait lamentablement échoué.

— Écartez-vous, ordonna Élisabeth.

Elle s'empara du couteau de Sophia, s'agenouilla près de son camarade et, à l'aide d'une poignée de paille, elle essuya le sang de la coupe en pierre.

Korza l'observa avec étonnement.

— Qu'est-ce que vous… ?

— Chut !

Elle s'entailla la paume et regarda le sang affluer. Son propre visage se refléta sur le liquide brillant.

Navrée, Rhun, je sais combien vous allez en souffrir.

Elle déclama la célèbre formule tirée du latin :

— *« Car ceci est la Coupe de Mon Sang, le sang de l'Alliance nouvelle et éternelle. »*

Elle retourna sa main et laissa son sang couler dans la rainure. Très vite, la fine anfractuosité fut remplie et la Hongroise prononça les derniers mots de l'incantation.

— « *Mysterium fidei.* »

Avec un léger raclement, la dalle s'enfonça dans le sol, puis coulissa.

Des halètements de stupeur parcoururent l'assistance.

Seule Erin se mit à rire.

Les autres pivotèrent vers elle.

— J'ai compris. Élisabeth a recouvré toute son intégrité quand Rhun lui a rendu son âme dans le désert. Ensuite, à la basilique Saint-Marc, après que Bernard l'eut dépouillée de sa nouvelle âme en la retransformant en *strigoï*, elle n'a pas eu le droit de goûter au sang. Au contraire ! Dans la foulée, on l'a obligée à boire le vin sacré.

— Depuis, je n'ai pas avalé une seule goutte de sang, renchérit l'intéressée. Conformément aux préceptes de l'Église, mon être a conservé sa pureté. Je suis l'Élue. En voici la preuve.

Elle s'écarta et laissa un rayon de soleil pénétrer dans la cavité. Une lumière flamboyante jaillit d'une gemme rouge foncé logée à l'intérieur. Son éclat puissant semblait émaner du cœur même de l'objet.

Bien qu'éblouie, Báthory resta effarée par la splendeur du diamant rouge. Elle avait vu beaucoup de pierres précieuses dans sa vie. Au cours de son existence mortelle, elle avait été l'une des femmes les plus riches de la planète. Pourtant, aucun joyau ne possédait le même pouvoir de fascination.

Elle ne fut pas la seule à être hypnotisée.

Jordan Stone tomba à genoux, le visage baigné de lumière, comme s'il s'agissait de sang frais.

— Elle chante, gémit-il.

*

18 h 27

Le cœur de Jordan se mit à l'unisson de la pierre flamboyante, laquelle l'entraînait de plus en plus vers sa mélodie, vers sa lumière intense. Autour du sergent, le monde sombra dans une fade obscurité.

Comment aurait-il pu en être autrement ?

Au loin, les autres discutaient, mais leur conversation n'était qu'un bruit de fond étouffé par la splendeur du chant.

— Vous n'entendez donc rien ? demanda-t-il en voulant les inciter à tendre l'oreille.

Une voix aiguë s'immisça entre les notes individuelles de la mélodie :

— Erin Granger, prenez la pierre ! Mettez-la vite à l'abri de la lumière avant que votre ami ne s'y perde à jamais !

Il reconnut le timbre de l'ermite.

Quelques secondes plus tard, le rayonnement s'atténua, mettant en sourdine le refrain éternel. Le monde alentour retrouva sa substance, son poids et ses ombres. Jordan vit qu'une femme enveloppait l'étrange gemme dans un linge blanc. Elle observait l'Américain d'un air à la fois soucieux et effrayé.

Quelqu'un d'autre apporta un sac, au fond duquel elle rangea leur trésor. Un bruit de fermeture Éclair résonna dans le silence de l'église.

Les bras de Jordan se levèrent vers la femme à la besace.

Il mourait d'envie de récupérer la pierre, de la remettre au soleil, d'écouter son chant jusqu'au bout, mais la détentrice du sac recula encore d'un pas et demanda :

— L'un de vous a-t-il entendu *chanter* ?

Tout le monde répondit par la négative.

Peu à peu, Jordan sentit l'univers reprendre corps autour de lui. Pourtant, s'il faisait l'effort, il distinguait encore un faible murmure en provenance du sac à dos, voire un écho issu de sa propre poche de pantalon. Cet écho-là était d'un vert sombre, gorgé de vie, promesse de racines et de feuilles, de fleurs et de tiges.

— Jordan, chuchota-t-on à son oreille. Tu m'entends ?

Oui.

— Réponds-moi, je t'en prie. (Puis, d'une voix plus lointaine quand la personne détourna la tête.) Que lui arrive-t-il ?

— Il est en total déséquilibre.

L'ermite encore.

— Autrement dit ?

— Il a été touché par du sang angélique. En même temps qu'il protège et guérit votre ami, ce liquide grignote un peu plus de son humanité chaque fois qu'il le sauve. Vous pouvez d'ailleurs voir une carte de leur lutte intérieure tatouée sur son corps. Si la puissance angélique l'emporte, vous le perdrez définitivement.

Une main lui toucha le front, aussi glacée que de la neige fondue sur sa peau brûlante.

— Comment l'aider ?

Elle s'appelle... Erin.

— Ne le laissez pas oublier sa propre humanité.

— Qu'est-ce que cela veut dire, au juste ? Que faire ?

Une subtile modification du fond musical attira l'attention de Jordan. C'était comme un murmure d'accords mineurs, un fil plus sombre tissé au sein de la mélodie, qui insérait des notes plus graves de mise en garde.

Il obligea ses lèvres à articuler :

— Quelqu'un approche.

Le silence qui suivit lui permit de mieux écouter.

— Impossible, réfuta l'ermite. J'ai des gardes postés partout. Dans les ténèbres de la forêt, dans les tunnels sombres. Ils m'auraient prévenu. Vous êtes en sécurité ici.

Les notes noires résonnèrent de plus belle dans sa tête.

Le lion grogna. Son pelage blanc se hérissa d'inquiétude.

Jordan se leva, se dirigea vers un mur et attrapa une arme munie d'un long manche.

— Reposez cette binette ! ordonna Hugues. Toute violence est inutile.

Le soldat fit volte-face vers l'arrière de l'église.

Trop tard.

Il est ici.

*

18 h 48

Légion émergea de la forêt immémoriale pour s'engager dans une galerie tout aussi enténébrée. D'autres le guidaient, ceux-là mêmes qu'il avait trouvés tapis au fond des bois, les êtres corrompus qui avaient cru vivre en paix sur la montagne. Au lieu de quoi, le monstre les avait asservis en les marquant de son empreinte de paume sur la joue. Il s'était approprié leurs souvenirs, leur connaissance de la tanière de l'ermite, ce qui lui avait fait découvrir les chemins secrets à travers le massif.

Quelques heures plus tôt, fort des informations recueillies auprès du père Gregory, Légion avait quitté Prague, son corps affaibli transporté par quelques esclaves. Trois Sanguinistes, assujettis eux aussi, s'étaient emparés d'un hélicoptère, dont les vitres teintées leur avaient permis de voyager en plein jour.

Ils avaient atterri à l'opposé de l'endroit où l'appareil ennemi était stationné. Au cours de l'ascension, protégé des rayons du soleil par la forêt ancestrale, il avait savouré les effluves de terre grasse, de bois en décomposition ainsi que le doux parfum des feuilles et de l'écorce. Ses yeux s'étaient délectés du vert émeraude de la canopée, des pétales délicats de fleurs. Ses oreilles avaient perçu chaque bruissement, pépiement ou raclement précipité de vie, lui rappelant le paradis que la Terre aurait pu être si l'homme ne l'avait pas autant maltraitée.

J'en referai un véritable jardin, s'était-il juré. *Je faucherai, désherberai et brûlerai tout jusqu'à ce que ce magnifique endroit redevienne un paradis.*

En forêt, il avait découvert les sentinelles de l'ermite – à la fois bêtes et *strigoï* –, toutes fidèles à un personnage qui leur avait promis le chemin vers la sérénité. D'un simple contact, il les avait libérées de leur suffisance et se les était appropriées, de sorte qu'aucune alerte n'avait été donnée.

Légion s'engouffra à présent dans leurs galeries, amusé que son adversaire ait choisi un refuge pareil mais aussi qu'il se soit entouré de créatures perverties, très faciles à retourner contre lui. Il continua sa route souterraine. Dès qu'il posait son empreinte quelque part, son influence s'étendait, telle une tempête en train d'enfler dans le cœur noir de la montagne.

À chaque pas, ses yeux se démultipliaient, sa voix prenait de l'ampleur. Ses esclaves en appelaient d'autres, qui arrivaient, comme des papillons attirés par sa flamme glacée, et ne cessaient de grossir les rangs.

Alors qu'il suivait ses forces de plus en plus loin, Légion distingua enfin des battements de cœur familiers.

D'une part, le pouls affolé de l'Érudite ; de l'autre, les trépidations tonitruantes du Guerrier.

Ces deux-là avaient failli détruire son réceptacle.

Saisi d'une rage folle, il leva le bras.

Allez-y ! ordonna-t-il.

Sa tempête maléfique envahit les tunnels, prête à fondre sur leurs ennemis en contrebas. Il savait qu'ils avaient déjà récupéré la deuxième pierre, dont le chant flamboyant avait résonné jusqu'à lui. Conscient de leur découverte, il n'avait donc plus besoin d'eux. Même pas du Chevalier.

Légion assena sa dernière instruction, diffusant sa volonté dans le cœur silencieux de chacun de ses soldats.

Tuez-les tous.

*

18 h 50

Le lionceau sur ses talons, Rhun s'empara d'une faux parmi les outils de jardinage.

Sophia prit une cognée dans une main, un marteau dans l'autre.

Quant à Élisabeth, elle brandit une pelle.

Le prêtre fit volte-face au moment où des silhouettes émergeaient d'un tunnel situé au bout de l'église pour fondre sur l'assemblée de *strigoï* et de *blasphèmare*.

Sans l'avertissement de Jordan quelques secondes plus tôt, ils auraient été pris au dépourvu, piégés avant d'avoir pu réagir.

Un assaillant se précipita sur Erin. Genou à terre, la jeune femme hissait sur son dos le sac dans lequel elle avait rangé la pierre rouge et l'Évangile à l'abri.

Rhun fonça à son secours. Avec sa faux, il trancha la jambe de la bête, puis il l'envoya faire un vol plané. Quand le *strigoï* retomba violemment au sol, du sang sombre gicla de son membre amputé. Fou furieux, il repartit pourtant à l'attaque, toutes griffes dehors. Une empreinte de main noire souillait sa joue pâle.

La marque de Légion.

Par chance, Jordan arriva en renfort, aussi rapide qu'un faucon, et, d'un seul coup de binette, il fendit en deux le crâne de la créature.

Rhun aida Erin à se relever, pendant que le sergent brisait son arme sur le dos d'une panthère *blasphemare*.

Un nouveau demi-tour sur lui-même, et il enfonça le manche déchiqueté de l'outil dans l'œil de l'animal. Avant que le prêtre n'ait pu intervenir, Jordan lui arracha sa faux des mains.

Au lieu de protester, Rhun battit en retraite avec Erin, car il devait la protéger autant que son précieux butin.

Sur les côtés, Sophia et Élisabeth assuraient leur sécurité, tandis que Jordan partait affronter un flot grandissant de bêtes et de *strigoï* à l'arrière de l'église. Face à une supériorité numérique aussi écrasante, le combat était perdu d'avance.

Soudain, de la lumière surgit dans le dos du père Korza. Elle s'accompagnait d'un puissant rugissement.

— Venez ! s'égosilla Hugues.

D'un regard par-dessus son épaule, Rhun vit l'ermite ouvrir l'autre battant de porte de l'église, révélant ainsi la cascade assourdissante qui dégringolait dehors. Il remarqua aussi que la lumière y était particulièrement voilée. Alors qu'il restait à peine quelques minutes de jour, l'église d'Hugues était orientée à l'est. Or, dans la mesure où le soleil se couchait à l'*ouest*, le versant de la montagne assombrissait le seuil. La clarté était trop faible pour leur assurer une véritable protection.

La preuve ? Un autre *strigoï* apparut et s'élança vers eux.

Heureusement, un éclair blanc fendit l'air, plaqua l'agresseur au sol et lui lacéra le visage et la gorge avec ses griffes argentées, comme pour y effacer la marque de Légion.

Hugues attrapa Rhun par le bras et lui tendit un rouleau de vélin parcheminé.

— Cette vieille carte vous indiquera le chemin de la vallée.

Après avoir glissé le plan dans la ceinture de son pantalon, le Sanguiniste empoigna Erin par la taille, conscient qu'il n'existait qu'un moyen de survivre à l'assaut.

— Il faut sauter, annonça-t-il.

La jeune femme pivota vers les combats qui continuaient de faire rage dans la pénombre de l'église.

— Jordan…

Tel un roc dressé au milieu d'un tourbillon noir, le sergent Stone se déplaçait à une vitesse hallucinante, animé par une férocité sans nom. Il saignait de mille plaies, éclaboussant les ténèbres de son sang sacré, brûlant et décimant les adversaires autour de lui à grands coups de faux.

Hélas, même le Guerrier de la prophétie ne put résister très longtemps à une tempête aussi violente.

Sous les yeux de Korza, il s'effondra à genoux et se retrouva à deux doigts d'être piétiné.

— On s'en occupe ! lança Sophia en hélant Élisabeth.

Un simple sifflement d'Hugues, et sa meute de chiens noirs jaillit de l'obscurité.

— Défendez-les ! ordonna-t-il, le doigt pointé sur les deux femmes. Le Guerrier ne doit pas tomber.

La troupe détala en compagnie de Sophia et d'Élisabeth.

Rhun étreignit Erin de plus belle.

— Ils vont réussir, promit-il.

Malgré son regard apeuré, elle eut suffisamment confiance en lui pour acquiescer en silence.

À l'autre bout de l'église, une nouvelle silhouette

apparut, plus sombre que les ténèbres. La sculpture noire d'un ancien camarade.

Erin aussi repéra le monstre.

Légion dans la peau de Léopold.

Le démon était toujours vivant !

Sans attendre, Rhun emprunta l'unique route possible.

Il serra Erin contre lui, recula en direction du terrible fracas et sauta de la montagne.

*

18 h 55

Le souffle coupé par un froid glacial, Erin sentit la puissance de l'eau vider ses poumons de leur oxygène. Au cours de sa chute, elle fit la culbute mais, joue contre joue avec Rhun, elle sentit sa poigne de fer sur ses épaules, ses jambes musclées autour de sa taille.

Après avoir percuté la surface du lac avec une violence qui ébranla chaque os de leur squelette, ils plongèrent vers des eaux plus sombres. Erin faillit suffoquer en buvant la tasse, puis elle se sentit propulsée à nouveau vers le haut. Rhun battait des jambes et, son unique bras solidement enroulé autour d'elle, il ne la lâcha pas une seconde.

Ils réémergèrent, accueillis par le mugissement de la cascade.

La jeune femme cracha de l'eau et avala de grandes gorgées d'air.

Le Sanguiniste la tira en direction de la berge. Au

bout d'un moment, elle reprit assez de souffle pour nager seule. Ils s'extirpèrent à quatre pattes du lac. Elle se retourna, assise sur une hanche, et leva les yeux vers la falaise. À présent que le soleil était presque couché, on ne discernait même plus l'église derrière l'épais rideau d'eau.

— Jordan, s'étrangla-t-elle.

D'un pas mal assuré, le prêtre se dirigea vers la pile de vêtements et de matériel. Convaincue de la sagesse de sa décision, Erin le suivit, les jambes flageolantes de peur et de froid. Heureusement, dès qu'elle ramassa son Colt 1911, le contact de la crosse en acier l'aida à se ressaisir.

Rhun, de son côté, retrouva son *kerambit* en argent.

— Dans quelques minutes, le soleil aura disparu. Il faut y aller.

— Que faites-vous de Jordan et des autres ?

Au même moment, comme si elles avaient entendu la question, plusieurs silhouettes enchevêtrées jaillirent de la cascade. Elles dégringolèrent dans le vide, s'écrasèrent sur le lac et disparurent sous l'eau. Erin se précipita vers le rivage. Bientôt, elle aperçut un amas de bulles et, depuis plusieurs mètres de fond, quelqu'un resurgit des flots.

Élisabeth.

La comtesse soutenait le corps flasque de Jordan, qu'elle fit rouler sur le dos. Il ne bougeait pas. La mare de sang qui s'étalait autour de lui souillait les eaux bleutées à la manière d'une nappe de pétrole. Son torse était bardé d'éraflures et de lacérations. Un os luisait même à travers une énorme plaie béante.

Sophia reparut à son tour, traînant derrière elle le lionceau trempé. Le jeune fauve, affolé, se débattit d'abord frénétiquement pour sortir du lac, puis il reprit ses esprits et suivit le reste du groupe.

Erin pataugea dans l'eau avec Rhun pour hisser Jordan jusqu'à la berge.

L'Américain avait les yeux grands ouverts, pourtant il ne voyait rien.

Était-il mort ?

Sa poitrine se souleva alors une fois, deux fois.

— Il est vivant, annonça Élisabeth. En revanche, son cœur s'affaiblit à chaque pulsation.

— Elle a raison, confirma Rhun. Sans une aide extérieure, ses capacités miraculeuses de guérison ne suffiront peut-être même pas à le sauver.

Erin aurait voulu posséder leurs sens affûtés, entendre le pouls de son petit ami, être au plus proche de lui.

Sophia indiqua la forêt obscure au pied de la montagne.

— Nous devons vite partir d'ici. Il fait déjà assez nuit pour que les bataillons de Légion nous traquent sur la route.

Un bruit d'éclaboussures les incita à se retourner. Une gigantesque forme noire avait bondi de derrière la cascade, ses grands membres écartés. Tout le monde recula. Seul Jordan continua à perdre du sang au bord de l'eau.

L'imposante créature atterrit à proximité de la rive. À peine immergée jusqu'à la taille, elle ne semblait pas avoir souffert de sa chute vertigineuse.

Erin braqua son colt vers le poitrail du *blasphemare*. Elle l'avait repéré quelques minutes plus tôt à l'église. Il faisait partie de la ménagerie d'Hugues.

Le gorille de montagne s'approcha du blessé.

— Ne tirez pas, recommanda Sophia. Celui-là n'a pas été corrompu. Il se trouvait auprès de l'ermite quand nous avons sauté de la falaise.

Le grand singe au pelage noir souleva Jordan de terre et hissa délicatement le corps ensanglanté sur son épaule. Le museau en avant, il renâcla.

— Hugues a dû l'envoyer nous aider.

— Dans ce cas, reprenons nos armes, indiqua Rhun.

Sophia et Élisabeth se rééquipèrent en vitesse. De son côté, Erin ramassa le pistolet-mitrailleur de Jordan, qu'elle lui passa en bandoulière autour du cou.

Il te servira quand tu iras mieux, promit-elle.

De concert, ils détalèrent dans la clairière, conduits par le gorille qui, quelques mètres devant eux, galopait à moitié à quatre pattes.

— Et Hugues ? demanda Erin.

Báthory se retourna, la mine étrangement triste.

— Il a refusé d'abandonner son troupeau.

— Il voulait aussi nous faire gagner du temps, ajouta Sophia.

Alors que le petit groupe arrivait en lisière de la forêt, des hurlements retentirent derrière eux. Un chapelet de silhouettes sombres se déversa de la cascade, telles des fourmis grouillant hors d'une fourmilière inondée.

On dirait bien que notre temps est écoulé.

CHAPITRE 34

19 mars, 19 h 04
Pyrénées, France

Légion ôta sa paume de la joue de la femme et écarta une mèche blonde de son visage. Il regarda les yeux de son esclave devenir les siens. À présent qu'il voyait à travers elle, il pouvait admirer la splendeur de son propre visage. Il avait aussi appris son nom, à mesure qu'il s'imprégnait de ses souvenirs.

Francesca.

Grâce à des dizaines d'yeux, il suivait en douce ses chasseurs lancés aux trousses de leur gibier dans la forêt. Leurs mugissements résonnaient au cœur des montagnes.

Légion, lui, était resté à l'intérieur, face à sa cible.

Désormais, il possédait tous les animaux et tous les *strigoï* de la chapelle.

Tous sauf un.

Adossé au mur, en sang mais debout, l'ermite continuait de résister. Son visage ne laissait entrevoir aucune appréhension. Ses prunelles marron le fixaient avec calme.

— Vous pouvez renoncer. Il n'est pas trop tard. Chacun a droit à la paix et au pardon. Même vous, un esprit des ténèbres.

— Vous cherchez à m'absoudre, rétorqua Légion, amusé, mais je me trouve au-delà du péché et de la damnation. Le pardon m'est inutile. (Il leva la main.) En revanche, laissez-moi vous débarrasser de votre souffrance, de votre peine et même de votre fausse impression de paix. Seule l'obéissance aveugle vous apportera une véritable sérénité. Par ce biais, vous partagerez aussi avec moi tout ce que vous savez, tout ce que vous leur avez raconté.

— Je ne vous dirai rien.

L'ermite pivota sur ses talons, comme s'il refusait la proposition mais, en réalité, il empoigna un gros levier en bois dissimulé dans une brèche. Au prix d'un effort prodigieux, il abaissa la manette. Un vacarme terrible émana d'en bas. Le sol se mit à trembler, puis s'effondra.

Légion s'élança vers l'avant quand des pans entiers de briques et de pierres descellées se disloquèrent sous ses pieds. L'ermite, lui, bondit pour attraper les grosses tresses métalliques d'un porte-flambeau fixé au mur. Légion le suivit et, d'une main noire, il saisit la botte de son adversaire.

Alors que le démon pendillait dans le vide, le sol disparut dans un vaste cratère situé sous l'église, engloutissant le reste des esclaves. Un grand nuage de poussière de brique et d'esquilles de bois s'éleva en même temps qu'un puissant grondement d'eau.

Ce dernier résonnait en contrebas, signe que la montagne était traversée par une large rivière souterraine.

En cas de chute, Légion resterait piégé à jamais dans les entrailles terrestres, emprisonné aussi solidement qu'il l'avait été au sein du diamant vert.

La terreur l'envahit.

Il leva la tête et vit que l'ermite l'observait d'un air réjoui.

Ne faites pas cela, l'exhorta-t-il en silence.

Hélas, ses doigts n'avaient agrippé que le cuir de la botte, pas la peau de l'ancien Sanguiniste. Son ennemi, toujours maître de sa propre volonté, en profita pour déplier les doigts et lâcha prise.

Ensemble, ils basculèrent vers les ténèbres.

*

19 h 10

— Continuez d'avancer ! mugit Rhun.

Quelques instants auparavant, une explosion étouffée avait été suivie d'un énorme fracas de pierre éboulée et de bois brisé. Le prêtre en ignorait la signification mais, de toute façon, l'équipe restait pourchassée par une meute hurlante de *strigoï* et de *blasphemare*.

Il resta à hauteur d'Erin. Devant eux, le gorille, qui avait hissé Jordan sur son épaule, dévalait la pente au galop. L'animal fonçait dans les buissons, écartait les arbustes comme s'il s'agissait de vulgaires brindilles et, grâce à son imposante carrure, il leur créait un passage au milieu de la forêt, tel un rocher dégringolant de la montagne.

Sophia avait emprunté le pistolet-mitrailleur du sergent Stone et elle couvrait leur fuite grâce à de grandes rafales de balles en argent qui déchiquetaient les aiguilles de pin et les feuilles des arbres. Sur la gauche, Élisabeth donnait des coups de couteau et d'épée. Quant au lionceau, il protégeait leur flanc droit en se déplaçant à la manière d'un fantôme.

Hélas, ils perdaient rapidement du terrain.

À tout instant, l'ennemi risquait de s'abattre sur eux.

Sophia apparut à côté du père Korza et jeta son arme fumante derrière elle.

— Plus de munitions ! annonça-t-elle avec effroi. On n'y arrivera jamais. Il va falloir…

Elle fut interrompue par un cri tonitruant.

— TOUT LE MONDE À TERRE !

Rhun, qui avait reconnu la voix, s'exécuta. Il poussa Erin vers un gros tapis de feuilles mortes et se jeta au-dessus d'elle. Les autres se baissèrent. Même le lionceau se faufila près du prêtre et l'imita. Sa queue blanche fouettait rageusement la végétation.

Seul le gorille continua sa descente effrénée.

Dans le sillage du primate, Christian surgit quelques mètres plus bas. Il s'accroupit, le canon de ses deux mitrailleuses posé sur les cuisses, et il ouvrit le feu.

Un déluge de balles d'argent tailla en lambeaux la forêt. Leur crépitement était assourdissant et, même quand il cessa, les oreilles de Rhun continuèrent de bourdonner.

— Allez-y ! hurla Christian avant de se débarrasser de ses armes vides. Je ne nous ai fait gagner qu'une poignée de minutes ! Courez jusqu'à l'hélicoptère !

Tout le monde se redressa et déguerpit.

Enfin, ils resurgirent de la forêt. Au centre de la clairière, l'appareil ronronnait devant eux, ses moteurs déjà chauds et prêts à démarrer, ses rotors tournoyant lentement.

À présent que le soleil était couché, ils devaient quitter la montagne au plus vite.

Le gorille les attendait au pied de l'hélicoptère. Appuyé sur son bras musclé, il soufflait bruyamment, hors d'haleine. Les aventuriers rejoignirent l'animal. Sophia et Christian hissèrent Jordan à bord. Erin grimpa derrière lui et resta debout à ses côtés.

Rhun posa une main sur l'épaule massive du singe.

— Merci.

Secrètement persuadé que la rédemption de créatures aussi maudites était illusoire, il avait toujours nourri quelques doutes sur le travail d'Hugues.

Plus maintenant.

Le gorille répondit par un léger coup de coude, comme s'il avait compris.

Après quoi, il repartit vers la forêt, le regard levé en direction de la lointaine cascade, pressé de revenir protéger l'homme qui lui avait offert un foyer… et aussi son cœur.

Au moment de monter dans l'hélicoptère, Rhun observa la montagne.

Dieu vous garde.

*

19 h 22

Légion gisait en piteux état dans les décombres de l'église. Un déluge de bois et de pierres s'était abattu sur le rebord escarpé d'une paroi du précipice, formant une espèce de perchoir précaire. En fait, le démon s'était écrasé là, non pas parce qu'il avait eu de la chance mais à la seule force de sa volonté. Il avait repéré l'abri de fortune pendant sa chute et il s'était jeté dessus dans l'espoir que la corniche supporterait le poids de son corps.

Et pas que le sien.

Malgré une dégringolade vertigineuse, il n'avait pas lâché la botte de l'ermite. Son adversaire, qui souffrait de blessures encore plus graves, était étendu près de lui. Non seulement il avait le cou presque à angle droit, mais son sang s'insinuait entre les cailloux et coulait dans la rivière en contrebas.

Pourtant, une once de vie subsistait en lui.

Cela suffira peut-être.

Dans un grincement d'os, Légion roula prudemment sur le côté.

Je vais savoir ce que tu sais.

Alors qu'il levait une main vers la joue blême de l'ermite, il croisa son regard affaibli mais toujours rebelle. Sans y prêter attention, il apposa sa paume sur sa victime. Aussitôt, il sentit que la flamme de son ennemi était en passe de s'éteindre.

Serait-ce suffisant ?

Il ôta sa main d'un air soucieux. Comme il l'avait craint, la peau était restée intacte. L'ermite était trop proche de la mort pour conserver son empreinte. Légion essaya à nouveau. Hélas, sa noirceur ne trouva rien de substantiel à se mettre sous la dent.

Le vieux religieux ferma les paupières et esquissa un sourire, certain d'avoir vaincu son ennemi juré.

Tu te trompes.

Légion rampa un peu plus haut. Puisqu'il ne pouvait pas l'asservir en tant que démon, il lui restait d'autres moyens de lui soutirer des informations.

Mon réceptacle est toujours un *strigoï*.

Il dévoila ses crocs. Comme s'il avait deviné la présence du vampire devant sa gorge, l'homme rouvrit les yeux. Épouvanté, il comprit, trop tard, le sort qui l'attendait.

Les crocs de Légion s'enfoncèrent dans sa chair glacée. En s'abreuvant directement à la source presque tarie, le démon établit un lien de sang entre eux, entre le prédateur et la proie, le *strigoï* et la victime. À chaque goutte, il lui pompait davantage de vie. Il suça ses ultimes forces et, dès qu'ils ne formèrent plus qu'un, il voulut absorber tout ce que l'ermite savait.

Même lorsqu'il fut riche de connaissances nouvelles, Légion continua de boire et, à grandes lampées, il finit par le vider de la totalité de son sang. Alors, seulement, il se rallongea sur le dos, puis envoya un message silencieux à ses soldats rescapés pour leur demander de le hisser hors du trou et de lui apporter davantage de sang, indispensable à sa guérison.

Il sourit dans la nuit.

Il avait appris quelque chose de l'ermite, une information que ce dernier n'avait pas partagée avec les autres. À dessein ou par simple négligence ? Mystère.

Toujours est-il que Légion s'en servirait contre son ennemi.

Mais il faut d'abord que je me libère... et que j'atteigne la vallée avant eux.

CHAPITRE 35

19 mars, 20 h 04
Lasserre, France

Tandis qu'Erin tenait la main inerte de Jordan, leur hélicoptère se posa sans ménagement dans un pré, près du village français de Lasserre. Quelques minutes plus tôt, ils avaient quitté précipitamment le massif montagneux pour s'engager dans les contreforts et avaient survolé de nuit le hameau pittoresque, avec ses maisons en pierre, ses vignes et ses petites fermes.

Une fois au sol, Christian lâcha le manche à balai et se retourna pour déplier une civière rangée en soute. Sophia et Élisabeth l'aidèrent à transférer le corps du sergent depuis la banquette arrière jusqu'au matelas rembourré dehors. Sur leurs talons, Erin tâcha de faire abstraction de la quantité colossale de sang qui avait imbibé le siège de l'appareil au point de former une flaque sur le revêtement en cuir.

Ne m'abandonne pas, Jordan.

Au cours du trajet, Erin et Élisabeth avaient puisé

dans la trousse à pharmacie pour nettoyer et panser ses plaies les plus graves. Sans doute rompue aux soins des blessures de combat, la comtesse avait affiché une belle dextérité. Manque de chance, les deux femmes étaient vite tombées à court de matériel. Erin avait enveloppé son petit ami dans une couverture de survie, mais elle la soulevait régulièrement et, très vite, elle s'était rendu compte que, cette fois-là, même les entailles les plus superficielles ne cicatrisaient pas. Le pauvre Jordan était en train de mourir.

Terrifiée, elle descendit de l'appareil et rejoignit les autres. Derrière une clôture, les fenêtres d'une fermette brillaient de mille feux.

Pourquoi avons-nous atterri ici ?

— Jordan a besoin d'aller à l'hôpital, réclama-t-elle, mi-déconcertée, mi-frustrée. D'être examiné par des médecins.

Christian souleva une extrémité du brancard.

— Cet endroit devra faire l'affaire. Le premier hôpital est situé trop loin d'ici.

Tandis que Sophia s'emparait des autres poignées de la civière, Rhun mit le lionceau à l'abri dans sa caisse de transport et le laissa à bord. Sans attendre, Christian se dirigea vers la maison. Erin fut obligée de courir pour rester auprès de Jordan.

— Où l'emmenez-vous ?

— Chez un docteur à la retraite, répondit le jeune pilote par-dessus son épaule. C'est un ami de l'Ordre. Il nous attend.

Alors qu'ils s'approchaient de la porte, un vieux monsieur leur ouvrit et les invita à entrer. Vêtu d'un pantalon marron en velours côtelé et d'une chemise écossaise bleue, il avait le visage ridé, une épaisse tignasse blanche et des prunelles brunes sous des sourcils broussailleux.

Après avoir observé Jordan d'un air grave, il aboya des ordres en français.

Aussitôt, les Sanguinistes traversèrent un vestibule de style rustique et portèrent la civière à la cuisine. Erin les suivit.

Dans un coin de la pièce, une marmite d'eau fumait sur un poêle en fonte. Quelques serviettes au tissage grossier étaient pliées sur une chaise. Y trônait aussi une sacoche de médecin en cuir craquelé qui ressemblait davantage à un accessoire de cinéma qu'à du matériel réellement utile.

Le Sanguiniste souleva Jordan du brancard et le posa sur la table de cuisine.

À la vue de son amant sous l'éclairage puissant des lampes, Erin crut défaillir. Les lignes rouge vif s'étaient considérablement propagées : désormais, elles s'étalaient sur le torse, le long du cou et remontaient jusqu'au visage. De plus, les vilaines arabesques qui avaient envahi son menton et ses lèvres ressortaient beaucoup plus sur son teint terreux.

Seule bonne nouvelle : les petites coupures avaient enfin l'air de se refermer.

Au moment où on ôta une bande de gaze rougie, la jeune femme sentit son estomac se nouer. Une effroyable entaille courait depuis l'épaule droite de Jordan jusqu'à sa hanche gauche. Toujours béante, elle laissait même apparaître les os et les muscles gorgés de sang.

De ses mains noueuses, le médecin nettoya promptement la poitrine du sergent avec une serviette, qu'il tendit à Erin lorsqu'il eut terminé. Elle conserva le morceau d'étoffe chaud et ensanglanté dans ses mains, sans savoir quoi en faire, jusqu'à ce que Sophia l'en débarrasse.

— Il va s'en sortir ?

— Il a fait une hémorragie massive, répondit leur hôte en anglais, mais je m'inquiète surtout de cette grave blessure. Même si elle saigne peu, elle ne coagule pas non plus, comme si les vaisseaux avaient cessé de fonctionner.

— Comment pouvez-vous l'aider ? cria-t-elle.

Exaspérée par son propre ton hystérique, Erin se ressaisit en prenant une profonde inspiration. Pour Jordan, elle avait besoin de rester calme.

— Je vais suturer les artères et refermer la plaie. En revanche, je ne comprends pas pourquoi il est bouillant de fièvre. Vu le volume de pertes sanguines, sa température aurait dû chuter. Il faut que je la fasse redescendre.

— Non ! s'exclamèrent Erin et Rhun en chœur.

— Sa fièvre n'est provoquée par aucune maladie, précisa le prêtre.

— En fait, cela dépasse l'aspect physiologique, ajouta sa voisine en essayant de mettre des mots simples sur un phénomène inexplicable. Quelque chose dans son sang, un truc susceptible de l'aider à guérir.

Du moins, je l'espère.

Le médecin haussa les épaules.

— Je ne comprends pas – et je ne suis pas certain d'en avoir envie –, mais je vais le soigner comme un patient ordinaire et voir s'il reprend connaissance. C'est tout ce que je peux faire.

Pendant qu'il s'activait, Erin approcha la dernière chaise de la table et prit la main de Jordan. Il avait la peau brûlante. Elle caressa ses cheveux blonds trempés de sueur.

Christian rejoignit le médecin.

— Laissez-moi vous aider, Hugo. Vous savez que je possède quelques compétences.

— Avec plaisir. Retirez mes instruments de la marmite.

Erin aussi aurait aimé participer mais, consciente de sa place, elle se contenta de serrer les doigts de son petit ami. Sur le plan physique, le médecin faisait le maximum. Hélas, les blessures de Jordan étaient très sérieuses. Elle caressa la ligne qui serpentait au dos de sa main. Elle la détestait. En même temps, elle priait pour que sa puissance intrinsèque sauve l'homme qu'elle aimait. Elle avait conscience que cette force-là risquait aussi de le consumer tout entier, de lui voler son amant aussi facilement que la mort. Cependant, serait-ce une mauvaise chose pour Jordan ? Peut-être allait-il transcender son humanité et devenir un ange à part entière ? Sa métamorphose ne l'avait *a priori* jamais perturbé autant qu'elle. Comment pouvait-elle mettre en balance son désir égoïste de le garder auprès d'elle et l'occasion qui était offerte à un héros de guerre de rejoindre les anges ?

L'avertissement d'Hugues de Payns résonna dans son esprit : *« Ne le laissez pas oublier sa propre humanité. »*

Qu'est-ce que cela voulait dire ?

*

21 h 21

Perdu dans un brouillard émeraude, Jordan était insensible à lui-même, insensible à tout sauf à une vague mélodie assourdie. D'un doux murmure, elle lui promettait la paix et, par son étreinte, elle l'entraînait de plus en plus loin.

Il subsistait pourtant au fond de lui une part infime de son être, une note unique face à ce chœur puissant. Elle se condensa jusqu'à former un solide noyau de résistance qui tournait autour d'un seul mot.

Non.

Les souvenirs s'y agrégèrent peu à peu, à l'image d'une perle qui se formerait autour d'un minuscule grain de sable.

...une dispute avec sa sœur pour savoir qui monterait devant dans la voiture...

...ses efforts pour traîner un camarade blessé en lieu sûr, sous le sifflement des balles...

...son refus d'abandonner une affaire classée, sa volonté de faire éclater la justice quand tout le monde avait jeté l'éponge...

Un mot émergea de ces scènes éphémères. Il définissait sa nature propre et constituait un excellent axe de départ.

Têtu.

Il l'accepta comme faisant partie de lui-même et s'en servit pour se battre, se tortiller et donner des coups de pied, chercher par-delà la promesse de la chanson, souhaiter davantage que la paix.

À force de se démener, il parvint à fendre le brouillard et discerna un infime point rougeâtre. Il s'en approcha, désormais assez conscient de lui-même pour ajouter un mot nouveau.

Envie.

La lumière aveuglante s'amplifia. Parfois, elle frémissait ; à d'autres moments, elle disparaissait complètement, mais il se focalisa dessus et s'y raccrocha avec ferveur, car il savait que c'était important, même si la drôle de chanson assourdie lui affirmait le contraire.

Au bout d'un moment, la particule de couleur rubis fut assez proche, assez stable pour qu'il perçoive un bruit inédit : un battement de tambour, qui s'opposait aux notes douces du chœur. Ce son-là vibrait et galopait, véritable concentré de chaos et de tumulte, tout ce que la petite musique de fond n'était pas.

Un quatrième mot se forma, en accord avec sa perfection désordonnée.

Vie.

Aussitôt, Jordan se sentit ressusciter, une naissance accompagnée d'une douleur aiguë qui transperça le brouillard et lui donna des membres, un torse, des os et du sang. Il prit ces nouvelles mains et se boucha les oreilles lorsqu'elles se constituèrent à leur tour, afin de ne plus entendre les notes suaves s'égrener.

Le battement rouge de tambour, en revanche, devint de plus en plus puissant.

Jordan le reconnaissait à présent.

Un pouls humain, modeste et fragile, simple et ordinaire.

Il ouvrit les yeux. Quelqu'un l'observait.

— Erin…

*

21 h 55

— Le héros se réveille, annonça Élisabeth.

Elle aurait voulu paraître dédaigneuse mais, même à ses propres oreilles, sa voix trahissait sa reconnaissance, voire sa joie.

Comment aurait-il pu en être autrement ?

Radieuse, Erin embrassa Jordan. Le soulagement se lisait sur sa peau. Ses yeux brillaient de tendresse. Jadis, Báthory avait senti le même regard de Rhun posé sur elle. D'instinct, elle s'effleura les lèvres, submergée par le souvenir, mais elle s'obligea vite à baisser la main.

Après avoir passé presque deux heures dans un bloc opératoire improvisé, Jordan se reposait à présent sur un petit lit installé au fond de la fermette, le corps couvert de pansements, le visage recousu de partout. Le vieux médecin n'avait pas démérité, mais Élisabeth savait que la véritable guérison n'était pas qu'une question de points de suture.

En changeant de position dans son fauteuil bosselé, Rhun dérangea le jeune lion pelotonné à ses pieds. Au moment d'organiser la veille du malade, il avait autorisé l'animal à les rejoindre à l'intérieur. Après avoir longuement prié pour le salut de l'Américain,

Christian et Sophia étaient sortis prendre l'air en vue de dérouiller leurs genoux pieux et d'échafauder de nouveaux plans.

Rhun se leva à son tour et, la main posée sur l'épaule d'Erin, il s'adressa à Élisabeth :

— Je vais communiquer la bonne nouvelle à Sophia et Christian.

Au départ du prêtre, Báthory se posta derrière Erin, les bras croisés. L'amour de l'Érudite pour le sergent se ressentait dans chacun de ses gestes et de ses murmures. Elle lui susurra quelque chose qui le fit sourire. Légèrement tiraillés, ses points de suture le firent tressaillir, mais il ne se renfrogna pas pour autant.

Malgré la bonne humeur générale, la comtesse observa d'un œil inquiet les lignes rouge vif qui s'entrecroisaient sur le corps et le visage de l'éternel rescapé.

D'accord, vous respirez toujours, mais vous êtes mal en point.

Elle garda néanmoins ses sombres pensées pour elle.

Le médecin reparut, manifestement informé du réveil de son patient, et examina Jordan. Il lui braqua une petite lampe dans les yeux, écouta son cœur, tâta son front.

— *Incroyable*[1], marmonna-t-il, stupéfait.

Une porte claqua et Rhun revint avec ses camarades sanguinistes. Un peu plus tôt, ils avaient tous consommé du vin, même Élisabeth. Depuis, cette dernière se sentait revigorée. Elle constata la même vitalité chez les autres mais, sous le masque du dynamisme,

1. En français dans le texte.

elle lut aussi l'anxiété sur les visages, l'impatience dans les postures et les mouvements.

Ils connaissaient la vérité.

Cette nuit-là, le monde était en train de sombrer dans les ténèbres, avec des histoires épouvantables de carnages et de monstres qui tournaient en boucle à la radio ou à la télévision. Les mises en garde se multipliaient et, d'heure en heure, la panique grandissait.

Il n'y avait plus de temps à perdre.

Sur un ton pressé, Christian lança :

— Le Citation X nous attend, réservoir plein. Nous pouvons être sur le tarmac d'ici à quinze minutes et décoller dans la foulée. Si je pousse les moteurs au maximum, nous devrions rallier Katmandou en moins de sept heures. L'appareil volera sur la réserve, mais cela me paraît envisageable.

Leur plan dépendait surtout d'un élément crucial.

Christian s'assit au pied du lit et posa la question fatale :

— Comment vous sentez-vous ?

— J'ai connu mieux, répondit Jordan.

Le père Korza demanda au médecin :

— Dans combien de temps sera-t-il apte à voyager ?

Atterré, l'homme poussa un juron en français, puis s'écria :

— Des jours, sinon des semaines !

— Moi, je suis prêt, annonça l'intéressé en réussissant tant bien que mal à s'asseoir. Je dormirai dans l'avion.

D'un regard angoissé, Erin supplia Rhun de décourager Jordan, d'approuver l'avis du médecin.

Au lieu de quoi, le prêtre lui tourna le dos.

— Alors, nous partons maintenant. En route !

Seule Báthory remarqua quelque chose quand elle passa brièvement devant lui : en réalité, le Sanguiniste avait été complètement démoli par sa réponse à Erin.

À la vue de sa réaction, la comtesse aussi fut abattue : de toute évidence, il était encore très amoureux de l'Américaine.

Elle le laissa donc s'en aller – à la fois de la pièce et de son cœur.

Il y en a un autre qui a davantage besoin de moi.

CHAPITRE 36

19 mars, 22 h 04
Rome, Italie

Tommy courut vers la coupole moirée de la basilique Saint-Pierre. D'habitude, la place grouillait de touristes qui déambulaient en ouvrant des yeux émerveillés. Cette nuit-là, en raison du couvre-feu, l'endroit était désert. Rome était quadrillée par des dizaines de patrouilles mêlant hommes armés et prêtres sanguinistes en civil.

Sauf qu'elles étaient en train de perdre la partie.

Les rues étaient envahies de bruits de sirène entrecoupés de hurlements. Des incendies laissaient échapper des rubans de fumée un peu partout dans la ville.

Tommy trébucha sur un trottoir et dut mettre un genou à terre. Aussitôt, il fut relevé par l'un de ses trois gardiens sanguinistes. On le transférait de l'appartement en bord de rivière vers la cité du Vatican.

Pour ta sécurité, lui avait-on expliqué.

Il avait tenté de protester, de peur qu'Élisabeth ne retrouve pas sa nouvelle cachette. À la nuit tombée, il avait même essayé de lui téléphoner, terrorisé par l'ampleur du chaos, mais les lignes étaient sans arrêt saturées.

À l'entrée de la place Saint-Pierre, quelqu'un avait installé des barricades, sur lesquelles des panneaux en métal de trois mètres de haut avaient été solidement verrouillés. Des snipers armés étaient de faction au sommet, protégés par des cages blindées spéciales. Des projecteurs géants brillaient aussi au pied de la barrière, de manière à éclairer les rues adjacentes.

La capitale italienne était assiégée.

Mais par qui ?

Ce soir-là, l'adolescent avait longuement regardé le journal télévisé de la BBC, selon lequel des assauts nocturnes avaient lieu partout en Europe et dans le reste du monde. Des troupes militaires surveillaient les principales métropoles, surtout la nuit. Rome n'était pas la seule ville à avoir décrété la loi martiale.

De l'avis de Tommy, les *strigoï*, devenus beaucoup plus puissants, étaient désormais hors de contrôle.

Tandis que son petit groupe était vite conduit de l'autre côté de la barricade, le jeune Américain fut effaré par le nombre de gardes suisses et de Sanguinistes en soutane qui grouillaient à l'intérieur, à la fois le long des murs et sur les balcons qui entouraient la place. D'autres hommes armés se précipitèrent derrière eux avant qu'on n'ait reverrouillé l'accès.

L'Église avait rappelé la grande majorité de ses soldats pour se protéger, laissant le reste de la population se débrouiller seule.

Toujours sous bonne escorte, Tommy traversa l'esplanade qui menait à la basilique. Même les énormes portes de l'édifice avaient été doublées de plaques métalliques.

— Rassure-toi, à Saint-Pierre, tu seras en sécurité pour la nuit, lui lança l'un de ses chaperons.

Peut-être...

Il se rongeait quand même les sangs pour Élisabeth. Elle était dehors. Quelque part. Qui savait quels dangers elle devait affronter ? De façon un peu égoïste, Tommy aurait voulu l'avoir à ses côtés. Alors, seulement, il se serait senti *en sécurité*. Hélas, il savait aussi que la comtesse ne pouvait pas le protéger de tout.

Une violente quinte de toux l'obligea à se plier en deux de douleur.

Il regarda au creux de sa paume.

Du sang.

SIXIÈME PARTIE

Serpents, race de vipères ! Comment échapperez-vous au châtiment de la géhenne ?

MATTHIEU, XXIII, 33

CHAPITRE 37

20 mars, 10 h 48, heure du Népal
Dans le ciel de l'Himalaya, Népal

Erin retint son souffle quand l'hélicoptère s'approcha de l'arête tranchante d'un sommet enneigé. La falaise glacée mesurait bien six mille mètres de haut, soit l'altitude maximale à laquelle l'appareil était censé voler. Au niveau de la crête, ses rotors soulevèrent des tourbillons de neige. Des rafales de vent le ballottèrent d'avant en arrière. Alors qu'il semblait pris au piège, en équilibre instable sur une lame de rasoir gelée, il piqua du nez et glissa vers l'autre versant.

Un bruyant soupir aux lèvres, la jeune passagère fit rouler sa nuque afin de relâcher la pression.

— Notre atterrissage est prévu dans dix minutes, leur annonça Christian au micro avec un calme exaspérant.

Ils venaient de franchir le dernier massif montagneux – le Ganesh Himal – et redescendaient en direction d'une longue vallée. De tous côtés, ils étaient cernés par de gigantesques pics escarpés, ce qui expliquait pourquoi la région avait résisté si longtemps à l'intrusion du monde moderne. D'après la vieille carte fournie par Hugues de Payns, une rivière serpentait en contrebas. Or, à perte de vue, on n'apercevait qu'un tapis immense d'une blancheur éblouissante. À cette époque-là de l'année, le cours d'eau gelé était sans doute recouvert de neige. En été, la vallée accueillait peut-être une végétation luxuriante mais, pour l'heure, ses terres arides brillaient surtout par leur inhospitalité.

Décidément rien à voir avec un jardin d'Éden.

Erin tapa du pied par terre pour relancer la circulation dans ses jambes engourdies. Les crampons en acier de ses grosses bottes fourrées tintèrent contre le plancher métallique. Bien qu'elle ait enfilé une tenue d'hiver très épaisse et que la cabine soit chauffée, le froid de l'Himalaya la glaçait jusqu'à la moelle.

À moins que ce ne soit simplement la peur.

Elle lorgna ses camarades, pelotonnés dans des parkas blanches. Même si les Sanguinistes au sang froid n'avaient pas besoin d'être aussi emmitouflés, au sol la couleur du vêtement leur permettrait de se camoufler sans problème. Même le lionceau, avec sa fourrure immaculée, semblait afficher un profil idéal.

Tout le monde s'étira et se prépara pour la suite de l'expédition.

Erin se pencha vers la fenêtre. Le soleil brillait dans un ciel bleu vif à peine troublé par quelques cirrus épars. Il leur restait un peu plus d'une heure avant midi.

En la voyant le nez en l'air, Jordan lui pressa le genou.

— Qui dit que notre ultimatum est fixé à midi ? Nous avons peut-être davantage de temps pour refermer les portes de l'enfer.

Erin pivota vers lui. Les traces des derniers combats s'étaient presque estompées mais, sur la moitié du visage, la peau pâle du sergent s'était zébrée de lignes écarlates. *A priori* insensible au froid, il avait laissé sa parka ouverte. La jeune femme n'aurait sûrement eu qu'à ôter ses gants de ski pour se réchauffer les mains contre lui.

Elle inspira à fond et détourna la tête, incapable de supporter plus longtemps des marques trahissant le peu d'humanité qui subsistait chez Jordan. Sa réaction vis-à-vis de l'état de son petit ami lui laissa un goût amer de culpabilité, voire d'égoïsme. En France, c'était grâce à sa force angélique et à son entêtement d'être humain qu'il était revenu des portes de la mort. Un jour, il devrait choisir quel chemin emprunter. Et elle serait bien obligée d'accepter, qu'importait son angoisse terrible de le perdre.

Pour chasser ses idées noires, elle répondit à la question :

— Nous n'avons que jusqu'à aujourd'hui midi.

— Pourquoi en êtes-vous aussi convaincue ? intervint le père Korza, assis en face d'eux.

Sur le siège voisin, son jeune lion, encore ensommeillé, fit le gros dos comme un chat.

Élisabeth réagit à la place d'Erin :

— Regardez la lune.

Les visages se tournèrent vers les fenêtres de l'hélicoptère. La pleine lune frôlait presque le disque flamboyant du soleil.

Jordan se pencha vers Erin pour mieux voir.

— Bernard nous a bien parlé d'une éclipse aujourd'hui mais, si mes souvenirs sont bons, elle ne devrait être que partielle.

— *Partielle* en France, rectifia Erin. En Asie méridionale, l'éclipse sera *totale*. J'ai vérifié pendant le trajet. Dans l'Himalaya, le phénomène sera complet à midi une.

Elle se remémora la fresque chez Edward Kelley. Le soleil rouge sang peint au-dessus d'un lac noir pouvait parfaitement illustrer la vision artistique d'une éclipse totale.

Consciente du danger, elle regretta de ne pas être arrivée plus tôt. Pendant que leur jet Citation X, piloté par Christian, avait foncé à travers l'Europe et l'Asie, Bernard les avait régulièrement informés par téléphone satellite de la situation au sol et, en particulier, de la recrudescence d'attaques dans les villes qu'ils avaient survolées de nuit. Les bataillons de *strigoï* et de *blasphemare* étaient devenus plus puissants, plus téméraires à mesure que la vague maléfique s'étendait. Petit à petit, la balance penchait en faveur de l'ennemi. Pourtant, les odieux monstres ne servaient qu'à mettre le feu aux poudres. Attisées par l'affolement général, les flammes du chaos ne cessaient de croître.

Au moment où Christian contournait un pan de montagne, un village apparut, niché au creux du versant. Sur les toits d'ardoises pentus, des cheminées crachaient des bouffées de fumée, signe qu'à l'intérieur les gens cuisinaient, riaient, vivaient. L'image rappela à Erin tout ce pour quoi ils se battaient.

Un yack esseulé longeait un sentier enneigé. À ses côtés marchait une silhouette vêtue de couleurs vives, sa capuche rabattue sur une tête ronde. L'homme au teint bistre et l'animal s'arrêtèrent pour observer l'hélicoptère.

Sa main plaquée contre la vitre, la jeune femme leur souhaita une vie longue et heureuse.

Tandis que le hameau disparaissait derrière eux, l'ultime preuve d'habitation fut un temple bouddhiste, dont les façades étaient ornées de drapeaux de prière qui claquaient au vent.

Pourtant, ce n'était toujours pas leur destination finale.

Christian continua de voler vers l'endroit indiqué sur la carte d'Hugues.

— Je n'aperçois aucun lac, à moins qu'il ne soit caché par toute cette neige. Il faudrait peut-être que je décrive des cercles autour de la zone.

Alors qu'il reprenait de l'altitude, Erin remarqua une gorge en forme de cuvette sur la droite.

— Là-bas ! s'écria-t-elle, le doigt pointé devant elle.

— J'ai vu ! Allons vérifier.

Le pilote vira de bord en direction du bassin et se faufila entre deux pics. Au fond de la vallée, une étendue de neige, à peu près de la taille d'un demi-terrain de football, laissait entrevoir des fragments de glace noire, telles des fissures sombres le long d'un vase blanc.

— Je parie que c'est là, annonça l'archéologue.

— Il n'existe qu'un moyen de le savoir.

Christian tira sur le manche et, une fois en rase-mottes, il fit du sur-place au-dessus du site.

Le souffle des rotors balaya la fine couche de poudreuse qui, en réalité, recouvrait un lac gelé. Sa surface était noire comme de l'obsidienne, à l'image du lac funeste représenté à la Maison Faust. Sauf qu'il n'en sortait aucun monstre.

Du moins, pas encore.

Erin scruta le ciel. La lune avait déjà grignoté un morceau de soleil.

— Vous croyez qu'on a trouvé ? demanda Christian.

Au fond de la cabine, Sophia tendit l'index.

— Regardez par ici, près des falaises.

Erin se trémoussa pour mieux voir. Il lui fallut quelques secondes pour remarquer ce qui avait attiré l'attention de la petite religieuse mais, enfin, elle l'aperçut à son tour. À moitié masqués par l'ombre de la paroi rocheuse, deux arbres gigantesques étaient enracinés dans la falaise. Tous deux dépouillés de leurs feuilles, ils avaient un tronc gris pâle et des branches enrobées de givre.

— Hugues de Payns ne nous a-t-il pas expliqué que la vallée des moines *strigoï* accueillait deux arbres majestueux ?

Peut-être l'Arbre de la connaissance et l'Arbre de vie.

À leur vue, Erin éprouva une sincère déception. Ces végétaux-là paraissaient très ordinaires, certes vieux, mais sans rien de spectaculaire. Il n'empêche qu'ils correspondaient bien à la description de l'ermite.

— Posez-vous. C'est sans doute le bon endroit.

Christian acquiesça, non sans les avoir mis en garde :

— Espérons que la couche de glace est suffisamment épaisse, car nous ne pourrons pas atterrir ailleurs.

Il avait raison. À la ronde, les berges du lac remontaient presque à la verticale pour se confondre avec les falaises. Au terme d'une approche très prudente, les patins de l'hélicoptère embrassèrent la glace. Son pilote attendit que la surface semble supporter leur poids pour se poser réellement.

— Ça me paraît correct, les rassura-t-il avant d'éteindre le moteur.

Erin ôta son casque et patienta, le temps que les Sanguinistes, y compris Élisabeth, sortent en premier, à l'affût du moindre danger. Dès l'ouverture de la porte, un vent glacial s'engouffra à l'intérieur de la cabine et tourbillonna comme pour en extraire la jeune femme de force. Elle frissonna dans sa parka, mais pas à cause du froid. Non, chaque poil de son corps semblait s'être hérissé.

Les Sanguinistes eurent une réaction encore plus violente. Christian trébucha sur la glace et dut mettre un genou à terre. Sophia haleta si fort qu'on l'entendait respirer par-delà le sifflement strident du vent. Quant à Rhun, il agrippa sa croix sous son manteau et tituba comme un ivrogne. Élisabeth l'empoigna par le bras, l'aida à retrouver son équilibre et observa ses nouveaux camarades d'un air inquiet.

Déjà, à la Maison Faust, les Sanguinistes avaient été déstabilisés mais, là, l'atmosphère impie était infiniment plus puissante.

Même moi, je la sens, frémit Erin, mal à l'aise.

Jordan, la tête rentrée dans les épaules, tressaillit.

— Ce bruit… On dirait des ongles en train de racler sur un tableau noir. Non, plutôt des griffes d'acier qui s'enfonceraient allègrement dedans. Putain !

Il paraissait au bord de la nausée.

Erin, pour sa part, ne distinguait aucun son, mais il avait déjà été le seul à entendre les pierres chanter. Décidément, ses tympans devaient être réglés sur une longueur d'onde différente.

Elle descendit de l'hélicoptère pour rejoindre les autres. À peine ses crampons en acier avaient-ils touché la glace que ses jambes refroidirent, comme si toute la chaleur de son corps lui avait été absorbée par les pieds.

Derrière Jordan, le jeune lion s'élança d'un grand bond. Il voulait sans doute éviter le contact avec la glace, mais la rive était encore trop loin et il atterrit sur ses griffes argentées. Très réticent à l'idée de fouler l'étendue noire, il s'approcha du père Korza sur la pointe des pattes.

— Il y a un truc pas net ici, murmura l'Érudite.

— Ce lac est habité par une grande puissance maléfique, confirma Rhun. Dépêchons-nous de ficher le camp.

Malgré leur désir ardent de courir vers la berge, ils avancèrent à pas comptés, non seulement pour ne pas glisser sur la glace mais aussi par crainte de déranger ce qui dormait dessous. Le prêtre les conduisit jusqu'à la rive la plus proche des deux mystérieux arbres.

Quand ses pieds ne foulèrent plus la glace mais la pierre, Erin poussa un soupir de soulagement. Elle se sentait subitement plus légère, comme si on lui avait retiré tout le poids de sa besace.

Korza la rejoignit, le dos plus droit. Dès la sortie du lac, les Sanguinistes parurent revigorés, telles des fleurs s'épanouissant au petit matin.

— Moi, je le sens encore, indiqua néanmoins Sophia. Ça émane du lac et ça envahit la vallée.

Rhun approuva en silence.

Christian s'essuya le front d'un revers de gant et jeta un regard envieux vers son hélicoptère.

— Dommage que je ne me sois pas posé plus près ! Je ne suis pas pressé de rebrousser chemin jusque-là.

Avec un peu de chance, nous en aurons l'occasion.

Dans le ciel, la lune continuait sa progression sur le disque solaire. Erin l'observa, puis elle baissa la tête vers la pente escarpée qui menait aux immenses arbres. Alors, seulement, elle se rendit compte que les rochers avaient été disposés de manière à baliser un chemin enneigé qui sinuait jusqu'au sommet des falaises.

— J'ai découvert une piste, annonça-t-elle

Alors qu'elle allait l'emprunter, Jordan la retint.

— Reste à côté de moi.

Ravie de le voir endosser à nouveau son rôle de protecteur, elle lui prit la main et regretta qu'ils portent chacun des gants.

Escorté par son lionceau, Rhun prit la tête du cortège et, tout en évitant avec soin les plaques de verglas, ils se faufilèrent entre les rochers. Soudain, au dernier virage, le prêtre se figea et le jeune fauve poussa un grognement sourd.

— Nous ne sommes pas seuls.

*

11 h 12

Rhun avait failli les manquer.

Les trois hommes agenouillés entre les énormes troncs d'arbres étaient si immobiles, si silencieux qu'on aurait pu les confondre avec des statues. Une fine pellicule de neige s'était déposée sur leurs épaules et leur crâne rasé. Le Sanguiniste ne perçut, chez eux, aucun pouls distinct, mais il sut qu'ils étaient encore en vie.

Des yeux le fixèrent. Ils étincelaient dans une pénombre créée par l'enchevêtrement de branches dénudées.

Conscients d'avoir été repérés, les hommes se levèrent à l'unisson et les flocons de neige tombèrent au bas de leur toge immaculée. Ils s'avancèrent en plein jour pour saluer le père Korza et les siens, leurs mains pâles croisées sur le ventre.

Rhun avait compris qu'il s'agissait de *strigoï*, mais ces moines-là supportaient les rayons du soleil aussi bien que n'importe quel Sanguiniste. Conformément aux dires de l'ermite, ils avaient trouvé un autre moyen de vivre en paix avec le jour.

Après une courte révérence, il tendit ses mains vides pour leur montrer qu'il n'était pas armé.

— Nous sommes envoyés par Hugues de Payns, déclara-t-il. Nous vous transmettons ses pieuses salutations.

Le chef des moines avait un visage rond et de doux yeux bruns.

— Est-ce que vous nous avez apporté les pierres que notre ami devait mettre en lieu sûr ?

— Oui, nous les avons.

Alors qu'Erin s'apprêtait à montrer sa gemme rouge vif, Rhun le lui déconseilla. Hugues leur avait assuré qu'ils pouvaient faire confiance aux moines. Néanmoins, le mal palpable qui se dégageait du lac incitait à la plus grande prudence.

Même le lion ne quittait pas son maître d'une semelle, visiblement troublé par l'atmosphère de la vallée.

Les trois moines s'inclinèrent en même temps, comme au son d'une cloche silencieuse.

— Alors, soyez les bienvenus, souffla leur chef, un sourire béat aux lèvres. Mon nom est Xao. Je vous en prie, franchissez le seuil de notre temple et allons poser vos précieux joyaux auprès de leur frère bleu. Vous n'êtes pas sans savoir que le temps nous est compté.

Les religieux firent volte-face et les entraînèrent vers les arbres. De plus près, Rhun constata que les deux végétaux étaient presque identiques, avec un gros tronc gris et une écorce bien lisse. Ils étaient si proches l'un de l'autre que les rameaux supérieurs s'entremêlaient jusqu'à former une espèce d'arche naturelle. Leurs branches noueuses s'agitaient sous les rafales glacées, mais ils avaient l'air solidement enracinés.

Autour des troncs, le sol avait été déblayé et les poils du balai avaient laissé des motifs circulaires sur la couche de neige résiduelle. On aurait dit les lignes qu'on traçait délibérément sur le sable d'un jardin zen. Mélange de courbes et d'arabesques, les dessins rappelèrent aussi à Korza le tatouage que Jordan avait sur le torse et dans le cou.

Les moines s'arrêtèrent devant une paroi rocheuse située entre les deux arbres et entonnèrent un chant dans une langue qui lui était étrangère. Derrière lui, Erin murmura, impressionnée :

— Je crois qu'ils parlent sanscrit.

Xao sortit une petite rose en argent de sa poche. Le poing serré autour de la tige, il se transperça la peau avec les épines, puis il laissa son sang couler sur une pierre qui saillait de la falaise. Un puissant grincement résonna.

— On se croirait devant un portail sanguiniste, chuchota Christian.

Ou devant son ancêtre, compléta Rhun en silence.

Dans un concert de gémissements rocheux, une porte ronde se détacha de la falaise et coulissa sur le côté. La neige crissa sous son poids.

Les moines entrèrent et incitèrent leurs hôtes à les imiter. La porte était si basse qu'il fallait courber l'échine pour passer. Sans doute avait-elle été construite de la sorte pour forcer l'humilité des visiteurs.

Rhun et le lion furent les premiers à s'avancer, talonnés par le reste du groupe.

Une fois à l'intérieur, le prêtre se redressa et découvrit une caverne immense, éclairée de mille bougies et de dizaines de brasiers flamboyants, dont la fumée exhalait un parfum d'encens. D'emblée, il comprit qu'il ne s'agissait pas d'une grotte naturelle mais qu'elle avait été creusée par la main de l'homme. La réalisation d'un pareil chef-d'œuvre avait sans doute demandé des siècles.

Erin aussi resta bouche bée.

On avait l'impression qu'un village avait été sculpté dans la roche, ses fondations ancrées au sol, comme si les bâtiments avaient émergé de la grotte elle-même. Il y avait également des centaines de statues, dont la base se confondait avec la montagne elle-même. On y reconnaissait des habitants ordinaires vaquant à leurs occupations quotidiennes, un yack grandeur nature qui tirait une carriole ou encore des troupeaux de chèvres et de moutons paissant sur des carrés d'herbe pierreuse.

— On dirait presque qu'ils ont pris le hameau qu'on a survolé tout à l'heure et qu'ils l'ont pétrifié, commenta Jordan.

Sans se préoccuper de leurs réactions effarées, les moines les amenèrent au centre du village, où était assis un énorme bouddha d'au moins dix mètres de haut. Les paupières closes, la statue méditait paisiblement. Son visage était très réaliste, avec des yeux écartés, un nez droit puissant, de délicats sourcils arqués et l'ombre d'un sourire posé sur des lèvres trop charnues. Ses traits étaient d'une perfection absolue, au point qu'il avait l'air de pouvoir rouvrir les yeux à tout instant.

Rhun sentit un mélange de calme, d'ordre et de sérénité émaner de la sculpture, ce qui constituait un heureux contraste avec les forces maléfiques du dehors.

Ensemble, les moines joignirent leurs mains, s'inclinèrent devant le bouddha, puis ils conduisirent le groupe vers un grand temple. Sa splendide tour en forme de cloche s'élevait presque jusqu'au plafond. Elle était ornée de guirlandes de drapeaux qui, tous en pierre, avaient été ouvragés de manière à faire croire qu'ils flottaient au vent.

Deux statues surveillaient la porte d'entrée. À droite, un dragon stylisé était enroulé sur son socle, la gueule entrebâillée sur des crocs acérés. À gauche, une créature hirsute se dressait sur ses pattes arrière et les menaçait de ses imposantes griffes. On aurait dit un croisement entre un grand singe et un ours. Rhun n'avait jamais rien vu de pareil.

Le poil légèrement hérissé, le lionceau renifla le dragon, comme s'il redoutait que l'animal ne prenne soudain vie.

Jordan caressa les traits monstrueux de l'autre sentinelle.

— Ça ressemble à une espèce de Bigfoot[1].

— Non, corrigea Erin. Je… je pense qu'il s'agit d'un yéti. Une bête censée hanter l'Himalaya.

Elle chercha confirmation auprès de Xao.

Impassible, le religieux marmonna :

— Plusieurs spécimens se sont échappés du lac. En fait, à intervalles réguliers, des bêtes aux aspects variés rampent hors des eaux ténébreuses et s'immiscent dans notre monde. Certaines arrivent nues et meurent vite de froid. D'autres, comme celle-là, rôdent dans la montagne pendant des années avant que nous ne réussissions à les neutraliser, ce qui a inspiré bon nombre de légendes racontées au coin du feu.

— Qu'entendez-vous par *« neutraliser »* ? demanda Jordan.

— Nous capturons les fuyards et les renvoyons au fond du lac. Notre but est de les empêcher d'être blessés ou de causer du tort aux autres, même si, trop souvent, nous échouons.

— Ce ne sont pas des démons ? s'étonna Sophia.

— Notre philosophie ne condamne aucune bête en raison de sa nature, aussi féroce soit-elle, expliqua pieusement Xao. Nous sommes ici pour protéger tout le monde.

Après avoir tenu à peu près le même discours qu'Hugues de Payns, il désigna les portes béantes du temple.

— Continuons notre route. Des tâches de la plus haute importance nous attendent.

1. Créature gigantesque mi-homme, mi-singe, qui, selon la légende, vivrait dans les forêts d'Amérique du Nord et effraierait les promeneurs.

Rhun ne chercha pas le débat. Son instinct de Sanguiniste lui signalait que, dehors, l'éclipse progressait à grands pas et que l'ombre de la lune engloutirait bientôt la lumière éclatante du soleil.

Le délai était presque écoulé.

CHAPITRE 38

20 mars, 11 h 22
Vallée de la Tsum, Népal

Élisabeth suivit le groupe à l'intérieur du temple. Elle avait horreur d'être traitée comme la cinquième roue du carrosse, mais sa position lui donnait aussi l'occasion de tout étudier en détail, en dehors du jugement de Rhun et de ses camarades. Hugues de Payns lui avait révélé un autre mode de vie, une autre façon d'équilibrer la lumière et les ténèbres, la nuit et le jour. À l'évidence, ces moines-là incarnaient la même voie.

Je pourrais aussi y initier Tommy.

Elle préférait donc attendre son heure, dans l'espoir d'en apprendre le plus possible avant de s'échapper pour rejoindre l'adolescent et le sauver d'une mort injuste.

Lorsqu'elle pénétra au cœur du temple, un parfum de jasmin lui chatouilla les narines. Sous ses pieds, le sol en pierre avait été sculpté de manière à figurer un plancher en bois, ce qui avait dû réclamer des années d'un travail dévoué. Un paisible bouddha trônait au fond de la salle immense. Contrairement à la première statue dehors, celui-là avait les yeux ouverts.

La comtesse se demanda pourquoi l'édifice était aussi gigantesque s'il était habité par aussi peu de moines. Elle dressa l'oreille mais n'entendit ni frottement caractéristique de sandales sur la roche, ni bruissement de soutane contre la peau, ni cliquetis de chapelet. *A priori*, il ne restait plus que trois gardiens de la vallée.

Leurs hôtes les conduisirent jusqu'à une grande table rouge installée devant le bouddha. Sur un plateau d'argent, des sables et des sels multicolores avaient été artistiquement disposés de façon à créer un tableau. C'était la réplique fidèle de la vallée de la Tsum en hiver, avec des sables blancs pour figurer la neige et du sel noir pour le lac. Deux arbres gris se dressaient sur la berge, leurs branches noueuses reproduites à la perfection.

Curieux, le lionceau renifla le plateau jusqu'à ce que Korza l'oblige à s'écarter.

Les trois moines prirent Erin, Jordan et Rhun par la main et les entraînèrent chacun vers un coin différent de la table. Les arbres occupaient le quatrième et dernier angle.

Le poing fermé, Xao laissa son index planer autour d'un personnage peint dans le sable près d'Erin, puis il lâcha devant lui un fragment de rubis.

— Le soleil se lève à l'est, psalmodia-t-il.

Un autre moine se posta devant Rhun et, à l'aide d'un compte-gouttes minuscule, il déposa une superbe perle d'eau devant le personnage situé de son côté.

— La lune se couche à l'ouest, ajouta Xao.

Le dernier moine se pencha près de Jordan et souffla sur une graine verte nichée au creux de sa paume. Elle atterrit doucement devant une troisième silhouette.

— Le jardin recueille la lumière venue du sud,

continua Xao avant de rejoindre lui-même le dernier coin de la table et de désigner les deux arbres peints dans le sable. Tandis que les racines éternelles s'ancrent au nord.

— Qu'est-ce que ça veut dire ? demanda Jordan.

— C'est la clé d'ouverture du portail, non ? suggéra Erin.

Xao confirma d'un subtil hochement de tête.

— Les pierres doivent être placées sur des piliers, chacune sur le point cardinal correspondant. Quand le soleil atteindra son zénith et les éclairera, les gemmes se renverront leur éclat respectif au-dessus du lac. De la convergence des rayons individuels naîtra une lumière d'une pureté immaculée.

Erin parut vaguement sceptique.

— À vous entendre, les trois couleurs – rouge, bleu et vert – vont fusionner pour produire une nouvelle lumière *blanche*.

— Logique ! approuva Jordan. C'est le principe des vieux écrans de télévision fabriqués à partir d'émetteurs RVB. Rouge, vert, bleu. À partir de ces trois éléments fondamentaux, on peut créer toutes les nuances possibles et imaginables.

Xao, lui, proposa une réponse plus élégante :

— L'obscurité est l'absence de lumière, alors qu'au sein de la lumière blanche se cache un véritable arc-en-ciel.

— Le spectre complet, confirma le sergent.

— Que se passe-t-il ensuite ? intervint Élisabeth.

La teneur du propos lui échappait un peu mais, pour l'instant, elle l'acceptait sans comprendre.

Le moine expliqua :

— La lumière pure percera les ténèbres éternelles

qui enveloppent le lac et, de même qu'on crève un vilain furoncle à l'aide d'une aiguille chauffée à blanc, le mal remontera à la surface. Toutefois, n'ayez crainte : la pyramide de lumière créée par les trois pierres précieuses maîtrisera les créatures issues de cette source diabolique et les empêchera d'envahir notre monde.

Báthory commençait à y voir plus clair.

— Comme une cage munie de barreaux de lumière.

— Exact. Cependant, il faut rester très prudent. Si les pierres sont déplacées alors que le portail est ouvert, les barreaux resplendissants se briseront et le mal s'échappera aux quatre coins de la planète.

— On dirait que vous avez déjà pratiqué, lâcha Jordan.

— Comme quand vous avez renvoyé les monstres évadés ? ajouta Erin. Par exemple, le yéti ?

Xao se rembrunit.

— C'est la seule manière de les refouler vers leurs terres sombres, de rétablir l'équilibre ici-bas.

Du bout du doigt, un condisciple lui effleura sa soutane afin de l'inciter à se dépêcher. Pour des âmes aussi paisibles, c'était sans doute l'équivalent d'un violent coup de coude.

Xao hocha la tête.

— Aujourd'hui, nous sommes confrontés à une tâche encore plus vaste, car, depuis quelques mois, les ténèbres ne cessent de se renforcer. Le sombre roi qui règne là-dessous – votre dénommé Lucifer – a desserré ses entraves au point de fissurer la surface du lac. Nous devons ouvrir le portail et réparer ses chaînes brisées avant qu'il ne se libère pour de bon.

— Comment faire ? demanda Erin.

— Il faut l'amener devant le portail en lui proposant

quelque chose auquel il ne pourra pas résister, répondit Xao avant d'observer ses trois visiteurs. Les descendants de ce monde : le Guerrier, l'Érudite et le Chevalier qui a maîtrisé le propre sang noir du roi.

L'archéologue fut atterrée.

Jordan secoua légèrement la tête.

— En d'autres termes, on va servir d'*appât*.

Même Rhun parut ébranlé. Les yeux rivés sur le plateau, il eut l'air de chercher des réponses dans les volutes de sable.

— Une fois que Lucifer sera là, qu'attendra-t-on de nous ? Comment lui remettre ses chaînes ?

— Nous nous y sommes préparés depuis des milliers d'années. En effet, ce temple sacré a été creusé pour abriter les trois pierres, mais aussi pour protéger la sainteté d'un immense trésor sculpté par un artiste unique. Seul l'Éveillé était en mesure de créer une telle perfection.

Il se retourna et s'inclina vers la statue.

— Le bouddha, comprit Erin avec un profond respect mêlé de crainte.

Xao alla ouvrir, sur le ventre de la sculpture, une trappe si discrète que même Élisabeth ne l'avait pas remarquée. Ses deux camarades en extirpèrent un grand coffre en bois blanc ciré, dont les flancs étaient peints de fleurs de lotus.

À en croire leurs grimaces, il devait peser très lourd. Pourtant, ils le tenaient à bout de bras, comme s'ils avaient peur de le mettre en contact avec le sol. Xao souleva le couvercle… et un déluge de sainteté s'en échappa.

Les Sanguinistes haletèrent. Attiré par la source bénie, Rhun s'approcha du coffre. Báthory, au contraire, recula d'un pas : elle préférait s'écarter, car la dimension hautement sacrée du caisson risquait de révéler ses zones d'ombre.

Même le lion se coucha devant.

Erin et Jordan jetèrent un regard à l'intérieur.

— Des chaînes, annonça ce dernier. Des chaînes en argent.

Les mots simples du sergent Stone étaient loin de faire honneur à leur beauté. En réalité, les chaînes, constituées de l'argent le plus pur, étincelaient de sainteté. Chaque maillon était absolument parfait, sculpté et gravé de manière à montrer chaque feuille et chaque créature vivant au soleil. C'était le monde naturel, reproduit à partir d'argent massif.

— Et nous pouvons nous en servir pour rattacher Lucifer ? se renseigna Erin.

Xao observa la jeune femme, puis Jordan.

— Vous deux, non. Seuls des êtres comme nous – ou comme vos camarades – peuvent emporter le trésor à l'intérieur de la pyramide de lumière. Ceux dont le cœur bat encore mourraient dès qu'ils en auraient franchi le seuil. Les damnés sont les seuls autorisés à passer sans encombre, car ils ont réussi à équilibrer lumière et ténèbres en leur sein.

Il s'inclina vers les deux moines, puis vers les Sanguinistes.

Christian s'avança.

— Laissez-moi y aller. Rhun doit surveiller son pilier de la pyramide. Moi, je peux entrer et apporter ces chaînes à Lucifer.

— Il vous faudra de l'aide, objecta Sophia. Je suis aussi volontaire.

Vu la mine exténuée des moines qui brandissaient

le coffre, ils ne seraient pas trop de deux Sanguinistes pour transporter le fardeau. Voire trois. Élisabeth se garda toutefois d'ouvrir la bouche. Elle n'irait pas à moins d'y être obligée. Et encore !

Xao s'agenouilla devant Christian et Sophia pour leur baiser les mains.

— Nos vœux vous accompagneront, car le sombre trajet à l'intérieur de la pyramide de lumière est loin d'être une sinécure.

— *Mmmm*, marmonna Erin tout bas.

— Qu'y a-t-il ? s'inquiéta Jordan.

Elle tourna le dos aux moines et tendit la main vers lui.

— Montre-moi ton diamant vert.

Il sortit de sa poche les deux moitiés de pierre et les lui remit. Pendant que les Sanguinistes restaient fascinés par le coffre et son contenu, Báthory rejoignit Erin. L'archéologue reconstitua la gemme et la retourna pour laisser apparaître le motif incrusté à l'intérieur. Sauf que, là, elle contemplait le calice à l'envers.

— Ce symbole pourrait-il représenter votre fameuse pyramide de lumière ?

Elle pivota vers Xao afin d'en avoir confirmation. Entre ses mains, la pierre glissa très légèrement et les deux parties se déboîtèrent.

Le moine observa le diamant et, pour la première fois, il eut une réaction violente, mi-horrifiée, mi-désemparée.

— Non, impossible !

Les traits durcis par la colère, il s'approcha d'Erin d'un air menaçant.

— Qu'avez-vous fait ?

La jeune femme eut un mouvement de recul. Rhun se précipita entre eux pour la protéger et gronda :

— Elle n'a rien fait du tout !

— La Pierre du Jardin est brisée. Dans son état, elle ne peut plus ouvrir le portail.

Visiblement perdu, Xao resta bouche bée quelques instants.

— Sans les trois clés en état de marche, il n'y a pas d'avenir. Le monde se termine aujourd'hui.

*

11 h 34

Erin observa les deux moitiés de diamant entre ses mains et tenta de réprimer un désespoir grandissant. *Leur expédition avait-elle été vouée à l'échec depuis le début ?* Elle refusait de l'accepter – pas après tout le sang versé et les sacrifices consentis pour rejoindre la vallée.

— Il existe sûrement un moyen de la réparer.

Jordan reprit son bien.

— Et dire que j'ai laissé mon tube de colle extra-forte dans mon autre pantalon…

— Vous ne comprenez pas, insista Xao. Cette pierre n'est pas simplement cassée, elle est *souillée*. Je perçois les bribes de ténèbres qui continuent d'assombrir son noyau.

Erin se rappela la cloche de John Dee et les centaines de *strigoï* qu'il y avait réduits en cendres, de sorte que leur essence maléfique s'était concentrée à l'intérieur de la sainte gemme.

— On pourrait essayer de la purifier, suggéra-t-elle. La baptiser.

Le rite sacré du baptême lavait l'âme du péché originel. Ce diamant ne pouvait-il pas être nettoyé de la même manière ?

— Seul le bien triomphera du mal, rétorqua le moine. Seule la lumière chassera la nuit. Pour se débarrasser d'une salissure pareille, il faudrait *le plus grand* des biens et *la plus éclatante* des lumières.

Il se retourna pour tenir un conciliabule en sanscrit avec ses frères. Erin regretta un instant de ne rien comprendre à leurs messes basses, mais elle avait également la nette intuition que la réponse n'émanerait pas d'eux.

L'Érudite, c'est moi.

Elle observa le reflet émeraude du diamant entre les mains de Jordan, puis elle se focalisa sur la peinture de sable. En étudiant les trois personnages accolés chacun à une représentation de *« Sanguis »*, *« Arbor »* et *« Aqua »*, elle se souvint d'une phrase d'Hugues :

« Vous devez déchiffrer l'énigme de manière à récupérer celle qui vous *revient de droit. »*

Elle leva les yeux vers Jordan et remarqua la façon dont les traits de son visage étaient tachetés de lumière. Les petits grains verdoyants ressemblaient à des feuilles minuscules qui auraient poussé sur les lignes rouge vif de son tatouage. On aurait dit que la pierre était bel et bien une *graine*, qui aurait germé chez le soldat.

— Vos pierres… Est-ce qu'elles nous sont attachées à titre individuel ?

— Oui, si l'on en croit les proverbes de l'Éveillé, répondit Xao. *« La Fille d'Ève sera liée à la pierre rouge par son sang. Le Fils d'Adam sera connecté à la pierre verte en raison de son enracinement dans la terre. Et l'Immortel sera accolé à la pierre bleue parce qu'il a su dompter sa nature pour marcher sous le ciel d'azur. »*

Erin aurait aimé avoir le temps de lire elle-même l'ensemble de ces vieux proverbes, mais elle préféra se concentrer sur leur problème actuel.

— Auquel cas, réfléchit-elle, si la pierre du Fils d'Adam est cassée, le Fils d'Adam est peut-être capable de la réparer.

Elle observa tour à tour le lion blanc et Jordan, consciente du point commun qui les unissait.

— Le sang du sergent Stone contient des essences d'anges, qui sont des êtres de lumière et de vertu. Sa pureté réussira peut-être à assainir le diamant vert.

— Si ce sang a déjà soigné Jordan, renchérit Rhun, il a peut-être aussi le pouvoir de guérir la pierre.

L'intéressé conclut sur un ton désabusé :

— Et à supposer que rien ne fonctionne, je me

contenterai de plaquer les deux moitiés l'une contre l'autre à mains nues.

Erin savait qu'il ne plaisantait qu'à moitié.

— De toute façon, on n'a pas le choix.

— Elle a raison, approuva Christian avant de lever les yeux au plafond, sans doute parce qu'il percevait le rayonnement du soleil. Quoi que nous décidions, il n'y a pas de temps à perdre.

— Voyons un peu de quoi mon sang est capable.

L'Américain sortit une dague de sa botte.

— De toute façon, je ne pourrai pas corrompre le diamant plus qu'il ne l'est déjà.

Il brandit la lame devant son poignet.

— Pas ici ! s'écria Xao. Il est interdit de faire couler la moindre goutte de sang dans l'enceinte de notre temple sacré.

— Alors, où ? demanda Jordan, la pointe acérée posée sur sa peau.

Ce n'était plus le moment de lancer des hypothèses à tout va. Erin désigna la peinture de sable.

— Il faudra tenter le coup une fois que nous serons chacun à notre poste. (À Xao.) Où se trouve la troisième pierre ? Votre gemme bleue ?

Celle qui avait été attribuée à Rhun.

Le moine hocha la tête vers l'un de ses frères, qui rebroussa chemin jusqu'au ventre du bouddha et sortit une autre boîte, blanche elle aussi, mais décorée d'un ciel encombré de nuages cotonneux. Elle tenait facilement entre les mains du religieux, qui alla l'offrir au père Korza.

Le Sanguiniste voulut l'ouvrir, mais Erin l'en empêcha.

— Ne faites pas cela.

Elle n'avait pas oublié l'effet que « *Sanguis* » avait

produit sur Jordan dans l'église d'Hugues et il n'était pas question qu'une pierre sacrée envoûte à nouveau son petit ami par son chant.

Elle indiqua plutôt la porte béante.

— Xao, conduisez-nous à l'endroit prévu.

CHAPITRE 39

20 mars, 11 h 44
Vallée de la Tsum, Népal

À la hâte, Rhun quitta le temple avec les autres et retraversa le village de pierre. Son horloge interne avait senti l'arrivée imminente de midi, tandis que la sainteté contenue dans son sang réagissait au passage de la lune devant le soleil. Plus l'obscurité grandissait, plus ses forces l'abandonnaient, comme un filet de sable s'écoulant par le trou du sablier.

Dehors, à mesure que l'ombre de la lune s'abattait sur les montagnes, la lumière resplendissante du jour avait cédé sa place à un crépuscule terne. Le groupe se précipita vers la vallée enneigée, où les puissances maléfiques étaient de plus en plus palpables.

En relevant la tête, le prêtre se rendit compte qu'il ne restait plus qu'un maigre croissant de soleil. L'éclat vif qui lui brûla les yeux lui apporta, au moins, une certitude.

Nous n'avons plus le temps.

Sous les branches des deux arbres gigantesques, les aventuriers se dispersèrent rapidement sous la houlette des moines. Rhun partit avec le plus grand des religieux, qui galopa le long des falaises gelées en direction de la rive ouest du lac noir. Xao attrapa Erin par la main et le troisième se chargea de Jordan. Chacun des deux derniers binômes rejoignit sa position respective, à l'est et au sud du plan d'eau.

Quant à Sophia et Christian, qui peinaient sous le poids effarant du coffre rempli de chaînes sacrées, ils descendirent à pic et s'arrêtèrent à l'ombre des arbres, juste à la pointe nord.

Les deux ultimes membres de l'équipe talonnaient Rhun de près. Pour l'un d'eux, c'était logique. Le lionceau trottinait dans la neige en grognant tout bas, clairement dérangé par les émanations diaboliques du lac. Une chose était sûre : la vallée le perturbait autant que son maître.

Le dernier compagnon de route de Rhun, en revanche, fut une surprise : Élisabeth marchait d'un bon pas derrière lui, le dos bien droit, le regard rivé sur le lac. Contrairement au prêtre et au jeune fauve, un désir vif l'animait, comme si elle mourait d'envie de s'élancer sur la lugubre patinoire.

Pourquoi paraît-elle si peu incommodée par le mal inouï qui règne ici ?

Elle remarqua l'intérêt du Sanguiniste, lut la question sur son visage mais l'interpréta de travers.

— Oh ! Je ne vais pas vous laisser faire une chose pareille sans chaperon. Surtout avec un bras en moins.

Il la remercia d'un sourire.

— Prenez garde où vous mettez les pieds, gronda-t-elle. Sinon, votre pierre et vous risquez de rouler loin d'ici.

Rhun se retourna au moment où le moine les

entraînait, par un chemin étroit, jusqu'à un grand jalon qui dépassait du rivage. C'était un socle en granit gris, recouvert de givre, qui lui arrivait au niveau du torse.

En époussetant la neige du pilier avec déférence, le moine révéla la présence d'une petite coupe sculptée, identique aux calices représentés sur la mosaïque de Venise. À l'image des autres structures qui ornaient le temple bouddhiste, la base du calice se confondait avec la roche du pilier pour ne former qu'une seule et même entité.

Rhun imagina que, s'il ôtait la neige au pied du socle, ce dernier faisait aussi partie intégrante de la montagne.

Le moine reprit l'écrin et le fit pivoter de sorte que le fermoir soit positionné en face du Sanguiniste.

— La Pierre du Ciel est pour vous, psalmodia-t-il avec une courte révérence. Il faudra déposer la gemme sacrée à sa place. En même temps que les autres.

Il hocha la tête vers le calice.

Le père Korza comprit.

Je dois mettre la fameuse « Aqua » *dans ce réceptacle.*

Il posa sa main sur le coffret, défit le loquet avec le pouce et souleva le couvercle. Un instant, il s'attendit à ne rien trouver à l'intérieur. Un ultime acte de trahison de la part des moines, en quelque sorte. Au lieu de quoi, une pierre magnifique dormait dans son écrin de soie. Elle étincelait d'un bleu vif, comme si on avait capturé la plus parfaite des journées pour la conserver jusqu'à la fin des temps.

Un petit soupir respectueux s'échappa de ses lèvres.

Le lion posa une patte sur le genou de son maître

et leva le museau un peu plus haut afin de mieux observer la pierre. Élisabeth se contenta de croiser les bras.

Rhun écarta l'animal, puis, saisi par un profond sentiment d'indignité, il referma son poing sur le joyau.

Comment une splendeur pareille me serait-elle destinée ?

Il connaissait néanmoins son devoir et sentit la sainteté de la pierre lui réchauffer les doigts, le poignet, avant de remonter le long de son bras. Lorsqu'elle irradia dans sa poitrine, il espéra presque que son cœur batte à nouveau. Comme le miracle n'arrivait pas, il se posta devant le pilier au calice sculpté.

De l'autre côté du lac, les autres étaient déjà en place. Xao chuchotait à l'oreille d'Erin, sans doute pour lui transmettre les mêmes consignes.

La jeune femme leva les yeux vers lui. Même à cinquante mètres de distance, la peur se lisait sur son visage. Il connaissait la raison de son anxiété et, à son tour, il se tourna vers elle. Le trio devait agir à l'unisson, mais un dernier obstacle demeurait.

Rhun observa Jordan.

Le sang de l'Américain allait-il purifier et guérir son diamant brisé ?

*

11 h 52

Jordan caressa la pointe glacée de la dague posée contre son poignet.

Il y a intérêt à ce que ça fonctionne.

D'un regard furtif, il vit ce qui restait du soleil : un flamboyant liseré écarlate près de la lune anthracite. L'éclat intense lui piquait les yeux et, lorsqu'il baissa à nouveau la tête vers la lame, il vit des étoiles. À présent, la vallée était engloutie par l'ombre de la lune, ce qui donnait à la neige des reflets rougeâtres et rendait le lac gelé encore plus noir que d'habitude, un peu comme les gouttes de sang de Lucifer.

Le lac ressemble à un trou percé dans ce monde.

Face à tant d'immoralité, son sang se figea.

Conscient de sa mission, Jordan enfonça la dague dans sa peau et se lacéra le poignet. Un épais filet brillant apparut. Après avoir rangé l'arme dans son étui, il remit la moitié du diamant vert au moine qui l'avait accompagné, puis il tendit son avant-bras au-dessus de l'autre moitié de manière à recueillir la première goutte de sang au creux de la pierre.

Il guetta une réaction spectaculaire. Quand rien ne se produisit, il continua de remplir la petite cavité. Lorsqu'elle commença à déborder, il l'échangea contre sa jumelle vide et réitéra l'opération.

Hélas, ses efforts ne déclenchaient toujours ni éclair lumineux ni *crescendo* musical.

Jordan chercha du soutien auprès du moine, mais le pauvre homme paraissait tout aussi désemparé – et terrifié.

Il ne me reste plus qu'une chose à faire...

Au mépris de ses inquiétudes, il empoigna les deux moitiés de la pierre et les plaqua l'une contre l'autre au point que le sang coula le long des facettes.

Allez...

Pendant quelque temps, il ne constata aucune amélioration, puis la pierre se mit à chauffer entre ses paumes. La température, qui grimpa en flèche, lui rappela la puissante fièvre qui s'emparait de lui chaque fois que son corps guérissait. Il espéra que c'était de bon augure. Bientôt, la chaleur devint bouillante, comme s'il avait ramassé une braise dans un feu de camp. Le visage grimaçant de douleur, il refusa pourtant de capituler.

De nouvelles lignes rouge vif apparurent, créant des volutes qui remontaient le long des doigts. Il s'attendit presque à ce que ses mains fusionnent avec la pierre, qu'elles deviennent une espèce de cosse pour la graine qu'il tenait devant lui.

Au moment où il allait lâcher prise, la chaleur diminua enfin, remplacée par une mélodie qui l'envahit et l'attira vers elle, le rattachant d'une façon inédite au diamant vert. Le faible écho qui émanait de la pierre s'amplifia peu à peu jusqu'à constituer un chœur puissant.

La musique parlait de chaudes journées d'été, de l'odeur de foin dans la grange, du murmure du vent sur les champs de maïs. Elle résonnait du bourdonnement des abeilles en fin d'après-midi, du cacardement assourdi des oies en période de migration, des notes graves d'une baleine cherchant à s'accoupler.

La tête penchée, Jordan entendit un nouveau chant se fondre dans la mélodie de la pierre. Un ruban rouge d'espoir et de vie s'insinua à l'intérieur de sa chanson. Celui-là était tout chaud, gorgé de battements de cœur, de rires et du doux hennissement d'un cheval accueillant un être cher.

Une troisième voix se mêla au chœur, aussi bleue que le plumage chatoyant d'un geai au soleil. Le refrain, qui s'immisça au plus profond du chœur, charriait avec lui le grondement tonitruant des cascades, le crépitement plus léger de la pluie sur le sol desséché ou encore le soupir d'une marée qui montait et descendait, dans un mouvement aussi éternel que la Terre elle-même.

Les trois chants s'entremêlèrent pour former un splendide hymne de vie qui révélait, dans chaque note, chaque refrain, la beauté prodigieuse du monde, son harmonie et sa variété infinies, la manière dont chaque pièce s'assemblait en vue de créer un tout.

Tout en restant observateur, Jordan sentit qu'il faisait partie de la chanson.

Soudain, une consigne traversa la majesté de l'instant et parvint à ses oreilles.

— Maintenant ! cria Erin. À trois !

Il détacha son regard des profondeurs émeraude de sa pierre et vit la jeune femme debout devant son propre pilier, les bras levés au ciel, brandissant une gemme chatoyante qui semblait défier l'obscurité de l'éclipse.

Le cœur serré, il laissa la musique s'atténuer suffisamment pour qu'il puisse écouter et obéir. Erin ressemblait à une antique déesse tribale, sa silhouette découpée par une lumière écarlate qui transformait sa chevelure dorée en un brasier flamboyant.

À l'ouest, le père Korza tenait aussi sa pierre en l'air.

— *Un*, annonça l'archéologue d'une voix limpide.

— *Deux*, répondit Rhun, comme s'ils avaient répété leur texte.

Jordan mit un point final et irrévocable à l'instant :

— *Trois*.

*

11 h 59

Erin posa *« Sanguis »* dans le calice devant elle.

Dès que ses facettes entrèrent en contact avec le granit, le diamant rouge produisit une lumière éblouissante, qui fit écho au halo carmin de l'éclipse solaire. Des flammes jaillirent de la pierre et dansèrent autour de la coupe. Un mélange de chaleur et de sainteté sauta au visage de l'Érudite, qui craignit d'être réduite en cendres si jamais elle s'approchait trop près.

Loin de paraître aussi inquiet, Xao tendit ses paumes devant le brasier. Tandis que ses chairs glacées se délectaient de la chaleur intense, il se mit à psalmodier d'une voix forte en sanscrit. Un chant que ses condisciples reprirent en chœur.

Quand la lune eut complètement éclipsé le soleil, la vallée fut plongée dans la pénombre et *« Sanguis »* dut résister à la puissance monstrueuse des ténèbres. Les flammes s'élevèrent de plus belle, comme attisées par un énorme soufflet, et s'agitèrent avec violence. Erin aurait souhaité fuir l'enfer, mais elle savait que sa place était là-bas.

Puis, aussi brutalement qu'elles avaient surgi, les flammes furent absorbées par la gemme, qui resplendit d'autant plus fort. On aurait dit qu'un morceau du soleil s'était logé à l'intérieur du calice. Après quoi, le feu reprit, non pas le long des faces du diamant rouge mais autour d'Erin.

Elle tendit la nuque, promena son regard à la ronde

et se rendit compte que les flammes formaient une grosse bulle écarlate, dont la surface était parcourue d'un feu rouge vif. D'un seul coup, la gemme elle-même semblait s'être dilatée jusqu'à engloutir la jeune femme tout entière.

Et je ne suis qu'un défaut, un petit crapaud en son cœur.

De l'autre côté du lac noir, Rhun se tenait au centre d'une sphère de feu bleue – et Jordan dans un globe émeraude.

Erin esquissa un pas vers eux mais, d'une main posée sur son épaule, Xao la retint fermement. Elle regarda le feu liquide bouillonner à la surface de sa bulle et se rappela la mise en garde du moine : aucun être humain ne devait franchir la barrière de lumière, sous peine de mourir carbonisé.

À moins que Xao n'ait voulu l'inciter à regarder la suite des événements.

Sans crier gare, les flammes convergèrent au sommet de sa sphère et fusèrent vers le ciel, juste au-dessus du lac. Des jets de feu comparables – bleu saphir et vert émeraude – partirent des autres bulles pour rejoindre le faisceau rouge rubis.

Les trois rayons se rencontrèrent avec fracas au centre du lac. Abasourdie par le bruit, Erin vacilla, mais Xao l'aida à garder l'équilibre. L'immense pyramide de feu la laissa médusée. Tout en haut, les trois enfers créèrent un tourbillon gigantesque, où les flammes bigarrées fusionnèrent, révélant un magma de toutes les combinaisons de lumières possibles. De plus en plus véhément, l'ouragan échappa rapidement à l'œil nu, jusqu'à ce que ses multiples couleurs ne deviennent plus qu'une, constituant ainsi un feu de pure blancheur.

Erin se souvint du symbole renversé qu'elle avait montré à Jordan et Élisabeth.

Le voici, surgi à la vie.

De l'étendue de feu tomba une colonne de lumière qui frappa le lac en contrebas. Sous l'impact, la glace noire se craquela, des fissures coururent jusqu'aux berges et le sol trembla.

Un silence de mort s'abattit sur la vallée.

Erin n'entendait plus ni le vent, ni le crissement d'une branche, ni aucun signe de vie.

Rien que le battement frénétique de son cœur au fond de sa gorge.

La colonne blanche se propagea à la surface du lac gelé et forma un cône de lumière, une pyramide flamboyante à l'intérieur même de la pyramide, où la glace noire se ridait comme l'eau sous une solide brise.

Erin se remémora la fresque de la Maison Faust, sur laquelle toutes sortes de monstres avaient envahi le monde. Elle s'arma de courage à l'idée de ce qui les attendait, même si elle avait bien conscience que, quoi qu'il puisse arriver, elle n'y serait pas préparée.

*

12 h 01

La peau fourmillant d'appréhension, Jordan posa sa main sur le Colt 1911 rangé à l'intérieur de sa parka. Son arme ne servirait sans doute à rien contre ce qu'il sentait monter des abîmes du lac, mais il avait envie de tenir la crosse solide entre ses doigts, comme une espèce de contrepoint au vaste trou qui frémissait devant lui.

À sa gauche, Erin paraissait terrifiée, enfermée dans sa propre sphère flamboyante. Elle dut deviner qu'il l'observait, car elle tourna la tête vers lui. Il lui adressa ce qu'il espérait être un sourire rassurant, auquel elle s'efforça de répondre de son mieux.

À droite, Rhun et son moine attitré se tenaient dans une bulle auréolée de flammes bleues. Juste derrière eux, Élisabeth avait dégainé son épée. Quant au lion, il faisait les cent pas à l'extérieur. Lorsque la pierre s'était enflammée, l'animal avait été le seul assez futé pour ne pas se laisser coincer.

Jordan, au contraire, se savait pris au piège. Il avait compris qu'il ne fallait pas franchir la barrière de lumière émeraude, car, à la moindre tentative il serait réduit en cendres. Il ne lui restait donc qu'à se cramponner à son pistolet.

Au milieu du lac, les ténèbres ondoyantes dégagèrent une vapeur épaisse qui, peu à peu, envahit l'étincelant cône blanc. À la fin, on ne distinguait même plus la rive nord, où Christian et Sophia patientaient avec leur coffre rempli de chaînes.

L'énorme nuage charbonneux s'aggloméra au centre, de sorte que l'obscurité et la fumée prirent corps. Une silhouette s'y forma, d'une hauteur de deux étages environ, assise sur un trône en obsidienne. Les traits de son visage étaient noircis, sa peau nue couverte d'ombres opaques. Derrière ses épaules musclées, deux ailes puissantes emplumées de flammes noires se déployèrent. Dès qu'elles entraient en contact avec la lumière, de funestes éclairs traversaient la paroi interne du cône, mais la barrière tint bon.

Le monstre ailé se leva de son trône et tira sur ses chaînes argentées, le corps entravé au niveau de la taille.

Jordan sut d'emblée qui il avait en face de lui.

Le roi de ce puits sans fond.

Lucifer en personne.

Et il ne put s'empêcher de trouver l'ange noir…

*

12 h 03

... *tellement beau.*

Erin s'émerveilla devant la perfection de la créature installée sur le trône. Chaque muscle des bras et du torse était dessiné de façon admirable, les ailes étincelaient d'un feu noir, mais c'était surtout le visage qui attirait l'attention. Des pommettes délicatement ciselées encadraient un nez fin et droit. Un peu plus haut, ses yeux ornés de longs cils luisaient d'une sinistre majesté.

Impossible de détourner le regard.

Loin de céder à l'envoûtement général, un membre du groupe rompit le sortilège.

— Qu'est-ce que vous attendez ? vociféra Élisabeth de l'autre côté du lac.

Rhun émergea de sa transe et mugit en direction du nord :

— Christian, Sophia ! Allez-y !

Les deux Sanguinistes quittèrent la berge avec leur

coffre. Ainsi que Xao l'avait promis, ils n'éprouvèrent aucune difficulté à traverser la paroi externe de la pyramide enflammée. En revanche, une fois sur la glace, ils avancèrent d'un pas beaucoup plus chancelant, affaiblis par la puissance hautement maléfique du site. Les récentes fissures rendaient aussi leur progression plus périlleuse. Parfois, ils devaient emprunter des chemins détournés entre les parties abîmées, ce qui les ralentissait encore davantage.

Effrayée, Erin regretta de ne pas avoir Jordan auprès d'elle.

Son petit ami s'en aperçut et mit ses mains en porte-voix pour lui crier quelque chose. Au même moment, un éclair argenté jaillit derrière les épaules du sergent.

Elle voulut l'avertir.

— Jordan ! Attent…

Trop tard. Des doigts glacés agrippèrent le cou de la jeune femme et sa phrase s'acheva dans un murmure étranglé.

CHAPITRE 40

20 mars, 12 h 04
Vallée de la Tsum, Népal

Fidèle à son instinct de militaire expérimenté, Jordan réagit dès qu'il entendit Erin crier : il se baissa au moment où une longue lame recourbée fusait au-dessus de sa tête.

Même si l'épée manqua sa cible, l'acier heurta le diamant vert de biais, ce qui le délogea de son socle et le fit rouler dangereusement sur le rebord du calice. Au pied du pilier, Jordan pivota sur le côté et, armé de son colt, il tira dans le torse du moine qui le menaçait.

Sachant que son adversaire était un *strigoï*, il vida son chargeur. Repoussé en arrière, le religieux sortit de leur bulle émeraude et atterrit sur le dos dans la neige, sa poitrine fumante à cause des balles en argent. Une mare de sang noir se forma sous son corps.

Toujours sur le qui-vive et connecté au diamant, le sergent Stone fit volte-face.

Il tendit le bras, alors que la pierre dégringolait de

son perchoir. Manque de chance, il ne put l'effleurer que du bout des doigts et elle tomba au bas du socle.

Aussitôt, la terre fut secouée par un *boum !* retentissant. Il rampa vers la gemme, qui chatoyait toujours sur la neige, mais les dégâts étaient déjà faits. Bien que le grand halo verdoyant autour de lui soit resté intact, une colonne de la pyramide avait bougé.

Je dois la remettre en place avant qu'il ne soit trop…

Du lac émana alors une série de détonations, aussi assourdissantes qu'une rafale de mitraillette.

Jordan releva la tête et vit la glace se fracasser comme un miroir qu'on aurait laissé tomber. Seule différence : celui-là était censé refléter une réalité infiniment plus sombre, quelque chose qui n'était pas fait pour le monde d'ici-bas.

Tout se libéra d'un coup.

Des créatures bouillonnèrent à la surface du lac. Qu'elles avancent d'un pas lourd, qu'elles ondulent ou qu'elles transpercent la couche de glace, leur horde cherchait à gagner la berge, le plus souvent en direction du Guerrier et du support de la pyramide, car elles sentaient bien qu'il y avait une occasion de s'échapper.

Réagissant avec son cerveau reptilien, Jordan eut un mouvement de recul. S'il refusait d'accepter ce qu'il avait sous les yeux, il ne pouvait pas non plus le nier. Son estomac se noua à la vue d'horreurs que son esprit était incapable de cerner entièrement. Toutefois, quand ses doigts frôlèrent la face interne de la sphère qui bouillonnait derrière lui, une douleur fulgurante remonta le long de son bras jusqu'à sa poitrine. Il ôta vivement sa main. De la fumée s'échappait de sa peau noircie.

Coincé à l'intérieur de sa bulle, il ne pouvait pas s'enfuir et il se rappela la mise en garde du moine.

Ceux dont le cœur bat encore mourraient à la seconde où ils perceraient le voile étincelant.

Malheureusement, les abominations qui rampaient hors du lac n'avaient ni pouls ni restrictions du même ordre.

Quelque chose émergea de l'eau à droite. Le monstre avançait comme une personne ordinaire, sauf qu'il avait une face noire aplatie, sans yeux ni bouche, et qu'il hurlait cependant de toutes ses forces. À gauche, une grosse bête affublée d'un crâne difforme et de sabots fendus s'accrocha aux rochers, puis bondit de là aussi vite qu'elle était arrivée.

Jordan aurait voulu se cacher les yeux, mais l'inconnu le tourmentait encore davantage.

Droit devant, une espèce de crocodile noir se faufila hors du lac, sa tête remplacée par une grosse ventouse fripée et hérissée de dents. L'animal laissait derrière lui une traînée luisante couleur de bile. Comme s'il avait deviné la présence du Guerrier, il fonça vers lui et franchit sans encombre la paroi émeraude de sa sphère en dégageant des relents atroces de soufre et de viande pourrie.

Désemparé par le triste spectacle, Jordan était près de sombrer dans la démence. Cependant, une crainte encore plus forte l'aida à garder les pieds sur terre.

Erin.

Pris au piège, il ne pouvait, hélas, pas la rejoindre.

Seule une personne en était capable.

*

12 h 06

D'un bon coup de *kerambit*, Rhun para l'attaque du moine mais, sous la violence de l'impact, il vacilla quand même. Galvanisé par l'aura maléfique du lac et la présence toute proche de Lucifer – le maître des ténèbres –, son adversaire était beaucoup plus puissant et plus rapide que n'importe quel *strigoï* auquel le Sanguiniste avait été confronté par le passé.

Pour éviter de tomber, Rhun recula hors du voile bleu de lumière. À l'extérieur de la bulle, l'atmosphère empestait la mort et la corruption. Un sentiment de révulsion rampait sur sa peau comme un millier de petites araignées sournoises.

Le moine le poursuivit, sa longue épée étincelant sur la paroi bleutée, mais son coup n'atteignit jamais sa cible, car quelque chose le percuta de côté et le projeta à terre. C'était le lionceau, qui roula quelques mètres plus loin mais fit volte-face et feula méchamment. Le moine se releva à la vitesse du cobra et tenta d'égorger l'animal. Au lieu de quoi, il bascula vers l'avant, décapité, et son glaive se planta dans la neige sans causer de tort à quiconque.

Élisabeth était là, sa lame dégoulinant de sang noir.

Une fois encore, elle avait sauvé la vie du père Korza, et sans doute aussi celle du jeune fauve, mais il n'eut pas le temps de la remercier.

Lui-même en pleine lutte, Rhun avait vu Jordan se

débarrasser de son propre adversaire en lui tirant dessus. Il avait aussi assisté à la chute du diamant vert, ce qui avait fragilisé le lac d'un côté et permis à l'enfer de se déverser sur le monde. Les bêtes se dispersaient le long des berges. D'autres bondissaient sur la glace et couraient jacasser au pied de leur maître. Plusieurs d'entre elles aperçurent Christian et Sophia avec le coffre et se lancèrent à leurs trousses, qu'elles soient horripilées par la sainteté des chaînes ou qu'elles obéissent peut-être aux instructions de l'ange noir.

— Élisabeth, allez défendre la pierre ! lança Rhun.

Il fallait qu'il rejoigne Erin. Quelques secondes plus tôt, elle s'était fait attaquer alors qu'elle tentait d'avertir son petit ami et, encore à présent, elle se débattait contre la poigne de fer de Xao. Le moine l'avait saisie à la gorge et soulevée de terre au point que ses orteils effleuraient à peine la neige.

Rhun se précipita à son secours. Un mystérieux reptile lui sauta dessus, mais le prêtre esquiva avec habileté et, d'un coup de couteau, il trancha sa tête recouverte d'écailles. Une fumée jaune bouillonna hors de la plaie, tandis qu'une éclaboussure de sang transperçait sa parka et lui brûlait la peau comme de l'acide.

Pourtant, il ne ralentit pas, talonné par le lion.

D'autres créatures le menacèrent, mais elles semblaient plus pressées de fuir le lac en direction du vaste monde que de l'attaquer réellement. On ne pouvait pas en dire autant du côté de Christian et Sophia. Les deux membres de l'Ordre avaient posé le coffre et, leurs vêtements trempés de sang, ils devaient affronter une horde de plus en plus compacte.

À l'autre bout du lac, une nouvelle salve de tirs indiqua que Jordan avait rechargé son pistolet et que, pour l'instant, il s'appliquait à défendre l'intégrité de sa bulle verte.

Rhun couvrit les derniers mètres qui le séparaient de la sphère rouge vif.

Le cœur palpitant, la respiration étranglée par l'étreinte du moine, Erin était toujours vivante.

À l'approche du Sanguiniste, Xao sourit. Il aurait pu broyer la nuque de l'Érudite à n'importe quel moment, mais il s'était retenu – sans doute pour mieux apprécier l'instant.

Il pointa sa dague contre la gorge d'Erin.

Non...

La lame s'enfonça dans la chair tendre et, dès que le moine lâcha prise, des gerbes de sang jaillirent.

Erin s'avachit sur le flanc, sa vie s'évanouissant dans la neige.

Les jambes de Rhun flageolèrent lorsqu'il comprit que la blessure était beaucoup trop grave pour être soignée. Néanmoins, il s'efforça de rejoindre la malheureuse. Il refusait de la perdre. Il avait juré de la protéger – non seulement en tant que Chevalier du Christ mais par amour envers elle, lui qui n'imaginait pas le monde sans la présence de la belle jeune femme.

Face à la colère de Korza, Xao afficha un air radieux. Ses prunelles sombres étincelaient de méchanceté.

Ce n'était pas l'œuvre de Lucifer.

Rhun comprit qui il avait réellement en face de lui.

*

12 h 07

De l'autre côté du lac, Légion savoura la mine mi-horrifiée, mi-défaite du Chevalier. Il en fut témoin autant par les yeux du moine possédé que par ceux de son actuel réceptacle.

Légion était resté tapi derrière les rochers, sur la rive sud du plan d'eau, et il avait tiré les ficelles à distance, guettant le moment propice pour se révéler au grand jour.

Au fond de lui, la petite flamme de Léopold tremblotait, ébranlée par la mort brutale de l'Érudite. Légion imagina l'Allemand en train de verser des larmes noires de fumée.

Comme il avait été facile de manipuler les trois moines à sa guise !

Fort des informations qu'il avait dérobées à Hugues de Payns, Légion s'était empressé d'arriver le premier au Népal afin de les prendre au dépourvu.

Un simple contact, et ils avaient été à moi.

En fait, il avait tiré avantage d'un secret qu'Hugues n'avait pas confié au trio de la prophétie. L'ermite savait que la pierre brisée n'ouvrait plus le portail de la vallée et, comme il faisait entièrement confiance aux moines pour la réparer, Légion avait lui aussi commencé à y croire. Hélas, il avait eu beau fouiller leur mémoire d'éléphant, il n'avait trouvé aucune méthode miracle.

Frustré, il avait échafaudé un autre plan. Léopold

et Hugues de Payns tenaient tous deux l'Érudite en très haute estime. Si quelqu'un pouvait découvrir le moyen de réparer la pierre, c'était bien elle. Il s'était donc caché et avait soigneusement dirigé les moines à distance de sorte qu'ils amadouent eux-mêmes les visiteurs et leur fassent faire le travail à sa place.

Une réussite éclatante !

L'Érudite avait résolu le problème et le Guerrier avait donné son sang pour mener l'opération à bien. Ensemble, le trio avait ouvert le portail… et Légion n'avait désormais plus qu'à détruire les pierres pour que l'accès reste ouvert à jamais. Le monde allait rapidement sombrer dans les ténèbres. Dès que l'ange noir aurait recouvré la liberté, le jardin serait purgé de l'humanité et Légion aurait le splendide paradis à lui tout seul.

C'était Lucifer qui lui en avait fait la promesse.

Le démon émergea de son repaire rocheux et leva les bras vers le ciel assombri par l'éclipse. Il n'avait que quelques secondes pour accomplir sa tâche : un croissant de soleil flamboyant resurgissait déjà des cendres de l'éclipse. Conscient que le temps pressait, Légion s'était caché au plus près du diamant vert et du Guerrier qui continuait de veiller dessus. Bien que réparée, cette pierre-là restait la plus fragile des trois. Il n'avait qu'à la démolir avant de s'attaquer aux autres une par une.

Pour assurer le succès de sa mission, Légion avait dévoyé le Chevalier par la ruse en menaçant l'Érudite. Il avait attendu que le prêtre sanguiniste soit assez proche pour tuer le premier membre du trio. Ensuite, il supprimerait le Guerrier, toujours piégé dans son halo émeraude, tel un oiseau en cage. Enfin, seulement, il se débarrasserait du Chevalier, après avoir massacré ses amis pour briser sa volonté.

Toutefois, Légion n'œuvrerait pas seul.

Alors qu'il ressortait sous un ciel dévasté, les habitants de la région vinrent à lui comme des ombres. Ils léchèrent ses bottes râpées, s'inclinèrent, grattèrent le sol devant lui ou se mordillèrent mutuellement de joie dans son sillage. Bien sûr, ils l'adoraient.

Il les avait délivrés.

Et, à présent, il allait libérer le monde du fléau qu'était le genre humain.

Légion observa le Guerrier.

Je commencerai par celui-là.

*

12 h 08

Étendue sur le flanc, la joue posée contre la neige, Erin serrait son cou de ses deux mains. Du sang chaud coulait entre ses doigts.

Sous son regard impuissant, Xao enjamba son corps, puis il brandit, d'un côté, un poignard rougi et, de l'autre, une épée à lame recourbée pour répondre à l'assaut de Rhun. À l'extérieur de la sphère rougeoyante, l'acier et l'argent s'entrechoquèrent dans un déluge de coups, de ripostes et de parades. Désireux d'apporter son aide, le lionceau chercha à déstabiliser le moine en l'attrapant par l'ourlet de sa toge ou encore il lui fonça dans les jambes.

Même en fâcheuse posture, la jeune femme comprit *qui* était à l'origine de la trahison. Au fin fond de cette vallée sacrée de l'Himalaya, Légion les avait manipulés comme des pantins, aussi sûrement qu'ils avaient été possédés par les démons eux-mêmes. Le monstre avait eu besoin qu'ils lui apportent les deux pierres, qu'ils réparent la gemme cassée, puis qu'ils ouvrent le portail pour que Lucifer émerge des ténèbres du lac.

Et nous avons fait tout ce qu'il voulait.

La colère lui tint chaud, tandis que le sang continuait de s'épancher entre ses phalanges.

Xao franchit à nouveau la barrière enflammée mais, une fois à l'intérieur de la sphère, le démon qui s'était emparé de lui ne prêta plus attention à Erin, peut-être parce qu'il la croyait déjà morte ou, du moins, trop affaiblie pour se battre.

Sauf que je suis plus que l'Érudite.

D'une balayette, elle fit trébucher Xao, surpris par son attaque éclair. Au moment où le moine perdait l'équilibre et qu'il relâchait sa garde, Rhun lui enfonça son *kerambit* dans l'œil, puis il se servit de ce nouveau manche pour lui fracasser le crâne contre un pilier de granit voisin. Il cogna et cogna encore, jusqu'à ce que son adversaire ne bouge plus.

Aussitôt après, il se retourna et s'agenouilla près d'Erin.

Au moins, je ne mourrai pas seule.

Si ce n'est qu'à présent, elle s'en fichait.

— Jordan..., lâcha-t-elle d'une voix rauque.

Rhun refusa de quitter son chevet et lui prit la main.

Elle laissa son autre bras retomber de sa gorge et poussa sur le genou du prêtre pour l'inciter à aider son petit ami. Au lieu de quoi, il plaqua sa propre paume contre la plaie sanguinolente. Ses doigts puissants exercèrent une pression plus forte, comme s'il savait où appuyer pour colmater les artères principales.

Elle aurait aimé protester, mais elle était trop faible.

À la fois inquiet et frustré de ne pas pouvoir les aider, le lionceau faisait les cent pas à l'extérieur du rideau enflammé.

Les mâchoires serrées, Erin s'en voulut de les abandonner. Elle était l'Érudite et il lui restait une mission à accomplir. Elle se battrait donc de la toute dernière manière possible.

Elle se retourna pour désigner le sac sur son dos.

— L'Évangile, murmura-t-elle.

Elle était convaincue que le précieux ouvrage recelait une réponse. Si elle l'avait transporté par monts et par vaux, ce n'était pas uniquement parce qu'elle se méfiait de Bernard mais aussi parce que, selon elle, il avait encore un rôle à jouer. Le livre et elle étaient liés. C'était forcément d'une importance capitale.

Si je meurs, le potentiel de l'Évangile disparaîtra avec moi.

Elle ne pouvait pas se le permettre sans avoir auparavant tout essayé.

Peut-être persuadé d'exaucer son ultime vœu de mourante, Rhun lâcha le cou d'Erin, lui prit la main et lui montra où appuyer au mieux sur ses jugulaires. Il sortit l'Évangile du sac à dos, puis de sa pochette étanche, et, après l'avoir posé devant elle dans la neige, il reprit aussitôt son point de compression en chuchotant une prière.

Erin tourna la tête jusqu'à ce que l'angle de la couverture cartonnée lui frôle la joue. La plupart des pages étaient blanches. Elles attendaient toujours d'être remplies par des mots que le Christ avait écrits deux mille ans auparavant. Un jour, Bernard lui avait raconté que l'Évangile de Sang renfermait peut-être la clé qui libérerait la part de divinité en chaque être humain, information soigneusement dissimulée au sein de ces pages vierges. Auquel cas, à cause d'elle, le monde n'en saurait jamais rien.

Korza avait ouvert le livre à la page qui contenait les dernières lignes de la prophétie, peut-être dans l'espoir qu'elle y trouverait une signification supplémentaire. Malheureusement, les mots ne firent que resplendir d'un éclat doré, comme s'ils la raillaient sur son échec.

D'un doigt frémissant, elle tourna la feuille et posa sa paume ensanglantée sur la page suivante. À son contact, le papier immaculé sembla se réchauffer et devenir étrangement plus lisse.

Sous le regard médusé de Rhun, des mots en lettres d'or apparurent, comme s'ils venaient d'être écrits, ligne après ligne, jusqu'à remplir l'espace tout entier.

Le prêtre tourna la page pour Erin, puis la suivante.

D'autres phrases, d'autres lignes.

Il feuilleta rapidement l'ouvrage.

— C'est plein jusqu'à la fin ! balbutia-t-il, effaré.

La jeune femme se pencha sur l'ouvrage et s'aperçut qu'elle n'y comprenait rien. On aurait dit de l'hénochien, ce fameux langage inventé par John Dee pour converser avec les anges.

Les paupières closes, elle chercha à comprendre pourquoi le Christ avait écrit le reste de son Évangile en hénochien, alors que les premières prophéties étaient formulées en grec. Pourquoi s'exprimait-il désormais dans la langue des anges ? Il n'y avait qu'une seule explication logique. Les nouveaux textes – voire l'ensemble du livre – n'étaient pas destinés au genre humain mais aux anges.

Non, pas *aux* anges, se rendit-elle compte en rouvrant les yeux. À *un* ange.

À vrai dire, il ne fallait pas s'étonner que le texte se soit matérialisé précisément ce jour-là, au cœur de la vallée.

Elle tourna la tête vers l'unique ange présent.

Lucifer l'observait, assis sur son trône lugubre.

Erin agrippa le genou de Rhun. Le Sanguiniste se pencha vers elle.

— Je… je sais, bredouilla-t-elle à voix basse. Je sais ce que j'ai à faire.

CHAPITRE 41

20 mars, 12 h 09
Vallée de la Tsum, Népal

Jordan remit le diamant vert en place. Dès que la pierre toucha le calice en granit, la colonne de feu située de ce côté-là de la pyramide reprit de la vigueur. Le lac se solidifia à nouveau, ce qui reverrouilla le portail entre les deux mondes. Résultat : plusieurs monstres se retrouvèrent piégés au milieu, le corps happé par la glace.

En revanche, les efforts du sergent Stone ne servirent à rien pour les centaines de créatures qui s'étaient déjà échappées.

Toujours assaillis par une horde déchaînée, Christian et Sophia ne parvenaient pas à traverser le lac pour atteindre Lucifer. Restée à proximité de la pierre bleue, Élisabeth était couverte de sang, mais elle continuait de défendre sa position. De l'autre côté du lac, Rhun était agenouillé près d'Erin, toujours vivante, même si, au regard de l'inquiétante flaque de sang qui l'entourait, elle n'en avait plus pour longtemps.

Jordan n'avait qu'une envie, courir à son chevet, la prendre une dernière fois dans ses bras.

Hélas, même à supposer que le pauvre homme ait réussi à s'extraire de sa prison émeraude, un autre adversaire paraissait déterminé à lui barrer la route.

Au moment où Jordan tournait le dos au pilier de granit, Légion descendit de la falaise et se dirigea vers lui. Il était enveloppé par un voile épais d'obscures abominations, un manteau de chairs vivantes. L'Américain vida ses dernières cartouches contre le puissant démon. Hélas, à chaque coup de feu, une ombre bondissait devant sa cible et bloquait la balle.

Une fois à court de munitions, Jordan n'eut plus que son couteau KA-BAR pour se défendre. Il lâcha donc son pistolet et ramassa l'épée abandonnée du moine. Une chance qu'elle soit tombée à l'intérieur de l'étincelante bulle verte !

— Allez ! vociféra-t-il par-dessus le flot de bêtes hurlantes qui protégeaient le monstre. Viens me chercher !

Des prunelles noires croisèrent son regard.

— Ne sois pas aussi impatient de mourir, Guerrier. Je serai là bien assez tôt.

Parfait... cette fois, je serai prêt.

Jordan brûlait d'une rage dorée, causée autant par son sang angélique que par son appétit de vengeance. Il brandit sa nouvelle épée – une longue lame recourbée au pommeau incrusté d'un gros morceau de jade – et, les jambes bien écartées, il se prépara à affronter le démon.

Légion aussi avait une grande épée, noire, empoisonnée, qui brillait comme un éclat d'obsidienne. Loin du matériel qu'on trouvait ici-bas, elle lui avait sans doute été fournie par un membre de sa meute.

Jordan agita le bout de son arme.

— Rien que nous deux ! À moins que tu n'aies la trouille d'affronter un modeste humain ?

— Tu as beau être davantage qu'un simple mortel, je ne me laisserai plus prendre de court. Alors, oui, finissons-en.

Légion écarta ses sbires de son chemin, pénétra dans la sphère émeraude et, sans autre forme de préambule, il porta un coup d'épée qui obligea Jordan à parer l'attaque en se déboîtant presque le coude. Il continua de frapper encore et encore, jusqu'à repousser lentement son ennemi vers les parois de la bulle.

Si cette lame ne me tue pas, je vais mourir carbonisé.

Il s'ensuivit un échange bref mais nourri de coups. L'acier résonna contre le cristal noir. Légion oscillait de part et d'autre de la barrière enflammée qui lui servait de bouclier personnel, puisque Jordan ne pouvait pas suivre.

Une attaque fulgurante déjoua la vigilance du soldat et lui lacéra le côté. Alors qu'un flot de sang rouge imprégnait sa chemise, une nouvelle série d'assauts se conclut par une entaille profonde au bras, puis Légion recula derrière son rempart de protection en souriant.

Jordan comprit alors une cruelle vérité.

Cet enfoiré s'amuse avec moi.

Le Guerrier esquiva d'un pas, lâcha son couteau et, tout en continuant de jouer de l'épée, il plaqua son bras contre son flanc blessé.

Légion avança à nouveau, manifestement prêt à l'achever.

Dès que le démon eut franchi le mur de flammes, Jordan lui sauta à la gorge dans l'espoir que le brasier l'avait ébloui, ne serait-ce qu'une fraction de seconde. Au moment où la jambe de Légion passait au travers, il lui assena un coup de botte à crampons dans la rotule, qui céda avec un craquement écœurant. Dès que son adversaire vacilla sur le côté, il l'empoigna par le bras qui était armé, le fit rouler sous lui et entraîna le corps noir à terre.

Il se servit ensuite de l'élan de leur chute pour lui planter l'épée dans la chair tendre de son ventre et remonter vers le cœur silencieux. Légion hurla et le projeta en l'air avec la force d'un taureau déchaîné. Jordan partit en vol plané et roula sur la neige. La seule chose qui l'empêcha de percuter la barrière mortelle, ce fut le pilier en granit : le sergent le percuta de plein fouet, assez violemment pour s'y fracasser quelques côtes.

Légion s'était déjà remis debout. Il troqua son épée contre celle du moine, qu'il extirpa de son ventre noir, et se rua sur Jordan. Ce dernier esquiva d'un bond et courut rechercher son couteau KA-BAR. Il ne comprit son erreur que trop tard.

Légion passa devant lui et, avec le pommeau incrusté de jade de son épée, il frappa le diamant vert. Sous le choc, la pierre se brisa, en même temps que son calice en granit. Résultat : la colonne de flammes vertes s'éteignit, telle une bougie qu'on aurait soufflée.

À nouveau, le lac explosa d'un côté et enfla, comme frappé par un uppercut. D'énormes bêtes remontèrent à la surface, des abominations à peine croyables : le roulement d'un œil noir immense, un déluge de sombres tentacules. Jordan eut l'impression que ces monstres-là étaient plus vieux et plus sinistres que les modestes démons relâchés jusqu'à présent.

Derrière l'horrible boursouflure, Lucifer observa la scène d'un air impassible. Le cône de lumière blanche l'empêchait de bouger, mais pour combien de temps encore ? Ce rempart de pureté immaculée était désormais zébré d'ombres, preuve des graves dégâts causés à sa prison.

Comme s'il en avait conscience, l'ange noir se dressa sur son trône et brisa encore quelques chaînes.

Le sol trembla sous ses efforts.

Face à Jordan, Légion afficha un sourire triomphant.

— Le règne du genre humain est enfin terminé.

*

12 h 10

Pelotonnée sous Rhun, Erin sentit les vibrations s'atténuer. Elle avait vu la colonne émeraude s'assombrir, puis la glace à l'autre extrémité du lac se disloquer au point de laisser passer un flot tumultueux de bêtes monstrueuses.

Christian et Sophia réussirent à traîner le coffre jusqu'à un pan de glace encore intact, mais ils étaient pourchassés par un nombre croissant d'adversaires qui, clairement, s'enhardissaient à mesure que la situation tournait en leur faveur.

Erin chercha Jordan du regard. Hélas, son champ

de vision était bloqué par une épaisse vapeur noire qui s'échappait de la berge sur laquelle se trouvait son petit ami.

La main toujours plaquée sur la gorge de l'archéologue, Rhun se pencha en arrière.

— Qu'entendez-vous par *« Je sais ce que j'ai à faire »* ?

Elle devina le sens caché de sa question : *De quoi vous sentez-vous capable aux portes de la mort ?*

En silence, elle répondit : *Je ferai ce que je pourrai.*

L'Évangile de Sang serré contre sa poitrine, elle repensa aux pages remplies de caractères hénochiens. Elle connaissait la vérité avec une certitude absolue, mais les mots refusaient encore de sortir. En fait, elle était trop abasourdie par ce qu'elle venait de comprendre : l'intention réelle qui sous-tendait l'Évangile perdu du Christ.

L'ouvrage n'avait pas été écrit pour aider les *humains* à libérer leur part de divinité. En réalité, il n'était destiné qu'à un seul et unique être, un ange, pour lui offrir la possibilité de se racheter : *Lucifer*. Elle se rappela la tablette que Lazare lui avait montrée à la bibliothèque sanguiniste : elle y avait découvert une version alternative de l'histoire du jardin d'Éden, dans laquelle Ève promettait au serpent de partager avec lui le fruit de l'Arbre de la connaissance. Or, au bout du compte, la première femme n'avait pas honoré son engagement.

À présent que le monde autour d'eux s'assombrissait, les paroles de Lazare lui revinrent en mémoire.

« Quand Lucifer se tiendra devant toi, ton cœur te guidera sur le chemin. Tu dois remplir ton engagement. »

À l'époque, la signification de la phrase lui avait échappé. Dorénavant, tout était limpide.

Le serpent – Lucifer – s'était vu refuser la connaissance secrète, un savoir qui aurait pu inciter l'ange noir à effectuer des choix différents : *la connaissance du bien et du mal.* Il avait demandé à comprendre, conclu un pacte avec Ève elle-même, mais cette dernière n'avait pas tenu sa promesse, donc il n'avait jamais rien appris.

Le Christ lui avait donc envoyé de quoi l'instruire.

— Je dois respecter l'engagement d'Ève, marmonna-t-elle entre ses lèvres glacées et desséchées.

À l'extérieur de la bulle, le lion s'agita et gémit doucement, comme s'il l'avait entendue. Il lui rappelait son premier chat, un énorme matou de ferme baptisé Nabuchodonosor. Lui aussi avait eu le pelage tout blanc.

— Salut, Neb, balbutia-t-elle dans un semi-délire.

En se penchant vers elle, Rhun la ramena à la réalité. Émue par le chagrin qui se lisait sur son visage, elle eut envie de lui caresser la joue, de le réconforter.

— De quel engagement parlez-vous ?

Elle tâcha de fixer son regard sur lui.

— Le livre… l'Évangile… doit revenir à Lucifer.

Le pieux Sanguiniste écarquilla les yeux d'incrédulité, voire d'indignation.

— Comment l'Évangile du Christ pourrait-il être destiné à un ange chassé du paradis par Dieu en personne ?

La jeune femme n'avait pas la force de protester mais, consciente de l'ouïe particulièrement fine du religieux, elle souffla d'une voix *quasi* inaudible :

— Jésus l'a écrit pour racheter Lucifer. Si Ève lui

avait offert le fruit de la connaissance du bien et du mal, il aurait su ce qu'était le bien. Il aurait pu le choisir. L'engagement d'Ève doit être rempli. À vous de lui apporter ce savoir.

Rhun observa le ciel lugubre.

— Je ne peux pas vous laisser mourir seule.

— Il le faut… C'est la raison pour laquelle nous avons été sélectionnés.

Ravie de se libérer de son fardeau, elle laissa l'ouvrage aux bons soins du prêtre et serra de nouveau sa gorge, même si ses efforts étaient désormais inutiles. Elle se concentra sur Korza. On voyait bien qu'il avait très envie de rester à son chevet et qu'il lui en coûtait beaucoup de partir. Le regard de l'ecclésiastique se posa sur le livre encore ouvert. D'un seul coup, il se remplit d'effroi.

Qu'est-ce qui ne va pas ?

Rhun répondit à la question tacite de la jeune femme :

— Le texte a disparu.

Il feuilleta l'ouvrage jusqu'à la fin. Toutes les pages étaient redevenues blanches.

— Souvenez-vous, Erin, que vous êtes la seule à être intimement connectée à l'Évangile. Les mots ne se révèlent à personne d'autre.

Transie de froid, elle ne sut ni quoi faire ni quoi dire.

— Si je vous portais, le livre et vous, jusqu'à Lucifer ? proposa Rhun. Nous pourrions le lui donner ensemble.

Non…

Il comprit aussitôt.

— Cela ne fonctionnera pas, déplora-t-il. Tant que

vous serez en vie, le rempart de lumière vous réduira en cendres. Seuls les Sanguinistes et les *strigoï* peuvent le franchir sans ennui.

Le regard voilé, Erin utilisa son dernier souffle pour annoncer l'ultime vérité :

— Vous devez me transformer… c'est l'unique moyen.

Je dois devenir une strigoï.

*

12 h 12

Jordan ne vit plus Erin dès que le brouillard eut envahi le lac détruit, dont les ténèbres, emplies de hurlements lointains, étaient parfois traversées de flammes encore plus noires. On apercevait aussi quelques silhouettes gigantesques, des choses dont la vue précise l'aurait rendu fou ou, du moins, lui aurait fait perdre le peu de santé mentale qui lui restait.

Pourtant, alors que la sphère émeraude s'effondrait autour de lui, il resta à genoux. Irrémédiablement endommagé par la destruction du diamant vert, le portail ne pourrait pas être refermé.

Jordan n'avait plus aucune raison de continuer à se battre, surtout qu'Erin était sans doute décédée.

Ou qu'elle ne tarderait pas à rendre l'âme.

Sans elle, il n'était pas sûr de vouloir vivre ou mourir.

En revanche, il y avait une chose dont il était certain.

Son désir de vengeance.

Il releva la tête au moment où Légion lui tombait dessus. La mine victorieuse, le démon brandissait l'épée du moine, dont la lame fumait encore de son propre sang noir.

Voilà qui donna à Jordan une idée.

Il rampa à reculons, comme s'il se prosternait devant son ennemi et qu'il acceptait la mort. Au lieu de quoi, il se jeta sur l'arme qu'il avait dressée quelques secondes plus tôt derrière lui. La lame d'obsidienne lui transperça le dos et ressortit par son ventre avec une sensation atroce de brûlure. C'était la propre épée de Légion, abandonnée dans la neige, qui luisait à présent du sang flamboyant du sergent Stone.

Quand le démon claudiqua vers lui à cause de sa rotule en miettes, Jordan lui flanqua un nouveau coup de pied. Le crampon de sa botte accrocha la cheville valide de Légion – pas assez pour la lui briser mais suffisamment pour le faire trébucher.

L'Américain ouvrit les bras en grand. Son adversaire s'écrasa sur lui et s'empala à son tour sur l'épée ensanglantée, couverte de sang angélique. Le monstre hurla de douleur et se tortilla sur son pieu, mais le Guerrier enroula ses bras autour de lui et roula sur le côté, de manière à faire couler le sang brûlant de sa plaie à l'abdomen dans le corps noir et glacé de Légion. Il avait envie que toute son essence angélique suive, que le sinistre personnage disparaisse entièrement de l'enveloppe de Léopold.

— Retourne en enfer, salaud !

Légion se débattit et mugit en postillonnant de la fumée noire, comme s'il était en train de brûler vif sur les charbons ardents du corps du sergent Stone. Peu à peu, son visage, ses membres perdirent de leur noirceur et ce fut le regard bleu pâle de Léopold qui fixa Jordan.

— *Mein Freund...*, bredouilla le jeune moine, sa tête posée contre la joue du militaire. Tu m'as libéré.

Jordan l'étreignit, non pas pour l'empêcher de fuir mais pour bien lui faire comprendre qu'il n'était pas seul, qu'il était pardonné, voire aimé. Il le tint contre lui, jusqu'à ce que son camarade s'avachisse dans ses bras, enfin en paix.

*

12 h 13

Rhun regarda les mains d'Erin relâcher lentement son cou. Elle n'avait plus la force de retenir les flots de sang. Il voulut appuyer lui-même sur la plaie béante mais, à entendre le pouls défaillant de la malheureuse, il comprit que ses efforts seraient vains. Il décida donc de la bercer doucement sur ses genoux en serrant ses petits doigts ensanglantés. La tête d'Erin se renversa en arrière, son visage baigné par la lumière écarlate de la pierre.

Comment pouvait-il la pervertir, elle, une femme dont il était tombé amoureux et qu'il aimait toujours ?

Les *strigoï* étaient des monstres dénués d'âme, et c'était un grave péché de leur donner vie. De longs siècles auparavant, il s'était écarté du droit chemin avec Élisabeth et il n'en avait découlé que des catastrophes, car la comtesse était passée du statut de guérisseuse à celui de meurtrière en série, massacrant des centaines d'innocentes.

Rhun lorgna en direction de Báthory mais, à force de s'étendre, le brouillard avait fini par l'engloutir. Puisqu'une colonne de feu bleutée continuait toutefois de miroiter dans la pénombre, il espéra que la Hongroise était encore en vie. Il savait qu'il subsistait au fond d'elle une part de bien, même si elle n'en avait pas encore pris totalement conscience. Il pria pour qu'elle ait le temps de le découvrir.

Son regard se posa sur les ténèbres, à l'endroit exact où la colonne émeraude s'était éteinte. Jordan était-il encore des leurs ? Quoi qu'il en soit, à présent que le portail était irrémédiablement abîmé, quel espoir leur restait-il ?

Le lion gronda derrière le rempart de flammes, comme s'il voulait le réprimander. Ses prunelles dorées se plantèrent dans les siennes, histoire de lui rappeler qu'un espoir, il y en avait encore un et qu'il gisait, inerte, entre ses bras.

— Mais c'est interdit ! objecta-t-il à l'adresse du jeune félin. Regarde ces démons sans âme. Aurais-tu envie qu'elle rejoigne leurs rangs ?

La réponse émana d'un soupir d'Erin, sans doute le dernier.

— Je vous en prie.

CHAPITRE 42

20 mars, 12 h 14
Vallée de la Tsum, Népal

Erin flottait à la lisière de l'inconscience. Malgré ses yeux ouverts, elle ne discernait plus que des ombres. Elle reconnut cependant la silhouette du père Korza sur l'arrière-plan enflammé. Le halo de l'éclipse déclinante transperçait l'obscurité, mais même ce brasier-là était peu à peu chassé par une épaisse brume noire venue du lac, un océan de ténèbres qui, s'il n'était pas contenu, risquait de dévorer le monde entier.

À court d'arguments pour convaincre Rhun, hors d'haleine pour les exprimer à haute voix, la jeune femme n'en conservait pas moins sa grande lucidité.

Elle savait que la bataille avait déjà eu lieu cent fois auparavant et, même à supposer que ses camarades parviennent à renchaîner Lucifer, rien ne serait jamais terminé.

Ce qui a été bâti peut à nouveau être détruit.

Il n'existait qu'un moyen d'y mettre un point final.

Lucifer doit être racheté.

Erin leva le menton vers le Sanguiniste et tenta de

l'inciter à scruter son visage pour y lire la vérité, pour accepter ce qui devait être fait.

Je refuse que ma mort soit inutile. Libérez-moi, de façon que je puisse accomplir mon devoir.

À la place, le prêtre déposa un doux baiser glacé sur son front. Elle aurait préféré que ce soit Jordan qui l'embrasse, qui la tienne dans ses bras. Malheureusement, son petit ami n'était pas en mesure d'accomplir le nécessaire. Seul Rhun le pouvait.

S'il vous plaît...

Quand il se redressa en lui écartant une mèche blonde de son visage, elle puisa dans ses toutes dernières forces pour l'implorer du regard.

Des larmes coulèrent sur les joues de Korza. Il secoua la tête, comme s'il avait compris où elle voulait en venir. Elle non plus n'eut aucun mal à lire dans ses pensées, car elle connaissait le verset qui l'empêchait d'agir, de lui ravir son âme : *« Et que sert-il à un homme de gagner tout le monde, s'il perd son âme ? »*

Elle tenta de le rallier à sa cause.

Je ne gagne pas tout le monde... je le sauve.

Elle laissa ses convictions irradier de son corps.

Rhun attira Erin contre lui et plongea son regard dans le sien. Pour la première fois, elle se rendit compte qu'il n'avait pas les yeux noirs mais marron foncé, veinés de lignes mordorées, comme l'écorce d'un séquoia, et qu'ils rayonnaient de vie sur son visage blafard.

— Je suis désolé, murmura-t-il.

Quand les lèvres de Korza effleurèrent les siennes, elle eut l'impression de sentir une fraîche brise de montagne.

Vaincue, elle laissa ses paupières se fermer.

La bouche du religieux descendit ensuite vers son cou et des crocs pointus mordirent sa chair.

Le peu de sang qui lui restait jaillit avec bonheur.

Merci, Rhun.

*

12 h 15

Conscient qu'Erin était à l'agonie, Rhun prit d'immenses précautions. Tandis qu'il aspirait les ultimes parcelles de vie de ce corps tiédissant, il fit abstraction de son propre élan d'extase et se concentra sur les derniers battements erratiques du cœur de la jeune femme. Il fallait qu'il lui pompe assez de sang pour la convertir, mais pas trop… pour ne pas la tuer.

Quelques instants auparavant, il avait lu la détermination dans le regard de l'archéologue. Il y avait vu la connaissance, la certitude – et, surtout, il avait découvert l'amour immense qu'elle avait dans le cœur, son insondable puits de compassion, pas seulement vis-à-vis de Jordan ou du prêtre.

Vis-à-vis de tout le monde.

Pour sauver l'humanité, elle était prête à se sacrifier.

Or, le Christ n'avait-il pas pris la même décision dans le jardin de Gethsémani et sur la croix ?

Comment pourrais-je ne pas honorer le choix courageux d'Erin aujourd'hui ?

Dès qu'il la sentit s'avachir sous lui, il retira ses crocs de la chair d'Erin, ses lèvres de sa peau, et contempla, toujours blottie contre lui, une femme qu'il aimait à son tour d'une infinie tendresse.

Il hésita encore. Il savait ce qui lui restait à faire, pourtant la perspective le terrifiait.

À la fois pour le bien de l'Érudite et pour le sien personnel.

Il entendit alors le cœur d'Erin émettre un battement lourd, le tout dernier de son existence, et lui réclamer d'agir.

D'un coup de *kerambit*, il s'entailla la gorge. Quand son sang afflua, Rhun lâcha l'arme, prit la tête de l'Américaine dans la main et approcha sa bouche de la source corruptrice. Il laissa le liquide sombre couler entre ses lèvres flasques, le long de son gosier. Elle était beaucoup trop faible pour avaler de son propre chef, mais il continua de la tenir contre lui et attendit en priant.

Dans le ciel lugubre, le soleil mourait à nouveau, absorbé non plus par la lune mais par l'effroyable nuage de fumée qui montait des portes de l'enfer et s'échappait du lac.

Rhun eut un sursaut d'espoir lorsque des lèvres douces se refermèrent sur son cou et qu'elles commencèrent à suçoter, provoquant chez lui un état de félicité écarlate.

Son visage resta toutefois baigné de larmes glacées.

Qu'ai-je fait ?

*

12 h 16

Erin se réveilla avec un goût salé et métallique de sang dans la bouche. À chaque gorgée, elle reprenait des forces. Peu à peu, elle sentit une passion obscure l'envahir. Ses doigts voulurent attraper Rhun par les cheveux, le presser contre elle. Sa langue chercha à augmenter encore le sombre débit. Elle buvait comme il lui était arrivé de respirer, à grandes lampées, le jour où elle avait failli se noyer et qu'elle avait fini par retrouver un peu d'oxygène.

La vie rivalisait avec la mort.

Dans un moment de pure délectation.

Son corps en réclama davantage, ses bras agrippèrent le prêtre comme pour l'attirer en elle et lui prendre tout ce qu'il avait. D'un seul coup, elle se rappela leur bref moment d'intimité dans la chapelle, lorsqu'elle avait badigeonné les plaies du religieux avec son propre sang. Eh bien ! L'épisode faisait pâle figure en comparaison de ce moment d'extase rouge vif, quand deux êtres fusionnaient pour ne plus former qu'un.

Elle sentit Rhun se raidir, lui rouler dessus et peser de tout son poids.

Oui…

Sauf que ce n'était pas suffisant.

Elle le voulait *tout entier*.

Ses dents s'enfoncèrent dans le cou de Korza. Avides, elles n'accepteraient aucun refus.

Une main de fer l'empoigna pourtant par la nuque et l'obligea à s'écarter de la source bénie. Elle tenta de résister, de plaquer à nouveau ses lèvres contre la gorge du Sanguiniste, mais Rhun était beaucoup plus fort qu'elle.

— Non…, haleta-t-il avant de s'écarter.

Un courant d'air froid s'insinua entre eux. Saisie par un sentiment profond d'abandon, Erin eut les larmes aux yeux. Elle avait envie de retrouver leur intimité, leur connexion, presque autant que le sang de Korza. En quête d'un infime résidu de félicité, elle se pourlécha les lèvres.

L'ecclésiastique se couvrit la gorge avec la main.

— Du vin, balbutia-t-il d'une voix rauque.

L'Érudite, qui reprenait doucement ses esprits, craignit d'avoir été trop gourmande. Elle détacha la flasque en argent qu'il portait à la cuisse, dévissa le bouchon et versa le liquide sur les lèvres du prêtre. L'argent lui brûla le bout des doigts, mais elle ne flancha pas, même quand des gouttes de vin éclaboussèrent sa main avec la virulence d'un jet d'acide.

La douleur lui fit vite comprendre la vérité.

Je suis une strigoï.

Rhun avala le breuvage sacré de manière convulsive. Après avoir vidé sa gourde jusqu'à la dernière goutte, il l'écarta d'une chiquenaude, se remit debout tant bien que mal et aida la jeune femme à se relever à son tour.

Erin accepta sa condition et son nouveau corps. Ses sens s'étaient aiguisés d'une façon spectaculaire. Elle percevait chaque bruit, chaque souffle d'air. La moindre odeur était une symphonie. La pénombre resplendissait autour d'elle. Quant à la malveillance provenant du lac, elle l'attirait, elle l'appelait avec force.

Ce n'était pas tout.

Tenaillée par la faim, elle regarda l'autre rive, en direction d'un grondement tonitruant. Un cœur battait, signalant la présence du seul humain rescapé au sein de la vallée.

Elle le voulait, elle en avait besoin, elle rêvait d'attraper sa chaleur promise, d'avaler le sang qu'il pompait afin d'assouvir sa soif intense. Elle sentit la source s'approcher lentement.

Alors qu'elle avançait d'un pas, le père Korza l'arrêta.

— C'est Jordan, précisa-t-il.

Le nom la fit cligner des paupières et, au bout d'un temps infini, ses tendres souvenirs calmèrent enfin son terrible appétit. Impossible cependant de s'en débarrasser complètement ! Auprès du sergent Stone, elle n'était pas en sécurité, surtout pas maintenant et, peut-être, plus jamais.

Rhun lui saisit le poignet.

— Vous devez maîtriser vos instincts.

Sa jeune protégée, qui doutait de ses capacités, comprit enfin l'éternel combat de son camarade.

Puisque sa seule main valide était prise, Rhun poussa l'Évangile de Sang vers elle avec le bout de sa botte. Erin fut horrifiée par son geste mais, en bonne archéologue, elle eut le réflexe de ramasser la précieuse relique avant que la neige ne l'abîme. Dès que ses doigts touchèrent la couverture en cuir élimé, une lumière dorée jaillit et la submergea, étouffant par la même occasion une grande part de ses désirs sanguinaires.

Elle se redressa. Même le pouls de Jordan lui paraissait plus lointain.

Elle examina avec envie la rive – non plus pour s'abreuver du sang du Guerrier mais parce qu'elle voulait retrouver son amoureux.

— Nous devons y aller, la pressa Rhun.

Et, tandis qu'il la guidait gentiment à travers le rempart enflammé, elle laissa son ancienne vie se consumer derrière elle.

*

12 h 17

Jordan tituba sur la berge, le poing serré contre sa plaie à l'abdomen. Il craignait d'avoir gaspillé presque toute son essence angélique, en même temps que son sang, pour éliminer Légion. Une braise continuait cependant de brûler en lui, signe qu'il devait lui rester une once de surnaturalité, qui, hélas, s'épuisait vite.

Il continua quand même d'avancer en traînant l'épée noire du démon, toujours dégoulinante de sang. Il traversa le détestable brouillard qui émanait de la brèche du portail. Après avoir tué Légion, il avait fui la horde grouillante et exaspérante, avec ses monstres venus accueillir parmi eux des abominations encore plus terribles, issues des entrailles de la Terre.

Qu'ils agissent à leur guise... tant qu'ils me fichent la paix.

Il emprunta le seul chemin qui s'ouvrait à lui, le long de la berge, en prenant soin d'éviter les deux pans de la pyramide qui continuaient de flamboyer sur la glace.

Le cône de lumière blanche qui encerclait Lucifer brillait toujours mais, derrière la brume sinistre, Jordan avait deviné que la pureté de cette lumière-là était aussi en train de se dissiper. À présent que le portail avait été endommagé, ce n'était qu'une question de temps avant que l'ange noir ne se libère définitivement de ses entraves.

Et, quand l'instant fatidique arriverait, le Guerrier avait la ferme intention de se trouver auprès d'Erin, ne serait-ce que pour étreindre son corps froid une dernière fois. Il conservait quand même au fond de lui une lueur d'espoir, qui lui permettait d'avancer tant bien que mal, pas après pas.

Peut-être qu'elle est encore vivante... peut-être que je pourrai lui donner un baiser d'adieu.

Un halo rougeâtre émergea du brouillard. Au bout de quelques mètres, Jordan comprit qu'il s'agissait de la sphère flamboyante située autour du pilier de *« Sanguis »*. Le pas chancelant, il pressa l'allure… et découvrit avec stupeur que la bulle était vide.

Erin était partie.

Appuyé sur son épée, il scruta les environs et prit conscience qu'il n'était pas complètement seul.

Le lionceau patientait sur la rive, le regard rivé au lac. Intrigué, Jordan boitilla jusqu'à lui.

Deux silhouettes marchaient sur la glace.

Rhun… *et Erin.*

La jeune femme trottinait aux côtés du prêtre, l'Évangile de Sang plaqué contre sa poitrine. L'ouvrage resplendissait au point de les auréoler d'une incroyable lumière dorée.

Jordan eut envie de crier son bonheur, de courir la rejoindre, mais il ne put que s'effondrer à genoux, conscient qu'en tant que mortel, il ne pourrait jamais franchir la paroi extérieure de la pyramide enflammée. Il tâcha de saisir par quel miracle sa petite amie était encore vivante, comment elle avait réussi à passer l'obstacle.

Le livre l'avait-il guérie ? Son éclat lui avait-il permis de percer le mur de feu ?

— Erin ! s'égosilla-t-il, pressé de revoir sa bien-aimée.

Elle l’entendit et se retourna.

Le bas de son visage était maculé de sang noir. Elle l’aperçut, mais son regard n’exprima aucune joie, rien que du chagrin. Rhun lorgna par-dessus son épaule, révélant alors la plaie qu’il avait lui-même à la gorge.

Jordan comprit la douloureuse vérité. Ce n’était pas l’Évangile qui l’avait guérie. Ce n’était pas le halo lumineux qui lui avait donné la possibilité de traverser le rempart sans encombre.

Je l’ai perdue.

Rhun toucha le bras d’Erin, qui, après un ultime regard affligé, reprit sa route.

— Elle est partie, souffla une voix derrière lui.

C’était Élisabeth, trempée d’un sang qui, pour l’essentiel, était le sien.

Jordan jeta un œil vers l’ardent pilier bleuté, où la comtesse s’était mis en tête de protéger *« Aqua »*. Le diamant continuait de resplendir avec force.

— On m’a chassée de là-bas, expliqua-t-elle. Une bête énorme, munie de puissants tentacules…

Jordan s’en moquait. Il se focalisa de nouveau sur Erin.

Báthory confirma sa pire crainte.

— Je ne distingue aucun battement de cœur.

Ses mots étaient imprégnés d’une tristesse lasse, car elle déplorait non pas la perte subie par le sergent Stone mais la sienne propre.

Elle tomba à genoux près de lui. En tant que *strigoï*, elle aurait pu franchir le rempart, parcourir le lac gelé mais, à l’évidence, elle n’avait plus aucune raison de tenter l’aventure.

Rhun aussi venait de lui échapper.

CHAPITRE 43

20 mars, 12 h 19
Vallée de la Tsum, Népal

Erin voulut se retourner, courir rejoindre Jordan.

Rhun avait dû deviner son envie – non pas parce qu'ils étaient liés par le sang, mais tout simplement parce qu'il connaissait ses sentiments, même depuis que son cœur de femme était devenu silencieux.

— Vous devez aller trouver Lucifer, insista-t-il. C'est votre destin maintenant.

Il avait raison. Elle continua donc de fouler la glace et, l'Évangile de Sang serré contre sa poitrine, elle s'en servit pour se donner du courage. À chaque pas, l'ouvrage luisait de plus en plus fort, au point de chasser les ténèbres et de brûler à travers le brouillard compact.

Quelques bêtes corrompues cessèrent de harceler Christian et Sophia pour se ruer en direction du nouveau binôme. Une silhouette noire jaillit du ciel et fondit sur eux. Erin eut à peine le temps d'apercevoir le monstrueux reptile, ailé mais sans plumes, que ce dernier percuta leur halo de protection doré et s'embrasa.

Rhun obligea sa voisine à s'écarter au moment où le cadavre s'écrasait sur le lac gelé.

Choquées, les autres créatures se dispersèrent et, fuyant la lumière mortelle, elles se hâtèrent de regagner les ténèbres.

Rhun et Erin pressèrent le pas mais, pour rejoindre Christian et Sophia, ils étaient obligés de slalomer entre les lézardes de la glace. Isolés au milieu d'une masse tumultueuse de démons, les deux Sanguinistes avaient l'air en fâcheuse posture.

Christian avait sorti la grosse chaîne du coffre et, malgré la vive brûlure de l'argent, il la portait désormais autour de son cou. Il agitait son extrémité comme un bola sacré pour fouetter ses agresseurs. Quand l'arme traversa la horde, on aurait dit qu'elle était constituée d'acier en fusion.

Le jeune religieux avait le visage zébré de sang et les vêtements en lambeaux.

Sophia était encore plus mal en point. Elle avait remarqué leur arrivée et c'était peut-être tout ce qu'elle attendait – ne résistant au terrible assaut qu'à la seule force de sa volonté.

Erin le lut dans son regard.

Non, ne…

Au prix d'un ultime élan de bravoure, Sophia fit volte-face et empala un démon avant qu'il ne s'en prenne à Christian. Malheureusement, son geste héroïque l'avait aussi obligée à baisser sa garde. La meute se jeta sur elle.

Christian tenta de défendre sa camarade, mais leurs adversaires étaient beaucoup trop nombreux.

Erin arriva enfin à leur hauteur et, grâce au halo doré, elle parvint à repousser les bêtes. Une créature sombre et épineuse s'écarta d'un bond en abandonnant sur la glace un corps disloqué.

L'Érudite se couvrit la bouche.

Non.

La douce et sérieuse Sophia n'était plus.

Erin trembla, mais Rhun l'aida à se ressaisir :

— Seul le livre compte. Il doit revenir à Lucifer.

Elle acquiesça en silence. *Sinon, notre amie se serait sacrifiée en vain.*

Le prêtre la poussa légèrement pour qu'elle se remette en route mais, très vite, elle vola presque sur le lac, les jambes animées par une force surnaturelle, et elle atteignit le cône de lumière. Les démons cédaient devant le halo doré. En revanche, ils ne s'enfuyaient plus, préférant siffler et grogner sur son passage, comme s'ils savaient qu'ils lui sauteraient bientôt dessus.

Il y avait fort à parier qu'ils en auraient l'occasion.

Même l'Évangile de Sang ne résisterait pas longtemps à une puissance maléfique aussi patente. Le halo doré commençait déjà à s'effilocher, attaqué par le brouillard lugubre, déchiqueté par la malignité profonde du lac, et, plus Erin avançait, plus les dégâts empiraient.

Rhun et Christian tâchèrent de compenser au mieux en l'escortant chacun d'un côté pour décourager toute attaque ennemie. D'un coup de chaîne, Christian frappa un grand singe sans poils. Un grésillement de chair brûlée accompagna le hurlement de douleur du primate, qui leur laissa rapidement le champ libre.

Erin se concentra sur leur objectif, Lucifer, qui continuait de briser ses chaînes une à une pour se libérer de son trône. Ses ailes emplumées de flammes noires claquaient contre sa prison d'une blancheur éclatante et, à chaque coup de boutoir, les ténèbres gagnaient du terrain.

L'Érudite se précipita vers lui. Malheureusement, ses forces s'amenuisaient au même rythme que son mur de protection doré. Elle avait mal aux jambes, des bras en plomb et son corps réclamait à nouveau du sang.

Face à elle, Lucifer se débattait rageusement contre ses entraves en argent.

Enfin, le trio arriva devant le cône étincelant.

Erin ralentit et trébucha sur les derniers mètres. Christian la doubla et tendit sa main vers la lumière immaculée. Il poussa un hurlement et, même s'il ôta très vite son bras, son poignet n'était plus qu'un moignon fumant. La lumière lui avait dévoré la main.

Le jeune religieux pivota vers Rhun. Au travers de sa souffrance infinie, il dut se rendre à l'effroyable évidence que même les Sanguinistes ne pourraient pas franchir l'ultime rempart.

Erin approcha à son tour. Dès qu'il entra en contact avec la barrière, son halo doré s'éteignit. Elle n'était plus protégée. Avant que ses camarades n'aient eu le temps de réagir, une bête sombre au corps chitineux émergea du brouillard, atterrit sur son dos, l'étreignit avec ses pattes arrière et enfonça ses crochets dans son épaule.

Elle glapit.

*

12 h 25

Muni de son *kerambit*, le père Korza trancha deux des six pattes du monstre. Cela suffit à Christian pour l'arracher du dos d'Erin et le jeter en direction du cône de lumière. Le corps de l'animal heurta le mur de protection… et disparut dans une nuée de braises ardentes.

Après avoir repoussé la jeune femme derrière lui, Rhun décida d'affronter avec Christian la foule grandissante de leurs adversaires. Il brandit son couteau, pendant que son condisciple laissait sa chaîne racler d'avant en arrière sur la glace avec un bruit menaçant.

— Rhun…, gémit Erin.

Une ombre empoisonnée remontait le long du cou de l'archéologue et lui brûlait la peau. Les jambes en coton, la malheureuse sentit l'Évangile de Sang échapper à ses mains tremblantes.

L'étrange bête qui l'avait mordue devait être venimeuse.

Alors que le prêtre s'était retourné pour l'aider, quelque chose fendit le ciel et le plaqua au sol. C'était une chauve-souris géante au cuir parcheminé. Ses dents acérées lui claquèrent au visage. Comme il n'avait plus qu'un seul bras, le Sanguiniste dut lâcher son couteau pour saisir la bête à la gorge et parer ainsi toute morsure.

À l'écart, Erin vacilla vers la dangereuse lumière blanche. Heureusement, malgré son bras en charpie,

Christian courut la rattraper par la taille et il la traîna à l'abri. En même temps, il ramassa l'Évangile, qu'il fourra dans la poche de son manteau.

Pendant qu'il reculait, Erin se débattit, la tête pendante, le regard tourné vers la lumière, vers Lucifer.

Elle n'avait pas renoncé à honorer sa mission.

Christian vola ensuite au secours de Rhun. Sa chaîne en argent fouetta la chauve-souris qui, la peau méchamment entaillée, regagna les ténèbres en sifflant de douleur.

D'autres créatures, plus noires encore, surgirent du brouillard.

— Et maintenant ? lança Christian.

*

12 h 26

Un poison ardent avait envahi le corps glacé d'Erin. Elle sentait les chairs se dissoudre autour de sa vilaine morsure à l'épaule. Son sang coulait à flots, comme pour tenter d'éteindre le brasier. Le venin lui rongeait aussi le visage et irradiait le long de son bras.

À nouveau.

Même si sa concentration était mise à mal par la douleur et les nausées, elle savait que le détail avait son importance. Quelques instants auparavant, elle avait perdu l'équilibre. Afin de s'éviter une lourde chute, elle avait tendu son bras contaminé et, dès qu'il avait traversé le rempart enflammé, la pureté de la lumière l'avait rafraîchi tout en terrassant le sombre poison.

Christian avait alors empoigné l'archéologue pour la tirer en arrière.

Et la toxine avait aussitôt regagné du terrain.

Erin, trop faible pour tenir debout, se cramponna au bras du jeune Sanguiniste. La joue couverte de cloques, elle avait un mal fou à articuler, mais il fallait absolument qu'ils comprennent.

— La lumière…, balbutia-t-elle. Je peux passer au travers.

— Elle délire, s'inquiéta Christian.

— Je peux…

Elle tourna la tête vers Rhun afin qu'il voie clair en elle. Elle était persuadée que leur lien de sang lui permettrait de lire dans ses pensées.

— Elle dit la vérité, annonça-t-il avant de lorgner l'ange noir qui s'agitait toujours à l'intérieur de sa prison conique.

Avant que le trio n'ait pu échafauder un plan, des bancs de brouillard sombre s'abattirent sur eux et Korza se retrouva séparé des deux autres. Handicapé par son amputation du bras, il réussissait à peine à garder les monstres loin de sa gorge, encore moins à rejoindre ses camarades. Il disparut bientôt dans la nuit. Toutefois, à en croire les éclairs argentés qui jaillissaient çà et là, il continuait de se défendre bec et ongles.

Christian ne lâcha pas Erin. En vaillant soldat, il assenait des coups de chaîne pour garder la horde diabolique à distance mais, déjà éprouvées par son combat de longue haleine aux côtés de Sophia, ses forces commençaient à s'épuiser.

Tandis qu'il étreignait l'Érudite de son bras blessé, il regarda en direction de Lucifer et frappa violemment un serpent géant. Du sang gicla du corps du reptile, s'écrasa contre le cône éclatant de lumière et s'y évapora avec un infâme grésillement.

Christian se débarrassa ensuite de son fardeau métallique.

Erin fronça les sourcils.

— Qu'est-ce que vous…

— Il semblerait que rien ne soit possible sans un bon sacrifice christianique, annonça-t-il, souriant. Vous me manquerez, docteur Erin Granger.

Elle comprit.

Non…

Il l'enlaça fermement et, puisant dans ses ultimes forces, il bondit par-dessus les bêtes les plus proches. Ensemble, ils percutèrent le rempart. Le corps du pauvre religieux fut aussitôt réduit en cendres, pendant qu'Erin atterrissait saine et sauve à l'intérieur du cône, la gorge étranglée de sanglots. L'Évangile de Sang, lui aussi intact, glissa le long de son corps.

Elle s'assit et sentit ses forces revenir, le poison noir ayant été terrassé par le rideau de lumière.

À l'extérieur, il ne restait plus qu'un tas de braises de son ami si drôle, si irrévérencieux et si courageux. Christian aurait mérité un sort meilleur. Il s'était sacrifié pour qu'elle pénètre dans la pyramide flamboyante et elle avait la ferme intention qu'on le lui rende au centuple.

Après avoir ramassé l'Évangile de Sang, elle se tourna vers le prisonnier.

Lucifer s'était calmé. Depuis son trône, il observait la jeune femme, manifestement curieux, voire étonné de son intrusion.

Erin ne fléchit pas devant l'intensité de son regard

si noir. Elle avait donné son âme, sa vie pour se tenir en face de l'ange déchu et, à présent, il ne restait plus qu'une chose à lui offrir.

Elle brandit le livre.

Seule Ève pouvait cueillir le fruit de l'Arbre de la connaissance… et seule la fille d'Ève pouvait rapporter ce savoir-là au serpent.

Les lèvres de Lucifer remuèrent, mais aucun mot ne sortit de sa bouche – rien qu'un tintement retentissant de cloche. Et encore ! L'image ne rendait pas justice au véritable son produit. C'était la voix d'un ange, la musique des sphères. Le carillon sonna de nouveau, à la fois clair et interrogateur.

Lucifer parlait, mais elle ne pouvait pas le comprendre.

Elle leva son ouvrage plus haut dans l'espoir qu'il saisirait le message, sinon par ses mots, du moins par ses actes.

— Voici l'Évangile du Christ, écrit avec Son sang et caché depuis tant de siècles. Ma mission était de vous l'apporter, de respecter le pacte que vous avez jadis conclu avec Ève.

Si l'ange inclina la tête, ses traits parfaits demeurèrent impassibles.

Erin ouvrit le livre pour lui montrer de quoi il s'agissait. La couverture à peine soulevée, un déluge de lumière dorée jaillit. Même sans regarder, elle sut que les pages s'étaient remplies d'un texte flamboyant, entièrement rédigé en hénochien.

Lucifer se pencha et tendit une main puissante vers elle.

Elle aurait voulu prendre ses jambes à son cou, mais elle ne bougea pas d'un millimètre.

Dès qu'il fut assez proche, elle referma l'Évangile

et le lui glissa entre les mains. L'ange se rassit, souleva la couverture d'un doigt d'ébène et la lumière dorée resplendit de plus belle.

Douloureusement éblouie, Erin dut détourner le regard, car cette majestueuse flamboyance était plus redoutable qu'une bonne centaine d'éclipses solaires. Elle continua néanmoins de sentir la lumière brûler à l'intérieur de son crâne, derrière ses paupières closes. Elle perçut des bribes d'informations – sur les secrets de la création, le mouvement des étoiles, le code secret de la vie – mais, plus qu'éphémères, les images s'échappèrent, telles des feuilles mortes virevoltant au vent. Elle essaya de les attraper mentalement, de les retenir, même si elle avait conscience que de pareilles connaissances risquaient fort de la détruire.

Erin resta donc stoïque et attendit que la tempête s'apaise, ce qui finit par se produire, en même temps qu'un terrible fracas, qui l'incita à redresser la tête.

Lucifer était toujours assis sur son trône, mais ses chaînes gisaient à ses pieds.

Il était libre.

Pourtant, ce ne fut pas ce qui poussa Erin à tomber à genoux. L'ange déchu était passé du noir profond à une blancheur marmoréenne, éclairé par un feu intérieur qui émana de ses prunelles dès qu'il leva les yeux au ciel, l'Évangile refermé sur ses cuisses. Aussi sûrement que les chairs de l'Américaine avaient évacué le terrible poison, son corps à lui avait bien été lavé de ses sinistres péchés.

Lucifer avait été racheté.

Sa beauté et sa gloire chatoyaient avec une force telle qu'en comparaison le reste du monde paraissait terne et sans substance. Le cône de lumière, les débris enflammés de l'ancienne pyramide de feu, tout avait disparu, absorbé par la brillance sacrée.

Un peu plus loin, Erin aperçut le lac sombre, les montagnes grises et le ciel bleu. Même la splendide journée d'hiver reprenait le dessus sur l'éclipse, mais tout paraissait très lointain, comme dans un rêve issu d'une autre réalité.

Pendant une fraction de seconde, le paysage s'emplit d'une lumière chaude, qui fit fondre la glace pour laisser place à un été constitué de verdure, d'eaux cristallines et de soleil rougeoyant. Près des falaises, deux arbres montaient la garde, le feuillage dru, les branches chargées de beaux fruits mûrs.

Pourrait-il s'agir du jardin d'É...

Les cloches sonnèrent à nouveau, incitant Erin à se retourner vers Lucifer... sauf que le joyeux carillon ne venait pas de l'ange rédimé mais des cieux. Un chœur empli d'allégresse et de bienveillance invitait leur camarade à les rejoindre. Après tant d'années, on souhaitait qu'il rentre au bercail.

Lucifer se leva et déploya ses ailes immenses, désormais emplumées de flammes blanches.

Sans quitter des yeux la promesse du Ciel, il se pencha vers Erin et posa un doigt sur sa tête. À son contact, elle sentit une grande chaleur l'envahir jusqu'au bout des orteils.

Alors qu'elle bouillonnait d'une joie extrême, un battement de tambour résonna à ses oreilles, puis un deuxième, plus paisible.

Elle reconnut le rythme, car elle l'avait entendu depuis toujours.

C'était son pouls.

Le visage enfoui entre ses mains, elle laissa échapper un sanglot de bonheur. Lucifer l'avait ressuscitée. Elle avait sacrifié sa vie pour lui et il la lui avait rendue.

Les cloches tintèrent plus fort, comme marquées d'une espèce d'insistance, d'impatience nouvelle.

Il était temps que l'ange étincelant regagne sa place.

Docile, Lucifer battit des ailes et s'éleva dans les airs, jusqu'à planer au-dessus de la vallée. Il y resta en suspens pendant une seconde interminable, l'Évangile collé contre son torse.

Puis il regarda *vers le bas*, peut-être pour la dernière fois.

Son regard balaya le lac, qui s'était à nouveau solidifié. Sur la glace et de l'autre côté de la vallée, des silhouettes d'encre rampaient, ondulaient et se tortillaient d'une manière tout à fait étrangère à ce qui se passait ici-bas. Les monstres s'enfuyaient tant bien que mal. Ils gémissaient et hurlaient, conscients que leur chemin de retour avait été définitivement condamné.

Lucifer contempla la scène sans dégoût ni pitié. Le corps rayonnant d'amour au contraire, il ouvrit la bouche et une note sombre éclata. Les créatures les plus proches se figèrent. Une fois encore, il baissa la tête, sans doute préoccupé du mal terrible que les démons risquaient de répandre sur le monde.

Si Lucifer s'en allait, le royaume terrestre serait peut-être encore en danger.

Comme s'il cherchait la meilleure réponse possible, l'ange rouvrit l'Évangile et laissa la lumière dorée éclairer son visage. Au bout de quelques secondes, son regard s'emplit d'un éclat de certitude, voire d'une once de regret.

Lucifer lorgna une dernière fois vers le Ciel, puis il revint se poser en douceur sur le lac gelé. Erin, qui avait deviné ses intentions, recula jusqu'à ce qu'elle sente des mains froides attraper sa peau tiède.

Rhun...

Tandis qu'un autre tintement sombre émanait de Lucifer, le prêtre la serra contre lui avec soulagement. Il savait qu'elle était redevenue humaine. Ce n'était toutefois pas le moment des retrouvailles. Il la prit donc par la main et, ensemble, ils coururent vers la berge.

En réponse à l'appel de leur maître, une foule de démons et d'abominations de toutes sortes passa devant eux et se précipita vers Lucifer.

Erin aperçut Jordan et Élisabeth sur la rive. Le lion, lui, gambadait de joie sur la glace et leur tournait autour des jambes, comme pour les inciter à retrouver leurs camarades au plus vite.

Inutile de le dire deux fois à l'Érudite !

Elle se libéra de l'étreinte de Rhun et s'élança vers Jordan.

Le sergent Stone s'approcha en boitillant, le bras plaqué sur son ventre.

— Hé, tout doux !

Sauf que son sourire était plutôt une chaleureuse invitation.

Sans ralentir, elle se jeta à son cou, bien décidée à ne plus jamais le lâcher.

Le sage Rhun les poussa quand même vers la terre ferme.

— Continuez d'avancer. Le plus loin possible du lac.

Ils obéirent et grimpèrent à l'abri des deux arbres immémoriaux. Alors, seulement, ils s'arrêtèrent et se retournèrent. Sous le dais glacé, Erin était blottie contre Jordan.

Les démons, qui s'étaient tous rassemblés autour de leur chef suprême, faisaient de l'ombre à l'ange étincelant.

Lucifer s'attarda sur l'Érudite. Son visage rayonnait d'une lumière argentée, mélange de paix et d'acceptation, car il était pleinement conscient de ce qu'il s'apprêtait à sacrifier. Il battit des ailes. Un éclair aveuglant fusa – non sans qu'Erin ait d'abord vu un immense trou noir s'ouvrir sous la horde de monstres pour les engloutir – et il emporta l'étoile brillante avec eux.

Quand la lumière redevint supportable, le lac était désert, entièrement gelé.

Des larmes roulèrent sur les joues de l'Américaine.

— Il a choisi de repartir, balbutia-t-elle. Il aurait pu monter au ciel, mais il a préféré surveiller ses démons afin de garantir la sécurité du monde.

— Parce que vous l'avez racheté, expliqua Rhun, la main posée sur sa croix pectorale. Face à tant de gloire, il a décidé de servir en enfer et non au paradis.

CHAPITRE 44

22 mars, 10 h 42, heure d'Europe centrale
Cité du Vatican, Italie

Deux jours après les événements au Népal, Élisabeth était assise au chevet de Tommy.

Le garde sanguiniste qui l'avait escortée jusqu'à la chambre patientait dans le couloir. C'était le modeste prix à payer pour avoir la permission de voir l'adolescent, d'apprendre où il était logé au Vatican. But de la comtesse : évaluer la santé de son jeune protégé, puis échafauder un plan en conséquence. Au pire, elle pourrait aisément se débarrasser de l'unique sentinelle et exfiltrer Tommy sans que personne en sache rien.

Lorsqu'elle était arrivée sur place, il dormait, apparemment beaucoup plus souffrant qu'elle ne l'avait imaginé. Son cœur était en proie à la maladie et à la faiblesse. Son visage livide se confondait presque avec la taie d'oreiller blanche et ses bras, croisés sur la couverture, étaient couverts de lésions marron foncé.

Il faut agir vite.

Comme s'il avait deviné sa présence, le pauvre garçon rouvrit ses yeux de biche – à la fois ronds et innocents. Il cligna plusieurs fois, puis se frotta les paupières.

— Élisabeth ? C'est bien vous ?

— Évidemment que c'est moi ! rétorqua-t-elle sur un ton plus sec qu'elle ne l'aurait souhaité.

— J'avais entendu dire que vous étiez de retour.

Lorsqu'il tenta de s'asseoir, elle ne lui offrit pas son aide, car elle savait qu'il tenait beaucoup à son indépendance. Cependant, comme elle ne voulait pas lui montrer qu'elle était choquée par son état, elle se pencha derrière lui et ajusta ses oreillers afin de s'assurer qu'il était calé confortablement.

— J'ai aussi appris que vous aviez tous sauvé le monde… *encore une fois*, ajouta-t-il avec un sourire las. Que vous êtes une héroïne chez les Sanguinistes.

— Je n'ai jamais eu envie que ces gens me considèrent comme une héroïne.

— Ah bon ? Je croyais que, maintenant, vous faisiez partie des leurs.

— J'ai prêté serment, en effet.

— Bien.

Báthory se raidit.

— Qu'y a-t-il de *« bien »* là-dedans ?

— Bah ! Je n'en sais rien. Déjà, vous pouvez sympathiser avec d'autres Sanguinistes. Vous ne serez pas condamnée à vivre une solitude éternelle. Vous ne serez même pas obligée de chasser.

Elle fut émue de le voir s'inquiéter pour elle.

— J'ai trouvé une solution alternative.

Elle lui raconta qu'en France elle avait découvert qu'on pouvait vivre hors du périmètre de l'Église, sans pour autant céder à ses penchants sauvages.

— Les Sanguinistes ne vont-ils pas vous traquer si vous essayez de partir ?

— Ils sont à mes trousses depuis de longues années… et je suis toujours là, non ?

Tommy se tut. Tandis que ses mains trituraient la couette, il évita soigneusement le regard de son amie.

— Que se passe-t-il ?

— Vous partez quand ?

Élisabeth, qui n'avait pas encore finalisé ses plans, le lui avoua en toute franchise :

— Je n'ai pas arrêté de date précise.

— Alors, accepteriez-vous de rester au moins… jusqu'à ce que je m'en aille ?

Il contempla le crucifix au mur, la porte, la fenêtre, tout sauf son interlocutrice.

— À mon avis, il n'y en a plus pour longtemps.

— Je vais rester avec toi, promis. Pas pour te regarder mourir mais, au contraire, pour t'aider à vivre.

Tommy, qui avait deviné ses intentions, se couvrit la gorge.

— Non.

— Non ?

— Je refuse de devenir un monstre.

— Tu n'es pas forcé de devenir un monstre.

A priori, elle ne s'était pas montrée assez claire dans ses explications.

— Je t'ai parlé de la France, de l'Himalaya, d'une autre solution.

Il secoua sèchement la tête.

— Moi, je suis prêt à mourir. D'ailleurs, j'aurais dû être tué avec mes parents à Massada.

— On a toujours le temps de mourir. Là, c'est trop tôt.

— Non, répéta-t-il avant de retomber sur l'oreiller,

épuisé par son effort de contradiction. Je n'ai aucune envie d'être immortel. Je ne veux pas me nourrir de sang ou de vin. J'ai vu à quoi cette vie-là ressemblait, et elle ne me tente pas du tout.

Élisabeth lui toucha la main. Par rapport à elle, il avait la peau tiède, mais elle restait beaucoup plus froide que la normale. La comtesse pouvait s'emparer de lui sans difficulté. Elle était plus forte. Elle avait tué et corrompu un nombre incalculable d'êtres humains. Des centaines. Tommy serait néanmoins le premier qu'elle tuerait par amour.

Il lui pressa la main.

— S'il vous plaît, laissez-moi partir.

— Tu ne sais pas de quoi tu parles.

— Oh, si ! J'ai observé Raspoutine, Bernard, Rhun et les autres. J'ai compris leur manière de vivre. Ils ne sont pas heureux et, si j'étais dans leur situation, je ne le serais pas non plus.

Que connaissait-il du bonheur ? De la vie ? Il avait quatorze ans et, depuis deux ans, il mourait d'une saleté de cancer. Báthory pouvait le transformer en *strigoï*. Au fil du temps, il lui pardonnerait peut-être son geste et, même dans le cas contraire, il serait encore vivant. Elle ne supportait pas l'idée de le perdre.

Les yeux marron de l'adolescent la fixèrent. En dépit de sa jeunesse, ces yeux-là avaient déjà été témoins d'une foule d'événements dramatiques, pourtant ils luisaient encore de bonté et de candeur. Ils étaient sombres, comme ceux de Rhun, mais Élisabeth n'avait jamais vu le regard du prêtre briller d'innocence ou d'un bonheur simple. À lui aussi, on avait imposé l'immortalité et il n'avait pas apprécié. Ce n'était pas un meurtrier. Sa véritable vocation avait été d'entrer dans les ordres, de servir son prochain. Dès lors qu'on l'avait changé en *strigoï*, sa nature avait été pervertie.

Exactement comme ce serait le cas avec Tommy.

Comment pourrais-je lui dicter ma volonté et corrompre ainsi son innocence ?

Elle aurait agi par pur égoïsme, lui volant son âme pour s'épargner le chagrin de perdre encore un enfant. Elle ne pouvait pas lui nuire pour se préserver elle-même. Hors de question !

Tommy dut deviner qu'elle avait changé d'avis, car il se détendit et sourit.

— Merci, murmura-t-il.

Élisabeth détourna la tête et ravala ses larmes. Il allait souffrir, puis mourir, et elle ne le sauverait pas. Elle quitta sa chaise, rejoignit la fenêtre et se planta devant les volets fermés pour qu'il ne la voie pas pleurer. Elle allait serrer les dents en silence et le soutiendrait jusqu'à la fin. Après avoir inspiré à fond, elle puisa force en elle.

— Si nous sortions nous promener au soleil ?

Elle allait l'aider à apprécier le peu de temps qui lui restait.

On frappa à la porte. Sans attendre la permission d'entrer, Rhun se rua à l'intérieur, le lionceau sur ses talons.

— Pardonnez mon intrusion. J'ai entendu dire que vous étiez ici, sœur Élisabeth, et j'ai…

La Hongroise le toisa avec sévérité. S'il était accouru aussi vite, c'était certainement parce qu'il craignait qu'elle ne transforme l'adolescent en *strigoï*.

— Je vais bien, le rassura Tommy.

Elle sourit au jeune malade.

— Il dit la vérité.

Le fauve contourna son maître et bondit sur le lit. Ses prunelles mordorées fixèrent le patient et ils s'étudièrent tous les deux d'un air fasciné.

— Je te présente le lion de Rhun, annonça Élisabeth.

Tommy ne réagit pas, plongé dans le regard de l'animal, comme s'ils s'étaient déjà rencontrés.

Rhun confia à voix basse :

— Le lionceau s'est comporté exactement de la même façon avec Jordan. Je pense que c'est à cause de leur expérience commune. Ces trois êtres ont tous été, un jour ou l'autre, imprégnés par l'essence angélique de l'archange Michel.

Le félin frotta sa tête contre la joue du garçon, qui émergea de sa mystérieuse transe et éclata de rire.

Le cœur de Báthory se serra à l'idée que cette mélodie ravissante ne serait bientôt plus qu'un douloureux souvenir.

Rhun ouvrit les volets. La chambre se retrouva baignée de lumière, ce qui dérangea moins la nouvelle Sanguiniste que quelques jours auparavant.

Le lion se prélassa au soleil et s'étira près de Tommy. Un ronronnement sourd s'échappa de son poitrail velu. C'était un son empli d'amour, de contentement et de plaisir simple.

Au même moment, Élisabeth sentit une curieuse chaleur la traverser, au point de la laisser un peu étourdie. Elle s'appuya contre le montant du lit, le temps que son malaise s'estompe.

Je ne me suis peut-être pas habituée autant à la lumière du jour que je l'imaginais.

Un sourire nostalgique aux lèvres, Tommy caressa la fourrure immaculée du lionceau.

En tout cas, c'était agréable de le voir heureux. Même son pouls paraissait plus fort, son sang semblait mieux couler dans ses veines.

Soudain, Élisabeth recula d'un pas, effarée par ce qu'elle venait d'apercevoir sur la peau de l'adolescent.

— Ton bras.

Il regarda sans comprendre, puis afficha la même stupeur.

— Mes lésions…

— Elles ont disparu.

Intrigué par l'agitation ambiante, le lion leva le museau et rouvrit ses paupières alourdies de sommeil. Ses yeux n'étaient plus dorés mais d'un brun ordinaire, comme ceux de Tommy.

— Rhun…

Élisabeth chercha des explications auprès du prêtre.

Il mit un genou à terre, caressa sa croix pectorale en argent, puis examina délicatement le lion et la peau de Tommy.

— Je me sens mieux, annonça le jeune Américain, ébahi.

La Hongroise sourit. Elle tenta de résister, mais un réel espoir s'insinua dans son cœur glacé.

— Il est guéri ?

Le père Korza se redressa.

— Difficile à dire. En revanche, je crois que notre lionceau a perdu son angélisme. Jordan a quitté le Népal sans aucune trace de l'essence sacrée dans son sang. Le petit fauve avait peut-être besoin d'accomplir un dernier miracle.

Élisabeth se souvint de la chaleur mystérieuse qui

l'avait brièvement envahie pendant que l'animal ronronnait. Les choses s'étaient-elles déroulées ainsi ? En fin de compte, elle se moquait du mécanisme de guérison. L'essentiel, c'était le résultat.

— Nous le ferons examiner par une équipe de médecins, continua Rhun. Toutefois, selon moi, Tommy n'est plus qu'un garçon ordinaire, débarrassé de sa maladie certes, mais un garçon tout de même.

Le sourire de l'intéressé s'élargit.

Élisabeth ébouriffa sa tignasse tiède. C'était ce qu'il avait toujours souhaité : être un garçon ordinaire.

Après quelques civilités et autres promesses, elle suivit Korza dans le couloir, le lionceau derrière elle.

— Je me réjouis que vous ne l'ayez pas transformé, annonça Rhun dès qu'ils furent hors de portée de voix.

— Vous m'en croyiez capable ? rétorqua-t-elle avec un air innocent dont, bien entendu, il ne fut pas dupe.

— Je le craignais.

— Je suis plus forte que vous ne le pensez.

— Que va-t-il advenir de ce garçon ?

— Il doit être rapatrié chez son oncle et sa tante, et j'y veillerai en personne. Une personne comme moi ne serait pas apte à l'élever.

— Vous sentez-vous capable de vous détacher aussi facilement de lui ?

— Ce ne sera pas *« facile »*, concéda-t-elle, mais je ne l'abandonne pas tout à fait. Je continuerai de le surveiller, je me précipiterai dès qu'il aura besoin de moi et, le reste du temps, je le laisserai tranquille.

— Je doute fort que les membres de l'Ordre vous autorisent à garder le contact.

Báthory gloussa.

— Je ne leur appartiens pas. Je me déplacerai à ma guise.

— Vous voudriez donc quitter nos rangs ? (Rhun ravala sa salive.) Et moi avec ?

— Vous mieux que quiconque, vous devriez savoir que je refuse d'être liée à l'Église. Tant que vous resterez ici, nous ne pourrons pas être ensemble.

— Alors, autant nous dire vite au revoir.

Il lui effleura le bras. Elle se retourna.

— J'ai obtenu la permission d'entrer en Solitude, de me retirer du monde pour méditer au sein du Sanctuaire.

Élisabeth eut envie de se moquer mais, touchée par la joie sincère du prêtre, elle ne put que le regarder d'un air attristé.

— Partez donc, Rhun. Allez trouver la paix.

*

17 h 06

Enfin prêt à renoncer à ses préoccupations terrestres, Rhun longea seul les couloirs souterrains du Sanctuaire avec un bonheur serein. Ses pas résonnaient d'une salle à l'autre. Son ouïe fine discernait, au loin, l'écho chuchoté des prières qui marquaient le début des vêpres.

Il poursuivit son chemin vers les entrailles du bâtiment, jusqu'à des niveaux où même ces murmures-là s'estompaient.

En surface, le monde éclatant n'avait plus rien à

lui offrir. Avant que le cardinal Bernard ne l'envoie chercher l'Évangile de Sang à Massada, il souhaitait déjà rejoindre le cercle très fermé des Cloîtrés. Et sa lassitude vis-à-vis de l'extérieur n'avait fait que s'accroître.

L'heure a sonné.

Les hauts plafonds du Sanctuaire seraient désormais son ciel. Alors qu'il serait plongé en pleine méditation, les prêtres sanguinistes lui apporteraient du vin, comme il en avait autrefois apporté aux autres. Il pourrait rester là-bas, dans le giron de l'Église qui l'avait sauvé tant d'années auparavant. Sa mission de Chevalier du Christ était terminée et il n'avait plus besoin de servir à nouveau. On l'avait libéré de ses responsabilités.

Rhun baissa la tête au moment d'entrer dans le domaine des Cloîtrés. Ses frères et sœurs y reposaient en paix, debout au sein de leur alcôve ou allongés sur la pierre glacée, après avoir troqué les plaisirs de la chair contre la réflexion et la contemplation éternelles. On lui avait attribué une cellule où, pendant une année entière, il ferait vœu de silence et ne se consacrerait qu'à la prière.

D'abord, il prit le temps d'allumer un cierge devant une frise figurant un saint patron – petit moment de vénération parmi les centaines possibles qu'offrait le Sanctuaire. Il s'agenouilla devant une silhouette en soutane qui, éclairée par la lueur vacillante de la bougie, était représentée debout sous un arbre, des oiseaux juchés sur les branches ou sur son épaule : saint François d'Assise. Avec déférence, il se souvint d'Hugues de Payns et de son sacrifice pour les sauver, eux et tant d'autres innocents.

Ce matin-là à l'aéroport, le Sanguiniste avait dit au revoir à Jordan et Erin avant qu'ils ne rentrent aux États-Unis pour y mener une existence heureuse. Leur vie, ils la devaient au fait que de pareils héros étaient morts. Voilà pourquoi, même si l'ermite avait tourné le dos à l'Ordre, Rhun avait décidé de saluer sa mémoire, ne serait-ce qu'à une modeste échelle.

Merci, mon ami.

Les paupières closes, il articula une prière en silence. Au bout de quelque temps, bien après la fin des vêpres, une main aussi légère qu'une aile de papillon se posa sur son épaule.

Rhun pivota vers l'imposant personnage en toge qui se tenait derrière lui.

Surpris de sa visite, il baissa la tête encore davantage.

— C'est un honneur, murmura-t-il au Ressuscité, fondateur de leur Ordre.

— Relève-toi, souffla Lazare d'une voix éraillée par l'âge.

Rhun obéit, mais il garda les yeux rivés sur le sol.

— Pourquoi es-tu ici, mon fils ?

Le prêtre pointa le doigt vers ses voisins poussiéreux et aussi immobiles que des statues.

— Je suis venu partager la paix du Sanctuaire.

— Tu as tout offert à l'Ordre. Ta vie, ton âme, tes bons et loyaux services. Serais-tu prêt aujourd'hui à lui donner le reste de ton existence ?

— Volontiers. C'est de mon propre gré que je me suis entièrement dédié à une cause supérieure. Ma vocation est de Le servir, le cœur simple et honnête.

— Cette vie-là, tu l'as pourtant embrassée à cause d'un mensonge. Tu n'étais pas censé servir de la sorte.

Tu aurais très bien pu emprunter une voie différente… et tu en serais toujours capable.

Rhun redressa la tête, intrigué. Loin de parler sur le ton du reproche, son interlocuteur paraissait plutôt peiné. Quand Lazare tourna les talons, le prêtre lui emboîta le pas.

Ils longèrent les corps figés des prêtres et des nonnes venus chercher le repos au Sanctuaire.

— N'ai-je pas suffisamment payé pour mes péchés ? lâcha-t-il, effrayé à l'idée qu'on lui refuse une paix tant espérée.

— Tu n'es coupable d'aucun crime. Au contraire, c'est contre toi qu'on a péché.

Rhun tenta d'établir la liste des fautes qu'il avait commises au cours de sa longue vie et de celles dont il avait été victime. Hélas, il eut beau se creuser les méninges, il n'y vit pas plus clair.

Lazare l'entraîna dans des couloirs obscurs, où des religieux en vieille soutane contemplaient le sol ou levaient les yeux au plafond. Rhun avait entendu parler de ces quartiers-là : on ne venait pas y chercher uniquement la réflexion éternelle mais aussi l'absolution en se penchant sur la signification du péché – à la fois les siens et ceux des autres.

Il observa les visages assombris par la mortification.

Pourquoi m'a-t-on amené ici ?

Lazare s'arrêta devant un religieux à la nuque baissée. L'homme en question portait l'humble robe de bure que Korza avait endossée de longs siècles auparavant, au cours de son existence mortelle. Sans discerner les traits de son visage, le prêtre eut la vague impression de le connaître.

Ce doit être un de mes frères de l'époque qui, lui aussi, a choisi la vie contemplative.

Quand Lazare se pencha vers la joue de l'ecclésiastique, son souffle fit voler la poussière de son oreille.

Enfin, le mystérieux personnage redressa la tête, dévoilant un faciès qui hantait les cauchemars de Rhun depuis plus de quatre cents ans. Estomaqué, le Sanguiniste trébucha en arrière.

Impossible...

Il observa les longs cheveux bruns, le front haut et pâle, les lèvres charnues. D'emblée, il se souvint de ces lèvres-là sur sa gorge, des dents plantées dans sa chair. Il sentait encore le goût du sang sur sa langue. Même des siècles plus tard, son corps n'avait pas oublié un tel moment de félicité. Ils étaient restés connectés.

Korza avait devant lui le *strigoï* qui l'avait attaqué devant la tombe de sa sœur, celui qui lui avait ravi son âme et avait mis un terme à son existence de mortel. Il avait toujours cru que le monstre avait été tué. Il se rappelait d'ailleurs que des gardes au service de Bernard l'avaient emmené à l'écart.

Or, voilà que l'odieuse créature portait l'habit sanguiniste.

L'homme rouvrit les yeux et contempla Rhun avec une profonde tendresse. Il effleura le côté du cou où il avait enfoncé ses crocs et laissa ses doigts s'y attarder quelques secondes.

— Je croyais être en service quand j'ai commis ce péché à votre encontre.

— En service ? En service pour qui ?

Le bras retomba et les paupières se baissèrent à nouveau.

— Pardonnez-moi, mon fils, murmura l'ancien agresseur d'une voix qui basculait à nouveau dans l'inconscience. Je ne savais pas ce que je faisais.

Interloqué, Rhun attendit d'autres explications.

— Il est le symbole d'un vaste mensonge, reprit Lazare. Le mensonge qui t'a fait bifurquer d'une route pieuse de prêtrise vers un long chemin de servitude au sein de l'Ordre.

— Je ne comprends pas. De quel mensonge parlez-vous ?

— Il faut que tu poses la question à Bernard.

Le Ressuscité le prit par le bras, le reconduisit à l'entrée du Sanctuaire et le poussa dehors.

Rhun vacilla sur le seuil, de crainte de devoir quitter son cher refuge sacré. Tout à coup, il n'avait plus envie de découvrir les derniers secrets sur son compte.

Lazare ne lui laissa cependant pas le choix. Il lui barra le passage.

— Pour connaître ton avenir, mon fils, tu dois d'abord comprendre ton passé. Apprendre qui tu es réellement. Ensuite, tu pourras choisir l'endroit où tu souhaites vivre.

Rhun prit congé. Il n'aurait pas su dire comment ses jambes le portèrent le long des tunnels qui remontaient vers la basilique Saint-Pierre mais, à mesure qu'il gravissait les escaliers, une image se forma de la nuit où il avait été changé en *strigoï*, puis de la manière dont il avait été retrouvé par des Sanguinistes avant de commettre le moindre péché, conduit devant Bernard et convaincu de renoncer à sa nature malfaisante pour rejoindre l'Ordre.

Tous les chemins le ramenaient au cardinal.

Les mots du cloîtré ne cessaient de résonner à son esprit.

Je croyais être en service quand j'ai commis ce péché à votre encontre.

Brusquement, tout devint limpide.

Bernard savait que Rhun sortait se recueillir chaque soir sur la stèle de sa sœur. Il savait qu'il serait dehors cette nuit-là, seul et vulnérable. C'était donc bien Son Éminence qui avait envoyé au cimetière l'un de ses sbires – déguisé en *strigoï* – pour corrompre le jeune séminariste, le recruter, faire en sorte que la prophétie se réalise et créer l'Élu, c'est-à-dire un Sanguiniste qui n'avait jamais goûté au sang humain. Bernard avait compris, grâce à des prophéties séculaires, que seul un Élu de l'Ordre serait capable de retrouver l'Évangile de Sang.

Il en avait donc fabriqué un de toutes pièces.

À mesure que le puzzle se reconstituait, Rhun fut envahi par une colère noire qui purgeait tout sur son passage. Le cardinal lui avait confisqué son âme et, lui, il l'avait remercié… plus d'un millier de fois.

Mon existence entière n'est qu'un mensonge.

Plongé dans un état second, il traversa le Palais apostolique d'un pas furieux et se dirigea vers les appartements de Bernard, où ce dernier était toujours autorisé à travailler, le temps qu'on le juge pour son crime de sang à l'encontre d'Élisabeth. Sans même frapper à la porte, il entra comme un ouragan.

Stupéfait, Bernard releva les yeux de son bureau encombré de paperasses. Il portait sa soutane rouge vif, ses gants assortis – tout l'accoutrement lié à sa fonction.

— Que se passe-t-il, Rhun ?

D'une voix étranglée de colère, le prêtre bredouilla :

— C'est vous qui avez lancé l'ordre de me priver de mon âme.

Le prélat se leva de son siège.

— Qu'est-ce que tu racontes ?

— C'est vous qui avez manipulé le monstre responsable de ma transformation en abominable *strigoï*. C'est vous qui m'avez poussé dans les bras d'Élisabeth et qui avez ravi son âme. Ma vie, ma mort, tout a été orchestré par vos soins pour forcer la volonté du Seigneur. Orienter la prophétie à votre guise.

Bernard, qui l'avait écouté avec attention, chercha le meilleur moyen de répondre aux accusations.

Finalement, il opta pour la vérité.

— Alors, tu sais que j'avais raison.

— *Raison ?* s'exclama Korza sur un ton empreint de douleur et d'amertume.

— Maintenant que toutes les prophéties se sont accomplies, aurais-tu préféré que les choses se déroulent différemment ? Tu connais le prix que le monde aurait payé en cas d'échec.

Rhun frémit de rage. Bernard l'avait privé de sa famille, condamné à une soif éternelle de sang, poussé à croire que son unique chemin était de servir l'Église et avait fait passer sa bien-aimée de guérisseuse à meurtrière en série.

Tout cela pour sauver la Terre selon les propres conditions du cardinal. Pour accomplir une prophétie qui, sans son ingérence, ne se serait peut-être jamais réalisée. Pour laisser l'ensemble des Sanguinistes dans l'aveuglement quand il s'agissait de faire des choix en dehors de l'Église et sur lesquels il n'avait aucune emprise.

Aux yeux de Bernard, son objectif justifiait tous les sacrifices. Quand la planète entière se trouvait sur la sellette, que valait la souffrance d'un homme ? D'une comtesse ? De quelques centaines de Sanguinistes ?

Écœuré, Korza tourna les talons et quitta le bureau.

— N'agis pas à la hâte, mon fils ! prévint le cardinal.

Sauf que, sa trahison s'étant étalée sur plusieurs siècles, il n'y avait aucune hâte là-dedans !

Rhun, qui manquait d'air pur, s'engouffra dans les jardins pontificaux. À la nuit tombée, l'atmosphère s'était nettement rafraîchie. Une grosse lune régnait sur un ciel semé d'étoiles.

Lazare l'avait renvoyé en surface pour qu'il apprenne la vérité et oriente son destin en toute liberté, choix que Bernard lui avait délibérément refusé. À lui et au reste de la communauté sanguiniste. L'histoire d'Hugues et des *strigoï* bouddhistes s'était déjà ébruitée, si bien que d'autres membres de l'Ordre étaient confrontés à la même décision que Rhun ce soir-là : comment et où passer l'éternité ?

Il traversa les jardins en courant, jusqu'à ce qu'un parfum familier lui chatouille les narines.

Tel un fragment de lune argentée, le lion bondit sur la pelouse, pourchassé par son chaperon en colère.

— Reviens ici, Nabuchodonosor !

Le jeune fauve se précipita sur Rhun et se frotta frénétiquement contre ses jambes. Il était prévu qu'on l'emmène dès le lendemain à Castel Gandolfo, où frère Patrick s'occuperait de lui mais, à l'évidence, quelqu'un avait décidé qu'après avoir sauvé la vie de Tommy, il avait mérité une dernière promenade.

Élisabeth accourut, vêtue d'un jean noir, de baskets blanches et d'un pull rouge vif sous une veste légère. Un petit coup de vent, et ses longues boucles lui fouettèrent le visage. Elle n'avait jamais été aussi belle.

Elle poussa un juron en hongrois.

— Cette maudite bestiole n'écoute jamais !

— Vous lui avez pourtant donné un nom, rétorqua Rhun. *Nabuchodonosor*.

Elle lissa ses cheveux en arrière et, d'un regard, le mit au défi de se moquer d'elle.

— En référence au roi de Babylone. C'était une idée d'Erin, que j'ai trouvée excellente. Par ailleurs, sachez que je le prendrai avec moi lors de mon départ.

— Ah oui ?

— Cet animal n'est pas fait pour vivre enfermé dans une espèce d'écurie. Il lui faut de l'espace, de la liberté. Il a besoin de voir le monde.

Rhun l'observa avec un amour infini. Lorsqu'il s'avança et lui prit la main, les doigts puissants d'Élisabeth enlacèrent les siens. Elle inclina la tête et posa sur lui un regard très intense. Peut-être avait-elle senti à quel point il avait changé depuis le début de la journée.

— Montrez-moi, chuchota-t-il.

Elle commença à comprendre.

— Montrez-moi le monde.

Il se pencha vers elle et l'embrassa avec conviction. Ce n'était pas le baiser chaste d'un prêtre.

Car, désormais, Rhun n'était plus prêtre.

ÉPILOGUE

Fin du printemps
Des Moines, Iowa

La paix, enfin…

Alors que le soleil flirtait avec l'horizon, Erin sortit sur le belvédère et huma les effluves délicats des roses anciennes qui grimpaient le lng du treillage.

Non loin de là, des enfants riaient aux éclats sur la pelouse. Ils jouaient à chat perché mais, en robe à froufrous ou en smoking de location, la partie se révélait assez compliquée et ils étaient plus d'un à avoir les genoux égratignés ou des taches d'herbe sur leurs vêtements. Derrière eux, des adultes en tenue de soirée bavardaient en sirotant du champagne.

Erin les appréciait tous, elle en aimait même certains, mais la simple idée de se mêler à la foule était au-dessus de ses forces. À cet instant précis, elle n'avait envie de côtoyer qu'une seule personne.

Comme s'il avait lu dans ses pensées, un profil familier se faufila par l'entrée du belvédère. Il l'avait suivie, ainsi qu'elle l'avait espéré.

— Il reste de la place pour moi ? demanda Jordan.

— Toujours.

Depuis quelques mois, il avait renoncé à la coupe réglementaire de l'armée et ses boucles blondes, un peu plus longues, lui donnaient une allure plus décontractée, surtout avec le smoking gris anthracite qu'il portait ce jour-là. Ses yeux, eux, n'avaient pas changé – toujours aussi bleus et cernés d'un anneau indigo autour de l'iris. Adossé à un pilier, il rayonnait d'amour et de satisfaction.

Elle sourit à son tour.

— Vous semblez en pleine forme, madame Granger-Stone.

— Vous aussi, monsieur Granger-Stone.

À peine une heure auparavant, elle avait pris son nom et lui le sien, devant sa famille à lui et ses amis à elle, formulant leurs vœux sous un ciel éclatant.

Jusqu'à ce que la mort nous sépare.

Après toutes les aventures qui leur étaient arrivées, la célèbre phrase revêtait une signification très particulière. Jordan avait demandé Erin en mariage à leur retour à Rome et, sans l'ombre d'une hésitation, elle avait accepté.

Le temps était trop précieux pour gaspiller ne serait-ce qu'une seule seconde.

La jeune femme caressa sa récente plaie au cou. Malgré son choix d'une robe de mariée à col haut, la cicatrice rose vif dépassait encore un peu. Sa blessure ne la faisait presque plus souffrir mais, chaque jour, Erin la voyait quand elle s'observait dans le miroir. Elle se souvenait alors qu'elle était morte, puis ressuscitée, et elle avait bien conscience d'avoir failli rater son bel avenir avec Jordan.

Il ôta doucement la main de sa gorge et la tint

entre ses paumes. Sa peau était tiède et naturelle. Même son tatouage avait repris sa taille initiale. À tous points de vue, Jordan était redevenu l'homme gentil et séduisant qu'elle avait rencontré dans le désert de Massada, avant que les Sanguinistes ne viennent sérieusement perturber leur existence.

Tous deux avaient leur propre vie à présent.

Ensemble.

Jordan prit une profonde inspiration et s'assit près d'elle.

— De grands changements s'annoncent. Nous allons bientôt travailler en pleine jungle – toi à déterrer des trésors archéologiques et moi, avec mes petites lunettes, à étudier pour devenir anthropologue judiciaire. Sans batailles ni monstres à l'horizon. Crois-tu que cela pourra te rendre heureuse ?

— Plus qu'heureuse. *Euphorique.*

Grâce à ses relations au Vatican, Erin avait décroché une mission de rêve sur un site de fouilles en Amérique du Sud, où elle mettrait tout en œuvre pour découvrir l'histoire de la jungle, lui soutirer ses secrets et la préserver à destination des générations futures. La tâche promettait d'être ardue mais, en tout cas, elle n'avait rien à voir avec de quelconques saints ou des anges. Sa vie lui appartenait à présent – sa propre vie à partager avec son nouvel époux.

Après avoir été libéré de ses engagements militaires avec les honneurs, Jordan avait décidé de la suivre et d'entamer une formation d'anthropologue judiciaire. Il était prêt à enquêter sur des crimes non plus récents mais anciens. En fait, il voulait débarquer après que le sang avait disparu depuis longtemps, quand les énigmes à résoudre sollicitaient l'intellect et non plus l'émotion.

Voilà une vie qui leur offrait un avenir ensemble. Et pas seulement qu'à eux *deux*.

Jordan embrassa la paume d'Erin, qui eut la chair de poule quand elle sentit ses lèvres s'attarder un peu. Elle plongea les mains dans ses cheveux blonds et attira sa bouche vers la sienne, car elle avait envie de savourer le goût de ses baisers, de se perdre totalement en lui. Les mains de l'ancien sergent glissèrent le long de son dos et se posèrent sur ses hanches drapées de soie. Une paume dériva vers son ventre.

La jeune femme se demanda si la nouvelle se voyait déjà.

— Crois-tu que ta mère est au courant ?

— Comment le pourrait-elle ? On ne le savait même pas à notre retour aux États-Unis. Pour l'instant, cela reste notre secret.

Il lui caressa doucement l'estomac.

— Enfin, je pense que, dans sept mois, elle finira par piger. Surtout avec des jumeaux.

Erin posa à son tour la main sur son ventre.

Des jumeaux... un garçon et une fille.

Elle se détendit dans les bras de son mari, imaginant un petit blondinet qui aurait les yeux de Jordan et son caractère de casse-cou… et une fillette aux prunelles d'ambre qui lirait tout ce qui lui tomberait sous la main.

— Je réfléchissais…, reprit Jordan. Que dirais-tu d'appeler la petite *« Sophia »* ?

Erin sourit et l'embrassa tendrement.

— C'est parfait.

Heureuse dans ses bras, elle éprouva quand même une pointe d'angoisse.

De retour chez elle, elle avait subi une longue batterie d'examens médicaux. Tout était redevenu normal.

Cependant, les bébés avaient été conçus au moment où Jordan avait encore du sang angélique dans les veines et elle s'inquiétait de ce qu'il leur avait peut-être transmis.

Ou de ce que, moi, je leur avais transmis ?

Enceinte, elle était, en effet, morte pendant quelques minutes et avait reçu du sang de *strigoï*.

Jordan devina ses appréhensions et l'embrassa à nouveau.

— Tout se passera très bien.

Apaisée par sa belle assurance, Erin lui fit confiance.

Soudain, une petite voix insistante lança du bout de la pelouse :

— C'est l'heure de couper le gâteau ! Dépêchez-vous !

Il s'agissait sans doute de leur nièce Olivia, grande gourmande devant l'éternel.

Radieux, Jordan reprit :

— Et pour le garçon…

— Laisse-moi deviner. Tu voudrais l'appeler Christian.

— En fait, je pensais à *« Thor »*. Vachement viril, non ?

— *Thor ?*

Erin le repoussa et se leva.

— Allons te chercher une part de gâteau. Une bonne dose de sucre te remettra peut-être les idées d'aplomb.

Elle le prit par la main et l'entraîna sur l'herbe ensoleillée. Ils franchirent l'arche de roses parfumées, puis se dirigèrent vers la douce promesse du dessert – et celle d'une longue vie à deux.

REMERCIEMENTS

James souhaiterait remercier son cercle de critiques, qui l'a épaulé sans faillir au cours d'un long voyage le menant des déserts d'Égypte jusqu'aux portes de l'enfer. Je ne pourrais pas rêver d'une meilleure équipe à mes côtés : Sally Anne Barnes, Chris Crowe, Lee Garrett, Jane O'Riva, Denny Grayson, Leonard Little, Scott Smith, Steve et Judy Prey, Caroline Williams, Christian Riley, Tod Todd, Chris Smith et Amy Rogers. Bien sûr, je n'oublie pas David Sylvian et Carolyn McCray, qui ont été ma main droite et ma main gauche depuis le tout premier pas jusqu'au dernier saut. J'ai aussi une pensée particulière pour des personnes essentielles à chaque niveau de production : mon éditrice Lyssa Keusch et sa collègue Rebecca Lucash, de même que mes agents Russ Galen et Danny Baror (ainsi que sa fille Heather Baror).

Rebecca aimerait remercier les membres de son groupe d'écriture, notamment Kathryn Wadsworth, David Deardorff, Judith Heath, Karen Hollinger et Ben Haggard, pour leurs innombrables lectures et toutes les fois où ils ont repéré des erreurs, permettant ainsi de remettre le livre sur les bons rails. Mille mercis également aux auteurs, amis et agents qui m'ont aidée tout au long de mon travail de romancière : Andrew Peterson, Joshua Corin, Shane Gericke, Sean Black, JF Penn, Alexandra Beusterien, Mary Alice Kier et Anna Cottle. Je suis ravie d'avoir des amis comme vous. Enfin, et plus important que tout, j'éprouve une immense gratitude envers mon mari et mon fils, qui se sont montrés d'une patience exemplaire pendant que j'allais combattre les monstres, réels ou imaginaires. La chatte, Twinkle, ne recevra, elle, aucun remerciement, puisqu'elle ne m'aide jamais.

Composition et mise en pages
FACOMPO, Lisieux

Imprimé en Espagne par
Liberdúplex
à St. Llorenç d'Hortons (Barcelone)
en octobre 2017

POCKET – 12, avenue d'Italie – 75627 Paris Cedex 13

Dépôt légal : novembre 2017
S27959/01